デリダで読む『千夜一夜』

文学と範例性

青柳悦子
Aoyagi Etsuko

新曜社

装幀——難波園子

デリダで読む『千夜一夜』——目次

第Ⅱ部　現代的テクストとしての『千夜一夜』——文学における「範例性」のモデルとして

凡例

一、本文における引用文中の傍点「、、、」は原著者による強調、圏点「・・・」は引用者による強調である。

二、デリダの著作からの引用については、既訳のあるものは参照させていただいたが、すべて筆者が原文から日本語に訳出した。

三、日本語著作からの引用に際しては、ルビの省略または追加を適宜おこなった。

序章

第一節　本書の目的と問題設定

「文学」は具体的な事柄を通じて抽象的な問題が提示され、個別的なケースを素材として一般的な問いが極められる場である。この意味で「文学」、とりわけ虚構の物語文学とは、特殊的なものと普遍的なものが同時に俎上に載せられるような逆説的な両義性の場である。本書は、いわば自明ともいえるこの側面から「文学」を今一度捉え返し、文学が有するこの両極性の併合が意味するところを、最大限に考察しようとするものである。

右に述べた文学の両義性を思考し続けた思想家としてフランスのジャック・デリダ（一九三〇－二〇〇四）に本書では注目する。デリダは、「特個性 singularité」と「一般性 généralité」ないし「普遍性 universalité」の逆説的な接合を「範例性（エグザンプラリテ）exemplarité」と名づけ、その著作の随所でこの「範例性」について論じた。思考活動というものの根幹にかかわる特質としてデリダが「範例性」を主題化したことを本書では強調するが、なによりもデリダはこの「範例性」を、「文学」が典型的に担う特質として考え続けた。本書では、第Ⅰ部でデリダにおける「範例性」をめぐる思考をたどる。それはとりもなおさず、デリダの思想において「文学」がいかなる意味をもっていたのかを明らかにする作業となろう。一方でこの第Ⅰ部の作業は、デリダの展開した議論を媒介として、文学と範例性とがいかに結びつくのかを仔細に検討し、また両者の結びつきを考察することから文学をめぐる——あるいは思考一般や人間をめぐる——いかなる視点が開かれるのかを凝視しようとするものである。

第Ⅱ部では、文学における範例性を体現する典型的な素材として『千夜一夜』を論じる。デリダは種々の文学テクストを取り上げつつ、その考察のなかで「範例性」についての議論を展開した。しかし、全面的に「範例性」を具現した文学作品というものを探そうとした形跡は彼には見受けられない。その理由として、デリダの関心は個別作品そのものよりもそれを通じて提示される「文学という制度」がもちうる性質の方へと向けられていたからだと言うことができるだろう。しかし文学と範例性との結びつきを考えるにあたって、できることならば、具体的な作品を通じてこの関係から帰結するところの文学の特質を可能なかぎり包括的にかつ実証的に論考することも重要であろう。本書のみるところ『千夜一夜』は、まさにデリダが注視しようとした文学の「範例性」を、特異な物語集としてのその成立経緯や特殊な存在様態および独特の構成と語り方、また収録話内部の設定・主題・人物像など、さまざまなレベルにおいて具現している作品にほかならない。本書の見方からすれば『千夜一夜』はすぐれてデリダ的な作品としてある。

上に述べたように本書はデリダを、特個性と一般性との接合という矛盾したあり方がいわば人間的論理としてきわめて重要であることを早くから見抜き、さまざまな著作活動を通じて執拗に考察した思想家と捉える。本書の目的の一つは、蓄積の豊富なデリダ研究のなかでもこれまで本格的に論じられたことがほとんどない——そしてデリダ自身もまとまったかたちで論じたことのない——この「範例性」に焦点を合わせ、この概念をめぐるデリダの議論を整理しながら、「範例性」という問題設定が現代の私たちにとっていかなる射程をもつのかを明確化することにある。

特個性と一般性（ないし普遍性）との接合としての「範例性《エグザンプラリテ》」という概念を精査することの意義は、単に、この問題設定を軸にデリダがこれまで読み通されたことがないということ、つまりは難解で巨大なデリダを一つの新たな観点から読み直してみるという点のみに求められるのではない。本書が、デリダにおける「範例性」をめぐる考究の詳細な検討を課題とするのは、特個性と一般性（ないし普遍性）との接合が「文学」の本質と関わる問題であることが二十世紀半ば以来さまざまな研究者・文学者によって意識されながらも、十分な質と量をもって議論されることがなかったと見受けられるからである。しかしデリダの議論においては、まさに「文学」の本質と連接する問題として「範例性」が考究されているのである。今日において「文学」の意義とはなにか――その普遍的な「答え」など存在するはずもないが――を考える一つの鍵として、「範例性」をめぐるデリダの議論はきわめて貴重であると思われる。

この作業は、とくにフランスを中心として欧米諸国で二十世紀後半に繰り広げられた「文学理論」がもつ動向の一つを捉えることにもなる。十九世紀後半から始まる文学研究の「科学」化（ないしは「学問」化）は、必然的に、研究の対象たる文学作品から一般化可能なものを抽出する使命を批評家や研究者に与えた。その一方で、ロマン主義以来の独自性・個別性・新奇性への確固とした価値づけが、二十世紀においても強力に機能してきた。二十世紀半ば以降のいわゆる「文学理論」のブームは、圧倒的に強固なこのロマン主義的な価値観に対して、抽象性・観念性・普遍性を価値づけようとする姿勢が興隆をみせたものと捉えることができよう。ただしそれは（たとえ先鋭なマニフェストにおいてはたしかにそう標榜されていたとしても）個別的なるものの全面的な否定ではなかったと考えられる。時代状況として十分に独自性・特殊性・新奇性への価値づけが強固であった文脈のなかで、いわばカウンターバランスをとるかのように抽象性・観念性・一般性および普遍性への志向が前面に押し出されたのではなかったか。そう考えてみれば、二十世紀後半の「文学理論」の潮流は、具体的なものと抽象的・観念的なもの、特殊的なものと一般的なもの、新奇なものと普遍的なものとの両方を併行的に維持するための活動だったと言える。その意味で、本書が捉えようとするデリダの議論は、二十世紀後半の「現代文学理論」がその本質において堅持していた視座というものを、もっとも明確に示す一例と位置づけられると思われる。

ただし本書はデリダ論としては包括性を欠いた、はなはだ不十分なものとしかなりえないことを断わっておかなくてはならない。デリダの残した膨大な著作のすべてを網羅しているわけではないし、また取り上げる著作についても「範例性」の議論に的を絞っているために、その著作が本来もっていると通常議論される内容とは大きくずれた形でしか検討がなされないということもしばしばあるだろう。しかしこれは、ある一つのテーマ設定を立てた以上は甘受しなければならない限界であろう。そもそもテクストのすべてを「理解」しきることはできないという限界はあらゆる研究の出発点において意識しておかなくてはならないことであろうし、とりわけ、難解で多重的なふくらみをもつデリダのテクストを読む者は、あらかじめ不完全な把握しかできないことを覚悟せざるをえないのかもしれない。

またデリダの文学論についての研究という観点からも、さまざまな欠落を本書は有している。デリダが文学を扱った論考のすべてを本書は網羅しているわけではない。とりわけデリダによる文学テクストをめぐる考察としては重要なブランショ論（のちに『海域《パラージュ》』に収められた諸論文[1]）とマラルメ論（「二重の会」[2]）について取り上げていない点は重大な瑕疵《かし》との指摘を受けるであろう。しかしこれまで「デリダと文学」という観点からは圧倒的に多くの研究者が、デリダのテクストの難解さを象徴するともみなされるこれらのテクストを論じることに汲々としてきたように見受けられる。本書ではある意味ですでに多くの研究者からの言及が積み重ねられ、またなにより「範例性」という観点からは第一義的な重要性をもたないと思われるこれらの論考をいったん脇に退けてみることで、デリダの思考活動における「範例性」概念の展開を、彼独自の「文学」観の練成とからみ合うかたちで提示したい。

第Ⅰ部と『千夜一夜』を扱う第Ⅱ部は相補的な関係にある。特定の作者をもたず、長い時間をかけてたえずそれ自身変貌しながら醸成され、諸文明の間を往還しながら発展し、今やアラブ世界を代表する作品であるとともに世界的に共有される文化素材となっている『千夜一夜』は、成立・発展の経緯、存在様態、表現上の特徴、構成、内容（人物、モチーフ、ストーリー展開）などさまざまな面において、通常の文学作品とは異なる――多くの場合、通常の規範を「外れて」いるがゆえに価値において「劣った」――作品とみなされてきたが、第Ⅰ部でデリダの「文学」をめぐるさまざま問題提起を検討することによって、『千夜一夜』のもつこうした特質が今日私たちが「文学」というものを問い直すためのきわめて重要な要素として浮かび上がるにちがいない。とりわけ『千夜一夜』の諸特徴を「範例性」の観点から再検討し、積極的《ポジティヴ》に評価するとともに、この作品を、文学一般の本来的な「範例性」を代表的に表わす作品として位置づけ直すことを本書はめざす。アラブ世界では真っ当な「文学（アダブ）」とはみなされてこなかった『千夜一夜』を、「文学」というものを考える中心材料として取り上げるのは、本書がデリダの諸概念をてことしながら「文学」の新たな可能性を探究したいと企図しているからにほかならない。

　したがって本書は、『千夜一夜』をいわば世界文学とみなし、あえていえばアラブ＝イスラーム世界内部の固有文化財産とは考えない立場をとる。たしかに、『千夜一夜』を考える場合に、それが中世アラブ世界で発展し中東地域の文化伝統および社会状況を反映して生成されてきたことは根源的な重要性をもっている。本書でも『千夜一夜』の特質として中東的、アラブ＝イスラーム的要素をこの作品の本来的「範例性」と関係づけて考察することもおこなう（とくに第七章）。しかし本書の立場は、まずこの作品を、特殊的にアラブ世界の文化を示すものとしてではなく、広く「文学」一般の本質を示すものとして捉えるものである。いかなる地域のいかなる時代の作品であれ、それが普遍的な特質を担いうるものであることは一般的な真理であるが、とりわけ『千夜一夜』は、文明の境界を越え、時代と地域を越えて生成してきた作品であるだけに、ローカルな特性に限定して捉えるだけではその存在意義を十分に考察することは不可能であると思われる。本書が『アラビアン・ナイト』

という、現在世界的に流通しすでに公称ともなっている通称題名を用いず、『千夜一夜』という題名を用いるのもこの理由による。これは是が非でもアラビア語原題名に忠実なタイトルを用いるべきであるという原典主義的な配慮よりは、できうることならば、『アラビアン・ナイト』という通称が不可避的に表わしてしまう特定地域へのこの作品の帰属化を必要以上に助長することを回避したいという意図によるものである。むろん『アラビアン・ナイト』という通称が好まれた理由でもある、多分に「オリエンタリズム」的な〝アラブ世界〟イメージにたいする、本書の警戒と違和感もこの選択を支えている。

『千夜一夜』をアラブ＝イスラーム世界の占有財産とみなすことを避けるという立場は、本書の重大な欠点そのものとも結びついている。アラビア語テクストの詳細な読解をおこなうだけの語学力も、アラブ＝イスラーム文化についての該博な知識も持ち合わせずに『千夜一夜』をめぐる研究を試みることは、それだけで研究としての意義に対する疑問を惹起するにちがいない。しかし『千夜一夜』はアラブ文学の、あるいは中東世界文化遺産の枠を超えた重要性をすでに獲得した作品であり、今日ではとりわけ超域性を有している。したがってアラビア語を一文字も解さなかったとさえいわれるドイツのミア・ゲルハルトによる研究[3]が『千夜一夜』研究史のなかでもひときわ重要な功績として評価され、あらゆる『千夜一夜』研究者によって依拠されているという例にみられるように、研究の手法と目的によっては、かならずしも高いアラビア語能力を必要としないことがありえるだろう。本書の筆者はアラビア語については辞書を頼りにごく簡単な文章を解する程度の力しかなく、またアラブ＝イスラーム文化についても非専門家としての一般的な知識しかもたない。それでいて『千夜一夜』についてのなにがしかの考究をおこなうことは、しかしむしろ今日この作品が身を置いている世界文学内でのポジションからして、一概に否定されるべきものではないと考えられる。『千夜一夜』に刻み込まれたアラブ＝イスラーム的特質を見据えるまなざしをもちつつも、この作品から湧出する文学研究一般に資する触発を捉えることを本書では最大の課題とする。その目的のためには、フランス語、英語、日本語への翻訳版の参照や、既存の諸研究の成果への依拠で足りる部分が十分にある。アラブ文学の専門家ではないからこそなしうるような『千夜一夜』論を、むろんそれが必然的に抱える大きな限界を強く意識した上で、展開することが本書の意図するところである。

非専門的な立場からのアプローチという点は、第Ⅰ部のデリダ論についても当てはまる弱点である。文学的視座からのデリダ研究は、哲学研究の領野においてデリダを論じる本格的な研究からすると、すでにマージナルなものと位置づけられるであろうし、それも「範例性」という（これまで見過ごされてきた）特定の観点からデリダの文学観に照明を当てようとする研究は、所詮はささやかなエピソード集を作り上げるだけの小さな観察の連続に終わるものとみなされるかもしれない。しかし、デリダのおこなった論考を十分に把握することを目指しつつも、いわばデリダ学を最終目標とするのではなく、文学（とりわけ虚構物語文学）の本質とその今日的な意義とを考えるに資するものをデリダから取り出すことを目的とする本書にとって、デリダ研究としてのある程度の非専門性は前提的要件であるといえる。

以上述べたように本書はデリダ研究としても『千夜一夜』研究としてもけっして完結した総合的本格研究たりえるものではないが、逆にいえば、デリダと『千夜一夜』をともにこれまでにない観点から見直し位置づけることを試みるこの研究は、必然的に冒険的な性格をもつことになるだろう。『千夜一夜』という文学作品を通常の「作品」の枠をはるかに超えたある特殊な文学的＝人間的論理（それを本書では「範例性」として概念化するわけであるが）が発現する特権的な装置として捉えなおし、その作業を通じてこの文学装置のきわめて刺激的な今日的価値を明らかにしようとするためには、そもそも本書が問題とする「ある特殊な文学的＝人間的論理」（すなわち「範例性」）とはいったいどのような射程を含む概念なのかを明らかにしなくてはならない。しかしその概念自体が、流通する明確な共有概念としてはいまだ存在していないために、この概念の輪郭とこの概念が連接する問題圏とを本書みずからが画定する（少なくとも素描する）作業をおこなわなくてはならない。それが第Ⅰ部の作業となる。第Ⅱ部では第Ⅰ部で培《つちか》った問題意識を基盤としながらも、第Ⅰ部の議論を直接的に作品に当てはめて該当する特質だけを指摘するという方法はとらず、『千夜一夜』という作品が包摂する特殊性を――「範例性」という本書の主題を念頭に置きながらもそれに直接とらわれずに――丹念にたどることを試みる（とはいえ量的にも膨大で、時間的・文化的にも把握不可能なほどの厚みをもつこの物語集については、十分に「丹念」な研究など望むべくもなく、本書の作業はある意味ではきわめて概略的なものとならざるをえない）。

「範例性」を本質的に担うものとしての文学が、いかなる様相を提示し、いかなる認識を私たちに拓くのかは実はデリダの論考を通してもなお未知数であり、それゆえ、むしろ典型的に「範例性」を帯びた作品だと本書がみなす『千夜一夜』という具体例のなかから、「文学」と「範例性」との本源的な関わりが生じさせるものを見いだしていく作業が必要となるのである。このとき『千夜一夜』はプロブレマティックな存在として私たちの前に姿を現わすことになろう。

第二節　先行研究と本書の位置づけ

やや詳細になるが以下に本書の先行研究となるものについて概観し、本書の試みを位置づけたい。

デリダにおける「範例性」の概念をめぐって

デリダにおける「例」ないし「範例性」の概念に着目した論考はわずかにしかないが、本書にとってはそれぞれに重要な方向性を示唆し、より大規模な研究を企てる契機となったものである。

まずイレーヌ・ハーヴェイによる二本の論文がある。[4] 一九八七年の「存在空間の二重化――ルソーのケース」は、デリダが『グラマトロジーについて』でルソーを論じるに当たって、自身の哲学が「例」という枠組みを思考の必然的な手立てとして用いていることをメタ的に反省するとともに、この「例」が二重の存在様式を含んでいることに気づいていたことを指摘している。すなわち「例」は「単なる例」であることと「特権的なケース」であることの「二重性」によって成立しているのだ。ハーヴェイはこれを「範例性の構造 the *structure of exemplarity*」と明確に名づけている。ハーヴェイはさらにこの「範例性の構造」が「書く」という行為の本質としてあることを議論している点でも、本書と関心を共有する。ただし、「例」となることによって、「存在」が他のなにものかの「記号」となるという方向のみが強調されている点は注意しなくてはならないであろう。

一九九二年に発表されたハーヴェイの二本目の論文「デリダと範例性の問題」はより充実した内容をもち、ヘーゲルおよびカントを論じながら、デリダが「例」という問題をどのように考えたかを追っている。本書第一章でも取り上げる、デリダのヘーゲル論『弔鐘』およびカント論である「パレルゴン」での「例」をめぐる議論が、「法」の成立と「例」との複雑な関わりを考えようとしたものであることを抽出するハーヴェイのこの論考も、本書にとって貴重な基盤を形成している。デリダが「特殊」と「普遍」との関係をめぐる問題を彼の哲学の根底に据えていたことが明瞭に示され、人間の「判断」ないし「選択」が、この「特殊」と「普遍」のジレンマのなかでおこなわれるという問題設定が抽出されている。また「例」を通じていかに存在の「反復」性が本質的な問題であるかも指摘されている。「例」をめぐるデリダの問題意識を先例のない仕方で深く追ったこの論文は貴重な先行研究であるが、「普遍的 universal」なものである「法」と「特殊 particular」なものである「例」とのせめぎあいのみをデリダが考えていたとする点で、限界をもつ。ある意味では、さきの一九八七年の論文よりもハーヴェイは、デリダの「例」概念（「範例性」）をより単純な問題へと還元してしまっていると言える。これから本書では、「例」と「法」との関係について、あるいは「例」がもつ二重性について、デリダがより複雑な思考を展開していたことをみていく。

ハーヴェイの二つの論のあいだに、ロドルフ・ガシェの「神、例のために「／として」God, for Example」という論考[5]が発表されている。非常に短い論ではあるが、ハーヴェイの二番目の論文の基礎となったものであり、デリダがヘーゲル論（『弔鐘』）において、「神」という特殊な「例」を考えることで、「例」というものそのものへの思考を展開したことを押さえている。ただしこのガシェの論は、ヘーゲルにおける「神」および（人間）存在の概念をデリダと突き合わせることにむしろ議論を集中させていく点で、本書とは方向性を異にする。本書では、ヘーゲル（や他の素材）に対してどれだけデリダの議論が妥当であったかを問うよりは、「例」ないし「範例性」という概念がどのようにデリダ思想のなかで展開していくのかに焦点を合わせる予定である。

「後期デリダ」の時代と言われる一九九〇年代に入ると、新たな方向からの議論が提出される。それは『他の岬』の英訳の際に、英訳者ミカエル・ナースによる序文として発表されたものにも代表される[6]、「特個性《シンギュラリティ》」への価値づけを軸としたデリダ解釈である。これについては『他の岬』を論じる本書第二章第三節で詳しく論じるが、ナースの理解は、少なくとも本書からみて、著しく偏向したものである。すなわち、デリダは『他の岬』において、一般例にすぎない「例」が「模範」として機能するという「範例性」のメカニズムを徹底的に攻撃したのだとする。そしてデリダにおいて「範例性」あるいは「例」というあり方そのものが、いわば現代の悪として棄却されているのだ、という論調で議論を展開する。しかしこれは、本書の立場からすれば、「例」をめぐるデリダの議論の一面のみを全体として拡張してしまうきわめて作為的な解釈である。「例」は（ハーヴェイが第一の論文で正しく捉えていたように）それそのものが特殊性（ないし特個性）と普遍性・一般性とを接合する逆説的な形象なのであり、ナースはデリダの議論をかなり忠実に理解しているはずであるにもかかわらず、「例」を、通常の理解どおりの「単なる例」ないし「類例中の一例」にのみ限定して考えてしまう常識的な解釈から脱することができていない。さらに、「例」が二重性をもちえることを「範例性」という用語で捉えることができたときには、これを欺瞞として退けるという一面的な価値判断にはまりこんでしまうのである。

ナースのこうした偏向は、彼個人の誤読というよりは、もっと深く広い背景をもっている。それは英米とくにアメリカで顕著に見られる傾向であるのだが、九〇年代の「後期デリダ」を「特個性《シンギュラリティ》」への回帰（ないし方向転換）によって特色づけようとする強力なシナリオが存在することである。本書にとって、ある意味では非常に参考になったティモシー・クラークの二冊のデリダ論の著作(7)、およびデリダ研究を土台にして展開された現代文学論であるディレク・アトリッジの著書は、(8)（後期の）デリダを「特個性」の賛美者ないしは少なくとも「特個性」の哲学者として位置づけるものである。こうした議論のなかで、デリダの文章を正しく参照しながら、たしかに、デリダが提示しようとしているのは単なる純粋な「特個性」ではなく他への開かれを内包するような「特個性」なのだと述べられることもあるのだが、不思議なことに、重要なはずのこの逆説的な「特個的なるものの他への開かれ」のありよう（ないしは可能性）そのものを深く探求しようとはせずに、たちまち（若干の修正を施してより洗練されているものの、とにかく）「特個性」の称揚がおこなわれている、という方向で、議論が進んでしまう。こうしたきわめて偏ったデリダ理解の背景には、さらに広い文脈が透けて見える。それは、あまりにも抽象化・複雑化した哲学をより具体的で単純なものへと引き戻し、理念的一般性を追求する思弁哲学ではなく個々の事物や存在のかけがえのなさを実感できるようなヴィヴィッドな思想を求める、現在の一般的風潮である。よりわかりやすく、より具体的なものへと「哲学」のイメージを逆転させることが流行として求められるなかで、「後期デリダ」がその恰好の事例としてまつりあげられているのだ。

　だが本書でみるように、デリダはまさにこうした理念性と具象性とを対立させて考える二元的な理解そのものを打破しようとしてきたのである。特個性と普遍性を接合する形象としての「範例性」はそれゆえにデリダ思想の根幹にかかわると言えるのだ。本書の第Ｉ部は、デリダを「特個性《シンギュラリティ》」の哲学者とみなす立場への対抗として書かれたと言ってもよい。「特個性」の思想家としてデリダを捉える論者たちが扱うテクストと本書で対象とするテクストとはほとんど重なっている。その意味で、すでに述べたように、デリダに「特個性」を追い求める論者たちの研究は本書にとって非常に参考にはなるのだが、そのいちいちにおいて理解が異なっている。「特個性」の称揚者たちにとっては、デリダの論じたジョイス、ポンジュ、ツェラン、（『滞留』の）ブランショはことごとく「特個性」の代表者とみなされ、最後期の著作の一つ「死を与える」はまさしく「特個性」の哲学そのものであるとされる。本書ではこれからデリダのテクストを丹念に探りながら、デリダの議論がけっしてそのような方向にはなかったことを論証する。

すでにかなり影響力をもっていると思われるこうした潮流に対しては、個々人が大衆《マス》への埋没の恐怖と究極の自己像への渇望とに苦しんでいるようにみえる現代において本当に問題であるのが特個性と一般性（・普遍性）の同立をいかにして心から感得するかである、という立場からするとどうしても強く異を唱えておかなければならない。本書はその使命感をもって書かれたといってよい。特個性の賛美は危険であること、むしろひとを疎外状況に追い込むこと、この認識をデリダは初めから最後まで堅持しながら、微妙にバランスをとりなおして、それでも特個性を活かすあり方を見いだしてきたのだ、と本書は主張するものである。

フランス語で書かれた管見するところ唯一のものである、デリダにおける「範例性」を対象化した論文（マリアン・ホブソン「デリダの範例性」(9)）は、あくまでも、特個性と普遍性のアンビヴァレントな両立を「例」という形象にみる論考であり、本書と深く共鳴しあう研究である。ホブソンはデリダの出発点（若き日のフッサール研究）から『グラマトロジーについて』および『エクリチュールと差異』の諸論文（とくにアルトー論）、そして『他者の一言語使用』までを、この「範例性」の問題設定が貫いていることを論じてみせた。おもに上記の著作のみを扱って手短な指摘をおこなっているこの短い論文に、ある意味では本書の骨格が素描されているかもしれない。だが、この主題から読み直すべきデリダの著作はホブソンが取り上げたもの以外にもはるかに多くあり、そうした材料を含めデリダの議論を綿密に検討することで、「範例性」の問題の全貌が初めて浮かび上がってくると思われる。

なお、「範例性」がデリダにとっての「文学」という概念と直結していることを明確に論じた研究はこれまでにみられない。逆にいえば、この問題設定（あるいは他の問題設定でもよいのかもしれないが）を見いだすことができなかったために、これまでデリダの文学関係の著作は、ほとんどバラバラにしか論じられないか、逆にあまりにも漠然と、デリダは文学に関心があったのだという言及に終わってきたのだと思われる。本書はデリダにとっての「文学」という問題圏の相貌を示すまとまった研究として、意義づけることができよう。

『千夜一夜』の現代性をめぐって

『千夜一夜』についての研究のおおまかな流れについては、第Ⅱ部の「はじめに」で触れることにして、ここではデリダおよび現代文学理論と『千夜一夜』を視野に入れるような先行研究を掲げることにとどめたい。

デリダなどを援用して現代テクスト論や現代文学理論的な関心から『千夜一夜』のテクストの特質とその価値を論じる研究としては、『千夜一夜』をポストモダン・テクストの観点から意義づけようとするサンドラ・ナッダッフの研究（『アラベスク――一〇〇一夜における物語構造と反復の美学』[10]）を挙げておくべきであろう。本書はこの研究に大きな触発を受けている。ただしナッダッフの研究では、デリダは、テクストがテクスト自身のありように言及するという「メタテクスト」の回路を重要視した理論家として名前が出されているにすぎず、『千夜一夜』における「反復」の現象を深く分析した研究でありながら、デリダの「反復可能性《イテラビリテ》」という重要概念にも触れていない。こうしたことにも伺えるように、ナッダッフの刺激的な著作は『千夜一夜』のテクストが含む反復現象については貴重な指摘を数多くおこなっているものの、この現象が認識論的に意味するところについての考察は薄いと言わざるをえない。ましてや『千夜一夜』に横溢する反復現象が、存在の個別性と一般性との逆説的な接合の顕在化、すなわち「範例性」の問題の顕在化であるといった観点はまったくみられない。またナッダッフが培ってきた文学をめぐる問題意識はきわめて深いと感嘆させられるが、現代の文学理論家たちの作業についての具体的な知識に乏しくまたその理解は多分に表面的である。デリダについての理解もきわめて一般的なものであり、その知識は学生向き概説書の域を出ていない（しかも、その見出しに挙げられるような用語をようやく利用する程度である)。その他ジュネットやトドロフなどへも一応目配りがされているが、単なる言及のレベルにとどまり、彼らの研究の本質を捉えた上で『千夜一夜』との突き合わせによって新たな考察の展開を試みるといった次元にはない。同じことは、『千夜一夜』のテクスト論的研究として重要なデイヴィッド・ピノーの著作[11]についても言うことができる。

現代文学理論の意識をより鮮明にとり入れた『千夜一夜』研究として重要であるのは、フェリアル・ガズールの『夜の詩学――比較研究からみた『アラビアン・ナイト』[12]』である。『千夜一夜』をそれ自身の内的論理をもった構造体とみなし、新たな社会・経済状況に次々と接するなかで変貌する作品と捉え、常識的な一貫性を超えた柔軟＝可変的な物語体、すなわち多様なジャンルと異質な要素を混在させるテクストとして提示したこの研究は、本書での『千夜一夜』の捉え方を根本的に支える主張を数多く提供するものであった。この著作は、異種混淆的で可変的であるがゆえに混沌としかみなされてこなかったこの物語集の全体に、「それ自身の批評的方法論」が内在している、とみなす姿勢において、本書のモデルともなる研究であり、とりわけ理論的考察を展開したその第一部の功績を高く認めたい。ただ、この研究においては、リファテールやトドロフ、あるいは若干バルトやジュネットなどが参照されているものの、やはり理論的基盤はきわめて薄弱であり、その知識は教養的な範囲にとどまっているようである。それがために、『千夜一夜』を「世界文学」とのかかわりで捉えようとする意識をもちながらも、『千夜一夜』の特殊的な論理の観察から考察を物語テクスト一般ないし文学の本質的特質へと接続することに至らなかったのだと思われる。ガズールは登場人物の「曖昧さ」、内部と外部の境界のゆらぎ、種々の反復現象、省略ないし不在の要素の効果など、いかにもデリダ的な文学観あるいはより広くポストモダンのテクスト観に合致した諸特質を『千夜一夜』に見いだして考察しているが、デリダについてはたった一カ所名前が出てくるだけで、ほかにはエピグラフとしての引用があるのみであり、まったく『千夜一夜』分析とデリダの思考作業との突き合わせはなされていないと言ってよい[13]。

最近の論文を眺めても、[14]現代文学理論に貢献するものとして、つまりは私たちの文学概念を更新するようなものとして『千夜一夜』を捉え、詳細に現代文学理論の諸著作と『千夜一夜』を交叉させた研究は見当たらない。その意味で本書は、これまで切り離されてきた文学理論研究と『千夜一夜』との邂逅を、真剣に模索しようとするものである。『千夜一夜』をめぐる具体的な論証や発見という面での功績は望むべくもないが、むしろこれまで蓄積されてきたさまざまな研究の成果を受け止め、それを活かしながら、この作品が現代の私たちにとって持っている触発力を明らかにする契機としたい。[15]

第Ⅰ部　ジャック・デリダにおける「範例性」の概念と「文学」

はじめに　〃デリダの思想〃と「文学」と「範例性」

二十世紀後半を代表するフランスの思想家ジャック・デリダが、単にフランスにとどまらず、現代の世界を代表する哲学者でもあったことは誰も否定することのない事柄であろう。その思想家＝哲学者デリダは、自分の作業を文学と切り離しえないものとして、あるいはむしろ文学へと向かうものとしてしばしば説明していた。彼は自分の哲学者としてのキャリアを振り返るときにはかならずと言っていいほど、文学への志向が最初にあったことを述べている。たとえば、一九八三年におこなわれたインタビューで彼はこのように語っている。

私の「最初の」欲望はおそらく私を哲学に向かわせるものではなく、むしろ文学へと向かわせるものでした[1]。

ここで彼の言う文学とは、個々の文学作品やそれを論じる文学批評の作業を指しているのではない。「哲学」ないしは「思想」すなわち人間の思考活動のもっとも微妙なあり方、それがここで「文学」として名指されているのである。デリダは「文学」という言葉を言い換えて、自分をつき動かしていた関心についてこのように続ける。

いや、文学のほうが哲学よりももっとうまく扱いうるなにものかへと、向かわせるものだったと言えるでしょう。二十年来ずっと私はこのなにものかに到達するために長い迂回を続けているという感じです。(2)

デリダは哲学者の仕事と作家（ないしは文学者、さらには批評家・文学研究者）の仕事をたえず対比するが、両者を深奥においては共通するものと考えるとともに、「文学」においてこそ哲学の作業の精髄がおこなわれ、哲学を超える可能性がかいまみられ、哲学の不可能性を補う契機《チャンス》が与えられると考えていた。「その純粋さに到達することは不可能だとわかっていてなお私が夢見つづける」(3)という、文学が示すなにものか、これを不器用なかたちで追い求めることがデリダの哲学作業だったということができるかもしれない。まさに彼の著作の一つのタイトル（「文学と呼ばれるこの奇妙な制度」(4)）ともなっているように、「文学」を一つの「奇妙な制度」ただし人間の本質をなすような重要な逆説や非合理的な論理が最大限に現われる貴重な制度として注視する姿勢が、デリダを貫いていた。文学についてデリダは「世界で最も興味深いもの、もしかしたら世界よりももっと興味深いもの」とさえ言っている。デリダの「文学」への関心を示すこのおそらくもっとも有名な、しかしながらきわめて曖昧な（だからこそもっとも端的に彼の関心のありようを言い表わしている）その台詞を引用しておこう。

おそらく文学はあらゆるものの境界《エッジ》＝縁《ジ》に、それ自身を含めてあらゆるものをほとんど超えたところに、立っている。文学は世界で最も興味深いものであり、もしかしたら世界よりももっと興味深いものであって、だからこそ文学が定義をもたないにしても、文学の名の下に称揚されたり拒絶されたりするものはほかのいかなる言説とも同一視しえないのだ。文学はけっして、科学的、哲学的、対話的ではありえない。(5)

ここから読みとれるのは、デリダの文学にたいするきわめて高い関心であると同時に、定義しえないものとして文学が前提されていることである。そしてどうやら定義できないという点にこそ文学の重要性があるようだ。文学はけっして「言説《ディスクール》」として位置づけえないものであり、いかなる学術にも、思考にも、そして言語行為論的な言語認識にも抵抗するようななにものかとして価値を置かれている。すでに明らかなように、デリダにおいて問題とされているのはある意味では文学そのもの（文学というジャンルにしろ、文学作品にしろ）というよりは、文学という場においてもっとも鮮明に姿を現わすような、人間的で奇妙なある特殊論理であると言ったほうがよいであろう。

本書が主題とする「範例性《エグザンプラリテ》」はまさにそのような、奇妙なしかし本源的な人間的論理の一つであり、それはほかのあらゆる場においてもみることができるが、とりわけ文学という場において顕著に現われてくるようなものである。また逆にいえば、「範例性」は文学の内部に限られる特質ではないが、文学の本質とかかわるようなものとして考察しうる特質である。

本書では、「文学」と切り離しえないものとしての、ただし文学を超えた人間のあらゆる生の領域において働いているからこそ重要であるものとしての「範例性《エグザンプラリテ》」について、デリダの思考を追って検討していきたい。

第一章「「範例性」概念の展開」ではおおまかにデリダにおいて「範例性」という問題意識がどのように醸成され展開されたのか、アウトラインを押さえることを目的として、初期から後期にいたる流れの概略を押さえる。この作業によって、デリダの研究者によってこれまで本格的に論じられたことのないこの「範例性」という概念が、確かに一つの問題設定としてデリダの思想のなかに場を占めていたこと、しかもますます重要な問題として意識されていたことを明らかにしたい。また、「範例性」の概念がデリダ特有の「文学」をめぐる問題意識と不可分のものとして形成されていくこともみることができよう。

第二章「「自己」の「範例性」」では、「自己」という、あらゆる人間にとってゆるがせにできない概念が、この「範例性」の思考のなかでどのように再布置化されるのかを検討する。すなわち、二十世紀後半の西欧哲学において広くおこなわれた「主体の解体」のあとで、再びいかにして主体を立ち上がらせるのか、という困難な課題に対するデリダなりの応答の試みを検証する。この過程で、現代において私たちが人間存在（自己ないしは主体）を認識する際に、「範例性」という観点が不可避的に援用されることを確認したい。この章ではデリダの中期から後期にかけての著作のいくつかを対象とすることになる。

以上の二つの章において、「範例性」という問題設定が、多くの場合、文学テクストの考察という契機を経て展開されることをみることになるが、第三章ではより根源的に、「文学」（という暗黙の制度）がその本質として「範例性」という概念に立脚していること、おそらく人間存在の本源的な「範例性」をあらわすためにこそ「文学」が存在しているということをみたい。第三章「虚構文学の「範例性」」で扱うのは、主にデリダ後期の著作のいくつかであり、デリダの思想活動の到達点ともいうべきそれらの著作において、〝デリダの思想〟と「文学」をめぐる問いと「範例性」という概念とがまさに一体のものとして極点に達していることをみることができよう。

第一章　「範例性」概念の展開

デリダにおける「範例性」の問題圏の変遷

デリダの思想は、大まかにいって進化・発展モデルには合わないという印象がある。一九六七年刊行の初期の三著作（『声と現象』『グラマトロジーについて』『エクリチュールと差異』）を読み返してみれば、その随所に、その後明確に提示され展開される概念や問題意識が萌芽的にあるいはすでに明瞭に表わされていて、驚くばかりである。いわばデリダのその後の三十年あまりの活動は、六七年の著作ですでに示されていたエスキスを（例を替えながら）敷衍するものであった――と言えそうですらある。したがって、デリダの思考を発展的に捉え、時系列に従って追尾し整理する試みは、あらかじめ齟齬をきたしており、有効性を疑問視せざるをえない面があることもたしかである。

しかし、本章では、「範例性」の概念をめぐって、クロノロジックにデリダの著作を追いかけながら、それがいかなる問題設定として現われてくるのかをたどるという手続きを採用することにしたい。その理由（ないし口実）の第一は、この「範例性」の問題は、デリダにおいて重要な概念でありそうなのだが、デリダ本人が集中的には論じたことがなく、きわめて拡散的にしか触れられてこなかったことである。デリダにおける「範例性」の概念を対象とした研究も、したがって今のところきわめて稀で(1)、数においてだけなく研究内容としても不十分な状態である。それゆえ本章では「範例性」概念の研究の端緒を拓くために、まず手探りに、したがって手堅い

範例性をめぐる思考	関連するデリダの主要テーマ
第一段階　「例 exemple」への関心	現前性 présence 批判
	反復可能性 itérabilité
第二段階　「模範的／例的 exemplaire」なあり方への注目：特個性と普遍性の葛藤関係	法 loi
（移行段階：特個性と普遍性の接合の素描）	
	秘密 secret
第三段階　「範例性 exemplarité」	証言 témoignage

やり方で、デリダにおけるこの概念の扱われ方を押さえる必要があるのである。第二の理由は、瞥見したところ、範例性をめぐってはデリダの著作群のなかで、概念と問題意識の時間軸に沿った変化・発展がある程度存在するように思えることである。

範例性の問題をめぐって、デリダの著作のいくつかを以下に検討していくが、それに先立って、範例性の概念の展開を時系列にしたがって大きく三段階に図式化しておこう。第一段階は一九六〇年代後半の「例 exemple」という概念＝存在様態への関心、第二段階は七〇年代から八〇年代へかけての「模範的／例的《エグザンプレール》 exemplaire」なあり方への注目、そして八〇年代後半を移行期として、第三段階が九〇年代以降の「範例性 exemplarité」の議論の展開である。また背景となるデリダの思考の主要テーマとして、「現前性批判」、および「反復可能性《イテラビリテ》」「法」「秘密」「証言」の諸概念を挙げたい。以下にこれらの主要テーマを機軸として範例性議論の展開を素描してみよう。

範例性議論の第一段階——「例」への関心と「現前性」批判

六七年に刊行された三著作『エクリチュールと差異』『声と現象』『グラマトロジーについて』[2]を、範例性をめぐる議論の第一段階を形成する著作群としたい。この時期には「現前」の自明性を問うことが中心課題とされたと言ってよいだろう（むろん現前性批判はデリダが生涯あらゆる活動を通じておこなったことではあるが）。存在と自己同一性を保証すると通常みなされているもの

――すなわちあらゆる「起源」――に対する徹底した批判が試みられる。たとえば、現前を保証するものとしての「今・ここ」という概念や、アイデンティティのよすがである「名前」などがいかにして現前の神話を捏造しているのかを、デリダは挑発的に繙いてみせる。そしてその代わりに、私たちの存在が「不在」の上にこそ、あるいは自己の死（の可能性）の上にこそ――つまり『声と現象』ですでに述べられているとおり「遺言的な」仕方によって(3)――成り立っていることを明らかにしてみせる。

「脱構築」の作業に次々と着手するこの時期には、反＝「起源」論を展開するなかで「例」というものへの関心が素描されるにとどまるが、おそらくこの問題意識が刺激の一つとなって、次の主要テーマである「反復可能性」の議論が決然と、精力的に展開されることになったと考えられる。

この「反復可能性」という問題設定もまたデリダが彼のすべての活動の基盤に据えていたものと言ってよい。中心となる著作は、一九七一年八月にモントリオールでおこなわれたシンポジウムでの口頭発表「署名　出来事　コンテクスト」（一九七二年『余白』に掲載）とその際の討論会「哲学とコミュニケーション」（一九七三年に刊行）での発言である(4)。この後絶えず意識されることになるサールらの言語行為論（スピーチ・アクト理論）への反駁が先鋭なかたちでおこなわれ、発話行為の「特個性 singularité」・一回性への批判が徹底的に開始される。存在がそれ固有の起源に基づき、一回的・特個的なものとして在るのではないということ、それを象徴的に示すものとしてテーマ化されるのが「署名」である。すでに書かれたものの反復であり、のちに反復されるという可能性によってのみ署名として成立するこの、通常特個的存在の証とみなされる徴《しるし》は、あらゆる存在の本来的な「反復可能性」の端的な例にほかならない。

とくに注意しておきたいのは署名のこうした特質をもっとも鮮明に浮かび上がらせるのが、いわゆる「連署《カウンターサイン》」〔反対＝署名〕という事例であることだ。「連署」にこそ署名の本質をみることによって、つまりは存在のあり方の本質をみることによって、存在そのものが本質的にはらむ虚構・偽証・歪曲の可能性と他者への開かれ（連署という制度は他者によるサインの肯定でもある）とが議論の俎上に載ってくるからである。

範例性議論の第二段階――「法」の問題、およびその後の移行期

反復可能性の議論はある意味でそのまま「例」・例証といった事柄と直結するせいか、かえってその議論のなかでは例・範例性にまつわる考察はとくにおこなわれていない。むしろ「署名」をめぐる議論が一旦提示されたのちに、例・範例性の問題は新たな側面から取り上げられることになる。それが第三のテーマとしてここで掲げた「法」との連関において捉えられる「模範的／例的《エグザンプレール》な」あり方をめぐる議論である。七〇年代の著作（『弔鐘』『絵画における真理』）と八〇年代のカフカの短篇を取り上げた論考（「予断――法の前に」）が、デリダにおける範例性の議論の第二段階を示していると考えられる。「法」の概念が、いいかえれば「法」と「個」との関係が問題化されたこれらの議論が、次の段階の「証言」のテーマの準備となっていることも容易に理解することができる。この時期には«exemplaire»《エグザンプレール》なあり方とは、傑出した、特個的な、模範的なあり方という方向でおおむね考えられ、「法」に代表される一般性・普遍性との矛盾、対立、葛藤が議論されている。

なお範例性の議論の第三段階に至る前には、もう一つの準備段階を見てとることができる。それが一九八七年刊行の『ユリシーズ　グラモフォン』で展開される、新たなかたちでの言語行為論批判、新たなかたちでの反復可能性の議論、もう少し明らかにいえば、言語の（そして存在の）自己例証機能に着目した論考である。ここでは自己表示という範例的機能が、特個性の頂点において脱＝特個的（いいかえれば「脱自的 extatique」）な動き――したがって一般化・普遍化への動き――をあらわすものと論じられていることが注目される。

第二段階後期から八〇年代後半のこの移行期にかけて、範例性をめぐる考察がはっきりと「文学」という特殊な制度の特質と不可分のものとして展開されていることにも注意したい（もっともデリダの思想はほかの面でも文学をめぐる考察のかたちをとってはいるが）。まさにこの時期に、アメリカでおこなわれたインタビュー「文

学と呼ばれるこの奇妙な制度」は、文学をめぐるデリダの考え方を多角的・総合的に知るための拠り所となる文献である。文学の特殊性の考察と同時に「範例性」という概念が練り上げられていく過程を、私たちはここにみることができる。

範例性議論の第三段階——「秘密」と「証言」

九〇年代に入ると、「秘密」およびとりわけ「証言」という主要テーマが積極的に展開される。これがそのまま、デリダにおける範例性の議論のとりあえずの到達点であるとみることができよう。その舞台となる著作は九三年の『パッション』および、とりわけ九四年に「虚構と証言」というタイトルでおこなわれた口頭発表である。後者のテクストは九八年に『滞留』として単行本化されるが、これが「証言」というテーマをめぐるデリダの論考の中心的著作であり、そして範例性をめぐるデリダの充実した議論を読むことのできるテクストである。「範例性」は特個性の頂点における普遍化の実現、一般性・公共性のただなかでの個別性・個人性の究極的な高揚、すなわち特個性と普遍性との接合、すなわち特個性の頂点における普遍性の究極的な発現を示す概念となる。

本章では、以上に概略を示したような発展段階を追いながら(もちろん、少しでも理解を深めるための便法とはいえ、こうした段階的整理がある意味で滑稽かつ虚妄であることを知りつつ)、デリダとともに「範例性」というあり方について考えていきたい。

その過程において随所で、「範例性」という概念を用いたときに不即不離の問題として浮かび上がってくる、別の言い方をすれば、「範例性」を考えるための基盤をたえず提供するものである「文学」(および「虚構」)の問題を検討する。デリダにおいて「文学」(「虚構」)はいかなる意味で価値をもつのか。あらかじめ言ってしまえば、「範例性」の典型的な(模範的な・傑出した)場としての文学の特質についてデリダの言を追ってまとめてみたい。
なお本章ではとりあえず九八年刊行の『滞留』までの議論を検討する。再度『滞留』を含め、その後に刊行された著作とくに『死を与える』と『パピエ・マシン』を視野に入れたデリダにおける範例性をめぐる思考の最終的な広がりについては、第三章で論じることにしたい。

第一節 「例」の問題性

六七年刊行の三著作（『声と現象』『エクリチュールと差異』『グラマトロジーについて』）はいずれも、既存の、ほとんど古典とみなされる著作家・哲学者たちのテクストを取り上げて批判的な論考を展開したものである。初期のこの三作に限らず、デリダの著作はすべて誰かのテクストを典型的な事例として掲げ、論究の対象とすることで、みずからの新しい思想を展開しようとするものである。デリダ自身がこうした自分の思考手続きにはきわめて敏感であり、初期の三著作、とくに、多くの著作家のテクストを各章で対象とした『エクリチュールと差異』および主にルソーを論じた『グラマトロジーについて』では、「例にとる」というこの手続きそのものがはらむ問題が強く意識されている。

『グラマトロジーについて』は本論といえる第二部でルソーを批判的対象に据えて精力的に論を展開した著作であるが、そのまえがき（« avertissement »、すなわち「警告」でもある）の冒頭では、この書の第一部が理論的な原型を素描するものであり、つづく第二部において第一部で提示された諸概念が検証にかけられる、と述べられているが、デリダはここで、この第二部を「例の瞬間《とき》 moment de l'exemple」だと言い換え、さらにこの「例 exemple」という概念がまだここでは「厳密には、受け容れがたいものだ」と但し書きしている。

〔第二部は〕こういった方がよければ例の瞬間《とき》である。ただしこの〔例という〕概念は、ここでは、厳密な意味では受け容れがたいものである。私たちが便宜的にいまだ例と呼んでいるものについては、当時、もっと忍耐強く、もっとゆっくりとしたやり方をして、選択を正当化し、必然性を証明しなくてはならなかったはずなのだ。(5)

ここには「私たちが便宜的にいまだ例と呼んでいるもの」についての問題意識が強く窺える。まだ容認しがたいとは、たしかに続く文章で断わられているように、本当はもっと忍耐強く慎重にもっとゆっくりと時間をかけてその（すなわち「例」の）選択を正当化したりその必然性を証明したりしなくてはならない、という選択対象（ここではルソー）の正当化の問題でもあるだろう。だがそれよりはむしろ、「例」というものの機能の仕方、「例」というものの成立要件、なぜあるものが「例」となりうるのか、「例」とされたものはその残りのものに対して正確にはどのような位置づけにあるのか、こうした「例」というものをめぐる根本的な問題意識がここで提示されているのだと思われる。

なぜ「例」を通じてしか考えることができないのか。《exemple》とは、思考に現実的基盤を与える「実例」であり、もっともわかりやすく傑出した「典型例」であると同時に、ほかにいくらでもある類例のうちの「サンプル」にすぎないものでもある。思考を支える、思考に不可欠な、それでいて補足としかみなされない「例」は、現前性批判をおこなうデリダの鍵概念である「代補〔代理＝補足〕supplément」のまさに典型事例である。みずからの思考活動の代補的存在であるこの「例」とは、自分の思考にとっていったい何であるのか。ルソーという例をめぐって、代補の様態とは「過剰かつ欠如である」(6)とデリダが述べるとき、デリダは自分が取り上げているルソーという例と自分の思考活動そのものとの関係を考えているにちがいない。引用対象であり、自分の思考の直接表現（などというものが可能であろうか）の「代わりに」論じられ、付加であり眼目である例ルソー。この

「例」こそは、現前の欠如（思考の現前というものの本来的不可能性）と欠如そのものの現前とを象徴する装置にほかならないだろう。

実際、『グラマトロジーについて』と『エクリチュールと差異』の本文では、ことあるごとに、「例えば par exemple」という表現が、すなわち例を通じて思考するという手続きが、異様に強調されている。「例えば」は、この後、デリダのほとんどあらゆる著作において、ごく普通に、そして不可避的に、頻繁に用いられるが、そのつどデリダに反省的思考を強いるのである。「例」をめぐる本質的考察は出発点においてデリダに課された宿題であり、「例」という機制は少しずつ先延ばしにされながら持続的に考え抜かれることになる。

『エクリチュールと差異』ではとりわけ『狂気の歴史』のフーコーをめぐる考察「コギトと『狂気の歴史』」のなかで、特権的な「例」という問題が議論されている。フーコーはこの著作で、古典主義時代（フランス十七世紀）における理性と狂気の分割、いいかえれば理性による狂気の排除を論じたわけだが、デリダが問題とするのは、古典主義時代がなぜ特権化されるのか、あるいはある事例・ある時期（「瞬間 instant」）[7]の特権化がなぜ可能なのか、という問題である[8]。フーコーの主張するように、そこに決定的な根源的分割線が見いだされる、とすることはできるのだろうか。デリダはこの点に批判の矛先を向ける。文章はやや長くなるが以下に引用してみよう。

したがって、理性というものが狂気の自由な主体性をそこから排除しまたそこから客体化することによって構成されてくるような分割線〔／決定／判断〕décision、この分割線がまさに歴史の起源にあるならば、それが歴史性そのものであるならば、つまり意味と言語活動の条件、意味の伝統の条件、作品の条件であるならば、排除の構造が歴史性の根源的な構造であるならば、もしそうであるならば、フーコーが記述するこの排除の「古典的な」瞬間は、絶対的な特権ももたなければ原型《アーキタイプ》的な模範性ももたないはずである。それは、見本《サンプル》としての一例なのであって、模範《モデル》としてのではない。いずれにしても、この分割線の特個性――それは疑いもなく深いものであろうが――を明らかにするためには、おそらく〔その排除の構造がほかの構造とのように、なぜ区別されるのかを強調するべきだったであろう〕。またその範例性《エグザンプラリテ》の問題を提示すべきであっただろう。すなわち、それが可能なほかの諸例のなかのある一例なのか、「好例」すなわち特権的なかたちで啓示的な力を発揮する一例なのかという問題をである。(9)

解説を加えてみたい。「フーコーが記述するこの排除の「古典的な」瞬間は、絶対的な特権も」「原型《アーキタイプ》的な模範性 exemplarité ももたない(10)」とデリダは述べる。すなわち、フーコーの描き出す構図が有効だとすれば、それが典型的に発見されるこの瞬間は、実は、一回的なものではなく、〔歴史的に重要な現象として、その後歴史のなかで〕繰り返されたものでなくてはならない。だから一見そうであるように見えるのとは逆に、あるいはフーコーがそう主張したがる（したがっているように見える）のとは逆に、古典主義時代にみられるこの古典的・起源的瞬間は「絶対的な特権」を有していず、「原型《アーキタイプ》」として機能しうるような「模範的な」もの（比類のない、めざましい、傑出した代表）ではない。すなわち模範的「モデル」ではなく、「サンプル」としての「例」である。つまりは多くの事例の一例にすぎない（「それは、見本《サンプル》 échantillon としての一例なのであって、模範《モデル》 modèle としてのではない」）。そしてむしろ、連鎖から断ち切られた一回的・特権的「モデル」ではなく「サンプル例」だからこそ、実はこの事例は重要性をもちえるのだ。おそらくこうした複雑な問題意識をこめて、「例」というもののもつ「模範性《エグザンプラリテ》の問題」こそがフーコーによって問われるべきであった、とデリダは批判的に述べているように思われる。

だがここではまだデリダは「例」のさまざまなタイプを考え始めたばかりである。フーコーの古典主義時代は「一例」、すなわち、ほかにもあるなかの一つの例（「可能なほかの諸例のなかのある一例」）なのか？　それとも特権的「好例」（「一つ〔だけ〕の「よい例」un « bon exemple »」）つまり真理を明かす特権的な例（「特権的なかたちで啓示的な力を発揮する一例」）なのか？　デリダの意識は、この引用前半部では連鎖のなかでの反復へと連なる可能性をもつ「ほかの諸例のなかのある一例」という「例」概念の方に傾いてはいるのだろうが、ともかく「例」が単なる「標本＝見本＝サンプル échantillon」としての型どおりの機能しかもたないならば、「模範《エグザンプ》的《レール》な」力をもつことなどありえない、という点においてフーコーの論が批判されていることに気をつけたい。これはもちろんフーコーの著作のうちにある密かな齟齬の指摘にすぎないのであるが、上にも引用した「原型的な模範性」という言葉遣いが表わしているとおり、この段階では « exemplarité » という概念は単に、他よりも秀でたモデルとなる傑出性すなわち「模範性」の意味において考えられているにすぎないことに注意したい。むろんそれがこの語の通常の意味にほかならない。(11) 形容詞 « exemplaire » もまた、利用する例の特権的効力すなわち「模範的」な性質を示す語としてここで用いられている。

それでも、引用の末部において「模範性《エグザンプラリテ》の問題」こそがフーコーによって問われるべきであった、とデリダが問題提起するとき、『グラマトロジーについて』のまえがきでも明瞭に提示された「例」とは何かという問いが問われようとし、例というものがもつべき模範的・啓発的な力と、例が例であるゆえにもつ凡庸さ、すなわちこの模範性の力に対するマイナスの抗力とが、つまりは「例」を構成する二つの対立矛盾する力の並存が、おそらく背後で気づかれているとみることができよう。

フランス語の « exemple »（「例」）という語を辞書で引いてみればわかるとおり、その第一の定義は、（他によって）「模倣されるもの」、である。(12)「例」とはまずもって模倣の対象、モデルつまりは「型」である。すなわち再生産の運動を喚起するようなもとのもの、「鋳型」のようなものである。つまり「例」は他のものを生み出すという意味においてのみ価値をもつような、それ自身は空虚なものと言うことができる。もう一方でもちろん、模倣されるとはすなわち、この「例」が特権的な位置づけを与えられ、模範ないし標準として機能する理想的モデル（手本、鑑）とされることである。「例」という事象は特権的なるもののいわば空白の実質を、そして他への本質的な依存ないし係累をすでに暗示している。

フーコーが取り上げた古典主義時代という特権的な「例」の問題を通じて、模範的《エグザンプレール》で特個的なものが必然的に他との連鎖のなかで位置づけられなければならないという点を問題とするデリダは、「例」というヤヌス的存在を通じて、彼がこの後「反復可能性」として定立する存在の本質的反復性の問題にすでに手を付け始めているのである。また、長い時間をかけて展開される「模範性・範例性《エグザンプラリテ》」という概念の全射程がここですでに萌芽的に捉えられていると言うこともできるであろう。

第二節　「模範的な」あり方の特権性と「法」

フランス語の《exemplaire》〔エグザンプレール〕という語は、語形的には「例」という名詞から派生した形容詞であるが、すでにみたように、他の模範となる、すなわち完全な、傑出した、めざましい（懲罰の場合は「みせしめとなる」）という意味で用いられる語である。したがって普通日本語では「模範的な」と訳される。これは「例」のもつ、好例、典型例などといった特権的な側面を引き継いだものである。もう一方で《exemplaire》という語には名詞としての用法があり、これは多くの似たようなもの、同一の範疇に属するもの（あるいは端的に「同一」とみなされるもの）のうちの一つ、多くの部数作られた本のうちの一冊、複数あるコピーのうちの一部、動植物の個体・標本などを指す。あるカテゴリーの現実的な「顕われ」を無差別に指すと言ってもよい。こちらの用法では、さきの形容詞の語義とはまったく逆に、模範性・特権性・傑出性の側面はなく、逆に無数にある同種のものの完全に匿名的で凡庸な一例という、「例」のもつもう一つの側面、すなわち類例、一例などと言うときの代替可能な特質、置換可能で特殊性を欠いた性質が基礎となっている。ちなみに名詞としての

《exemplaire》は日本語に訳す場合、文脈に応じて、〔本の〕「一冊」、〔コピーなどの〕「一部」、〔版画などの〕「一刷」などと訳される。すなわち日本語には直接対応する語＝概念がない。

デリダは六〇年代の著作において、形容詞《exemplaire》（「模範的な」）を用いて、「例」というものがもつ特権的な機能を――批判的なまなざしを伴いつつ――注視していた。七〇年代初めに「署名」をめぐる議論を中心として、存在の本質的な「反復可能性」がデリダの思考の中核に置かれるようになったのち、デリダはあらためて「模範的な exemplaire」というあり方をめぐる考察を展開する。さらに名詞としての《exemplaire》（〝部〟、顕われ）の用法をここに考え合わせることによって、デリダのなかで《exemplarité》という特殊な概念が一つの根源的なメカニズムとして立ち上がる兆しをみせる。

1　『弔鐘』――神という最良にして唯一無二の例

一九七四年刊行の『弔鐘』(13)は、ページを二分割して左側の段組ではヘーゲルを論じ、右側の段組ではジャン・ジュネのテクストを論じるという、二つのほとんど対照的な性質の議論が同時に並行して展開するような体裁をとった著作である。この著作においても、デリダは自分が、ヘーゲルおよびジュネという「例」に頼ることで自分の思考を展開しようとしていることを強く自覚している。そのことは冒頭近くに置かれた次のような断片的な文章によってはっきりと示されている。

非常に限定された、部分的な、特殊な、二つのパッセージ〔移行／くだり〕passages、二つの例。しかしおそらく例というものは、その本性から〔／本質というものに対して〕de l'essence 遊び戯れる〔／悠然と乗り越えている〕se joue。

ヘーゲルとジュネという二つの事例を典拠としながら、二つの論＝パッセージを展開し、そしてその二つの柱の間を交互に行き来する《パッサージュ》、と述べているこの文章は、この著作そのものへの前書きのような説明機能を果たしているが、この著作が（「例」を用いた作業を展開しつつ）「例」というものの本質について問うものであることがここに明かされているとみたい。そして、ここで予想されている「例」の本性《エッセンス》とは、「本質《エッセンス》」というものに対して「例」がどのような関係にあるのか、という問題に対する答えとして現われてくるようなものであると解釈したい。右の引用によると「例」の本性とは、「本質」をはぐらかしそれと戯れること、そしてまた、「本質」というものに対して超然とした次元に身を置き「本質」など抜きにしたところで思考を展開することである、とされていることが読みとれる。

「例」をめぐる議論としてこの著作においてとくに注目されるのは、ヘーゲルが『精神現象学』で用いる人間と神との対照をデリダが取り上げ、それを「ヘーゲルの模範的《エグザンプレール》なレトリック、彼のレトリックの例主義的《エグザンプラリスト》〔／典型的〕な手法」と造語的形容を用いながら表現し、この対照を通じて「例」というものの境位についての考察を始めている部分である。

そのまえに、その前段階として展開される議論を押さえておこう。デリダはまず、ヘーゲル（『精神現象学』）において、動物や植物と異なった「精神」的存在である人間個体の特殊的な境位を説明するにあたって、ヘーゲルが「種子」（（独）Same、（仏）semence＝胚芽、種子、精子、種）という形象を用いている箇所に着目する。ヘーゲルの反復ないし再解釈であるこのくだりでデリダが強調しようとするのは、「種子」というものが、自己の根源が自己ならざるものであることを明示するものにほかならない、ということである。すなわち「種子」は、自と他をつなぎ、存在の反復可能性を象徴するまさにデリダ的なモチーフとなっているのである。「種子から植物が始まる。しかし同時に種子はその植物の生命全体の結果でもある。植物は種子を生む（hervorzubringen）ために成長する。しかし、種子が〔それ自身の〕始まりであると同時に〔別の〕個体の結果でもあるということ

〔…〕、ある個体の所産にして別の個体の始まりであるということ、それは生命の無力にほかならない」[15]。ここでは「種子」と「植物」（の生命全体）との関係が、特権的な例とその背景となる全体との関係として捉えられていることがわかる。しかしこの特権的な例（「種子」）は、全体に依存しているのか、それとも逆に全体を生み出しているのか、つまり類例的な一例なのか、根源的な特殊性をもつ唯一のものなのか、それは私たちの世界つまり生命の世界にあっては不明のままに留まるということを右の引用の最後でヘーゲル／デリダは言おうとしているのであろう。

しかも前置きとなるこの議論のなかで、「種子」がそれ自身に閉じることなく、おのれの属する系列（＝生命体）から、他の系列（＝生命体）への飛躍を実現するべく運命づけられているものだと指摘されていることに注意したい。逆にいえば、個体の生命は、個体の生命そのものの永続を断ち切ることによってしか存続しない。「種子」は、各個体が、永遠に自己の生命を延長し続けることがないということ、そして同時に、この個体の生の断絶が、逆にその植物全体の生命の永遠の延長を可能にする、ということを象徴する装置である。ここでヘーゲルは（そしてヘーゲルを引用するデリダは）、こうした有限な個体（有限存在すなわち「人間」）とは、まさに「例 Beispiel」であるとする。系列をなす集合のなかの一例として存在するのが個体であるからだ。

ここですでにヘーゲルがこの「例」（＝人間個体）の逆説を捉えていることにデリダは注意を向ける。ヘーゲルは植物個体と比べ、いかに人間個体が優れているかを論証しようとして次のように述べているという。「個体はそれぞれおのれのうちに正確な例（Beispiel）をもっている。人間はただ教育〔養成、教養：Bildung ――デリダ注〕によってのみ、訓練（Zucht）によってのみ、そうであるべきものになる」。すなわち人間がすばらしいのは、種子を通じて他の存在のコピーとして個体を形成するのでなく、（少なくとも文化的には）個々人は自分で自分を育てていく――それが Bildung（養成、教養）という語＝概念だ――からである。かくして「逆説的にも人間個体は、植物や動物以上に、おのれ自身の所産である」[16]とヘーゲルは述べる。ここでデリダは、「教養＝自分自身の養成」というかたちで自分のなかに自分の核をもっているということ、つまり自分が自分自身の「例」であるということ、これが植物と人間とを分かつ重大な差異であり、それが人間の優越の証であるとヘーゲルが論じていることに注目しているのである。すでにここに、何かほかのものの例であるという普通の「例」のあり方を超える、「自分自身の例」であるという逆説的なあり方が提示されていることに注意したい。[17]

ヘーゲルは「無限精神」の運動とその現われを考究する際に、以上にみたようにまず個々の人間をその無限なるものの「例」（＝個体例）として論じ、そして次に「神」へと話題を移す。この展開についてデリダは次のような指摘をおこなう。

ヘーゲルは、無限精神の運動と結果の突出の例（Beispiel）として人間個体に重きを置いた後、突出それ自体の無限の動きへと、無限の精神へと移るが、この無限精神の方は、有限ではない以上、一つの例ではありえない。[18]

デリダはここで、有限なる人間は無限精神の発現「例」としてみなすことができるとしても、果たして神は無限精神の「例」として扱いうるのか、という疑問を提出しているわけである。「例」というものが普通考えられるように「ある一つの集合あるいはなんらかの均質な系列のなかにおける一つの個別例／特殊ケース cas particulier」であるならば、それ自体無限の存在である神は「例」ではありえないからだ。

かくしてデリダは「例」のあり方について二つの様態を区別することになる。一つは上記のような普通の理解、ヘーゲルが人間個体を無限精神の運動の例として扱ったときの理解によるものである。この、均質な集合体を構成する個々の事例としての有限的・限定的な「例 exemples」（複数形で考えることができる）は、相互に交換可能であり、例どうしを結ぶ一般法則 la loi générale にしたがって整理・分類される――「有限世界においては、例たち（Beispielen）は相互に置換可能であり、だからこそそれらは「例」たち、すなわち一般法則によって分類される個別事象群《ケース》なのである」[19]。これに対して、ヘーゲルの論じる神、すなわち有限的な集合をなすことがなく無限という性質を帯びた存在を通して、もう一つの、別の「例」のあり方が提示される。神が「例」でありうるとしたら、それは上に述べた集合を形成する有限的な例とは異なった「模範的な理想／理想的な存在 l'idéal exemplaire」としてだ、とデリダは述べる[20]。この絶対的な、理想的な、傑出した存在は、類例がなく、他との比較が不可能な、なんらの限定も伴わない、無限に高尚な、まさに究極的に「exemplaire（模範的な）」ものである。《exemplaire》という形容詞は（この意味においては）、まさしくこの神のような、ほかのものとの類比が不可能な、限りなく崇高で、完全に特個的なものに対して用いられるべき形容詞であることが理解される。

　注意しておきたいのは、デリダがそこで、のちの著作での議論を先取りするかのように、この比類のない神がそれでも「例」となりうるという逆説は、神が「自分自身の例となる」という仕方によって可能となるのだと述べていることである。「exemplaire（模範的な・傑出した・めざましい）」というあり方は、ほかに例のない例となる、すなわちそれ自身が例となるという、いいかえれば〈模範的な《エグザンプレール》例《エグザンプル》〉となるという事態へと接続する。したがって例というものが自己例示という働きをとおして、本来的に類比と集合とを超越した特個的な例となる可能性をもつことが、ここで示されているのである。

　このとき「例」はそれ自身を示すのみで、何も（他のものを）例証・例示しないことをぜひ確認しておこう――自分を例にして示すべき他が存在しないのだから、この例はなんの例でもない。したがってそれは空虚な例、空白の例、傑出していながら内容をもたないような例だということになる。このことは、ヘーゲルの著作において、自然宗教の発生時にほぼ普遍的に想定される純粋なる光、その形象としての火、さらに言い換えて「le brûle-tout（全＝焼／すべてを焼き尽くすこと／焼き尽くす捧げもの／燔祭《はんさい》）」の問題として展開される[21]。この「純粋な例」は、純粋なるがゆえに、そしてその比類のなさゆえに、本質というものをもたず、法・法則をもたない。「ここでは純粋例がまったく本質を逸れて働き、本質ときわめて距離をとり続けるために、本質をもたなくなる。つまり純粋例とは、本質がなく〔／ガソリン切れで〕sans essence、法をもたない。したがって神と同様、例をもたない[22]」。

至高の例、純粋なる例とは、例のない例（＝比類のない例 l'exemple sans exemple）であるが、だからこそその特個性が逆説的にも普遍性へとそのまま通じているのである。まさにそのことをデリダはこの「全＝焼」の例において述べようとする。『旧約聖書』創世記におけるアブラハムの生贄のことでもあり[23]、宗教の初源の光ともホロコーストの炎とも受けとることのできるこの「全＝焼」は、デリダの論述では、一回しか生起しないにもかかわらず無限に反復されるものとされる。

全＝焼――それは一回しか生起せず、しかしながら無限に反復される――は、あらゆる本質的な一般性から徹底的に隔絶しているために、絶対的な突発事故の〔もつ〕純粋な差異に類似する[24]。

本質ないし性質というものを欠き、したがって意味を欠くこの究極のもの（「焼き尽くす捧げもの」、始原の劫火、ホロコースト）は、「〈一〉にして無限の〈多〉」であり、「絶対空白」の存在であり、「起こったことのない＝起こりえない出来事」にほかならない[25]。ここでは究極の例すなわち、模範的な例 l'exemple exemplaire を通じて、«exemplaire»という性質が、「一」と「多」、「一」と「他」を接合し、非存在の存在を可能とし、虚構（聖書の神話）を現実（起こってはならないが現実に歴史上起こった災厄――あのホロコースト、およびそれに比すべき数々の事態）の基盤としてもち込む動きが素描されている。

神の例でも「全焼＝ホロコースト」の例でも、ほかに類のない究極の存在・出来事が、それ自身を例証するというかたちで「例」となり一般性をもち始めること、あるいは、ありえないはずの反復が歴史上に生起してある種の一般性をもち始めることが素描されていた。すなわち傑出した模範的究極例がそれ自身に閉じることがないという議論を右にみたわけだが、同質な系をなす普通の「例」の場合も、実は、有限な体系としてのその集合体に閉じることがないという議論をデリダが展開していることもみておこう。

今度はジャン・ジュネに関するコメント部分のなかであるが、例のもつ単一性 unicité は、それ自体かならず自己破壊し、より一般的な生成のエネルギーへとつながるとされる。デリダは、ジュネのテクストにあらわれる gla《グラ》という綴り＝音が喚起する特有な意味の働きをさまざまな語やその断片を通じて追いかけている途中で次のようなコメントを挿入する——

> 例えば（例の単一性はそれ自体でおのずと破壊し、たちまち一般化器官の力を作り出す）、ある特定のテクストのなかで、私たちが固有語法の働きを捕まえたと主張したまさにそのとたんに〔…〕glas〔グラ〕は分類〔クラシフィカション〕の名となる。すなわち無限に入り組み合うようなさまざまな一般性のつくる網の目のなかへの記載となるのである。(26)

ある特定のテクストのなかで、その作者に固有な語法（イディオム、すなわちその作家・テクストのなかでかならず連鎖・反復をなして現われる、そして他所にはみられない特殊的な事例）に出会うとき、逆説的にもかかわらずやそこからその作家やそのテクストといった限定枠を超えたより一般的な網の目が開かれることになるということを、デリダはこの例を通じて主張している。個別事例は系列をなし、系列をなすと見えて系列を超えた無限に広く多様な関係網に参入する。だから絶対的に固有な語法などは存在せず、個人のサインもない、とデリダは言う。

類例的な例も、究極的な例も、例たるものはなんらかの規定すなわち「法」を前提としそうであるが、法を超える（法則をはみ出す、または法則を排除する）ものでもあると捉えられていることにも注意しておこう。いずれにしてもデリダにおいては、「例」というもののアンビヴァレントな存在様態が、機会あるごとに考察されているのである。

2 「パレルゴン」——判断の補助車としての「例」

七〇年代のもう一つの著作『絵画における真理』(27)に収められた論考についてもみておこう。この書物には絵画や造形芸術および美学をめぐるいくつかの論考が収められているが、本書にとってとりわけ重要なのは「パレルゴン」と題された論文である。徹底した普遍主義者として知られるカントが、普遍美学を打ち立てようとして執筆したはずの第三批判（『判断力批判』(28)）のなかで「例」を援用して自説の展開を試みている箇所（第一部第一編第一章の§14「実例による説明」（仏訳 « Eclaircissement par des exemples »））に着目したデリダのこの論考は、「例」と「普遍」との関係に対するデリダの執拗な問題意識をうかがわせる。デリダがみずからの論のタイトルに冠した「パレルゴン」は、この箇所でカント自身が挙げている諸例の総称であり、「装飾／外＝作品《エルゴン》 par-ergon」を意味する。すなわちカントは芸術作品（すなわち「エルゴン」）の本質的定義を明らかにするために、（はからずも）「作品外のもの《パレルゴン》」を必要なものとして召喚した。「パレルゴン」つまり偶有的な特殊「例」は、カント的「芸術作品《エルゴン》」つまり本質的普遍に対して、まさしく「代補」の関係にある。カントは「美しいもの」の理論化に際して（／理論化のために）「純粋性」を犯すような事例を導入しないではいられなかった。こうしてカントは、人間にとっては、普遍性は純粋なものとしては思考不可能であることを証したのではないか。かくしてカントの美学は、通常の理解のように単に純粋に普遍性を標榜するものとしてではなく、実は普遍性とその対立項たる特個性との分割をみずから破綻させようとした試みとして浮かび上がる。

もともと第三批判(29)そのものが、一見したところは矛盾する普遍性と特殊性との接合から出発していた（「判断力一般は、特殊的なものを普遍的なもののもとに含まれているものとして考える能力である」[30]ことに私たちは注意したい。とりわけ美的な判断能力すなわち「趣味判断」をカントは、主観的でかつ普遍的なものと規定していた。ここにデリダにとってのカントの重要性があると思われる。デリダにとってカントは「範例性」の哲学の先駆者であったことになる。

さて『絵画における真理』に収められた論考「パレルゴン」では、「例」をめぐるデリダの考察がカントを援用しながら試みられている。上に『弔鐘』でみた議論と直結し、その後のデリダの考察の基盤となる決定的な考察が提示されている箇所を、やや長くなるが以下に引用してみよう。カントの『判断力批判』を「例」という観点から評価するとともに、芸術（および文学）における「例」をそのほかの分野における「例」と対比して、二種の「例」を区別している点が興味深い。

第三『批判』は、他のさまざまな批判と同列に並ぶ批判ではない。この批判の特殊的な対象は、ある型の判断力——反省的判断力——の形をとっており、きわめて特個的な仕方で例 l'exemple を発動させて（例についての考察となって）いる。反省的判断力と規定的判断力との区別は、よく知られているわりにはっきりしない区別であるが、これがこの書物の内部のあらゆる分割を監視している。〔…〕一般に判断力とは、特殊的なものを、一般的なもの（規則、原理、法則）に含まれるものとして思考することを可能にするものである。まず初めに一般性が与えられているときには、判断力の操作は特殊的なものを包摂し、これを規定する。その場合、判断力は規定的（bestimmend）である、と言う。すなわち判断力は、特定し、外延を狭め、包括し、狭く閉じ込める。逆の仮定の場合、判断力は反省的（reflektierend）である。この反省的判断力は、特殊的なものをしか持ち合わせておらず、一般性の方へ向かって遡り、立ち戻っていかなくてはならない。すなわちそこでは、例 l'exemple（ここで私たちにとって重要なのは、これなのだ）が法則よりも前に与えられており、そして例としての単一性そのものにおいて法則を発見することを可能にさせるのである。学問的言説や通常の論理的な言説は、規定的な諸判断によっておこなわれ、例は後からつけ足されて規定＝限定をおこなったり、あるいは教育的な意図のもとでは、わかりやすい説明をおこなったりする。芸術においては、そして私たちの人生においては、カントによれば、私たちはいたるところで反省的な諸判断をおこなわねばならず、どんなものかもわからないままになんらかの目的性を仮想しなくてはならない〔…〕。このときはいつでも、例が先行するのだ[31]。

まれにみるほど明快な議論であるが、本書にとっても非常に重要な観点が提示されているのであえて確認してみることにしよう。デリダはカントの著作に見られる二種類の「判断」に注目する。すなわち一つは、通常の学問的ないし論理的言説にみられる「規定的な判断」である。この場合は、まず最初に一般性が存在し、「例」はその一般性＝法則を実例をもって明確化し、いわば教育的意図のもとに例示してみせる働きをする。したがって例を決まった方向で利用し、足取りのしっかりとした思考＝判断が展開されることになる。しかし芸術と、そして実人生においては事情が異なる。こちらの場合は一般性が先に存在するということがない。ここでおこなわれるのが「反省的な判断」である。この場合は特殊から一般へと、逆の道がたどられる。すなわち例（個別事象）の方が法則以前にあって、その例そのものから一般性が発見されていくのである。このとき私たちは、それについての概念を持ち合わせていないものに向かって思考＝判断を展開することになる。決まった目的地をもたないこの思考法は、迷い、問い返しながら、そしてたえず例そのものに立ち返りながら、さらに例をなんとか一般法則へと反映させようと努めながら、進めるほかはない。ここでは、ヘーゲルを通じて論じたような神に代表される究極的な例の場合だけでなく、私たちの一般生活において（あるいは人生の重大局面において）、そしてとりわけ芸術の分野において、法則なしの例、「法」に先立って存在する「例」というものが在ること、それどころか、むしろそうしたあり方が当然であることが確認されている。「反省的思考」という哲学そのものの代名詞である思考形態において、「例」は（法則に）先行するのである。「例」こそが「法」を「発見する」、いいかえれば「法」を創出するのである。

別の箇所で展開される、「例は判断力の補助車である」というカントの記述に注目して展開される議論は、「法」に先立つ「例」というこの問題につながっていると言える(32)。思考（「反省的な判断」）は、よちよち歩きの幼児や足の不自由な者がキャスター付きの歩行補助器具に頼って歩くように、例とともに、例にすがりながら進むほかはない。例は思考にとってなくてはならない支え、それなしでは思考が思考として進むことができないような補助道具にほかならない。このとき「例」が思考にとって、まぎれもなくデリダ的な「代補」として捉えられていることに注意したい。つまり「例という補助車」は、それなくしては思考が進むことのできない必要不可欠なものであるが、やはりそれは人為的な、余計な、不自然な付加物すなわち「人工的補助物 prothèse」なのである。このとき「例」は一段とその逆説的な存在規定を明らかにする。「例」（判断の補助車）の援用は、思考が本来もっているとみなされる生来の叡智に代わることはやはりできないからである。これを敷衍してデリダは、置換可能性を本質とするはずの「例」が、実は何ものの置き換えでもありえないと言ってみせる(33)。つまり思考のよすがである「例」は、実は何も例証してはいず、特権的であると同時にそれ自体無力であり空白であることが、ここでも言われようとしているのである。

ところでこの論のなかで、デリダが « exemplaire » の名詞的用法、つまり「書物の一冊・一部」などといった用法に注意を払って、例（ないし範例）をめぐる一と他、特殊と一般、個と普遍の弁証法を論じていることにも注意しておこう(34)。ジェラール・ジュネットが一九九〇年代に『芸術の作品』と題する二冊の著作を通じて懸命に探求した、ある種の芸術ジャンル（その典型は文学だが）にみられる「部・版・顕われ《エグザンプレール》」という作品の存在形態の問題が(35)、デリダによってすでにここで、ほとんど十全なかたちで、ただしきわめて概略的に、提起されていることは注目に値する。

文学作品を考えてみればよい。書物という審美的対象は、現実に存在するそれの「一部一部たち exemplaires」の集まり、すなわち実際に手にとって見ることのできる知覚可能な本の集合とは、別物である。審美的対象としての書物は、現実の物理的な一冊一冊の本のなかにではなく、その内在的構造のなかに存する。したがって書物とは理念的存在にほかならない[36]。ただしこの「理念性《イデア》 idéalité」のあり方は、理念性一般とも注意深く区別しなくてはならないし、また（小説、詩といった、あるいは絵画、彫刻、音楽といった）ジャンルごとにそのあり方の違いを捉えなくてはならない。デリダの議論はまるでジュネットの浩瀚な研究の出版予告をおこなう簡略な紹介文のように、展開されている。長くなるが引用してみよう。

> （美的）対象が一冊の書物であるとき、存在するのは何で、もはや存在しないのは何なのか。書物は、それの現存するもろもろの部 exemplaires という知覚可能な多様な顕れと混同されることはない。書物という対象は、それゆえそのものとして、それの内在的構造において、それのもろもろのコピー〔＝冊本〕とは独立したものとしておのれを提示する。しかしその場合でも、書物の理念性《イデア》と呼ばれるだろうところのものは、純粋ではない。高度の弁別的分析が、書物の理念性《イデア》を、理念性《イデア》一般から、ほかのさまざまな型の対象の理念性《イデア》から、区別しなくてはならない。そして芸術について言えば、他の部類の書物（小説、詩、など）の理念性《イデア》や、言語によらないもしくは書籍のかたちをとらない芸術対象（絵画、彫刻、音楽、演劇、など）の理念性《イデア》から、それを区別しなくてはならない。それぞれの場合において、（唯一もしくは多数の）範例性の構造 la structure d'exemplarité は独自であり、したがってそれぞれ異なった一つの感情をあらかじめ指示する。そしてまたそれぞれの場合において、人はどの場合を重んじるのか、外在的〔＝非本質的〕な層としてそれを切り捨てるのか、それとも内在的〔＝本質的〕な理念性《イデア》としてそれを保持するのか、これを知らなく

てはならない(37)。

ここで私たちが注目したいのは、この議論の末にデリダが、「書物」に代表されるこうした理念的存在のありようを《la structure d'exemplarité》〔〝部〟性／範例性《エグザンプラリテ》の構造〕と呼んでいることである。個々の「〝部〟」を超越したこのあり方に対して用いられた《exemplarité》という概念は、「一部一部としての顕れ des exemplaires」というかたちをとってしか現実には存在できない芸術的存在が、その本質においては、そうした個々の現実存在を超えた（決して直接手に触れることのできない）存在としてあること、そうした逆説的な構造そのものを指して言われていることに注意したい(38)。

デリダがここで、この「〝部〟性／範例性《エグザンプラリテ》の構造」という表現に対して「唯一もしくは多数の」と舌足らずなかたちで形容を付記している点は重要である。書物ばかりでなく、絵画、彫刻、音楽、演劇にもみられるこの「〝部〟性《エグザンプラリテ》の構造」（〝部〟《エグザンプレール》を通して顕現し存在するという存在の構造）は、こうしたジャンルごとに根本的な差異を伴っているわけだが、ある種の理念的一致によって、さまざまな芸術ジャンルに共通する単一のあるタイプの存在様態を示す。しかも多様であり続ける。こうしたことがデリダによって意識されていることが、この「唯一もしくは多数の」という形容から読みとれる。さらにこの形容は「〝部〟性」という語だけにかかっているとも考えられるため、この「〝部〟性《エグザンプラリテ》」（〝部〟《エグザンプレール》を通した存在のあり方）そのものが、唯一性と多性との決定不可能性を担うものであることが強調されている。〝部〟的なあり方が興味深いのは、その一つ一つの顕われが、単独の一例でありながら、全体そのものの代替でもあり、したがってほかの例すべてとの交換可能性・等価性をもつためである。ある小説作品を一冊所有することは、その小説作品をあますことなく所有することであり、ある意味では、同じ作品を二冊もっていようと、五冊もっていようと、（作品としては）一つの作品を所有していることに変わりはない。〝部〟《エグザンプレール》的なあり方は単数性と複数性の区別そのものを（理念的レベルにおいて）無効にするのである。

管見するかぎりでは、論文「パレルゴン」のこうした議論において初めて抽象名詞としての、テーマ化された«exemplarité»という概念が——ここでは〝部〟性といった観点から捉えられたものはあるが——、本書でテーマとする「範例性」の特質を暗喩するものとして、用いられている。すなわち、唯一性と多数性、先にも述べた、特殊と一般、個と普遍とを、そして不在と在、現実存在と虚構とを、まさに不可分のかたちで同時に体現するようなあり方を示す概念としてこの「範例性《エグザンプラリテ》」という語が、暫定的かつ未熟なかたちにおいてではあるが、術語的に成立したことを確認しておきたい。

3 「予断——法の前に」——特殊例と一般例の決定不可能性

『弔鐘』および「パレルゴン」において手をつけられた「例」と「法」の問題とのつき合わせ、すなわち「例」は「法」に従属する（例証する）だけなのか、それともむしろ「法」を生み出すのかという問題が発展されるのが、カフカの「法の前に」[39]という短篇小説作品を取り上げた論考「予断《プレジュジェ》——法の前に」[40]である。これは、一九八二年にフランソワ・リオタールを発起人としてカントをめぐっておこなわれたシンポジウム「どのように判断するか」での発表の記録である。カントの美的判断力をめぐる論考「パレルゴン」では、「法」を下敷きにする「例」といまだ存在しない「法」へと向かう「例」、あるいは「法」を求めるものとしての「例」と「法」を無効にするものとしての「例」という二重性の問題が、人間の思考・判断の可能性という哲学の究極の課題として論じられていた。その延長に立ってここでデリダは、端的に、まさに討論会のタイトルどおり、「いかにして判断するか」という問題と真っ向から向き合うのである。

この論でデリダが提起し、出発点とするのは、まさに根源的な問いとしての、人は「いかにして判断するか」という問題であり、それが前提とする判断の不可能性である。人が「どうやって判断しようか」あるいは「どのように判断を下そうか」と迷うのは、判断が自明ではないとき、すなわち判断が困難、もっといえば判断が本質的に不可能なときにほかならない。したがって「いかにして判断するか」という問いは、「判断することができないのに、あるいは判断すべきではないのに、あるいはそうする方策も権利もないのに、どのように判断したらよいのか」[41]、というダブル・バインド状態にある問いとして再提示される。

基準の不在、ルールの不在、言い替えれば「法」の不在において、私たちはどのように判断し、思考するのか[42]。判断が不可能なときに私たちはいかにして判断するのか。これがこの小論の問いである。この小論の表題が≪préjugés≫すなわち「前＝判断」とされている理由をここにみることができるだろう。「前＝判断 préjugés」とは、判断以前の判断であり、普通訳されるとおり「先入見」でもある。そしてこの論の副題にはカフカの短篇のタイトルをそのまま活かして「法の前に」が掲げられる。法ないし法則の手前の位置、法の存在以前の状態が、人間の本質的な状況としてここで提示されていると考えることができる。なぜならすでに挙げたように、実は「基準の不在こそが法」なのであり、「判断は基準なしにおこなわれなければならない」からである。つまり「法が法なしに」「法の無＝法状態のなかで」成立するという状況のなかに、私たちはいるからである。

私たちは、法の前に出頭するよう命じられ、法の前で、そこに存在しない法の前で、基準論の不在のなかで、自分についてア・プリオリに「返答する／責任をとる répondre」よう命じられる。だがそのとき、私たちは一体どうすればよいのか。まさにこのときにおこなわれるのが、「前＝判断《プレジュジェ》」にほかならない。デリダは≪Nous sommes préjugés.≫〔「私たちはプレ＝ジュジェである」〕と述べる。この言葉の解釈は一通りではすまない。私たちは法の不在のなかで、いやおうなく「予め判断された・裁かれた《プレジュジェ》」存在となるのだが[43]、この意味にこの語をとるばかりでなく、≪préjugés≫という語の別の意味、法律用語としての意味、すなわち「判例」「判決例」いいかえれば「先例」「前例」としての意味をここで思い起こす必要があるだろう。

すでにみたように私たちがなにごとかを判断しなくてはならないとき、かならず法の不在がそこにあり、私たちは基準をもたず、助けとなる規則もなしに判断＝裁定しなくてはならない。だがいったん判断が成立してしまえば、そういう私たち自身が《préjugés》すなわち「判例」となり、参照される「前例」となり、今後は法を形づくることになるだろう。

　裁判において実際にしばしばみられるように、基準なしに判断をおこなわなければならないときに、つまり法の不在のもとに法的判断をおこなわなくてはならないときに、必然的に導入されるのが判例・前例である。同様の例を探すこと、これが窮余の策である。同様のものとみなされた前例・判例は（そこでの判断がたとえ根拠を欠いたものであっても）、私たちの判断のほとんど唯一の参照対象となり、判断の手がかりとして機能する。容易に判例がみつからなければ、一見似てはいない例までもが、前例・判例とされるだろう。前例・判例は本質的にその判断内容の是非を問われることがなく、その存在それ自体がその有効性の証しとされる。過去の出来事・判断は、無根拠なものであれ、それが前例・判例として利用されようとするときにそれ自身においてただちに前例・判例としての機能をもち始める。もともと無根拠であったかもしれないある判断はこのときに他の事例の判断基準を形成し始め、正当性が付与される。したがって私たちがおこなう判断とは、たえざる「préjugés（前＝判断、予断、先入見、判例）」の連鎖にほかならない。

　デリダは（リオタールの発言を装いながら）、このように判断不能状態の判断の試みを考えること、すなわち〝いかにして判断するか〟という現実の対処を考えることが、〝判断とはそもそも何であるか〟を本質的に問い直す作業になってしまうこと、つまり「何か別の審級への訴えかけ」だと説明し（これを提喩的な移行と呼ぶこともできるだろう）[44]、こうしたパラドックスを、それこそが（ポストモダンの）「署名」であると述べている。署名とは言うまでもなく本来的な反復可能性の象徴である。これに続いて次の文がある。「実際、判断は何かを基礎づけるもの fondateur でもなければ、基礎づけられたもの fondé でもなく、たぶん二次的なものである」[45]。すでにみたとおり、判断は、判断として成立するからといって根拠を提示するわけではないし、なんらかの根拠に基づいておこなわれるとも限らない。どの判断も独自の根拠をもたず、たいていは何かほかのものに追随し、ほかのものに寄りかかって、ほかのものを判例として利用しつつ、二番目のものとして（二次的に）成立する。根源的な、第一の判断はどこにも存在しない。それは署名と同様、ほかのものの写しとしてのみ有効なのであり、必然的にほかのものによって写しとられ再生産されることになるのだ。

デリダが「あなたがたは判断を下すことによって、判例＝前例《プレジュジェ》となる」(46)と述べているように、日々判断を下す私たちはみずからが判例として、一例として存在することになる。そしてこの自分という一例が、世界で一度きりの特個的で単独な事例なのか、それともその数もわからない不特定のさまざまな一連のできごとの実例の一つなのか、私たち自身は決して知ることができない。

生死をかけた、自分にとってこのうえなく切実な、ほかに経験したこともないきわめて特殊な事柄に接したとき、私たちはその個別性・特個性の頂点にありながら、それが特別なことなのか一般的なことなのかをまったく知ることができない。なぜならそれは、本人にとっては一度きりの初めての比類のない事柄で、その事柄について知識もなければ類例も知らず、その背景も展望も何もわからないからだ(47)。真に特個的な事柄とは、その当事者にとってはもちろん、その特個性を感じとるすべての者にとって、判断が不可能な事柄、すなわち、いったいどのように推測したらよいのかがわからないのは無論のこと、それが単独無比の事柄なのかほかにもよくある事柄なのかすらもわからない事柄である。このことを見事に主題化した作品としてデリダが取り上げたのが、まさにカフカの「法の前に」という短篇である。

作品の梗概を振り返っておこう。「法」の前に門の番人が一人おり、ある田舎の男がこの「法」の中に入れてくれるように頼む。門番に今は許可できないと言われた男は、後では許されるのかを訊くと、その可能性はあるとの答えを得る。そこで彼は、いろいろと中へ入るための方策を試しながら、何年も門の前で待ち続け、ついには老いて、盲目となり、死も間際となる。臨終のきわに男は門番に尋ねる。「もしも誰もが法を希求しているなら、この何年もの間、私以外の誰も入れてくれるように頼まなかったのはなぜなのか」と。男の死を感じた門番は男の耳に――しかし、もう聞く力を失っているその耳に――、ここにはお前以外の者は入ることができないこと、なぜなら、この入口はお前のためだけに作られたものであることを告げ、(男の死を悟って)今はもう自分は立ち去ることにし門を閉める、と言う。

デリダが取り上げたこの作品は、まさに個と公、特個性と一般性とが(双方ともにその頂点の状態にあるときに)みせる逆転と接合の関係を象徴するものとして、つまりさきにみたように「範例性」の問題を扱ったものとして読むことができる。

私たち読者はまずこの短篇の異常な設定の前で奇異の感に襲われるだろう。「法」の門などというものがあり、そこに屈強な門番がいて、入門を許可しない。田舎から来た男にはどんな動機や期待があるのか不明だが、とにかく彼は入りたいという希望を捨てずに、あれこれ犠牲をはらい、手を尽くして、何日でも、そしてそのまま何年でも門の前に蹲《うずくま》って待ち続ける。ここに生じているこのきわめて特殊な異常事態――明らかに非現実的な事態――を、私たちは私たち自身とはかけ離れた、そして誰にも共有されることのない特個的なケースとして読み進めるのではないだろうか。この異常事態がその特異性を極端にまできわめたところで男の質問が提示される。誰にでも起きるはずのことなのに、なぜ私以外の例がないのかと。

ここで読者は、男が入りたがっていたのが「法」であったこと、すなわち万人に向けられ、万人が望む、また万人がその中にいるべきものであったことに改めて(あるいは初めて)思い至るにちがいない。そして男が質問したように確かになぜほかの誰もこの門にやってこなかったのかを不思議に思い、ここにやってきて「法」に入ろうとしたこの男の行為をほかにも無数にあるはずの事例の一つとみなし始めようとするのではないか。特個性から一般性・普遍性へのこの逆転が生じた(あるいはそれが兆した)その直後に、門番からの驚くべき答えが提示される。これはもともとたった一人の、彼だけのための、特個的に用意された入口であったのだと。すなわちこの経験は、その前提において、誰とも共有しえないものだったのだと。「法」へ至ろうとするごく当たり前の行為、少なくとも当人は（また読者である私たちも）ごく当たり前のものと――すなわち（彼が）皆と共有しているものと――みなした（みなしかかった）行為が、実はもともと彼だけにしか起こりえない特個的な事柄であったと再規定されているのだ。本来人々に共有されなくては成立しえないはずの法とその法の希求が、ここでは田舎の男が希求し始める以前から、彼個人だけに限定された特個的に閉じたケースであったとされる。しかし田舎の男本人はこの答えを聞きとることなく死んでいく。自分の経験したまったく特殊な事態の不条理さと、それが根本においては人々（他者たち）と共有されるはずのものだという前提と、それなのになぜ自分は独りだったのかという疑問とを抱えたまま。

この男がおそらく門番の回答を知ることなく死んでいくという設定は、自分は数ある多くの事例のなかの一例なのか、それともほかには例のない特殊な例なのかを本人は知りえない、さらにいいかえればこの特異性が特異な（特個的な）特異性なのか、ほかの事例との連鎖のなかに置かれる特異な事態なのかを、当事者は絶対に知ることができない、ということを示しているだろう。

しかしこの決定不可能性の問題がいっそう深刻であるのは、それが当人である田舎の男にとってだけでなく、読者である私たちにとっても同様の謎として突きつけられているからである。門番の回答を知り、この短篇を読み終わってもなお、読者には解消できない謎が残る。すなわち、果たしてこの男の事例が特個的なものであったのか一般例の一つであったのかという疑問である。門番はこの入口は彼のためにだけ作られたものだと教えた。だが「法」へ至るほかの門があるのかないのかは、まったく触れられていない。それを考える材料すらない。ほかの人たちのためにも田舎男と同様にその人だけの門が拵《こしら》えられているのか、それともその人用の門が用意されたのは彼だけの特異ケースなのか。「法」である以上、男が考えたように、ほかの人々にも同じ事態が起きているかもしれない。しかし本当にほかの門は存在するのか？　こんな変な事態がほかにも起こっているのか？　疑念は大きい。私たち読者はこの突飛な物語を読み終えて茫然とする（「変な話だった」「まったく特殊な話だ」という感想を多くの読者はもつだろう）が、その不思議さ・突飛さゆえにこの物語の意味を考え始める。そのとき、この物語を（この男のケースを）私たちはなんらかの意味で応用の利くもの、ほかの事態や出来事と類比されるべきもの、あるいはそれらの置き換え（等価物）、つまりは「例」とみなしていることになる。この小説を読むに値するものとして読むとは、この作品の特異性を享受しつつ、この作品を一般的な相の下に置き、個別性を超えたそのイデアル（観念的・普遍的）な価値を考えることにほかならない。

特個性と普遍性、個と公との不決定の問題、いいかえれば特個性と普遍性とが不可避的に密着し、特個的であるがゆえに普遍的であり、個がもっとも閉じた個の状態であるそのときにすでに他に開かれ公的性質を潜勢的に実現していること、本書の用語でいえば「範例性 exemplarité」こそが問題となっていることをデリダは明確に捉えている。同時に、この「範例性」の問題を傑出したかたちで、典型的に体現するものこそ文学であることをデリダは指摘している。以下に引用しよう。

> 作品なくして、〔すなわち〕絶対的に特個的な遂行行為《パフォーマンス》なくして文学は存在しない。この厳格なる代替不可能性はまたもや、あの田舎の男の一連の問いを呼び寄せる。そのとき、特個的なものが普遍的なものと交叉しているのだ。そのとき、カテゴリー的なもの〔／定言的なもの〕le catégorique が個人語法《イディオム》的なもの〔／慣用語的なもの〕l'idiomatique を発動させているのだ――文学というものが常にそれをおこなっていなければならないように。田舎の男は、普遍的であったかもしれないような、そして実際そうであった、ある接近の特個性を、理解する〔／聞きとる〕entendre ことができなかったのだ。彼は文学に関して困難があったのだ。[48]

ひと通りの理解、すなわち単線的な翻訳を拒むこの文章に対しては、多少の解説が必要であろう。まず示されているのは、文学とは、個別的対象でありまさに一つ一つが特個的な存在である個々の作品からなる制度・全体だということである。一つ一つの文学作品は、その存在自体が特個的な作用をおこなうという意味でまさに遂行的＝パフォーマティヴであり、代替不可能なものである。個々の文学作品はこれ以上ない特個性を帯び、かけがえのないものとして存在する。それが芸術作品であるということ（あるいは――その名に値するだけの価値をもつ――芸術作品として認知されるということ）にほかならない。しかしその作品が文学作品として認知されるということは、ちょうど田舎の男の問い、すなわちそれが個別的な事例なのか、一般的・普遍的な事例なのかということをめぐる諸々の問いを引き起こす。作品が受け入れられる（＝注目される）のは特個性のゆえであり、一方でそれが受け入れられる（＝理解される）のは理解可能すなわち一般化可能、敷衍可能、応用可能であるからだ。個々の作品は特個的で一つ一つが他のものとは本質的に異なっているべきものだが、それが文学として認知されるのは、それが何らかの型・ジャンルに沿い、一般的特質を担ってもいるからだ。作品の機能は、たとえば小説、詩、戯曲、さらに歴史小説、幻想小説、寓話、SF、ミステリーなどというようなカテゴリー性とは無縁でありえないが、こうした超越的な機能に依存する一方で、それと同時に、作品はその作家・その作品独自の特殊性（個人語法《イディオム》）を発動させる。ところでフランス語の « catégorique »〔カテゴリック〕という語には、カテゴリー的という意味とはほとんど逆に、あるいは無関係に、「きっぱりとした」「断定的な」という意味がある（そしてそこから論理学用語としての「定言的な」という用法も生まれた[49]）。後者の意味にとれば、「カテゴリックなものがイディオム的なものを生じさせる」というくだりは、文学は決定的な断言を提示する一方でそれに慣習語法的な曖昧さを帯びさせる、と解釈できる。あるいは、断言しているのだかはぐらかしているのだか、さらには個人的な責任のもとに提示しているのだか大衆的・集団的な作用のもとに責任の共有を狙っているのだかが不明な場が文学である、と解釈することもできる。いずれにしても、文学はこうした特個性と普遍性の混乱、ないしは特個性と普遍性の不即不離の結びつきによってこそ成立し、このパラドックスの実現こそを課題とするような装置だということになる。

田舎の男が自分では理解できなかったのは、そして死の間際に門番から聞きとることができなかったのは、自分が法に入ろうとして経験したこの特殊な事態が、もしかしたら普遍的なものであったかもしれないこと、あるいは普遍的なものであらねばならなかったということ、そして門番の台詞が明かしていたように、実際普遍的なものだったということだ。もっといえば、男がなかなか理解できない事柄として私たちに突きつけてみせたのは、（法への）彼のたまたまの接近というある任意の事態によって示されている「特個性」というものが、必然的に普遍性を帯びているということ、だったのだ。デリダがこの短篇を通じて言わんとしているのは、男が自分では理解できなかったこのことだ。特個性は普遍性を実際帯びていたということ（この話はその実例・判例だったわけだ）、特個性ないし特個的な事態というものは普遍的に存在するということ、普遍的な事柄は特個的な相貌をもって現われ、私たちは自らの特個的な体験を通じることによってしか普遍なるものと触れることはないのだということ、そして普遍・一般と個人的特個性とは常に反転し合う関係にあり、逆に分離不可能なものだということ、である。

一般例と特殊例との判別不可能性（すなわち「範例性」の問題）が、私たちの生と芸術にとっての根底的でかつ切迫した問題であることをこの論考は教えている。これ以後、デリダにおいて「範例性」をめぐる議論が「文学」という対象と離れることなく展開されることになることにも注意しておこう。

第三節　特個性と普遍性の接合に向けて

1　『ユリシーズ　グラモフォン』——過剰記憶と自己例証機能

一九八七年刊行の『ユリシーズ　グラモフォン』は、ジェイムス・ジョイスをめぐってなされた二つの講演、すなわち八二年の「ジョイスに寄せるふたこと」と、八四年の「ユリシーズ　グラモフォン――ジョイスの風聞《ウィ＝ディール》」とを収めたもので、[50] さきの〝判断〟論「予断――法の前に」と同時期の思考作業の成果である。ここでもまた個と普遍、特殊と一般、自と他の逆説的接合の問題、私たちの言葉でいえば「範例性」の問題が（はっきりとこの術語を用いているわけではないが）、さらに新たな観点を導入して、発展的に考究されている。

「ジョイスに寄せるふたこと」では、冒頭から特個性と普遍性の併行の問題が提起されている。[51] すなわち言葉における自と他の重ね合わせ、とくにジョイスのテクスト『フィネガンズ・ウェイク』やあるいは『ユリシーズ』の場合のように、「自」（それ自身の特個性）の頂点において、「他」（ほかのものすべて）であること、自己を最高に語りつつ他者を語ること、それらを一緒のものとして言うこと――言語の特性からして不可能なはずのこうしたことが、いったいどうして可能となるのか、という問題提起である。言説ないし発話を完全に特個的な出来事とみなす言語行為論[52]への反駁となるこうした現象を、文学言語を通して明らかにすることがこの論のめざすところと言ってよいかもしれない。

話す主体の特個性からの離脱の現象を、デリダはこの論では文学テクストにおいて顕著に作動する「過剰記憶 hypermnésie」という概念をもちいて説明しようとする。[53] 書物のタイトルにもとられている語「グラモフォン＝蓄音機」は、一つには文学テクスト（たとえば『ユリシーズ』）をこの過剰記憶装置として提示しようとする意図を示したものとも解釈することができる。

ジョイスの作品ならずともある文学テクスト[54]を読むこととは、その記憶のなかに入ることだとデリダは述べる。あるテクストのなかで出来事がなんらかの筋を展開する、すると私たちはもはやそこからの出口を失って、「その記憶のうちに在る Être en mémoire de lui」という状態に置かれる。実は「その記憶」という表現のなかの「その de lui」が、出来事の、なのか、筋の展開の、なのか、テクストの、なのか、あるいはまた作家＝ジョイスの、なのかは判然としないのだが。しかし重要なのはそのことではあるまい。むしろそれらの区別をとりはらって、読む主体が、読む対象の方が備えている（範囲を画定することのできない）記憶の海に身を浸すという動きが重要なのである。テクストの読み手が自分の現実生活での記憶や個人的体験としての思い出を捨てて、〝それ〟のもっている（個人を超越した）記憶のうちに住まう、その記憶を生きることが注目されているのである。〝それ〟が包蔵している記憶とは、文化、言語、神話、宗教、哲学、科学、精神の歴史あるいは文学の歴史、そしてそういったものに似たもの、と列挙されるが、要するに、文学を読むとは（すなわち文学行為とは）、この圧倒的な力をもつ「過剰記憶」に身をゆだねることであり、特個的な出来事として理解されている私たちの生を離れて、自分の生をはるかに凌駕する厚みを持った世界（反復可能性の世界）のうちに身を置くことにほかならない[55]。「あらかじめ、そして永久に、この過剰記憶はあなたを、あなたが読んでいる本のなかに書き込む[56]」とデリダは書く。文学テクストはここで「過剰記憶の機械《マシン》」と考えられているが、この過剰記憶装置のなかに、つまりは個人を超えた反復可能性のなかに自己の生を移すこと、私たち一人一人の特個的な生よりもはるかに特個的な出来事を通じて、その広がりを知る由もない膨大な集団的記憶のなかに住まうことこそ文学の経験だとされるのである。ここで論じられる「過剰記憶」が私たちの言葉でいう「範例性」の装置であることは、もはや言うまでもないだろう。

文学テクストの享受が他者への開かれを本質的に意味することは、二番目の論考「ユリシーズ　グラモフォン――ジョイスの風聞《ウイ＝ディール》」でも基礎的な論点となっている。副題にも掲げられているキーワード「ウィ＝ディール oui-dire」がそれを明確に示している。« oui-dire »とは耳づて口づてに伝えられる噂、風聞のことを言う。すなわち他者を通じた間接的で不分明な意味の享受のことであるが、これこそ、文学における本質的な意味作用の過程だということである[57]。したがってある意味でこの論は、非直接的な意味作用についての考察だとみることができる。

«Oui, oui, vous m'entendez bien, ce sont des mots français.»（「ウィ、ウィ、お聞きとれになれますか、これらはフランス語の単語です[58]」）――デリダみずから執拗に翻訳不可能であると説明するこの文章から開始されたこの論は、反復される「ウィ」（すなわち「ウィ、ウィ」）をめぐる考察にほかならない。それゆえ副題の«oui-dire»という表現も（耳で聞いたのでは同音なので区別のつかない）「ウィと言う《ディール》こと」をも意味している。自と他の接合という面をもつ本書の「範例性」という主題からしても、「ウィ」をめぐる考察はきわめて興味深い。

«Oui»（はい、ええ、そうだ）は、自分の決断を述べたり、宣言（たとえば宣誓）をしたり、あるいは約束をおこなう典型的な行為遂行的なことばであり、その意味で本源的なアンガージュマンの言葉である。また（時に）どんな条件をも設定せずに決定を言い切る言葉でもあり、何ものにも従属しない主体の独立性を表わすようにも思われる。この意味で「ウィ」は、まさに自己の究極の保証であるようなマークである。しかし、断定、肯定、同意、契約に用いられるこの「ウィ」、言い換えれば自己の署名としての「ウィ」とは、まずもって返事に用いられる言葉、すなわち他者に対する「応答」のことばにほかならない[59]。他者のことばを、あるいは他者のなんらかの事情を、みずからが引き受けた上で、たった一語でそれを繰り返して肯定してみせることばである。

そうである以上――たとえ「ウィ」から発言を始めるような変則的な場合ですら――、「はい《ウィ》」は、反復の連鎖のなかに発言者とその発話を位置づける働きをもつ。このことばがしばしば――どんな言語においても――反復されやすい（«oui, oui»「はい、はい」'Yes, Yes'）のは、この「ウィ」のもつ本質的な応答性、反復可能性のせいなのである[60]。したがって「ウィ」とは、とりわけ反復された「ウィ」とは、デリダ的な術語としての「署名」そのものである。

署名は常に「はい《ウィ》、はい《ウィ》」である。すなわち約束と記憶――記憶こそすべての契約の条件である――との統合的〔／共＝定言的〕synthétique な行為遂行言語である。[61]

このなぞめいた文章は、次のように解釈できる。一度目に名を書いた時には、名はいまだ「署名」ではない。だがもう一度、「ウィ」の意味をこめて、それが私の名だと保証するとき、いいかえれば〝はいそうです、たしかにそれは私です〟、〝私が署名したのだと私はこれからも思い返すだろうし、それをお約束します〟といった表明に裏打ちされるとき、すなわち自己を肯定し、確認し、相手に確証し、約束する「ウィ」を伴って名が書かれるときに、はじめて「署名」は成立する、と。デリダはすでに（「署名　出来事　コンテクスト」などにおいて）展開済みの「署名」の議論を、もう一度ここで「ウィ」を導入して繰り返すことで、さきの講演（「ジョイスに寄せるふたこと」）で取り上げた「過剰記憶」すなわち他者の記憶の引き受けとそれへの参入の概念をもち込むことができるようになる。個人の内部に閉じることのない記憶の作用、それが「ウィ」とともに「署名」の問題に明確に書き込まれることになる、という点に注意したい。

さて、「ユリシーズ　グラモフォン」でもっとも興味深いことは、冒頭の一句とともに、「範例性」の議論に結びつく重要な観点として、言語の（そして存在の）自己表示という機能が主題化されている点である。

言語の自己表示機能は、論理言語学の伝統でも古くから取り上げられてきたもので、その伝統に立ってオースティンやサールらの言語行為論でも、言語哲学の基本的術語を援用して、ことばの「使用《ユーズ》」と「言及《メンション》」という二つの機能の区別として議論されてきたものである。フランスではとくにレカナティが集中的に論じたものであり、[62]デリダの観点はこのレカナティの主張した言語の本源的な「反射性」の考え方にきわめて親縁的だと思われる。すなわち言語は、記号的意味作用《シニフィカシオン》によって何かを意味するという表象機能のほかに、自分自身が何であるかを自己反射的に示すメタ的な自己言及機能を備えている。たとえば 'This is a pen.' という文章は、それが初級文法の例文であるとか、英語の文章であるとか、四つの単語から成っているということを、意味作用とは別にそれ自体が表示している。この自己表示機能そのものを明示的に言語化したものが「……という文は英語の文です」とか「……という表現は四語から成っています」という表現であり、いわゆる「言及」をおこなう文章である。この「言及」の対象とされる発話は、デリダが強調するように、意味作用が宙吊りにされるためほかの言語に翻訳することができない。さきに掲げた « Oui, oui, vous m'entendez bien, ce sont des mots français. »（「ウィ、ウィ、お聞きとれになれますか、これらはフランス語の単語です」）という文章のなかの「ウィ、ウィ」は——あるいはもしかしたら「ヴ・マンタンデ・ビヤン？」という表現も——、だからこそ原理的に言って、他の言語への翻訳が不可能なのである。

　言語行為論の議論が、「言及」という言語行為をおこなうほうの言葉（さきの例では「これらはフランス語の単語です」という文章）の機能に目を向けたのとは差異化を図るように、デリダは、意味作用が無化されるほうの言葉（すなわち「ウィ、ウィ」）に考察を集中していることに注意したい。

　「これらはフランス語の単語です」という説明の対象となる「ウィ、ウィ」は、翻訳不可能である。すなわちここでの「ウィ」は、それ自身がフランス語であることの例証として存在しているのである。繰り返していえば、自己言及的な働きによって、それ自身が「例《エグザンプル》」ないしは「顕われ《エグザンプレール》」として機能するような言述なのである。

　通常の言語において（そしてあらゆる存在において）も、実は、普通の意味作用とこの自己例証的な作用とがつねに同時に働いている。この二重の動きをデリダは、肯定を二度おこなうこと（もちろんその例が「ウィ、ウィ」である）と説明し、それを「再＝記入 re-marque」と呼ぶ。(63) すなわち一度目の記入《マーク》は意味作用をおこなう（「その言語を話す」）のであり、二度目の記入《マーク》は、自分が何ものであるかを示す（「どのようにそれが話されたか、を告げる」）のである。

　自分自身に反射的に言及し、自分を自分が属するカテゴリーの例として（すなわちデリダの用語でいえば

「理念的 idéal」に、さらに筆者の用語でいいかえれば「提喩的」に）提示するこの働きを、私たちは〈自己範例的な auto-exemplaire〉機能、ないし〈自己範例性 auto-exemplarité〉と呼ぶことができるかもしれない。実際、デリダ自身が「範例性」を、ここで「ウィ」を通じて明らかにした言語の自己例証性の問題として考えていることは、後の著作『滞留』で見ることができる。デリダは彼一流の謎めかした言い方で、「《à l'instant, à l'instant même je parle français, nous parlons français》〔「私がフランス語を話しているまさにそのとき、私たちはフランス語を話しています」〕という言表は、模範的／範例的 exemplaire な証言である」と述べることになる。(64) そこでは《exemplaire》という形容詞はおそらく二重の意味で用いられている。まず「模範的・典型的・傑出した」という意味で。すなわち、フランス語をしゃべっている最中に「私たちはフランス語をしゃべっている」と言うことは、命題として絶対的な正しさを有していて一切の誤謬から逃れているばかりでなく、その内容が主体の今まさにおこなっている行為に関する証言であるという意味でも典型的・模範的な証言とみなすことができるものである。しかしここにはもう一つの意味をも見てとることができる。この証言のせりふ（《nous parlons français》〔私たちはフランス語をしゃべっている〕）はそれ自体がフランス語の表現であるために、単に言語行為論的な意味での「言及」をその直前の言表に対しておこなうばかりでなく、まさにそれ自体について反射的に自己言及をおこなう機能を発揮している。すなわち《nous parlons français》というフランス語の言表は、「私たちはフランス語を話している」ということの例証そのものとなっている。いいかえればそれ自体が、それ自体の述べている事柄についての「例」としての機能をもっている。したがってこの証言は「例的な・例として機能する exemplaire」証言だといえるわけである。

「ユリシーズ　グラモフォン」では、「グラモフォニー（書記＝音声性）」すなわちある単語の音声面が書記的（文字的）特性を指し示し、逆にまたその語の書記的（文字的）なありようが音声面を映し出すような、語それ自身の反射的自己言及性、あるいは語の書記面と音声面との相互反射性がテーマ化されていたことも、ここで思い出してよいかもしれない。「グラモフォン」とは蓄音機のことであり、世界有数のレコード会社の名であるが、題にも掲げられているこの語が象徴するようにこの論考は、自らを自らに刻みつけ、自らが自らを再生する自己言及の回路そのものを問題設定の一つの中心としていると考えることができる。さきにみたように『弔鐘』では「神」が特権的なかたちで自己例示機能を有することが論じられていたわけだが、神ばかりでなくすべての存在にはそれ自身を自分の「例」として示す働きがあり、またこの働きによってその存在は、理念的な超越性を有して他との連鎖に入る。「例 exemple」「模範的な／例的な、部・顕われ exemplaire」「範例性 exemplarité」という概念が、ここで相互に緊密に結びつく。存在はそれ自身を自分の「例」として示すことで、「模範的な」存在となり、同時に他との「（範）例的な」連鎖に入る。このときこの存在は、自己自身の特個的な特質を高めるとともに、理念化・普遍化の動きを内包し、他者との不可避的な連関に身を浸す。この個と普遍の接合、自であって脱自でもあるあり方を私たちはデリダを追いかけつつまさに「範例性」と呼ぼうとしてきたのである。

ここで本書での用語について一度明らかにしておきたい。本書では、《exemplaire》という形容詞や《exemplarité》という名詞を日本語に訳すときに「範例」という表現を多く用いるが、「範例」と言った場合には、たんに「例」という意味ではなく、例を通じて生じてくるような自と他、個と普遍の接合という性質を表わす述語として用いることにする。日本語の「範」という概念はまさに、一方で模範としての特個性を表わすとともに、もう一方では型としての類型性、反復可能性、一般性を示すものにほかならない（「模範」も実は真似されるべき手本、同じものを生産するための型でもある）。

なお、自己例証的な範例性が「ユリシーズ　グラモフォン」では問題化されていたわけだが、この自己例証性はとりわけ文学作品において顕著だといえそうであることに注意しておきたい。（文学的に高度なといわれるような）文学作品はある独自な世界観を提示するものとみなされるが、文学作品はそれを説明的に提示するのではなく、そのテクストみずからがその独自の世界観の例証であるようなかたちで示す、いわば例示するのである。

ジョイスのような前衛的な文学は無論のこと、『千夜一夜』においても、作品自らが自らのルールを体現するような自己例証性が顕著である。本書第Ⅱ部でみるとおり、とくに『千夜一夜』では冒頭の大枠の物語が自己例証的に示す世界観やテクスト原理が、明らかにその後に収録される物語に反映されていく点で、例がルールを生み出し、そのルールが踏襲されていく範例的連鎖が際立っている。また『千夜一夜』においては、それぞれの物語は、たとえば延命のための時間かせぎとしておこなわれるなど、しばしばその表現内容の重要性が低下し、むしろそれ自身が物語であるという事実こそが自己反射的に強調される傾向をもつ。『千夜一夜』の全体がシャハラザードが生き延びるための時間かせぎなのであり、いわばその内容は二次的な価値しかもたない。そのなかで披露される物語もしばしば、なにかの口実（延命の口実、退屈しのぎ、コミュニケーションの支え）にすぎない。このときにかえってそれが「物語」であるということが読者には強く意識されることになる。物語がその内容によってではなく、自己例示機能によって強く機能し、存在を際立たせるのである。実際、私たちは『千夜一夜』の物語を読むとき、その内容を追いかけるよりは（あるいは追いかけると同時に）、とにかくここで物語が披露されている、披露され続けているという事態そのものに注意を払うことがある。この意味でも『千夜一夜』は読み飛ばしが可能なテクストであり、それゆえこの物語集はいわば内容を抜きにした、（物語というものを例証的に提示する側面をもつ）模範的な物語であると言うことができるかもしれない。『千夜一夜』が物語というものそのものの象徴として、文学史において機能してきたこともこうした理由によるのではないだろうか。

2　「文学と呼ばれるこの奇妙な制度」——文学の「範例性」

一九八九年四月にアメリカ合衆国のラグーナ・ビーチで二日間にわたってD・アトリッジによっておこなわれたインタビュー(65)は、デリダの文学をめぐる考察としてもっとも充実した内容をもっていると言える。さらに本書の関心からいうと、「範例性」という概念が「文学」（という制度）の本質として述べられている点でも、またこれまでに数々の著作のなかで少しずつ練り上げられてきた「範例性」をめぐるさまざまな問題意識が一度、再確認、再検討されている点でも、きわめて重要である。

デリダはこのインタビューで、自分は昔から文学＝フィクション(66)に関心をもってきたが、その関心は個々の虚構《フィクション》文学作品を読む楽しみというよりも、虚構的制度そのものに対する関心であり、虚構というものの可能性すなわち虚構性にたいして自分は興味を抱いてきたのだと語っている。(67) すなわち「虚構」をめぐる存在論的な問いが彼の関心の中心にあったと言えるだろう。

その文学制度の特殊性をデリダは、「なんでも言ってよい」場であること、「あらゆることを言うこと」が許されているという「自由」に見る。そしてこれこそが文学の革命的なパワー(68)であるとされる。何を言ってもよいということはすなわち文学＝虚構が「法」というものを超えていること、ルールから自由であることを意味する。文学は法を超越するような（制度なき）制度なのである。

法すなわち一般性と対峙する文学は、したがって特個性の場である。さきにもみたように文学はそれが描き出す出来事に関しても特個性を特徴とし、個々の作品一つ一つがかけがえのない特個的存在である（／あらねばらならない）。こうした強力《パワフル》な特個性を文学の本質に据えたあとで、デリダはそれがもつ「範例的な」作用によって文学が普遍性にも開かれるものでもあることを、デリダにはめずらしく明快に述べている。

> 言語がもちえる「力《パワー》」、言語としてあるいはエクリチュールとして〔ただ〕あるということの「力《パワー》」とは、特個的な徴《マーク》が、徴《マーク》として繰り返されえるものでもなくてはならない、すなわち反復可能《イテラブル》でもなくてはならないということだ。したがってそれはそれ自身から十分なまでに差異化し始め、範例的なものとなり、そのようなかたちである種の一般性を内包するようになるのである。この範例的反復可能性の経済《エコノミー》は〔…〕(69)。

かなり明快な文章ではあるが、本書がここから何を読みとるのか、この文章はどのようなことを言わんとしているのかについては、それでも説明が必要であろう。まず文学にはそれが言語からなるがゆえに備わる力があることが前提されている。だがこの「力」は、かなり逆説的な「力」である。ただ「ある」(*there is*、おそらくはフランス語の《il y a》の英訳語)こと、つまり——充実した存在価値をもつ主体的な「現前」という仕方で「ある être」のではなく——なにものであるかもわからないままに非人称的に「(ただ)ある *il y a*」というあり方が想定されているからだ。この(本来は力を剝奪されているはずの)あり方が「力」をもつのは、「言語として」、ないし「エクリチュールとして」あるということによって、(「力」ならざる)「力」がもたらされるからにほかならない。「言語として(ただ)ある」ということがなぜ「力」と結びつくのか、デリダは次のように考えているようだ。すなわち、言語としてあるということがその特権的な価値に裏付けられている(たとえば知の器となる、などの理由から)とする通常の憶測とは逆に、デリダは、それ自らが言語的存在であることを自己例証的に示すということ、ただそのことにのみ「力」の源泉を見ているように思われる。何か別のものを表現するのに役立つ特権的な装置であるからではなく、それ自体はなにものでもないが自分が言語であるということだけは不可避的に示すこの機能が「力《パワー》」なのだと、ここでデリダは言おうとしているのではないか。そして注意しなくてはならないのは、自分が言語であることを示すことがなぜ「力」となりうるのかというと、それは、なによりも言語ないしはデリダの用語でいえばエクリチュールとして(ただ)あるということが、本来的な「反復可能性」そのものを例示するようなものとしてあるということだからである。デリダの文章はこの点を、もう少し詳しく説明しようとしている。すなわち、文学テクストのあらゆる要素すなわちマークは、すでに見たように、まず特個的なものとしてある。しかしそれは本質的「反復可能性」を帯びたものにほかならない。マークはそれゆえ自己同一性の内部に閉じることがありえず、自分自身から異なっていき、自分自身との差異を生み出す。したがって「範例的な」ものとなる。すなわち〝一例〟でもあり〝手本・典型・模範〟でもあるようなものとなり、こうして「ある種の一般性」を有するようになる。ある種の一般性とは単なる一般性ではなく、特個的であると同時に一般的でもあるようなあり方である。文学において顕著なものである反復可能性は、特個性と一般性とを接合する範例的な特質をもち、それは「経済」的と言える性質を生じさせる。

ここでデリダが文学の経済《エコノミー》というものをどのような意味で言っているのかを見ておく必要があるだろう。すなわちそれは「可能なかぎりの極小空間に極大の可能性を出現させること」(70)、極小の一個のなかに無数のものを含めること、一であって一を超えること、である。かくして文学の経済《エコノミー》とはそれそのものがそれ以上のものでもあるという「範例性」のことにほかならないことを、明瞭に見てとることができる。

文学のこの範例的経済性の説明の続きにおいて、「過剰記憶」として論じられていた文学活動の特質が再導入されることも、ここで補足的に指摘しておこう。デリダにとって自伝とはまさに模範的な虚構であるのだが、「最小のある自伝的特徴のなかに、歴史的・理論的・言語的・哲学的な文化の最大の潜在性が集められうるということ」(71)それこそが文学の経済的パワーであるとされる。

したがってむろん、文学は主観性の場ではあるが、それは個人の経験を超えるような主観性となるのであり、間主観的・超越的な共同体の場へとつながるのである(72)。この問題はさらに文学の享受（読み）という行為にみられる他者への開かれとして論じられる。どんなに特殊な比類のない作家（たとえばデリダの好むジョイス、ツェラン、ブランショなど）であっても、作家および作品とは読まれて初めて存在し意味をもつものである。そして彼らの作品を読むとは彼らの「個人語法《イディオム》」を引き継ぎ、それに応答し、それを引用することにほかならない。頭の中で理解し納得する場合も、そうした個人語法を使い、我がものとしていくのである。評論を書く場合にはより顕著に、作家の個人語法を読み手である批評家が受けとめ、それを自分自身の言語（つまり術語）として用いて批評テクストを産出するのである。

ここで作家の個人語法が他者によって反復される、という現象が顕著にあらわれることに注意したい。他者にある反復、すなわち「他者による署名」「他者による連署《カウンターサイン》」がおこなわれるのである。文学を読むとは、あるいはそれについて論じるとは、作家のサインに、他者としてカウンターサインすること、つまり元のサインとはまったく違ったサインを加えることで元のサインを偽証しつつ保証することにほかならない。

文学作品の読み、あるいは新たな作品の執筆は、他者のテクストが有する反復可能性によってしかありえない。「反復可能性 itérabilité」という独自の術語を説明して、デリダはこの語には«iter»「他」が含まれていると説明していたが(73)、このインタビューで論じられているように文学という例において、反復可能性がまさに脱自的な運動をおこなうものであることが明示され、「反復を他性へと結びつけるロジックの十全な開発」が成し遂げられたと言ってもよいかもしれない。しかもこの他者を通じた反復可能性は、もともとのテクストの特個性、もとの作家の特個性をむしろ一段と高める働きを当然しているわけである(よく読まれ、多く論じられるほどその作家・作品は強固な存在となる)。「あらゆる作品は、特個性と一般性との両方を、特個的なかたちで語るという意味において特個的(74)」であるとデリダは述べる。特個性がもっとも高まる瞬間に、特個性と一般性との両方を不可分なかたちで実現する――これこそが文学のパワー、すなわち文学の有する「範例的反復可能性〔／模範的な反復可能性〕exemplary iterability」にほかならない。

逆説的構造(75)を本質的に有する制度である文学(=虚構)においては、「起こる」とは、起こらないはずの事柄が起こることにほかならず(76)、けっして現前したことのないものを生産するのが文学=虚構である。したがって文学のあらゆる生産活動は、デリダが初期のアルトー論で強調していたように、偽造であり歪曲であり捏造にほかならない。虚構=文学がもつ虚偽性がいかにポジティヴな価値を負っているかについては本書第三章で取り上げるが、この偽造・歪曲の可能性こそが、署名の、とくに連署の、つまりは反復可能性の本質的条件であるのだから、不在のものを在らしめるまさに虚妄の制度である「文学」は、存在のデリダ的本質のもっとも「模範的な例」であることは明白であろう。

第四節　「範例性」の構造

1　『パッション』――アポリアのメカニズムとしての「範例性」

一九九三年の『パッション』[77]は、『名を除いて』『コーラ』[78]とともに三部作として同時に出版されたのであるが、本書にとってはほかの二著にまさる重要性を以下の二点においてもつ。まず、「秘密」を中心主題とするこの論考が、秘密はその開示の瞬間において侵されないまま、秘密のままにとどまるという[79]、その後の著作群、とりわけ『滞留』においてきわめて重要な核となるテーマが明示されている点、そしてこの論考がしばしば「文学」をめぐる論となっている点である。なお、一九九一年刊行の『時間を与える』[80]でも、ボードレールの散文詩「贋金」（『パリの憂愁』第二八詩篇）[81]を取り上げながら、「文学的フィクション」が絶対に明かされえぬ「秘密」の場であること（たとえば件《くだん》の散文詩のなかで、語り手の友人が乞食に渡したのが本物の金なのか贋金なのかは絶対に知りようがないということ）、つまり「文学」が「非＝真実 non-vérité」の場であることが論じられている点を指摘しておきたい――この「文学の（非＝）真実」こそが「文学の（文学が隠しもつ／文学という／文学をめぐる）秘密」であるとデリダはまとめている[82]。こうした文学と秘密をめぐる議論がなされている意味でも、また「贈与のアポリア」（贈与 don は受け手が贈与と感じないときにしか贈与たりえない、つまり贈与は受け取られては、あるいは感じられてはならない、いいかえれば、現存《あ》して《っ》は《て》ならない[83]）が論じられ、本書でもこれから触れる「証言」のアポリアや第三章で触れる「赦し」のアポリアにつながる問題意識が提示されている点でも、『時間を与える』はデリダにおける文学＝フィクションの捉え方を知り、それと関係しながら展開される九〇年代の議論を理解する上で重要な著作であるといえよう。こうした背景の上に小著『パッション』を位置づけつつ、以下ではこのいかにもまとまりの悪い著作から、文学と範例性概念との交叉に関心を寄せる本書が注目する点を指摘したい。

まず着目したいのは、この著作では「秘密」というテーマが、言語活動の本質を照らし出すものとして問題化されている点である。問題なのはいわば秘密そのものではなく、「秘密があります」と言うこと、「秘密がある」と証言することである。[84] 秘密について述べる、あるいは秘密を証言する場合、その秘密とは（それが「秘密」である以上、必然的に）「内容を欠いた」（秘された）ものにほかならず、「秘密がある」と言う・証言することは、その活動それ自体の表示、すなわち言語活動・証言行為というもののむき出しの例証となる（「私たちは、中身のない秘密について、その遂行的行為の経験と、遂行的な痕跡と切り離すことのできるような中身はもたない秘密について、証言するのである」[85]）。さらに推し進めて考えれば、言語活動をおこなうということ自体が、〝私には述べるべきことがある〟ということの表示であり、つまりは〝私は秘密をもっている〟ということの宣言にほかならない。そしてそれは内容を抜きにして、ただ言うという行為すなわち言語活動そのものを、自己例証的に示すことに相違ない。

なお『弔鐘』で取り上げられていたありうる最良かつ唯一可能な例としての「神」というカントの議論が、ここで再びデリダによって取り上げられていることも指摘しておこう。[86] この「最高の例」は不可視のものとして秘密のままに留まり、純粋な法（すなわち例に依存しない法、つまりは「神」の法）と最高の例たるそれ自身（神）との間のアポリアを明らかにする。しかし「最高の例」にまつわるこうしたアポリアは、単にアポリアを形成するだけではない。「例とは不可視なるものの唯一の可視性である」とするデリダは、神という例を通じて、例一般がもつ、不可視なるもの（秘密）を不可視のままに私たちに見させるという特質を、もっともわかりやすく模範的に明らかにしているのである。

さて、この小論の末尾では「打ち明け話」と称して、「文学」をめぐるデリダの愛着が語られ、デリダにとって文学ないし文学的エクリチュールがどのような意味で愛＝パッションの対象となるのかが論じられている。[87] それは、文学が「絶対的な秘密の場《リュー》」であるためだという（おそらくは、だから絶対的な秘密にもかかわらず《オ・リュー》文学を愛するのだ、と）。文学が絶対的な秘密の場であるというのは、インタビュー「文学という奇妙な制度」でも語られていたように、「すべてを言う権利」が文学には担保されているからで、この「非＝検閲」の権利と能力によって、文学は何を言ってもその責任が問われない、絶対的な「非＝応答／非＝責任 non-réponse」の場となるからである。ひらたくいえば、文学作品においてどんな不道徳なことを書こうと、作家は社会的指弾に応える必要はなく、責任をとる必要もないということである。

　だから文学には、「秘密に触れることなくすべてを言うチャンス」があるのであり、したがって文学とは、「exemplaire な秘密」であるとデリダは言う。ここでも形容詞《exemplaire》は二つの意味で用いられている。まず「傑出した・模範的な」秘密だという意味で。もう一つはおそらく特個性と普遍性とを結び合わせ、一にして一以上、一にして多、一にして他という逆説的存在様態を言う「範例的な」という意味で[88]。だからこそデリダはこのあとに、文学においてはたとえば、作家の人格が登場人物によって表象されていないのと同程度に一方では表象されているとか、テクスト表層の裏に秘された意味は決定不可能であったり、さらには決定すべき秘密の意味などもはや存在しないとか、秘密にもかかわらずその呼びかけの力が他者へと働きかけ、また私たちを他者へとつなぐとかと、文学における秘密の逆説を論じ立てるのであろう[89]。

　しかし本書にとってこの著作がとりわけ重要であるのは、本文でごくわずかに一箇所、そしておそらくは後から付された注において、まとまりは欠くものの並外れた長さの文章を費やして、「例 exemple」と、「例的／模範的 exemplaire」であるということと、「範例性 exemplarité」とについての考察が展開されているためである。

　まず本文で、「例」とはそれ自身のうちに閉じることのないもの、それ自身であってただちに「それ以上かつそれ以外のもの」であることが指摘され、続けて「それそのものとしての例は、みずからの特個性をはみ出し、同様に、みずからの自己同一性《アイデンティティ》をはみ出す[90]」と述べられる。すなわち「例」というものの存在が（自己が自己に留まるという）アイデンティティの不可能性を象徴すると主張されている。例というものが特個的でありながら特個性と一般性・普遍性・公共性・超越性とを結ぶ働きをすること、すなわち本書の主題である「範例性」を有していることが、内容としては捉えられているわけである。しかしこのくだりにあらわれる《exemplarité》という用語は、いまだ本書で論じている意味での「範例性」をあらわす語とはなっていず、おそらくは「例性」すなわち「例がもつ特質」という意味で用いられているにすぎないと思われる。デリダは「例の例性〔範例性〕」はけっして例の例性〔範例性〕ではない」）とまったく秘密めいた重畳語法を用いて記しているが、この文は、少なくとも自同律の不成立を、例というものの本質を通じて例示した文章となっているものと思われる。ともかくこの段階では、《exemplarité》が特殊な術語となる一歩手前のところにデリダはいるように思われる。

その一歩が踏み出されるのが、後注の形式で末尾に付された長大な注においてである。問題となる注12は、本文において（イタリックによる強調を付しながら）「文学の範例的〔例的／模範的〕*exemplaire* な秘密」が論じ始められた箇所に対してつけられたもので、この問題についての補言として付記されたものであるが、むしろたっぷり三ページにおよぶこの注12こそが、この著作の到達点をしめす結論（未完結のものであるが）であるようにすら思われる。この注が『パッション』という書物の末尾を占めていることは、注という補足物がまさに本文のハイライトをなすというデリダ一流の「代補」的な仕掛けであるだろう。いずれにしてもこの注は、デリダにおける「範例性」議論のうえで画期的な進展が見られる、きわめて重要なテクストである。

さて本文において「文学のエグザンプレールな秘密 le secret *exemplaire* de la littérature」と述べられたときの《exemplaire》は、上にも見たようにまずは「模範的な・典型的な」と解釈できるわけだが、文学が抱えるあるいは明かす、他に傑出した、他の模範となるような、秘密というものの典型であるような秘密とはいったいどんなことなのだろうか。

さきにみたように「ユリシーズ　グラモフォン」という論のなかでデリダは、〈「ウィ」をその模範例としつつ）言語が反射的な自己例証機能をもつことを指摘していたが、デリダはここではさらに進んで、言語はこの自己例証機能が何を例証しているのかわからないままにおこなわれること、言語は――とりわけ文学の言語は――何の例だかわからない例として自らを与えるものであることに、はっきりと考え及んだのである。

何かについて話しているとき、その何かについて話しているのか〔…〕、なんらかの例を、何かの例を与えているのか、私が何かについて話せるということの例を与えているのか、何かについての私の話し方についての例を与えているのか、何か一般的なことについて一般に〔たいてい／一般的なやり方で〕en général 話すことができるという可能性の例を与えているのか、あるいはそういう言葉を書くことができるという可能性の例を与えているのか、などなど、そのいずれかを決定し得ないときに、何か文学めいたものが始まっているのだろう。(91)

私たちはここから、例えばこんな風に考えてみることができるのではないか。文学の意味作用は多重的でありまた寓意的であるためにそれだけいっそう、また作品は作品として存在するだけで解説を伴わないだけになおさら、どのレベルでの例示として自らがあるのかを決定できない。すべての言語に、表象的意味作用とともにそれとは別に提喩的・カテゴリー表示的な自己例証機能が備わっているが、実はこの二つの働きは、人間の実際の言語活動においてはいつも分離不可能、区別不可能なものとしてある。「私」が自伝を書いたときに、「私は「自伝的な」テクストを書いたのではなく、自伝についてのテクストを書いたのであり、私が書いたこれはその例なのだ、と言っても誰もまともに反論することはできないだろう(92)」とデリダが言うとおりである。自分について書くこと、自伝こそが、デリダにとって虚構＝文学のもっとも模範的なモデルであったことについても、ここで十分に納得がいく。すなわち自分について書いているときこそ、自分の書いている言語が、なにか自分自身に関する事柄についての表現であることと、自分をその一例とみなしうるようなより理念的なあるものの例示であることと、さらには自分が例示しているそのカテゴリーそのものについての例証的記述であることの区別が原理的に不可能となるからだ。このとき私は「例」であるが、私そのものではないものの例であり、しかも逆説的なことにその「模範的な」代表例としてある。

デリダはさらに続けてこう記している――

次のように言っても〔…〕、誰もまともに反論することはできないだろう。私について書いているのではなく「私」〔というもの〕について書いている、とか、なんらかのある私、あるいは私一般について、ある例を提示しながら書いている、と。私は例にすぎない、あるいは私は例的《エグザンプレール》／模範的である。(93)

この最後の文章はとりわけ意味深長であるだろう。自伝執筆という文脈で考えればこの文は、〈自伝を書くにあたって、この〉「私は例でしかない、いいかえれば私は例的である／だが私は傑出した例である」と解釈できる。しかしより一般的な問題として考えれば、次のようにも解釈できるだろう。〝〈一般的に〉「私」という概念そのものが「例」としてしか存在しない〟〝「私」という概念こそまさに「例」という概念そのものである〟〝これをいいかえれば「私」こそ「例」として「模範的」であるということだ〟。主体における個と一般の逆説的で本質的な接合が、「私が私について語る」という自伝のはらむ本質的で不可避的な要件として前景化されているわけである。「自己語り」と「範例性」の交叉については次章でさらに詳しく検討することにしたい。

文学が、そして文学的な主体が、それ自身以外・以上のものとして存在することをさまざまに説明した後、ある意味(「狭義の意味」)がその意味に留まることがありえないようにするメカニズムのことを、デリダはここでまさに「範例性の構造《エグザンプラリテ》」と呼んでいる。(94) それは「決定不可能性」あるいは「アポリア」のメカニズムそのもののことである。「私はつねに、私について話すことなく、私について話す」、「応答することなく応答する」――こうした事態が絶えず生じざるをえないのは、この「範例性の構造」こそがすべての存在の根源に働いているからにほかならない。デリダはこの書物の最終ページにあたるこの長い後注の最後に、念を押してこの「範例性《エグザンプラリテ》の構造」を問題化し、それを、哲学の、法の、歴史の、むろん文学の、などなど、どれと決定することはできないがおそらくそのどれにもかかわる根本の問題設定として掲げている。

特個的なことを話しているのか、一般的に話しているのかが絶対にわからないということ、私について話しているのか、あなたまたは彼について話しているのか、あるいは私一般について話しているのか、その判別が不可能であること、そうした「範例性《エグザンプラリテ》の構造」を代表するものが文学にほかならない。その意味で「文学は〈範例的〉」なのだ。すなわち文学は、「範例性《エグザンプラリテ》の構造」を「模範的《エグザンプレール》」に示す「例《エグザンプル》」なのである。

> 文学は（とりわけ）「範例的」である。すなわち、つねに他なるもの、自分自身とは別の他のものであり、他のものを言い、他のものをなす。その自分自身とは、それ、すなわち自分自身とは別の他なるもの〔／自分自身という他なるもの〕autre chose qu'elle-même にほかならない(95)。

「範例性」そのものである「文学」は、したがってデリダにとって哲学の作業そのものとなるのである。

2　『滞留』――生の原理としての「範例性」

一九九八年刊行の『滞留――モーリス・ブランショ』(96)は、上に検討した『パッション』の最後の考察の延長上にあり、また本章で取り上げたすべての議論の集大成としてみることのできるような著作である。ここで主題化されている「留まること＝滞留 demeure」とは、冒頭での説明にあるように、まずもって、「決定不可能なものなかに留まること」、そしてその〈決定不可能性のなかに留まることの〉不可能性という問題と規定されている。[97] ここからもわかるように、「証言」や「虚構」や「瞬間」ないし「審級」をめぐる考察であるこの著作は、さきに捉えた〈決定不可能性の構造としての「範例性」〉をめぐる論考にほかならないとひとまずいうことができる（だがそうした次元を超えた「範例性」のあり方がすぐに問題とされるのだが）。そしてそれはそのまま――この論考に場を与えたシンポジウムのテーマ「文学のパッション」のとおり――「文学」そのものをめぐる論考にもなっている。

　この論で考察の対象および基盤とされているのは、モーリス・ブランショが最晩年に発表した、若き日の悲痛な出来事の回想である（らしい）「私の死の瞬間」[98] というテクストである。いかにも短篇小説風の虚構的文学テクストのようでもあり、まるで法廷にあるいは神の最後の審判に引き出された者の斜行的な告白ないし証言でもあるようなこの作品（そもそも「作品」なのだろうか）を通じて、暴露してなお秘密にとどまる秘密を証言する、すなわち証言ではない証言をおこなうという証言の本質を、デリダはほとんど悲愴《パテティック》な感動をこめて論じている。

> ある秘密を証言すること、いくばくかの秘密があることを証し立てること、しかしその秘密の核心を明かすことなしに。これこそ決定的に重要な可能性である。〔…〕われわれは証し立てが可能ではないことを――そして、ここには守るべき秘密があるのだということを、あるいはどうしても守らないではいられない秘密があるのだということを、他者のもとで証し立てる義務を痛感する。つまり秘密のままに留まる秘密の告白である。[99]

　半世紀も前に起こるべきであった自分の死について九十歳を間近にして述べるブランショのこの作品がもつ切迫した力そのものを、デリダ自身の論考に移し替えたように思われるところがこの著作の特質であるといえるかもしれない。すなわち、これまでにも展開されてきた、「法」や「秘密」や「範例性」や言語と存在のアポリアなどが、この著作では、学としての哲学上の議論としてではなく、私たちの生のただなかの問題として私たちに突きつけられてくるということを特筆しておきたい。

このヴォルテージの高さがまさに、「範例性《エグザンプラリテ》」の問題を構成する諸概念の極限化に結びついているように思われる。本書が着目する「範例性」とは、特個性と普遍性との接合、それ自身と他なるものとの同時顕現のことであるが、『滞留』では、その特個性がまさに頂点に達しているような例においてこれ以上ない普遍性・一般性が顕われてくるようなケース、いかんともしがたいほどに個に閉じまさにそれ自身であるようなときに、それ自身が他のものとして出現してくるようなそうした例が論じられているのである。[100] このとき、ある事柄が特個的か普遍的か、特殊例なのか一般例なのかは、もはや二者択一の問題でなくなり、したがってそのどちらかに決めようと試みる際に生じる「決定不可能性」の問題ではなくなることに注意したい。決定不可能として保留されるのではなく、その両極のどちらもがその頂点において同時に生きられるという事態が、まさに私たちの生のもっとも切実な瞬間を構成する。原理的には不可能にみえるこの両極の同時顕現としての「範例性」こそ、実は私たちの誰もが生の経験のなかで――とりわけ重大かつ深刻な経験のなかで――たえず出会っている事態なのではないか。

基本的な確認になるが、人が「証言」という、公共の場のただなかでおこなわれる重大な言語行為を遂行するのは、本来的に「私が証言していることをほかの誰も私の代わりに証言することはできないような瞬間」においてにほかならない。[101] この著作では、特個的な「瞬間」とは、この証言の瞬間として（とりわけ私の死にかかわるような瞬間についての証言の瞬間として）問題化されている。その意味で「瞬間《アンスタン》 instant」は「審級《アンスタンス》 instance」（言語論の用語でもあるが、むろん裁判制度での用語である）に結びつけられる。この「瞬間《アンスタン》」および「審級《アンスタンス》」は、一般性あるいは個を超えた共有性を不可避的に有するものである。〈審級＝法〉の場とは、まさに個別性の場でありかつ普遍性の場にほかならない。そして特個的であればあるほど、同時に公共性、一般性、普遍性、および他者との共有が高まるような行為が、証言である。すぐに気づかれることだが、これは本書ですでにみてきたように「文学」の特質に一致する。証言＝文学においては、その事例が代替不可能だからこそ、かえってみなに共有される（すなわち代替可能となる）のである。デリダのいう「〈瞬間性＝審級《アンスタンス》〉が範例性《エグザンプラリテ》へと私たちを導く」という言葉は以上のように解釈できるだろう。[102] ここでは、《instance》という語が英語で「ケース、実例、事例」を意味することも思い出しておきたい。特個的な審級＝瞬間（性）《アンスタンス》とはそれ自体がもともと「例《ケース》」なのであり、「例」とは特個性と一般性、個人性と公共性とが結びつくことによって成立するものにほかならない。法の場での言語行為である「証言」は、逆説的にも自分個人の責任において自分個人の事柄を語ることが公共的な価値をもつこと、特殊例が判例となり「法」を作り出すのに貢献することを典型的に表わす、まさに模範的な事例にほかならない。

以上がすでにこの著作のある面からの要約であるが、もう一度デリダのテクストを参照しながら証言と「範例性」との関係が浮かび上がらせる問題について検討してみよう。

証言とは一般に、ほかではなく特権的なその人が、代替不可能性を資格として特個的な事例について秘密を他者に明かすことである。したがってこの「例」は代替不可能である。「しかしこの代替不可能性はexemplaire〔模範的＝特個的／類例的＝一般的〕でなくてはならない、すなわち代替可能でなくてはならない」[103]。つまり証言とは、証言する「私」の代替可能性と代替不可能性がともに突出して現われる場にほかならない。デリダはこのことを以下のように力説する。

私一人が見、聞いた事柄において、そしてまた、それを証言することができるのが私一人であるときに、真実を言うと私は誓います、と言う場合、それが本当であるのは、誰でもが、この瞬間に、私の代わりに見たり、聞いたり、同じことを述べたりすることができるに違いないという限りにおいてであり、また、誰でも

が、私の証言が真実であることをみごとに《エグザンプレールマン》、普遍的に反復できるはずだ、という限りにおいてである。(104)

デリダは続けて、「範例性《エグザンプラリテ》」という概念そのものの本質を、鮮明に言いきる。

> 「瞬間」の範例性〔／模範性〕《エグザンプラリテ》とは、あるいは「瞬間」を「審級」にするものとは、あらゆる範例性《エグザンプラリテ》がそうであるように、特個的でかつ普遍的であること、特個的でかつ普遍化可能であることなのだ。特個的なものは普遍化可能でなくてはならない、それが証言の条件なのである。(105)

ここでデリダが強調するように「範例性《エグザンプラリテ》」というあり方によって特個性と普遍性が共起両立するのであって、まったく特殊な個人的な事柄が公共的な力をもつようになる。特個的なものが、特個的なものとしてその力を認められるには実はどこかで公的な認知が必要であり、したがってある種の普遍化に開かれていることが必要となる。

証言すなわち「私はそれを誓います、私を信じなければなりません」という発言を私がおこなっているとき、私は、この特個性の普遍化が可能であり必然的であるということを標榜し、要求し、前提に据えている。つまり証言は「無限に秘密であり、無限に公的」なのである。この公共性とは反復可能性と不分離なものでありそれを根拠としている。私はあらかじめ反復することを約束し、反復によって始める。何度でも同じことが言えるということが証言の有効性の根拠であり、起きた事態に忠実にそれをなぞったものであることが証言の真正性の前提であるからだ。だから初めて言うことでも、証言である以上それは反復なのであり、証言は根源的な反復可能性によって成立しているといえる。したがって、たった一度きりのものであるかけがえのない証言が、本質的に「反復可能性であり、同時に、一回であって一回以上、一つの瞬間のなかでの一つの瞬間以上」(106)となる。「範例性こそは証言というプロブレマティックにとっての本質的な概念を名指す[107]」ものだと言われるのはこの意味においてであり、「証言者と証言は常に範例的でなくてはならない[108]」という言葉によって言わんとされているのは、証言者と証言が、傑出した、比類のない、模範的な特個性を備えている必要性（すなわち模範性《エグザンプレール》）と、その特個性が普遍性へと結びつき個人性が公共性へと開かれているということ（すなわち私たちの言葉でいう——逆説的形象としての——「範例性《エグザンプラリテ》」）との両方であるだろう。

フィクションと証言との共犯関係

言語の機能が何かを表象することにあるばかりでなく、むしろいくばくかは表象しているふりをしているものを否定すること、つまり偽の表象をおこなっていることに存するということ、いいかえれば言語の本質は、表象としての言語行為の否定である「嘘」ないし「虚偽」「歪曲」「虚構《フィクション》」の可能性にあることについて、デリダはたとえば『声と現象』以来、ことあるごとに——ただし散発的な仕方によって——確認を繰り返してきた。言語行為の根底にあって言語行為を支える「虚偽・歪曲・虚構」の可能性という問題は、とくに連署（カウンターサイン）という概念を通して、より明確に打ち出され、存在一般の原理として強調されてきた。そして、この存在の根底にすでに在る虚偽・虚構性の積極的な肯定は、まさに虚構性の上に成り立つものである「文学」すなわち制度としての「虚構」を主題化することで、やはり散発的にではあるが、デリダの思想のなかで随時繰り返されてきた。

しかし『滞留』では、存在の本質的側面としての「虚偽・歪曲・虚構」を、一つの芸術ジャンルである虚構＝文学の文脈に限って肯定するのではなく、虚構＝文学を媒介としつつも、より広い生の文脈のなかで見据えることが試みられていると言ってよいだろう。このとき虚偽や虚構は、芸術的なお遊びとしての責任回避のなかにおいてではなく、虚偽や虚構が必然的に随伴する罪や倫理違反の重みを十分に背負いながら、きわめて深刻な生身の切迫感のもとに私たちの存在の背後ないし根底に据えられている、ということに注意しよう。

　私に起こったこと、私の身に、私だけに起こったことについての、分かちもつことが可能でまた不可能な秘密を、一人称で言うこと。私が、それを生き、見、聞き、触れ、感じ、実感する立場にあったところのものについての絶対的秘密を言うこと（あるいは言いつつ言わないこと）、それが証言という行為の本質であるとすれば、本来、虚構が入り込んではならないはずのものが、本質的に虚構の権利を有していることによって実は成り立っていることになる。真正な証言、誠意にみちた自伝、誠実な告白のまさに起源において、フィクション「と」嘘、擬制《シミュラークル》と文学の可能性、文学の権利が生まれてくる——誠実なるものと虚構的なものの本質的な「共可能性」として[109]。この点については本書第I部のおわり（第三章）でもう一度みることにしよう。

　ここでデリダにとって文学が不在性と非安定性を本質としてもつようなものとして常に意識されてきたことを思い出したい。『滞留』においてもデリダは繰り返している——文学はそれ自身ではない、本質をもたず機能しかもたない（そしてそのせいで苦しまなければならない[110]）。文学には本質も実質もない。文学とは非恒久的で変わりやすく非安定的な存在である。デリダは、文学は「内在的な特性」ですらない、と述べる（あるものが場合によって文学とみなされたり、みなされなかったりするのだから）。文学は本質的に不安定な存在であり、「法的に言って文学は仮設的な précaire 境位にある[111]」。文学のパッション（情熱／受苦）は、文学がその規定を自分自身以外のものから受け取るということに存する。まずはこの文学の本質的な受動性を私たちは深く覚えておきたい。文学はさまざまな意味において本質的に外部に開かれており、閉じることのないものなのである。「すべてを言う」という権利をもち、もっとも野生的な自立性を備え、不服従である一方で、文学が文学としてその境位を永久に保証されるようなことはない。この矛盾こそが文学の存在そのもの、文学の「脱自的」プロセスにほかならないことを強調しておこう。

哲学・文学・人間学としての「範例性」議論

「範例性《エグザンプラリテ》」の議論はこの『滞留』に至ってきわめて切実な人間自身の生の問題としての位置づけを明確に獲得した。

デリダの「脱構築思想」が特に英米圏（その影響圏内に日本もある）での受容のなかでリオタールの言葉を借りて「ポストモダンの思想」というレッテルのもとに軽やかに流布し、破壊＝構築を自在に展開する「戯れ」の思想として喧伝されてきたことには、筆者ならずとも違和感を覚えてきた者が少なくないのではないか。おそらくデリダ自身がその一人であったにちがいない。彼の思想はもともと存在論的であって、神から人間、物質まで、また文化的存在物である言語や概念に至るまで、存在するとはどういうことであるかを根底から問い直す試みであったといえるだろう。（彼の言葉遣いがたしかに地口めいたものであるとしても）彼の思想は、決して思想のゲームではない。

だが彼の活動が、在と不在、中心と周縁、自と他などの反転的な関係をいかにも鮮やかに切りとってみせ、ほとんど容易にとも言える仕方でいたるところに代補的関係や差延 différance の運動を見いだすとき、それが一種の思考のゲームのような印象を与えることになってしまったのも否定すべからざるところである。したがって特個性と普遍性、特殊と一般、一と多、一と他などの逆説的で反転的な接合を意味する「範例性」もまた、このデリダ的思考の戯れの典型的な一例とみなされかねないものであることも確かであろう。

だが当然のなりゆきというべきか、思考する自分はいかなる作業をおこなっているかという「哲学者」デリダのほとんど実存にかかわる自問として最初に提起された「例」というものの働き方に関する根源的な問いかけは、『滞留』に至って自分自身ではなく、自分自身にとってのかけがえのない友という具体的な人間存在を前にして、人間が（この世に、社会に）生きるということはどういうことであるかを問うという、戯れの軽やかさとは程遠い緊迫感に満ちた思考へと発展したのである。デリダにおいては常に「私」が私自身について話すという主体自身の問題として言語行為も考えられ(112)、その意味で「自伝」が絶えず人間の言語活動の隠喩そのものとして位置づけられてきたのだが、「文学」を契機とした思考のなかで、とりわけ抽象的な作者の芸術創作としてではなく生身の人間の告白としての「虚構」テクスト（という特異な性質をもつテクスト）に向かい合う『滞留』においては、「私」について話す他者に私がどうかかわりうるのか、という公的、社会的、関係的な開かれを含んだ問いが提起され、思索されるようになっていることを見逃さないようにしたい。すなわち私にとっての自伝の問題から、他者の自伝の問題への移行といいかえてもよい。秘密を言う／証言する、ということがたえず問い返されているわけだが、ここには〈秘密を言う（／証言する）他者に接する〉という他者の言語行為の問題が胚胎され、しかもそれが文学の場を通じて考えられているために、他者の言語行為を自分の体験として生きるという問題として浮上していることに注意したい。直接に自分自身の問題でないからこそ、言語が含む決定不可能な謎と虚偽性が不可避の前提として受け容れられ、困難と感動と尽きせぬ欲求をもって生きられることになるのである。

人はなぜ文学（＝虚構）を必要とするのか。それは虚構としてしか肯定しえないもののなかに私たちは生きているからである。自分のものと自分のものでないもの、自分個人に属するものと自分というもの一般に属するものとを、同時に――それらの単なる決定不可能性のなかでではなく――そのどちらでもある、しかもほとんど極限的な強さでそのどちらでもあるあり方において、みずから引き受けて生きているからである。かけがえのない自分の生を、あるいは、いやでも取替えのきかない自分に課された生を、特個的でもあり人間一般の例でもあるものとして宿命のように生きているからである。生身の身体の内側からはおそらくけっして充分には感じとることのできないこの存在の「範例性」を、心的・精神的存在としての私たちは感知せざるをえないし、そればかりでなく、この「範例的な」存在のあり方を強烈に体験することを欲し、必要ともするのである。自分の生が何の例示となっているのかがわからないままに生きていることを、少なくとも私たちはみなすでに知っている。それは必然的に苦悩の感情をともない、地団駄を踏むようなあるいは身をよじるような切迫した意識となって私たちに迫る。だがこれが存在の条件であることを徹底して示す場が「文学＝虚構」なのではないか。「文学＝虚構」を読むとは、いかんともしがたく秘密のままに残る秘密の吐露に触れることにほかならない。何の例なのかが示されないままに何かの例として提示されている人物たちの生に触れること。そこに私たちの虚構の生を見いだすこと。虚構の生を体験することで、生が本質的に含む虚構性を体験すること。それは、永遠に謎のままに留まるものとしての生を尊重する唯一の方法であるように思われる。謎のままに留まる他者の生と自分の生を――解明の対象とするのではなく――終わりなく立ち返る場（そこに留まる場）とすること、それが「範例的」主体としての私たちの使命であり宿命であるようなのだ。

第一章のまとめ

デリダは、その活動のもっとも早い時期から「例 exemple」とは何か、なぜ人は「例」を用いてしか思考できないのか、その「例」というあり方が示しているのは私たちのどんな本源的性質なのかを問い続けてきた思索者であったことを本章でみた。

デリダの「範例性」という概念をいくつかの著作を通じて検討した（したがって本書にとって貴重な先行研究となる）M・ホブソンの論文や、「特個性《シンギュラリティ》〔（英）Singularity〕」の概念に着目したデリダ論を展開しているT・クラークの研究[113]で指摘されているとおり、デリダの「例」をめぐる問いは、二十歳代半ばにおこなったフッサール研究（『フッサール哲学における起源の問題』）およびフッサールの手稿「幾何学の起源」のフランス語訳の作業とともに展開された長大な考察[114]のなかですでに始められていたと考えることができる。「幾何学」に代表される普遍的理念体系（普遍的真実）の存在可能性が、それとは対極にある本質的直観や経験的生活への参照なくしては考ええないという、普遍と経験（偶有）、あるいは抽象的理念と主観的な直観という相矛盾するものの不可避的接合の問題が、フッサール現象学の中核にあるものとしてこの研究で一貫して注視されているからである。フッサールによる「起源」探究との真剣な対峙のなかから浮かび上がってきたのは、ホブソンが要約するように、「超越論的なもの」と「経験的なもの」（あるいは言語）とのあいだの「まったく特異な」な関係であり[115]、デリダはその後もこの問題から目を離すまいとしたのであった。デリダがカントの取り上げた「パレルゴン」に着目したのも同じ問題意識からであろう。

普遍性と特個性（個別性、偶有性、経験、出来事）はどのように切り結ぶのだろうか。本来矛盾を含むこの複雑な関係のあり方を、決して単純化せずに考え抜こうとする姿勢が研究活動の最初期からデリダを一貫して支えてきたのだ、と私たちは言うことができるかもしれない。デリダはまず西欧形而上学の中心課題である普遍性についての思考に触れて、普遍性がはらむ矛盾（すなわち普遍性が経験的なもの・偶有的なものの支えを必要とするということ）に突き当たり、この問題から目をそらさないことによって、みずからの思想を構築しようとしてきたのではないだろうか。

本書で核とする「例 exemple」という事象およびその抽象的特性としての「範例性 exemplarité」は、この普遍性と偶有性・経験性のアンビヴァレンス（単に二律背反するだけでなく、背反的でありながら両者が接合しているという二重性）そのものの象徴である。すなわち「例」は、通常の「例」概念が表わすような系列的・凡例的な側面と、「唯一例」「究極例」のケースが表わすようなめざましい、秀でた、比類のないあり方を示す側面との両方を内包するものとして現われるようになる。つまり「例」は、一般性さらには普遍性と、いかなる通約化にも理念化にも抵抗するような特個性とを結び合わせる。もともと、私たちが一般に「例」というものを用いるとき（たとえばデリダがルソーを例として取り上げるとき）、私たちはその「例」をまさに効果的で、他のものに代替することの不可能な、個別的魅力を備えたものとして用いているはずだ。しかし他方では、この例を使用して何ごとか一般的・普遍的なことがらの説明とするわけである。逆にいえば、「例」は一般性・普遍性に奉仕しないならば例としての役割は果たせず、一方で、それが際立った、特個性を有していないならば例として取り上げられることもない。

本章でみてきたように、デリダにとって「例」には類例中の一例と傑出性・唯一性をもった究極例との二種が識別されていたが、デリダは「例」という語＝概念＝存在をこの二種に振り分けるばかりでなく、早くから両方を兼ね備えたアンヴィヴァレントな存在であることを意識していた。さらには「例」をめぐる考察を随所で積み重ねていくにつれて、デリダは次第に、この両極併合性を基礎として、人間存在の、あるいは人間にとって「意味」あるすべてのものについての、特殊と一般、個別と普遍の接合状態をめぐるさまざまな探究を展開するようになる。これが本書で言うところの、特個性 singularité と普遍性 universalité の重ね合わせとしての「範例性 exemplarité」をめぐる思考である。

ここで「範例性」あるいは「例」をめぐるデリダの思考手続きには一定の傾向があることも指摘しておきたい。デリダは通常の「例」すなわち類例中の一例という意味の「例」を直接論じることはなく、いつも、「模範・モデル」としての「例」、しかもいわば例外的で畸形的ともいえる「例」、すなわち比類のない傑出した「究極例」ないし「唯一例」にまず着目する。たとえば、『弔鐘』における「神という例」をめぐる議論がその典型である。その上で、ただ一つしかない、まったく特個的なものがなぜ「例」となりうるのか、この矛盾した二面性を考え抜くのがデリダの作業である。

ところで究極的な唯一の事例がなぜ「例」となりうるのかという問いに対するデリダの答えは――『弔鐘』においては――、ただそれ一つしかない、至高の、究極的な存在であっても、「自分自身の例となる」という仕方によって「例」となり、理念化を果たし、一般性・普遍性への扉を開く、というものであった。そしてこの「自分自身の例となる」という究極例の不可思議なあり方をさらに詳しく検討することが、これから本書でみていくとおり、その後の課題として取り組まれたのである。次章ではこの、自己と「例」との関係を、デリダのさまざまな議論を通じて考えたい。

第二章　「自己」の「範例性」

「例」と人間

第一章では「範例性」概念の展開を大まかに捉えるために主に哲学的な議論を中心にデリダの論考を検討した。しかし、デリダにとって「例」ないし「範例性」の問題は、彼自身がより具体的な問題と触れるチャンスを提供するものである。本章では、より具体的な文学テクストや作家との対面、あるいはより具体的な社会的文脈、またより具体的な自分自身の問題として、この「範例性」の概念が展開される様子を跡づけてみよう。

特個的なるものの代表は個々の人間であろう。各人にとって「自分」ほど特個的なものはない。それでいて個人が「人間」である以上、誰ひとり唯一絶対の存在ではありえない。人はこの矛盾をいかに生きるのだろうか。デリダは、自分という究極の特個的事例が特個性に留まらずにいかにして普遍性ないし一般性への回路を併有するかを、とりわけ文学(的)作品を素材として考えたように見受けられる。それはまた同時に、人間が自己を語る、ということの問題ともつねに深く結び付けられていたようである。その根底にはデリダが自分自身をどのように認識し、またどのように語るのか、という切実な問題があったと思われる。

本章ではまず第一節で一九八〇年代刊行の著作『シニェポンジュ』を、第二節で『シボレート』を取り上げて、特個的な文学テクストを素材にデリダがいかに普遍性・一般性への複雑な連接を見いだしたかを検討する。前者のフランシス・ポンジュ論ではポンジュのテクストの固有性（＝特個性）がその記入と拭い去りの二重の運動によって範例的境位に至っていることが示され、後者のパウル・ツェラン論では特殊な境遇の表現者として位置づけられるこのユダヤ詩人のテクストが、いかに外部への回路を本質的に具有しているかを明らかにする。この二つの著作を本書は、「一」であることの多重性を詩人の存在を通して明らかにした論考として位置づける。

次に第三節で、ある仕方での特個性と普遍性の接合の危険についてデリダがはっきりと警鐘を鳴らした著作『他の岬』をみる。これによって特個性と普遍性の接合の功・罪両面が明確に提示されることになる。この著作はヨーロッパの自己特権化のメカニズムを厳しく糾弾したものだが、本書としてはさらに、特個性と普遍性とを結びつける「例」というあり方がいわば薬にも毒にもなるパルマコン的な機構であることが、この著作によって示されていることに注意したい。この「毒」の面を明確に意識することによって、かえって探求すべき「範例的」回路を丁寧に捉える基盤が提供されることになるからである。

そして第四節において、自己の特個性を欺瞞に陥らずにいかに他者に向けて語るかという課題への答えをいわば実践によって提示してみせた『他者の一言語使用』(邦訳『たった一つの私のものではない言葉』)を検討する。特個性と普遍性の連接がはらむ危険を認識した上で、さらにその積極的な価値と可能性を探求する試みであるこの著作を、おそらく「例」・「範例性」をめぐるデリダの議論の突端部分をなしていると思われる九〇年代刊行のその他の著作群(『死を与える』『滞留』『パピエ・マシン』)の重要な基礎を提供するものとして位置づけたい。「範例性」の問題を、デリダが彼なりの人間学として展開していることをみるのが本章の目的である。

第一節 「無」の「究極例」の究極的な価値——『シニェポンジュ』

本章の第一節と続く第二節では、デリダのポンジュ論とツェラン論を取り上げる。詩人であるということ以外にほとんど共通点をもたないこの二人について、ここでいわば並べて論じるに当たってあえて共通点を考えてみるならば、この二人は、それぞれに違った意味においてであるが、特殊な詩人とみなされる点が指摘できるだろう。フランシス・ポンジュは異端的な「〈物〉の詩人」として、パウル・ツェランは「ホロコーストを生き延びたユダヤ詩人」として、それぞれの仕方でみずからの特個性のなかに堅固に立てこもった創作家と一般にはみなされているだろう。デリダはいわば逆説的な読み直しをおこなって、彼らの詩テクストにおいて特個性が外部へと開かれているさまを論じる。特個性を極めることとそれが外部へと開かれることとが両立するということを、デリダはこの二人の実例を通じて論証しようとしていたように思われる。またより絞っていうならば、ポンジュ論は詩《ポエジー》というものが本質的にもつ絶対性を、またツェラン論はユダヤ共同体が本来もっている内閉性を、それぞれ内側から突き崩すことを企図した論考であるとみなすことができよう。

ではまずフランシス・ポンジュ論『シニェポンジュ』を検討する。

『シニェポンジュ *Signéponge*』(1)は一九七五年に十日間にわたってフランスのスリジー・ラ・サールでおこなわれたフランシス・ポンジュについてのシンポジウムでの講演(2)を刊行したものである。最初、一九八四年に仏語原文・英語訳対照版がアメリカで出版され(3)、仏語版の単行本としては一九八八年に刊行された。『シニェポンジュ』という著作タイトルは、「署名《シニャチュール》 signature」と「ポンジュ Ponge」という固有名を接合したものであり、さらに「スポンジ《エポンジュ》 éponge」という語や「記号《シーニュ》 signe」という語も含んでいると読むことができる。

なお付言しておくならば、フランスでの刊行が口頭発表後十年以上を経てからとなったためか、デリダの著作として『シニェポンジュ』は一般にはそれほど重視されていないように見受けられる。特に日本では邦訳がごく最近まで存在しなかったせいもあってその傾向が強いようである。しかしデリダは意外にもポンジュのテクストに自分の問題意識と根源的に接するものを多く見いだしていたように思われる。もしかしたら逆にこの近さがフランスでの刊行を遅らせたのかもしれない。いずれにしても、一九八八年に改めて出版することにより、このポンジュ論は、九〇年以降のデリダの活動の重要な基盤となったと推察される。また、デリダのポンジュに対する関心が七五年のシンポジウムの機会のみで終息したのではないことは、ポンジュをめぐって一九九一年になされた二つのインタビューを収めた書物からも読みとることができる。(4)

1　反＝詩としてのポンジュ

フランシス・ポンジュ（一八九九－一九八八）は一般に詩人と称されるが、彼の書いたテクストは詩とも散文ともエッセーとも分類しがたい特異な文章であり、この意味ですでにポンジュは詩人ならざる詩人である。代表作『物の味方』（一九四二年）(5)が端的に示すとおり、ポンジュ作品の特徴はその内容も、通常の「詩」が題材とすることはない、詩趣を欠いた「物」たちであることが多い。たとえばこの『物の味方』で取り上げられるのは、牡蠣《かき》やかたつむりや小エビといったつまらない動物たち、あるいは苔や樹木や植物、そして何より籠やろうそくや小石といった無機物たちである。さらに運動家や出産したばかりの若い女性といった人間もそれらと列挙されることによって、「物」の仲間に数え入れられる。加えて、これらと並列されることで、「秋の終わり」や樹木の経験する「季節の循環」のような出来事や状態もまた「物」の事例に組み入れられる。そして、たとえばこの詩集に収められた「かたつむり」という散文詩でも顕著なように、ポンジュはあるときにはこうした「物」たちの側に立ち、あるときにはそれらとやや距離をとって、自在に想像力を働かせながら独自のテクストを紡ぎ出す。こうしたポンジュの創作作業の全体が、人間の操る通常の言語が担う意味作用、いいかえれば強固に慣習化された正当で自然と目される自動的な意味作用との峻烈な闘争を成している。しかもポンジュの場合この闘争はいたずらに言語や意味の忌避に行き着くのではなく、言葉の新たな可能性の開拓へとつながる。ジュネットが『ミモロジック』ですでに取り上げたように、(6)ポンジュのテクストにおいては文字の表記的側面の活用が特徴的である。たとえば「そのGが示しているように、運動家 gymnaste はヤギひげと口ひげをたくわえ、大きな房をなすこめかみの巻き毛がそれに届かんばかりになっている[7]」といった文章や、有名な《14 juillet》の例[8]（「七月十四日」を意味するこの文字列を、この日すなわちフランスの「革命記念日」に槍と旗を先頭に立て、竿や槍や熊手をもって帽子を跳ね上げながら行進する群集のさまを表記したものとして読み解く）など数多くの楽しい試みがなされているが、これらは、言語を操る人間主体のくびきを逃れた新たな次元において、言語の可能性を提示しようとする活動だということができる。

ここで、「詩《ポエジー》」一般についてのデリダの姿勢を確認しておくことにしたい。デリダはちょうどこの『シニェポンジュ』がフランスで公刊されることになった一九八八年に、イタリアの雑誌『ポエジア』に「詩《ポエジー》とはなにか？[9]」という文を寄稿している。ここでデリダはまず、詩というものが本来的に含むものとして、硬直的で自己閉鎖的な性質を指摘する。すなわち詩が私たちに課すのは、「暗記せよ apprendre par cœur」〔心で学びなさい〕という命令だとデリダは言う。「詩《ポエジー》は言っている――私は口述書き取りされたものだ、私を暗記しなさい、書き写し、寝ずの見張り番をして、私を守り抜きなさい、〔私を堅く守って〕目の前で私が口述されるところをよく見なさい、と[10]」。詩は読み手に「私の文字〔＝手紙〕lettre を食べ、飲み、呑み下しなさい[11]」という命令を課してくるのであり、読み手はひたすら詩を呑み込む者として自動化される。詩のこうした特権的強制力をデリダは、詩の「高速道路＝自己《オート》ルート autoroute」と突飛な比喩表現を用いて批判する。詩を前にした読み手は、強い強制力をもつこの詩の「高速道路＝自己ルート」にみずから服従し、改変不能・不可侵のものとして詩テクストの絶対的な単独性に身をあずけることになる。「詩《ポエジー》について語るならば、君は愛する――それをその特個的な形式において保持することを。いいかえれば代替不可能なことばの字句どおりのあり方において」。「字句どおりに――すなわちこういうことだ。君は絶対的に単独的《ユニーク》なある形式、ある出来事を〔心に〕覚えておきたいと望むだろう[12]」。繰り返し強調されているとおり、暗記を強制するものが詩であり、詩はみずからの単独性・特個性を、その字句どおりに、そのまま堅固に保持し続けようとする。

こうした一般的な詩のありようとは異なって、詩への反逆の詩人であるポンジュのテクストは、いわゆる詩的な凝縮的表現を退けた、ある意味で簡素な説明文のような散漫な文章からなり、またいわゆる詩的な主題を徹底して排して「物」の、あるいは「物」についての異様なつぶやきを浮かび上がらせるために、読み手に暗記ではなく問いかけや抵抗や変奏を喚起する。しかもポンジュのテクストにしばしば現われる言語記号の書記的物質性への愉快な拘泥はまさに暗誦を不可能にし、一直線に展開する詩の高速道路《オートルート》に読み手を乗せる体制との乖離をはっきりと示す。たとえば *14 juillet* という文字列を群集の行進のさまを描いたものだと説明するポンジュのテクストは、ポンジュの説明を読み進めながらこの書記表現（*14 juillet*）を見つめ直すジグザグの運動を読み手に強いるものであるし、さらには読み手を納得させたり、感嘆させたり、あるいは反論や疑念を起こさせたりと、読み手の主体的な反応と批評意識を喚起するものでもある。ポンジュの詩テクストの文体がもつ説明的で散文的な特質からも、ポンジュのテクストは読み手を暗誦には導かない。つまり読み手を完全に受動的な受容者とすることがない。いいかえれば、読み手に詩の高速道路に乗ることを禁じ、みずからの足でぎくしゃくと歩かせる力をもっていると言えよう。詩的ではないポンジュの詩テクストはデリダにとって、詩テクストの力を問い直す絶好の材料だといえる。

2 「物」と特個性の力——外部へ向けて

さて「物」の味方であるポンジュの「物」とは、一般的な理念化に抵抗する「特個的な singulier」存在にほかならないだろう。体系化や普遍的意味作用を嫌うポンジュが示す特個的なものへの傾倒は、すでにみたとおり、普遍的・一般的な意味や価値を逃れる卑近な「物」たちへの執着や、言語記号の書記的物質性への拘泥にも明らかである。なにより体系化や普遍性を創出する人間の主体的意識（およびそうした人間主体の特権意識）への痛烈な批判こそ、ポンジュの創作活動の淵源をなしているといえる。ポンジュは人間の主観をつきはなす物の世界の浸透しがたい厚みをこそ愛す。ここで私たちは、人間にとって異質なるこの「物」たちと接する体験を無限の反復とヴァリエーションという言葉の永久運動を通じて表わす活動に対してポンジュが「物遊び objeu」という名を与え、それによって至る至福の境地を「物歓び objoie」と呼んでいたことを思い起したい(14)。しかしながらデリダがポンジュの味方であるとすれば、ポンジュが称揚するこの「物」たちの特個性はただ単に特個的・単独的・異質なままに留まっていてはならないはずである。さらにいえば、特異きわまりないポンジュのテクストそのものが、絶対的に単独的なある形式・ある出来事として――単にそうしたものとして――留まっていてはならない。「物」の特個性と、「物」に接する私たちの特個性とを抉り出してみせるまさに特個的なテクストであるポンジュの言語作品が、特個的でありながらいかにみずからの特個性を打ち破っているか、それを見届けるのがデリダの狙いであるはずである。

ポンジュにおける「物」と特個性との本質的なつながりについて、デリダはまず次のように強調する。黙した「物」は「他者 l'autre」そのものであり、どんな法にも従わない。だがそれは同時に、それ自身の不可能な法、すなわち不可能性そのものを要求する法を提示してくる(15)(ここでデリダは、不可能性こそ「要求」というものの条件であるのだからと、いかにもデリダ的に付言している)。そしてポンジュのテクストを引用したあとで、デリダはポンジュ自身の立場に立つかのようにして、ポンジュ世界のメカニズムを解剖して記す。「物は私に不可能な要求を突きつけてくる」。このように物はアクセス不能なものとしてあると同時に、執拗に、無媒介的に、直接的に、私に迫ってくるものである(16)(この「私」とはポンジュなのだろうか、ポンジュを代理するデリダなのだろうか、ポンジュとは切り離された存在としてのデリダなのだろうか――おそらくデリダはこの決定不可能性をも狙っている)。つまり「物」は、特個的でありながらそれ自身の内部に閉じることがないものの模範例といえるだろう。人間にとってどこか異様な「物」たちの存在様態を取り上げつつ、「物」をめぐる人間の意識と「物」そのものの意識に言及しつづけるポンジュのテクストは、「物」の特個性を強調しつつ、「物」がもつそれ自身の外部との接触の能力を謳っている、とデリダはみる。ポンジュの世界において「物」はけっして物質的に凝固しきることはないのであって、触発力に富む「物」のほうが人間よりも主導権を握って、変幻に富む認識へと人を誘い出すのである。ポンジュを敷衍して、というかポンジュのテクストから出発して自分の論を繰り広げて、デリダは次のように言う。

> 言葉もなしに、私に話しかけてくることもなしに、それ〔＝物〕は私に訴えかけてくる、私だけに、私の代替不可能な特個性において、そして私の孤独においても。物に対して私は絶対的な敬意を負うているが、それをいかなる一般的な法も仲介することがない。[17]

物自体がむろん特個的存在であり、それに接する者もまた特個的な存在となる。しかしその〈私の特個性〉は、私自身のうちに閉じることがない。物の本質は人間にとっての違和感・他性にあり、接近不可能なこの物との対峙は、私を私の外へと無限に連れ出すのである。それが「物」からの「訴えかけ」の力であろう。上に引用した文章に続けてデリダは次のように言う――「つまり物の法は、特個性であり差異でもあるのだ。無限の負債が、果てのない義務が、私を物に結びつける。私がそれを弁済しきることはけっしてない[18]」。それぞれに特異な「物」は特個性のかたまりであると同時に、それだけでなく常に他を参照して差異の効果を発揮し続ける。また、「物」に惹きつけられ「物」に接する特個的な私は、この特個的でかつ差異の乱反射する場の中で、けっして何かを理解しきったり、（「物」を前にした）自己を把握しきったりすることがなく、自己自身とのずれを際限なく体験し続けることになる。

　このようにデリダは、特個性の頂点においてその特個性から外部への開かれが生じることを示した場として、ポンジュのテクストを捉えている。デリダのこの著作『シニェポンジュ』はタイトルにも端的に示されているとおり、ポンジュのテクストを題材に、「署名＝サイン」というテーマと「スポンジ（吸収するもの／拭うもの）」というテーマを論じ、さらに両者を組み合わせて――あとにもみるとおり――、署名をスポンジで拭い消す（ような署名の仕方）というテーマを論じたものである。ポンジュの作品は、さまざまな小テクストのほとんど連関を欠いた偶有的な列挙が特徴であり、一つ一つの小テクストが、それぞれそれ自身の特個性を主張している。その意味で個々の小テクストはおのれ自身の独立した署名を形成しているといってもよい。だがそれらは全体として、いかにも特異きわまりないポンジュのテクストとしての特質を作り上げている。通約不可能でそのたびに異なる、そのたびごとに代替不可能な特異な小テクストたち（それらのばらばらの署名）が、列挙並存されることによって、不思議にも一つの大きな全く別の署名（フランシス・ポンジュという署名）を形成する。デリダは、ポンジュのテクストが教えているのは署名がテクストとなること、テクストが物となること、物が署名となることだと述べたあと、以下のように説明する。

なぜなら〔…〕彼のテクストのおのおのは一つの出来事であるからだ。特個的な、単独な、特殊語法《イディオム》的な出来事であるからだ――少なくともなんらかの出来事がいつかおのれの縁《ふち》に生じるとすればだが。例や引用を挙げるのが困難であるのはこうした理由による。ここで私は苦悩を吐露してしまおう。もしおのおののテクストが単独無比《ユニーク》であり、いかなるほかのテクストの例にもけっしてなることがなく、署名者一般によってもその名の所持者自身によっても模倣されえない署名であるならば、一つのテクストを、論証のなかの例としてどう引用すればよいのか。それなのに、〔作家の〕特殊語法《イディオム》の法則なり類型なりが存在するのであり、そこから私たちの苦悩が生じるのだ。あらゆる署名に働きかけそれを構成する劇的事象《ドラマ》とは、この執拗で、飽くことなき、いかにも顕著な傾向として際限なく繰り返される反復であり、しかも反復されるものはそのたびごとに代替不可能なものであり続けるのだ。(19)

ここで言われているのは、特個的で単独的であったはずのポンジュの小テクストたちが、その特個性を減じることはないにもかかわらず、ある種の反復をなしているという事態である。個々のテクストに署名があるとすれば、それは個々別々の固有名をもつはずだ——したがって「署名者一般によって」「模倣されえない」し、ポンジュという著者名とすら距離を置く。だからポンジュのテクストを、ポンジュのテクストの例として使うことはできないのだ。それなのに際限のない反復のドラマによって、個々の特殊的テクストが署名者ポンジュの名のもとに一般化される。しかも引用の最後の部分で述べられているように、この一般化された署名を付されても、個々のテクストの奇異さ、特個性は失われることがない。このくだりは、特個性の特権的な場であるポンジュのテクストが、個々の小テクストにおいても、その全体においても特個性を有しているがために、特個性の突出とその相殺とが同時に生じていることを説明しようとするものである。特個性の頂点を維持しつつ他との連携が実現されている場として、デリダはポンジュのテクストを援用しているわけである。(20)

3 「スポンジタオル」と「無」の例

特個性の最高度での維持とそれと同時に生じえる外部への反復的な開かれについては、ポンジュのテクスト全体の象徴ともなる「スポンジ=雑巾《タオル》」という「物」を鍵としてデリダがおこなう考察を見るのがもっともわかりやすいだろう。「ポンジュ Ponge」という詩人の固有名をそのまま含むこの「スポンジ《エポンジュ》 eponge」という語は、すでに述べたようにデリダによって、すべてを含み込みまた拭い去るものとして読みとられていた。

さきにも軽く触れたが、この著作でスポンジというテーマと表裏一体のものとして展開される「署名」というテーマについてより詳しくみてみよう。まず「一般的署名」という概念を用いて、デリダは、署名がもつ、自分自身を署名として自己指示するという機能を確認する。(21) 署名はそれが署名であることを入れ子的な折り返し、すなわち自己参照機能によって示す。つまり個々の署名行為は、それ自身が「署名一般」に属するものであることをマークしているということである。ポンジュに関してデリダはここで「スポンジ」を導入する。ポンジュのテクストでは「スポンジ」は（ポンジュという名を含む）「固有《プロプル》名詞 nom propre」的性質を含んでいることになるが、「スポンジ雑巾《タオル》」は、汚いものと同時に「きれいなもの《プロプル》 le propre（＝固有のもの）」を拭きとるものである、とデリダは指摘する。つまり署名という固有なるものは、ポンジュのテクストにおいて、一方でそれ自身を強調し、他方で自分を消し去ることになる。するとテクストは、署名を消去することによって（作者の延長的存在から）「物」そのものとして立ち現われることになる。しかしここでさらにポンジュの場合、逆説的にも、「物」そのものとなったテクストは、まさしくポンジュ文学の最高の形象すなわちポンジュの署名そのものとなる。『シニェポンジュ』において「署名」というテーマは、みずからを記すとともにみずからを消去し、そのことによって再びみずからを記すという、記入と消去との何重もの重ね合わせの問題とされているのである。個々の署名が署名一般をも示すという逆説も、これと同じ二重性を表わすものと考えてよいだろう。

　ここで、デリダがすでに初期の論考でこうした書き込みと消去の二重性について関心を寄せていたことを思い出しておきたい。すなわち『エクリチュールと差異』に収められた論文「フロイトとエクリチュールの舞台」において、デリダは、フロイトの「マジックメモ」についての考察を取り上げていた。書いては消すことのできる「マジックメモ」のように、人間の記憶というものは、あるいはもっと広げて人間の知覚のあり方というものは、書き込む行為とその消去の両方をおこないながら成立するものにほかならない。ポンジュに見いだされる「スポンジタオル」の二重の機能も、人間の認識と言語のあり方を象徴的に表わすものにほかならないだろう。(22)

　さて、本書にとって興味深いのは、「署名」のこうした両義的存在様態を明らかにする手立てである「スポンジタオル」を媒介として、デリダが「例」をめぐる考察を展開していることである。

　まず「スポンジタオル」は、たとえばポンジュの代表作の一つである『プロエーム』のなかでも言及されているが[23]、デリダの指摘するとおり、ポンジュ自身によって「つまらないものの第一例」、「価値のないものの最良の例」とされている[24]。その上でさらにデリダが強調するのは「スポンジタオル」は単に価値がないのではなく、つまらないもの、価値のなさ、なんでもないことそのものの例にほかならないということである。

スポンジタオルは、ほかのものと比べて否定的な価値をもつこととか価値がないことを表わすのではない。それは、価値のなさ sans valeur、なんでもないこと rien、ごくくだらないもの si-peu-de-chose、ほとんど値打ちのないどうでもよいもの n'importe quoi de peu de prix などの例そのものとなるのだ[25]。

つまりそれは、「なさ rien」そのものの例という不可能な例として私たちの前に在るのだ。デリダはさらに、この「なさ」の例たる「スポンジタオル」のあり方は、この「物」の奇妙さ、特異性、特個性に由来していると論じ、「スポンジタオル」を通じて、突出した特個性を「価値 prix のなさ」と接合する。

それはかくも特殊で、かくも無意味で、かくも特個的で、いくらでも折り返し可能であるがゆえに、価値をもっていず n'avoir pas de prix、無価値である sans prix。ということは接近不可能な価値しか備えていないということだ[26]。

究極例である「スポンジタオル」は、無価値そのものの例として、まさになんでもないもの、存在しないもの、接近不可能なものの例としてあるのである。

ここにみられるのは、たとえば「神」という至高の例とはちょうど逆の、無価値性そのものの究極例という逆説である。しかし「神」もまた結局のところ、人間にとっては確定不可能な、なんだかわからないものの例としてその究極性を保っているとすれば、むしろ無価値そのものの究極例の方が、究極例としてより価値が高いということになる。だからこそデリダは先の表現で、実に巧妙に、「価値のなさ」が「最高の価値をもつ」ことを示す逆説的な表現（n'avoir pas de prix「価値をもっていない」→「値をつけられないほど高い」、sans prix「価値がない」→「途方もなく高い価値がある」）を用いていたのだ。先の文はしたがって次のようにも読まなくてはならない。

それはかくも特殊で、かくも無意味で、かくも特個的で、いくらでも折り返し可能であるがゆえに、途方もない価値をもちn'avoir pas de prix、最高の価値を有するsans prix。ということは接近不可能なほどの価値を備えているということだ。

なんでもないものの究極例は、まさしく究極例として最高の価値を有するのである。このように究極例の最高の価値の根拠を、デリダが、なんでもないこと、無意味であることに見いだしていることをよく覚えておきたい。

しかもこの「スポンジタオル」という例は究極例でありつつ、もう一方では、偶有的・偶然的に、恣意的に、たまたま挙げられたものとしてポンジュ自身によって位置づけられていることを、デリダは強調する。ポンジュの「世界のかたち」[27]という詩文のなかでも、「スポンジタオル」は水族館の小エビや埠頭の石や鍵の差された鍵穴とともに、ほとんどでたらめに挙げられ、もっとも特殊な形態をもつと同時に偶有的な評価をしかもたないものとして価値づけられている。

だからこそ「スポンジタオル」という偶有的な例は、世界の偶有性そのものを例示する特権的な例となる。デリダは「スポンジタオル」といういわば偶有的特権例を通じて、ポンジュのテクスト全体を「例」の働きの場として説明し直す。「スポンジタオル」という例をめぐる、いかにもデリダらしい謎めいた以下のくだりをまず引用してみよう。なお引用冒頭の「世界のかたち」はポンジュの『プロエーム』に収められた一文のタイトルでもあり、この文章の中でポンジュは「スポンジタオル」を彼の特異な形態観の例に挙げている。

　「世界のかたち」の例《エグザンプル》。世界のかたちに対しての例であって、それ以上でもそれ以下でもない。しかし諸々の例たちのなかの例である。かくも特殊的で、ばかばかしい物たちについての〔例だ〕。それゆえいつも物たちは、あまりにも模範的《エグザンプレール》であるがゆえになんの例でもない〔＝無の例である〕exemples de rien ような例なのだ。特個性そのものの比類なき例、恣意性と偶有性の必然性。ちょうど彼のテクストそれぞれ、彼の署名それぞれと同じように、それはつねに単独《ユニーク》で、比類がなく、しかしながら飽くことなく（同じ）物を、同一性《おなじこと》を反復する。(28)

「スポンジタオル」は「世界のかたち」そのものを例証しているのであり、「例たちのなかの例」である。すなわちすべての事物たちの例である。したがって「スポンジタオル」はこの世界のすべての事物を例証していることになる。逆にいえば、すべての事物が――「スポンジタオル」に例証されるように――「かくも特殊的で、ばかばかしい物たち」であるということになる。あまりにも特殊的で、ばかげたものであるために、それらはどれも「なんの例でもない〔＝無の例である〕ような」例だということになろう。だからどれ一つとして突出して「模範的《エグザンプレール》」ではありえない（代表すべき諸例を引き連れてはいないのだから）のだし、しかし逆にいえば、一つ一つの事例がすべて過剰な仕方で「模範的《エグザンプレール》」だということになる（各々が類例をもたない究極例として）。こうして世界中の「物」たちはすべて「特個性そのものの」例――例なき例、比類なき例――であることになる。それら一つ一つが恣意性と偶有性の究極例なのだ。特個的でかつ世界そのものの例であるようなあり方、だが何をも例証しないような、あえていえば無そのものの例であるようなあり方である。それこそが、ポンジュのテクストの様態そのものだとされる。ちょうどそれは先にみたように、固有性を刻み込みつつ固有性を消去し、みずからを署名として一般化しつつ拭い消し去るという仕方でしか署名しない、そうしたポンジュの署名行為と同様である。そのつど突飛で特殊的・単独的でありながら、同じものの飽くことなき反復でもあるようなあり方、それがポンジュのテクストの本質だとデリダは述べている。

「無 rien」についての究極例は、特個性の極致を形成しながらも、同時にその本質的偶有性ゆえに無数の反復へと開かれている――これがデリダのポンジュ論『シニェポンジュ』での「例」の概念である。難解な思考の遊戯にふけるかのごとき哲学者デリダと軽妙なる物の詩人ポンジュの組合わせは、おそらく普通は読者にとって意外に思われるだろうが、なんとポンジュはまさにこうしたデリダの考えをそのまま要約したかのような、まさにデリダの哲学的著作の特徴をあらかじめ抜き書きして凝縮したかのような言葉を残してもいる。それは『物の味方』に収められた「小エビ」というテクストの一節であるが、デリダ自身がこのテクストを前にした驚き（すなわち、特個的な問題意識をもつ自分の言葉があらかじめ反復されてある別の署名者のテクストに記されているのを目の前にする驚き）が私たちにもよく伝わってくる。デリダ自身による強調を付しながら、その一節が『シニェポンジュ』に引用されている。

> それにしても、ある一つのかたちに多くの興味《おもしろみ》＝利益を付加するには、そのかたちの再生産をリマーク〈着目〉remarque し、自然を通じて同じ時にいたるところで――天気の良いときも悪いときも、フレッシュで豊富な水のなかで――無数の版 millions d'exemplaires へと散種 dissémination するのが一番よいだろう。[29]

一つ一つの究極例が本質的に「なんでもないもの」の例であること、それがポンジュを通じてデリダが提示する「例」をめぐる第一の特質である。デリダはこの著作のカバー裏にも再録した文章で、おそらく故意に、ほとんど意味のない「例えばpar exemple」という表現を用いている。何ものか（ここでは「ポンジュの名」）を例であるとして、ほとんど無意味なようにして、だが実は際立たせて提示するこの表現法を用いることで、デリダは「例を通すpar exemple」という手続きが、対象を無化し同時に特殊化する運動であることを意識化している。しかもただ一つ、特個的なものとして取り上げられるこの例（ポンジュという名）は、潜在的な類例へと、例がないにもかかわらず、開かれることになる。この反復可能性《イテラビリテ》が『シニエポンジュ』で強調される「例」の第二の特質である。まさしく特個的で例外的なポンジュの詩テクストは（まるで詩テクストではなく事例集のようであるのだが）、デリダによって「例」として論じられることによって、詩テクスト一般の本来的可能性を例証するものとして立ち現われてくる。

4　「非＝絶対」詩

最後にもう一度、一九八八年の「詩《ポエジー》とはなにか？」というデリダの小論にもどってみたい。そこでは詩《ポエジー》はまず、字句どおりの暗記を強制してくるものであり、自己の単独性に閉じこもった強引な装置として位置づけられていた。だがデリダは単に詩をこのように単純に否定しつづけるわけではない。さきに取り上げた引用の続きをみてみよう。

字句どおりに――すなわちこういうことだ。君は〔心に〕覚えておきたいと望むだろう、絶対的に単独的なある形式を、触れることの不可能なその特個性が、イデア性、イデア的な意味を、いわゆる文字の身体からもはや切り離すことがないある出来事を。この絶対的な不分離、絶対的な非＝絶対の欲望、そこに君は詩的なものの起源を呼吸する。(30)

ここでまず言われているように、詩とは絶対的な単独性を想定されているものであるのだが、重要なのは、その単独性の核心に私たちが直接触れることはありえないということである。詩は「出来事」であり特個性をもつが、その特個性は触れることのできないようなものとしてしかありえない（「触れることの不可能な特個性」）、とデリダはここで規定している。詩という出来事が有する、強引に暗記を強制してくるほどの強固な特個性を、デリダがなぜ「触れることのできない」ものとするのか。ここで私たちは、ポンジュのテクストをめぐってなされた議論を思い出したい。デリダがポンジュに見いだしたのは、詩は「なんでもないもの rien」の例でしかない、ということであった。「なんでもないもの」あるいは「無」には、直接、手で触れることはできない。特個的な出来事性が本質的に「無」と結びつくことによって、詩は、文字 lettre と理念性《イデア》 idéalité との新たな関係を出現させているとデリダはみている。一般の理解であれば、（感情や感覚と直結する）詩においては、その文字と概念的・形而上的・哲学的なイデア性とは無縁であると考えられることもあろう。また他方では、通常の言語の機能とは、文字とイデア性とを適度な分離の状態に置いたうえでその両者をつなぐもの（それが「意味作用」というものだ）として保証されているだろう。しかしデリダはここで、詩の本質を、いや正確には詩のテクストを前にした私たちの希求を、上記のいずれとも異なって、文字とイデア性とを絶対不分離の状態に置くところにみている。詩は「なんでもないもの」あるいは「ないもの」（すなわち「無 rien」）についてしか存在しないような言語テクストであるのだから、そのテクストの本体つまり字句とは離れたどこか別のところに抽象的で独立したイデア的な意味を措定するようなことがない。抽象的イデア性に反する以上、詩とは――たとえばヴァレリーが主張し続けたのとは逆に――「絶対性」とは無縁の場、つまりは「非＝絶対」の場だということになる。「非＝絶対」というあり方を絶対的な仕方で感じることのできる場、それが詩なのであり、私たちにとって「詩的なもの」のとは、いかなるイデア性なのだか絶対にわからないイデア性が、文字（という身体）に分析不可能な仕方で密着して絶対的に存在しているはずだと欲望させずにはいないようなもののことだ、とデリダは言おうとしているようである。私たちはこうした「非＝絶対」の可能性をめぐるデリダの議論の根底に、詩は「なんでもないもの rien」についての言語であるという発想があるとみたい。

詩を（絶対的な）「非＝絶対」の場と捉えるところから、詩的言語における特個性の逆説が鮮明となる。詩はみずからを絶対的なものとして読み手に暗誦を命じてくるはずのものであった。詩は、寄り道なしの「高速道路＝自己ルート＝自動ルート autoroute」だという比喩はこうした特質を示していた。だがそれでもなお、人間は詩をその不完全な記憶にとどめ、[31]自分なりに言い直し、翻訳することを欲さないではいられない（こうして人は「高速道路」を離脱することになる）。つまり絶対性を標榜する詩を、非＝絶対のかたちで受容し再生産することを避けられない。たとえば預言者が神の言葉を、直接に伝えることができないのと同様に。これこそデリダにとっては詩をめぐる（そして言語をめぐる）恩寵なのだ。詩の絶対性と純粋性はたえず裏切られ続ける。詩は特個性をもちつつ特個性を破られる。詩と特個性の関係について、デリダはいつものとおり謎めいた多重的表現を駆使して次のように言う――これから（肯定的な意味で）「詩」と呼ぶべきものは、特個的なマークのなにがなんでもの保持ではなく、「特個的なマークの受難《パッション》／情熱」に対する「情熱」、つまり損傷されるものという条件での特個性への情熱、そして特個性のマークを何かしら迷惑なもの、あるいは思いがけず訪れたものとして受け容れる姿勢、なのだと。[32]

ポンジュが「物」に主導権を与えたことにもみられるような世界に対する人間「主体」（と否定しながら記すほかはないような〝主体〟）の受動的な態度と、（詩は必然的に特殊的・特個的なものでなくてはならないだろうが）みずからの特個性を純粋な特個性として維持することのないあり方こそ、詩が救われる道だと、デリダは論じている。詩に対してデリダは常になんらかの警戒の姿勢をみせるが、逆にそこから肯定のための鍵も見えてくる。詩である以上は不純なる詩であること、そして自己に回帰することを不可能とすること[33]――そのことによって、詩は自己本来のあり方と目されるものへの裏切りの、すなわち自己反逆の、つまりは脱「アイデンティテイ」の象徴ともなりうるのだ。ばかげたもの、なんでもないもの、無意味、無の究極例を提示しつづけたポンジュのテクストは、詩《ポエジー》を不可能にすることによって文学テクストの可能性を提示したということができよう。

第二節　「一」の反復可能性——『シボレート』

一九八四年、アメリカのシアトルで開催されたパウル・ツェランをめぐるシンポジウムで講演されたデリダのツェラン論『シボレート——パウル・ツェランのために』は、一九八六年に出版された[34]。最初にツェランについて簡単に紹介しておきたい。一九二〇年に（旧）ルーマニア北部のブコヴィナ州（現在はウクライナに属す）でユダヤ人の両親のもとに生まれたツェランは、両親をナチスによる強制収容によって亡くし、自身も強制収容所に送られた経験をもつ。一方でドイツ語を母語として育ち、少年期からリルケなどドイツ文学に傾倒し、戦後移住したパリでも高等師範学校でドイツ語・ドイツ文学を教えたツェランは、言語のアンビヴァレンスを生きた詩人でもある。その彼が書くドイツ語の詩（すぐれた多言語話者であったツェランはときにさまざまな言語を詩に織り込むことはあるが）は、現代ドイツ語詩の一つの極点を示すものとして高く評価されてきた。ツェラン自身は自分の詩が西ドイツの教科書に載る事態を、ユダヤ民族に対する裏切りになると苦悶していたともいわれ、それが一九七〇年の自殺の一因をなしたとも考えられている。一般にツェランをめぐる言説においては、なによりホロコーストを実際に生き延びたその体験と、ユダヤ人の悲惨を詩化するユダヤ詩人としてのアイデンティティ、そしてシオニストとしての政治姿勢が、彼を説明する基本要素として用いられる。

しかしデリダはこうした「ホロコーストを生き延びたユダヤ人」ツェランという単純化された像をずらすことを目指して、このツェラン論を書いたのだと考えられる。さらにデリダはツェランを論じるというこの機会を、いわば自分自身のユダヤ性への微妙な姿勢の確認と確立、ユダヤ人のユダヤ性に対する離接的なあり方の提起の機会としてとらえたのではないかと考えられる。

「共同体」への距離

この講演の前年一九八三年の九月に、フランスの文芸誌『ヌーヴェル・オプセルヴァトゥール』は、デリダへのインタビューを掲載しているが[35]、そのなかでデリダは自分のアルジェリア時代について若干語っている。このインタビューで読み手の注意を喚起するのは、すでにフランスの代表的哲学者と目されるようになっていたデリダがアルジェリアのユダヤ人家庭に生まれたという出自をいかにクリシェ（常套的概念）にからめとられずに語るかというデリダの警戒であり[36]、また彼個人が、そしてアルジェリアのユダヤ人が一九四〇年以降に遭遇した出来事を「特個的な経験」として語っていることである。一九四〇年六月にフランスがドイツに対して降伏すると、アルジェリアにおいてユダヤ人のみにフランス市民権を付与することを定めたクレミュー法（一八七〇年制定）がただちに廃止され、これに伴って、アルジェリアのユダヤ人は突如市民権を剝奪されるとともに、ユダヤ人迫害の空気に一挙にさらされることになった。その二年後、リセの第二学年を迎えた一九四二年の秋の新学期、十二歳のデリダは、通っていたフランス学校から突如登校を禁じられ、結局一年あまり自宅で過ごすことを余儀なくされる[37]。このことによって、デリダは、自分が「ユダヤ人」であること、「ユダヤ共同体」に属す人間であることを、いやおうなく、鮮明に知らされることになったわけである（それまで、アルジェリアという土地の圧倒的多数の住民であるアラブ＝イスラーム教徒に対して明らかに特権的位置に立っていたときには、こうした自己の立場がどうやらまったく気づかれなかったらしいこと、アルジェリア＝アラブ人と自分との関係についてはデリダが生涯十分に語ろうとはしなかったことにも留意しておきたい）。

しかしこのときに、そしてこのとき以来ずっとデリダが感じ続けてきたのはユダヤ社会への帰属感ではなく、「自分自身のうちに閉じこもるユダヤ共同体」に対する違和感であったとデリダが語っている点にこそ、本書では着目したい。のちに『言葉にのって』に掲載されたインタビューでより詳細に語っているところによれば、四二年十月に「フランス人用のリセ」であるベン＝アクヌーン・リセから登校を禁じられた後、新設のユダヤ人用のリセに登録することをデリダは（しぶしぶ？）受け入れたという。だが結局はまともにその学校に通うことなく、デリダ少年はほぼ一年近くをぶらぶら過ごすことになった。デリダは自分が「ある意味でユダヤ共同体に属したくなかった」ということを強調し、「この共同体のなかに閉じ込められることに我慢がならなかった」と、さらには「こうして自分のなかに奥深い感情的な亀裂が生じた」と述べている。

デリダがこの経験から学んだのは、ユダヤ共同体はどんなに特殊な共同体であったとしてもさまざまな共同体の一例であって、ほかの同種の共同体と同じ位置に置かれるということでもあった点に注意したい。

> 私はそのとき以来ずっと――なんと言ったらよいのでしょうか？――、自分の内側に閉じるユダヤ共同体なるものの中で、もう一方の陣営（「カトリックたち」と呼ばれてきた）に対してと同様、自分が場違いであるという感じを抱き続けているのです。(38)

デリダがここで自分の出生が結びつけられているユダヤ共同体と、生来フランス人（＝フランス市民権所有者）として古い関わりをもってきたフランス本土のキリスト教カトリックの「共同体」とを並列していること、つまり二つの共同体を自分にとってある意味で等価なものとみようとしていることが興味深い。逆にいえば、ある程度属していながら違和感を感じ、完全には帰属していない自分の共同体として、この二つのグループをともに自分のものとして標榜しているわけである。

さて、アルジェリアで始まったユダヤ人差別の体験は、デリダがフランスに進学したのちも続き、デリダに、ユダヤ人社会以外への帰属の欲望(39)を生じさせたという。だがそれは、デリダがたとえば多数派《マジョリティ》＝強者側であるカトリック＝フランス人社会に属したいという欲望を抱いたというようなことではないであろう。重要なのは、彼が避け、嫌悪したのは、何であれ「自分の内側に閉じる」集団に参入することだったという点だ。デリダは繰り返して強調している。自分は、「ときに／しばしば、ユダヤ共同体が、ユダヤ共同体であることを標榜し、それ自身のなかに閉じこもるように思われたときは、ユダヤ共同体に対して居ても立ってもいられないようないくばくかの距離感[40]」を抱いてきたのだ、と。それがデリダのなかに、非ユダヤ人の共同体に入りたいという欲望を生じさせたのにちがいない（ただしそれは、閉鎖的という意味では同種のものであるカトリック＝ヨーロッパの陣営に入りたいという単純な欲望を禁じるものでもあるだろう）。少なくともデリダはそう標榜している。

こうした背景を考えてみれば、デリダがツェランを論じるにあたって意図したことは、ツェランをユダヤ共同体の内側に閉じることのない詩人として再提示することであったと推察される。すなわちツェラン個人の、そしてユダヤ人の特個的な経験が——あるいは一般に、一回きりの特個的な出来事が——、ツェランの特個的な詩テクストを通して、いかに外部に開かれたものとして差し出されているのか、それを明らかにしてみせることがデリダの課題だったはずである。

1　「日付」システムにおける「一」の強化と超脱

「一」が「一」に留まらないこと、特個性が特個性に閉じないこと、それがデリダのこの著作のテーマである、とあらかじめ言っておこう。その展望のもとで取り上げられるのが、「回 fois」という概念、および「日付 date」というシステムである。デリダは、「一回 une fois」が同時に à la fois 繰り返されるものであること、「一回きり unique fois」は何度もめぐってくること、この「特個的で、一回的で、反復不可能な出来事の反復[41]」こそ「日付」というものの本質なのだということを繰り返し強調する。

何月何日という「日付」およびカレンダーのシステムは、くだんの日を、再びめぐってくるものとして規定する。日付のシステムは、ある基点から数え始めて歴史上のすべての日に通し番号を振り当てるというやり方をとらない。月毎にそして年毎にふたたび同じ日付が循環する「環」、それが日付のシステム（カレンダー）にほかならない。日付とは、自と他が交錯する両義的なシステムなのだ。もう一度言い直そう。一方で私たちが日付を付すのは、何か特別な、一回きりと感じられる、特個的な出来事に対してである。そしてさらに私たちは、日付を付してその特個性を強調したくだんの出来事を、年毎の記念日《アニバーサリー》に呼び起こす。つまり日付を付すのは特個的な出来事に、逆説的にもこうして反復・回帰の可能性を与えるためだと言えるのである。日付とは、出来事の特個性とその（不可能な）反復性――いいかえれば「亡霊的な回帰」[42]（「ある二月十三日は、毎年毎年それ自身の亡霊となって回帰する」[43]）――の不可分の結びつきを定めるシステムにほかならない。

一般にツェランのテクストを特徴づけるのはまず、特個性と孤独とであり、「ただ一人（＝孤独者）un seul」であること、この世でただ一つの状況に立たされていることであると言える（詩とは「ただ一人の人間の言葉 Sprache eines Einzelne/parole d'un seul」[44]である）。デリダはこの点を確認しつつ、だが一方でツェランが自分の詩にしばしば日付を記したことに注目を促す。いったいなぜ究極の個と孤独が、回帰と反復の装置である日付を呼び寄せるのか。この両極の出会いは、ツェランの詩においてはどういう事態を引き起こしているのか。少し長くなるが以下に引用しながら検討してみよう。

> ただ一人――すなわち、特個性、孤独、出会いの秘密。何がこの孤独者《ただひとり》をその日付へと記号づけるのであろうか。
>
> 例えば――ある一月二十日というものがあった。こうした日付は、ただ一つの、唯一無二の、反復を免れたものとして書かれるということがありえただろう。しかしこの絶対的な固有性は、その絶対的な特個性のままに、転記され、輸出され、国外追放され（＝強制収容所に収容され）déportée、接収され、再所有化さ

れ、反復されることもありうる。それどころかそうでなくてはならない。みずからを晒し、読解可能性のなかでみずからを喪失する危険を冒さざるをえないとしても。(45)

ここでデリダは、まずツェランの詩が、詩人の孤独と、他者とは共有不可能な特殊性によって特徴づけられていること、さらに日付を付す行為によって、出来事一つ一つが絶対的な特個性によって徴づけられていることを確認する。しかし日付による出来事の留め置きは、新たな諸効果を引き入れることになる。回帰する日付によって、詩人の孤独と出来事の「固有性(=〔詩人による〕所有性)propriété」は——その絶対的な特個性を維持したまま——外部へと広げられもし、他者のもとに明け渡されもし、再び自分自身によってあるいは他者によって所有され直しもし、反復されもすることになる。それは実は、ある特個的事態が詩として提示されるということの帰結であり、他人に読まれるということの意味である。詩とは絶対的な特個性・固有性を本質としながら、同時にそれをなんら損なうことなく、外部へと移送され反復され他者に共有されうるものでなくてはならない。

デリダは、ツェランの言葉を引用してさらに続ける。

« Vielleicht darf man sagen dass jedem Gedicht sein „20. Jänner“ eingeschrieben bleibt? »「もしかしたら、あらゆる詩のなかに、「一月二十日」が書き込まれて留まり続けていると言ってよいのではないでしょうか?」。ここには一般性がある——おのおのの詩の、したがって、あらゆる詩の庇護の下に、ある一つの日付の、まさにこの日付、例えば「一月二十日」の、書き込みが託される。しかし法の一般性にもかかわらず、例は代替不可能なままに留まる。そして、おのおのの詩の庇護〔の下に〕、いいかえればその真実を約束されて、留まらなくてはならないもの、それはこの代替不可能性そのものなのだ——すなわち、例が例となるのは、いかなる他のものにもそれが当て嵌まらないかぎりにおいてなのだ。しかしまさにそのことにおいて例は例となるのだ。しかも可能なただ一つの例として。すなわちただ一つそれだけが例となるというまさにそのことにおいてである。ただ一つのものとして。(46)

詩的テクストにおける日付は、その詩テクストを歴史的時間上のある一点へと収束させる。特個的な出来事の固有性はこの書き込みによって絶対的に保証される。しかしながら、すべての詩がこうした特質を有している以上、詩の本質たる固有性は逆説的にも一般的であることになる。詩という場においては、固有性は一般的であり、どんな特個的なことがらも、詩一般の本質たる特個性の「例」(無数の類例のなかの一例)でしかない。だがここでもう一度逆説的なことに、この無数の類例のなかの一例は——例えばあらゆる詩に潜在的に書き込まれている「一月二十日」というような日付は——、一回きりの、代替不可能な、比類なき例すなわち唯一例として詩に刻印され、読み手からもそこでしか触れえない特殊例とみなされる。そういうものとして詩は(とくにツェランの詩は)かけがえのない特別の価値をもつ。デリダはさらにここから「例」というものの背反的な二重性を明確に表現するために、二重化された言い回しを操る。例が「例となる donner l'exemple」という言い回しは、「(類例中の一例として)その例を挙げる」ということを意味するが——ただし「例を挙げる」という場合は不定冠詞を用いて donner un exemple とするのが基本——、その一方で、成句として「手本を示す」「模範となる」という意味にも用いられる。ある例があるとき、それは、ほかのいかなるものにも該当しないことによって究極の特殊的な模範例となる。だがしかし、例はもともと、ほかの無数の事例との照応関係によって例として機能するものであるはずだ。実は究極的な模範例も同様であって、模範例こそは一方で特殊的・特個的、そしてまた同時にもう一方で潜在的に不特定のさまざまな事例に応用可能でなくてはならない。たった一つでありながら、この両面の機能を果たすこと、それが「例」の引き裂かれた苦悩であり、神秘的な奇跡である。

2　単数的かつ複数的な存在の可能性

デリダによってツェランは、「一」というものの苦悩と奇跡をあらわす詩人として立ち現われてくる。ツェランのなかで「一」は徹底して「一」であるとともに、反復され複数化された「一」ともなっている。回帰する特個性の象徴的装置である日付が頻出するツェランの詩において、私たちは、いわば単数と複数の絶対的な境界（少なくとも西欧的思考においてはもっとも根本的な境界）を乗り越えた往還がおこなわれていることに気づかされる――それはあらゆる「境界」というものの乗り越えの一例でもあり、模範例でもあろう。例えば、まさに日付の表現すなわち「二月十三日」という言葉で始まる詩篇「一つになって In Eins」（マルティーヌ・ブローダ仏訳 Tout en un「すべては一つに」）。フランス語訳のタイトルが明確に示しているとおり、この詩は、本来一つではありえない異なるたくさんの人・事例・時が「一」にもなりうることを詠《うた》っていると読むことができる。

一つになって

二月十三日。心という口の中に
目覚めた合言葉《シボレート》。おまえとともに
人民《プープル》よ、
パリの。奴ラヲ通スナ《ノー・パサラン》

IN EINS

Dreizehnter Feber. Im Herzmund
erwachtes Schibboleth. Mit dir,
Peuple
de Paris. *No pasarán.*

この詩では、いくつもの越境が重ね合わせられている。まず言語に関しての越境。すなわちドイツ語の素地のなかにフランス語、スペイン語が交錯し、さらにヘブライ語の（あるいはユダヤ＝アラム語、シリア語、フェニキア語でなくもない――とデリダは付け足している）単語 « schibboleth »〔シボレート〕が、言語の境界を乗り越えて再来している。また時代の壁も越境されていると同時に、伝説と現実の壁も越境されている。というのも、いにしえのユダヤ人の伝説的な経験(47)が、二十世紀半ばスペイン内乱前夜のフランス・スペイン国境の状況に重ね合わされているからだ。もちろんそれは、あらゆる時代、あらゆる場所で阻まれる経験をもったユダヤ人の記憶の投影であり、また、あらゆる時代、あらゆる場所で起こったあらゆる人の苦悩の経験の投影でもあろう。だからこの二月十三日は、二十世紀半ばの歴史的日付であると同時に、亡霊的に再来する無数の「日」につけられた名前でもある。

「一」は「一」であって同時に「一」ではない――これが実はツェランの詩のメッセージなのだ。そのテーゼの端的な例が日付であって、日付は単数でありかつ複数的存在でもある（ただ一つの日を指しつつ、同時に、カレンダー上で同じ位置に置かれることになる無数のほかの日にも付けることができ、それらのいくつもの相異なる日たちを一つに括ることができるのだから）。このことをツェラン自身が象徴的に徴した例をデリダはめざとく指摘している。それはツェランがフランス語を用いて記した、《Quatorze juillets》〔七月十四日たち〕という文法的には不正確な表記による日付の記述である。ここでは驚くべきことに、日付が複数形で表記されている。まさにこの複数化された日付（すなわちQuatorze juillets）はカレンダーのシステムという環のなかで「唯一《ユニーク》なるものを反復する」(48)。「一」なるものがもつ壮大な反復可能性《イテラビリテ》、単数が複数であり複数が単数であるという確信がツェランの詩を、孤独な個人の詩、特殊なある境遇を押しつけられたある共同体の詩であることから解放して、人間の魂の詩、歴史を横断する人類の詩、あらゆる個人の秘密に共鳴する力をもった詩にしているのだと言ってよいかもしれない。

この例にみごとに示されているように、日付のシステム（環）において、回帰する出来事たち（デリダはこれを「亡霊」あるいは「灰」の比喩で名指す）は、「そのたびごとに一回きりchaque fois uniques」(49)の仕方で現われる。この「そのたびごとに一回きり《ユニーク》／特異」という表現は、二〇〇三年にフランスで刊行された、デリダがさまざまな知人の逝去に際して捧げた追悼文を集めた論集(50)のタイトルにも用いられたように、デリダが最晩年まで終始好み、こだわった表現である。「そのたびごとに一回きり」はそれ自体が、特個性と反復性の共存を体現した表現である。特個性（「一回きり／特異《ユニーク》」）は何度も何度も繰り返される。そして何度も繰り返されながら、反復される無数の機会ごとになお特個的（「一回きり／特異《ユニーク》」）であるのだ。デリダが浩瀚なものとなった追悼論文集にこのタイトルを付したことは非常に雄弁にこのことを説明している。一人一人のかけがえのない友人の、とり返しようのない死という、これ以上ない特個的な出来事に際して、デリダというほかの人ではないまさにその人が記した追悼文は、一つ一つが特個性に満ち溢れている。しかしそれらは、アメリカで先に思いつかれたように、こうして追悼論文集として一冊の本に集合させることができる(51)。一つ一つのテクストは、同じ、追悼文というカテゴリーの一例でもある。系列をなす反復例でありつつ、なおその一つ一つは、かけがえのない一回きり／特異《ユニーク》なものとして私たちの前にある。一回きり／特異《ユニーク》は反復可能であること、しかも反復されて特個性を失うのではなく、反復・回帰、系列化してなお、その反復回帰のつどに新鮮な特個性をもって迫ってくること、この矛盾した事態を「そのたびごとに一回きり／特異《ユニーク》」という表現は示している。とくに『シボレート』のこの箇所では、主語の複数名詞に対応して chaque fois uniques と unique が複数形に置かれている。一回きり／特異《ユニーク》は複数でありえること、特個性は特個性を消去されずに反復されること、それがデリダの主張であると読むことができる。

3　出来事の「非＝場《ノン・リュー》」

ここでさらに、この「一」の非「一」性が、ポンジュの場合と同様、「一」の（すなわち特個的なるものの）「無」性へとつなげられていることも見ておこう。しかもこの「無」性はやはり、ポンジュの場合と同様、無数の他者との連関の可能性へと飛躍するものとして考えられている。デリダの述べるところによれば、ツェランの詩においては、円環する日付のシステムのなかにおかれることで、特個的な出来事への参照はとり消される。(52)だがそれはその出来事が特個的な力を失うことではない。ある特定の日への固い結びつけが断ち切られ、亡霊的な回帰のシステムに連接されることで、たとえばある経験はいつの年の誰の経験だかわからないものになる。すると日付は、特定の出来事のではない、つまりは、「何のでもない de rien〔＝無の〕」、「誰のでもない de personne」日付に成ることができる。(53)

その帰結として、どんな出来事も、おそらくまったく無意味なとるにたりない出来事も、あるいは重大すぎて把握することが不可能な出来事も、その出来事の内容を特定化することなく、この記念＝記憶 commémoration のシステムの庇護に留めおかれることができるようになる、と私たちは言えるのではないだろうか。ツェランの詩に接する者は、ツェランのように特異な体験をしていない以上自分にはツェランの詩を理解することはできないし、またツェランのような詩を書くこともできない、と感じるかもしれない。それが「ホロコーストを生き延びたユダヤ詩人」というレッテルの生み出す効果である。しかしデリダはツェランの詩が、ホロコーストを経験する位置にはなかった例えば北アフリカのユダヤ人にも、何世代にもわたってすっかりフランス化してきたユダヤ人にも、ユダヤ共同体に対して距離感を抱いている者にも、あるいはユダヤ人ではない者にも、切実な力をもって訴えかけ、読み手をして彼の詩の世界に参入させずにはいないものであることを、まさにデリダ自身の身をもって私たちに示している。さらに敷衍するなら、歴史的に特別な経験など何もしていない平凡などんな人間でも、例えば西欧とは地球上の反対側に生まれ育ち、戦争というものすら体験したことのない人間であっても、その「なんでもない」人生と共鳴させうるものとしてツェランはみずからを晒しているのだと、デリダは言おうとしているのではないか。

詩という、特個性を本質的に記されたテクストが、自己閉鎖的に詩人個人の内部に閉じるのではなく読み手へと開かれるのはなぜかといえば、それはまさに、詩が、この「何のでもない」、「誰のでもない」ものへと成ることができるからである。詩はたとえば執筆という、もともとの特個的事態に永遠に縛られることなく、「誰でもない人 personne」に語りかけることができる。[54] それが文学としてのテクストの可能性である。読み手もまた、自分の特個性を維持しつつ、誰でもない存在に成ることを通して、特個的テクストとの遭遇を生きるのである。

詩において経験的なものは区別不可能であるとデリダは述べる。ヘーゲルやカントにおいて超越論的なものと経験的なものとの関係を問い直したのと同様に——ただし方向は逆にとって——、ここでデリダは、経験的なものへの価値づけを出発点にしながら、経験的なものと抽象的・本質的・超越論的なものとの不可分の関係を提示する。詩のなかには、経験的で個別的な現実との対応に帰されるものと、デリダが「内的系譜」と呼ぶもの（普遍性に開かれたテーマと考えてもよいだろう）とが、区別不可能なかたちで存在すること、詩は経験と本質を隔てる場が存在しないような場、すなわち「非＝場 non-lieu」そのものであるとされる。[55]〝場《ば》〟外の〝場〟という奇妙な場としてのこの「非＝場 non-lieu」は、「クリプト」（地下墓所、隠された場）という概念を通じて早くからデリダの問題意識を形成してきた。フランス語で《non-lieu》は「免訴」すなわち訴訟の棄却を指す。すなわち、「訴訟が起こるべきではなかった」ということ、「訴訟はなされなかった（場をもたなかった、起こらなかった）」、なされなかったはずである」ということを示す。[56] あることがらを起こらなかったはずのこととして提示するのがこの「非＝場《ノン・リュー》」の役目であり、この意味では、詩はフィクションと不可分となる。

したがって詩は特定の場に拘束されることのない非実体的な空間であり、また本質的に虚構の可能性を含んだものであるがゆえに（現実に）「起こってはいない ne pas avoir lieu」ものの場でもある。したがって詩においては、いかなる経験も、ある意味では「起こらなかった」ものとして提示されることになる。そしてこの生じたことのない他者の経験を、読み手は詩のテクストすなわち文学の場において共有するのである。ここから排除される人は誰もいない。どんな凡庸な人間であろうとも。

4　自己への非＝回帰

デリダは『シボレート』のなかで「ユダヤ人はユダヤ人ではない[57]」と言う。題名にも採られている「シボレート」というユダヤ人共同体のアイデンティティを象徴する言葉は、この語の一般名詞としての意味となったようにユダヤ人たちの「合言葉」であり、一般に「合言葉」とは、違った人、違った状況において、無数に繰り返されるべきものであることを本質とするものである。さきにその冒頭部をみた「一つになって」という詩のなかで、一九三六年のスペイン内乱時の反フランコの立場に立つヨーロッパ人の合言葉としてツェランがこの語を引き合いに出したように、「シボレート」はその語自体の本来の意味（「穂」ないし「流れ」）を超脱し、それが用いられたある特別な状況を離れて、さらにはその民族的・時空間的な境界を越えて、変貌しつつ反復されるものとされる。ユダヤ性の核たるこの言葉はもはやユダヤ性を突破している。ツェランの詩の力を、デリダは、ユダヤ性がユダヤ性への自己閉鎖を突き破る運動に見ている。ユダヤ人の経験が、なんらかの「きわだった・模範的な《エグザンプレール》」意味をもつならば、それはユダヤ人の経験が「例《エグザンプル》」となって、ユダヤ人ではないあらゆる人間の経験として共鳴を生み反復されているからにほかならない。そうであるならユダヤ人とは、ユダヤ人ではないこと・ユダヤ人にとどまらないことをその本質とすることになる。

ユダヤ人共同体が一般には自己閉鎖のよりどころとするもの、たとえば彼らの特異な経験とその象徴である合言葉を、ユダヤ人が内側に閉じることを不可能にするものとして読み替えること、これがデリダのツェラン論における試みであり、さらにはデリダ後期全体にわたる重要な作業の一つだということができる。ユダヤ人に代表される、選民的・自己特個化的なあり方を、そのおおもとから破砕すること、特個性の根源を外部への、無限の他者への反復可能性《イテラビリテ》として示すこと（だからまちがっても純粋なる特個性の賛美などではない）、排他的な特殊例とみなされていたものを普遍性への回路へと開くことで新たに「範例」として提示すること、それがこの『シボレート』で試みられたことであり、また、本書第三章でみるとおり、ユダヤ人の祖アブラハムの物語の読み直しの作業（『死を与える』）でも試みられることにほかならない。

「ユダヤ人」という（集団ならざる）集団に限らず、デリダが警戒し嫌悪するのは、自らの特個性に自閉し、排他的な自己特権化が推し進められるあらゆるケースであろう。世界にあまたあるそうした自己特権化の事例のなかでも、デリダが強くその危険を意識し激しく批判したのが、この「ユダヤ共同体」の事例にならぶ、もう一つの事例、すなわち「ヨーロッパ共同体」の事例である。なぜ「ヨーロッパ共同体」が取り上げられなければならなかったかといえば、それはすでに触れたように、デリダにとって「ヨーロッパ」が「ユダヤ」と並んで、自己の帰属の二つの大きな核を形成しているからであろう。以下本章の考察において、デリダが自分のヨーロッパ帰属を認めつつ、いかにそれを、内閉を脱した形で実現するかについて、検討していきたい。そのためにデリダによってとられる手続きは、まず徹底した「ヨーロッパ」批判であり、次に新たな自己呈示の試みである。前者を第三節で、後者を第四節で取り上げることにする。

第三節　自己例証化の陥穽――『他の岬』における自己選別批判

これまで本書がみてきたように、デリダの議論は、唯一例・究極例が逆説的にも外部へとみずからを開く運動を内包し、特個的でありながら一般的・普遍的な性質をもち合わせる事例に着目する。そしてそこからデリダは、人間の可能性や、差異を認めた上での新たな連帯の模索をおこなおうとしているように思われる。この特個性と普遍性の接合の肯定的なあり方は、とりわけ文学テクストを素材に展開される考究のなかで示されてきた。

署名《サイン》を記すと同時に消すフランシス・ポンジュのテクストも、日付の回帰のシステムを備え一回的なるものを無数の反復の相のもとに提示したパウル・ツェランのテクストも、また――第一章で『ユリシーズ　グラモフォン』を通じて検討した――「過剰記憶」の力と「自己例証機能」によって字義どおりの意味をはるかに超え、音と文字との境界をもたえず揺らがせるジョイスのテクストも、そしてもちろん特個性と普遍性とのアポリアそのものを滞留する謎として提示したカフカのテクストも、みなそれぞれに、これ以上ないというほどの独特で極限的な文学テクストとしてありながら、存在や意味＝記号作用《シニフィカシオン》の複雑な様相について、一般性に開かれた広い問題提起をおこなっていた。これらの作家たちの作品は、まさにその奇跡的な普遍的喚起力によって文学作品として不朽の価値を認められてきたといえる。それ自身をしか例証しないようなこうした特殊なテクストたちは、（読解不可能性を保ちつつも）読解可能であり、議論の対象となり、普遍的な問題を提示してきたのである。特個性の極限状態での維持と反復可能性・一般化可能性・普遍性とが共に並立しえること、唯一例・究極例が「範例exemple」として立ち現われること、それがまさに「文学の秘密」なのだとデリダの論考の全体が主張している（「例」のもつ両義的価値を明確化する語として、すなわち「範例性」を体現する「例」という意味で、ここでは「範例」という訳語表現を用いた）。

たとえばデリダの取り上げるこうした文学テクスト――それらは前衛的とはいえ「カノン」を形成するいわば文学的古典とみなされている作家とそのテクストばかりでもあるのだが――にみることのできる特個性とそれを核にした普遍化への運動は、私たちの日常世界において私たちが置かれやすい閉塞状況を打破する助けともなるだろう。互いの差異を尊重し、孤独のなかでも世界との連動を実現しえるような認識のスタンスを支えてくれるなんらかの貴重なモデルを、文学テクストをめぐるデリダの論考から取り出すことができる。特個性と普遍性との連接は、個々の人間の尊厳と人々の連帯とを同時に可能にするポジティヴな回路であるはずだ。

しかし特個性を核にした普遍化への運動は、反対に自己閉鎖的な回路を生み出し、人と人とを孤立させ、差別を助長し、搾取と侮蔑を正当化し、ファナティックな自己陶酔へと突進する危険をもはらんでいる。それはとりわけ、みずからがみずからを唯一でかつ模範的な例であるとみなすケースにおいて生じる。こうしたケースでは

「範例性 exemplarité」のメカニズムが、非常に危険なかたちで利用されることになる。その一つのケースがデリダにとっては「ユダヤ共同体」であり、そしてもう一つが「ヨーロッパ」という理念である。この危険な範例性のあり方を厳しく提示してみせたのが『他の岬』[58]である。

この論は、一九九〇年にトリノで開催された「ヨーロッパの文化的自己同一性《アイデンティティ》」をテーマとするコロックで講演されたものであり、いつものことながらデリダはこの学術会議が中心理念として掲げている主題そのもの、すなわち、〈ヨーロッパの＝文化的な＝アイデンティティ〉という観念が前提として含んでいる問題を抉り出してみせる。

一九九〇年はヨーロッパ共通経済通貨の施行へ向けた実質的な動きがスタートし、一九九三年十一月のマーストリヒト条約（ヨーロッパ連合条約）発効によるヨーロッパ連合（ＥＵ）創設への流れが鮮明に現実化しだして、賛否両論の活発な議論が沸騰しはじめた時期である。その一方で、とくにフランスでは「文化的同一性」を理由にした移民や移民の次世代やその他の外来者たちの排斥を主張する動きも顕在化してきていた。したがって、ＥＵ統合を前にしたヨーロッパ的同一性の顕揚および希求がある一方で、他方では「ヨーロッパの文化的自己同一性」を無害な理念として看過するわけにはいかないという背景も存在していた。

『他の岬』では、「例 exemple」「模範的な exemplaire」「範例性 exemplarité」という、本書で注目してきた語彙がかなり頻繁に使われている。これらの概念を駆使してデリダは、ヨーロッパ人によるヨーロッパの自己特権化のメカニズムを明らかにし、その欺瞞を厳しく糾弾する。

まずデリダは、一九九〇年にヨーロッパの人々が夢中になって議論している〝「ヨーロッパ」とは何か〟というヨーロッパ人自身による問いが、歴史上繰り返し問われてきた問いの反復であることを示す。「ヨーロッパ」という概念を（「とは」で問うことのできる）自明のものとみなし、さらに自分をその純粋なる構成員とみなし、あらかじめ「ヨーロッパ」を他の地域とは異なる特殊なそして卓越した場として位置づけた上で、ヨーロッパがそれ自身の衰退のあるいは外部からの抑圧の脅威に晒されているとしてその「危機」を喧伝する論法は、ヘルダーに、フッサールに、そしてヴァレリーにみられ、今日では政治家および行政官をはじめとしてさまざまな人々によってさまざまな機会に再生産されている、とデリダは指摘する。こうしたヨーロッパ危機論の典型例として論じられるのがヴァレリーのテクストである。

1　岬《キャップ》＝頂点と自己選別

〈フランスの知性〉あるいは〈ヨーロッパの知性〉とも称されたポール・ヴァレリーは、第一次大戦期以降一九四五年に亡くなるまで、おびただしい数の講演をこなし政治評論などを執筆したが、そのなかでももっとも有名なテクストの一つとして「精神の危機」[59]がある。その全活動を通じて人間精神の「純粋」性を追求したヴァレリーにとって、このテクストはまさに彼のエッセンスを凝縮したものだといえる。ところでヴァレリーは、ナチス・ドイツおよびヴィシー政権に対する抵抗の姿勢を貫くなど、自由主義的な立場に立つ人民の解放者の側面をもつ。だがその一方で彼はまさしく「第三共和制の思想家」であり、十九世紀後半からの第三共和制の下で強大化した植民地帝国フランスを全面的に擁護する立場に立った。このテクストにはフランスおよびヨーロッパにとっての被植民者に対してヴァレリーが人権を認めてすらいないことが明確に表われており、人種差別主義者ヴァレリーの断固たる姿勢に、あらためて衝撃を禁じえないほどである。

イギリス人に向けた「第一の手紙」および「第二の手紙」から構成される（すなわちヨーロッパ人がヨーロッパ人に宛てた手紙として記された）この論は、最初に（英訳によって）一九一九年四月と五月にロンドンで発表されたとされている。まさに国境を越えてヨーロッパという場の擁護を主張したこの論では、第一次大戦という未曾有の惨禍を経験したヨーロッパにおいて高まっていた危機感（「軍事的危機」とさらにそれに続く「精神の危機」）が、危機意識によってかえって補強された優越意識とともに鮮明にあらわれている。

ヴァレリーはまず、「われわれ、文明」が死の危機に晒されていることを第一の手紙で繰り返し暗示したあと、とくに第二の手紙で、ヨーロッパの特権的優越性を執拗に強調する。「文化、知性、偉大な作品という考え」は――「私たちにとっては」（すなわちヨーロッパ人にとっては）――「ヨーロッパという考え」ときわめて古くから不可分の関係にある、とされる。(60) ヨーロッパとその他の地域という二分法に立脚して、たえず比較をおこないながら、ヨーロッパの知的・文化的卓越を論じるというのがこの第二の手紙の基調であり、その結論部では、まさに古代ローマの奴隷制（の崩壊）の故事を参照して、非ヨーロッパ地域に対する独裁的な支配をヨーロッパ人の正当なる権利とみなし――むしろ奴隷制の崩壊を嘆くスタンスを掲げているわけだ――、さらにはこうした支配をヨーロッパ人の「自由」の行使として主張するということさえしている。(61)

デリダが著作のタイトルにも用いた「岬《キャップ》＝頂点 cap」という語はここに現われる。ヴァレリーはこう述べている。「ところで、現代は次のような重大な問いを提示する。ヨーロッパはあらゆる部門におけるその優越性を今後も維持できるだろうか？／ヨーロッパは、現実にそうであるところのもの、つまり、アジア大陸の小さな岬になってしまうのか？／それともヨーロッパはそう思われるところのもの、つまり、この地上世界の貴重なる部分、地球の真珠、この広大な身体の頭脳で居続けることができるだろうか？」(62)。

ヴァレリーはこのようにみずからを「古い大陸の岬《キャップ》」として位置づけつつ、キャップすなわち先端・頂点・中枢――「世界文明の、あるいは人類の文化一般のキャップ(63)」――として、みずからを価値づける。具体的な日常世界を超越した「詩的宇宙」や「精神の幾何学」を称揚したヴァレリーにとって、地理現実的にはヨーロッパが矮小な面積しか占めていないことは、むしろその奇跡的な偉大さの逆説的な証拠とみなされているといえるだろう。

論集『ヴァリエテ』のなかでもこれに続く論として配置されている一九二二年発表の「覚書（あるいは「ヨー

ロッパ人」)」と題される文章でも、[64] ヨーロッパとその他の地域との峻別・対比が前提として提示されている（また、ヴァレリーは「民族的な事実と宿命」を認め、それに逆らうものとして「人種の平等、永遠の普遍的な平和」を否定する）[65]。その上で、すぐれた科学的達成をヨーロッパでのみ実現されてきたものとして挙げ、ヨーロッパに対して先と同じ比喩を繰り返して用いる。「ではこのヨーロッパとは〔現在〕何であるのか。それは旧大陸の岬のようなものであり、アジアの西にくっついた付属物のようなものである」。むろんヴァレリーが主張したいのは、そうした現実の皮相な観察とは逆に、ヨーロッパがいかに人間「精神」の「特権的な場」であったかである——「実現されてきたすべての事績のなかで、もっとも数多くの、もっとも驚くべき、もっとも実り豊かな事績は、人類のうちのかなりかぎられた部分によって達成されてきたのであり、居住可能な土地の総体に比して非常に小さな地域で達成されてきたのである。／ヨーロッパはこの特権的な場であった。ヨーロッパ人が、ヨーロッパ精神が、これらの奇跡の創出者であったのである」[66]（強調ヴァレリー）。

あまりにも明白で単純な西欧中華思想・コロニアリズムの論調に、今日の非西欧人読者としては憤慨するどころか、ほとんど失笑を禁じえまい。デリダはヴァレリーのこうした代表的論文から、容赦なく、ヨーロッパの特権化の主張を引用し、その論理を批判的に分析する。が、気をつけなくてはならないのは、デリダのこの論が単なるヨーロッパ批判の書ではないことである。

「ヨーロッパ」を一つの典型例として、デリダがこのテクストで批判しようとしたのは、「自分自身への一致」というあり方であろう。そのことは明白すぎるほどに、講演冒頭で示されている。シンポジウムのタイトルともなっているように「ヨーロッパの文化的自己同一性」というものはあるのか、そもそも「文化的自己同一性」というのは矛盾した形容ではないのか。なぜなら「文化〔ないし「教養」〕culture」というのは、自分自身に対する差異、「自分への非同一性」としてあるからだ、とデリダは主張する（自分が自分を育てるという自己完結を「文化＝教養」にみたヘーゲルに対するデリダの断固たる反対の姿勢をここに読みとることができる）。「文化の固有性とは、それ自身に対して同一的ではない、ということである」。(67) 優越感そのものよりもそれを可能とする基盤すなわち、ヨーロッパ文化をひとまとまりのものとして考え、それを単一の系譜で説明し、「ヨーロッパ精神」なるものを単数のものとして想定すること、その上でそこに自分たちを全面的にまた排他的に合致させるという思考法こそが批判されているのである。

これに対してデリダが提示するのは、多元的でいわば「不純な」アイデンティティのあり方、アイデンティカルではない人間存在のあり方である。

こういうことは、あらゆる自己同一性ないしは自己同一化について言うことができる。文化なしでは、自分への関係はないし、自分自身への同一化はない。だが(自分への関係を可能にする)自分の文化というのは、他者の文化としてという意味においてだ。二重属格の文化、自分への差異の文化としてだ。

〔…〕一つの文化はけっして唯一の起源を有してはいない。単一系譜などというものは文化の歴史においてはつねに欺瞞であるだろう。(68)

したがって、ヴァレリーを代表とするヨーロッパ的言説のもっとも醜悪なる点は、みずからがみずからの存在を自明とし、みずからがみずからに価値を割り当ててその価値に自閉的に立てこもることであり、この自閉的な「自己反復 auto-répétition」の運動にのって自己と他者を完全に切断してしまうことである。この帰結として、自己にのみ特権を認めて排外的に他者を退ける姿勢が生み出される。すなわちもっとも問題となっているのは、デリダの言葉を用いていえば、「自己選別 auto-distinction」のメカニズム、すなわち自分を、他者から決定的に区別 distinction すると同時に自己にのみ品位 distinction(＝特権的優位性)を与えるという、自己閉鎖的回路なのである。

このとき、本書で追いかけてきた「例」のメカニズムはきわめて欺瞞的なものとして利用されることになる。すなわち、自分自身による自分へのアイデンティティの付与という自己閉鎖は、自分という特個的な例が、それこそが、それのみが、普遍を担っているのだとする主張に直結してしまうのである。「自己による自己同一性の確立＝断定」は、つねに「普遍性の召喚あるいは自己付与」というかたちをとる。[69] これが一つの「法」となっているのだ。自己自身を反復《レペテ》する「文化的同一性」に依拠する自己認識は、みずからの特個性のなかに普遍性を専横的に書き込む。[70] むろん、いかなる反論も受けつけないよう、あらかじめ、他者にはこの普遍性を禁じながら。こうして自分のみが「人類」の「本質」を証言する「唯一の証人」だとする僭称が、いささかの恥らいもなく堂々とおこなわれることになるのである。[71]

2　〈範例主義的《エグザンプラリスト》な〉論理

「例」は、個々の事象、多かれ少なかれそれぞれに特個性を帯びた事象を、取り上げるに値する「めざましい・模範的な exemplaire」事象として焦点を当てつつ、その事象を、それ以外の事象に連接し、ある種の一般性、さらには普遍性へと開かれているものとして提示する。とりわけ「法」が不在のときに依拠される事例、類例のない唯一例、極限的な究極例は、特個性と普遍性が――それぞれの最高度の段階において――接合し、私たちを、思考不可能なものについての不可能な思考の冒険に導くものでもあった。それはもともとの個の枠を突き破り、それをなんだかわからない何ものかの例となし、なんだかわからないあるものたちの連鎖へと連れ出し、自を他へと、そのものをそれ以外の他なるものへと、奇跡的にかつ不可避的に連接させるものであった。

しかし、今ここにみた自己閉鎖的な「自己選別」の体制においては、特個性から普遍性への動きは、他とのあらゆる関係を断ち切り、自己のみを模範的なものとみずから断定することによって普遍性を自分にのみ割り当てる。かくして普遍性を僭取・簒奪するのである。[72] デリダはこうしたあり方を、私たちがこれまでみてきた

「範例性《エグザンプラリテ》」のメカニズム一般とは区別して、二度、「範例主義的《エグザンプラリスト》 exemplariste」な論理と呼んでいる。

ヨーロッパを世界の「岬《キャップ》＝頂点」とみなし、この形象のなかで、「自分に対して自分をアイデンティファイし、そうすることによって自分自身の文化を自分でアイデンティファイする」[73]動き、すなわち自分のなかにいかなる差異も認めないあり方、自分で自分を反射的に思考し、自分で自分を提示し、自分で自伝を書くやり方、それこそが、先にも挙げたように、ヘーゲルからヴァレリー、フッサールからハイデッガーまでの例に共通した、古い、古くからの、やり方なのである。こうした自己へと回帰する物言いをデリダは「ヨーロッパについての模範的《エグザンプレール》で範例主義的 exemplariste な古い言説」[74]と形容している。

再度確認しておきたいが、問題なのは、「特個性の〔…〕なかに普遍的なものを書き込む範例性の価値」[75]（強調デリダ）そのものではない。問題なのは「アイデンティティの自己付与」であり、これこそが、普遍性をみずからに割り当てる要求と対になっているのだ。（ヨーロッパに限らず）いかなる文化も、その文化みずからが、その自己への純粋な回帰として自己＝同一化を図るとき、「特個的なもののなかへ普遍的なものを代替不可能なかたちで」書き込むことになる。つまり反論不可能な、確定した、自明の事実あるいは絶対的な真実であるかのように、自分という特個的な事例にのみ普遍性を割り当てるようになってしまうのである。ここで逆に思いおこしたい。「例」という回路による特個性と一般性・普遍性との結びつきは、明確で論理的・合理的な結びつきではありえないこと、したがってつねに不安定で「仮設的な」ものであることが本質的特徴だったはずであることを。この仮設性が忘れられたとき、特個性と普遍性の結びつきは抑圧的なものになってしまう。例における特個性と普遍性の接合の仮設性は、今やきわめて重要な条件とみることができる。

さてデリダがもう一度「範例主義的《エグザンプラリスト》」という表現を用いているのは、ヴァレリーによるパリの顕揚に対してである。デリダはヴァレリーが彼の国フランスの首都であるパリを、世界の中でも特権的な都市（「他の一切の大都市から区別される」「世界中でもっとも完璧な都市」[76]）と規定し、またパリを人間「精神」そのものと等価とみなしていることを指摘する。(77) こうした自己特権化の思考法を、デリダは鉤括弧《ギュメ》で強調して「〈範例主義的な〉論理 logique « exemplariste »」と概念化している。自分だけに模範性を認め、自分という事例のみを特権化して、特個化された自己がそのまま普遍を体現し、自分のみが普遍の担い手であると断定するこの自己範例化 auto-exemplification と言ってよいような特権的自己規定のあり方が、ここで明瞭に名指されているのである――「〈範例主義的《エグザンプラリスト》な〉論理」として。(78)

この「〈範例主義的な〉論理」を明示しそれへの警戒を促すことが『他の岬』の基調となっているが、この作業を通じて私たちに素描されようとするのは、「〈範例主義的な〉論理」に陥らないようなかたちで、特個性を普遍性へと接合する可能性である。自己が他者のすべてを代表するとみなし、自己の特個性にたいする意味づけの根拠を自己内部の論理に求めてそれを他者へも押し付けようとするのは――たとえば主要国が世界を動かす方向を決めようとする「G7」などのやり方といえるだろうか――むろん単なる自己反復にすぎないが、自己を他者から隔絶し自己の占有的特権として普遍を僭称するのも――たとえば〝超大国〟がとった孤立主義のやり方がそれだろう――また自己反復にすぎない。

かくしてデリダが警戒する「自己選別」の二つの陣営が、今や私たちの前にはっきりと提示されている。それらはちょうど対立陣営をなすかのような、しかしともに「自分に閉じこもる」点では相似的な共同体である。一方はユダヤ共同体であり、これは、その選民思想でも明らかなように、自己をあくまで特個化して他との隔絶を強調することにアイデンティティを見いだす共同体である。通常その対極とされる「ヨーロッパ共同体」もまた、『他の岬』の分析において明らかなように、実は自閉的な自己反復の概念として成立してきた。「ヨーロッパ」において標榜される「普遍性」はヨーロッパだけにその権利があらかじめ指定された「普遍性」であり、ここにはいかなる外部への開かれもない。「ヨーロッパ」もまた、(結局のところユダヤ共同体と同様に) 自己をあくまで特個化して他との隔絶を強調することにアイデンティティを見いだす共同体にほかならない。そこでもち込まれる「普遍」の概念は、「ショーヴィニズム」[79]、すなわち狂信的な排外的自己讃美の道具立てにすぎない。

いかにすればこの欺瞞的な「〈範例主義的な〉論理」に陥らずに、他へと開かれた「範例性」が可能となるのか。いいかえれば、存在の特個的、個別的、偶有的で孤独なあり方と、おのれ自身を超えた他との連携とが、いかにして同時に実現するのか。それをより明確に思考しようとすること、これがデリダの課題として、いっそう明らかに浮上することになる。その課題がどう取り組まれたのかについては次節以降にみるが、その際デリダにとって、「文学」および「虚構」こそが、この「〈範例主義〉」に陥らない「範例性」のあり方を私たちに垣間見せてくれる貴重な契機とみなされていることを、付言しておこう。

3 「特個性の詩学」？

ここで、英訳者ミカエル・ナースによる『他の岬』の紹介について注意を喚起しておきたい[80]。なぜならナースは、デリダのこの論考を、きわめてわかりやすく「例の論理 logic of example」に対する批判として捉えているからだ。ナースは非常に明快に、この書物が「例と普遍とのあいだのこの共犯関係[81]」を告発したものだと紹介している。たしかにこの論のケース（すなわちヴァレリーに代表される「ヨーロッパ」言説）においては「例」が「普遍」と欺瞞的な共犯関係におかれている。だがこの欺瞞性は「例」のメカニズムの本質的特性ではないことに私たちは注意したい。なるほど「例」において働く特個性から普遍性への回路は、排外的な自己特権化の思想にいつのまにか使われかねない。特個性が普遍性と共存しえるという「例」のメカニズムを、「政治」的言説が大いに利用することはありえるし、それが現実に――むろんヨーロッパにおいてばかりでなく――おこなわれてきた。だがそこから「例」そのものを本質的に「政治的」だと規定するのはあまりにも狭隘である。ナースは「例の政治性[82]」という表現を用いるが、「例」の戦略的な使用は、「例」の使用の一例なのであって、「例」のメカニズム（いいかえれば「範例性」のメカニズム）そのものの本質ではないし、その必然的な帰結でもない。

デリダがこの書物で展開するヨーロッパ批判の論拠について、たしかにナースは的確に捉えている[83]。しかし本節でもさきに要約したヨーロッパの自己特権化を、「例」の論理そのものと同一視することには慎重であるべきである。ナースは、連綿と繰り返されてきたヨーロッパの普遍性簒奪の主張について、次のように糾弾する。「そして、そのつど問題であるのは例の論理を支持する模範《エグ》的《ゼンプラリー》（＝例的）な言説、普遍性をめぐる模範的（＝例的）なヨーロッパ的言説なのだ[84]」。すなわちヨーロッパ的言説とはそのまま「例の論理」への加担であり、「例の論理」とは普遍をみずからに簒奪するための策術であるとナースはみなしている。

ナースの姿勢には、「例」をいわば悪玉として否定する単純な二分法の論理が働いている。その二分法で「例」の対極に置かれ、いわば善玉として価値づけられることになるのは、「特個性」である。しかしこうした捉え方が、デリダの思考そのものを裏切っていることは、本書を通じてデリダの「例」をめぐる思考をたどってきた者には明白である。「例」は「特個性」と対立するのではない。「例」はその内に「特個性」と（「特個性」とは普通、相容れないとみなされる）「普遍性」とを、ともに共存させる装置にほかならない。二律背反する両項を結びつけるこの一見、非合理的で不可思議な回路こそ、人間に、思考不可能なものを思考させてきた、つまり、真の思考を可能にさせてきたのである。

すでに触れたように英米の批評界では、デリダが九〇年以降「特個性《シンギュラリティ》」の肯定へと方向転換した、という捉え方が主流をなしているようにみえる。とくにクラークのデリダ論[85]はこの方向で展開され、彼の二つ目の著作はまさに『特個性の詩学』と名づけられ、デリダの、とくに後期の特質を、特個的な出来事への価値づけに見いだしている[86]。あるいはデリダの翻訳もおこなっているアトリッジも、デリダによって「特個性」が新たな文学的・哲学的価値として提示されているという理解のもとに〝特個性の文学論〟を展開している[87]。また、最近のデリダをめぐるキーワード辞典[88]でも、見出し項目には立てられていないもののインデックスには「Singularity」が挙げられ、この概念を通じて、随所で後期デリダの「肯定的」思想のありかを見ようとしている。さらにイギリスでも、たとえば文学理論研究の旗手の一人ニコラス・ロイルは、デリダを総括する著作において、「単独性」（＝特個性）の尊重をデリダの重要な方向性として繰り返して強調している。(89) これらの議論ではおおむね、デリダが特個性を全面的に攻撃していた初期・中期から一転して、後期（九〇年以降）においては特個性への回帰が起こった、とする理解がすでに自明の共通認識とされているようである。しかもその際、特個性の対極にあるものとして、「例」と「範例性」が批判の対象に位置づけられる傾向にある。そうした議論では「例」および「範例性」は、いたずらな普遍化・一般化をおこなう装置であり、特個性の純然たる否定だとみなされることになる。

だが、（純粋な）特個性に対するデリダの批判は、「署名　出来事　コンテクスト」で「反復可能性《イテラビリテ》」の概念を提示したとき以来――むろんもっと前に遡ることができるが――、少しも変化していない。変化があったとすれば、特個性が特個性に閉じない回路すなわち「例」の回路が存在することをデリダがはっきりと認識した点である。この「範例性」のメカニズムによって、特個性は、その反対概念であった反復可能性《イテラビリテ》を内に含むことが可能となる。こうして特個性は、純粋に特個的であるばかりではなくなり、ときに普遍性・一般性そして他性へと開かれうるものとして論じられるようになってきたのだ。

「例」と「特個性」を二分法によって理解することは、デリダのこの問題意識を不可視化する。したがって「特個性」を称揚し「例」をもっぱら批判的対象とする見方に私たちは安易に与《くみ》してはならないだろう。そうでなくてはとりわけ九〇年以降の「後期デリダ」が何を明らかにしようとしていたのかを完全に見誤ることになってしまうからである。

英語圏への紹介者ナースの語法とは異なって、『他の岬』のなかでデリダは一度たりとも「例の論理」とは言っていない。デリダが批判するのは、例のメカニズムの自閉的な用い方の方であり、それをデリダはわざわざ「〈範例主義的《エグザンプラリスト》な〉論理」と強調していた。ナースも正確に英語に訳して「“exemplariste” logic」としているとおりである。こう命名することによってデリダは、普遍性を自分だけのために強引に簒奪するこのあり方を、一般の「例」的特質（「範例性」）とは区別しようとしていたのである。繰り返して確認すれば、批判の対象となるのは「例」がもつ論理そのものではなく、特個性と普遍性とを遭遇させる「例」のメカニズムを、「自己選別」のために奉仕させる姿勢である。ナースの述べるように「ポリティカル」だとして批判されるべきは、自己を他から隔絶すると同時に自己を特権的に優越したものとして提示するこの「自己《オート》＝選別化《ディスティンクション》／特権化」のロジックであろう。たしかに「logic of auto-distinction」では、攻撃対象を表わす用語としてあまりスマートではない。しかし通りがよくてスマートな（一見わかりやすそうな印象を与えるとともにちょっとした好奇心をも掻き立てる）「logic of example」という用語＝概念に飛びつくあまりに、デリダにとって「例」がどのような問題を提示しているかを考える姿勢そのものが放棄されてしまったのはきわめて遺憾である。スマートさを諦め、「難解」と称されることもいとわず、通りのよくない複雑な事態を粘り強く考え続けようとすること、それがデリダの活動全体を貫く本質的特徴でもあったのだから。

　私たちは、逆に、いたずらに韜晦趣味に陥ってしまうことのないように自制しつつ、デリダが「例」の論理ないしは「範例性」のもつ可能性をどのように注意深く思考していったかを、以下においてさらに検討していくことにしよう。

第四節　特個的な自己をいかに語るか――『他者の一言語使用』

『他の岬』で明確にされた「〈範例主義的な〉論理」に陥ることなく、いかにして特個性を普遍性へと開くか、これが、本節でこれから取り上げる著作『他者の一言語使用』（邦訳『たった一つの、私のものではない言葉――他者の単一言語使用』）[90]と、第一章で一つの到達点として論じた『滞留』[91]および第三章で最重要著作として取り上げる『死を与える』[92]が共通して課題とした点である。デリダはこの同じ問題を、三つのほとんどかけ離れた素材を用いながら考究しているが、それらは相互に補完的に関連し合っている。『他者の一言語使用』では、デリダ自身を例に挙げて、自己のかけがえのない特個性をいかにして語るかという自伝の可能性の問題が考えられている。『滞留』はすでに取り上げたように、デリダが敬愛するフランスの現代作家・批評家ブランショの謎めいたテクストを掲げながら、特個性と公共性との問題を「秘密」と「証言」といったテーマを通じて考究したものである。（二つの論を含む）『死を与える』は『旧約聖書』のアブラハムのエピソードが主たる素材とされていて、ユダヤ人の祖ともされるアブラハムが体現する究極の特個性について考察し、逆説的にこのエピソードのもつ普遍的効力のありかを明らかにしようとする。いずれも、他者の排斥や自己特権化に陥らずに、なおかつ、特個性と普遍性の接合を実現する方途の模索、とまとめることができるだろう。本書では特個性と普遍性の接合を「範例性」というキーワードで捉えているわけだが、これら三著作は「範例性」の肯定的なあり方を探る研究だといいかえることができる。これらの著作では随所で「例」の機能の仕方が問題とされるが、それと同時に、この三著作は「虚構」ないし「文学」の本質をめぐる論考である点でも共通している。本書では、「例」のメカニズムを考究するこれらの三著作を、まさに「範例性」と「文学」をめぐる論考として位置づけたいと考える。

　本節では『他者の一言語使用』を検討して、本章の着目点である自己の「範例性」をいかにして維持するか、いいかえれば、いかにして自己の特個性を他に開かれたものとして提示するかという問いに対する一応の帰結をみたい。この著作において、特個性を普遍性へと結びつけるにあたって新たな警戒が述べられている点にも注意していこう。

1　自己を語る困難——自分という例を前にして

デリダにとって自分自身を語ることは常に困難な課題としてつきまとってきたようだ。

哲学研究者である以上当然のことではあるが、他者（のテクスト）に言及し他者（のテクスト）を引き合いにだすことでしか研究を始められなかったデリダは、自分を語る方策をあらかじめ備えてはいなかったと思われる。しかしデリダ自身が「フランス哲学者」として有名になり、また時代動向も変化してポストコロニアリズムに象徴されるように旧植民地との関係があからさまに議論の対象とされるようになってきたこともあって、彼はアルジェリア出身のユダヤ人という自分の出自に対する世間の強烈な関心に晒されることになった。こうした外的事情にとどまらず、デリダの思想そのものにおいても、自己を語るという問題はもともと言語活動の本質として捉えられていた上、（他者の例を利用して議論を展開するのではなく）自分自身を例として思考を展開することが可能かという問題が「例」をめぐる問いかけからも立ち上がってきたはずだ。『絵葉書』（一九八〇年）[93]での虚構的な装いをちらつかせながらの身辺報告的な断片的テクストの試みも、自己を語ることへのこうした抵抗と困難をよく示しているだろう。自分のことは自分が理解しきっているという自明的な自己意識に立脚して直接的吐露と真実の表明をおこなうというスタンスを退けつつ、なお自分という例を当事者の立場からいかに語ることができるのか、それが八〇年以降のデリダにつきまとう問題となったといえるのではないだろうか[94]。さらに一九九〇年刊行の『他の岬』で、閉鎖的で自己反復的な自分（の共同体）の語り方の欺瞞を鮮明に告発したデリダにとって、逆に肯定可能な自己の語り方の提示は、責任をもって試みなければならない課題となっていたといえる。

むろん自分という例の問題は「例」概念のほとんど必然的な帰結としてもたらされる問題設定の一つである。他者の例をなんらかの目的で利用する場合よりももっと逼迫した問題として、自分という例の扱い方が浮上する。なぜならデリダにとって、「例」とは、なんだかわからないものの例であるようなときこそもっとも興味深いのであり、考える主体にとっていちばんわからない対象はなにより思考する主体である自分自身であるからだ。このわけのわからない例（すなわち自分）について、そのかけがえのなさと不可知性を損傷せずに、なおかつ自己を放棄したり自己の背負うべき責任を忌避することなく、いかにしてそのありようを他者の理解へと差し出すか。

つまり自己を素材に特個性と一般性・普遍性との共存をいかにして肯定しうる仕方で実現するか。この課題こそ、一九九六年刊行の『他者の一言語使用』で取り組まれたものだといえる。なおこの著作のもととなったのは、一九九二年四月にアメリカ合衆国でおこなわれたシンポジウムでの口頭発表である。

デリダ自身がテクストの形式を「演劇的対話の虚構」と表現しているように[95]、虚構の装いをまとって提示が試みられたこの「自伝」は、「自己＝肯定〔／断定〕auto-affirmation」に陥らない自己呈示のあり方を模索する試みでもある。タイトルで用いられている名詞「l'autre 他」という語は『他の岬 *L'Autre cap*』というタイトル中の形容詞「autre 他の」と同様に、存在ないし自己そのものが含む本質的「他」性を提示しようとする著者の姿勢を明示している。この点にも明らかなように、ここでももっとも厳しく問題とされ、また退けようとされるのは、自己が自己を反復《レペテ》する「アイデンティティ」という発想そのものにほかならない[96]。

だからこそ冒頭からデリダは、自分を構成する核心が「他」にあることを、虚構的なせりふのかたちを用いて、

「私は一つしか言語をもっていない、それは私のものではない」

と宣する。この謎めいた言い方を解き明かすような説明がそれに続けられる。まず、自分が生まれながらにある一言語（つまりフランス語）を、そしてもっぱらその言語のみを話す者であることが示される——「私は一言語使用者《モノランギスト》です」（むろんデリダは、ドイツ語や英語を使えるのだから、この自己規定はこの論のための前提として、なかば強引に、なかば虚構的に、しかし本質的には真実であるようなものとして提示されていることに気をつけたい）。そしてその言語（通常「母語」と呼ばれる話者にとっての第一言語）の力というのは「私」の存在をも凌駕するものであることが強調される。すなわち、「私」はこの一言語使用のなかで呼吸するのであり、それは「私」にとっての「絶対的環境」つまりそれを乗り越えたりそれに逆らったりすることのできないも

の、とされる。一言語使用者の第一言語とは、それなしでは「私」が「私」ではいられなくなってしまうようなもの、私の思考・行動を規定する「私」よりももっと強いもの、「私」以前の「私」であるようなもの——すなわち、よくある言い方をすれば自分のアイデンティティの核——であることが念を入れて確認される。そのうえで先の言葉を再び繰り返して用いながら、「そうです、私は一つしか言語をもっていない、が、それは私のものではない」と改めて主題化がおこなわれる。[97]

フランスの内国植民地であったアルジェリアでユダヤ人がおかれた位置については先にもみた。人口で一%を構成するにすぎない[98]この社会的マイノリティたる（だがまぎれもなく特権者でもあった）アルジェリアのユダヤ人は、クレミュー法の施行（一八七〇年）以前から、すなわち一八三〇年のフランスによるアルジェリアへの本格的な侵出以降早くから、少しでも社会的な優位をめざして、すでに率先してフランス化を選択してきた。代々アルジェに住んできた父エメ・デリダの家系も、また母ジョルジェット・サファールの家系も、フランス語の使用を基盤とするこうした生活と意識のフランス化とともにかなり高い社会的地位を保ってきた。[99] かくして一九三〇年生まれのデリダは国籍としては「フランス人」の両親のもとで、「フランス人」としてこの世に生を受けた。

生活レベルでもフランス語を「母語」として育ったデリダは、だが、ある日突然「フランス人」ではなくなる。すでに述べたようにナチス・ドイツに降伏したフランス政府がクレミュー法をただちに廃止することになったからだ。こうして一九四二年のある日、リセへの登校を禁じられたデリダは、社会的身分が宙吊りになったままで、それどころか自分が誰であるかが宙吊りとなったままで、無為の日々を過ごすことを余儀なくされた。すでに触れたこうした状況はたしかに特異な、特個的なものである。デリダは、こうしたフランス統治下のマグレブ人（「フランス＝マグレブ人」）、とくにアルジェリアにおいて特別にフランス人の資格を与えられていたユダヤ人（「アルジェリアのフランス＝ユダヤ人」）としての経験を、つねにやや省略的な、あえて言い落としを無数に残すような語り方で、随所で語ってきた。[100] その際に問題となるのは、こうした特個的な状況を語るということあるいは証言するということが一般的にはらむ問題そのものであり、自分自身をその特個的な状況の代表者（のひとり）として呈示することのもつ意味である。

デリダの経験は、自分のアイデンティティを決定する権利が自分にはまったく属していないことを、きわめて鮮明に、苛酷に、思い知らされる体験であったということができる。[101] だがそれは、デリダのみの、あるいはアルジェリアのフランス＝ユダヤ人のみの特個的な条件ではない。たとえば植民地状況といわれる歴史的事態におかれたすべての人々が多かれ少なかれ背負わされた条件である。[102] いやそれどころか万人が実はおなじ状況にあるのであり、人間誰もが、自分の核とされるような特質を、自分のあずかり知らないうちに、だが決定的なものとして付与されてしまう（そしてときには不意に剝奪されてしまう）。理解することすら不可能なままに、である。ただひたすら、そうした「アイデンティティ」を受け容れること、これがあらゆる人間が実は普遍的におかれている状況なのである――そのアイデンティティに満足している場合ももちろん少なくないわけだが。「アイデンティティ」なるものを自己決定しうるなどというのは近代社会の神話にすぎない。だからこそデリダは自分のあの特個的な経験を他者に向けて語ることができるのである（また私たちは、デリダ自身がどうしても語りえないことについても注意を傾けなくてはならないだろう）。

自分の「一回的な」（けっして忘れることのできない、ほかには類例がないような、重大な帰結をもたらした）経験が、けっして、ある個人（ないしはある特定集団）とある歴史的状況にのみ限定されるものではなく、他者のものでもあること、他なる状況においても潜在的に起こっていること、そうした前提が証言を促す。自分の特個的な経験を、他者と共有される言語・概念にのせて語ることが可能でありまた必要であるのは、自分の特個性が特個性に閉じてはいず、普遍性へと開かれているからにほかならない。

2 自己の通約不可能性

ただし次の引用で疑問形を用いた文面に含意されているように、特個性が普遍性へと連接する動きを、デリダが単純に、手放しで肯定し、それに満足しきっているのではないことには注意しなければならない。デリダは自分を「範例的《エグザンプレール》なフランス＝マグレブ人」として提示し、あえて当時の状況の代表者ないし代表的証言者としてみずからを位置づけてみせた上で、次のように展開する。

証明の、さらには証言における範例性の、かくも謎めいたこうした価値に関する、第一番目の問い、おそらくはもっとも一般的な問いとはこれだ。誰かが、特個的なと称されるある「状況」——例えば私のそれ——を記述することになったとき、それについて自分の力を超える言葉を用いて証言しつつそれを記述することになったとき、つまりその一般性がいわば構造的、普遍的、超越論的、あるいは存在論的な価値を発揮するようなことばづかいを用いて証言し記述することになったとき、一体何が起きるのか？　誰でもよいが誰かが次のように言外ににおわせるとき、何が起きるのか？「代替不可能なかたちで私に当てはまるもの、それは万人に当てはまる。置き換えは現におこなわれているのであり、すでに実施されたのであって、各人は自分のためにまた自分について［／おのずから］同じことを言うことができる。私の言うことを聞くだけで十分なのだ。私は普遍的人質なのだ。」(103)

私に関して正しいことは、あらゆる人にとって正しい——ここで示されているのは、自己を他者と峻別し自分のみを特権化したヴァレリーとは違うやり方ではあっても、またしても普遍性を簒奪し結局は自己閉鎖的な回路に閉じこもって自己特権化を確保するやり方にほかならない。右の文章で危惧の対象とされているのは、自分の特個性を他人にわかる一般的な仕方で語るときにすでにおこってしまっている事態、すなわち自分という特個的な「例」があらかじめ万人に適応可能だとする暗黙の前提である。自己を万人と等号でつなぐこの前提によって特個的な自己は、結局ヴァレリーの場合と同様に、いつのまにか自分のみを普遍の担い手としてしまう。特個性の普遍性への連接は、自己と万人の等価性（すなわち無＝差異性）を強引に仮定する論法によって、ふたたび危うい内閉的な自己特権化へと人を導いてしまうわけである。

そこで新たに重要となってくるのは、特個性を普遍性に連接しながらも、なおかつ個人間の解消不可能な差異を改めて肯定することである。ヴァレリーのように「自己選別化」をおこなうことなしに、しかも解消不可能なものとして、差異を維持するにはどうしたらよいだろうか。

差異を維持しなくてはならないというのは、自と他の差異こそ「証言」を可能とするからである。「証言」あるいはあらゆる語りの行為の裏には、一般性・普遍性への回路とともに、いっそう高まる解消不可能性を背負った特個的な傷の経験が残存することをデリダは強調する。他者の前で他者に向けて語りつつも、他者と共有することが不可能な、いかんともしがたく自分固有の、特個的な出来事としてその経験があるからこそ人はそれを語りたいと欲し、また証言する責務を覚えるのである（実際、デリダにはまだ語ることのできない問題がたくさん残されていたように思われる）。まさに『滞留』で集中的に論じられた（秘密のままに留まる）「秘密の証言」の問題である。

ただしさらに注意したいのは、ここでデリダがおこなっているのが、「範例性」の最終的な否定と「特個性」への回帰、ではないということである。デリダは、出来事の「一回」性、そのむき出しの生きた「傷」のその痛み、特別なこの傷の特個性を、ただ特個性のままに温存することを問題としてはいない。そうではなく、どのようにしてその傷の特個性を解消せずに、なおかつ「証言」をおこなうかを問題とするのである。証言という他者への開かれのなかにおいてこそ、各人の経験は（とりわけ当人にとっては）通約不可能なものとして残るのであり、各人はみな自分の同類《ジャンル》のなかに居ながらも、「たった一人の者」たちであることになる。デリダがこの孤独者を複数形に置いていること（「たった一人の者たち seuls」）にも注意しておこう。ここでも「一」の複数性、つまり単数的な存在のあり方と複数的な存在のあり方の接合が、かいま見られているのである。デリダがさらに付け加える説明をみてみよう。デリダは特個的な自分を語るという状況の背後にある状態を以下のように述べている。

> 一つの類《ジャンル》に属しつつもたった一人である者たち——信じがたさをなおいっそう増すことに、今度はそれが普遍的な例となり、こうして二つの論理、範例性の論理と人質としての客人〔／主人〕の論理を交差させ重ね合わせる。〔そうしたときに、どうやって「この一回」を、「これ」を、描出し、指し示し、画定したらよいのか(104)？〕

ここには特個性と普遍性とのあいだの何重もの往復が記されているように思われる。通約不可能な経験をかかえた「たった一人の者たち」はそれでも——あるいはまさにその点において——一つの類《ジャンル》をなすのであり、通約不可能な一回性・特個性という特殊性が成立させるこのグループないしカテゴリー（＝類《ジャンル》）は「普遍的な例」となるのだという。「範例性の論理 logique de l'exemplarité」と「人質としての客人の論理 logique de l'hôte comme otage」を交錯させることによって。

　さてここで、証言という行為を通じて現われてくる、交錯する「範例性の論理」と「人質としての客人の論理」を、それぞれどのようなものと捉えるべきであるかを考えたい。これはかなり複雑である。

　まず「人質」は、直前の段落で、特別な受難に遭遇した証言者の特個性を強調する語として用いられていた。だがこの語を用いて「私は普遍的な人質である」というせりふが作られる。つまり「人質」は普遍性の代弁者の地位をみずからに保証する語として用いられていたのだ。したがって「人質の論理」はこの文脈では、特個的な経験を被った者の特個性を強調する論理としても、また逆に、自分の特個性を普遍性の自己付与へとつなげる論理としても考えることができるようになっている。

さらに、その上で逆説的に《hôte》（「客人」または「主人」）に結びつけられた「人質としての hôte の論理」とは、どういう意味になるだろうか。《hôte》という語（英語の 'host' にあたる）はしばしば問題とされるように「客人」と「主人」の両方の意味をもつが、どちらの意味においても hôte は「人質」とは対立するものだと考えられる。《hôte》を「客人」ととり「客人としての人質」と解釈すれば特個的な受難者の意味が高まるとも読める。(105) 一方《hôte》を「主人」の意味にとり「主人としての人質」と解釈するならば、「人質」（特個的な受難者）であるがゆえに自分を「主人」（中心者）とみなすという、普遍性の自己付与と自己への内閉の方向が高められているとも読める。(106)

この「人質としての客人／主人の論理」と交差し重ね合わされるという「範例性の論理」も、したがってますます複雑である。まず「交差」と「重ね合わせ」がこの二つの論理の対立を含意しているのか、それとも等質性を含意しているのかも、かならずしも明確ではない。対立にせよ等質化にせよ、「人質としての客人／主人の論理」が、ほとんど対極的な二つの意味合いをたえず反転させながら共存させていたように、この「範例性の論理」も、一方で特個性の維持・強化と他方で普遍性への傾きとの両方を含意しているであろう。特個性と普遍性とのあいだを振り子のように揺れる往復運動のなかで、あるいはおそらくより正確にはその両方への二重帰属のなかで、打ち消しがたい例外性・特殊性をきわだたせる特別な例として現われ続けることを可能にするのが「範例性の論理」の一面であり、どれだけ特殊であってもたとえば一つの類をなすものとして一般性に開かれ普遍の例として現われることを可能にするのが「範例性の論理」のもう一つの面であろう。さらにいえば、そうした両面を抱えるものとしてこそ「範例性の論理」は存在する。しかもそれは、ときに内閉的な欺瞞の論理として利用される可能性を包蔵しつつ、なお、個と他をつなぐ解放の論理であることをもやめないのである。

例えば、アルジェリアに生まれ育ち生き続ける者（少年デリダ）が、この土地に生きる大多数の者が話すこの土地の主要な言語であるアラビア語が、この土地における学校（彼の帰属する「フランスの」学校）で「外国語」として教育されているという事態に日々遭遇するという特異な体験がある。それを「忘れることのできない、そして一般化可能な」(107)と形容するデリダは、おそらく出来事の痛切な特個性、すなわち他の人に伝えることが決してできないような彼の奥底に留まるいわく言いがたいなにごとかを残存させながら、なおかつ同時にその一般化可能性を認めている。おそらくこの体験が忘れてはならないものとして彼のなかに残り続けるのは、一方でこの体験が、ありとあらゆる植民地状況において起こりえた、そして実際に起こったことでもあったからだろう。だから告白してもなお秘密のままに残ってしまうものを保持しつつ、この体験を語る必要と意義があるのだ。

自分自身の同一性を肯定し、自分自身の物語を自分に向けて語るためには、誰に対してなら自分をなおも同一化することが可能だろうか？　まず、誰に向けてそれを語るべきなのか？　自分で自分を作り出さなければならないにちがいない、モデルなしに、確実な宛先なしに自分を発明できなくてはならない(108)。

先例となるモデルなしに自分という「例」を認識しそれを他者へ向けて「語る」こと、既存のなにものかに自己を同一化させることなく「自分」を発明し、いいかえれば「自分」を仮設的に作っていくこと、この宛先のない運動が自己についての証言を、自己について語ることを可能にするのである。

この書のエピローグにおいて、この「自伝的」著作を総括するばかりでなく、（哲学者である）デリダ自身の全活動を要約して説明するかのように、デリダは、自分が昔から興味を抱いてきた事柄すべてについてこう述べている。

こうしたことすべては、私自身にとってその場所とその言語が未知のものあるいは禁じられたものである、ある「他所《よそ》」へのあの奇妙な参照から生じてこずにはいられなかった[109]。

具体的にはフランスとフランス語とを念頭において言われているこの言葉は、ヴァレリーとはちょうど対極の位置に彼を置く。自分のものでないからこそ——少なくとも完全には自分のものではないからこそ——、しかもほとんど禁じられたものであったからこそ、(それでいてなおその権利が与えられていたからこそ)、彼はフランスの学問伝統のなかに自分を位置づけ、フランス語のなかで思考活動をし続けることができたのだ、とこの引用は語っている。

本書の立場から注目しておきたいのは、彼の自己参照と(ある種の)自己肯定を可能にしているのが、自分の根拠にある「未知」であるとされていることだ。根源的な「未知」こそが自分の出発点であり、なんだかわからないものとして自己を認識し、なんだかわからないものに向けての情熱こそを自己形成の駆動力としてきた、と彼は主張している。自己のアイデンティティとは、あらかじめ想定すべきモデルなしに追い求め、発明し続けなくてはならないものである。結局のところ、スタートにおいても途中においても到達点においても、自分自身に対する絶対的な非＝知、無＝知の感覚を維持し続けることこそ、唯一、私たちが自己を形成しまた自己を語る可能性を留めおいてくれる。「他所《よそ》」は、ここでこの非＝知、無＝知の言い換えである。『他者の一言語使用』という書名で強調されているように、デリダが自分の言語に付す「他者の・他の de l'autre」という修飾は、むろんデリダの置かれた特殊個別的な歴史的言語状況に起因するのみならず、それよりも、誰であれ人間は、自分の言語すなわち自分のものである以上自己の根源的なアイデンティティをすでにして形成してしまうその言語を、自分が完全には知りえないもの、自分を超えているもの、自分のものではないものとして愛し、それに身をゆだね、そのなかで生きるほかはない、という事態を言い表わしている。

3 デリダと西欧中心主義

ところで上の引用でも顕著なように、しばしばデリダは自分がフランス哲学にとってもフランス語にとってもよそ者の位置にあることを標榜し強調する。こうした箇所でデリダの読者は、彼が逆説的なかたちでヨーロッパ文化の中心奪取をひそかにおこない、さらにそのことを隠蔽しつつ自己正当化をおこなっていると感じるかもしれない。デリダ自身とヨーロッパないしは西欧形而上学との関係をめぐる彼の発言に触れた読者は、（無意識のものであれ）彼のそうした策術を読みとって、疑念を、あるいは不快を覚えることもけっして稀ではないにちがいない。この点をめぐるものとして、サイードに依拠した東浩紀の次の指摘は的確である。

> エドワード・サイードが指摘するように、デリダの仕事はその主張のラディカルさにもかかわらず、他方で保守的にも機能する。彼が脱構築の対象とするのはつねにヨーロッパで評価が確立したテクスト、ヘーゲルやニーチェやハイデガー、あるいはルソーやマラルメやジュネなのであり、その選択そのものが「哲学」「文学」の伝統的領域性を強化してしまうからだ。つまりデリダは形而上学を脱構築すると主張しつつ、まさにその身振りによって形而上学を延命させていることになる。したがって『オリエンタリズム』でヨーロッパ的知一般を支える民族中心主義を告発したサイードは、ここにもまた同じ中心主義を見いだしている。[110]

サイードが『世界・テキスト・批評家』[111]のなかで、再三にわたって指摘しているのは、脱構築的批判の作業をおこないつつもデリダは結局のところ執拗に西洋形而上学の諸概念に依拠し、それを反復し、自分自身をその伝統のなかに書き込んでいるということ、そして自分を模範とするある制度の構築をおこなってしまっているように見えることである。デリダはいわば自己の権威を確立すると同時に、「ヨーロッパ」をないしは「西洋」を再権威化、再中心化しているように見えてしまう。なぜデリダの「体系」は「西洋的《ウェスタン》」でなくてはならないのか、とサイードは強い批判を込めて言う(112)。とりわけ、アカデミズムのなかにあまりにも強い影響をデリダが発揮したアメリカ合衆国の知的環境においては、デリダによる西洋的知の伝統の強化とある種の強固な権威性の発動は(フランスのなかでよりも)かなり危険なものとして感じられ、またその不自然さもいっそう強く感知されたにちがいない。

現にデリダから批判の対象として取り上げられることによって、プラトン、デカルト、ルソー、カント、ヘーゲル、キルケゴール、マルクス、フッサール、ハイデッガー、サルトル、メルロ＝ポンティ、フーコーといった、並べただけで模範的な西洋哲学史が書けるような大哲学者・思想家たちが、今なお看過しえないテクストの署名者たちとして、いっそう強く命脈を保つという効果が生じることは否めない。実際、デリダを読む以上は、これらの西洋哲学者たちのテクストを追いかけ、また西洋哲学史をたえず念頭に置いておく必要に駆られることになる。デリダの読者一人一人が、西洋哲学を批判的にせよ綿密に参照することで、まさに西洋哲学に覇権を(再)付与してしまうのである。

哲学ばかりでなく、文学においても同様である。あるいは文学においてはすでにヨーロッパ以外の作家たちがヨーロッパで議論される現代文学の伝統のなかですらある程度確かな地位を占めていることからすれば、デリダの「選択」はいくばくかの偏向を感じさせずにはいない。デリダが称賛の意味をこめながら思考の下敷きにする作家たちが、みな例外なく、ヨーロッパの作家たちであることは、やはり驚きを引き起こさないではいないのである。デリダが取り上げるのは『告白』のルソーに始まり、カフカ、マラルメ、ジョイスといった近現代ヨーロッパ文学の巨星中の巨星であり、より「マイナー」で前衛的な作家の場合でも、ジャベス、ジュネ、ポンジュ、ツェラン、アルトーなど、フランスを中心としたヨーロッパの作家に限られている。ここにはロシアの作家すら一人も挙がってこないし、中南米の作家も取り上げられることがない(東洋については言わずもがなである)。このデリダと対照させてサイードは、時空を超えた全世界のさまざまなテクストの交錯をイメージしたアルゼンチンの世界的作家ホルヘ＝ルイス・ボルヘスに言及しているが、まさにボルヘスの文学はカフカに並んで、デリダ的なアイデンティティの攪乱と問い直しに絶好の材料でもあると思われるが、結局のところデリダが対象テクストに取り上げることはおよそ想像できない(113)。デリダがシェイクスピアを論じることの方が、やはり彼がガルシア＝マルケスを論じたり、フエンテスを論じたりすることよりも「自然」であるように感じられる。

こうした選択には、言語に強い意識を働かせるデリダにとって、フランス語訳を傍らに置きながらでも直接に原語で読むことができるテクストのみが対象とされてきたという理由が当然あるだろう。したがってデリダの扱うテクストは、フランス語か英語かドイツ語で書かれたもの（および古典ギリシア・ラテンのテクスト）に限られることになる。しかし再度不思議に思われるのは、これらの言語を用いるヨーロッパ以外の書き手たちが問題とされることがほとんどないことだ。たとえば、英語についていえば、アメリカ合衆国にはヘミングウェイやフォークナーをはじめ大作家とみなされるさまざまな書き手やバースほか前衛的作家として重要な位置を占めるいろいろな書き手がいるが、デリダがアメリカの作家を自分の思考を展開するための本質的な土台として援用することはおよそ考えにくい。ましてや英語やフランス語で書くアフリカの作家などがデリダの俎上に上がってくることはありえないという印象がある（時事的・政治的な問題ではデリダは広く現代社会に目を向けていたが）。

やはりデリダの問題はヨーロッパであったと言うことができるだろう。ヨーロッパ人がいかにして自分たちのアイデンティティをより開かれたものにするかが問題なのであって、その他の地域の人間はこの例を参考にそれぞれ応用してもらえばよいという意識がデリダにはあったかもしれない。とりあえず自分が手をつけることのできるヨーロッパから始めて、徐々に可能な拡張を試みつつあったけれども、それだけで人生が尽きてしまったということなのかもしれない。

たしかにデリダは自己拡張の途上にあった。『他者の一言語使用』は、アメリカ、ルイジアナ州でおこなわれた、（カリブ海マルチニック島出身の文学者）エドワード・グリッサンをオーガナイザーの一人として開催されたシンポジウム[114]で発表されたものであり、ここでデリダが自分と「フランス語」および「フランス」との関係を、あえて、フランス（本国）に所属しない、いわゆる「フランス語圏」のフランス語使用者の聴衆を前にしておこなったこと、またこの英・仏語「二言語使用」のシンポジウムという場が、デリダのフランス語使用そのものを相対化するチャンスとして当然意識されていたことが指摘できる。またこの著作では、同シンポジウムの発表者の一人でアルジェリア出身のアラブ系作家・批評家であるアブデルケビル・ハティビについても言及されていた。あるいは、南半球のシドニーでみずから英語を駆使して講演したり公開質問に応じたりしたデリダは、――ヨーロッパに留まってはいない――「旅」の活動を高く評価されるようにもなっていた[115]。『死を与える』ではアメリカの作家ハーマン・メルヴィルの『書記バートルビー』[116]に言及するなど、「アメリカ文学」を視野にいれた考察も手掛け始めていた。また、フランスの哲学者としては先駆的に、そのキャリアの初期から――アグレガシオン（大学教授資格試験）に合格した一九五六年から――合衆国での定期的な教育・研究活動を展開していたことはデリダの特徴の一つとして無視できない。

　それでもやはり、デリダは他の地ではなくまさに「ヨーロッパ」を問題とし、「ヨーロッパ」を考えること自体をみずからの根源的な課題とした、ある意味ではヨーロッパの最後の特権化に与した思想家――「ヨーロッパ」の（「前衛」ではなく）「後衛」――だと言えるかもしれない。

　だが、こうした「限界」を認めた上でもデリダはなお、私たちに、内閉することのないアイデンティティの模索の可能性を拓いてくれるように思われる。自己に閉じてしまう傾向をもつ典型的な場（すなわちヨーロッパ）のなかから、他へと開かれ反復可能性に基づくあり方を提示すべく試みること、これがデリダの賭けだったのだろう。おそらく、それが容易でないことをデリダ自身の例が私たちに教えてもいるからこそ、なおさらこの模索は、探求するべき課題として私たちに手渡されるように思われる。デリダを読む者の課題は、デリダをそのまま反復《レペテ》しないことである。その意味で、本書のとくに第Ⅱ部の作業を通じて試みるように、たとえばデリダが自分の思考と結び付けようとは思ってもいなかった素材にちがいない『千夜一夜』という物語集を通じてデリダを考えること、またデリダを通じてこのアラブ世界を中心とする物語集のテクストを考えるという作業も、デリダの活動が要請していることであるように思われるのである。

第二章のまとめ

本章では、デリダにおける「範例性」の議論の展開を、「自己」と「例」をめぐるいくつかの著作を通して捉えた。「自己」という代替不可能な特個的存在を土台にして普遍性への回路を開く装置がまさに「例」という思考道具であることが、デリダによる詩テクストの分析でも、デリダ自身の自己語りの試みにおいても、読みとられた。

大まかな傾向だけを指摘するならば、デリダにとって詩は、(「暗記せよ」という命令に端的に示されるように)極端に特個性に閉じるか、またはいきなり「本質」(普遍性)を押し付けてくるものとして退けられる方向にある。しかし、何人かの特殊な詩人たちの場合には、むしろ究極的な特個性が外部への開かれを実現し、仮設的な普遍性を浮かび上がらせつつ、個々の「物」や出来事の異質な感触や痛切な痛みを甦らせ続けていることが、デリダによって見てとられていた。すなわちポンジュとツェランのケースである。ほとんど共通点のないように思われるこの二人の詩人は、こうして、「一」が「一」であって「一」ではないという逆説を詩化している点で、たしかに通底するものを有しているとみることができるだろう。ポンジュのテクストがみせる署名の記入と消去の反転的な繰り返しの現象も、ツェランに読みとれる日付のシステムを通じた出来事の奇跡的な亡霊的回帰も、存在における単数性と複数性の重ね合わせの可能性を意味している。「一」が「一」でありつつ「他」でもあり「多」でもあるというあり方を「範例性」と名づけるなら、ポンジュもツェランも、それぞれの仕方で、卓越した「範例性の詩人」と言うことができる。

ツェラン論でみたように、デリダの狙いは、自閉的に閉じる存在認識のあり方を打破することである。自分の実人生での経験を引き合いに出して説明するように、デリダはこの自閉的なアイデンティティの典型的な担い手である「ユダヤ共同体」と距離を置こうとする。「ユダヤ詩人」ツェランの読み直しは、外部との無限の照応関係にみずからを開く新たなツェラン像を提示することで、排外的で自己反復的な（例えばユダヤ人の）共同体認識を不可能に追い込むことを狙ったものだといえる。

　これと対になる作業として、同様の自閉的共同体認識の批判をデリダは「ヨーロッパ共同体」に対しておこなった。普遍を謳いながらも実は、こちらも自と他を峻別して、自分たちのみを特権化する選民思想的な自己反復のメカニズムにとり込まれていることを、デリダは厳しく指摘した。ヨーロッパの場合は、文化的優位性への確信が肥大していたために、とくに「自己選別」の傾向が顕著であったが、この自己選別こそ実はあらゆる排外思想の根底をなすものであろう。

　このヨーロッパ批判のなかで明らかにされたように、（みずからの）特個性を普遍性へと直結させる論理が、近代以降の地球に不幸をもたらしてきた。すなわち自己選別にもとづく「例」の論理の行使、いいかえれば、自分という例を自分で価値づけ、みずから特個性を与える一方で、自分のみに普遍性を割り当てるというやり方が横行してきたのである。その代表例がヨーロッパであり、世界規模の圧倒的覇権からしてもヨーロッパこそはその比類なき究極例である（あった）といえるだろう。こうした問題を論じた『他の岬』では、これまでの議論と違って、「例」の論理が欺瞞的に使用可能であることが、実例をもって明示されることになった。この「例」の論理の欺瞞的使用法をデリダは「〈範例主義的《エグザンプラリスト》な〉論理」と名づけて、とくに警戒を促した。

　〝みずからを例にとる〟というのは、したがって非常に危険な試みである。しかし「例」というものが興味深いのは、実は、その用途がわかっているときに何かの目的のために「例」を援用するケースではなく、なんだかわからない例として例を使用するケースである。例えばポンジュの詩においても、ツェランの詩においても、何ものでもないものの例、つまらないものの例、なんだかわからないものの例、要するに「無 rien」の例としてさまざまな例が用いられることによって、特個性の高揚と外部への開かれの同時実現という奇跡的な事態が生じていたことを思い起こしたい。したがって本来わからないものであるはずの自分を、なんだかわからないものとして例にとること、それこそ例を考える以上避けて通れない問題設定であり、また人間誰もが自分の生を生きている以上避けて通ることのできない――そしてもっとも魅惑的な――思考運動であろう。これを欺瞞的、搾取的、排外的にではなくおこなうにはどうすればよいのか。それを考え、実践したのが虚構的な自伝的哲学著作『他者の一言語使用』であった。

自己の特個性を認識し主張するとともに自己自身に閉じないこと、特個的な自己のあり方を外部へと開き、他者にも自己と同等の権利を認めること、それがいわば範例性の「倫理」を可能にする。自己の特個性を出発点にして一般性・普遍性への連接を実現するという「範例性」のメカニズムには、排外的な自己選別の欺瞞を招く危険や、安易な自他の同一視による自己の独占的な拡張の危険があるが、これを免がれて範例性の倫理を実現するためのもっとも本源的な鍵は、みずからの特個性の核心にたいする「無＝知」「非＝知」の意識である。この「わからなさ」こそを特個性の核にあるべきものとするデリダの主張を確認して、本章を閉じることにしたい。

第三章　虚構文学の「範例性」

「文学」をめぐる思考としての哲学——いつ文学に「なる」のか

すでに触れたが、デリダは自分の経歴を振り返るときしばしば、哲学の活動よりもさきに、青年期から文学への志向があったことを語る。『言葉にのって』[1]に収められたインタビュー「肉声で」（一九九八年十二月におこなわれたもの）においても、デリダは十四—十五歳の頃には「作家になることを夢見」、生計の手段としては「文学の教師に」なること思い描いていたが、ギリシア語を習っていなかったために文学分野では専門家の資格がとれないことがわかったので、進路としては断念し、文学を放棄せずに研究活動が続けられるという目論見から、職業的選択として「哲学」を選んだ、と述べている[2]（サルトルの例が示すように、哲学者になるということは文学と哲学を両立する道だと思われたという）。

このインタビューで質問者は的確に、デリダのすべての活動が、文学と哲学と科学の交差のなかでエクリチュールという問題を考えるところから出発していると要約し、そのうえでその原点にふさわしい研究として、フッサール研究[3]があったと指摘している[4]。これを受けてデリダ自身が述べているところによれば、フッサールの「幾何学の起源」という著作を扱ったデリダの作業（その翻訳と解説）は実は、エクリチュールの問題を扱ったものであり、それも、数学的対象のような最高度に「イデアル（理念的）」な対象がエクリチュールのなかでどのようにして構成されうるのか、という研究としてあった。デリダの活動が、「文学的なものを書く」ことへの願望と、「文学および文学的エクリチュールとは何であるかを哲学的に考える」ことへの願望の二つを調停し、そのどちらをも実現させるあり方を狙おうとするものであることが、こうしたデリダ自身の言葉によって密かに強調されている(5)。ともかく、文学性と分かちがたく結びつく「エクリチュール」の問題を、最高度の理念性《イデアリテ》と不可分のものとして考えるところから、彼の哲学作業はスタートしたと言える。この点で、デリダ自身が明かしているように、彼が最初に企図した博士論文のテーマが、「文学的対象の理念性」をめぐる追求であったこと(6)はきわめて示唆に富む。

ここでさらに注目されるのは、デリダがフッサール研究の背後に抱いていた文学的エクリチュールないし「文学的書き込み inscription littéraire」への関心が、より具体的な問いのかたちとしては次のようなものとしてあったということだ。「書き込み《アンスクリプション》とは何か？　ある一つの書き込み《アンスクリプション》は、いかなる瞬間から、またいかなる条件のもとに、文学的になるのか?(7)」。ここには端的に、文学を、それが成立する条件によって捉える（「構成論的」と言ってよい）姿勢がある。この問いは、「テクストはいつ文学になるのか」という問い(8)に書き換えられるものである。そしてそれはデリダが文学をめぐる問題設定として保持し続けてきた問いであると同時に、同時代のほかの多くの研究者たち、言語学・哲学・文学の領域で活動する研究者たちに共有された問いであった。実際この問いの成果として、多くの「文学理論」的著作が生まれた。とくに文学言語のメカニズムを考究するヤーコブソンの諸研究をはじめ、トドロフの文学理論、クリステヴァの生成論などは端的にこの流れにあるだろう(9)。そして、新修辞学といわれる機能的観点からの修辞技法の再検討もむろんこの潮流の一つである。しかしテクストはいつ、いかなる条件で文学になるのか、という問いを、長年にわたって執拗に考え続けた研究者としては、このデリダ（およびジェラール・ジュネット）が特筆すべき存在であろう。

「すべてを言う」ものとしての文学と「何も言えない」ものとしての文学

ところでデリダはこの九八年のインタビューでも、アメリカでのインタビュー「文学と呼ばれるこの奇妙な制度」をはじめとしてほかのさまざまな機会に語ってきたのと同様に、文学が有する「すべてを言う権利」を強調している。「私はたいていは文学に原則的に認められた権利として「すべてを言う」可能性を強調します」[10]。この権利こそが、文学的エクリチュールの本質的特徴であることが、ここでも改めて確認できる。この、訳し換えれば「何を言ってもかまわない」「なんでも言える」権利は、さしあたり検閲の忌避を意味し、文学テクストを「自由」と「民主主義」の場にする。しかしその一方で、文学はこの「なんでも言える」権利とそれゆえに言ったことの罪を問われることがないという「自由」とを得ることで、「無責任さ」の場ともなる。ここからデリダはさらにもう一度逆説的に論旨を展開させて、この「無責任な」文学の有する「超＝責任 hyper-responsabilité」を主張する。

「すべてを言う権利」「何を言ってもかまわない権利」をもっている文学は、法を超えているがゆえに、責任の引き受けようがない圧倒的な責任、際限のない責任を引き受ける可能性を有している。これが文学の「超＝責任」である。文学は無責任性と超＝責任性とを不可分のものとして同時に引き受ける場なのである。「責任」とその裏切りである「無責任」、この両極の併合性こそ文学の本質であり可能性にほかならない。デリダは繰り返して、「文学は最大限の責任に呼びかけると同時に、最悪の裏切りの可能性でもある」と強調する[11]。デリダの思考においては、文学とは、背反的二面性の接合が、(思考しえるかぎり)幾重にも重ねられる場である。

ところで「すべてを言う権利」の一つの帰結として、デリダは文学を、署名が署名として機能しない場として、しばしば示す(この意味で、第二章でみたポンジュは、デリダにとって文学の模範としての位置を与えられていると言える)。というのも虚構性を有する文学においては、個人の責任を明らかにするものとしての署名が、(〝ペンネーム〟に象徴されるように)責任回避の護符のもとになされているからである。だから文学における署名は非＝署名となるが、この非＝署名性は（文学の無法性・無責任とつながるばかりでなく）、文学における主体の非主体化、発話の発信者と受信者の匿名化をもたらす。デリダは自著を振り返り、『絵葉書』所収の「送る言葉」[12]のテクストには次のような声があると語る。

僕がきみに書くものが文学となりはじめるや、僕はもうきみに語りかけてはいなくなる。だから、ほかでもなく［／特殊的・特個的なかたちで］singulièrement きみに語りかけることを命じるあの義務に、僕は背いているのだ。[13]

ある言語活動が文学になるということは、発話の受け手もそして発話者も匿名化し始め、その特個性を失うことを意味する。ここで、デリダが強調しているように、この「送る言葉」というテクストが、文学的虚構であることを故意に匂わせたスタイルで書かれていることにまず注意しなければならない。手紙のやりとり全体が「虚構」ないし「半＝虚構」である可能性がテクストのなかでもあえて匂わされている。[14]デリダを思わせずにはいない一人称で語る男性「ぼく」がある女性に宛てて送り続けたメッセージ集という体裁のもとで、ジャック・デリダその人の現実の言語行為と文学的虚構とがときほぐしがたく絡まりあうような具合に、工夫を凝らしてこのテクストは提示されている。

実際、手紙でありかつ非人称的な文学であるという二重の性質をもったこのテクストによって示されようとしているのは、（言語行為論の分析ともなりうる）現実的な言語行為と、それとは別次元の文学的な言語行為の同時出現であり、また両者のあいだのたえざる移行の運動であるといえるのではないか。そしてここに、あるテクストが文学に「なる」という現象が見定められようとしているのではないか。

手紙を誰かに宛てて書くという行為が文学的行為になっているようなケースにおいては、特個性と一般性・普遍性との重層化が生じる。特個的な個人がやはり特個的なある別の個人に宛てて言語行為をおこないつつ、同時にそれが、特個性を欠いた位相にある匿名の書き手（すなわち作者となった書き手）がやはり特個性を剥奪された受け手（たとえば『絵葉書』という著作の読者）に対して宛てた言語活動をおこなっていることにもなるからだ。

　ともに不倫の関係にある男女のあいだで交わされているという設定のこのまことに個人的な手紙を書きつつ、「送る言葉」の主人公はこんな風に感じていた、とデリダはインタビューのなかで言い直してみせる。

> 本当のところは、署名しているのは私ではなくなっている、これが文学市場に乗せられるや、もう私には由来しないし、もう君に向けられたものでもなくなる、痕跡は私から逃れ去り、世間の手におち、第三者の勝手《じゆう》にできるものになっている、そしてこの条件においてこそ、それは文学になるのだ。そしてこういうものとしての文学が僕の君への関係を歪めてしまうのだ。——郵便物に署名している主体はこんな不安を隠してはいません。(15)

ある書記的発話行為が文学となるとき、そこには特個的な主体の消滅があるのだが、それでもその書き物を通して私から君への訴えかけがなおもおこなわれようとする、ということをデリダはここで主張しているようだ。あるテクストが「文学的」に「なる」ことは、そのテクストがもとの非文学的なテクストとしての性質を保持し続けること（ただし侵食され、歪曲された、つまり純粋ではないかたちにおいてであるが）を排除しない。ここでまたもデリダは、通常、言語行為論によって峻別される日常言語と虚構言語（文学言語）との分割を疑問に付し、行為遂行的な言表と記述的な言表との分割をも不可能にしながら、文学における背反的な二面性の接合、とりわけ「特個性」と「一般性」の同時的成立を捉え、執拗に強調していることが確認できる。

文学の権利を「すべてを言う権利」にみるという、さきに引用したデリダ自身の言葉のなかで、（圏点を付しておいたように）「たいてい」という留保が付されていたことに注意したい。この言い方によって、別の観点、それとは相反する観点をもっていることをデリダが暗に主張しているからである。すなわち文学が（虚構であることによって）もつ「何でも言える」能力とは背反する側面、おそらくそれと不可分で、それを支えてもいる側面のことである。つまり、さきの理解とは逆に文学には「何も言うことができない」あるいは「何も言うことをもたない」[16]という本質的特性があるという認識を、一方でデリダは保持しているのだ。

文学が、とりわけ虚構文学テクストが、「何も言えない」というのは、実は少しも奇異なことではない。虚構文学は、結局のところ、絵空事を述べ立てるばかりで、現実的になんの実効力ももたないということは、ほとんど常識の部類に属することがらである。文学は何万言を費やしてどんなことを表現し、伝えようとも、結局のところ「何も言っていない」し、「何も言うことができない」。文学は、無意味であり、無力である。だからこそ勝手に「なんでも言える」のであり、それでも責任を問われないわけだ。

デリダは、文学が本質的に有するこの（結局は）「何も言えない」という性質にこだわり、ある意味でここに文学のもつ、かけがえのない能力を見いだそうとする。つまり、いつもながら逆説的な論旨展開によって、この無効力、無能力こそ、文学の積極的な能力の表われなのだということを明かし、文学の二重性（無効力でかつ限りない効力をもつ、無意味でありかつ究極の意味を発揮する、無能力でありかつ奇跡的な能力を有する）を示そうとするのである。

単行本『死を与える』[17]のなかに収められた「秘密の文学」はその代表的な試みと位置づけることができる。「すべてを言う」と「何も言えない」がどこまでも表裏一体の形で出現する文学という場は究極の二重性の場であり、デリダはこの「何も言えない」文学がこれ以上ないかたちで表現する存在の二重性を注視しようとする。

この存在の二重性とは、個と一般、特個性と普遍性、そして自と他という両極の接合のことであり、本書で捉えてきた「範例性」の問題そのものにほかならない。

以下本章においては、とくに九〇年代以降の重要著作である『死を与える』のなかの二つの論文を詳細に検討しながら、範例性の原理を本質的に体現する場として文学がどのように捉えられているのかを検討する。その作業を通じて、デリダにおける「範例性」と「文学」との本質的な関わりを明らかにしたいと考える。さらに九〇年代末に手がけられたルソー再論である「タイプライターのリボン」を、デリダによる範例性と文学をめぐる思考の最後の重要著作として位置づけながら、この問題をめぐるデリダの三十年にわたる思考の展開を視野におさめたい。

「範例性」と「文学」をめぐるデリダの考究から浮かび上がってくるのは、自と他の二分法を超えた、しかも生き生きとした人間主体のあり方であり、「非＝知」（「わからない」ということ）を基盤とすることで可能となる意志と精神の果敢な活動である。虚構である文学は、こうした背反接合的な存在の特権的な場として浮かび上がる。「例」を通じた思考を生涯にわたって展開することで、デリダが辿り着いた地点を素描したい。

第一節　「秘密の文学」――自他の反射的結合の場としての虚構文学

『死を与える』に収められた論考「秘密の文学――不可能な系譜」[18]は、この書の表題論文「死を与える」の後ろに併録されたもので、付随的な位置づけしか与えられないことが多いように思われる。たとえば日本語訳書の解説者も、「死を与える」とほぼ類似した内容をわかりやすく読みとることができるという点を評価するのみである[19]。またフランス語版単行本より早く刊行された英訳書は「死を与える」のみを独立本としたものであった[20]。

しかしだからこそ逆に、デリダが仏語版刊行にあたって独自の意図を込めたと推察できるのではないだろうか。「秘密の文学」は、たしかに、アブラハムによる息子イサクの犠牲の物語を出発点とした宗教的・倫理的論考としては、「死を与える」ほどの充実度をもたない。「秘密の文学」中の記述(21)からもこの文章が、おそらく一九八八年におこなわれたデリダの三度目のパレスチナおよびイスラエル訪問の直後に書かれたことが推察できる。すなわち一九九〇年のシンポジウムで口頭発表されたより長大な論考「死を与える」と比較すれば、執筆時期の点からも内容の点からも、「死を与える」に対して「秘密の文学」は萌芽的な先行論文として位置づけられる。(22)

しかし「秘密の文学」という論文は、読者にとって、「死を与える」のエッセンスをわかりやすく捉えるというだけの価値しかもたないものではない。もしそうであるなら、デリダ自身、ほぼ同内容の未熟なヴァージョンであることになるこの論文を、わざわざ単行本刊行の際に併録することはなかったであろう。デリダが「秘密の文学」をあえて収録したのは、アブラハムの問題から出発して、「死を与える」では扱わなかった別の方面への考察がここに展開されているからである。それが、(カフカのあるテクストを契機に展開される)「文学」をめぐる考察である。

「範例性」すなわち特個性と普遍性、いいかえれば個別性と一般性との同立のありさまが、この論文では「自律性 autonomie」と「他律性 hétéronomie」の結合として論じられている。デリダによればそれが「文学」の本質的特徴を形成する。この意味でこの小論は、「文学」と「範例性」を考えてきた本書にとっては、きわめて重要な論考だといえる。

以下、「秘密の文学」で扱われている文学の特質について、さきに指摘した、文学は結局のところ「何も言うことができない」という側面を、デリダがどう問題化し、そこから文学の特質をどう読みとったのかという観点から見てみよう。

1　文学と「言おうとしない」こと

「死を与える」については次節で論じるが、この「秘密の文学」も、アブラハムが息子イサクを神への犠牲＝生贄として（「焼き尽くす捧げもの《ホロコースト》として」(23)）捧げようとしたという『旧約聖書』のエピソードをもとにし、とくに、この挿話を神への忠実さゆえに「秘密」を守りぬき人倫に反して息子殺しを敢行しようとした絶対の「信仰」行為として読み解こうとするキルケゴールの解釈(24)を受け継ぐことから出発している。この「秘密の文学」では、こうしてキルケゴールによって強調された絶対的な「秘密」の絶対的保持の主題が、デリダによって「言おうとしないことにお赦しを」という赦しの懇請の問題へと書き換えられて――そして文学というものの本質を論じる方向で――展開されている。

表題が記された扉頁から本文の冒頭にかけて、一続きのものとして読める文章がある。

「神よ」、私にこう述べさせてください……／言おうとしないことにお赦しを。(25)
« Dieu », passez-moi l'expression... / *Pardon de ne pas vouloir dire.*

この「言おうとする vouloir dire」は、デリダが長年にわたって特別な意識を働かせて用いてきた言い回しであり、たとえばテクストの意味作用が、それが「言わんとすること vouloir dire」すなわちテクスト以前に措定される意図やテクストが向かう目的《テロス》に還元されてきたという伝統を批判する文脈で使われることが多い。テクストがこの「言わんとすること」には還元されないものであることは、テクストの意味の複数性を認める現代文学批評ではすでに一般に認められていることであり、デリダもそうした立場に立ってきたと、とりあえず言うことができる。

しかし文学研究の世界では、テクストの意味の複数性の承認が恣意的な解釈の氾濫を生み、かえってテクストの魅力から目をそむけさせるような事態になってきたことも現在では明らかである。八〇年代後半以降、意味の複数性を認めるような研究そのものを浮わついた議論として忌避してより明快なテクスト解釈へと（ある意味で）戻るような研究動向が目立ち始め、またそもそもテクストの意味作用に関する問いを離れて、テクストの背後に働く権力システムや文化傾向を具体的に論じる研究動向が、ますます顕著になってきたといえるであろう。

もはやとうに、文学が「言わんとすること」をもたないという考え方は新鮮味をもたない。こうした状況にあってデリダは「言わんとすること」に還元されない文学の本質を、ただ繰り返して強調しようとしたわけではないだろう。逆にもはや言い古されたこととしてこの問題を忘れ去るのでもなく、デリダはそこからさらに文学的エクリチュールについての新たな考察の可能性を開くことをこの論で試みたのではないだろうか。デリダの新たな一歩とは、意味の複数性などのかたちで論じられてきた、文学のこの意味不決定性すなわち「言おうとしない」という性質を、文学テクストに内在する根源的な逆説性ないし矛盾のあらわれとして捉え直そうとするものだと思われる。言おうとするのに言おうとすることができないというこの不可能な事態の背後に、デリダは虚構文学テクストの本質的な意義を見いだそうとしているようである。[26]

文学的な何ものかになることができるのは、公共空間に託された、比較的読みえるあるいは解釈しえるあらゆるテクスト、だがその内容、意味、指向対象、署名者、宛先人が十全に限定可能な現実存在ではなく、同時に非＝虚構的〔な虚構であるような〕あるいはあらゆる虚構をまったく含まない〔それでいて純粋な虚構である〕現実存在であるような〔…〕あらゆるテクストである。[27]

ここで問題とされているのは、言表活動としてもとのコンテクストをもちながらコンテクストの不在のなかにも同時に位置し、言っていながら何も言っていず、その内容、意味、指向対象、署名者、宛先人が現実存在であって十分なかたちでは現実存在ではないような、そうしたテクストである。「文学」的な何ものかになることができるそうしたテクストの「内容、意味、指向対象、署名者、宛先人」をデリダは、「非＝虚構的 *non-fictives*」な現実と呼び、「あらゆる虚構をまったく含まない *pures de toutes fictions*」と言い直す。わざわざイタリック体にして強調された言い換えには、注意が必要だろう。デリダの語法ではしばしば《non-*A*》は、単なるAの否定ではなく、通常想定されるのとは異なるある特異な仕方でAであること、Aではないにもかかわらず A の本質を私たちに思考させ、ある意味ではもっとも本来的にAそのものであるようなあり方を示す形容である。たとえば、本書第二章第二節3で取り上げた、場ならざる場としての《non-lieu》〔「非＝場」〕がそうであったように。したがって上記の引用の場合も、〔 〕を用いて付記したように、「非＝虚構的 *non-fictives*」という表現は、通常の認識での虚構とは異なる仕方で、つまりは非＝虚構的な仕方で虚構であるような、そうした虚構的現実の様態を想起させるためのものであろう。同様に《*pures de toutes fictions*》も二重の意味をもつ掛詞として読みとらなければならないだろう。あるテクストの「内容、意味、指向対象、署名者、宛先人」が単に「あらゆる虚構をまったく含まない」現実であるなら、文学的な何ものかになることなどまったくないはずであり、その場合は、「十全に限定可能な現実存在」でありえてしまう。そうではなくあるテクストの内容も意味も指向対象も署名者も、一方では虚構性を逃れつつ（たとえば少なくとも虚構世界の内部においては虚構内容は「現実的」なステイタスをもつし、文学作品の署名者と宛先人は書き手と読み手というかたちで現実に存在する）、一方では虚構というものの枠《すい》である（内容が虚構的であるばかりでなく、署名者も宛先人もきわめて匿名的な仮構的存在にほかならない）という両面《アングル》性こそが、あるテクストをして文学的な何ものかにならしめるのである。

　デリダがこの論で取り上げるカフカの「父への手紙」は、まさにこうした両面《アングル》性をもったテクストであり、現実的・実際的な言語行為が「文学的となる」瞬間をみごとに例証するものである。

2　カフカ「父への手紙」にみる自律性と他律性の凝着——鏡像反射的同一化

「秘密の文学」の第二節（「父と息子と文学」）でデリダが取り上げるフランツ・カフカの「父への手紙」[28]は文学の本質としての虚構性について考える、そして虚構性と不可分の事態としてある〈自己と他者の重層化〉について考える特権的なテクストである。さきに触れた『絵葉書』の「送る言葉」ではデリダはこうした問題を擬似文学的エクリチュールの実践を通して浮かび上がらせようとしていたが、この「秘密の文学」では同じ問題を、カフカのテクストについての哲学的批評のかたちでより深く掘り下げたと言うことができるだろう。

まずカフカのこの「作品」についてわかっていることを確認しておこう。これはフランツ・カフカが父親のヘルマン・カフカ宛に一九一九年の十一月に書いた正真正銘の「手紙」であった。「愛する父上」で始まり、「フランツより」という署名で終わるこの長大な「手紙」は父親に渡すように母親に託されたが、母親は結局、夫には渡さずに息子にこれを戻したという。（ちょうどキルケゴールと同様に）婚約と破棄を繰り返してきたカフカは、この年の夏、新たな女性（ユーリエ・ヴォリツェック）と婚約しているが、結局この婚約もカフカは翌年に解消することになる。この手紙にはすでにカフカが婚約破棄の覚悟を固めていることが読みとれる。文学をめざすカフカが結婚を諦めて父親のもとに留まることを決意しつつ、確執の続いてきた父親に抗議と弁解の主張を繰り広げた訴えかけの書状と、まずはこのテクストを考えることができる。

しかしカフカの遺稿の編集をおこなったマックス・ブロートがこの手紙を書簡集の巻にではなく文学作品の巻に収めたことにも象徴されるように、一方でこのテクストは、直接父親に宛てたメッセージとはとても思えない、奇妙に虚構文学的な性質を備えている。実際カフカは、この手紙をみずからタイプ原稿化し、さらに修正も加えて保存していた[29]。

このテクストの内的特質としての虚構性は、書き手である「ぼく」と非難の対象である「父」とのほとんど自家撞着的な結合に由来している。カフカのこのテクストを読む読者には、息子の父への憎悪と言ってよい拒絶の姿勢とともに、むしろすべての前提であるかのように提示されている息子の父への一体化の衝動に驚かされることだろう。三十六歳にもなっているこの息子、「ドクトル」の称号をもち、保険業務をおこなう官吏としての職業に就き、作家となるほどの知性と感受性を備えたこの男性は、幼い頃からの出来事を事細かに振り返りつつ、現在も父親の絶対的な影響下に自分があることを主張しようとしている（「ぼくはあなたから多くのものをうけ継ぎ、しかもそれをあまりにもみごとに保管してきました」、「〔自分を無価値なものと感じる感情は〕あなたの影響力から発した」、「ぼくにとって、あなたこそ一切の物事の尺度だった」、「あなたの精神的な支配」、「ぼくの自己評価は、あげて父上に依存していました」(30) など）。さらには、「世界はただ純粋にあなたとぼくだけから成っている」(31) とまで述べ、息子は、自分と父をほとんど一心同体のものと措定する。

息子の側が抱くこの桎梏ともいえる父－息子の一体化への強迫的な観念が、父への嫌悪と離反をいっそう掻きたてる。この手紙で繰り返し語られているのはこの父の「家を飛び出す」という選択の問題、「あなたから逃げるため」の試み、「あなたからの脱出」「独立計画」「逃亡計画」である。しかしそれはいつもひき延ばされ、自分のなかで却下されてきた。しかしその決断すら、この手紙の書き手である息子は、無際限の絶対的な価値を保持している父による呪縛的強制とその受け入れの結果であると述べ立てる。あるいは、父が本当に息子の独立を願い結婚しない息子に憤っているとしても、そういう自分を作ったのは（自分ではなく）父であるあなたなのだと繰り返し主張する――「こうして現在のぼくは〔…〕あなたの教育とぼくの従順との結果なのです」(32)。

手紙の冒頭から読者に困惑を抱かせるのは、書き手である息子が想定する父との奇妙なまでの反射的な関係である。カフカは執拗に、まるで二十世紀半ば以降に活躍する精神分析理論家ジャック・ラカンの提示した他者のまなざしによる主体像の成立という概念を例証しようとでもしているかのように、「あなたから見れば私は……なのでした」、「あなたの考えではぼくは……」、「ぼくについてのあなたの判断を要約すれば……」と、父が自分に向けるまなざしを想起・確認し、また想像的に創出しさえしている。まさにそれが息子カフカの自己肯定の唯一の方法であるとでもいうように。

ここで補足しておきたいのは、この手紙のなかで息子は、「カフカ的」という言葉を自分とは正反対の父の性質を指す言葉として用いていることだ。[33] 私たちにとっては「カフカ」といえば、この手紙の書き手であるフランツ・カフカにほかならない。しかし息子にとって「カフカ」とはなによりも一族の姓なのであって、自分はその系譜のなかにあとから参入したばかりの不安定な存在にすぎない。しかもこの家族の場合、カフカ家とは、強い個性とエネルギーをもち一代でどん底から財を築いたやり手の実業家である家長ヘルマン・カフカその人によって代表されており、この手紙で訴えられている最大の問題（あるいは根源的な出発点）は、自分と父ヘルマンの懸隔、自分が父の性質を受け継いでいないこと、つまりは自分が「カフカ的」ではないということにこそある。この作家＝官吏にとっては「カフカ」とは自分には禁じられた性質に与えられる名であり、自分のものでありながら自分のものにはなりえない名として捉えられている。むろん私たちはここに、きわめてデリダ的な「名」の問題（「名」と主体との逆説的な関係）を典型的にみてとることができる。

さてこの手紙では、具体的な細部を伴って喚起される幼いころからのあらゆる出来事が、父に対して強烈にねじれた感情を抱いている息子の主観を通して提示される。この不透明なテクストは、手紙としての訴えかけの相手である父の姿を私たち読者に示すよりは、むしろ書き手である息子フランツ・カフカの錯綜した意識のありようを、あえていえばそれだけを私たちに晒しだす。もはや何が事実であるかは迷宮に入れられたかのようであり、すべてがフィクションであるようにも思えてくる。（デリダは言及していないが）まさしく虚構文学として書かれた「判決」[34]という作品をまるでそのままなぞるかのように、父と息子のおぞましいまでの確執と奇妙に密着した一体性とが両者のあいだの相互反射的な無限の運動を作り出し、ここでも極端に虚構的な世界を、まさに迷宮的な虚構性そのものを出現させていることに私たちは驚かされる。

短篇小説「判決」について若干触れておくなら、この作品は一九一二年に執筆され、カフカの生前（一九一三年）に印刷刊行された数少ない作品の一つである。結婚を控えた息子と老いたしかし凄まじい威圧力をもつ父との探り合うような会話のなかで（母親はすでに他界しているという設定が、父―子の差し向かいをいっそう強調している）、読者は何が嘘で何が真実か、どこまでが（この虚構内の）現実でどこからが妄想的・虚構的な展開とされているのか、判断する指標を失い、無限の迷路に追い込まれるような感覚を抱かされる。（父の唐突な宣告にしたがって）みずから橋から落下する主人公の、ほとんどありえない不可能な認識を示すかのような結句も、この作品が仕掛けるテクストの虚構性そのものの前景化として機能している。七年後に書かれる作者カフカの「手紙」がこの虚構作品の反復としてあるのかどうかを考えると、カフカのテクストをめぐる現実性と虚構性との重層化の問題は、よりいっそう複雑となる。

「父への手紙」においても、虚構と現実の重層化は鮮烈に表われている。というのも、このテクストが伝えるのは、まさに文学を書き続けることに対して密かなしかし強烈な自負（それと同じくらい強烈な自己否定の感覚に裏打ちされた）をもって生きたフランツ・カフカその人のありようであり、その意味では、この虚構的な手紙は、これ以上ないほど書き手の現実の表白ともなっているからである。つまりこのテクストは、その内容がどんなにねじれていようとも、言語行為論の対象となるような直接的な発話行為の産物とみなされるものであり続けているのだ。このテクストが半ば虚構的であることとそれ自体が、このテクストの書き手が、虚構の書き手であることを半ば自己否定し半ば自己肯定しながら生きた、その半＝虚構性の結果なのである。実際、この「手紙」で結局のところ問題とされていたのは、なぜ自分が結婚を忌避して父から独立しない道すなわち（父の意向に反して）虚構文学制作に携わる生き方を選ぶのか、という問題である。デリダがこのあいまいなテクストを「この息子の「／という」擬似《ほとんど》＝文学 la quasi-littérature du fils」(35)と呼ぶのは、少なくともこの二重の半虚構性、いいかえれば、二重の二重性を捉えてのことであろう。息子が書くこの「手紙」の内容が半ば現実的半ば虚構的である（それがすなわち文学的ということであるが）というテクストの二重性と、このテクストに映し出されている、専業というかたちをとらずになお虚構文学テクストの書き手として生きようとする、半虚構的で半現実的な生活を選びとるこの息子の生き方の二重性とを。

したがってデリダは、このテクストを何よりも文学と非文学の境界をまたいで揺曳し続けるものと位置づける。「この手紙は文学のなかにあるのでも、文学外にあるのでもない。それはたぶんいくぶんか文学の性質を帯びていようが、文学のなかに閉じこもってはいない」(36)。こうした文学と非文学のせめぎあいがもっとも極点に達し、同時に、この手紙全体を貫く奇妙な自己表出の言語活動の沸騰がみられるのが、デリダの取り上げるこの手紙の最後の部分、「前代未聞の瞬間」(37)とデリダが形容する、書き手による父親の台詞の想像的引用の部分である。息子である書き手は、これまで長々と連ねてきた父への抗議(38)をもしも宛先人である父が読んだらどのように自分に向けて反論してくるかをいわば先取りしたかたちで書いて、父に向けて提示しているのである。「あなたがこれを一通り御覧になったら、あるいはこんなふうに答えられるかもしれないと、ぼくは想像します」という前置きで始まる、引用符つきの直接話法の形式で記される父の（息子カフカによる想像的・虚構的な）台詞の部分は(39)、デリダが述べるように、カフカが自分自身に向けて、ただし「虚構的なかたちで、しかもこれまでになく一層虚構性を高めたかたちで」語りかけている部分だと言うことができる(40)（「おまえの主張によると、わたしがお前との関係を無造作におまえの咎《とが》にしてしまうのは、いかにも安直なやり方だそうだ。しかし私が思うのに、お前の方こそ〔…〕」）(41)。すでに半ば虚構性を帯びているこの手紙のなかでもあからさまな想像ないし虚構として提示されているこの部分は「虚構のなかの虚構」(42)、すなわち劇中劇のような構造にあることをデリダは指摘するが、あらゆるカフカのテクスト・作品を通じても、虚構とは何かという問題を私たちに考えさせ、またカフカにとっての虚構とはいかなる形態をとるのかをもっとも鮮烈に提示している部分としても、まさに「虚構のなかの虚構」、模範的《エグザンプレール》＝範例的な虚構といえるだろう。

息子カフカが書き連ねる父のこの想像的・虚構的な台詞の部分について、デリダはこうまとめている。

息子の半＝虚構的な手紙に挿入された、父のこの虚構的な手紙は、不平を並べたてる。（虚構上の）父は彼の息子に対して、その寄生を非難するばかりでなく、自分すなわち父を同時に責めかつ赦していること、さらにそのことによって父の無罪を言い渡していることを非難している（すなわち息子はそのことを自分自身に対して自分で非難している）、ということになる。(43)

あまりにも多重的で、息子と父のあいだの無限の往還が凝縮されているようなカフカのこの特異なテクストについての説明は、デリダの右の要約にまかせることにしよう。ともかくデリダがこの「前代未聞の」虚構的瞬間から抽き出すのは、カフカの言語活動が生み出している父と息子のあいだの無限の往復運動、デリダの言葉でいいかえれば「鏡像反射的な同一化 identification spéculaire」(44)という現象である。

父からの虚構上の反論を長く引用したあとに「異常なまでの思惟《スペキュラション》。果てのない鏡の作用《スペキュラリテ》」(45)と記すデリダは、以前からデリダの好む語法ないし連想に従い(46)この「spéculaire（鏡の）」という語に、「spéculatif（思惟の・思弁的な）」という意味も重ねて用いていると思われる。カフカにみられる「鏡の作用による spéculaire」自己《アイデンティ》確立《フィケーション》の試みとは、たえず父という存在を迂回し、父からのまなざしを想定し、父に応え、父との同一性を主張し（しかも唯一の息子(47)として排他的に一対一の関係による父との一体性を主張し）、しかしまさにそれゆえにその関係を憎悪し(48)、父と自分との本質的な乖離を主張するとともに父からの自分に対する否定を非難し、父へ再反論すると同時に父との不可能な和解を希望を込めて素描し、そうした思考を展開する自分への父からのさらなる批判をみずから想像してさらにそれに応答しようとする——というめまいのするような多重的で果てしない鏡像的反射関係を指した表現である（したがってデリダがここに読み込もうとするものが、「父」の超克という精神分析学のエディプス的な単線モデルとはまったく異なるものであることが、はっきり指摘できる）。

またこの「鏡による自己同一化（＝鏡像反射的な同一化）」という言葉は、右のような際限のない往復運動のなかで、執拗に自分をまなざし続けるカフカの自己模索の運動をも含意しているだろう。つまりこの極端に思惟的《スペキュラティフ》で、過剰に反省的《スペキュレール》＝反射的な反省は、結局のところ書き手の異常なまでにナルシスティックな自己執着を示している（しかも自己否定という外見のもとでの自己への拘泥であるだけに、一層複雑かつ強固な自己執着である）。だが、どうもカフカは、自分と同一的でかつ対極的な父[49]という反射鏡に映し出すことによってしか自分を見いだすことができないらしい。彼には鏡になってくれる「他者」が必要なのだ。

したがって彼の言語活動もまた他者の鏡を幾重にも通すようにしてしか展開しえない。それがこの手紙に端的に現われているとデリダが指摘する、他者の代わりに、他者の声を通して、他者に自分の声を押しつけて語るという「腹話術」的な言語行為である[50]。文学的言語というものが通常のメッセージと異なって直接に何かを語るのではなく、自分ならざる誰かの声を通して迂回的に語る言語活動であるなら、父を経由したカフカの自己把握の活動およびそのための言語行為は、必然的に文学的・虚構的な言語となる。実人生を生きる現実のカフカの言語行為と、虚構作家としてのカフカの言語活動は（現代文学理論による――あるいは言語行為論による――両者の峻別にもかかわらず）、本質的に不可分なのである。

父という他者と自分とを合わせ鏡のように無限に反射させ合うことによってしか自分を考えることのできない「擬似《ほとんど》＝文学」的な存在者カフカは、したがって、カフカ自身であろうとするかぎり、この父から独立して「自律《オートノミー》＝自立」へと向かうことはありえない。彼の自己は「他律的依存[51]」抜きには成立しないのである。この「他律《ヘテロノミー》＝他立」による存在のあり方、「寄生状態」が、デリダの視線のなかで、カフカをいっそう「文学」そのものの比喩となす。息子と文学とは「寄生状態」にあるために非難を受け、その罪の赦しをたえず請わなければならない。いうまでもなく（虚構的な）文学は実社会の寄生物であり、たえずその無価値（たわいなさ、くだらなさ、非現実性＝現実ではないこと）を、謝罪すべき負い目として背負っている。これは虚構文学が、内容ないし指示対象の点で現実へのいくばくかの寄生によって成り立つこととも不可分の本質である。

だから文学は本来的に、百パーセントの「現実」や「生活」とは相容れないものなのだ。カフカのように極端に非現実的な虚構文学作品を書く書き手が、まるで運命であるかのように、みずから文学の営為を職業として成立させない生き方をあえて選んだことも意義深い。彼が、原稿を出版社に渡しつつ、矛盾したことに、自分はむしろ採用されないことを望むとたびたび付け加えていたことにも、文学と現実的生活との断絶をあえて望むカフカの姿勢を読みとることができるだろう。彼は職業作家として成功する道をみずからに禁じていたように思われる——一方では、自分の文学的営為にはおそらく強烈な自負を抱いていたにもかかわらず(52)。

文学を選びつつも文学で自立することは拒否するというこの選択の帰結として、結婚を放棄し、父のもとで寄生生活をすることを選択したカフカは、文学の寄生性そのものを生きようとした。このぬきがたい、そして自覚的な寄生性が、デリダにとってカフカをして「ほとんど文学そのもの」となしたのである。

3　赦しの懇請——自他の無限反射

「鏡像反射的な同一化なしにはありえない」行為として、ひとを赦すあるいはひとに赦しを請うという行為をデリダは取り上げ(53)、精力的に論を展開する。

まず確認しておこう。「赦し」は赦しえないものについてしか可能ではないという「赦しのアポリア」が本源的に存在する。これは「責任」や「判断」や「約束」あるいは「秘密の告白」などについて繰り返しデリダが強調しているのと同じ、「可能性の不可能性」あるいは「不可能性の可能性」の構造を端的に示す一例である。すなわち「責任」や「判断」や「約束」あるいは「秘密の告白」が、本来それがなしえない場合にしかおこなわれえない、おこなわれようとしない、あるいはおこなっても意味をもたないのと同様、「赦し」というものも端的に「赦し」が不可能な場合にしか可能ではない。ひとはあらかじめ赦しえるものをあえて赦しはしない。赦す必要がないからである。ひとは赦しえないものしか赦さないし、また赦しえないものについてしか赦しを請わない。

この赦しのアポリアの一つの帰結として、赦すことが、絶対に、赦すことにならない、ということも確認しておこう。赦すという行為は（赦しえないものについてしか赦しがありえない以上）、かえって相手に対して決定的な断罪をおこない、永久にその罪を刻印することと表裏一体である。赦すことは最終的な有罪宣告なのだ（何かを「赦す pardonner」とは、それを「迂回して与える par-donner」と分解できる、つまり迂回的に相手にその何かを罪として押し付けるということを意味しえる――という語分解もあながち無意味ではないだろう）。「父への手紙」のカフカはこの背反的なメカニズムをきわめてよく認知し、このメカニズムにのっとって父のあの想像的な台詞のなかで、父を赦そうとする息子へと放たれる父からの強烈な非難を創出していた[54]。

さらにこの「赦し」の問題は、自己と他者の鏡像関係をも示す。赦しは本質的な罪の認知なくしてはありえない。罪ある者を罪なしとするのが赦しである。だから、赦しはつねに過ちとなり、罪となる。「したがってひとは罪をおかさないでは赦すことはできない、つまり赦すことの赦しを請わねばならない」。だから赦しを与える場合、必然的にひとはこう言うことになる――「おまえを赦すことを赦してくれ[55]」。赦しを与える者は不可避的に赦しを請う者となる。こうして、赦すという行為は、赦す者と赦される者の鏡像反射的な同一化を生じさせるのである。

一方、赦しを請う者もまた、何重もの意味で相手を自分と同一化させる者である。まず赦しを求めるというのは、一般に理解と同情を請うことを意味する。まずこの意味で、赦しの懇請とは同一化の要求であると言える。しかも（赦しがたいはずの自分への）赦しは相手に罪を負わせることになるのだから、今みたように、相手自身を、赦しを懇請する者となす。こうして両者のあいだに、同じ赦しを請う者としての同一化が起きる。私は相手をこのような立場に立たせたことをさらに詫びなくてはならないだろう。

こうして無限に赦しの懇請が反復される。デリダの喝破するところによれば、カフカの「父への手紙」のテクストを成り立たせているのは、赦しの懇請を通じた永遠の「鏡像反射的な同一化」の運動である。息子はなんとか自己肯定を模索している。そのために父に抗議しつつ父の赦しを求める。それと同時に、赦しを求められることによって実は咎人《とがにん》とされることを察知する父を想像する。さらにその父に息子は赦しを求める。もはや息子が父に求めている赦しは、父への謝罪なのか、それとも父の罪の断定なのか、あるいは父と自分の同一化の強制なのか、自己肯定の押しつけなのか、自分と父は不可分のものとして混じり合っているのか、それとも対立的に乖離を鮮明化させているのか、自分と相手が語っているのか、自分だけが独語しているのか、ハウリング現象にも似たこの循環的反射回路のなかで、判別は不可能となる。(56) 「赦し」の問題は、自己と他者の境界を撹乱し、自己と他者を反射的に重ね合わせ、自己を自己ではなくさせると同時に他者を他者でなくさせる。

キルケゴールは神への忠誠——その端的な姿勢として神に赦しを請うというあり方がある——ゆえに、自己と地上の一般他者をきっぱりと乖離させ、絶対他者たる神との絶対的な関係のなかに孤絶した自己のありようを確立しようとした。この点については次節で詳しく論じるが、デリダはこうしたキルケゴールとは対照的なあり方をカフカから抽き出そうとしているように思われる。「父への手紙」で、息子カフカが絶対者たる父親に宛てて果てしなく書き連ねる攻撃的かつ皮肉な非難と赦しの懇請は、まさにデリダの考える赦しのアポリアの究極的な顕われの事例となっており、自己と他者が鏡像反射的な関係のなかにあって分離不可能であることをデリダは読みとろうとした。ただつけ加えるならば、他律依存的な溶解のなかで自己と他者の既存の壁を崩壊させつつ、なお、これ以上なく強烈なカフカの自己が「父への手紙」では語られ続け、提示されていることにも、私たちは注意したい。

赦しを請うこと（すでにみたようにそれは、相手をも有罪化し、よって相手を赦す立場に自分を立たせることと不可分であるのだが）は「他律的な依存」状態を生み、「鏡像反射的な同一化」の現象を出現させるとデリダはここまで論じてきた。だが、この他律性は他律性に留まることはなく、また、鏡像的反射の回路は自己と他者を「一」に還元することがない。「秘密の文学」第三節「〈一〉以上 Plus qu'Un」からこの点をみておきたい。

ここではデリダは、赦しを請うということが「se pardonner（赦される／赦し合う／自分を赦す）」という再帰的表現によって表わされることに着目し、そこから「赦し」にみられる自己と他者との関係について新たな考察を付け加えようとする。[57] フランス語の代名動詞という形式は、もとの動詞に再帰的な機能をもつ se（「自分自身を」あるいは「自分自身に」を意味する）を付加したものである。一般に代名動詞はこの再帰的な用法と、主語が複数の場合に「お互い」という意味を添える相互的な用法、さらに主語に物を立てた構文において動作主を明示せずに表現する受動的な用法があるとされる。デリダは se pardonner についてまず「非人称的な受動性」の用法、たとえば「Cette faute se pardonne.（この過ちは赦される→人はこの過ちを赦す／赦すことができる）」を挙げた上で、se pardonner が「互いに赦し合う」という人と人とのあいだの相互性を示す可能性、および／あるいは、「自分を赦す」という自己から自己へ向けた反射性の可能性を含んでいることを指摘する。デリダはこの後者二つの用法は、それぞれに「同一化をもたらすものでありかつ鏡像反射的」であると述べる。

このことを詳しく考えてみたい。自分を赦してくださいと誰かに赦しを懇請することは、他者への他律的依存の行為である。赦しはかならず他者からもたらされなくてはならない。しかしそれは同時に二つの可能性を必然的にはらんでいる。さきにみたように、赦しのアポリアの徹底的な展開から考えれば、赦しを請うことは相手との相互的な赦しの関係を惹き起こさずにはいない。このとき自と他はほとんど不可分の状態に入る。一方、ひとは赦しを請うとき、すでに自分で自分を赦しえるものと、少なくともその可能性があるものとみなしている。赦しを請うとは、自己から自己へと向かうほとんど閉じた運動を内包している。すなわち赦しの懇請が惹き起こす運動のなかで、自己と他者は互いに照らし合いながら相手の自己形成《アイデンティフィケーション》に寄与し、さらに相互に同一化する。だがまた一方で、自分を赦そうとする潜在的なまた究極的な姿勢によって、ひとは自分へと振り向き、自分への思惟《スペキュレーション》で飽和し、自己同一化を成就しようとするのである。さらにこの背反し合う相互的な同一化（すなわち自／他の鏡像反射）と自己回帰的な同一化（すなわち自閉的な鏡像反射）は、たがいに照らし出し合い（つまり鏡像反射し合い）、ほとんど同一化して不可分の運動をつくりだす。これがデリダの言う、「赦しの思惟的＝鏡像《スペキュラ》反射的《ティヴ》な文法」であろう。ここでは他者への迂回・他者への依存と、徹底した自己への沈潜という、通常は正反対に思われるあり方が表裏一体のものとして考えられていることに注意したい。

デリダはこうした逆説的論理の補強として、「創世記」において、絶対である神自身が「後悔」している（「創世記」VI、五－八）ことを指摘する。[58] この地上に人間とほかの被造物を創ったことを「後悔して」神は洪水を起こすことを決断する。さらには洪水の後でも神は、二度とこのようなことはしないと反省にも似た弁をもらしていた（「創世記」VIII、二一－二二）[59]。いったい神は誰に向かってこれらの後悔や反省の言葉を述べているのか。絶対者である神こそは究極の自律的存在である。その神にしてなお、不可思議なことに、他者に向けて悔悟をもらし、ほとんど謝罪にも似た言明をおこなっていることは、デリダにとって、純粋なる自律性の不可能を示すものと捉えられている。つまり「創世記」における神もまた、みずからを赦そうとし、かつ赦しを請う行為のなかで、徹底した自律性と他者への依存とが必然的に併立することを証し立てているのである。

４　文学における自律性と他律性の結合

同様に、カフカの「父への手紙」で指摘されたカフカの他律的依存は、純粋な他律性にとどまるものではない。この手紙は、とくにその最後の部分での父からのありうべき反論を記す箇所が典型的に表わしているように、カフカ自身が虚構的な手法を用いて自分に向けて書いたものだ、とデリダが強調していたことを思い出したい。「息子は自分に語る［／語られる］。息子は父の名において、自分に向けて語る。息子は父に話させる、父の立場と声を奪い、同時に父に言葉を貸し、また与える」[60]。寄生者でありながら独裁的支配者であるこの息子（息子みずからが自分を父の血を吸い取って生きる吸血鬼としてイメージし、これを父親に非難させている)[61]の圧倒的な思惟と言語の力だけを、テクストを読む私たちは知っている。

デリダはカフカをほとんど文学そのものと捉えていたが、まさに「文学」において、他律性は純粋な他律性としてとどまることがない。もともと本質的に寄生的である文学においては他律的な依存状態こそ文学の自律性の特権的回路であるからだ。他律性を受動性と言い換え、自律性を能動性と言い換えてもよいだろう。文学と文学的存在にとっては、受動性こそ能動性の特権的なあり方である。文学において主体的な能動性は、直接に主体的な能動性として現われるのではなく、ほとんど絶対的な受動性によって示される。この他律性と自律性の結合、受動性と能動性の一体関係こそ、文学の秘密であるといってもよいだろう(非本質的なものである「寄生状態」を脱し、「父」の位置を奪取して積極的で能動的な「主体」となることを人格の完成とみる精神分析学のエディプス理論との差異が、ここにも明確に読みとれる)。

「秘密の文学」はまさにこの点を導きの糸として書かれた論だといってよい。アブラハムのエピソードをデリダは、アブラハムに課された二重の秘密の問題――息子を生贄として捧げるという秘密を誰にも漏らさないこと、さらに、なぜこのような命令が課されたのかその秘密がわからないということ――として位置づけた上で、この自分にもわからない秘密を守るアブラハムに受動性と能動性が結合した人間の生き方そのものをみようとする。

彼〔アブラハム〕は実のところ私たちと同様自分でもわからないこの秘密をほとんど受動的に守らなければならないのであるが、ヨブと同様、神の要請によって彼にふりかからんとする最悪のことにたいしても神に質問をせず不平も言わないという、みずからの決断による、受動的かつ能動的な責任を引き受けもするのである。[62]

神の命にひたすら無条件に従うアブラハムの受動性を、デリダは完全な受動性とはみていない。それはむろん徹底した受動性ではあるが、ただ「無条件に」引き受けるという不可能なまでに徹底した受動的あり方が含む決然たる主体性をここでデリダはいわんとしているのだろう。無謀な受動性をあえて引き受ける積極的な選択、問い返さず不満を述べることもしないという絶対的な受け入れにたいする能動的な決断がそこに読みとられている。こうした受動的な能動性という能動性のあり方、逆にいえば能動的な受動性という積極的な受動性のあり方をデリダはアブラハムに見いだそうとしている。

この延長上に存在するのがキルケゴールであり、カフカである。アブラハムのエピソードに、自分でもわからない秘密の厳守と絶対的な受動性の選択とを見てとったのは『おそれとおののき』のキルケゴールであることをデリダは強調する。キルケゴールが照らし出す、神に従うという「受動的決断／受動性による決断 décision passive」[63]は、このうえなく主体的な責任の引き受けとなっている。だがキルケゴールについては、より長い論考「死を与える」で展開されるような、さらに詳細な議論が必要となろう。

「秘密の文学」の末尾で、デリダは文学が本質的に「言おうとしない」「言おうとすることができない」ということそのものであると仮定的に確認し、そのうえで赦しの懇請を根底にもつ場として文学を捉えようとしている。これが論文冒頭から繰り返されてきた「言おうとしないことにお赦しを」というフレーズに込められた問題設定である。仮設的に提示された文学のこの本質を論証的に支える材料として、この論考の末部で、デリダは文学についていくつかの特性を提示する[64]。まるで循環論法のようにあえて混乱を招くような叙述方法を用い、しかしそのつど文学の本質を開示し論拠として提示するかのようなそぶりをとりつつ（「attendu que...〔〜のゆえに〕」という微妙な言いまわしを反復して用いながら）デリダはその特性を六つ挙げている。どれがまったくの仮定でどれが確実な前提なのかはもちろん不明であり、そうした故意の曖昧さによって文学の本質的な寄生性と不確かさがいっそう浮かび上がるように意図されていると思われる。さてその、それぞれに難解な、また相互に絡み合う六つの論点を以下に簡単に要約しながら、順次みてみよう。便宜的に番号を付してみる。

〔1〕文学は原則としてすべてを言う権利とすべてを隠す権利とをもつ（それゆえ来るべき民主主義と不可分である）。

〔2〕虚構であるために、一方では（政治的・市民社会的な）責任を免れ、もう一方では無限大の責任をもつ。アブラハムと同様に、文学の担う責任はゼロかつ無限大。

〔3〕そうした個々の文学的出来事（＝作品）のなかで秘密は〔直接に明示的に記されることなく〕クリプト化される（地下墓所《クリプト》に入れられる／暗号化される）。つまり現実世界のなかで宙吊りにされ、最終的な意味の決定・停止がありえない。その意味で文学は現象学的《フェノメノロジック》であり怪異現象《フェノメーヌ》である。

〔4〕文学は秘密なき秘密の場、深さなきクリプト、呼びかけ・訴えかけであって深淵。作品＝活動 œuvre であるという出来事の特個性以外の法をもたない。

〔5〕このように文学には虚構への権利があり、この権利ゆえに〔虚構の〕物語は、出来事を産出するという決断に対する認可 autorisation を制定する。また、作者 auteur に、責任をもたないと同時に超責任を負う者としてのステイタスを付与する。〔虚構的に〕出来事を産出するという行為は言語行為である以上、訴えかけと応答の行為にほかならない。

ここまでをとりあえずまとめてみるなら、デリダが提示しようとしている文学の本質とは、文学の二面性、すなわち何でも言える権利と、この「秘密の文学」で強調してきた、言わんとしても何も言うことができない、何も言おうとしない、という特質との総合だといえるだろう。この二面性ゆえに、文学は社会的な責任を免れると同時に、その作品の世界内でみずから法をつくりみずからを律する無限大の責任を負う。一方、文学は何も言わないというかたちで何でも言うことのできる装置である。ここではとくにデリダは、虚構という言語行為の特質に向けて思考を展開させていることが注目される。虚構とは、（現実には何も生み出さないというかたちで）出来事の産出をおこなう活動にほかならない。さきのゼロかつ無限大の責任の問題はここでも顕著である。虚構「作者 auteur」（すなわち虚構産出の犯人・張本人）は、虚構を、つまりたわごとを、ニセものを、ありもしないことを生み出す権利を認可されている。そしてこのあらゆる責任をまぬがれる虚構の権利は、作り手に絶対的な正当性を与える（つまり正当化する autoriser）のだが、一方で、その虚構作品のまぎれもない責任者としてこの作り手を「作者 auteur」となす。「権威者」でもあり「犯人」でもあるこの「作者 auteur」は、自分でも何を言っているかわからない絶対的な「秘密」の、負うことのできない責任を負わされる者にほかならない。

　さらに上記の列挙のなかで、通常は二極的に分断して思考される現実と虚構、実社会と文学世界の境界の再考が試みられていることにも注意したい。この常識的な二分法は、オースティンやサールの言語行為論において、現実世界内での言語活動と虚構の言語活動とを本質的に別物とする姿勢へと直結するものだ。デリダは、文学言語の特質を虚構性にみながら、虚構的に出来事を産出するという姿勢が現実世界内での一つの行為遂行的《パフォーマティヴ》な決断であることに言及する。こうして虚構産出の言語行為、虚構テクスト内の言語行為が、そのまま同時に、現実社会内での人々への訴えかけとしても、また逆に応答としても機能している点を強調する（「〈文学によって虚構的に産出される〉出来事は、言語行為である以上、訴えかけと応答の行為にほかならない[65]」）。虚構を目指す、虚構に留まるという選択が、現実社会からの乖離を意味するのではないことを、デリダはここで確認しようとしている。この結論を支えているのは、この論考で展開されたカフカのテクストをめぐる考察である。虚構を生きるという選択が現実においてもつ重みと葛藤との表明として、あのカフカの「父への手紙」はあった。だからこそそれはほとんど必然的に、まちがいなく手紙（もちろん言語行為論の恰好の正統的な素材となりうる）でもあり、他方、虚構テクストの枠《すい》とみなさざるをえない両義的な言語的生産物となるほかはなかった。このように虚構と現実との背反的かつ同立可能な逆説的な接合を明かしているという点で、このカフカのテクストは文学を考えるデリダにとってまさに特権的なテクストなのである。

さて最後の六番目の項目を挙げよう。これこそおそらくは、デリダがこの論考のなかでもっとも論じたかった点を要約したものだろう。デリダは文学における「虚構の権利」を確認したさきの第5項に続いて以下のように述べている。

〔6〕こうした権利の到来は、極限的な自律性と極限的な他律性のあいだの解消不可能な結合を含意する。

「極限的な自律性」には丸括弧を付して「万人のあるいは各人の民主主義的自由、など」と簡略に説明されているばかりであるし、「極限的な他律性」についてはやはり丸括弧を付して今度は長々と、文学的規定の外因性について述べられているが(66)、これも文学の他律性の一つの様相にすぎず、十全な説明にはほど遠い。しかしともかくデリダがおそらくここで提示したかったのは、極限的な自律性と極限的な他律性の結びつきが可能であること、むしろ極限的な自律性は極限的な他律性との接合なくしては実現しないこと、そしてこうした自律性と他律性の解消不可能な結接は、まさに文学言語において典型的に、ほとんど不可避的に現われてくる、ということであろう。この論考で論じられてきたように、『旧約聖書』においてアブラハムはまさに究極的な他律を究極的な自律として選択していた。さらには、また神自身も究極の自律にいくぶんかの他律を交えないではいなかった。その伝統の上で、あきれるほどの他律的依存と驚異的な自律的精神とを鏡像反射的に無限に照応させ続け、その動きそのものによって自律的な言語空間(ただし他者の言語への虚構的・想像的な依存なくしては成立しない)を生み出すカフカの言語行為が、デリダによって、虚構中の虚構として、文学中の文学として注目されたのである。

誰にも告げず誰にも（神にさえも）問わず、一人で受け入れ決断するアブラハムは究極の孤独者でもある。しかし自分に向かって神への忠誠を誓うアブラハムは、単なる孤独者ではない。この瞬間において、そしてこの瞬間以降（すべての人間の歴史において、おそらくとりわけ文学の伝統において）「自律性と他律性はもはや〈一〉をしかなさない、そうだ、〈一〉以上のものをなすのだ」[67]。この撞着語法をなす微妙な言い換えによってデリダが明かそうとしているのは、「自分自身によって誓う」[68]神にみられるような自律性の高揚である。矛盾した、不可能なかたちでの他者依存的な自律主体は、実は、純粋に自律的な主体よりももっと強力でもっと特個性に満ちたものたりえる。神への忠誠によって言われるがままに自分の行動を決したアブラハムは、単に一人の人間として神から認められたのではなく、『旧約聖書』を糧とする三大宗教のあらゆる信徒の祖として絶対的な存在価値を得たのであるし、最初から最後まで父を経由することによって自分を表現し続けた「父への手紙」のカフカは、単に結婚を諦めた一人の寄生的な息子ではなく、このテクストによって文学そのものであるような存在へとなりおおせたのだ。デリダのいう自律性と他律性の結合は、自他の平等な融和ではなく、他者の回路を経ることによって自己のよりいっそう強烈な存在を可能にするものであることを確認しておきたい。

なお、この論でデリダがカフカの「父への手紙」について展開する考察と、一般的に精神分析学的な議論において前提とされる「父」の権威の問題や、「エディプス・コンプレクス」の完成を通じた息子による父の超克という考えとの違いに今一度言及しておきたい。デリダは一般に精神分析学の議論が前提とする孤立した単位の家族という概念を退けるとともに、抑圧的で権威的な父と無垢で無力な子（それが成長することによって父のポジションを奪い取ることになるのだが）という固定した役割付与を嫌っていると思われる。むしろ典型的にこの精神分析学的な「父」と「息子」の関係を示していると必ずや受け取られるであろうカフカのこのテクストを素材に、デリダはむしろ、精神分析学とは違う枠組みに「父—息子」が開く問題圏をずらそうと試みているように思われる。デリダのこの論で試みられたことの一つは、父と子がすでにして初めから相互反射的な関係にあること、互いが他者を通してしか存在しえないという父と子の相互反復性と分割不可能性を示すことであろう。この本質的な自と他の鏡像関係ゆえに、父―子の単線的な系譜にのっとった、子による父の超克というモデルは機能しない。さらに父―子関係を、一個人にとっての孤立した一単位〈家族〉内の関係とみず、人類全体という途方もない系譜にまで拡張できるような広いつながりのなかに置こうとする企図を私たちはデリダに読みとることができる。このとき「父」はもはや唯一ではなく無数に発見され、また誰が誰の父で誰に対して息子なのか、もはや画定することは不可能になる。この系譜という問題意識を次節でみることにしたい。

5　不可能な系譜――文学におけるつながりなきつながり

この「秘密の文学」という論文は「ある不可能な系譜」という副題をもつ。これはあらゆる「系譜」というものに対する警戒の姿勢を表わしたものであり、またユダヤ教・キリスト教・イスラームという『旧約聖書』に拠って立つ三つの大宗教間で展開されてきたアブラハムの伝統の争奪戦を意識したものでもあるが、とりわけ『旧約聖書』を祖とするものとしてヨーロッパ文学の系譜を考えたときに見えてくる、〈系譜の不可能性によって成立する文学的系譜〉という問題をも標している。

この論考のなかで浮かび上がってくるのは、アブラハムからキルケゴールへ、そしてカフカへとつながる一つの〈虚構的な〉系譜である。それぞれのケースにおいて、父―息子という親子の系列関係が大きな問題であったことが顕著である。アブラハムは神の僕《しもべ》〈申し子〉となるために、息子イサクを殺すことで父から息子へと受け渡される系譜を破壊・切断しようとする。だがこのいったん放棄された系譜は、突如神からの命によって救われ、むしろアブラハムはユダヤ人の祖となり、アラブ＝イスラーム教徒の父祖となり、キリスト教徒にとっても信仰の父となった。アブラハムのエピソードにはすでに父―子の系譜が幾重にも打ち立てられては切断されるさまが、いいかえれば切断によって打ち立てられるさまが読みとれる。このアブラハムをみずからの範として神への帰依の道を選ぶキルケゴールは、この想像上の父―子系譜を、みずからの生の原理として生きようとした信仰者である。彼は実際の父―子の連鎖（結婚して妻を迎え、家庭を築き、子供をなすこと）を放棄して、神との父―子関係を、またアブラハムとの父―子系譜を打ち立てることの方を選択した。ちょうどこのキルケゴールのように、結婚することによって実人生において父―子系譜の連鎖をなすことを拒否するのがカフカである。「父への手紙」は、父への寄生と父への絶縁とを同時に宣していた。それは徹底的に父を批判しつつ父への一体化をも表明した、きわめて矛盾した父―子系譜関係のテクストであった。

　アブラハムからキルケゴールへのつながりは顕著だが、キルケゴールからカフカへはどうであろう。カフカはキルケゴールの『おそれとおののき』に傾倒していたことがマックス・ブロートによって指摘されているが、一方でカフカはキルケゴールに対して反論も試みている(69)。デリダが示しているように、世俗を唾棄して神との一対一の関係を望むキルケゴールとは異なって、カフカの場合の結婚の拒否、父―子系譜の拒否は、文学への傾倒につながっている。宗教についていえばカフカはむろんユダヤ人でありキルケゴールとつながりはないが、そればかりでなく、都市化した世代のユダヤ人であったカフカは信仰の道を選ぶキルケゴールとはまったく対比的に（そしてデリダと同様に）、ユダヤ教の生活習慣にも典礼にも距離をとったほぼ無宗教者であったこと(70)が「父への手紙」のなかでもカフカ自身によって明確に示されている(71)。このようにキルケゴールとカフカのつながりは、切断に満ちたつながりである。

　デリダはここに系譜というものの、とりわけ父―子のつながりとして表象される系譜というものの、離接的な特質を見ている。言ってみれば、つながりなきつながりこそ、この系譜の本質であるといえる。これをデリダは（まるでうまい駄洒落のように）「リーガル・フィクション」という概念をもって巧みに、しかし謎めいた仕方で形容している(72)。ちなみに「法的擬制《リーガル・フィクション》」とは、あることがらについての推定を、それが実際に事実であるかどうかとはひとまず無関係に、法制上真実とみなすことを言う(73)。デリダは父親と子供との関係が、典型的に、こうした「リーガル・フィクション」すなわち法的虚構によって支えられていると喝破する。子供を出産する母親は自分の子供とのつながりを事実的・身体的に明確に実感している。しかし父親は、自分の子とされる存在と自分とがほんとうに系譜関係にあるのか絶対的には確かめようがない（最近では遺伝子照合によってほぼそれが可能になってきたが）。したがって、父と子とのつながりは、本来虚構的であることを前提として受け入れなければならないものなのだ。ただしその虚構《フィクション》は、単なる絵空事、文学的な虚構《フィクション》ではなく、法的有効性をもち法的拘束力をもつフィクション、もっといえば、法が命じるフィクションである。デリダにとって、虚構《フィクション》と法とが不可分に結びつく事例として、この父—子関係のリーガル・フィクションは特別な意味をもつだろう。

古来ヨーロッパは男系社会であり、系譜とは端的に、父—息子の系譜を意味する。その父—息子の系譜は、確かめようのない虚構としてしか存在しない。つまり系譜はつねに潜在的に断絶を内にはらんでいる。逆にいえば、直接的な連鎖関係は「系譜」とは呼べないのである。系譜は系譜が存在しないときにしか成立しない。「系譜のアポリア」とでもいうべきものを、アブラハムが、キルケゴールが、カフカが、それぞれの事例のなかで示している。さらにはこの三者をつなぐ関係もはっきりと「系譜のアポリア」の事例となっている。三者にはもちろん直接的な血縁はなく、キルケゴールが標榜しようとしているらしいアブラハムからの系譜は彼の希求でしかないし、カフカはみずからはどんな系譜も要求しようとしていない。カフカの場合、直接的にはアブラハムと無縁であるし、結婚忌避者として以外にはキルケゴールとのあいだにもなんの相同性もないと言えるかもしれない。しかしデリダがこの論で素描しているように、この三者に系譜をみてとることは可能なのである。なぜなら系譜とは、つまり系譜としてわざわざ指摘するに値する系譜とは、自明のものであってはならず、断絶していなければならないからだ。

この「不可能な系譜」すなわちつながりのないつながりは、とりわけ文学の系譜というものを考えたときには重要である。それぞれの作品が特個的で、それぞれがみずからの法をもつ文学において、純粋な継承はありえない。文学作品はなんらかの系譜を受け継ぎながらも、かならず受け継ぐ対象をずらし、「裏切る」ことになる。

個々の作品の内部でも継承と裏切りは存在するが、文学的伝統においても「文学」が忠実さではなく「裏切り」の場であることを、このつながりなきつながりという問題を通じてデリダは強調しようとする。「ある不可能な系譜」という副題を付したこの論考でデリダが試みたことは、西欧的常識にあえてのっとって『旧約聖書』を（ここではアブラハムのエピソードを）「文学」全体の伝統の祖と位置づけることによって、文学の伝統が、ある意味ではこの起源の継承＝遺産相続であり、それと同時に、この起源への「裏切り」として存在することを明確に示すことであろう。デリダは次のように述べている。

> そこで、たしかに、文学は、そのアブラハム的な瞬間が本質的な秘密として残るある聖なる物語を継承＝遺産相続する（文学が宗教の残存であり続けること、神なき社会における神＝聖さ sacro-sainteté の場でありその引継ぎ所であることを誰が否定するだろうか？）。しかし文学はこの物語《イストワール》＝歴史を、この帰属を、この遺産相続を否認しもする。文学はこの系譜を否認する。文学はこの系譜を、語の二重の意味で裏切る《トライール》＝暴露するのである。文学はこの系譜に対して不忠実であり、その「真実」を明るみに出しその秘密を暴くまさにそのときにこの系譜と手を切る。つまり、不可能で可能なものとしての自分自身の系譜と。[74]

文学は本質的に（暴露であると同時に）「裏切り」の場なのである。デリダがわざわざ自分の関心対象を断っているように、「近代西欧の制度として」[75]捉えられた「文学」とは、むろん世俗文学であり、それだけですでに、みずからの伝統の根源にある神聖さへの裏切りである。また、文学の祖とみなされるこのアブラハムの物語の核が秘密を守りぬくという姿勢の結晶化にあるならば、文学が何かを語りえるということ自体が（それどころか「すべてを語りえる」とすればなおさら）、このアブラハムの物語への裏切りである。しかし、逆に、文学が何も語りえないとしてもこの起源の物語への裏切りとなる。なぜなら、このとき文学は、秘密を守りぬくというこのエピソードの真実（デリダの言い換えによれば「言おうとしないことにお赦しを」という赦しの懇願）をみずからが体現し反復することによって、これを暴露してしまうのだから。かくして文学は、デリダが繰り返し述べているようにそれ自身の起源や系譜の「継承であると同時に裏切り」[76]でもある場にほかならない。まただからこそ文学は、つねに、永遠に、「赦し」を請わねばならないのである。

以上考察してきたように、「秘密の文学」では、アブラハムのエピソードを、キルケゴールを通じて絶対の秘密（自分にもわからない秘密）を守るという決断として位置づけ、そこから「言おうとしない」（「言うことができない」）文学の本質をめぐる思考が繰り広げられた。文学がかかえるこの本質的ジレンマを顕著に体現した存在として取り上げられたのがカフカである。とりわけカフカの「父への手紙」を通じて「他律的」な主体のあり方が注視され、この他律性が自律性と不可分のかたちで結びつく場として、「文学」が捉え直されたと言ってよいだろう。「文学」とは鏡像反射的な同一性の空間であり、永遠の赦しの懇請の回路が自他を無限に反射させる空間、しかもそこから強固な自己が立ち上がる空間であることが明らかにされた。「秘密の文学」は、デリダのなかでもかなり直接的に「文学」の考察を試みた著作と位置づけられるであろう。

他律と自律が不可分のものとしてあるこの「文学」という場においては、文学というカテゴリーないし系譜そのものが自律的かつ他律的なものであることが明らかになる。すなわち「文学」の系譜はその内部に断絶を含んでおり、「継承」と「裏切り」とが並存する——もっといえば、裏切りというかたちでしか継承できず、その起源にすでに絶対の秘密があるかぎり継承すること自体が不可避的に裏切りとなる——という、連鎖と断絶の根源的な接合に依拠していることが指摘された。この系譜は、一例としては、アブラハム―キルケゴール―カフカという離接的なつながりによって、私たちの前に提示された。

ここでその特質の議論が試みられた「文学」とは、むろん一芸術ジャンル（それもデリダが「西欧近代の制度」と規定する）である一方で、カフカを例にとって「ほとんど文学」そのものだと述べられていたように、人間主体のあり方、ないしはもっと広く存在のあり方それ自体であることは言うまでもない。

第二節　「死を与える」——人間存在の「範例性」と「文学」

アブラハムのエピソードから出発して展開された「秘密の文学」を書き終えて、デリダ自身が議論不足だと思った主題、それは今述べたように、人間主体ないし広く存在の問題として「秘密の文学」で言及した諸特質を、より徹底したかたちで考え抜くことであったのではないかと思われる。その作業がおこなわれたのが「死を与える」という論考である。この論考では、より重厚な論述によって、他律的かつ自律的な人間主体（ないし存在一般）のあり方を、明瞭に浮かび上がらせる試みがなされている。通常は二律背反的に捉えられる他律性と自律性がいかに人間において（あるいはあらゆる存在において）——潜在的には——接合しているかをめぐるこの議論は、そのまま、本書がたどってきた存在の特個性と普遍性との接合の問題と直結するかたちで展開されていく。すなわち究極の特個性が特個性に閉じることなく、ある仕方で、普遍性へと開かれるさまを注視しようとする試みがこの論考を貫いているのである。したがって「死を与える」というこの論文は、まさに本書でいう「範例性」を問題とした論文と位置づけることができる。デリダはこの論で、とりわけ特個性と普遍性との結合——範例性——が、現在の私たちにとっていかなる可能性を、未来へと向けた可能性を開くのか、を示そうとしている。つまり「死を与える」は、来るべき世界へと向けた「〈範例性〉論」として読むことのできる著作なのである。

この論考は、一九九〇年十二月にパリ郊外のロワイヨモンで開かれたデリダを中心にしたシンポジウムで口頭発表され、その記録である『贈与の倫理――ジャック・デリダと贈与の思想』に収められて一九九二年に刊行された。[77]すでに述べたように、デリダの単行本としては先に英訳が出され、フランス語では「秘密の文学」を併録するかたちで一九九九年に刊行された。

1　近現代社会における特個性の回復――出発点として

デリダはこの論考で、現代社会において匿名化し磨耗した自己の概念を超克するような、新たな自己の観念を提示する可能性を探る。その第一段階として、究極の個人性ないし個人の特個性を救い出した三人の思想家に彼が言及していることを、まず押さえておきたい。複雑に錯綜するデリダの議論のなかから、本書の視点とかかわる論点をごく簡略にかいつまんでみておくことにしよう。デリダは、この三者ともが主体の特個性を「死」との関わりで考察している点を注視している。

まず一人は、ハイデッガーである。デリダはハイデッガーが『存在と時間』のなかで展開した議論を「私が他者の代わりに死ぬことはない」という主張だとまとめる。[78]「死は、それが〝存在する〟かぎり、本質的にそのつど私のものなのである」[79]と述べるハイデッガーにとって、死ぬことはあくまで「私」のもの、死は「私のもの」である。ハイデッガーの主張をまとめればこうだ。たとえ人が私に死を与えるとしても「その死はいつまでも私のものであろうし、私は誰からもそれを受け取ったことにはならない。なんとなれば、私の死は絶対に私のものであるからだ――そして、死ぬことは持ち去られることも、借用されることも、移送されることも、委譲されることも、約束されることも、伝達されることもないからである。また、私に死を与えることができないのと同じように、私からそれを奪い取ることもできない」[80]。

次にこの論の前半で集中的に論じられているパトチュカを挙げよう。ヤン・パトチュカ（一九〇七－七七）はチェコの現象学者で、近代テクノロジー社会の病たるニヒリズムの超克をめざした思想家と位置づけられる。デリダは彼の『歴史哲学についての異教的試論』[81]の議論をたどり、パトチュカが、近代の個人主義が意味する個人とは「役割化」され「平板化」された個人にすぎないと捉えたうえで、ハイデッガーとの親近性をみせながら、「人間の力」いいかえれば私というものの代替不可能な特個性をとり戻す試みをおこなった、ということを示す。ハイデッガー同様にパトチュカにとっても死とはまさに「私の代替不可能性、私の特個性の場」[82]であるとされている、とデリダは論じる。

ただしハイデッガーとわずかに異なって、近代の「自我論的な主体性」――すなわち死から自分を守るように見張る主体、いいかえればバリケード的に自己を守ろうとする主体――に実はパトチュカは警鐘を鳴らそうとしていたのであり[83]、その姿勢を端的に示すのが「オノノカセル秘儀 mysterium tremendum」というパトチュカの概念だとデリダは捉えているようである。「秘儀」とは、なんらかのある到達しえない（すなわちその前でひとはおののくことしかできないような）秘密を自分の中に体内化する行為にほかならない。それをありうべき主体性の鍵として提示するパトチュカの思想には、たしかに（自分を超えた何ものかを契機とするという意味で）ハイデッガーとは異なる視野が開かれている。だが、純粋に個人的な体験にかけがえのない主体の契機がかいま見られているという点では、二人の間に根底的な差はみられないとも言うことができる。

最後は『おそれとおののき』のキルケゴールである。アブラハムのエピソードを繰り返し反復しては熟考するキルケゴールは、このエピソードに、神との絶対的な関係に入る「単独者」（＝個人）を見いだす。「信仰者」であるこの個人は、世間の一般的な「倫理」（ないし「普遍性」）に背く。現実世界の法を超脱し、したがって人々から理解されることをみずから放棄し、また絶対の神という理解不可能な存在へと身を捧げるこの個人は、「絶対者との絶対的な関係に入る」究極の特個的単独者として屹立する。

デリダはこうして希求されてきた個人の「代替不可能な特個性」に高い意義を認め、三人の論それぞれに敬意を払っている。しかしデリダにとってここで提供されている主体のあり方は第一段階にすぎない。デリダがここを出発点にして論究しようとするのは、ひとりひとりの人間がこうした代替不可能な特個性を獲得した上で、なおかつそこに閉じこもらないような主体のあり方をどう獲得するか（つまりある意味では自己の「代替不可能な特個性」の超克）である。その点で、三人の論者はそれぞれ限界を露呈しているとデリダにはみなされている。

ハイデッガーの場合もパトチュカの場合も、問題とされていたのが結局自分の死でしかなかったことが、二人の主体概念の閉鎖性を端的に示している。デリダはレヴィナスを援用しながら、主体・自分・私にとってもっとも問題となるのは、いいかえればもっともいかんともしがたいものは、自分の死ではなく、他者の死である、と指摘する。自分がではなく、他者が死すべき存在である（「他者が可死的である」）という事実こそ、私たちにとっての究極の困難なのだ。「私自身が含み込まれかねないほどに私が責任を負うているのは、他者の死についてである〔…〕他者の死、それこそが第一の死なのだ」[85]。ある意味では、ひとは自分の死についてはそれを死ぬだけである。しかし他者の死は、私が代わって死ぬことも、私が死ぬことで軽減することもできない。本当に代替不可能であるのは私の死ではなく、他者の死である。このときにこそ私の「責任＝応答 responsabilité」は、特個的かつ奇異な singulière ものとして発生する。私は死すべき他者の前でなんらかの応答をせざるをえない。むろんその応答は予め不可能性を刻印されている。この応答不可能な他者の死に対して、私はやはりそれでもある種の責任を負わずにはいられない。おそらくは情報流通が拡大して「想像の共同体」の枠がいっそう広がった今日では[86]、私たちが責任を引き受けずにはいられないと感じる死に瀕する他者および死せる他者は、ますます多くの場合、私たちが実際に会うこともない応答不可能な他者たちなのではないだろうか。この不可能な応答＝責任こそ、誰にも「譲渡不可能〔／停止不可能〕incessible」なものとして、現代に生きる私たち一人一人が背負い続けなければならないものであるにちがいない。

パトチュカからのデリダによる最後の長い引用では[87]、パトチュカにおいて「責任＝応答ある人間」が、確固とした単一性を基盤に限定された自己として提示されていることが読みとれる[88]。「異教的試論」と題されていることにも表わされているように、この歴史的・政治的な哲学書では、ある種の宗教的な発想と近代主体との接合が試みられており、パトチュカのテクストは、有限なる自己が（神の）無限の愛の前でみずからが有罪であることを感じることに、人間の救いを見いだしているようである。始原において刻印されている「罪」にこそ、代替不可能な単独者としての人間個々人の単一なる意義があるとの主張がここからは読みとれる。「罪」を一人ひとりが単独に背負うことにより、個々人の特個的な主体性がほとんど内的に自足したかたちで形成される、という考え方をパトチュカは提示している、とデリダはみているようだ。

デリダは、すでに触れたようにレヴィナスを参照しながらこうした閉鎖的な自己の特個性の主張に異を唱える。(89)ハイデッガーの言うように死こそが存在の核を、「私自身の自分性」を与えるのだとしても、それは自分の死ではなく、他者の死なのであって、自分性とは「他人の前での、他人の死に対しての、他人の死を前にしての責任＝応答」から浮かび上がってくるのだ、と。(90)デリダは、「他人の死――あるいは他人のための死」こそが、「私たちの自分と責任＝応答を創設する」(91)と言い切る。すでにここに、アブラハムのエピソードが、自分の死の問題ではなく、他者（息子）の死の問題、すなわち（息子という）他者に死を与え、そしてその他者の死の前に立つということによって現われてくる根源的な主体の問題であることが暗示的に突きつけられている。デリダのこの著作「死を与える」で問題となっているのは、自分自身の自己反復的な死ではなく、「贈与」としての死、すなわち、自己と他者をつなぐものとしての死にほかならない。

この「贈与 don」という概念ないし行為の含むものとしてデリダが「非＝知」すなわち「わからない」という点を強調していたことを簡単に押さえておこう。「与えられるもの＝贈与」とは、本来、良きものについてしか言われないことである。そして良きものとは、それを与えられ、受ける側にとって、それが与えられる理由やそれがどこからくるかという源泉がわからないものでなくてはならない。日本語でも「ありがたい」という感情はこの「わからなさ」（ある種の非対称性、不釣合いさ）と根底において不可分であろう。逆にいえば、なぜもらえるのかわからないときにひとはそれを贈与と感じるのである。そうであるならば、理解不可能な訪れである死もまた、ありがたい贈与であるだろう。理不尽で受け容れがたいものである死は、(パトチュカが示したように)「自我論的な主体性」からは「自由」と相反するものとして拒絶され警戒の対象とされる。それとは逆に、死は私たちにとって、理解不可能で理不尽であるがゆえに喜んで受け容れられるべきものとしてあるのかもしれない。イスラームに一般的な「喜ばしきものとしての死」を本書第七章においてみるが、デリダが、ハイデッガーやパトチェカを踏まえつつなお彼らを超えて見ようとしている人間と死との関係には、このイスラームの考え方に比肩しうるような、到来するもの à-venir の喜ばしき受け容れとしての死の甘受の発想も込められているように思われる。

さて、残る一人の重要な論者であるキルケゴールについてデリダが展開する議論を以下にやや詳細にたどってみる。「死を与える」の最も重要な論及対象はこのキルケゴールであり、デリダが彼の議論の何を肯定し何を批判して超克しようとしているのかを慎重に押さえなくてはならないからである。この作業によって、まさに本書の明らかにしようとする、特個性と普遍性の接合をめぐるデリダの論点が、より鮮明に浮かび上がってくるはずである。デリダの議論展開はきわめて複雑なかたちで繰り広げられるが、その大まかな流れを予め示しておこう。デリダはまず『おそれとおののき』における個人の特個性の究極化と称揚を確認し、それが他者の拒絶と表裏一体であることを限界として示す。その上でデリダは、キルケゴールを超える試みとして、アブラハムのエピソードの新たな読み直しをおこなう。すなわち、究極の特個性が個人の内側に閉じずに他者へと開かれるものであること、そして特個性を守りながらなおかつ一般性を帯びることが可能であることを示すものとしてこのエピソードを読み替えようとするのである。

まず本節では、アブラハムのエピソードが、いかに特個性の極点を示すものとして読みえるのか、キルケゴールの論点を用いながらデリダが確認していることをみておくことにする。

その前に、『おそれとおののき』という著作とキルケゴールについて、若干の説明が必要であろう。セーレン・オービエ・キルケゴール（一八一三―五五）は厳格なプロテスタント信仰をもつ父親の影響下に育ち、神学者・倫理学者として生きた人物である。矛盾と苦悩と不安、自由と過ちと葛藤のなかに「個人＝単独者 Das Individuum」として生きる人間のあり方を問い続けた彼の思想は、人間の実存を問う後世の思想家たちに多大な影響を及ぼした。デリダがキルケゴールを取り上げることは、ある意味で、デリダ自身と実存思想との接点を探る試みともなっており、生きる人間主体の苦悩をデリダがいかに自分の思想のなかで問題化しようとしているのかが窺われて、私たちにとっては興味深い。さて、キルケゴールは――まさにプロテスタンティズムの特徴でもあるが――、こうした単独者としての人間の主体性＝主観性を徹底して重視し、（当時のヨーロッパで絶大な力をもっていた）客観的・普遍的哲学を構築するヘーゲルの思想と真っ向から対立する。『おそれとおののき』のなかでも、個人の「真実」と、人間社会の普遍的規範や倫理との対立が、鮮明に主張されている。人間は神の前でひたすら畏れ、おののく存在であるべきであり、こうした「信仰」の状態に到達することによって、不合理性そのもの、解消することのない葛藤を生きることが、あるべき生の本質とされるのである。

『おそれとおののき』の執筆経緯についても確認しておきたい。この著作は一八四一年の婚約破棄事件を直接の動機として書かれたものである。キルケゴールは、数年の交際ののち一八四〇年九月に婚約した少女レギーネ・オルセンに対して、翌年八月に、理由も告げず一方的なかたちでこれを破棄した。（カフカは文学的理由で婚約を破棄したが）キルケゴールは宗教的な動機によって――とはいえその詳細については永遠の謎であるが――、愛する女性に対してみずから婚約の解消を突きつけたのである。『おそれとおののき』はキルケゴールの代表作の一つであり、重要な哲学・倫理・宗教の書であるのだが、この論が徹底して個人的な動機をもち、彼自身の主体を考えるためのものであることを特色としている（これはほかの彼の著作にも見られる特徴である）。

この著作でキルケゴールは、堅く口を閉ざして理由も弁明もまったく語らずに「信仰」への道を生きようとする自らの姿を、（理解不可能な）神の命にしたがって息子を生贄に捧げようとした「信仰の騎士」アブラハムに重ね合わせ、その姿を繰り返し描きまた論じることで、自分自身を弁護し自己確認しようとしていると読むことができる。

前節でみたカフカの「父への手紙」とこの『おそれとおののき』には、多くの共通点がある。みずから婚約を解消するという行為を背景にもち、またそのみずからの決断に苦悩するとともにこの決断を堅持する主体の煩悶が表わされていること、なんらかの他者（カフカの場合は父、キルケゴールの場合は神という絶対者）に身をゆだねようとする他律的依存の表明がなされていること、しかしある意味で強烈な自意識がそこに生成されていること、さらに、父―息子の強固な系譜関係が書き手によって内面化されていること、「なる」という経験（文学者になる、信仰者になる）が形作られていること、コミュニケーションの破綻の問題が前景化されていること、など。「秘密の文学」と「死を与える」を併せて読む読者は、カフカとキルケゴールの相互的な系譜関係を考えずにはいられないだろう。カフカはまるでキルケゴールの延長上にあるかのようである（もっとも、実存的思考の系譜としては、二人のつながりは常識化されているが）。また逆にキルケゴールは、カフカのもっと先を行っているようでもある。とくに、知ることも告げることも不可能な「秘密」という問題については、キルケゴールにおいて徹底した考察がみられる。

では、デリダが『おそれとおののき』において確認していることがらを押さえておこう。

キルケゴールは、アブラハムのエピソードに関してまず、イサクを捧げるというアブラハムの決断が、父による子の「殺人」であること、したがってアブラハムは「人殺し」であることを強調する。[92] つまり、アブラハムは、神の命に従うことによって、人の掟を侵犯するのである。こうして「信仰」すなわち絶対者への責任＝応答と、「倫理」すなわち社会的規範・一般性とは完全に対立するものとされる。[93] 人は神との関係に入るとき、人間社会の他者たちを裏切らざるをえない。「信仰の騎士」たるアブラハムは息子を殺害しようとしたのだし、妻やほかの家族にも何も説明しない。現実社会での価値体系に背き、人々を拒絶することが、真の信仰者になるための条件である。神への絶対的な責任＝応答を果たすためには、地上世界での責任＝応答を投げ捨てなくてはならない。

こうしてアブラハムは自分でもなぜだかがわからない神の命に従うことを選び、そしてその秘密を誰にたいしても守りぬく。彼の決断はたった一人で、孤独な単独者としてなされるのであり、秘密を守り続けることによって彼はいっそう孤独者となる。信仰は「絶対的な特個性＝単独性[94]」を必要とする。

「秘密」との関係からみても、現実社会あるいは一般性のなかにおける責任＝応答のあり方と、孤独な信仰者の責任＝応答のあり方は完全な対立をみせる。キルケゴールの考えによれば、特個的な信仰者は本源的な「秘密」の状態のなかにいなくてはならない。「秘密」こそは信仰の真実である。これに対して地上の一般性の世界においては、秘密がないこと、「顕れ」つまり公表性や明示性が価値の基準とされ真実の証とされる。地上的ヒーローたる「悲劇的英雄[95]」とは、他人から見て理解可能ななんらかの困難のなかにおかれ、理解可能な苦しみに悩み、目に見えるかたちで行動する人物である。しかし神に応えるという無限の責任、いいかえれば絶対的責任、例外的で途方もない責任においては、何も理解したり納得したりできないことがらについて、（周囲の）他者たちの前で何も答えることなく、責任＝応答がおこなわれなくてはならない。「悲劇的英雄」とは異なって「信仰の騎士」は本質的に「隠れ」のなかにいなければならない[96]。

したがってこの信仰の騎士は絶対的な孤独のなかにある。彼は「神の前に出頭するが人の前には出頭せず」、「話さない」。とりわけ「自己弁護をしない」。コミュニケーションを拒否するこの孤独者は、神との一対一の絶対的関係に入ろうとするのであって、神とのあいだの仲介者を侮蔑する。教会と神父を重んじるカトリシズムとは対立するまさにプロテスタント的なキリスト教信仰のあり方である。孤独な個人はそのまま、いかなる仲介・媒介もなしに神と差し向かいになりながら、自分の隠された内部にとどまるべきであるとされる。

キルケゴールがとくに主張するのは、この人倫に悖《もと》り、誰からも理解されない、またみずからも無知であるような存在者が、一般的なもの、普遍的なものよりも、つまりは倫理規範上の模範よりも「高くある」という逆説的真理であった。ここから読みとれるのは、キルケゴールに顕著な、純粋なる特個性への激しい傾斜であり、至高の価値としての特個性の意義づけである。

デリダはこうしたキルケゴールの論考にある面では賛同し、ある面では批判的であるように思われる。デリダがおそらく高く評価し賛同しているのは、「絶対的責任＝応答」は通常の責任＝応答の否定によって成立するということや、「顕れ」ないし明示性を価値の基準とすることへの懐疑、「わからないこと」をみずからの根幹とするような責任主体のあり方、自己反復的な自己確認の拒絶、そして一般性の前で——またそれに追随して——解消してしまうことのないような個人の特個性の発見、などであるだろう。

もう一方ですでに批判的な視線が感じられるのは、たとえば、一切の仲介者を拒否する信仰のあり方である。デリダはさまざまな著作において、神の言葉がそのまま人に伝えられることがないという間接性に深い意義を見いだしていた(97)。聖書にみられるように、神の言葉は天使や預言者による媒介を経て人に伝えられる。ここにみられる非直接性は、「翻訳」という問題設定と通底する。伝達すると同時に変形し裏切るものであるこの媒介活動は、実は言語というものの本質を示すものにほかならない。そして私たちは——言語を用いて生きていることにも象徴されるように——直接知りえないもののなかで、直接知りえないものを基礎としながら生きている。キルケゴールの描き出す、絶対的なるものとの、媒介なしの、直接的対面は、デリダの考える生のあり方とは異なっている。

またさらに、普遍性と一般性とに絶対の価値を置くヘーゲルに対抗して論陣を張るキルケゴールは、実はヘーゲルと同様の二分法に陥っているという点で、デリダの批判の対象となるだろう。普遍的一般性は個人的特個性よりも崇高であり、「秘密」はあってはならないとするヘーゲルと、普遍性・一般性をきっぱりと拒絶し神のもとへと向かって孤高のきわみに達することを称揚するキルケゴールは、普遍と個、一般性と特個性を二極対立の構図に当てはめて考えている点では、等しい。

そして最大の不満は、キルケゴールがまさに彼の思想の根幹である孤独な個別者として人間をとらえ、人間たち（他者たち）と完全に絶縁したところに人間の崇高さの実現可能性をみている点であろう。キルケゴールの称揚する絶対の特個性が、なるほど個人の価値を再発見し個人主体をかけがえのない尊い存在として支えるものであるとしても、それが、人間の絆の一切の拒否、他者の全面的な無視、人間関係の完全な拒絶を前提としている点は、脱構築の思想家として内と外とを隔てる境界そのものを問い直すことから出発し、間主体的な主体像を探究してきたデリダにとって、まったく受け容れがたいものであろう。

デリダによるアブラハムのエピソードの読み直しは、こうした批判と直結するかたちで展開されることになる。

2　自己の特個性から、他者への開かれへ

キルケゴールはアブラハムのイサク奉献のエピソードをもとにして、（神と差し向かいになるために）完全に人間社会から縁を切り、絶対の孤独のうちに引きこもる人間の姿を抽き出している。これに対してデリダはアブラハムに象徴される人間の特個性が、けっして他者たちに対してまた外部に対して閉じたものではないことを示そうとする。

デリダはキルケゴール自身の説を利用しながら、特個的個人が他者との結びつきをもつことを論証しようとする。[98] まずキルケゴールの前提であったように、信仰者という特個的な個人は、絶対他者たる神との関係に入る。つまり神との対面において、私の特個性は消えないままに他者との結びつきをもつことが可能であるのだ。すでに、特個性が（ここでは神という）他者へと開かれうることが確認できる。

次にデリダは、この「他者」（唯一の絶対他者としての神）と、それとは別の「他者」すなわち「他者一般」

（「すべての他者たち」）とを区別する。他者一般とはこの地上に生きる世俗的な周囲の人々、人間界のさまざまな他者たちのことである。人は絶対他者たる神との関係に入るばかりでなく、この他者一般との関係にも入るのである。(99) 実はキルケゴールが捉えていたのはまさにこの二種の他者の背反関係であったと言い直すことができる。ある他者（＝神）に応えることは、ほかの他者（人間界の他者一般）を犠牲にし、蔑ろにすることになる。(100) というわけで、他者全体（つまり神と人の両方）に応えること、いいかえれば完全なる他者への責任＝応答は不可能である、というジレンマを人間は抱えているのである。しかしこの（完全なかたちでの）他者への責任＝応答の不可能性は、他者との関係の不可能性を意味しているのではない。この微妙な、いかにもデリダらしい逆説的展開を以下にみることにしよう。

　まずデリダはこのジレンマに付随して、さらに新たなジレンマを惹起する。繰り返し確認したように人は誰かある他者に応えることによって別の他者を犠牲にし、蔑ろにすることになる。(101) 神との関係に閉じこもることは人々を裏切ることになり、人々との関係に忠実であることは神との対面を不可能にする。キルケゴールが強調していたこの背反関係からデリダが読みとる新たなジレンマは、そこでひとは、実はどちらの他者に安住することも不可能となる、という点にある。したがってひとはこの二種の他者との対面を両立することができないし、また、どちらかを選ぶこともできない。つまり（キルケゴールが迷わず神という他者を選ぶことができたのとは違って）本来ひとは、「どの他者を対象とすべきなのか」が決定不可能であるというジレンマのなかにいる。つねに対象の不適切さ singularité、選択の突飛さ singularité の問題がつきまとってしまう。私はどの他者を選んでもどこか誤りを背負ってしまうのであり、結局選択することができない。私は、両立しない他者たちのいずれを選択することもできない。

　この（十全なかたちでの）他者との向き合いの不可能性から、デリダは、いかにもデリダらしくアクロバティックに、他者および一般性への開かれを帰結する。デリダの考えによれば、すでに本書でも何度か取り上げてきたように、人間は選択・決断の不可能性のなかにおり、だからこそ選択・決断をおこなう。したがってここで議論されているどの他者を選んだらいいのか選択不可能であるという状況は、人間にとってきわめて一般的で本源的な状況ということになる。誰かに忠実であろうとすれば誰かを裏切ることになる、というのもごく当たり前に私たちが経験していることにほかならない。したがって、神を選択するか人々を選択するかというキルケゴールが前景化した問題、大切な誰かに対して責任をとろうとすればほかの大切な誰かを裏切らざるをえないという問題は、キルケゴールのような、あるいはアブラハムのような究極の信仰者たる純粋に特個的な人間にのみ生じる問題ではなく、私たち誰もが日常的に経験していることがらなのである。

　デリダによるアブラハムのエピソードの読み直しの第一点はここにある。すなわち、アブラハムの犠牲のエピソードは、これ以上ないまったく特殊なものでありながら、つまり絶対にありえないような特個的なものでありながら、また全歴史の起源にたった一度だけ起きた反復不可能な出来事でありながら、「もっとも日常的なあたりまえのこと」であり「私たちの存在の構造」そのもののなかに刻み込まれているようなものだ[102]と、デリダは論じる。アブラハムは神に従うためにモリヤ山で最愛の息子イサクを殺そうとし、またそのことを妻やほかの子たちにもまったく告げず、彼らを「裏切る」。だがそれは、「日々、世界中のモリヤ山で起きていること」なのだ。デリダが謎めかして予め告げていたように、〈イサクの犠牲〉が示しているのは、「責任というもののもっとも日常的な、もっとも共有された＝ありふれたcommune体験」なのである[103]。

　こうしてアブラハムの犠牲は、これ以上ない、まったく特個的な出来事であると同時に、一般化可能で普遍化可能な出来事として現われてくる。だからこそこの信じがたいエピソードは奇異の念をもって人の心を撃つと同時に、連綿と古代以来語り直されてきた聖書中でももっとも人々に共有された物語であり続けたのだろう。キルケゴールが人間との断絶を描くものとして捉えたこのエピソードは、万人のための挿話として、人間にとっての本質的な何ごとかを模範的に示す物語として、生き延びてきたのである。

それでいてこの挿話の奇異さ、アブラハムのおかれた状況の特個性は少しも減じられることはない。ここには「特個的なものと総称的《ジェネリック》なものとのあいだの前線がある」[104]とデリダは言う。アブラハムのエピソードは、純粋な特個性の場なのではなく、究極の特個性とこれ以上ない一般性が同居する場、この両極がせめぎあうと同時に共存する場にほかならない。すなわち個と普遍とが出会う「範例性」の場なのである。

デリダはこの物語で示される特個性を、神という絶対他者のみとの対面を志向しまた個人の特個性の内部への完全な引きこもりとして読むキルケゴールの解釈に逆らって、究極の特個性が万人という人間他者たちに、そして私たちの日々の日常というありふれた外部へと開かれたものとして示そうとする。特個的なものは応用可能、反復可能なのだ。だからこそ「秘密の文学」で論じられていたように、このエピソードはそれ自体まったく奇異で神秘的な一挿話にとどまることなく、「文学」という一つのジャンルを創始するものとして（つまり「類的《ジェネリック》・ジャンル的なもの」として）系譜なき系譜のなかで裏切られつつ継承されてきたのである。

3　他者の特個性から、普遍性への開かれへ

アブラハムのエピソードのもう一つの読み替えの要点は、特個性を自分の側、私の側のみに見るのではなく、他者の側に見るという視点を開くことにある。この「他者の特個性」という視点を導入することで、社会における他者たち・人間たちをいわば顔のない一般存在とみなしていたヘーゲルおよびキルケゴールの二分法（神と人との二分法、絶対者と普遍との二分法、個と一般との二分法）[105]が超克されることになる。責任＝応答の場において、私の特個性と「他者の絶対的な特個性」とが結びつくというデリダの発想がこの試みを支える。『おそれとおののき』の末尾にも繰り返されている「かくして、個別者が個別者として絶対者に対して絶対的な関係に立つという逆説が現実に存在するか、それとも、アブラハムは空しいか、そのいずれかである」[106]というキルケゴールの結論を支える二分法的テーゼ、いいかえれば、特個的なものとしての自己と一般的なものにすぎない他者とい

うこの二極的理解を、その根底から突き崩し、そこに由来する孤絶の思想（個人の内側に沈潜し閉じこもることによって絶対へと至ろうとする態度）の限界を突破することがデリダのねらいであると言えるだろう。

他者の特個性

右に要約した議論は「死を与える」のなかでは、«Tout autre est tout autre.»という同語反復的で謎めいたフレーズを鍵として掲げることで展開される。この文はさまざまな意味に解釈することができるものとしてデリダのこの論考で活用されているが、ひとまず「すべての他者はまったく他なるものである」と訳しておくことにしよう。デリダの議論はこの一つの文の多重の意味をたどりながら展開される。

第一に、主語に現われる「他者 autre」はキルケゴールの議論でも示されたように、神というまさに単数の絶対他者を表わしうる。そこで、この文を「（神という）まったき他者 Tout autre は、（ほかの人間たちという他者とは）まったく異なった存在である」と読むことができる。だから神とほかの他者たち（人間たち）とは相容れない、というキルケゴール的な二分法をここから抽きだすこともできるだろう。それゆえ、この謎めいたデリダの文は、キルケゴールによって正当性を保証されていることになる。ともかく神という絶対他者との関係に入るとき、私の特個性はまさに他者の絶対的な特個性と向き合うのである（「私が絶対他者との関係に入るやいなや、私の特個性は、他者の特個性との関係に入る」[107]）。これはキルケゴールが一貫して主張していたことにほかならない。

しかし第二に、この文の主語（Tout autre）は「ありとあらゆる他者は」と解釈することも可能である。この場合、複数の、もっといえば無数の、無限数の他者の存在が意味されていることになる。つまり地上のすべての人間たちが含意されていると考えられる。述語部分（est tout autre）もさまざまな意味にとることが可能であるが、とりわけ、ありとあらゆる他者は「それぞれにまったく異なっている」という解釈を重視することにしたい。

するとここでは、さきほど「他者一般」として捉えられていた人間界の他者たちに対して、根本的な概念の修正がおこなわれていることになる。すなわち地上の「人々」を「一般 général」とみなしてきたことの撤回である。〈他者〉と概括される人々一般を構成する一人一人の他者、一人一人の人間は、実はそれぞれに別であり、各人がそれぞれに置き換え不可能な特個性をもっている。「おのおのの他者、あらゆる他者はその絶対的特個性のなかで無限に異なっている」[108]とデリダは述べる。

とりあえず以上二つの解釈が可能なことをみたが、« Tout autre » という一つの表現を絶対神ととることも人間他者たちととることも可能であるということは、両者が等号で結ばれる可能性を示している。これを第三の解釈として押さえておこう。したがって問題の文は、たとえば、「絶対他者（＝神）はあらゆる他者たち（＝人間たち）のことである」と解釈することができる。そうすると「絶対他者とおのおのの人間他者たちとは等しい」ことになり、アブラハムと神とのエピソードはまさに、私とこの地上のあらゆる近親者や他者たちとの関係の物語として読むことができるものとなる。このとき、地上の人間他者たちは、アブラハムの神と同様、絶対的に接近不可能で理解不可能なものでありながら、しかしわからないままにそれに応えることができるような相手、責任をとりえないにもかかわらず応答しなくてはならない相手として捉えられる[109]。

こうしてあらゆる他者たちが（つまり人間の一人一人が）すべて絶対他者の資格をもつようになる。それはあらゆる他者たちがそれぞれに特個的な存在であるということを意味する――デリダは言う、「あらゆる他者（おのおのの他者という意味での）はまったく異なる（絶対的に異なる）」[110]。

ここからさらに新たな展開が導き出される。それは今述べた「あらゆる他者はまったく異なる」という命題とはちょうど逆の真理を提示するものである。人々のそれぞれが絶対的に特個的であるということは、つまるところ、みなが等しい存在だということ、相互に反復し合い、同等性で結ばれた存在だという帰結を導く。特個性による連帯、特個性による一般化、特個性という普遍という逆説がここにはっきりと立ち上がる。個々の「絶対的特個性」を担った存在たちは、その特個性、その「他」性ゆえにバラバラの、交通不可能な関係におかれて孤絶してしまうのでなく、それぞれの絶対的な特個性のゆえに、すなわち絶対的な他者性のゆえに、相互に通じ合う存在となりえる。異なっていながら同じであるような、同じではあるが絶対的に異なっているような存在どうしとして。

特個的存在者の普遍性――あらゆる人間の特個性と人間の共通条件

キルケゴールは孤独と絶望の思想家であった。しかし神との関係に入ることは、実はほかの他者つまり人間との関係を拒否することを必ずしも帰結しない。事実、キルケゴールはアブラハムという他者（人間）と自分とをともに信仰の騎士として相同的な関係におくことができている。他者（人間）との隔絶を宣言する『おそれとおののき』において、実はキルケゴールは自分が他の人間（アブラハム）の反復であることを一貫して主張し、またそこにみずからの救いを見いだしていたではないか。

このキルケゴールばかりでなく、私たちのすべてがアブラハムなのである。すでにみたとおり、あらゆる私たちの行為と決断のなかで、またあらゆる他者たちとの関係のなかで、私たちはみな、アブラハムと同様の存在様態を日々生きている、とデリダは力説する。

> おのおのの決断の瞬間に。そしてまったく異なるものとしての〔／絶対神と同様の〕あらゆる他者 *tout autre comme tout autre* との関係において、あらゆる他者〔／他者の全体〕tout autre は私たちにあらゆる瞬間ごとに信仰の騎士として行動するように要請する。[11]

私たちの誰もが、他者（他者の全体すなわち神と人々のすべて）からやって来たことや自分が理解できないことを受動的に受け容れてみずからの行動をなし、必然的にある他者を裏切りある他者に応えながら、思いもよらぬ冒険に、自己自身にも逆らうような冒険に身をさらす。

したがってこの万人の条件である決断の受動性はむしろ主体の本質的な能動性を示すものにほかならない。デリダは、一九九九年のインタビューでまさにこのキルケゴール論を意識しながらこう繰り返す[112]。「私は決断する」とか「私は決断した」とかいった文はスキャンダルだと。「私」が決断＝判断するのでなく、「決断がただ起こった」かもしれないのだと（ここに本書第七章で論じる非主体性の存在論をみることができるだろう）。「決断が決断であるためには、それは私の内なる他者によってなされなければならない」。「私は決断においては受動的である」。そしてこの受動性こそが、決断という主体的で能動的な行為を可能にする。なぜなら通常の意味で能動的であるとき、すなわち「「私」が私の決断の支配者であることを私が知るや否や、私は私が何をなすべきかを知っている」ことになり、「それは決断を解消させてしまう」からである。だから私たちすべての人間は、決断を日々おこなっているかぎり、絶対的非＝知のなかで孤独な決断をし絶対的責任を引き受けたアブラハムなのである。私たちの一つ一つの決断の特個性は、一般性・一般化・普遍性と対立しない。

またここでデリダがこうした特個的なるものの「普遍化」の動きを、つまり特個性と普遍性の両立可能性を、「例外や異常なものの散種」と言い換えていることにも注意したい[113]。ここでは「散種」という無機的・理論的・形式的概念とのみ受けとられやすいデリダの鍵概念（また――デリダ自身が苦笑まじりに振り返ってみせるように――しばしば「無責任、ニヒリスト、相対主義、ポスト構造主義、脱構築主義などという[114]」デリダへの非難の源として引合いに出されるこの概念）が、キルケゴールを凌ぐ人間肯定のためのキーワードとして示されていることに、そしてまたこの、他者との関係への希望を支えるメカニズムとして提示されていることに注意したい。「散種」とは、特個性を特個性の内部に閉じず、だが否定もせず、他者への（それぞれに特個的な他者への）差異的反復――まさに「反復可能性《イテラビリテ》」の関係である――へと開く「範例的な」運動のことであったのだと私たちは考えることができる。
《Tout autre est tout autre.》という謎めいた同語反復的な文を出発点にした、特個性と普遍性の接合をめぐるこうした考察を集約するような表現を、私たちはこの文をタイトルに付した「死を与える」第4節に見いだすことができる。

他性を特個性と、いいかえれば普遍的例外と呼んでよいものと結びつけることによって、例外の規則（「すべての他者はまったく他なるものである」は、「すべての他者は特個的である」ということ、すべては特個性であるということしたがって、すべてはおのおのであるということを意味し、普遍性と、特個性という例外、つまりは「誰でもいい誰か」という例外とのあいだの契約を締結する〔と同時に封印する〕sceller 命題である）をなす、この文《ことば》の遊びは、ただ一つの文のなかで、そしてただ一つの言語〔／舌／発話〕langue のなかで、同時に暴露されかつ隠されるある秘密の可能性そのものを蔽護する。[115]

デリダらしく過度の凝縮と多義性を含むこの文から読みとれることを押さえておこう——他性は特個性と結びつく。なぜならその特個性そのものが、例外でありかつ普遍的であるという特個性と普遍性の不可能な接合（すなわち「範例性」）によって成り立っているからだ。あらゆる他者が、私たちの誰もが、ごくふつうの誰でもいい誰でもが、一つ一つの奇跡的な例外としてある。一人一人が絶対的に異なるということがすでにその一人一人の結びつきを（不可能にしかつ）保証している。普遍性と特個性とのあいだには、つながり＝契約があるのだ。しかもその特個性とは、「誰でもいい誰か」の性質である。つまり特個性は、（逆説的にも）なんら特別な性質を要求せず、凡庸さとして、万人のあたりまえさとして出現しうる。（関係を）「封印しかつ締結する sceller」という二重の運動によって示されるつながりなきつながりによって私たちはつながっているのであり、このつながりは、明かされても明かされることのないある謎によって支えられているのである。

以上のようにデリダは、この「死を与える」の論考で、自己の特個性をおよそ考えうるかぎり（あるいは、考ええぬほどに）極めたエピソードとしてアブラハムの挿話を読みつつ、同時にそれが、あらゆる他者の他者性をめぐる困難（たとえばどの「他者」を選択したらよいのか決定不可能であるということ）についての物語としても読んでいた。こうして、自己の特個性と同時に、それぞれに異なる「他者の特個性」がこのエピソードから主張された。さらに自己と他者のそれぞれの特個性は内閉と断絶を生むのではなく、普遍性へと接続されているものとして提示された。私たちはここでもつながりなきつながりというあり方が素描されていることに気づく。差異と同一性を同時に含む、いいかえれば連続と断絶、継承と裏切りを同時に含むこのようなつながりによって、それぞれに異なる絶対的な特個性どうしのあいだの関係性が可能となるのである。このときアブラハムの物語は歴史の起源にある特個的なエピソードであると同時に、あらゆる時代のあらゆる人間のありふれたあり方の秘密を明かす「万人の」物語となるのである。

4　そのつど新たなやり直し

ここでデリダとキルケゴールとの関係もまた、このつながりなきつながりすなわち継承と裏切りを同時に含む関係にあることを指摘しておきたい。デリダによるアブラハムのエピソードの読みとりは、絶対神への信仰と人間の拒絶を主張するキルケゴールの読みを、あるいは彼の思想の根幹を否定するものである。だがなぜ私たちは、それでもキルケゴールの著作に惹きつけられるのか。なぜ彼から拒絶されていないように感じるのか。言い方をかえれば、なぜキルケゴールの「孤独者」の思想が人々を揺り動かし、彼が徹底して自分自身を思考するその奇妙な書物たちが私たち自身の思考の場となるのか。なぜ立場の違うデリダが、キルケゴールを通じてものを考えることができるのか。なぜ彼のテクストは万人にとって「読みえる」ものでありうるのか[116]。それはデリダが言うように、キルケゴール自身のテクストが、例外や異常なものの散種の運動によって普遍化の力を内臓しているからにほかならない。彼のテクストこそは異常なものつまり通常をはみ出す特個的なあり方が、万人のものでもあることを例証している。こうした特個性の暗黙裡の普遍化可能性があらかじめすでに働いていたからこそ、異常なままでに自己反復的なキルケゴールのテクストは、一般性へと開かれた倫理と哲学の書として成立していたのである。

キルケゴールがまた、そのつど新たなやり直しであるような「反復」という概念を主張していたこともデリダは見落とさない。(117)『おそれとおののき』の「結びのことば」には、デリダの「反復可能性」という概念や、「そのたびごとに一回きり chaque fois unique」という考え方と響き合う考え方が示されている。(118)キルケゴールは各世代が前の世代の延長にありながらも、そのつど新しい局面に立たされていることを強調する。「一つの世代がほかの世代から何を学ぶにしても、ほんとうに人間的なものだけは、いかなる世代も先立つ世代から学ぶことがない」。「それぞれの世代は原初的に始める」、「いかなる世代も初めから始める」。それでいてなおかつ、(とくに至高の情熱としての信仰において)「いかなる世代も先立つ世代とは違った出発点から始めるということはない」と彼は確認する。

反復性と反復不可能性を同時に主張するこのキルケゴール的反復の概念(これは彼のドン・ジュアン論など、そのつど新たな冒険として飽くことなく反復的な行為を繰り返す人物像への愛着にも表われている)からまずデリダが抽き出す論点は、ここに示されている「伝達＝伝授《トランスミッション》」の否定という考えである。世代間の反復は何ごとかをそっくり移送伝達《トランスメットル》するという仕方では生じない。つまり世代間の反復、人と人とのあいだの反復的関係は「非伝達性」を本質としており、したがって直線的なつながりによる「歴史」をなさない(「秘密の文学」での言い方では、「系譜」をなさない)とデリダは説明する。重要なのはこの反復連鎖のなかで、各世代・各人が、「つねにやり直さなければならない」という点である。誰もが最初から再出発しなくてはならないのであり、したがって誰もが「絶対的な初め」に立っている。つまり絶対的な初めは人間の数だけ複数存在するのであり、それら複数の絶対的な初めどうしが歴史ならざる歴史を形成する（「絶対的な初めたちの非＝歴史〔という歴史〕la non-histoire des commencements absolus」）。こうして、「一歩ごとに新たに発明されるような伝統」が人間の真の歴史のありようとしてイメージされるのだが、ここで示されているのはまさに、絶対的な特個性の連鎖としての歴史、そのつど特個的であることが一般性へと通じ、一歩ごとの新規なやり直しが普遍性を形成する、そうした逆説的な人間的連鎖のあり方なのである。

デリダがこうした特個性と普遍性の不可能な結びつきの可能性を語る際には、かならずその根幹に絶対的な「秘密」、「わからない」という基盤がある。絶対的な秘密とは、「私たちが分かち合うことなく分かち合う秘密[119]」のことである。そのつど人に初めから始めることを強いるのも、伝えられるものが（もはや伝達というあり方を不可能にする）秘密のままにとどまる秘密であるからだ[120]。キルケゴールは、自分は誰からも理解されない、理解されるべきではないとしてあらゆる弁明や説明を拒み、彼一人の神＝聖なる世界へと謎めいたしぐさで閉じこもった。しかしその彼の姿勢そのものが、「わかる」ことによってではなく、「わからない」ことによって結びつく人間的なつながりのあり方を私たちのうちに喚起してやまない。私たち読者は、この孤絶したキルケゴールのことをどこかで（そして／あるいは深く）「わかる」ように感じるのではないか。キルケゴールはその主張内容とは逆に、「わからない」ままに理解するような人間的な「理解」のあり方を、彼の読者である私たちに促す反語的な存在であり、非＝知によるつながりなきつながりを例証しているのではないだろうか。

5　非主体性の場における主体性

特個性と普遍性とは結びついている。本書が「範例性」という名で呼ぶこの逆説的真実を、デリダは「死を与える」という論考でさまざまに考え抜いた（「範例性」という語そのものはこの論文のなかでは、あまり用いられていないのだが[121]。自己と他者の関係そのものであるこの「範例性」は、あらゆる「思考」というものの本質をなしてもいるだろう。なぜなら、ものを考えるとはその対象に特個的なまなざしを向けると同時に、概念化・カテゴリー化・意味づけをおこない、観念化 idéalisation をおこなうことにほかならないからだ。このとき思考の対象は、それそのものとして考察されると同時にそれ以外のもの（たとえば、それ自体を超出するカテゴリー）として考察されるという多重性を帯びるだろう。したがって一般に思考とは、対象に留まることで対象の外部へと出るという逆説的運動にほかならない。

« Tout autre est tout autre. »（「すべての他者はすべての他者である」）という同語反復《トートロジー》の文が自己反復的形式をとりながら、けっして主語と述語の単なる反復を意味してはいないことはすでにみたとおりである。しかも、違った複数の解釈を受け容れるこの文は、むしろ極端な差異性の場ともなっていると言うことができる。デリダはこの文を象徴的な例として、「ヘテロ＝トートロジー hétéro-tautologie」（差異的同語反復性）という概念を提示する[122]。トートロジーが示す自己が自己へと閉じこもるあり方は、それでいて外部へと開かれ、他性《ヘテロ》を受け容れるのである。「ヘテロ＝トートロジー」は、前節でみた自律性と他律性の接合を術語化したものであり、本書で議論している「範例性」の類概念だといえるだろう。

デリダはこの「ヘテロ＝トートロジー」を「思考」そのものの本質と捉える[123]（「思惟的なことはつねにヘテロ＝トートロジックなあり方を要請するということを、私たちは経験から知っている」）。「思考」を表わすためにデリダが使う語が、「spéculation（思惟・思弁）」、つまり「秘密の文学」でみたように、すでにしてそのうちに鏡の無限反射的《スペキュレール》な反復運動を含意する語であることも注意しておきたい。思考＝思惟というのは自分のうちへとたえず回帰する運動であるのだが、現象学が端的に示したようにそれは何ものかについての思考、外部へと、他へと向けられた思考であるほかはない。思惟する運動とは、〈自〉へ向かうと同時に〈他〉へ向かうという逆説的な二重運動なのである。哲学的思弁のみならず、私たちの一般的な思考も、そして神へと向かう宗教的な思惟も、すべてこの二重性を帯びている。この自性と他性の結合そのものである思考という活動は、その根源に絶対の「秘密」をつまりは「非＝知」を抱えている（「差異的同語反復《ヘテロ＝トートロジー》の姿勢は思惟の法則を、そしてあらゆる〈／絶対の〉秘密についての思惟の法則を告げている」）。なぜなら思考というのは、「わからない」ものについてなされるのだから。

デリダは「わからない」すなわち「非＝知」の状態を、知性と決断の根本状態とみる。アブラハムにとってだけでなく、あらゆる人間にとって「非＝知」とは単なる無知ではなく、「知を超えた」知（もはや「知」ではないのだから「知」とは言えないが）のあり方とされる――「これが実はあらゆる決断の逆説的な条件なのだ」。決断は知から引き出されてはならず、決断というものは「構造的に知と切断されている」以上、「決断とは要するにつねに秘密なのである」(124)。デリダは人間の知性と行動の根源に（むろん逆説的に）「非＝知」があることを強調してやまない。

ここに強調されているように「非＝知」こそ、人間のもっとも責任ある行動、あるいはあらゆる決断の本源的な前提条件であるとデリダは考える。「わからなさ」の上に決然と自分の行動を築き、決断をおこない、責任＝応答の行為をなして生きていく私たちは、受動性のなかで「主体的な」行動や決断をおこなっている。デリダは、宗教において私たちの目には見えない神が私たちに絶対の責任をもたらすことに触れて、さらにそこから次のように、他律的な自己、受動的能動主体としての私たちのあり方を論じる。

> このとき、「それは私の問題です〔＝それが私を見る〕ça me regarde」が実際には立ち上がる s'instaure、あるいは発見される se découvre。「それは私の事象《こと》です、私の事件です、私の責任です」と私に言わせるものが。まったき自由においてそして私が自分に付与する法に基づいて私がおこなうことを自分が見るという（カント的な）自律性においてではなく、「それが私を見る ça me regarde」という他律性のなかにおいて、

しかもまさに、私には何も見えず、何もわからず、私が主導権をもっていないような場所において、さまざまな決断を私がおこなうよう命じてくるものについての主導権を私がもっていないような場所において——だがそれでも、そうした決断は私のものであり、私は独りでそれを引き受けなくてはならないのである。[125]

「秘密の文学」においてもみたように、主体は「他律」的である。私の決断、責任の引き受けは、自らの主導権によってではなく、どこともない外から訪れるまなざし（「それが私を見る／それは私の問題です ça me regarde」）として生じる。この「それが私を見る ça me regarde」という起源もわからない他＝主導的なあり方を示す文が、そのまま、一人一人の人間のもっとも主体的な決断と責任の引き受けを表わす台詞にほかならない（「それは私の問題です」）——ということが、きわめて有効に、自己と他者の、自律性と他律性の結合を示しているだろう。ちょうど「秘密の文学」で取り上げられた再帰的な代名動詞（とくに「se pardonner（赦される、赦し合う、自分を赦す）」）と同様に、« ça me regarde »は、受動性と、他者との相互性と、そして自発性とを同時に表現している（「s'instaure（立ち上がる）」「se découvre（発見される）」という代名動詞の使用は、「秘密の文学」でも議論されたこうした性質を意識したものであろう）。カント的なつまりは純粋な自律性が否定される一方、他律的な主体のあり方が主体の責任ある自律性そのものであること、特個的＝単独的な自律性を備えたものであることが強調されていることに注意したい（「だがそれでも、そうした決断は」まぎれもなく「私のものであり、私は」あくまでも「独りでそれを引き受けなくてはならない」）。デリダはここでも〈自〉と〈他〉の逆説的接合を語り、しかも他者への開かれと自己の主体性双方の極点の同時成立をいわんとしている。デリダが見据えようとする人間の姿とは、他者に開かれながら、そして「非＝知」（わからなさ）を根拠に据えながら、なおかつ責任をもって決断し行動する生き生きとした人間の姿にほかならない。

刊行書『死を与える』に添えられた著者による紹介文には、この書物のテーマと考えられうるものとして、「ヨーロッパの、責任＝応答の、主体性の、秘密の歴史〔／物語〕、文学の可能性」が挙げられている。ここでもやはり、「ヨーロッパ」がデリダの問題とされていることも注目されるが、「言おうとしない／なにも意味しない」ものとしての「文学」を、絶対的な「秘密」と結びつけて主題化し、アブラハムから現代の私たちに至る系譜なき系譜のなかで、私たちの主体のあり方、とくに他者への責任＝応答として現われてくる自己のあり方を論じたのがこの書物である、と右の簡素な表現によってデリダが総括していることは押さえておきたい。この書に収められた二つの論考のなかで、「他律的な自律性」という主体のあり方が明示され、とりわけ論文「死を与える」ではそうした逆説的で多重的な存在のあり方が、アブラハムのエピソードの読み直しを通じて「特個性と普遍性」の接合という問題として明確に論じられていた。私たちの誰もがアブラハムであり、彼の特個的な体験は、日々、世界中のモリヤ山で起きている——私たちの誰もが彼の経験を新規にやり直している。一回ごとに新しいこうした人間の経験のあり方に向けられるデリダの強い視線は、特個的でかつ普遍的でもある、つまり「範例的」な人間存在についての、デリダの肯定に満ちた思想を力強く表わしているように思われる。

第三節　虚構＝文学の「範例性」——「タイプライターのリボン」まで

本節ではこれまで検討してきた「範例性」の概念と、「文学」の概念とがどのように切り結ぶのか、デリダのいくつかの著作を通してより詳細にみることにしたい。初期の論考に立ち戻ってこの問題意識を照らし出すとともに、とりわけ最後期の著作のなかからルソー再論である「タイプライターのリボン」に注目する。

1　嘘と盗みの開く文学の可能性——初期アルトー論から『滞留』へ

以上のようにデリダは一九九〇年代の初めにはっきりと、「文学」を、他律性と自律性が接合することによって主体が成立するような場と捉え、そこに特個性と一般性ないし普遍性とが双方ともにその極点をきわめつつ併立する可能性をみていた。そしてこの特個性と普遍性の両立の根底には、「非＝知」（つまり、わからない、ということ）という「秘密」が据えられていた。その秘密が絶対的秘密である以上、それについて語ること、つまりそれについての「証言」は、必然的に裏切りになり、「偽証」になる。自明ではない何ごとかについて語ること、それは不可避的に偽証可能性に支えられた証言であること、つまりは「虚構」であることを意味する。

こうした議論が執拗に展開されるのが、本書第一章でもすでに扱った『滞留』（一九九二年に講演、一九九六年刊行）である。[126]（通常は相容れないものとみなされる）「証言」と「虚構」の本質的な通底関係を詳細に論じるこの研究でも、ちょうど「死を与える」と同じように、特個性と普遍性との関係について三段階の過程がたどられているように思われる。まず、かけがえのない特個性の強調。絶対の秘密としてとどまる秘密のありようが、代替不可能な特個性を雄弁に示すものとして論じられる。つぎに特個性と普遍性の接合。これは秘密の絶対的な保持者であるほかはないのに公言をおこなう「証言」者の境位として示される。そしてさらに、この特個性と普遍性の接合状態における特個性と普遍性双方の極点化である。これは、一者が一者以上になるという「〈一〉以上」という一の存在様態として語られる。デリダにおける「〈一〉以上」というのは、すでにツェラン論や「死を与える」でみたように、一者である自己がその内部に閉じずに外部へと開かれ一般化の契機をもつことであると同時に、ふつうの「一」以上により強烈な「一」となる、という自他両方向への展開を含む概念である。ツェラン論（『シボレート』）では日付の回帰を通して、存在の単数性と複数性が同時に顕現しつつ存在者（ツェラン）がより強烈に立ち上がってくるさまが捉えられていた。「死を与える」では、壮大な人類の系譜のなかで個別者たちがそれぞれに特個性を保ちながら無数に存在しているさまが捉えられていた。こうして特個性と普遍性の接合という考え方は、より緊密に存在の「反復可能性」という考えと結び合う。以下にはこの考えを『滞留』からの引用で示してみたい。「特個性」と「普遍性」の両立を繰り返し強調し、「特個的なものは普遍化可能でなくてはならない」とした（本書第一章でも取り上げた）くだりの続きである。

同時に、同じ瞬間に、「私はそれを誓います、私を信じなければなりません」（という言葉）のなかで、この特個性が普遍化可能であり、必然的に普遍化されることを、私は標榜し、要請し、措定する。私の代わりに等々、誰でもが私の証言を確認しようとすればできるはずである。したがって私の証言は秘密であると同時に、無限に公的である。だからこそ私はあらかじめ繰り返《レペテ》すことを誓うのであり、繰り返すことによって始めるのだ。もしそれが証言であるならば、初めて私が言うことは、すでにして繰り返しである。すくなくとも繰り返し可能性《レペタビリテ》である。それはすでに反復可能性《イテラビリテ》であり、一回における一回以上、同時に一つの瞬間における瞬間以上である。それゆえ〔そのとき以降〕、瞬間はまさにその先端において、そのエクリチュールの尖端において、つねに分割されているのである。(127)

何か重要なことを他人《ひと》の前で言うとき、いいかえれば「秘密」を語り「証言」するとき、つまりは虚構的言語行為と（真正な）断言の言語行為とを同時におこなうとき、ひとは私的でかつ公的な存在となるし、またそうでなくてはならない。「証言」の行為のなかで、特個性の「普遍化」が「可能」でかつ「必然的」であることが明らかになる。つまり特個的なるものの根源的な反復、すなわち反復可能性は、すでに私たちの「証言」の行動に刻まれ、具現しているのだ。そしてこのとき特個性は特個性をすでにはみ出し、〈一〉以上の〈一〉となる。すなわち、特個性として破綻しながら、より特個性を高め、より特個性を高めることによって特個的ならざるものともなるのだ。また注目したいのは、こうした「特個的な瞬間は、反復可能である限りにおいて、イデアル（理想的／理念的〕な瞬間となる」(128)とデリダが述べている点である。一回的な出来事の特個性と、抽象的・反復的・普遍的な理念性とは、人間の行為において（とりわけ言語行為において）背反的だが不可分のものとして同立するのである。デリダはさらにはっきりとこうした二極の接合を「範例性」として捉えながら、そこから虚構《フィクション》というあり方の本源性をみようとする。

> 文が繰り返し可能となるやいなや、つまりその起源直後から、〔いいかえれば〕文が発され、理解可能なもの、したがって理念化可能なものとなった瞬間から、文はすでに道具化可能なものとなっているのであり、テクノロジーに浸されているのである。しかも潜在的に。したがって、範例的になっているように思われるのは、瞬間《アンスタン》の審級〔／瞬間性〕《アンスタンス》そのものである。つまり、唯一性の印璽《いんじ》のもとで、それ〔文〕が唯一《ユニーク》独自なもので代替不可能であるように思われるまさにそのときに例的であるのだから。そしてこのとき、テクノロジックなものとともに、理念性《イデアリテ》でもありまた前＝定言的／補助具的 prothétique な反復可能性《イテラビリテ》として、フィクションと嘘の可能性、模擬（シミュラークル）と文学の可能性、文学への権利の可能性が、真正の証言・率直な自伝・誠実な告白の起源そのものに、それらにとっての本質的な共＝可能性としておそらく入り込むのである。(129)

文学とは虚構性を本質として帯びている言語活動であるが、虚構とは嘘・偽証・現実の裏切りの可能性を本来的に内包していることの謂いにほかならない。デリダは虚構における（ないしは文学における、言語における、そしておそらくは人間のあらゆる行為における）嘘と真実の不可分の接合を明かすことによって、「共＝可能性 co-possibilité」として、すなわちつねに多重的なものとして、とりわけ背反する極どうしの共起としてしか成立しない人間的事象のあり方を言わんとしている。嘘と真実が共起し、文が文学になる瞬間こそ、まさに「範例的《エグザンプレール》」な瞬間、すなわち唯一性と例性（ここでは一般性を意味する）とが両立する瞬間なのである。

文学的なるもの（それはデリダにとっては虚構と等しい）の本質を、「嘘」すなわち「欺き」（そして、そこに由来するものとしての「赦しの懇請」と「お詫び」）にみるデリダのこうした論点は、彼のさまざまな著作の随所で示されてきた。だがとりわけ、テクストの自己形成の原理が「盗み」「横領」「剽窃」にあり、どぎついまでの自己顕示と激しい自己破壊の運動へと至るものとしてアルトーの演劇とテクストを読み解こうとした、デリダ初期の論考「息を吹き入れられた言葉 La parole soufflée」（初出一九六五年）[130] は、その三十年近くも後の『滞留』からの右の引用と密接に対応し合うところがあり、デリダの文学観を貫く発想を見定めるうえで興味深い。言葉は私自身の身体よりも古いものとしてあり、他者から耳に吹き込まれ《スフレ》てくるもの、到来するものとして、私にこっそりと指図を与える《スフレ》もの（つまりは「プロンプター souffleur」の台詞のようなもの）としてあるという発想から、このアルトー論でもすでに言語の本来的な非＝自己所属が語られていた。つまり盗まれ、奪われたものとして（私の）言葉は存在する、したがって現に在る私の言葉は剽窃された言葉なのだ。それゆえこうしたアルトーの虚としての言葉は、本来的に（アルトー自身が用いた表現でもある）「非能力 impouvoir」を刻印されている。だがこの「非能力」とは逆に豊かな「力」（それは「空無の力」にほかならないが）であり、この力は「言葉のもつ力としての、言葉の根源としての無責任[131]」となって出現する。

このように嘘言（ないし虚言）にほかならない文学の無責任性が本来的にもつ「力」をデリダが初期から重視していたことは興味深いが、くわえてこうした文学的言語を通じた論考のなかで、デリダが、特個性ないし「独自性 unicité」と普遍性との接合を主張しようとしていたことを以下、本書では注視したい。

2　偽証文学としてのルソーの「範例性」——「タイプライターのリボン」

言語のそしてその典型としての文学の奥底に潜んでそれを支える盗みと嘘の可能性を照らし出し、そこから虚構文学の特質を、そして虚構性を本来的に有する言語と存在一般の特質を見極めようとする論考として、一九九八年に口頭発表され、二〇〇一年に刊行された「タイプライターのリボン――有限責任会社Ⅱ」（『パピエ・マシン』所収）がある。[132] デリダのデビューを飾った重要著作の一つ『グラマトロジーについて』でも集中的に論じられたルソーを再び三十年後に、しかもルソーの文学的テクストに焦点をしぼって取り上げたこの論考は、「範例性」をめぐるデリダの思考を追ってきた本書にとって重要な発言を多く含み、第Ⅰ部の締めくくりに言及するにふさわしい著作であるといえよう。

　この論で主に取り上げられるのはルソーの『告白』である。いかにも弁解がましく繰り広げられる圧倒的な自意識の書である『告白』は、まさに近代的自己の誕生を告げる著作とも、近代文学の祖とも位置づけられる典型性をもった作品である。デリダはこのテクストをもとに人間にとって本源的な、単独性と反復性、私の特個性と普遍性、受動性と能動性などの両立状態を、さまざまな角度から見定めようとする。この論考でこうした背反的二極性の象徴としてテーマ化されるのが「出来事 événement」と「マシン machine」である。一回的な出来事と、反復運動を本質とするマシン、また、人間的・有機的なものである出来事と無機的なマシンの運動、などというように、両者は通常対立する。しかしデリダは、この「出来事とマシンを一緒に考える」あるいは「出来事とマシンのどちらも放棄しない」ことによって、「新たな論理」「前代未聞の概念形式」を創出することをめざす。[133]

　デリダは、近代文学の祖でもあり比類ない作品といわれるルソーの『告白』[134]が、アウグスティヌスの同名の書（彼の『告白』[135]もまた、しばしば文学の祖とみなされている著作にほかならない）のある意味で反復であり、系譜関係をなしていること、つまりは「告白の系譜学」が存在することを強調する。この反復関係によって、これらの書物は、まさに「範例」としての価値を得ている。始原からの反復、反復されるものとしての始原という「反復可能性」の典型的事例をデリダはここにも見いだしている。

　ところでデリダは、この二つの著作のまさに「決定的な、もっといえば規定的で範列《パラディグマティック》的な箇所」[136]において、どちらのテクストでも、盗みの事件をめぐる弁解がなされているところに注目する。とりわけルソーの場合は、単なる盗みの告白ではなく、盗みについての嘘をめぐる告白である点が重要である。デリダのかねての主張どおり、まさしく盗みと嘘によって、ルソーのテクストは「範列的《パラディグマティック》」な文学、つまりは「範例性《エグザンプラリテ》」を担った文学となりえたのである。

たとえばルソーは、この著作の冒頭に付した序の部分で、みずからを「かつて一度も悪をなさず、またなそうともしなかった人間」として提示している。それでいて自分がなした「善も悪も」この告白のなかにあますところなく記されていることを予告し、過去の自分がまちがいなく「下劣」であったと述べている。[137] すでにあからさまな矛盾がここに誇示されているわけだが、こうした前置きは、読者にこのテクストを直《じか》に信用することを妨げる効果を発揮する。ルソーのこの著作は、それに付された冒頭の紹介によってすでに、わざわざ信憑性を欠き自己矛盾した告白として、つまりは明らかに部分的な偽証を潜在させたものとして提示されている。虚構性をはらんだ告白であること、告白という虚構文学であることを、もっといえば虚言文学・偽誓文学であることをみずから宣しているのである。

デリダが強調するのは、このテクストでは、ルソー自身によって（無限のものとして）「告白された、まさに無限の有罪性の感情」と「絶対的な無辜《むこ》」「非の打ちどころのない無辜のゆるぎない確実性」とが「前代未聞なことに結合され、また両立されている」という点である。「告白」というルソーの（模範的《エグザンプレール》な、つまりいかにもルソーらしい）言語行為は、無実である事柄を提示するときには際限のない有罪性の感覚を吐露し、有罪性を認めなければならないときには無辜を主張し、さらにそのうえ、無辜を主張することの赦しを請う必要があるかのようなそぶりをみせるという、果てしない「螺旋的な」屈折を特徴とする、とデリダは述べる。[138]

この屈折がルソーのテクストを貫いている。彼が誓って何かを言うたびごとに、まさにそれは弁解がましく聞こえる、つまりは嘘が語られているようにしか聞こえない。ルソーが「私は真実を語っている」と誓うごとに、この誓い自体が嘘の証言でありうるという両義性が発生する。まさにこの「嘘の可能性」にこそ、ルソーのテクストの「例＝範例 exemple」としての力が潜んでいる。なぜならこの強烈な偽証装置たるルソーの書物はたんにルソー個人の屈折を示しているのではなく、人間の言語活動の本質を明かしているからである。デリダは私たちの言語活動一般についてこう説明する。

> 私が他者に語りかけるとき、いつも私は、信じてほしい、信頼してほしい、と求めねばならないのです。両義性を払拭することができず、偽誓であることがつねに可能で、ともかく検証することができないまさにその瞬間に、私の言葉に信を寄せてくれるよう頼まざるをえないのです。[139]

（自分の言うことが真実であると）誓うことがつねにいくぶんか偽誓となっていて、偽証であり嘘であるからこそ信じてくれるように懇請する、というのが、私たちが通常「信じてください」と言うときに起こっている事態である。嘘だからこそ（少なくとも嘘の可能性を含んでいるからこそ）人は信じてほしいと懇請するのだ。ところで『告白』によれば、若きルソーは、女主人のリボンを盗んだのは自分ではなくマリオンという召使の少女だと言い張った。この過去の偽誓・偽証の行為を今度は『告白』というテクストにおいてルソー自身が証言する。私の嘘を信じよ（一度目――若き日に――は嘘の内容を、二度目――『告白』において――は自分の発言が嘘であったことを）、というこの逆説的な要請をおこなうことが彼の言語行為の特徴であるならば、このリボンの一件をめぐるルソーの告白は、ルソーを論じたド・マンが形容し[140]、デリダが繰り返しているようにまさしく「模範《パラディグマティック》的な出来事」である[141]。さらに、ルソーのこのテクストはあるテクストが「文学的になる」という契機をみごとに捉えている点でも、模範的な文学テクストである。私の嘘を信じよ、という読み手への行為遂行的な働きかけが、虚構の成立を標し、この本来的な虚構性がおそらくこのテクストを（言語行為論でいう日常言語の活動の産物である）現実的な手記から「文学」へとなしたのであるから。

ルソーのテクストが弁解という様相をとっておこなわれる読者に対するルソーの独我的な言語行為であると捉えたド・マンの議論のうえに立って、デリダが強調するように、実は「告白」とは、何かを知識として明かし伝達することではない。つまりルソーの場合だけでなく、一般に「告白」とは純粋な（あえていえば機械的な）認知的行為ではなく、（人間的な）行為遂行的行為であり、つまりは——ド・マンが正しく捉えたように——「認知的」であるとともに「行為遂行的な」[142]言語活動であるということをデリダは指摘する。この両義的な言語活動は、まさに言語と行動の両義性[143]において成立するものにほかならない。ここで伝達される知は純粋な知ではありえず、それを述べるということ自体がなんらかの主体的な行動となっているのである。その本質において「知」の伝達の体制に所属するのではないこの「告白」という行為は、しかしながら、純粋な〈言語行為論でいうところの〉行為遂行的《パーフォーマティヴ》な行為でもない。なぜなら「告白」はすでにみたように偽誓にもとづく偽証の、つまりは虚構の可能性を不可避的に含んでいるからだ。行為遂行的でかつ〈虚構であるがゆえに、オースティンらによれば〉非＝行為遂行的である「告白」は、文学を考える者にとってはすでに根本的な問題である〈虚構という遂行的言語行為〉の本質を考えるための特権的な場、すなわち模範的な事例にほかならない。ルソーの『告白』はまさにその範例である。

デリダは、『告白』だけでなく『孤独な散歩者の夢想』の「第四の夢想」でも繰り返して触れられている[144]リボンを盗んだ一件が、循環的に「大量のインクを流させた」と述べる。すなわちデリダは〈ド・マンとは別のメタファーを読みとって〉、ルソーの盗んだリボンと、回転しながら文字を印刷していく〈「みずから回転しながら、このような幻想的な身体をみずからのまわりに巻き取る」〉タイプライターのリボン——英語ではまさにリングバンド ring-band とも呼ばれる——とを重ね合わせて論じる[145]。文学はここで、みずからぐるぐる回転しながら、そのつど違う文字を生産し続けるマシンとイメージされている。生きて死んでいった人間ルソーの告白は、永遠に回転して産出活動をおこない続ける文学機械そのものとなったのである。

3　出来事とマシンの両立

デリダはド・マンがルソーについて語った「テクストの出来事 textual event」[146]という表現＝概念にこだわり、その批判を通じて、文学テクストの本質を語ろうとする。ド・マンの「テクストの出来事」という概念は、本書がすでに触れた、アメリカでの最近の潮流である文学における「出来事性」「特個性」の称揚へと連鎖するテーマだと考えることができるだろう。デリダのテクストそのものがこうした出来事性・特個性の顕揚として一般に解釈されていることを本書ではすでに指摘したが、こうした傾向に対するデリダ自身の反応として、このド・マン批判の部分は興味深い。

さきにみたように、デリダは「出来事」と「マシン」の常識的対置をとりあえず出発点としていた。まさにこの背反関係を用いながら、ド・マンの主張する（ルソーの）「テクストの出来事」性に対抗して、ここでデリダは「テクストのマシン性」を主張しようとする。デリダのこの論文のタイトル « Le ruban de machine à écrire » は直訳すれば「書くためのマシンのリボン」であり、書くこととマシン性とを本質的に連結する論考であることが示唆されている。この論でデリダの主張するところによれば、テクストは、出来事の一回性ではなく、保存庫《アーカイブ》としての永続性をもつ。書き手の生をはるかに離れた次元で働くテクストは、書き手の生との切断をおこなう「マシン」ないし「ほとんどマシン的なもの」にほかならないと言いうる。この「擬似マシン」は、生の切断によって逆に書き手の死後の生をうみだし、主体（書き手）の匿名化をおこなう。かくしてマシンたるテクスト（ここではとくに文学テクストが考察されている）は「普遍的な私が特個的な私を横領」してしまう場となる。生からの切り離しをおこなう文学的マシンであるテクストとは、「自己破壊的で、自殺的で、自動的な中性化」の場、生身の生の対極にある場とひとまず言うことができる。[147]

デリダの議論はここでも、弁証法的な足どりで展開される。まずルソーのテクストの「出来事」性を指摘するド・マンの主張を押さえ（正）、次にいったん、上にみたように、テクストの「マシン」性を強調し（反）、さらにそのあとで、出来事とマシンの両立の場として文学テクストを提示し直す（合）。文学を、出来事でありかつマシンであるものとして、その並立の範例として示そうとするのである。デリダの課題は、「〈特個的なものである〉出来事の思想というものをマシンと和解させること」、「マシンと出来事を、機械的な反復と訪れるものを、いかにして一緒に考えるか」である[148]。いいかえれば、「出来事」で象徴される一回性・独自性・個人性・特個性と、「マシン」で示される反復性・一般性・匿名性・普遍性とが同時に出現する場として、テクストを捉え直すことである。

この点でルソーの『告白』はまさに特権的な例をなす。なぜなら「私」の絶対的な特個性と、「私」を通じて示される「人間」一般の絶対的な普遍性とが、ともどもに、ルソーみずからによって高々と標榜されているからである。デリダも引用する、『告白』冒頭のあの有名な書き出しをみてみよう。

> 私はこれまでにけっして例のなかった、またこれからもそれをおこなう模倣者が出ることのないであろう企てを試みる。私は私の同類者たちに、ある一人の人間を、自然のまったき真実のままに見せてやりたいのだ。その人間とは私である[149]。

この部分だけをみても、このテクストの稀にみる異常さが際立っている。すなわちここで書き手は、「私」の絶対的な独自性を主張する[150]一方で、矛盾したことに、その「私」を任意の「ある一人の人間」として捉え、そのようなものとして示そうとしているのである。そうした矛盾した両極から自分を提示する試みそれ自体において、「私」はまったく独自な例のない人間とされているのだが、またもや矛盾したことに、その「私」を示してやる相手とはまさに（ここでルソーが述べている原理からすれば存在しないはずの）「私」の「同類・類似者たち semblables」なのである。このようにルソーは自分を「例」（類例、前例）のない存在とみなす一方で、自分と類例をなす同類者の存在を認め、自分を人間一般の一例として（しかも、その「自然のまったき真実」の姿を明かすようなモデル例として）示そうとする。デリダの言うように、この「例のない／比類のない sans exemple」存在である書き手は「同時に、特個的、唯一無二でありかつ類例的《エグザンプレール》」[151]な存在（ただし類例的といっても模範的特権性を帯びている）にほかならない。この書き手ルソーは、例をもたないが、[152]模範的《エグザンプレール》で、したがって反復可能な存在であろうとする。このルソー自体が、「例」というものの二面を分かちがたく合体させた存在、「例なし性 *sans-exemple* と類例性《エグザンプレール》とのあいだの矛盾」[153]が、つまり究極の特個性と一般性とが、滲みこみあい、解消されることなく維持され、生き延びる場となっているのである。[154]

出来事とマシンの両立の例である『告白』のルソーは、まさに「例」というものが内包する両極を接合するメカニズムを、みずからの文学の原理として高々と主張する範例的な存在である。

4　生の哲学としての「範例性」の思考

さきにも触れ初期のアルトー論「息を吹きいれられた言葉」において、デリダは特個性と普遍性とが相反しないこと、そして、この接合が実は「例」という場において生じている事態であることを主張しようとしていた。「例」をめぐるデリダの最も根本的な発想をこのアルトー論に私たちは見いだすことができる。

デリダはブランショのアルトー論[155]に言及して、彼の「批評」においては彼独特の文学観が先に存在していること、つまりブランショが設定する「思考の本質」に合わせてアルトーを「中性化」してしまうことを批判する。そして、このブランショの「批評」の活動のなかでは、アルトーの全冒険が《*exemplaire*》にすぎないものとされている、と批判する。[156] イタリックで強調されたこの《*exemplaire*》という語はここでは「例証的」といった意味で用いられている。先に普遍が設定され、そこに個別事象を合わせていくやり方（カントのいう「規定的判断」のやり方）、すなわち普遍性が特個性を支配する方向での例証的な手続きとしての「例性」を、デリダが最初から厳しく批判し、警戒していることがわかる。ブランショの「批評」は、精神医学や現象学とともに、普遍性が特個性を回収する場とされる。

これに対してデリダはまず、アルトーにみられる「どうしようもなくアルトーに帰するもの」「彼の経験そのもの」、われわれには耐えられるはずもない烈しさの「アルトー固有のもの」「独自なるもの」を強調し、それを見つめ、それ自体として考察することを要求する。[157] しかしいつものごとくデリダはここでも弁証法的な論旨展開をみせる。この特個性に留まるのではなく、さきに一旦否定した普遍性との連接、《exemplaire》（例的、範例的）なあり方を、もう一度違うかたちで設定し直そうとするのである。デリダの賭けはここにあるだろう。

> 定義上、独自なるものは、普遍的な形象の例ないしはケースとはなりえない、とひとは思うかもしれない。だが、なりうるのだ。例性《エグザンプラリテ》が独自性と相反するのは、表面においてでしかない。[158]

「例」というものの「曖昧さ」、つまりはその複雑な多重性を思考することが、デリダの思想的活動の一つの課題であったと本書ではみなしてきた。自分のその思考活動そのものが、例を作り出す行為と不可分のものであることをデリダは十分に、切実に感じていた。そして「例を作る faire un exemple」という思考行為の危険性をも厳しく認識していた。[159]

このアルトー論で「例と存在の厚み」という言葉を用いているように、デリダにとって、「例」とは生きた「存在」と等しいものとして捉えられている。デリダは何重もの層をもつその厚みを十全に見定めることを求めていたように思われる。「例」は論証のための便宜的な装置ではなく、経験と観念をつなぎ、思考と人間の生とをつなぐような何ものかとして、初期の時代からほとんど直観的に感じとられていたらしい。ただし、この揺るがせにできない、何ごとか大きな「秘密」につながっているようなこの直観の意味するもの、その十全な射程を捉える作業は、生涯をかけてただ一歩一歩、機会があるごとに、散発的におこなうことしかデリダにはできなかった。その一つ一つの足どりを本書ではこれまでできるだけ丹念にたどり、デリダを魅惑してやまなかったこの「例」をめぐる思考、すなわち「範例性」の考察を、デリダとともに再びおこなおうとしてきた。できうれば後から来た者の特権として、デリダ自身以上の密度と明晰さで「範例性」を考えることによって、この概念のもたらすものの可能性を捉えたいと願いながら。

ところで、最後期の論考の一つ「タイプライターのリボン」のなかにも、特個性と普遍性を重ね合わせる「例」(ないし「範例性」)の厚みと、人間の存在の厚み——それはおそらく、はかない厚み、というべきものなのだろうが——とを結びつける印象的な挿話が記されている。(160) ルソー論とはひとまず切り離して、まるで思いつきのように挿入されているこのエピソードは、ある種の強い感銘を読者に残すものであり、まちがいなく、デリダの奥深い問題意識に直結していることが感じとられるものである。

邦訳書ではわかりやすく「琥珀のアーカイブ」と見出しが付けられているこのくだりは、デリダがこの口頭発表の数年前に、ちょうどルソーの『告白』を読み直しているときに知ったというニュースを発端とする随想だとされている。そのニュースとは、五四〇〇万年前の二匹の昆虫の死体が琥珀に閉じ込められて無傷の姿で発見された、というものである。ここでおそらくデリダをまず揺さぶったのは、人類が誕生する前の、誰も(人間は)知ることのできない昆虫の状態という絶対的な秘密が、琥珀という保存装置によって信じられない時間を超えて今日目の前に届けられたという衝撃であろう。デリダはこのめまいのするような時間の隔たりと、人間の知りえぬ秘密を知るという禁忌への直面とに魅惑されるが、さらにそれ以上にもっとも激しく彼を魅了したのは、このエピソードが彼に感じとらせた究極の特個性と究極の普遍性の接合であるように思われる。生の瞬間のただなかで琥珀のなかに固定されたこの昆虫たちは、「一回かぎり」のその状態を捕捉された。この生の特個的な瞬間が琥珀という物質のなかに閉じ込められ、そして、永遠にも等しい時間を耐えるこの保管庫のなかで死体となってその生の姿を保ち続けてきた。一方でデリダは、この出来事が私たちの誰にも起こるものだと言い、もう一方では、「空前絶後」の特異な出来事だと言う。

さらにこの前代未聞の一回的なニュースは、ほかのさまざまな遺物保存《アーカイブ》の出来事たちを思い起こさせるものでもある、とデリダは付け加える。「私」が「あるいは明日、そうではなくても遅かれ早かれ、もはや存在しなくなるとき」を頭の片隅で想像しながら、デリダは人間の生とそれを超える知のアーカイブ、一回的な生の瞬間とそれとは矛盾しない普遍的な時間、個々の存在の特個性と模範的な一般性、こうした両極の極点における接合を頭のなかにめぐらせる。

人類の歴史そのものの短さやさらにはその人間の「文学の歴史」の極端な短さと、それと対比すべき想像することも不可能な果てしなきもの、こうしたものの凝縮の場として、存在を、人間の生を、（そしておそらくはその終わりを少しずつ感じていたであろう）自分の生を考えるデリダのこの随想には、哲学的思考の模範的な一例が示されると同時に――いやむしろそうではなく、と言いたくなるが――、デリダという特個的な個人との対面の場が私たちに向けて開かれているように思われる。

ところで「タイプライターのリボン」には次のような文が読める。

一般に範例性《エグザンプラリテ》とは、出来事と書くための《タイプライター》マシンとのこの困難な結婚のことである。(161)

この文は次のように訳し変えることもできる。

範例性一般、それは、書くための、出来事とマシンとのこの困難な結婚のことである。

いずれにしてもこの文は、書くという行為における、いいかえればエクリチュールにおける、生の出来事性と思考の理念性との（困難であるが祝福すべき）接合を明示しようとしたものであろう。しかもデリダはこの「結婚」を「範例性」そのものであると、すなわち「範例性」一般の特質であると定義づけている。キルケゴールもカフカも結婚を困難なものとして退けたが、書く行為は実は生と背反するのではなく、そのなかで生と、抽象的なるもの・神聖なるもの・文学的なものが婚姻を結ぶ場なのだ、とデリダは主張しようとしているように思われる（もしかしたら、だからこそ、著述ないし創作に生きたこの二人には、実人生での結婚が必要ではなくなったのかもしれないが）。

この論考の最後には、「出来事《イベント》」のみを見ようとした（そしてみずからの偽証的な思考と言語行為を見まいとした）ド・マンへの批判を展開してきたデリダが、自分自身の論述行為を、ド・マンのテクストの力のおかげで、また彼のテクストの力を称賛するためにおこなったものとして総括している部分がある。ここでデリダは、ド・マンが彼の主張を展開するのに、もしかしたらルソーなど必要としていなかったのかもしれないと述べ、このことの重要性をあえて強調している。「私が範例性《エグザンプラリテ》について執拗に論じ、またたとえば、ルソーをめぐる「／ついでのような」*à propos* ド・マンの自伝的＝政治的なテクストたちの範例性を〔例として〕執拗に論じながら暗示しようとしていたのはこのことだったのです」[162]。ド・マンはルソーを必要としていなかったように見える。つまり彼は、ルソーを「例」とみなすことができなかった。彼はルソーをその特個性の内側に閉じこもる「出来事」としてのみ捉え、ルソーが何の例であるのか、つまりルソーの範例的価値をみようとしなかった。それは、ド・マンが、ルソーを通じて自分が何の例なのかを問うことを避け、自分の範例性を見まいとした姿勢と直結している。デリダは、ベルギーからアメリカへの亡命移住のなかで（ナチスへの加担を示すみずからの著述行為に関して）[163]偽誓にもとづく偽証をおこなわざるをえなかったド・マンが、偽証によって文学を成立させるルソーをみずからの例として肯定できなかったことを単に批判しているのではなく、みずからは「出来事」性から脱することのできなかったド・マンを哀悼し、彼のテクストを言語と主体の偽証可能性の範例として示すことで、この亡き友にある種の救済をもたらそうとしているのではないだろうか。

この直前でデリダは、ド・マンがデリダに向けて以前に書いたやや皮肉な評言を紹介している。「デリダに何が起きるとしても、それは彼と彼のテクストとのあいだに起きるにすぎない。彼はルソーを必要としてはいないし、ほかの誰も必要としていない」。ある意味で最大限の賛辞ともとれるこの友人の言葉を記しつつ、デリダは反論する。自分にはポール・ド・マンが、ルソーが、アウグスティヌスが、そしてもっとほかの多くの人たちが必要だった、と。[164]ここには、他者たちを「例」として取り上げて、他者たちの「例」を通して自分の一生の思考活動をなしてきたことへの心からの満足感が表明されているように思われる。ド・マン自身はなしえなかった、他者たちの「例」と思考する自己の主体との接合、他律的依存による自律の運動を、たとえば「タイプライターのリボン」というこの論考で展開できたこと、いいかえれば、自分の哲学作業を「範例的」思考として展開できたことに、デリダは自負を見いだしているのだ。

本書第一章でみたように『グラマトロジーについて』の序では、なぜ「例」を通じてしか考えられないのかという問いは、苦悶に似たジレンマの様相を含んでいた。しかし、「例」をめぐる問いを三十年以上にわたってさまざまに考え詰めることで、「例」の二重性のなかに重層的な生の厚み——そのなかで、生身の生と理念的な思考とが重なり合い、自己と他者が重なり合い、孤独な特個性と一般的な普遍性とが重なり合う——を見るまなざしを確かなものとして育てたデリダにとって、「範例性」はもっとも肯定すべき人間的原理となった、と言えるかもしれない。

第三章のまとめ

デリダにとって「例」ないし「範例性」の特権的な場は「文学」であった。彼が取り上げたのはそのほとんどが、すでにも述べたように、ヨーロッパ内の、しかもみなそれなりに地位を確立した作家の作品であった。

今日もなお、「範例性」の論理を探究するデリダの文学観をみごとに例証するような、あるいはデリダのこの思想に呼応し、またいっそうの展開をもたらすような文学作品が続々と生まれているように感じられる。ヨーロッパの中からだけではない。いやむしろ、ヨーロッパ以外の地域からそうした作品は多く現われているのではないか。自己を他者との連繫のもとにおくことで初めて確立されるような他律的で自律的な存在のあり方を示す作品、他者たちの記憶を引き受けみずからが「過剰記憶」装置となって「書く」という作業に身を投じる作品、置き換えようもない特個的状況のなかから普遍的なメッセージを奇跡的に立ち上がらせる作品――ひとことでいって、他者への想像力あるいは他者への共感が、自己の生き生きとした生の唯一の可能なあり方として仮設的に示される作品が、数多く生まれている。たとえばカリブ海のパトリック・シャモワゾー『テキサコ』、西アフリカのアマドゥ・クルマ『アラーの神にもいわれはない』、少し古いところでは、パレスチナのガッサン・カナファーニー「ハイファにもどって」、ケニアのグギ・ワ・ジオンゴ『夜が明けるまで』など。これらの作品において、きわめて苛酷な特個的状況に追い込まれた人物たちは、むしろ、想像的に（つまり理念的かつ感情的に）自分を他者たちと――しばしば、真っ向から敵対する関係にある他者たちとさえ――範例的な関係に置くような生き方をする。さらにテクストが人間のこうした範例的な生き方を重層的な語りによって示し、特個的な出来事の普遍的な意味を私たちに思考させ、体感させる。

デリダのこの「範例性」をめぐる思考によって抽出されるさまざまな価値観や重要な人間的原理を、本書第Ⅱ部においては中世アラブ＝イスラーム世界のさまざまな時代と地域を経て、またヨーロッパ世界との往還を経て（いかにも虚構性の強い「不可思議」な話を集めて）作り上げられてきた物語集『千夜一夜』において検討したいと考えているが、一方で、「範例性」をめぐるデリダの思考が、現代のさまざまな地域で文学作品を噴出させずにはおかない力とまさにかかわるものであることも指摘しておきたい。文学というものがとりわけ虚構という装置を通じて、生身の人間のあり方からいったん人間を引き離し、人間の思考・感情と意志を閉じた主観性から解放することで他者とのつながりなきつながりを打ち立てるものであるならば、「文学」とデリダによる「範例性」の思考とのあいだに、どんな時代にも切り離せないつながりが発見できるのは、むしろ自明のことなのかもしれない。

しかし背反するさまざまな二極のいずれにも偏らず、いずれをも否定せず、その不可能な接合をたしかに見据え続けることは容易ではない。本書で拾い上げて検討してきた「範例性」をめぐるデリダのさまざまな試行的な思索は、稀有なかたちで、この不可能な接合のありようと、それが切り拓く射程をつねに少しずつ論点をずらしながら考究しようとしていた。デリダとともに、根源的な「非＝知」すなわち「わからなさ」をどこまでも尊重しながら、むしろこの「非＝知」を原動力に、知的でかつ経験的な形象である「範例性」を「文学」を通じて考える試みは、今後も緻密にまた粘り強くおこなっていかなければならないだろう。

第Ⅰ部のまとめ　「範例性」議論の位置づけとデリダの「文学」観

第Ⅰ部では、デリダの展開した「範例性 exemplarité」の概念をめぐる議論を検討し、それが「文学」ないし「フィクション」にデリダが見いだす価値とどのように結びついているのかを検討した。本書では「範例性」を、「特個性 singularité」と「普遍性 universalité」ないしは「一般性 généralité」との同立を指す概念と捉えた。第Ⅰ部を総括するにあたって、これらの概念（「特個性」「普遍性」「一般性」）そのものを検討し直して、デリダの「例 exemple」をめぐる思考の位置づけを確認したい。その上で、第Ⅰ部の議論をふり返り、最後にデリダの文学観について補足をおこなう。

「特個性」と「特殊性」の峻別の先へ

柄谷行人は『探究Ⅱ』において、「単独性 singularity」（本書の用いた訳語では「特個性」）を「特殊性 particularity」から厳密に区別する必要を熱心に訴えた[1]。「特殊性が一般性からみられた個体性であるのに対して」、単独性は「もはや一般性に所属しようのない個体である[2]」。すなわち「犬」を考えてみた場合、「特殊 particular」な個体としての「犬」とは、「犬一般」つまり「類」としての犬のなかの一つ（個）という意味であって、それは「任意のx[3]」でしかないようなあり方にすぎない。それに対して「この犬」と言う時には、他の犬とはとり替えできない「この性 this-ness」が問題とされているのであって、これを柄谷は「単独性」と呼ぶのである。フッサールやハイデッガー、あるいはラッセルらに顕著なように、近代哲学の根源的な誤謬は（少なくとも柄谷が感じてきた不満は）、単独性を特殊性に置き換えてきたことである。この単独性の特殊性への還元こそが近代ヨーロッパの哲学を可能にしてきたのだが、これに対して柄谷は、「単独性」の端的な顕現体である「固有名」を中心に据えて近代の思想や言語論の批判作業を展開することで、「単独性をあらゆる不条理にもかかわらず肯定すること、それを一般性・同一性のなかの特殊性としてかたづけないこと」をめざす。

本書が捉えてきた、「特個性」（＝柄谷の「単独性」）と「普遍性」ないし「一般性」の同立という「範例性」の思考は、柄谷のこうした議論からみると後退であるとの批判を浴びるかもしれない。デリダの、そして本書の議論は、「特個性＝単独性」と「特殊性」を再び混同し、「普遍性」と「一般性」を混同するという誤謬を犯しながら、まさに柄谷が攻撃したとおり「単独性＝特個性」の本来有する置換不可能性を無視して、一般性・同一性のなかの特殊性としてかたづけてしまうものではないのか。予想されるこうした反論に対して本書としては、デリダの思考は（そしてデリダを追いながら展開してきた本書の議論は）、柄谷の問題提起以前の初歩的な混同に陥っているのではなく、むしろ置き換え不可能な「特個性」と、類vs個の対立上にあらわれる「特殊性」の概念との峻別を前提とした上で、さらにその先へと一歩を踏み出したものなのだと答えたい。

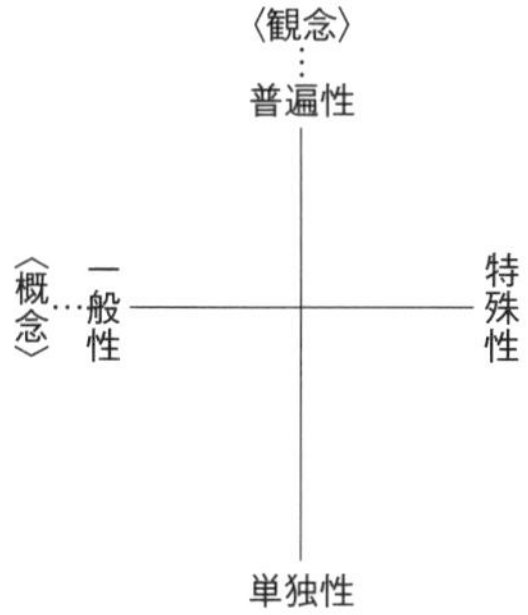

柄谷がみごとに整理したように（上図参照）、まず「特殊性」（個）―「一般性」（類）という対立の軸と、「単独性＝特個性」―「普遍性」という対立の軸を区別する必要がある。これはドゥルーズが『差異と反復』でも出発点に据えた、現代思想の重要認識である。[4] その上で、現代の思想家たちは（ドゥルーズにしろ、レヴィナスにしろ、リクールにしろ）この「単独性＝特個性」の有する置き換え不可能性から目を離さない思想作業を模索してきた。すなわち「固有名」の固有性を還元・消去する動きに抗することによって、近代哲学の超克が試みられてき

たと言ってよい。

おそらくデリダはこうした試みの重要性を十分に知りぬき自らも同じ批判的姿勢を基本的に共有しながらも、あえてその先に踏み出さずにはいられない意識を初めからもっていたように見受けられる。彼は「特個性」の特個性に安住してしまうことに警戒を感じてきたのだ。デリダの問題意識を柄谷の姿勢と比べてみよう。たとえば柄谷は近代小説が、個を尊重するかにみえて、実は「単独性」（＝「特個性」）を裏切ってきたのだと述べる。

> 文学が「この私」や「この物」をめざすようになったのは近代小説においてにすぎないのであって、それは文学の本性とは無縁である。そして近代小説に生じたことは、近代哲学に生じたことと平行している。それはアレゴリーのように一般概念を先行させるかわりに、個物をとらえようとする。しかしそれはけっして単独性としての個物に向かうのではない。その逆に、それはいつも単独性を特殊性に変えようとするのだ。いいかえれば、特殊なもの（個物）を通して一般的なものを象徴させようとするのである。(5)

柄谷は、あくまでも単独性＝特個性を、（まさに特個的に）切り離すことに執心する。すでに何度も確認してきたように、そこには「一般性」（すなわち「任意のx」）と「単独性＝特個性」（すなわち「固有名」）でしか示すことのできない置き換え不可能な「この物」「この私」）を、まったく相容れないものとして対立させる思考法が働いている。しかも「特個性」と「一般性」（類－個の発想）は正反対の対立概念ではなく、対偶的な対立の関係にあるがゆえに、両者はいっそう相容れない対立を形成する。一方デリダは、まったく純粋な置き換え不可能性としての「特個性」をそのまま純粋に維持することにたいして、不毛の感覚をもっていたのだと思われる。柄谷のするような区別や特個的なもののもつ置き換え不可能性を十分に知悉した上で、あえて置き換え不可能な「特個性」の逆説的な置き換え可能性を提示すること、いいかえれば「特個的なものの」の「理念化」すなわち潜在的な「普遍化可能性」を素描することを試み続けたのだと思われる。デリダは柄谷の問題意識のさらに先で、柄谷とは逆に、「この私」と「誰でもよい誰か」、「この物」と「どれでもいいどれか」が結びつくようなあり方を思考することを課題としていたのだ。

こうした思想課題はデリダの初期にすでに現われていた。それは例えば、高橋哲哉(6)が明確に説明したように、ナンビクワラ族に固有名詞の禁止・抹消しかみなかったレヴィ＝ストロースを批判してデリダが提出する「固有名詞」のもつ根源的な逆説性の発見として主張された。デリダは「固有名詞はすでにもはや固有名詞ではない(7)」と過激なテーゼを掲げる。固有名詞もまた原＝エクリチュールの差延の運動のなかにあるとするデリダによれば、固有名詞は独自《ユニーク》な存在の現前にあてがわれる独自《ユニーク》な名称であったことはない。さらに、固有名詞がある民族社会で禁止されているのが暴力的なのではなく、固有名詞とは根源的な暴力に基づいているものだ、とデリダは述べる。ここには、本書が「範例性」の概念として焦点を当ててきた特個的なあり方と一般的・普遍的なあり方との接合がすでに問題化されていたのである。

> 実際、名づけるというある最初の暴力が存在したのだ。名づけること〔…〕、言語活動の根源的な暴力とはそのことなのであって、絶対的呼称を差異のなかに書き込み、クラス分けし、宙吊りにする。体系のなかで、独自なものを思考し、体系のなかに独自なものを書き込むこと、それが原＝エクリチュールのしぐさである。すなわち原＝暴力である。固有なるものの、絶対的な近似性の、自己への現前の、喪失である〔…〕(8)。

つまり名づけること、固有名で呼ぶことは、実はその人の独自＝唯一《ユニーク》性を抹消する暴力性を伴っている（「いわゆる固有名詞はすでに固有なるものを分割＝破砕(9)」してしまっている）のであって、固有名詞は言語活動が典型的に示すような「反復可能性」の相のもとにあるのだ。この引用で注目されるのは、デリダがすでに「独自なもの l'unique を体系のなかで思考する」ということを人間の言語活動ないし認識の根源的なあり方と考えていたことだ。その暴力的な逆説性を承知のうえで、だからこそ果敢に、人間がいかに独自なものを体系のなかで思考しているのかを、デリダはまなざそうとしたのだ（ここでいう「独自 unique」なものとは、本書の用いた言葉でいえば「特個的 singulier」なもののことであって、けっして柄谷の言う意味での「特殊的 particulier」なもの——類に対する個——でないことは明らかだろう）。

しかし特個的なものが本源的に一般性のなかにおかれるという逆説を擁護し、それを思想展開の足場とすることは難しい。そこでデリダの思考にとってスプリングボードとなったものが、本書で注目した「例 exemple」という装置だったのだと思われる。通常の理解では、「例」とは、さきの引用中で柄谷が言うように、「特殊なもの（個物）を通して一般的なものを象徴させようとする」認識道具にすぎない。しかしデリダは「例」をこのように「一般性のなかの特殊」を代表する装置としてのみ捉える発想を超え出て、逆説的にも「例」が「特個性」（柄谷の「単独性」）の装置でもあることを示した。典型的にはヘーゲルにおける「究極例」としての「神」をめぐるデリダの議論を思い出したい。「例」はもちろん「特殊性」（一般と照らし合わせた個）をあらわすものであることをやめないが、まさしく「特個性」の器ともなる。意義深いのは「例」がこうした両義性（「規定的判断」の道具としての「例」と、法則なしで「例」から始めるほかはない場合の「反省的判断」の道具としての「例」との二面性）をもつということそのものである。「例」は、「特個性」を解消せずに、なおかつ「特個性」と「特殊性」と通底させ、したがって「一般性」へも通じるというヤヌス的装置にほかならない。デリダが、「例」というものは「まさにこのもの *tode ti*」あるいは、「これ ceci」をはみだす何ものかであることを確認した上で主張するように、「例」とはその本性上、「自分自身の特個性をはみだす」ようなあり方を代表しているのだ——「私がこの例と言うとき、私はすでにそれ以上またはそれ以外のことを言っている。私は例のまさにこのもの *tode ti* 性、あるいは、これ性をはみ出す何ものかを言っているのだ。それそのものとしての例（／まさにそれ本来のものとしての例」は、みずからの特個性をはみ出し、同様に、みずからの自己同一性《アイデンティティ》をはみ出す」[10]。それゆえに「例」は、個物としての「特個性」を「普遍性」あるいは「理念性《イデアリテ》」とも接合する装置としてあるのである。

柄谷は「文学」のなかでも「この私」や「この物」を初めて問題とするようになった「近代小説」が、実は少しも「この私」や「この物」を捉える契機とはならないことに落胆し、そこに批判を浴びせている（「われわれはある小説を読んで、まさに「自分のことが書かれている」かのように共感する。このような自分＝私は「この私」ではない」[11]）。しかし、やはり「文学」には「共感」の装置としての力がある。その共感という体験において人が経験するのは、自分が目の前にしているのは「この私」そのものではないのに、やはり「この私」のことだ、という逆説的な感覚にほかならない。とりわけ「虚構」文学は、虚の世界で成り立っているのであるから、そこで提示されるものは生身の自分とは本質的に位相を異にしたものであるのは自明である。それでもなお「これは私のことだ」と感じるときのアンビヴァレンスそのものが「文学」体験なのではないだろうか。デリダが「文学の理念性《イデアリテ》」を考察する試みを自分の出発点としていたということは、交換不可能な「他のものではないまさにこのもの」の「特個性」が「理念化」と対立するどころかそれを必要とし、「普遍性」にも「一般性」にも開かれるという奇蹟的な（しかし実はありふれた）事態にたいする根本的な問題意識を表わすものであろう。

たとえば「代補 supplément」というデリダの概念がデリダのもの（デリダを起源とするもの、デリダの占有物）ではなく、かといって単純にルソーだけのものでもないという事例でも明らかなように、デリダの思想は、個への所属が鮮明であるように思われながら個への単純な所属（領有）が否定されて、個（自己）への所属と他者への所属がともに両立するところから発動する。デリダの思想は、特個的なものとしてのこれと、これ一般との問題をつねに提起するが、その二者択一の方向には進むことがない。むしろ（柄谷とはあえて逆に）、「私」について語るとき「この私」と「私一般」が判別不可能であることから出発しようとする[12]。たしかに誰かのものでもあるがその誰かだけのものではなく誰のものでもあるような状態、それが、その何かが意味をもつということなのではないだろうか。デリダの思想はこの、誰かのものでもあるが誰のものでもあるという状態を、典型的に「文学的な何ものか」にみようとしていた。デリダは文学作品の読みが、あるいはその執筆が、ひいてはあらゆるエクリチュールが、他者のものに自己の署名を書き加えていくような、あるいは自己の署名に無限の他者の署名が書き加えられていくような「反復可能性」の上で成り立つものであることを述べ、純粋な特個性（あるいは絶対的な特個性）は不可能だと主張していた。特個性はそれが示されるためにそれ自身（特個性）を失わなくてはならない。「特個性はけっして一回限りの＝点的な ponctuelle ものではありえず、閉じたものではありえない」。「特個性は、それが特個性であるためには、そしてまさにその特個性において反復されるためには、自分自身から異ならなければならない」[13]。デリダにとって「文学」は、特個性が特個性に留まることがありえないことを明確に示す場として意味をもつのであり、特個性が一般性と両立することによってしか可能でないことを体現する場として重要なのである（あらゆる作品が特個性をもつが、それは「特個性と一般性との両方を、特個的な仕方で語る」ということにおいてなのだ[14]）。「文学」とは、特個性と一般性を同時に語ることにおいて特個的な場であり、独自《ユニーク》＝単一なものとその反復との関係（しかも一回ごとに異なる関係）を語ることのできる場なのである[15]。

ここで、「一般性 généralité」と「普遍性 universalité」という用語の使用について若干述べておきたい。本書が扱ってきたこの「範例性」の議論においては、デリダはどうも「一般性」と「普遍性」とをとくに厳密に区別しようとしていないように思われる。特個的なものの回帰・反復によって、いいかえれば特個的なものが自己の同一《アイデンティティ》性をはみ出ることによって、特個的なものが帯び始めるのは、一般性でもあり普遍性でもある[16]。

本書では「特個性」をそれとほとんど区別されないものとしての「特殊性」（「個別性」）と並列したり、「普遍性」と「一般性」をほぼ通底する概念として用いてきたが、それはデリダが、あえてこれらの概念の相互連関の可能性を探ろうとしてきたからにほかならない。「例」とは、こうした「特個性」と「特殊性」「普遍性」「一般性」という基本概念の新たな切り結びを思考させる装置であり、「範例性」とは、これらの概念が、さきに示した（柄谷による）図の整理に収まらずに絡み合う、その連繫につけられた名称である。

特個性と普遍性の関係

ここで、本書が取り上げてきた「特個性」と「普遍性」ないし「一般性」の関係について考えたい。というのも、おそらく本書の論考に接した多くの読者が、特個性から普遍性がいかに生み出され、普遍性から特個性がどのように抽き出されるのか、すなわち、こうした二極間の因果的ないし時間的関係をどのようにデリダが考えているのかという疑問を抱くと思われるからである。たとえばデリダが一九九〇年にモスクワを訪れた際の討論で、質問者の一人は、弁証法論者たちは「抽象的なものから具体的なものに移行することが可能」と考えるとした上で、デリダがこの考え方をとっているのかどうかを問うている(17)。こうした問いは、本書の圏域に置き直せば、普遍性から特個性への移行をデリダが考えているのかという問いに相当するだろう。そしてこうした問いは、ヘーゲルの「具体的普遍」（英語では concrete universal）という哲学概念、すなわち普遍的な観念が現実的な具体物へと自己展開するという発想を知る者には、当然避けられないものであろう。

しかし特個性から普遍性への、あるいは普遍性から特個性への移行ないし展開という発想そのものを「範例性」の議論は退けるものだ、と本書は考える。本書で検討した範囲では、デリダは時間的展開の相とほとんど無縁であった。たしかにデリダのさまざまな哲学議論において時間性の問題は重要である。たとえば「差延 différance」の概念は（時間的な）「遅れ」を内包するものとして存在のあり方を捉えるものであろう。「隠喩《メタファー》」の問題に焦点を合わせて丹念にデリダの論考を読み解いている赤羽研三(18)は、この時間的展開の相を重視することによって「隠喩的カタストロフ」という重要な概念がデリダによって提起されていることを抉出した(19)。デリダの隠喩論[20]から的確に隠喩の創造性の原理を抽出した赤羽は、加えて、特殊なものから一般的なものへと「波及し」「開かれていく」過程、あるいは「伝染していく」過程を強調して、この移行過程において、隠喩という出来事がたんに（一般的なほかのものとは異なるという意味での）特殊なものから、「特異」なもの（本書の用語では「特個的」なもの）となる、と主張する。こうした時間的展開の相の主張は、むろん隠喩表現を念頭においていることに由来するものだと思われる。隠喩の研究では、もともと普通の語として使われうる表現が、特殊な隠喩表現へと「転用」されるというプロセスが重要視されるからである。隠喩表現はこの逆転的＝カタストロフィックな[21]「転用」のうえで一般性を獲得するとき、まさに「特異」なもの（「特個的」なもの）として私たちに迫ってくる、というのが赤羽の捉えた特異（「特個性」）と一般の関係である。普通のないしはありきたりのものから特殊なものへ、特殊なものから一般的なものへという展開があり、そのプロセス全体から帰結するものが「特異」な（「特個的」な）事態ということであろう。

だが、本書でみてきたのはこれとは異なるような、特個性と一般性ないし普遍性との関係である。「範例性」という概念につながる議論として本書が検討した諸テクストに表われていたのは、デリダが、あくまでも特異性と一般性・普遍性の「同時」成立を考え抜こうとしていたことである。「と同時に à la fois」「同時に en même temps」「同じ瞬間に au même instant」といった表現はデリダのテクストに亡霊的に回帰するキーワードであり、デリダ固有の哲学的テーマでもあると言ってよいかもしれない。こうした同時性は、本書で取り上げてきたデリダからの引用でも執拗なまでに強調されていた。またデリダはみずからを振り返って、相矛盾する二極の同時成立が、彼自身の「自己」のありようそのものだと語り、これを自己の「無＝時間性 anachronie」と命名しさえしている。[22]ここには二極の同時成立が強調されるとともに、はっきりと時間性そのものの撤廃が試みられているとみることができるのではないだろうか。さきに言及したモスクワでの討論で、デリダは「特有語法と、普遍的ないし理性つまりは透明な普遍的な言語とを調停するにはどうしたらよいのか」、「特有語法的な言葉と、普遍的ないしは媒介的な理性とをどうやって調停するのか」、つまり「二つの極を調停するという問題」に言及している。(23) その解決策は個々の状況に応じて考えるほかはないことを強調しつつ、デリダはここで解決の仕方はどうであれ（それはフランスとソヴィエトでは当然異なっているだろうが）、特異な＝特殊的なものと普遍的なものとの「調停 compromis」を図ることそのものの普遍的要請を主張していると思われる。

まさに「調停／妥協 compromis」（理屈ぬきのすり合わせ）は、本書でもしばしば目にした語である。デリダが語るみずからの抱いてきた文学的なものと哲学的なものへの欲望でも、あるいはまた、AでもBでもありAでもBでもないというあり方が可能なばかりかそれを本質とする場としての文学＝フィクションの説明でも、ほとんどきまって用いられていたのがこの「調停」という語にほかならない。特個的なものと普遍的なものとの「調停」とは、どちらが先でどちらが後と言うことができない状況、すなわち特個的なものから普遍が抽出されるのでも普遍性から特個性が帰結するのでもなく、二つの稜角《アングル》をなすように、(24) はじめから同時にその二側面があるような状態を肯定することである。ヘーゲルの「神」が絶対的・特個的であると同時に「例をなす」（一般性をもつ）ということ、カフカの「法の前に」で描かれる田舎の男が特個的な状況を生きたのか普遍的な状況を生きたのかが永久に決定不可能であること（おそらくはそのどちらでもあるということ）、「証言」が代替不可能性と代替可能性とを同時に前提とすること、ツェランの詩にみられるようにある特個的な一回が「日付」の刻印のもとに複数回との連接のなかで提示されそこで意味をもつこと、アブラハムは類例のない存在でありながら私たちの誰もがアブラハムであることなどなど、列挙すればきりがないが、本書で取り上げてきたデリダの議論は、いわば「合理性」を超えて「これかつあれ」(25) というあり方を注視し続けながら、特個性と一般性・普遍性が同時成立する事態を飽くことなく取り出してみせ、この事態を象徴する場として文学＝フィクションを据えようとしていた。「あらゆる作品は、特個性と一般性との両方を、特個的な仕方で語るという意味において特個的」というすでに引いた「文学と呼ばれるこの奇妙な制度」のなかの言葉は、こうしたデリダの姿勢を典型的に表わすものであろう。

特個性と普遍性の二極の関係は因果的でも時間的でもないが、関係がないわけではない。矛盾対立しつつ並存するこの二極のあいだに交わされる関係として提示されるのが、カフカの「父への手紙」で強調された「鏡像反射的関係」であるだろう。この関係を説明し、たどろうとすればたしかに展開として示すことができるとしても、二極はすでにあらかじめ無限に関係を交わし合うかたちで存在していると捉えるべきである。デリダの考える「反復可能性」の概念が描き出しているのが、元のものと派生的なものとを区別することのできるような、つまり前－後関係を特定できるような反復概念ではないのと、これはまったく同様である。

デリダが、隠喩のプロセスを転移・移送 transfert とみなす伝統的な解釈に抗して、哲学的ディスクールにおける隠喩の使用に引導を渡し引退 retraite を宣告しつつ、隠喩を反＝現前的な存在のあり方（「存在の後退＝引きこもり retrait」）を示すものとして位置づけなおす論を展開したことを思い出してもよい。そこでデリダは、この retrait という概念を「線の引きなおし re-trait」と捉え返して、パラレルな二つのものが互いに無限に切り結び合い、隣接という契約なき契約を結び合う関係を示そうとしていた。二つの極（たとえばハイデッガーにおける「思惟 Denken」と「詩（作）Dichten」）の隣接的並存関係についてデリダはわかりやすく、次のように解説している。切り分け・線引きの運動によって、「それらがまずもってすでにそれら自身であり、しかる後にそれらが互いに引き寄せ（ziehen）られることになるような、そういったある別の場所を起点として接近させるのではない」(26)。デリダは二極が一挙に同時に出現し、しかもその接近・隣接・並存が互いを損ない合うことがない点を強調するのである（さらにこの関係について、Spiegelspiel〔鏡の戯れ・鏡像反射的な作用〕というハイデッガーの言葉を援用している点も注目される）。

たしかに一九九四年の発表をもとにした『滞留』でも、すでに引用したように、特個的な瞬間について「特個的でかつ普遍化可能」であることが強調されていた。なるほどこうした表現は、まず特個的な瞬間があり、次にその普遍化の契機があるとする、因果的・時間的展開を想定させかねない言い方である。しかし「特個的なものは普遍化可能でなくてはならない、それが証言の条件なのである」[27]と定式化するデリダは、特個的なものがつねにすでに潜在的に普遍化可能であるということを、あらゆる存在の条件（出来事であれ言語であれ、存在が意味をもつものとして現われてくるときに必然的にまとう条件）として提示しているのではないだろうか。

第I部の概要

以上、デリダにおける「範例性」の議論の本質にかかわる基礎的な補足をおこなったので、以下では第I部を振り返って、本書の立場から要点と思われる点を横断的に再確認したい。

思考における「例」の根源的重要性を感じていたデリダは、「例」という語がもつ類例中の一例という普通の語義を押さえた上で、これと相反するような意味をこの語に見いだそうとした。それがとりわけ『弔鐘』において主張されていた（神という）「究極例」、類例をもたないのに成立する「唯一例」という形象である。同時に、上にみたように、ほかの類例とともに系列をなすことのない、つまりは法（ないし規則）をもたないこうした「例」こそ人間の思考活動の創造的な部分を可能にするということが、『絵画における真理』のなかの「パレルゴン」において、「規定的な判断」にたいする（芸術や人生における）「反省的＝反射的な判断」として価値づけられていた。デリダの問題意識は、規則のない人生におかれた、類例をもたない人間存在のあり方に向けられるだけでなく、同時に、それぞれに特個的なこうした存在がそれでもやはり「例」を構成するとはどういうことなのか、この逆説を考えるところに向けられていたのである。

特個的でありかつ一般的である、究極例でありかつ一般例であるというこの背反結合による逆説的なあり方をデリダは「範例性 exemplarité」と呼び、概念化した。「範例性」を端的に担うものとしてデリダが思考の対象とするのは、一つは言語＝概念＝思考（つまり指向対象と理念性とを併せもつもの）であり、もう一つは人間のあり方そのものだとまとめられるかもしれない。いずれにせよこの不可思議な形象（「範例性」）がもっとも鮮烈に顕在化する場として「文学」が考えられていた。たとえば、一般例と特殊例との判別不可能性をつきつけるものとしてのカフカの「法の前に」がその典型的なテクストであるように。

『弔鐘』でもこのカフカ論でも、デリダが見据えようとしたのは、「なんの例だかわからない」例という、まさに逆説的な例のあり方である。とりわけ人間は自分自身を「なんの例だかわからない」ままに生きる。そのありようを示すのは、哲学以上に文学である。デリダは、「哲学よりも文学の方がうまく扱いうる何ものか」を追い求める作業を続けてきたとみずからを振り返って語っていたが、この「哲学よりも文学の方がうまく扱いうる何ものか」の一つが、まさしく「範例性」の問題であったと言うことができるだろう。

それがなんの例だかわからない、ないし自分がなんの例だかわからない（だがそれでもやはり自分を何かの例であると感じる）という「非＝知」の認識を、存在ないし自己の基盤に設定し、そこから主体を立ちあげること（「主体」ならざる主体であるのだから主体とでもすべきであろうか）、これが文学の核心にある一つの根源的な態度である。ポンジュのテクストにおける「〈無〉の例」という重要なあり方や自分の署名（すなわち存在）を消しながら書くという回路、また、ツェランの詩が示しているこの詩人の特個化とその無限の反復可能性との同時的成立は、文学テクストと「非＝知」を基盤にした「範例的」な主体の構築との根源的な関係を明かすものである。さらにこの「非＝知」の重要性は、自分のことはわかっているとする「知」のポジションに立つヴァレリーの欺瞞的な自己例証化[28]（他者に対する「自己選別 auto-distinction」にもとづく）にたいする厳しい批判を通じて逆に確認された。また「非＝知」の姿勢は『他者の一言語使用』において、さらにデリダ自身の自己把握と自己表現において、すなわち自己をいかに語るのかという問題のなかで、根本的に不可欠のものとして強調されていた。「死を与える」においても、現代における主体性の可能性はこの「非＝知」のスタンスから出発し、なんだかわからないものの上に自己の特個性を築き、また同時にそこから普遍性への回路を見いだすところにあるとされていた。特個性と一般性・普遍性を同時に実現する「範例性」という（凡庸な）奇蹟は、自明の知を退けるところから初めて可能になるのである。

「非＝知」に基づく主体性の構築という議論については、これがたんなる無知の称揚や、反知性主義の傾向とはまったく異なるものであることを指摘しておく必要があるだろう。「非＝知」とは知識や知性をもたないことではなく、すでにも触れたように、通常の知を超えた知をもつあるやり方であり、実は知的な探究（わからないものをなんとか追い求めようとする活動）が根本において内包している姿勢である。世間一般に流通する常識的な概念や、諸学問において慣習化された思考を超えて思考しようとするとき、ひとは本来的に、自分が「思考しえないもの」に向かっていることを認めるほかはない。みずからを「知」に到達しえない者と規定するところにしか真の思考はないであろうし、自己のあり方にたいする決断も成立しないだろう。第Ⅱ部でも「非＝知」は主要なテーマとして論じるが、これを（表面的な装いとは逆に）、最高度の知性とある種の主体性につながるものとして理解したいと本書では考える。

「範例的」な存在とは、それ自身であってそれ自身ではないもの、あるいはそれ自身であってそれ自身を超えるものだと言うこともできる。まさに文学テクストはこうした性質を本源としていることがインタビュー「文学と呼ばれるこの奇妙な制度」でも触れられていたが、この性質をもつ文学テクストは、それが直接示す字義的意味を超え、また人間個人に通常可能な記憶（ないし思い出）の限界をはるかに超えて、「過剰記憶装置」（いいかえればアーカイブ）として機能することをデリダは強調していた。ジョイスのテクストを素材に提示されたこの「過剰記憶装置」としてのテクストという考え方は、むろんあらゆる文学テクストにかかわる。文学テクストの力《パワー》の一つはここにあると言えるだろう。

さらにジョイス論では、言語というものが本来的にもつ自己例証機能が指摘されていた。言語に限らずあらゆる存在は、自分が何であるかを表示する機能を発揮する。それは命題提示という方法（すなわち知の手法）による自己の把握ではなく、それ自身が存在するというそのこと自体を通じて実現されるような自己の把握ないし提示の方法である。たとえば《oui》という語は、その意味内容とは別にそれ自身がフランス語であることを示している(すなわち自己例証している)。自己指示機能ないしメタ的機能とも呼ぶことのできるこの自己例証とは、存在が「非＝知」のままに、ただ存在するということを通じて、何ごとかを語り示していくやり方である。そしてこの自己例証という自己の示し方は、他ならぬ「この自己」の特個的なありようを示しつつ、それを純粋に「特個的」なものとして孤立させる道を封じて、理念化や一般性への迂回を起動させる。論証や説明といった哲学的なやり方とは違った手続きで何ごとかを語ろうとする「文学」にとって、自己例証という機能の仕方はまさに本来的なものにほかならない。

以上にも確認したとおり、それ自身であってそれ自身ではないという存在の仮設性 précarité の象徴が「文学」(ないし「虚構《フィクション》」)であるが、「文学」はしたがって意味作用の本源的なゆらぎが顕在化する場でもある。「文学」は何かを語るが、それを語ってはいない。何かを語らずして語り、語りつつも語ったことがらをすべて消去してしまう(架空のものとして)。「文学」が「すべてを言うことができる」能力をもつと同時に「なにも言うことができない」場であるというデリダが強調してやまない発想も、「文学」の本来的な仮設性と直結した考えであるだろう。

そしてこの、存在が画定することがありえないものとしての「文学」という考えからは、「文学」を個々の作品に閉じたものではなく、系譜的な観点から捉える文学観が由来する。またもや逆説的であるが、デリダにおける文学の系譜とは、系譜なき系譜であって、系譜の不可能性として生じてくるような系譜にほかならない(29)。個別の独立した作品たちがなんらかの明示的な規定にそって因果的に連鎖するというのが通常の系譜の概念であるのに対し、デリダが考える文学の系譜性は、たえず裏切りによってつながり、断絶と継承とが同時に起きているような、離接的なある流れのことである。もとのものを忠実に受け継ぐことによってではなく、はぐらかし、ずらし、違反し、不当な変形をおこなうことによって成立するような連関のことである。そしてこのつながりなきつながりにおいては、系譜が蓄積を形成せず、系譜上の無数の項の一つ一つが前のものにたいする積み上げではなくて「そのつど最初からのやり直し」であるような、そうした逆説的な連鎖を構成する。

また「文学」がもつ、すべてを言うことが可能であると同時になにも言うことができない、という性質は、文学と「秘密」との根源的な関わりへとつながる。文学は、秘密を保持することによってしか成立せず、その生命を保つことがない。たとえば作品の意味が完全に明確に把握されたと思われるようになったら、もはやその作品は存在する意義がない。説明を読めばよいからである。作品が作品として存在する意義をもつのは、読者が汲みつくしても汲みつくしても、逆にテクストが語っても語っても、なお秘密にとどまるものがそこに（秘密として）提示されるからにほかならない。『パッション』と『滞留』はこのことを飽くことなく繰り返し強調していた。どんなに語っても（告白ないし証言しても）「絶対的な秘密」に留まるということが、秘密を語る者の、ないしはテクストの、特個性と普遍性をともに保証する鍵であることを示しながら。

語ること・告白すること・証言することが、秘密のままに留まる秘密と不可分であるということは、語ること・告白すること・証言することと「虚構」（ないし「嘘」「偽証」）との本質的な通底を意味する。デリダにとって、「虚構」とは何かという問題は、言語活動の本質、あるいは人間存在の本質、あるいは哲学の意味そのものとかかわる根本的な問題であった。

「虚構＝文学」と人間存在そのものの不可分の関係を示す特権的な例が、「父への手紙」のカフカである。このテクストは、「文学」の定義を超えた次元で（すなわち日常と文学との分割が不可能な地点に位置することによって）、いっそう本源的に「文学」の特質と、「文学」と人間存在との関わりを思考させるテクストであった。この「範例的」テクストを論じることによってデリダは、自律と他律の鏡像反射的な関係から生じる他者論的な主体（他者を内に含むものとして成立する間主体的な主体）を文学的な主体像として提示した。本書ではこの主体像をとりわけ今日の私たちにかかわるアクチュアルな主体像として重視した。

「虚構＝文学」という場は、存在の特個性と一般性・普遍性が、ともどもに極点にまで高められる場である。すなわち「範例性」の場としての「虚構＝文学」において、ひとは特権的でかけがえのない存在であると同時に、一般的で凡庸で匿名的な存在ともなる。いいかえれば、完全な孤独と、他者とのつながりを同時に生きる。自分であって万人でもあるという経験をもつ。「死を与える」では、アブラハムのエピソードに始まる『旧約聖書』以来の文学の系譜を通じてこのことが切実に訴えられていた。さらに後の論文「タイプライターのリボン」では、ルソーという例を通じて、誇張された虚構性＝偽証性のなかで、特個性（「出来事」性）と一般性・普遍性（「マシン」性）とが表裏一体となり、そのことがこの回転するリボン（「文学」という装置）を永遠に――少なくとも今日に至るまで――稼動させているさまが論じられた。

特個性と一般性・普遍性の接合は、論理上は明らかな矛盾であるが、ここに人間的な〝真理〟がある。そしてこの逆説的な「範例性」の真理こそが、現代においてもっとも必要な人間観を構成する。間違っても、特個性のみの追求がデリダのめざしたもの、あるいは今日求められているものだと考えてはならない。「文学」を特個性の装置とみるのではなく、特個性と一般性・普遍性の双方が高揚される「範例性」の場とみなすことによって、現代における文学の意味と、その文学が私たちにもたらしうるものとを、私たちは見定めることができる（少なくとも見定めようとすることができる）、とデリダの論考は語っている。

デリダの「文学」観

最後に一点述べておきたいのは、デリダが述べる「文学」の概念の本質的な曖昧さについてである。

デリダが「文学」として語るものは、すでに述べたように個々の作品のことでもなければ、実はその総体としての一つのジャンルでもない。文学作品と呼ばれるものであってもデリダの「文学」の概念に当てはまらないものが多数あるだろうし、デリダの考える「文学」（という制度、装置）は、現実の文学の全体とも一致しないだろう。言うまでもなくデリダが「文学」と呼ぶものは抽象的な理念であり、デリダが〝文学〟の本質であると考えるものに付けられた名が「文学」なのである。結局のところこの同義反復的な「文学」概念からは、文学研究に資するようないかなる寄与を見いだすことができるのか、疑問に思う向きも少なくないであろう。たしかに、デリダの論考は文学作品の研究作業に役立つような具体的ななんらかの道具立てを提供するものではまったくない。

たとえば蓮實重彦は『表象の奈落』に収めた論考[30]のなかで、『滞留』などの著作を取り上げてデリダを論じ、文学をめぐるデリダの議論がどこまでも曖昧であり、また、彼が言うところの「文学」が文学という「制度」の全体を扱う姿勢をもっていないことを厳しく非難している（「人類がかたちづくってきた環境としての「文学」の否定しがたい拡がりと深さと濃密さは、〔デリダが主張する〕機能の「不安定」性や地位の「あやふや」さなどあっさり遠ざけるのに充分である」）。さらに蓮實は「秘密の文学」を論じて、デリダが『旧約聖書』のコンテクストだけを強引に引きとどめて、きわめて的外れな「近代ヨーロッパ文学」の概念を暗黙裡に構築しようとしていると批判している。だが、蓮實の批判は、「文学」とは何か、もっと正確には、（近代）「小説」とは何か、を問おうとする蓮實自身のこの著作に凝縮された姿勢がもたらしたものであって、デリダは初めから文学の「全体」などというものを想定すらしていないだろうし、アブラハムから西洋近・現代文学への（仮説的かつ仮設的な）系譜も、近代文学の定義として提出したわけではないだろう[31]。もともと「脱＝構築」の思想家であるデリダの作業はつねに「定義」をおこなうこととはもっとも遠いところで繰り広げられている。デリダの〝文学論〟は、文学という場において（ほかの場所よりも相対的に）顕著に現われてくるある種の認識のあり方、および人間の精神活動・思考活動の（隠された）ありように目を向ける手立てとして展開されたものだと思われる。デリダは「文学とは何か」という（しばしば不可避的に浮かび上がってくる）問いに真正面から立ち向かうことをつねに回避し、「文学」の包括的な定義や網羅的な記述をめざさない道をとってきた。むしろデリダが関心を抱くのは「文学に属しながら、その限界を歪形する」ような、いまだ名づけることが不可能な、危険なほどに発見的＝創造的な何ものか(32)なのである。哲学にしろ、絵画や音楽などの芸術分野にしろ、あるいは科学の諸分野にしろ、ある程度の組織化がなされたジャンル（ジャンルとは組織化が認められるときに措定されるものだが）はみな、そのジャンルの限界を超え出るような活動をある面では必要とし、そうした活動による更新によって存続していると言える。だがたしかに、そのなかでも「文学」は、（「秘密の文学」でも強調されていたように）それに属しながらその限界を内破することが、むしろその帰属の条件と言っていいほどに求められる場だと考えてよいのではないだろうか。

　文学研究そのものが自明の活動ではなくなった今日、デリダが「文学」をめぐって展開するきわめて本質論的な議論は、いわば最初から「文学」を考え直す契機を私たちに与えてくれる。「人間」と「文学」とはいかにかかわるのかというあまりにも愚直な問いを、こうして私たちは再び問い直すことになるのである。

第Ⅱ部　現代的テクストとしての『千夜一夜』

――文学における「範例性」のモデルとして

はじめに　『千夜一夜』と文学研究

『千夜一夜』が文学研究の対象となったのは、十九世紀のヨーロッパにおいてであった。十八世紀初めにフランス人アントワーヌ・ガランによってヨーロッパへ初めて紹介され(1)、たちまちのうちに湧き上がったこの物語集への（あるいはこの物語集を通じた中東の物語への）関心が、十八世紀後半にはガラン版を補うテクスト群の探索というかたちをとり、それにまつわる書誌学的な情報の蓄積がおこなわれた。その土台の上で、十九世紀に入るとアラビア語原典の印刷やその翻訳という活動を通じて初期の論考が積み重ねられていく。とりわけイギリスを中心とする「オリエント」支配の欲望と、それと平行して醸成されてくる人々（ヨーロッパの知識人および大衆）の中東世界への文化的関心が、『千夜一夜』を象徴的な素材へと押し上げた。

そもそも学としての「文学研究」が制度化されてくるのは十九世紀も末になってから（あるいは二十世紀初頭）であろうが、『千夜一夜』は「文学研究」という学問領域が確立する前から、いわば先駆的に学究の対象となってきたことが興味深い。一つには、この〝作品〟――すなわち『千夜一夜』の名で呼ばれるものの総体であるが、それはつねに拡大し、またさまざまな変化をみせてきた――の書誌学的な混乱ゆえに考究作業が必然的に喚起されたからであり、また一つには中東世界に対する（植民地支配を背景にした）人類学的・民俗学的な関心の対象となることで文学作品でありながら他の学術的活動領域において参照素材とされてきたからである。

こうしてヨーゼフ・フォン・ハンマー＝プルクシュタールを代表とする書誌学的な研究や、他方では十九世紀初めにエジプトに滞在しその知見を集積したアラブ民俗学の古典的著作『現代エジプト人の習俗』(2)を出版したエドワード・レインによる、アラブ世界の生活と文化にかかわる詳細な注を施した『千夜一夜』の英訳本が生まれ(3)、また、長年にわたって広く中東世界を旅した経験を生かして、とくに性風俗に関心を置きながらアラブ世界の生活文化情報を提供する膨大な注を施したリチャード・バートンの「完全版」英訳本が生み出された。バートンは彼の『千夜一夜』（別称『アラビアン・ナイト』(4)）の最終巻に長大な「巻末論文」を付したことでも、『千夜一夜』研究史のなかで重要な位置を占める。またバートンはたんに一〇〇一夜を揃えた「完全版」のアラビア語印刷本を全訳しただけでなく、（本体に匹敵するほどとは言えないまでも）きわめて多数の、それまでなんらかのかたちで『千夜一夜』に帰属させられたことのある物語を網羅しようとした『補遺《サプリメント》』六巻(5)を刊行した。「完全版」をさらに拡大し、より完成した物語集積たることを目指したこの『補遺』は、もとの完全版の完全性を脱構築すると言ってもよい、まさにデリダ的な「代補」を象徴するものであり（いまや『千夜一夜』の中心をなす物語として人々の意識にのぼる「アリババと四十人の盗賊」や「アラジンと魔法のランプ」はこの補足部分に入っていたということを考えてみるとよい）、『千夜一夜』という物語集がいくらでも拡大することができ、その輪郭を捉えることが不可能であるような、原理的にいって謎の存在であることをむしろ明らかにしてしまったのだ。『千夜一夜』は「謎」ないしは「不可思議」な存在として、文学研究の対象となっていく。

　十九世紀後半から二十世紀にかけての時期に、『千夜一夜』をめぐる本格的な学術研究が展開されるようになる。ゾタンベールによる諸写本の研究(6)、ショーヴァンの膨大な民話研究大全のなかでの『千夜一夜』関連文献の網羅的リストアップ(7)、ガランの日記の刊行(8)など、この「謎」の文学素材をめぐって、すでにきわめて高度な学術活動が繰り広げられてきた。ちなみにこれらはフランスでおこなわれた研究であり、イギリスでの中東世界に対する現実的関心に裏打ちされた習俗的な探索の方向と相補的に、フランスではより思弁的な「オリエント学」の伝統のなかで、やはり今日でも参照され続けているこうした研究が生み出されてきたと概括できよう。

二十世紀になると、オリエント学をリードするイギリスのD・マクドナルドによる系譜学的・書誌学的な諸研究[9]や、学術的校訂として名高いドイツ語版の翻訳刊行[10]もおこなったE・リットマンの総合的研究[11]、N・エリセーエフによる書誌学的研究とテーマ論的考察を含む著作[12]、アメリカのシカゴ大学のN・アボット教授による最古の写本断片の発見[13]、ドイツのM・ゲルハルトによる物語テクストとしての詳細な研究[14]など著名なもののほかにも、民話学的研究、ヨーロッパでの受容研究、韻律論的研究などさまざまな学術研究が積み重ねられていく。こうした流れのなかで、日本でも『千夜一夜』をたんなるおとぎ話集としてではなく、学問的関心をもって、あるいは少なくともまじめに検討するだけの価値のある文学作品として受けとろうとする姿勢が醸成され、日本におけるアラビア語・アラブ文化研究の第一人者であった前嶋信次によってアラビア語原典からの初の邦訳が平凡社より東洋文庫の一作品として刊行されることになった[15]。十二巻までと「アラジン」と「アリババ」を収めた補遺の巻を出したところで前嶋が亡くなった後は池田修によってこの仕事が引き継がれ、十六年をかけて一九九二年にこの翻訳は完成する。この翻訳版は、底本とする原典（カルカッタ第二版）のテクストを非常に忠実に訳出することを基本姿勢とした、世界に誇るべき、きわめて学術的な価値の高いものである。また可能なかぎりさまざまな別の版本をも参照して校訂が加えられている。本書における『千夜一夜』の日本語訳はこの平凡社東洋文庫版に拠っており、この労作なくしては本書の着想そのものが成り立たなかったと言ってよい。

二〇〇四年はガランの翻訳刊行開始三百年にあたり、これを記念して、世界各地で『千夜一夜』関連のシンポジウムがおこなわれ、研究論文も多く生みだされた[16]。マルゾロフらの監修による信頼に足る学術性と可能なかぎりでの網羅性を備えた『アラビアンナイト百科事典』（二巻本）[17]が刊行されたことも画期的である。日本では西尾哲夫の指揮によって研究が集積される一方[18]、その監修のもとに「アラビアンナイト展」[19]が開かれ、充実したカタログ[20]とともに、『千夜一夜』を再発見されるべき文化現象として提示した[21]。

『千夜一夜』を学術研究の対象としてきたのは西洋世界であるが、近年ではそれがアラブ世界にも広がりつつあるのが特徴である。とりわけ、欧米の諸大学で文学研究に携わるアラブ世界出身の多くの研究者が、語学的・文化的なメリットを活かして、熱心に『千夜一夜』研究を展開している。ガランが依拠した写本を探し出し、その（アラビア語）校訂版を刊行したムフシン・マフディはそうしたアラブ系研究者の先駆的代表者である。マフディはこのガラン写本の印刷刊行のみならず、本書も多く依拠するさまざまな学術的研究によって「『千夜一夜』学」を大きく進歩させた。今日では欧米においてばかりでなく、欧米での留学を終えてアラブ世界に戻って『千夜一夜』研究を続ける専門家も現われ始め、カイロを一つの拠点として重要な成果を挙げつつある。今後、中東世界で『千夜一夜』の新たな写本が発見されることも大いに期待される。

　このようにみてくると『千夜一夜』研究は、「文学研究」が始まる以前から開始されていたが、現在、まだ始まったばかりであるとも言えるように思われる。すなわち、『千夜一夜』の研究は、『千夜一夜』という作品が、ヨーロッパ近代的な「文学」概念に従うものでないだけに、「文学」研究という枠を初めからはみ出すような素材として探究されてきたのであり、また今日「文学研究」という分野を超えた影響力をもつと同時に、私たちにとってすでに制度化している「文学」の研究そのものを問い直す契機としても働くと思われるのである。

　本書では以下の第Ⅱ部において、『千夜一夜』が今日もつ触発力について検討していきたい。第Ⅰ部を通じてデリダの考えた「範例性」という概念を多面的にたどってきた本書としては、『千夜一夜』がどのようなかたちでこの「範例性」を具現した作品としてあるのかを明らかにすること、そしてこの特質が私たち読者にとってはどのような意義をもつのかを示すことをめざす。すなわち『千夜一夜』が、「いま」のそして「これから」の私たちにとって、どのような力を有するものであるのかを照らし出したい。

　以下、第四章では『千夜一夜』の特異な生成過程を、第五章では『千夜一夜』のテクストに内在する特異性を取り上げ、この「作品」が私たちの通常の「作品」という概念を打ち壊し、まさにデリダがたえず主張していたような、「起源」なき存在、内部と外部の分割そのものが脱構築される越境的な場として存立していることを明らかにする。第六章では、デリダによる存在概念の根幹をなしていた「反復可能性《イテラビリテ》」がまさに『千夜一夜』のテクスト構成原理となっていることを示す。第七章では、『千夜一夜』にみられる特殊な主人公像に着目して、非主体的で受動的であり、さらには「非＝知」を根幹に据えるような存在であることがこの物語では主人公たる要件をなしていること、その背景にはイスラーム神学で哲学的に堅持されてきた非実体論的な世界観があること、そしてその結果、凡庸で無知な主人公たち、つまりは匿名的で無力な私たち人間の誰もが、生き生きとした存在者として光を放ちうるとする人間肯定の姿勢がここから生まれてくることを示す。「まとめ」においては、第Ⅱ部全体をふり返って、終章への導きとしたい。

なお本書では『千夜一夜』の収録話名としては、おおむね平凡社東洋文庫版での表記を用いる（翻訳上の表記の揺れもそのまま踏襲した）。ただし随時、通称として用いられている物語名も併用する。また、言及する物語が、一〇〇一夜のどのあたりに配置された収録話であるかをめやすとして示すために、平凡社東洋文庫版での構成にしたがって各収録話に通し番号を付し、これを収録話名に冠して掲げることとする。平凡社東洋文庫版のタイトル一覧は、巻末の資料1を参照されたい。これから議論するように、『千夜一夜』という切れ目のない壮大な物語テクストにおいては、収録話一つ一つの輪郭があいまいで、その〝アイデンティティ〟もつねに揺れ動き、もともとはタイトルというものも伴っていない。したがって、上記のような方策を採ることは、『千夜一夜』のある一つのヴァージョンを不当に特権化した上で、各収録話を完全に独立した物語であるかのように処理するという点で、本書が『千夜一夜』という作品の本質とみなす不定形で境界横断的なあり方を裏切ることになっていることは承知している。しかしながら研究上は、便宜的にこうした処理をおこなわざるをえないことをご了解いただきたい。(22)

この意味でも『千夜一夜』は、それに接しようとする者に、必然的にこの作品に対する「裏切り」を引き起こすような装置だと言うことができる。『千夜一夜』は、「裏切り」による「継承」しかありえないような素材、すなわちデリダの考える「文学」そのものの象徴的な素材であると、すでに言うことができそうである。

第四章　『千夜一夜』の生成過程と本質的可変性

私たちはふつう「作品」というものを、輪郭をもった一つの実体としてイメージしている。二十世紀の文学批評の興隆期にめざましい成果を挙げた作品の構造分析や内在批評の潮流はとりわけ、そうしたイメージを強化することになった。しかし私たちが固定したものであるはずだと考えている「作品」の「輪郭」とは、もっと問題をはらんだ、実は決定不可能なものではないのだろうか。まさに『千夜一夜』という「作品」はこうした問題意識に照らしてみたとき、挑発的な作品となる。

第一節　作品の生成過程

近代西欧の美学的な常識では、「作品」は「完成」することによって初めて存在するとされてきたと言えよう。この意味では『千夜一夜』は「作品」とは呼べないことになる。なぜならこの物語集は、最終的で決定的なかたちをとって「完成」したことがないからである。この決定版の不在のありさまをこれからみることになるが、この終着点の不在（ないし不決定）と照応して、『千夜一夜』には「起源」もない。『千夜一夜』という作品は「起源」という概念とまったく相容れないような場である。本節では、『千夜一夜』における「起源」と終着点の不可能性を、この「作品」の生成過程を再検討しながら確認したい。

最初に『千夜一夜』の成立過程を概観しておきたい。本書では『千夜一夜』の生成発展段階を大きく三つの時期に区切って考えることにする。第一期は、この物語集がアラブ世界に導入される以前の時期である。第二期は、八世紀以降の中世アラブ世界での発展期である。そして第三期は、十八世紀初めにガランによってヨーロッパに紹介された後、現代に至るまでの時期である[1]（巻末資料2「『千夜一夜』生成過程略年表」参照）。

通常は、第二期こそ『千夜一夜』の時代として指定されるものであろう。しかしこの物語集はアラブ世界で初めて出現したものではなく、これから確認するようによそからの借り受け、ないしは移入によって始まったものであり、上に第一期として設けたように少なくとも前史が存在する。むろん中世アラブ世界のイラクで、シリアで、カイロで、『千夜一夜』は盛んに楽しまれ、伝承され、発展をみてきた（トルコやペルシアでもかなり盛んであった痕跡がうかがえる）。だが『千夜一夜』の発展はこの段階で終わるのではない。一七〇四年に初めてフランス語訳が刊行されてヨーロッパに紹介され、それが大ブームをまき起こしたことによっていわば今日の『千夜一夜』はある。したがってヨーロッパ紹介後を『千夜一夜』の後日談とみるのではなく、この第三期もまた『千夜一夜』の新たな生成期ととらえるべきであろう。実際、現在の定本となる写本が編まれたのは、あとでもみるが十八世紀後半のカイロのことであり、これは当然ヨーロッパでの『千夜一夜』熱を反映してのことである。そしてこの段階に入って以後、世界中の人が『千夜一夜』を読み、またその新たな変貌に参入することになった。いまなおその現象は続いている。『千夜一夜』の生成運動には、まさに始まりも終わりもない。

1 「起源」の不在

『千夜一夜』はその成立時期を特定することができない。なぜならこの作品は上に触れたように、たえざる変貌のなかにあったからである。

『千夜一夜』は、ペルシアで成立していた物語集をアラビア語に翻訳することによってアラブ世界に導入されたものであるらしい。西暦九九〇年頃没したとされるバグダードの書籍商のイブン・アンナディームが当時の全書籍の目録を作成した際に残した記述（『キターブ・アル・フィフリスト（目録の書）』と呼ばれる）のなかに、この物語集について言及したと思しき箇所（第八部第八章第一節）があり、そこからこうした事情をうかがうことができる。(2) それによれば空想的な娯楽物語の流行のもとはササン朝のペルシアであり、その元祖（「こうした内容で一番最初に書かれた本」(3)）に『ハザール・アフサーン（千の物語）』という書物があった。女性を娶っては翌朝に殺すことを繰り返していた王のもとに聡明な女性シャフラザードが嫁ぎ、千夜のあいだ物語を語り継いで（その間に一児の男子をもうけ）、ついに王に改心させたという枠組みをもっていることが紹介されている。ここで言及されているのはまさしく『千夜一夜』の原型にほかならない。またマスウーディ（八九六—九五六）の歴史物語書『黄金の牧場』(4) のなかには、『ハザール・アフサーン』というペルシアの物語集がアラビア語に訳されて『アルフ・フラーファ（千の〈娯楽〉物語）』となったという記述があり、(5) イブン・アンナディームの情報とほぼ一致している。

アッバース朝の成都バグダードでは、ペルシア語やギリシア語をはじめさまざまな言語からの翻訳が盛んであったことが知られている。(6) こうした事情から、アラビア語の物語集『千夜一夜』は、八世紀初頭のバグダードでペルシア語の物語集をアラビア語に翻訳するかたちで始まったと考えられている。最初は、もとの物語集の名をアラビア語にほぼ直訳して『千の物語（アルフ・フラーファ）』と呼ばれていたのが、次第に『千の夜（アルフ・ライラ）』と名を変え、そのうちに『千夜一夜（アルフ・ライラ・ワ・ライラ）』という名称に落ち着いてきたのだと考えられている。(7) ちなみに現存する最古のテクストは、シカゴ大学のナビア・アボット教授が二十世紀のなかばにエジプトのパピルス文書のあいだから発見した、二枚の二つ折りの紙（亜麻紙）に書かれたもので、欄外の記述から九世紀のものだと確定されている。わずかな断片であり、脱色し破損しているが、奇蹟的に

كتاب
فيه حديث
الف ليلة

図1
（左）９世紀の写本断片第１ページ（アボットの論文から）
（右）タイトルの部分を抜書きしたもの．「千夜の物語《ハディース》の書」と記されている

も『千夜一夜』の枠物語冒頭部を記したもので、しかも幸運なことにタイトルをはっきりと読み取ることができる（「千夜の物語《ハディース》の書」と記されている）(8)。

ではこの物語集の起源をペルシアだと限定してよいかというと、そういうわけにもいかない。もともと、才女が物語を語り継いで延命するというモチーフはインドのものだとされている。それがペルシアに渡り、人々に受け容れられて枠物語に生かされたらしい。そもそも入れ子式の枠物語のスタイルそのものが、『パンチャタントラ』(9)や『鸚鵡七十話』(10)などに代表されるように古代インド説話に特徴的にみられるものである。このようにペルシアで成立していた物語集自体が、インドなど周囲の物語伝統の移入と継承に基づくものであったことは疑いをえない。また、アラブ世界に移入された愉快なおとぎ話（フラーファ）の出所としては、さきのイブン・アンナディームもマスウーディも、ペルシアとインドに並んでギリシアを挙げている。ギリシア語で語られてきた物語も、この伝統の重要な一角を形成している。古代ギリシア世界（ならびにローマ世界）の物語要素が伝播してのちのちまで中東世界でも広く受け継がれてきたことは、現在の『千夜一夜』の諸テクストをみればば明らかであるが、おそらくごく初期の形態においても同様の側面があったであろう。イブン・アンナディームはそもそも慰みにおとぎ話を楽しんだ最初の人物はアレクサンダー大王だと述べ、このタイプの物語の伝統がギリシア世界と切り離せないことを示していたし、彼の『フィフリスト』の少し先の箇所には、ビザンチンの物語として「シャフリヤール王と、王が物語り手シャハラザードと結婚するに至ったわけ」という書名が挙げられている（「夜話、歴史、おとぎ話、ことわざについてのビザンチンの書籍名」の項目）[11]。こうしたことからすれば『千夜一夜』の起源をギリシア世界の方向へ伸ばすことも理がないわけではない。いずれにしても八世紀あたりまでのアジアからヨーロッパへかけての地域における物語の伝播・交流は、私たちが考える以上にきわめて活発であり、個々の物語を取り上げた場合でもその「起源」の場所と時代を特定することはほとんど不可能であるように思われる。以上のようなしだいで、『千夜一夜』の起源を確定しようとしても、それはどこまでも遠い時代へと、しかも複数のさまざまな場所へと拡散してしまうために、発端を突き詰めることは不可能であることがすぐに明らかとなる。

したがって欧米世界で『アラビアン・ナイト *Arabian Nights*』と称されるこの物語集は[12]、その原型の由来からすれば、アラブ世界のものではない。モチーフからしてもアラブ世界では「アラビア語を着たペルシア文学」と呼ばれることがあるほどで、井筒俊彦も「『千夜一夜』は真に正統的なアラビア文学ではない。それはアラビア語の外衣を着たインドとペルシアの物語文学にすぎない」と述べている[13]。外部性の強さについての価値判断はともあれ、『千夜一夜』はアラブ人にとって（ある面では）アラブ世界の内部には起源をもたないものとして意識されてきたのであり、たしかにそうした性質を本質的に備えている。『千夜一夜』は本質的に「よそ」の文学なのである。

『千夜一夜』は十六世紀初めまでにカイロで成立した、と辞書にもしばしば書かれている。たとえば『千夜一夜』研究の日本での第一人者である前嶋信次にしても、文学辞典のなかで次のように記述している。「最後の仕上げはカイロで行われ、そこのマムルーク朝が十六世紀初めにオスマン・トルコ帝国に征服された頃には、もはや大体、現在のような形を整えていたらしいというのが、最も有力な説である」[14]。こうした説明はごく最近でも、よくみかけられる。

しかしこれは実は『千夜一夜』の英訳者エドワード・レイン（一八〇一－七六）の説の踏襲にすぎない。レインは彼の翻訳版の序文で、「今のかたち」での『千夜一夜』は、「十五世紀の最後の四半世紀になってから作り始められ、一五一七年のオスマン・トルコによるエジプトの征服以前に完成されていた」と主張している[15]。だが、レイン自身「私が考えるにおそらく」と前置きしているように、この説はレインの主観的な主張でしかない。十九世紀前半のカイロに数年間住み[16]、その地に密着した生活を送りつつ風俗を研究して、（そうした「現代」の風俗が中世アラブ世界の文化のありようを保存しているとみなしながら）著書『現代エジプト人の習俗』を記し[17]、アラブ民俗文化の真髄をヨーロッパに伝える第一級の専門家の地位を獲得したレインとしては、彼が訳して伝える『千夜一夜』は、「純粋な」アラブ世界に属するものでなくてはならなかった。だから彼にとっては『千夜一夜』がヨーロッパの影響を受ける以前に、それどころかトルコの支配にエジプトのマムルーク朝が屈する以前に、アラブ＝イスラーム世界の黄金の中心地であるカイロで完成されていることが必要だった。すなわち時期的にはこのカイロ陥落の直前に、すなわちカイロで華開いた中世アラブ文化の最終段階に完成をみた最高の果実として位置づけられることが重要であったのだ[18]。

上記の辞書類での記述とは異なって、これからみるように、古来『千夜一夜』は何度でも作り変えられてきたのだし、とりわけ「今知られているかたち」での『千夜一夜』というしばしば使われる表現がこれから言及するＺＥＲ（ゾタンベールのエジプト系版本）を指すのであれば、その親写本の成立は十八世紀後半とされている。しかも、マフディの言うように、ZERの親写本は次々にコピーされてヨーロッパ人の手に渡り、現在ヨーロッパのあちこちの図書館に所蔵されているのに対して、逆にアラブ諸国では見当たらない（イラクやエジプトにあるという情報も最近聞かれるが）ということから推し量れば、もともとZERの親写本はヨーロッパ人の依頼に応じて作られたと考えるのも妥当であるように思われる。[19] さらにはレインが翻訳の底本とした一八三五年のブーラーク版は、エジプト人たちの手によって印刷されたとはいっても、一七八九年のナポレオンの遠征以来、近代国家として成長することをめざした官僚エリートたちの教養（ないしは楽しみ）――本書ではこれから述べるように自文化意識の変革としてみたいのだが――のために生産されたと考えられている（ヨーロッパ向けの輸出商品にという意向があったとする見方もある）[20]。ともかく自分たちの文化遺産として誇りを抱き、この国立印刷所のもっとも早い出版物の一つとして『千夜一夜』が選ばれたことは、『千夜一夜』がアラブ文化・中東文化の代表作品とみなされたことを意味するが、そもそも、アラブ世界の内部では（ごく最近であっても）まともな文学とはみなされなかった馬鹿げたおとぎ話集である『千夜一夜』を、自分たちの文化的アイデンティティの拠り所とみなすこと自体が、すでにヨーロッパの価値判断に寄り添ったものである。こうした事情をかんがみれば、『千夜一夜』は、純粋にアラブ世界の内部で発展しその意味でアラブ文化を代表するような作品ではない、と言うことができるだろう。さまざまな他所《よそ》の起源を持ち、またアラブ世界ないし中東世界で民衆に親しまれ発展してきたにしても、そこに西欧世界との往還を交えることで、『千夜一夜』は現在のかたちに作りなされてきたということを強く意識しておきたい[21]。この点で本書は、世界文学として『千夜一夜』を捉えるF・ガズール[22]や、「文明のはざまに成立した」超域的作品とみる西尾哲夫[23]と同一の立場をとっている。

　『千夜一夜』の生成には初めもなく、終わりもない。たえず変貌し、生成され続けるこの作品は、固定した源泉をもたず、その帰属場所も一元的に定められることなく、たえず越境し続けながら、本質的にハイブリッドなテクストとして現われてきたのである。

2　反復される「完成」

『千夜一夜』における「完成」の不在という問題を考えてみたい。

そのためにまず、基本情報として『千夜一夜』のテクストについて、いくつかの点を確認しておきたい。現存する写本は、さきに紹介した九世紀の断片を最古として、七十ほどにも上るという[24]。さらに、近年、アラブ世界や周辺のイランやトルコなどイスラーム世界各地でも写本が見つかっているし、ヨーロッパでも新たな写本の発見が報告されている[25]。資料の発掘も、その充分な整理検討も、これから研究成果が期待される領域である。

系譜的には『千夜一夜』の写本は大きく「シリア系」と、「エジプト系」に分けられる。「シリア系」写本は、フランス国立図書館所蔵のいわゆるガラン写本（論者によって揺れはあるが十五世紀頃作られたとする説が有力）と、ヴァチカン所蔵のもの（やはり十五世紀のもの）、およびロンドンの英国政府インド政庁図書館に収蔵されている三点が有名であるが、いずれもエジプト系に比べるとより古く、冒頭から四十話ほどを含んだところ（だいたい第二〇〇夜前後）で中断している。これらは内容も相互にかなり一致しており、同一の系列にあるものであることは確実とされている。一方「エジプト系」はシリア系を発展させたかたちで、冒頭からかなりの部分が、シリア系写本をそのまま踏襲し、そのあとにさまざまな物語を付け加えた体裁をとる。エジプト系写本には一〇〇一夜を含む、いわゆる「完全版」がいくつかある。これらはある親写本をもとに派生した一群をなしているとみられ、これを研究したエルマン・ゾタンベールの名をとって、総括してZER（Zotenberg's Egyptian Recension）「ゾタンベールのエジプト系版本」と呼ばれる。本書では以下ZERと記す。ZERは一八〇〇年前後に集中して作成されている。このほかに、ZERよりも古い時代（十八世紀半ば以前）に作られた「初期エジプト系」として整理される写本がいくつかある。ZERの親写本もおそらくこうした「初期エジプト系」写本をなんらかのかたちで受け継ぐものとして作られてきたと思われる。成立時代順にならべれば、シリア系、初期エジプト系、ZER写本群となるが、これらは並行して存在してきたのであり、相互関係も非常に複雑な要素を含んでいるので、今後の研究のまたれるところである（本書二八四頁の「系統図」を参照のこと）。

アラビア語の印刷本として重要なのは、初期の四点である。すなわち、カルカッタ第一版（一八一四―一八年）、ブレスラウ版（一八二四―四三年）、ブーラーク版（一八三五年）、カルカッタ第二版（一八三九―四二年）である。これらについては、以下に検討する（それら以前の部分的な印刷の試みもあとで紹介する）。またほかにはベイルート版もしばしば参照される。これはレバノンのカトリック神父サルハーニーがカトリック教会で十九世紀後半に印刷させたもので、卑俗・淫猥な面は削除または書き換えを施したものであるが、現在でも版を重ねており、とくにヨーロッパ人にとって入手が容易である点で重要である。[26] ちなみに現在、カルカッタ第二版は印刷本を手に入れるのは容易ではないが、マイクロフィルムは図書館を通じて入手可能である。[27] 本書はこれを利用した。ブーラーク版はオリジナルの復刻版を含め、[28] アラブ世界で種々のかたちで刊行されており、入手することができる。

西欧を中心に世界各国でなされてきた翻訳は、カルカッタ第二版を底本とすることが多い。またブーラーク版に基づくものもある。二〇〇七年に刊行が完結されたフランス・ガリマール社のプレイヤード叢書の『千夜一夜』フランス語訳[29]は、カルカッタ第二版とともにブーラーク版を典拠としている。いずれにしても諸写本を照合した上でなされることが一般的であり、また翻訳者ごとに種々の度合いで独自の編纂をおこなっていることも前置きしておきたい。こうした点についても以下に随時触れることにする。

私たちが知っているかたちでの『千夜一夜』、すなわち現在、世界中で多くの校訂版が底本としているアラビア語印刷本の元となったアラビア語写本、すなわちZERの祖となった写本（以下「ZER親写本」と表記する）が作られたのは、すでに述べたように（推察にすぎないものの）十八世紀の後半だとされている。暫定的なものであれ『千夜一夜』の「完成」をこの時点にみるのはそれほど妥当性を欠いたことではないだろう。だがここから、『千夜一夜』がその時点（一七七五年ごろ）まで一度も「完成」されたことがなく、このとき初めて完全な形態を達成したのだ、とするのは疑問である。とりわけ、『千夜一夜』が初期の小規模な物語集から次第に成長して、時代を追うごとに少しずつ容量を増やし、増加の一途をたどって、最後に完成形に至ったというように、その増殖過程を単線的に考えるのは誤っているだろう。

　さきの『フィフリスト』の記述に注意してみたい。イブン・アンナディームは、物語を楽しみ保護・保存したアレクサンダー大王を嚆矢としてその後ペルシアの王たちが『ハザール・アフサーン（千の物語）』の書を愛好したことを述べた箇所で、その書が「千夜にわたるものであるが実際には二〇〇に満たない物語しか含んでいない」と記し、なぜなら「一つの物語が何夜にもわたって語られることがあるから」だと述べている。つまりペルシアにおいてすでに一千夜を備えた物語集が存在したということだ（イブン・アンナディームが不服としているのは、千話を含んだ物語集ではないことだ）。さらに彼は「私は完全なかたちをとったその本を何度も見た」と証言している（そして実にくだらない本だと低い評価を与えている[30]）。ここで注目したいのは、千夜そろったかたちがアラブ世界においてもこの時点ですでに何度も作られていたということである。この書籍商の言葉を信じるならば、千夜にわたって展開される物語集は十世紀以前に（しかも何度も）完成をみていたことになる。とりあえず千夜もしくは千一夜のあいだ物語が連鎖する物語集が出来上がることを『千夜一夜』の「完成」と捉えるならば、『千夜一夜』はきわめて古い段階から完成に至ったことがあり、そしてさらに興味深いことに、一度「完成」してもそれが決定的で最終的な「完成」とはみなされず、作り変えられ、またやり直されて[31]きたということである。『千夜一夜』は完成に到達したことがないのではなく、「完成」がつねに暫定的で仮設的なものとみなされるような伝統のなかに生きてきたと言える。すでに『千夜一夜』の〝起源〟の時代に、こうした現象が観察されるのは興味深い。

　「完成」の「やり直し」はその後の発展段階でも繰り返されてきたようである。さきに本書で第二期とした、十七世紀末までの中世アラブ世界での発展期にもすでに一〇〇一夜を備えたヴァージョンは出現していた、と考

マイエ写本の構成（断わりがない数字は夜の番号）

第１部―第10部：1-465
　詳細内容：1-50, 50-74, 70-74, 75-92*1, 150-192, 193-228, 229-250, 251-268, 269-286, 286-304, 304-（混乱あり）-434, 433-465
第11―12部：245-289
第13―18部*2：（このうち第15・16, 18部は欠落）
第19部：247-273
（第20―23部：欠落）
第24部：674-693
（第25部：欠落）
第26部：740-774
（第27部：欠落）
第28部：872-905
第29部：841-870

*1 「せむしの物語」途中で中断，欠落部をはさんで続くが，夜の番号は大きく飛ぶ．
*2 第13，14，17部は夜の分割なし．

えることは不可能ではない。『千夜一夜』の写本研究の第一人者ゾタンベールの研究[32]には、この点で興味深い情報がある。一八八八年の浩瀚な論文のなかでゾタンベールは、当時はまだ謎であったガランの使用した写本の実体を推定するために、ほかのさまざまな写本を検討している。ゾタンベールは、ガランが『千夜一夜』の写本をシリアから入手して翻訳を出した時点で、ガランは知らなかったものの、パリの国立図書館にはすでに『千夜一夜』の写本が二つ所蔵されていたことをつきとめ、その内容を紹介している。それらはどちらも、十七世紀末までのアラブ世界で、一〇〇一夜分を備えた『千夜一夜』の編集が少なくとも試みられていたことを示している。この二つの写本について、ゾタンベールの論文をもとにみてみたい。

「一〇〇一夜完全版」へ向けての数々の試み

第一は、十八世紀初めにフランスの総領事としてエジプトおよびレヴァント地方に赴任したブノワ・ド・マイエがフランスへ持ち帰った写本である。ゾタンベールによれば、これは十七世紀後半に書かれた写本で、一人の手で丁寧な字体で書写されたものだという。十八世紀後半に編纂されるＺＥＲと区別して、「初期エジプト系」の写本と呼ばれるものの一つである。四〇八紙葉からなる大判の一巻本で、第一部から第二九部までに分かれている。内容は八七〇夜までを含み、そこで中断している。話が途中で途切れている箇所や（おそらくあとから書き足すつもりだったと思われる）白紙の箇所があったり、夜の番号が乱れている箇所がいくつかあるなど、もろもろの意味で未完成の版ではある[33]。このマイエ写本は（一度一〇〇一夜まで達成されたものの最終部分が散逸したのではなく）、おそらく未完成・未完結のままに放り出されたものだとされている。しかしこの写本が、一〇〇一夜を備えたヴァージョンを完成させる試みであることは明らかである、さらに興味深いのはその構成内容、とくに夜の番号の乱れ具合である。

第一部―第一〇部まで、夜の番号で四六五夜までは（多少の混乱は含むものの）大まかにいって安定したひと続きをなしている。おそらく、ここまでを含むかなり整理された既存の版を書写したものと思われる。その後、第一一部以降は、ほかのさまざまな『千夜一夜』の版およびその他の物語を寄せ集めたものと考えられている。第一一部の始まりの夜の番号が「二四五夜」に戻っているのは、内容としては第一〇部までに未収録の物語を引き写したのだろうが、その際にその物語が収められていた元の写本での夜の番号まで写してしまったためだと思われる。膨大な書写作業のあいだに個人の記憶を正確に保つのは当然困難であり、おそらくこの第一一部以降第二九部までのあいだに多くの情報源を用いたために、すでに収録した物語と同一の物語を重複して（第一七部と第二四部で「二人の泥棒の話」ほかいくつかの小話が重複）収録してしまったミスも見受けられる[34]。こうしたことからも『千夜一夜』のさまざまな選集が存在していたことが推察される。とりわけ興味深いのは第二八部で一度九〇五夜まで到達し、第二九部が夜の番号としては再び八四一夜に戻って始まっていることである。これは、すでに一〇〇一夜まで達した写本が断片的にでも存在していた（しかも複数存在していた）ことを示しているのかもしれない。

パリの国立図書館がガランの時代にすでに所蔵していたもう一つの写本は、さらに古いもので、興味深いことにトルコ語（オスマン・トルコ語）で記された写本である。これは十一巻からなるが、実は第二巻から第十巻がひと揃いで、第一巻と第十一巻はそれぞれ『千夜一夜』の冒頭部を収めた別物の版だがここにたまたま一緒に整理されたらしい。ゾタンベールが調べた蔵書歴によると、一六六〇年頃にマザラン図書館[35]に収められたものが、一六六八年に国立図書館[36]に移蔵されたものである。ひと続きの写本である第二巻—第十巻のうちの五つの巻は一人の手で筆写されており、ヒジュラ暦（イスラーム暦）の一〇四六年と記されている。すなわち西暦の一六三六—三七年となり、フランスの図書館への収蔵時期とも不整合はない。ともかく十七世紀半ばまでに書かれたものであることはまちがいないとされる。内容は途中で脱落があるものの、第一夜から第七六五夜までほぼ連続している。収録話としては、シリア系写本にはみられない「海のシンドバードの物語」（短いものであるが）やその他九つほどの物語が収録されていることも特徴として挙げられる。[37] このトルコ語翻訳版（アラビア語から直接訳されたのかどうかは疑問であるが[38]）も、あきらかに一〇〇一夜を備えた版を達成しようとする試みの一つであり、もしかしたらそのもととなる、あるいはそのモデルとなる版が存在していたのかもしれない。

こうした点をみても、ハインツ・グロツフェルトの主張する『千夜一夜』の「完全写本は何度も作られ、短命で消えて、何度も作り直された」とする説[39]は支持できそうであるし、このことは『千夜一夜』の生成過程をイメージする場合に強く意識しておくべきだと思われる。グロツフェルトは、一七五九年に書かれたとされるある写本（ドイツのゴータ図書館所蔵）に注目した。これは断片的な写本ではあるが、第八八九夜から第一〇〇一夜の部分を含んでおり、しかものちに印刷された完全版のブーラーク版と、収録話も、写本系統によって異なる結末部分も同一で、言葉遣いまで一致している。こうした点を挙げて彼は、このゴータ写本をZER以前に存在した完全版の一部とみなしている。そしてこれが四十年後に（十八世紀後半から末にかけて）、さまざまな系統の写本を組み合わせてZERの親写本が編纂される際の一つの源泉として用いられたと推察している。

グロツフェルトの主張でさらに興味深いのは、完全写本の作り直しのサイクルが比較的短時間だったという点である。彼は、それを以下のように論証している。一八〇〇年から一八一〇年の時期、カイロではたくさんの完全版写本が存在していたことが報告され、複数のヨーロッパ人（フォン・ハンマー＝プルクシュタール、アスラン・ド・シェルヴィル、ウルリッヒ・シーツェン）がそれを入手して持ち帰っている。だが二、三十年もすると（すなわち、カルカッタで完全版『千夜一夜』のアラビア語印刷本の制作が企画された一八三〇年近く）には、カイロから写本が消えていたことが知られている。この時期に再び作成しなおす必要が実際生じたことの証左として、現在ストラスブールに保存されている完全版写本であるラインハルト写本が挙げられている。このラインハルト写本には一八三一—三二年に筆写されたことが記されているが、十八世紀末のカイロで一度完成されたＺＥＲと内容は同一ではない。ＺＥＲ全体を転写したものではなく、ＺＥＲを部分的に含んでいるほかに、さらにより古い写本からいろいろな、今では名も知れぬ物語を寄せ集めている。ＺＥＲ所収の物語も多く含まれているが、配置順序は異なっているし、言葉遣いも違うことが多い。こうした点を論拠にグロツフェルトは、ラインハルト写本が一八三一—三二年の時点で新しく編纂し直されたものであると結論する。すなわち、グロツフェルトの考えによれば、『千夜一夜』の写本は三十年もすれば使い古され、散逸し、新たに作り直す必要が生じてきたのであり[40]、しかもその際、もとにあった古い写本をまるごとそっくり写し直すのではなく、さまざまな典拠《ソース》を組み合わせて再編集をおこなうことが繰り返されてきた、というわけである。

たとえばラインハルト写本がＺＥＲにかなり依拠していながら、忠実にそれを再転写するのでなく、話の順序や表現に変化を加えていることからも、写本製作者は新たな写本を作る際に、ほかの写本に書かれて残されている物語を転移収録するという原則を維持しながら、編集者として新たな創意を加えてきたのだと考えられる[41]。『千夜一夜』の伝統は、パーツの入れ替えや並べ替えをたえずおこないながら甦生《そせい》をくり返すことで保たれてきたと言うことができる。

たとえばＺＥＲに先立つ一〇〇一夜を備えた完全版写本として有名なモンタギュー写本は、「荷担ぎやの物語」の終わりまでは他の数々の写本と同様、ガラン写本と夜の区切り方まで同一であるが、その後は、Ｄ・マクドナルドによれば「カオス」だと言う。すなわちその後作られたＺＥＲとは構成内容がかなり異なっている、ということだ。マクドナルドはここから「この時期〔モンタギュー写本が作られたと推定される十八世紀半ば〕でも、一般に公認された編纂版は存在していなかった。そして各人は自分の編纂版をこしらえなくてはならなかった」[42]と述べている。

以上の点から私たちは、変化しながらの再生産、テクストの同一性と差異の結合の象徴的な場の一つとして『千夜一夜』という「作品」を位置づけることができるだろう。[43]『千夜一夜』は、本書が第I部でみてきたようにデリダが描き出そうとした、文学における系譜なき系譜——あるいは、つながりなきつながり——、いいかえれば、「断絶」(ないしは「裏切り」)をともなう「継承」の典型的な例であるとみることができよう。

いくつもの写本を合成しつつおこなわれた痕跡が十分にうかがえるZERの編纂も、したがって、ある意味では、数ある完全版写本再編集の一事例だったということができる。マクドナルドの研究[44]が示しているように、すでに十分な量に、おそらくは一〇〇一夜を備えた完全形態に達している写本に依拠しながら、ZER編纂にあたっては、そこにさらに物語を追加したいがために、夜の区切りを広くとり直して、いわば夜を稼いだようである。ZERはこうした再調整の産物にほかならない。

ZERの成立は『千夜一夜』の歴史のなかで、決定的にそれ以前とそれ以後を分かつ「断絶」としてみなされてきた面がある。たしかにZERの成立は、その後の『千夜一夜』の展開という面からみれば画期的な重要性をもっている。ただ一人の手によって整った文体で書かれ(そのことに対する評価は分かれるだろうが)、完全なミスとしての重複や極端な不整合を含まないという意味で完成度も、おそらくそれ以前には実現したことがないほど高いものだと考えてよいだろう。だがZERのような完全版写本の作成それ自体は未曾有のことではなく、これもまた連綿と繰り返されてきた多くの試みのうちの一つ(その反復例)にほかならない[45]——むろん後世に決定的な影響力をもったものであることは確かだが。実際、ZERをもとにしたアラビア語印刷本もZERに完全に忠実であったわけではないし、やはりZERに大幅に依拠する第二の完全版アラビア語印刷本であるカルカッタ第二版となると、ＺＥＲを用いながらさらにヨーロッパに知られたほかのさまざまな写本伝統を加味したものであることが突きとめられている。こうした「合成」を不純だとして低く評価する傾向が『千夜一夜』研究においては基調となっているように思われるが[46]、『千夜一夜』が雑多なものの寄せ集めの場であり、さらにたえずシャッフルし直して組み換えられ、複数の異本をもとにして編成し直されることによって、そのつど更新され甦ってきたことを考えるならば、ちぐはぐと評されるこうした合成はまさに『千夜一夜』の真髄をあらわしているということもできる。そしてこのちぐはぐさが、また次の世代の再編纂を喚起してやまないのである。ちぐはぐさを失った『千夜一夜』は、固定してしまうだろう。そして変貌をやめ固定してしまった『千夜一夜』は、死蔵へと向かい、生命を失うのかもしれない。

西洋人たちの「完全版」作成の情熱

「完成」のやり直し、改変しながらの継承という『千夜一夜』のこの伝統は、本書で第三期と設定したヨーロッパへの紹介以降も、ますます顕著になる。

アントワーヌ・ガランが『千夜一夜（アルフ・ライラ・ワ・ライラ）』という書名どおりに、その分量にふさわしい物語集を実現しようとして、さまざまな情報源（すなわち「ガラン写本」と呼ばれる『千夜一夜』の写本四巻——現存は三巻で、ガラン自身の記述どおり四巻本の写本セットがあったかどうかは疑問なのであるが——、それとは別にシンドバードの物語を収めた独立写本、さらにおそらくその他の写本、加えてハンナ・ディヤーブからの口述と筆記による物語の提供）を用いて彼の『千一夜——アラビア物語集 *Mille et une nuits, contes arabes*』を作り出したのも、その典型的な一例と捉えることができる[47]。

ガランは一七〇四年に第一巻から第二巻までを出版し、翌年、第三巻から第六巻までを、そして一七〇六年に第七巻を出版する。これらは「ガラン写本」を翻訳したもので、さらに第三巻にはそれとは別個にさきに入手し翻訳してあった「海のシンドバードの物語」を挿入している。しかし第七巻目までで手持ちの写本は訳し尽くしてしまったので、読者の好評に応えるためにも、ガランは付け加えるべき物語を求めていた。原稿を待ちきれない出版社は、ガランの承諾を得ずに、ペティ・ド・ラ・クロワが準備していた『千一日物語』[48]から三篇（二篇と一枝話）を抜粋してガランが準備していた一篇（「愛の奴隷、アブー・アイブーの息子ガーニムの物語」）に加えて、ガランの第八巻目として一七〇九年に出版してしまう（この件についてガランは第九巻の緒言で激しく非難している）。ガランの日記によれば、この年三月、ガランはパリに来ていたシリア人の修道僧ハンナ・ディヤーブを紹介してもらい、六月にハンナがパリを出発するまでのあいだに全部で一四の物語を聞きだしメモにとることができた。また物語の梗概をハンナに書いてもらったものもあった[49]。ハンナとの出会いから一年半以上たった一七一〇年十一月にガランは、ハンナに書いてもらった物語を読み直し、フランス語に訳し始める。こうして翌年一月までに原稿が作られて「アラジンと魔法のランプの物語」を含む第九巻と第十巻が一七一二年に出版される（ただし第九巻に収められている「目覚めていながら眠っている者の物語」については、ガランがハンナから聞き取ったという記述が日記にないので、別途に写本を入手してそれを訳したとも考えられている。たしかにマイエ写本やトルコ語写本などによって、この物語が写本として実在したことは確かめることができる）。ガランはさらに一七一一年八月以降は、ハンナから物語を聞いた時にとった自分のメモを読み直して、物語をいわば書き下ろしていく。「アリババと四十人の盗賊の物語」もそのうちの一つである。こうして一七一二年五月までに第十一巻の原稿を、一七一三年六月初めまでに第十二巻の原稿を整えた。第十一巻と第十二巻（最終巻）はガランが亡くなった二年後の一七一七年に出版された[50]。

以上の経緯からわかるように、ガランの九巻目以降は、たんに翻訳というよりも、かなりガランの作業が加わった物語たちである。ガランのまったくの創作ではないにしても、ハンナという人物の記憶や彼からの聞き書きをもとにした物語に拠っており、かなりその出所は怪しいと言わざるをえない。しかしガランは、彼の翻訳書の

参考：ガランの『千一夜』12巻本の構成（枝話名は適宜省略）

第1巻（1704）「千一夜」（枠物語），「ロバと牛と農夫，寓話」「商人と魔人」「漁夫の物語」「王の子である三人の遊行僧たちと五人のバグダードの女たちの物語」

第2巻（1704）「三人の遊行僧たちと五人のバグダードの女たちの物語」（続き）

第3巻（1705）「海のシンドバードの物語」「三つのりんご」ー枝話「ヌルディーン・アリーとバドルディーン・ハサンの物語」

第4巻（1705）「ヌルディーン・アリーとバドルディーン・ハサンの物語」（続き），「せむしの物語」

第5巻（1705）「せむしの物語」（続き），「アブルハサン・アリー・エブン・ベカールとカリフ，ハールーン・アルラシッドの寵姫シャムスルニハールの物語」

第6巻（1705）「アブルハサン・アリー・エブン・ベカールとカリフ，ハールーン・アルラシッドの寵姫シャムスルニハールの物語」（続き），「カルダンの子供たちの島の王子カマラルザマンと中国の姫バドールとの恋の物語」

第7巻（1706）〔緒言：これ以後，夜の区切りをやめる〕「ヌルディーンとペルシアの美女の物語」「ペルシアの王子ブドゥルとサマンダル王国の王女ジャウハールの物語」

第8巻（1709）「愛の奴隷，アブー・アイブーの息子，ガーニムの物語」「ゼイン・アラスナム王子と魔人たちの王の物語」「コダダッドとその兄弟たちの物語」（枝話「デリヤバールの王女の物語」）

第9巻（1712）「目覚めていながら眠っている者の物語」「アラジンと魔法のランプの物語」

第10巻（1712）「アラジンと魔法のランプの物語」（続き），「カリフ，ハールーン＝アル＝ラシッドの冒険」（枝話「盲目のババ＝アブダラの物語」「シディ・ヌーマンの物語」「コギア・ハサン・アルハバルの物語」）

第11巻（1717）「コギア・ハサン・アルハバルの物語」（続き），「アリババと，女奴隷に皆殺しにされた四十人の盗賊の物語」「バグダードの商人アリー・コギアの物語」「魔法の馬の物語」

第12巻（1717）「アフメド王子と妖精パリ・バヌーの物語」「妹に嫉妬した二人の姉の物語」

図 2　トルコの衣装を着たガラン

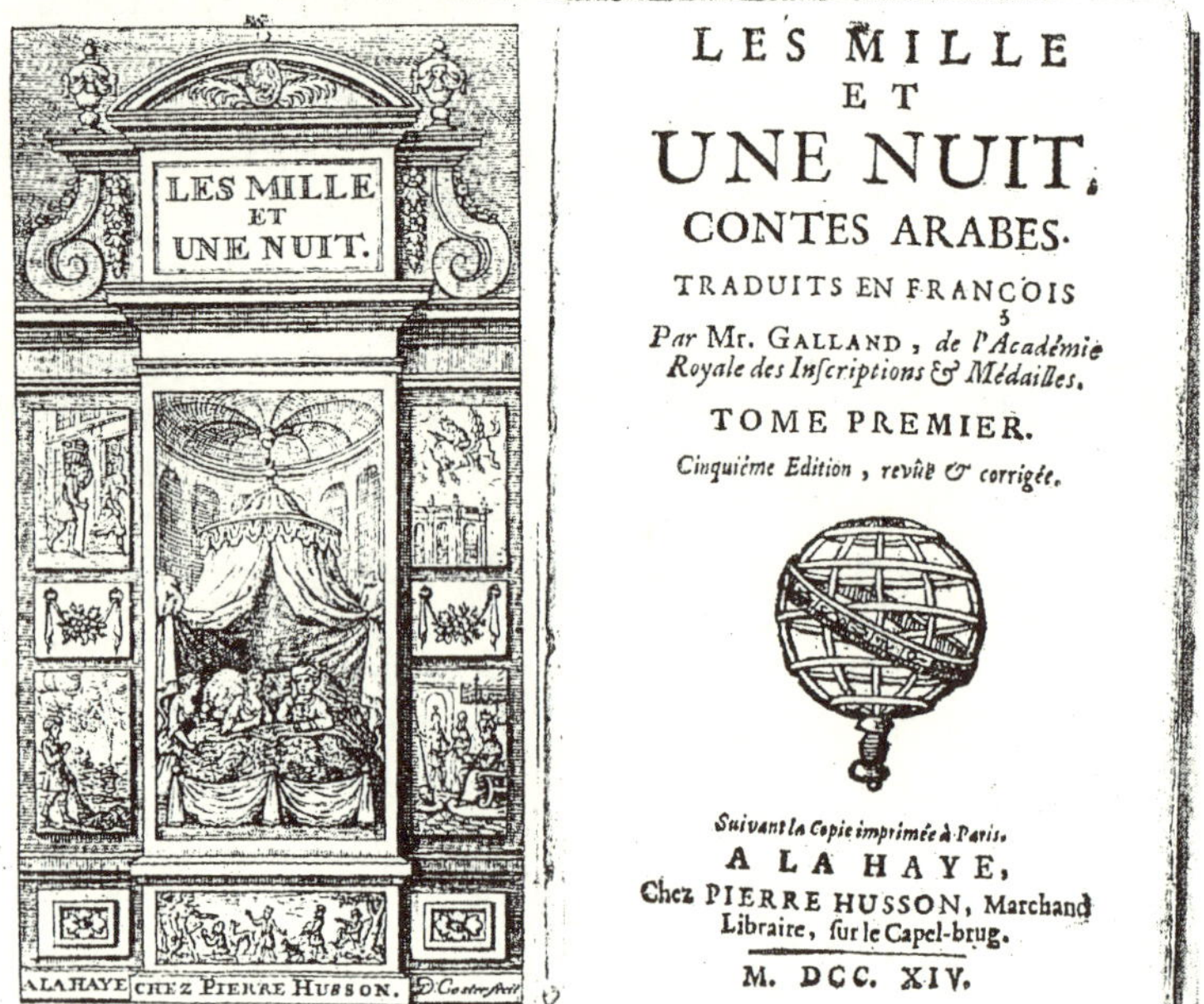

LES MILLE
ET
UNE NUIT,
CONTES ARABES.
TRADUITS EN FRANÇOIS
Par Mr. GALLAND, de l'Académie
Royale des Inscriptions & Médailles.
TOME PREMIER.
Cinquiéme Edition, revûë & corrigée.

Suivant la Copie imprimée à Paris.
A LA HAYE,
Chez PIERRE HUSSON, Marchand
Libraire, sur le Capel-brug.
M. DCC. XIV.

図 3　ガラン版『千一夜』の人気に乗じて1714年にオランダで出た海賊版．初めて挿絵が付いたことでも有名

はしがきなどで、確実に存在するアラビア語写本からの翻訳であることを装っていたために、読者はのちのちまで第九巻目以降に含まれる物語たちも、第八巻目までとまったく同様に、正真正銘のアラブ世界での伝承物語の翻訳として受けとり、それらを含むものとして『千夜一夜』の世界をイメージしてきた。[51]これらのなかにはその後（捏造された写本——すなわちガランのテクストをアラビア語に反訳したもの——以外には）アラビア語写本がみつからない、いわゆる「孤児の物語」も七編ある。とりわけ、一般に『千夜一夜』の中心的イメージをなしてきた「アラジンと魔法のランプ」と「アリババと四十人の盗賊」は、まさにこの、写本の見当たらない物語なのである（ゲルハルトはこれらを「孤児の物語」と呼んだ）。[52]『千夜一夜』の〝中心〟が実は虚像かもしれないこと、〝中心〟の起源が解明不可能であること、私たちのもっている『千夜一夜』像がある意味では『千夜一夜』への「裏切り」であること、『千夜一夜』がいわば中心をずらしながら存続してきたこと、とりわけヨーロッパへの紹介という『千夜一夜』の新たな生命の開始において、『千夜一夜』が知らず知らずのうちに（読者においてはむろんであるが、ガラン自身も『千夜一夜』という物語集を自分に可能なやり方で再現しようとしただけで、捏造する気持はなかったであろう）別物へと変貌することで確固たる存在を獲得したこと、こうしたことはみな偶然ではあるのだが、『千夜一夜』という物語集にとってはある意味では必然であったのかもしれない。ともかく『千夜一夜』という不安定な作品は、それ自身が本来的な「虚構」として存在していることが興味深い。

ガラン以後もヨーロッパにおいてこの熱は、ときに捏造を生み出しながら、受け継がれる。[53]一七八三年頃からフランスに滞在してアラビア語を教えるなどしていた、シリア出身のアラブ人キリスト教司祭ディオニシウス・シャウィシュ、通称ドム・デニス・シャヴィは最初、『千夜一夜』のアラビア語版を作り直そうと試みた。[54]六三一夜までを仕上げたものの（このなかには、ガランのフランス語テクストをアラビア語に反訳した「アラジン」の物語も収められていた）これを諦めたあと、フランス人作家ジャック・カゾット[55]と組んで、フランス語翻訳版として『続・千一夜 *Continuation des Mille et une Nuits*』(一七八八―八九年)を出版する。[56] これはガランの用いたアラビア語写本のほかに、シャヴィがガランのフランス語をアラビア語に訳したものをフランス語に再訳したもの、シャヴィ(およびカゾット)の自由な再話ないし作話を含む。[57] これをはじめとして十八世紀末以降ヨーロッパでは、ヨーロッパ諸語ないしはアラビア語での『千夜一夜』の再編集や補遺の出版に多くの者が手を染める。一七七一年にアレッポからアラビア語物語集の写本を持ち帰り、英語で口述して出版させたパトリック・ラッセル、インドから持ち帰られた写本をもとにアラビア語の選集(一七九七年)と何篇かの英訳を出したジョナサン・スコット、シャヴィの用いたアラビア語物語集写本を新たに仏訳してガランの補遺として出版(一八〇六年)したコサン・ド・ペルスヴァル、ガランの再刊にさまざまな典拠から一巻分の補遺を付け足して刊行(一八二二―二三年)したエドゥアール・ゴーチエ、のちにもう一度触れるように、ZER写本を手に入れてガランにない物語を訳出したフォン・ハンマー＝プルクシュタール男爵などである。[58]

とりわけ興味深いのはミシェル・サッバーグのケースである。サッバーグはシリア生まれのアラブ人で、ギリシア正教系のキリスト教徒アラブの家庭におそらく一七七五年頃に生まれ、エジプトなどで勉強した。いったんシリアに戻った後、ナポレオン軍とともにカイロに赴き、ナポレオン軍がエジプトから撤退する際に(したがって一八〇一年頃)[59] パリへやってきた。

ちなみにナポレオンのエジプト遠征はこうした東西の学術交流を広げる上で特筆すべき重要性をもっている。三万五千から五万人と言われる兵を率いてエジプトに乗り込んだナポレオンの遠征は、フランスに中東ブームを巻き起こす。最初攻勢だったナポレオン軍はすぐに大敗北を喫し、ナポレオンはフランスに帰還してしまうが、取り残された残兵とともに、約二百人の学術調査団がさまざまな調査・研究活動をエジプトの地で現地の知識人の強力も得ながら展開した。(悪名高い遺跡の簒奪と並行する文化収奪の面ももちろん含んでいるが)こうした活動の成果として持ち帰った膨大な資料をもとに、一八〇九年から一四年間をかけた整理ののち『エジプト誌』[60]

二三巻が刊行された。九七四点の図版を含み、うち七四枚はカラー印刷。現在でも第一級の資料として貴重なものを数多く含んでいる。

当時沸き起こった中東ブームにあやかったのであろうか、サッバーグは、バグダードで筆写されたという一〇〇一夜を完備した写本を発見したと周囲に述べ、これを王立学院のアラビア語学部長だった前述のペルスヴァルのために一八一〇年頃までに「転写」して渡した。これが「サッバーグ写本」である。このサッバーグの書いた写本はその後多くの西欧語翻訳の典拠となり、とりわけ次節で触れるドイツのマクシミリアン・ハビヒトの版に取り入れられた[61]結果カルカッタ第二版にも内容が反映した点で、世界的にきわめて大きな影響力をもつことになった。カルカッタ第二版を作成する時点で、一〇〇一夜を備えた完全版のアラビア語『千夜一夜』として存在していたのは、一八三五年出版のブーラーク版印刷本（ヨーロッパ世界にはあまり知られていなかったらしい）を除けばこのサッバーグ写本のみであり、そのもとである「バグダード写本」が一七〇三年十月二十一日（すなわちガラン訳第一巻が出される直前）の奥付をもっているとされていたので、西欧の影響が入る前にアラブ世界で作られた正真正銘の完全版として、とくに貴重な資料だとみなされていた。十九世紀末にパリの国立図書館のためにこのサッバーグ写本を購入したゾタンベールも、『千夜一夜』の諸写本について一九二二年にきわめて信頼性の高い論文を書いたマクドナルドも、このサッバーグ写本の正当性を疑わなかった。

だがマフディの詳細な検証で明らかにされたところによれば[62]、サッバーグが発見したというバグダード写本は架空の存在で、その転写と称されていたサッバーグ写本は、実はサッバーグ自身がさまざまな写本をもとにパリで作り上げたものだった。サッバーグはもともとアラビア語の大作家[63]で文化人であり、パリに来てからは、フランス東洋語学院を創設したルイ・マチュー・ラングレーや、アラビア語学部長を勧めラングレーのあとその学院長の職をひきついだ有名なセム語学者であるシルヴェストル・ド・サシー男爵と知りあい、彼らの庇護を受け、王立図書館でアラビア語写本の筆写・保存の職務についた。サッバーグは王立図書館に収蔵されていた写本を自

写本・印刷本の系統図

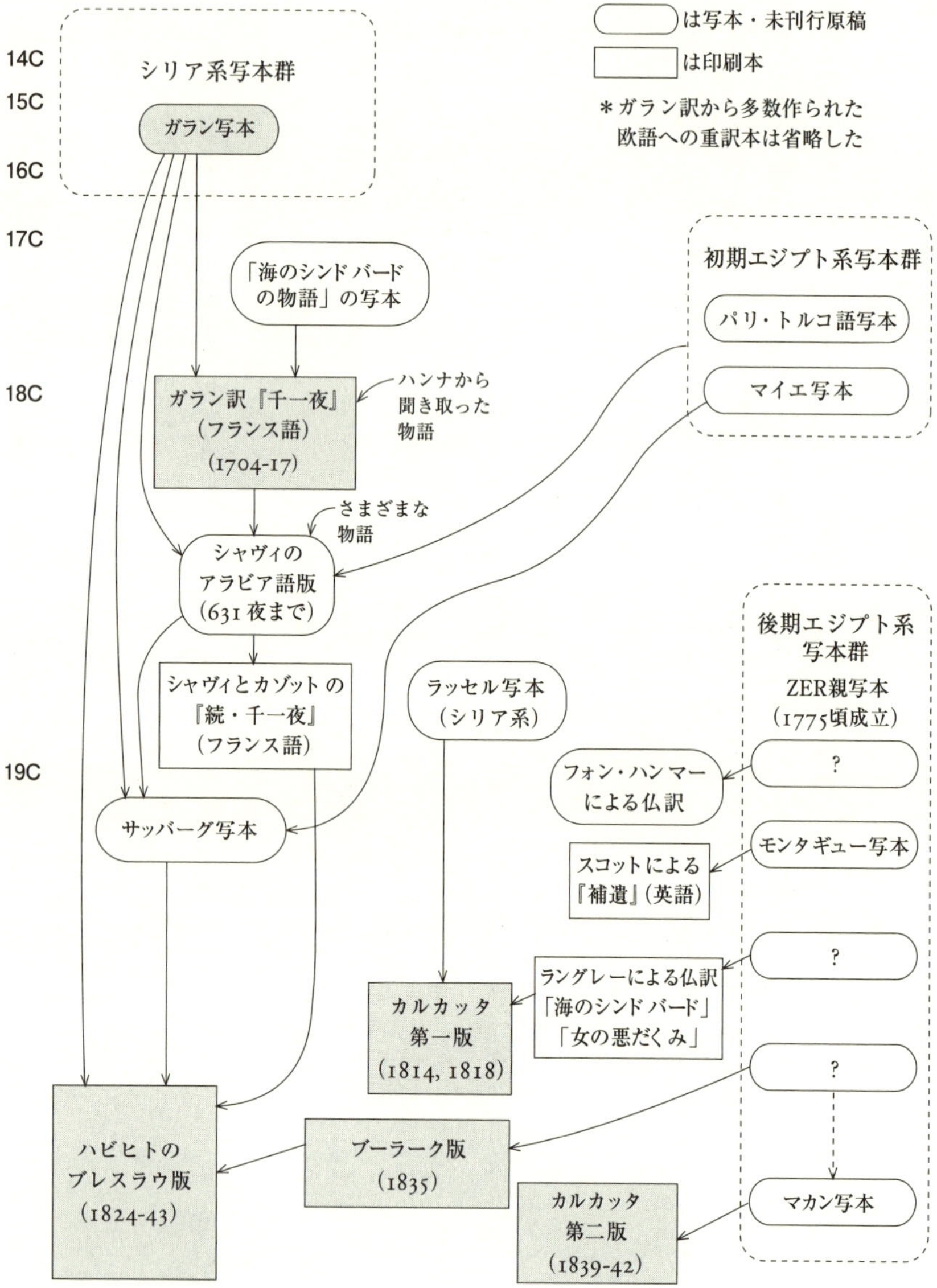
は写本・未刊行原稿
は印刷本
＊ガラン訳から多数作られた
欧語への重訳本は省略した
14C
15C
16C
17C
18C
19C
シリア系写本群
ガラン写本
「海のシンドバード
の物語」の写本
ガラン訳『千一夜』
（フランス語）
（1704-17）
ハンナから
聞き取った
物語
さまざまな
物語
シャヴィの
アラビア語版
（631夜まで）
シャヴィとカゾットの
『続・千一夜』
（フランス語）
初期エジプト系写本群
パリ・トルコ語写本
マイエ写本
ラッセル写本
（シリア系）
後期エジプト系
写本群
ZER親写本
（1775頃成立）
?
フォン・ハンマー
による仏訳
モンタギュー写本
スコットによる
『補遺』（英語）
サッバーグ写本
?
ラングレーによる仏訳
「海のシンドバード」
「女の悪だくみ」
カルカッタ
第一版
（1814, 1818）
?
ハビヒトの
ブレスラウ版
（1824-43）
ブーラーク版
（1835）
マカン写本
カルカッタ
第二版
（1839-42）

由に参照できる立場にあり、これを生かして『千夜一夜』の完全版を作り上げたのであろう。彼が主に依拠したのはいずれもさきに言及した、ガランの用いた写本三巻、シャヴィの作った写本四巻、そしてマイエ写本だと推察されている。ロバート・アーウィンはこのサッバーグの写本作成を、シャヴィ（およびマルドリュス）とならぶ「まやかし」であると強く断罪している(64)。

たしかにサッバーグは、ありもしない写本をバグダードで筆写作成されたもののように吹聴して、みずからが編纂したテクストを権威づけた。またたしかにアーウィンが述べるように、サッバーグはこの写本のおかげで金銭も地位も手に入れただろう。しかしマフディの研究の結果わかることは、サッバーグ写本は複数の『千夜一夜』の写本をつきあわせて完成させたものであり、その意味では、自分で作話したりガランのフランス語テクストをアラビア語に訳したりしてアラビア語の物語テクストをみずから（まさに捏造して）付け足したシャヴィやハビヒトとは若干姿勢を異にしている。サッバーグは利用可能な手持ちの『千夜一夜』のアラビア語写本を組み合わせて、夢の「完全《コンプリート》」ヴァージョンを作っただけだとも言える。その作業過程に（つまりサッバーグの意図した範囲では）、創作や反訳、および明らかに異質な素材の混入は（基本的には）みられないようである。ただ、シャヴィの作った『千夜一夜』写本を典拠の一つとしたために、ガランの第八巻に出版社が勝手に挿入したペルシアの物語「ザイン・アル・アスナム」（これをシャヴィはアラビア語に反訳して自分の写本に収めた）や、「アラジンと魔法のランプ」の物語（これもシャヴィがガランのフランス語テクストから反訳した）が含まれることになってしまったのは不幸であった。ゾタンベールがサッバーグ写本のなかに「アラジン」の物語を発見し、ついにこの物語のアラビア語テクストの存在を突きとめることができたと狂喜したせいで、実はそれが反訳とわかって一挙にサッバーグ写本はにせもの扱いとなった。しかしアラジンの話に限っていえば、サッバーグはいわばシャヴィ写本を信じて転写しただけであろう。

たしかに自分の編纂した『千夜一夜』を、百年前にバグダードで書かれた写本の転写であると装ったのは、明らかな偽証である。だが奥付にあったとされる場所と日付（バグダード、一七〇三年十月二十一日）は、ほとんど冗談だったのではないかと考えてもみたくなる。十八世紀初頭のバグダードはオスマン帝国の支配下で、完全な荒廃から立ち直りつつあったといっても、往時の盛都ではない。この伝説の都で、ガランの最初の翻訳が仕上がるちょうどその直前に筆写作成されたとは、あまりにもできすぎた話ではある。

第二節　編纂というテクスト生産活動

1　第二次の文学の場としての『千夜一夜』

『千夜一夜』は人を編纂作業へと誘う。『千夜一夜』は、「創作」とは異なる、すなわちオリジナルなテクストの産出とは異なる、より操作的で二次的な、ある意味ではメタ的なテクスト生産活動へと人を誘う装置であるように思われる。ＺＥＲ親写本の成立とその後の経緯を、この観点からたどってみたい。

ＺＥＲ親写本の成立は、ゾタンベールによって十八世紀後半か末頃と想定されてきたが、より詳しくはマクドナルドやマフディによって以下のように推察されている。情報源とされるのはドイツ人旅行家ウルリッヒ・シーツェンの日記で、一八〇七年七月十日に「二六年前に死んだあるシャイフの編纂したものが現在エジプトに出回っている」との記述がある。[65] こうした情報をもとにマクドナルドやマフディは、後期エジプト系写本と呼ばれるＺＥＲのもととなる写本は、確かに十八世紀頃にカイロで作られたと推測している（マフディはより限定して一七七五年頃としている）。このシャイフは、かなり安定したかたちで伝承されてきた（シリア系の）最初の二〇〇夜分のみを収める『千夜一夜』の写本をもとにして、それを五〇夜に分割し直し、のこり九五〇夜に、当時自分が見つけることのできたあらゆる物語を書写して寄せ集めたのだとされる。[66] こうしてこの写本家が付け足して『千夜一夜』に収めた物語たちのなかには、それまでの伝統のなかで『千夜一夜』に収録されたことのあるものもあれば、このときが初めてのものもあった。たとえば（『千夜一夜』とは異質と判断されることもままある）「オマル王」の物語は、すでにみたように初期エジプト系写本およびその他の版でも収録されたことがあったし、逆に、ＺＥＲにしか見られない物語も数多くある。シャヴィのようにヨーロッパ人がこうした新編集をおこなうと「まやかし」であると非難されるが、ある意味でさまざまな源泉から物語を寄せ集めることは、『千夜一夜』の伝統であったと言える。

ここで、有名な「海のシンドバードの物語」について触れておきたい。この物語はアラブ世界のなかで、独立したかたちで二系統の写本が作られ、伝承されてきた。そのためしばしばこの物語は、「本来の」『千夜一夜』には「含まれていなかった」とされ、ガランがこの物語にまず夢中になり、その後『千一夜』の翻訳にとりかかった際に、そこに継ぎ足してしまったことがこの「別系統」の物語が挿入されることになった原因だともされる。(67) ガランは、「海のシンドバード」の単独写本をまず手に入れ、これを一六九八年頃訳し終えたときに、この物語が『千夜一夜』という長大な物語集の一部であるという噂を聞き、総計二十年近くにおよぶ自分の長い中東滞在（一六七〇―七五年、一六七五―七六年、一六七九―八八年）でもまだ見たことのなかったその物語集の写本を探させたのであった。そうして手に入れた四巻本の写本（現存しているのは三巻）をもとに『千夜一夜』の翻訳を始めたことはすでにみたとおりである。ところでＺＥＲにもこの「海のシンドバードの物語」は収録されている。その理由を、ＺＥＲの編纂そのものがヨーロッパでの『千夜一夜』の流行を（少なくともいくぶんかは）反映している点に求めることもできるだろう。マフディは、一七七五年頃に作られたと推察されるＺＥＲの親写本そのものがヨーロッパ人の要請に応えて編纂されたものだと主張している。(68) したがってとりあえず写本が存在する「海のシンドバード」については、ガランの紹介以降ヨーロッパで人気を博したこの物語を『千夜一夜』に収めることは、ＺＥＲ親写本を製作したシャイフにとって当然のことであったと考えられる。しかしすでにみたように、パリの国立図書館（十八世紀当時は王立図書館）が所蔵していた十七世紀前半に作られたと思われるトルコ語版の『千夜一夜』にも「海のシンドバードの物語」は、短い形ではあるが入っていたという。[69]ほかにも、十八世紀初めのものとされる写本に「海のシンドバード」が入っていることが知られている。[70]すると、ガランが耳にした、「「シンドバードの物語」は『千夜一夜』という物語集に含まれる」という情報は、けっして無根拠なものではなく、『千夜一夜』にこの物語を収める伝統も、十七世紀末までのアラブ世界において存在していなくはなかったのだと考えられる。[71]あとでもみるように、引用の集大成である『千夜一夜』にとって、収録話が独立した写本伝統をもっていることは、なんら矛盾を生じない。『千夜一夜』は収録話がその内部と外部とに同時に存在することを前提とするようなユビキタス（偏在性）の場であるということを、この例からも確認できる。

2　印刷本の登場と（不可能な）正典化

『千夜一夜』は、写本の状態では「完成」することが最終的な作品の固定にはつながらず可変性を強くもっていたが、ある程度固定化され標準化されて「正典」が誕生するのは、印刷本の出現においてである。これは『千夜一夜』に限ったことではなく、写本伝承によって存続してきたテクストの場合には、一般にみられることである。ただし『千夜一夜』においては、印刷によって「正典」化がおこなわれても、作品の複数的な存在のあり方が維持され、完全な「正典」が画定することがない点が特徴的である。以下、こうした〝不可能な正典化〟の現象をみていきたい。

ブーラーク版

完全版の『千夜一夜』のアラビア語印刷本が最初に作られたのは、エジプトにおいてである。カイロ郊外に一八二二年に創設されたエジプトの国立ブーラーク印刷所で、最初の文芸作品として一八三五年に印刷された。これがブーラーク版（ないしブーラーク第一版）と呼ばれるものである。おそらく千部ほどが印刷されたと推察されている[72]。この刊本の特質を考えるためにも、まずこの印刷所について概観しておきたい。

この印刷所は、オスマン朝下でエジプトの近代化を推し進めた総督ムハンマド・アリー（一七六九―一八四九）の政策の一環として創設されたものである。富国強兵と西欧的な近代化をめざしたムハンマド・アリーは、一八一五年にイタリアのミラノに使節を送って印刷術を学ばせ、一八二〇年には印刷所の建物を完成、一八二二年に最初の出版物刊行に至る[73]。この後ブーラーク印刷所では、西欧の科学技術を導入するために多くの翻訳書も含め、自然科学の書物、近代技術の書物、軍事関連のさまざまな書物、教育にかかわる書物が次々に印刷された。アラブ文学研究者で、ブーラーク印刷所の歴史に関心をもつ関根謙治によれば、一八三〇年までに五六冊、一八四二年までにさらに一八七冊が刊行されたという[74]。関根はこの印刷所を、現代エジプトのみならず、広くアラブ世界の知識人を育成したマス・メディアとして考えていくべきであると指摘している。

こうした西欧化・近代化・科学技術志向の流れなかで、一八三六年に、いわば軍事と科学の偏重の傾向に対してバランスをとるかのように、初めて文芸書が二冊刊行される。それが『千夜一夜』と『カリーラとディムナ』[75]である。関根謙司も述べるように、最初に選ばれたのが、「正当な文学史では（少なくとも当時は）抹殺されていた」この二つの作品であり、それがともに言うまでもなく「アラブ本来の文学ではない」ということに対して、もっと注意が払われてもよいだろう[76]（ただし『カリーラとディムナ』の方は、アラビア語の典雅な散文文体の模範として高く評価され、文体的側面からはアラブ世界において文学《アダブ》として価値づけられてきたことは忘れてはならないだろうが）。関根が続けて述べるように、「『コーラン』に次ぐ第二のアラビア語の宝庫」と絶賛されたはずの」ハリーリーの『マカーマート』が刊行されるのは、それから一四年後であるという事実を考えると[77]、ブーラーク印刷所での文芸出版の最初の二作品の選択の意味するものは、たんにアラブ世界のアイデンティティの目覚めや、自文化の称揚とはとても言えないと思われる。また、なにより、アラブ世界のいかなる偉大な詩作品にも先んじて、民衆的な側面をもつこの二つの文学作品が印刷対象として選ばれたことも軽視できない。

ここで私たちはヨーロッパにならって近代化へと向かうエジプトが、世界に、つまりヨーロッパにすでに受け入れられているものを、みずからの国民に学習させる目的でこの二作品を選択した、と考えてみることができるのではないだろうか（ちなみに『カリーラとディムナ』は、やはりガランの手によってトルコ語からフランス語に翻訳され、一六九六年に刊行されて以降、ヨーロッパに広く知られ、ある意味で高く評価されていた）[78]。すなわちエジプトの、ないしはアラブ世界のセルフ・イメージを、外部からの視点と評価に合わせて鋳直す手立てとして、『千夜一夜』と『カリーラとディムナ』は貴重な文化資源とみなされ、近代的変貌を遂げようとするエジプト人ないしアラブ人にとって適切な学習素材とみなされたのではないか。むろん、（ヨーロッパに対して）輸出可能なアラブ文化の創出が目指されていたとも考えられるだろう。つまり、ヨーロッパを中核とする世界文化のなかにインテグレートしうるような文化素材の確立によって、「遅れている」とみなされていた自文化そのものに新たな形姿を与えることが意図されてもいただろう。とすれば、エジプト人自身による『千夜一夜』の印刷出版は、アラブ文化の自己確認・自己肯定のためになされたのではなく、むしろ自分たちの文化のあり方を変貌、させるために決行されたのだと考えることができよう。大判のいかにも重厚な（そして典拠とした写本よりもいっそう洗練された文体に統一されたとされている）『千夜一夜』のテクストの印刷刊行は、外部からのまなざしのもとで自分たちの新たな文化遺産を建立し、文化の新たなカノンを打ち立てて、自文化を対外的な位置関係のなかで作り変えようとする意識の結果とみることができるのではないだろうか。『千夜一夜』はそこへと立ち戻るべき古典としてではなく、変貌のための契機として価値づけられたのではないかと推察される。

カルカッタ第二版

次にカルカッタ第二版についてみてみよう。カルカッタでの『千夜一夜』のアラビア語テクストの記念碑的な刊行は、それ自体、この作品がまとってきた越境的な性質をよく示していて興味深い。

だがその前にまず、カルカッタ第一版と呼ばれる〝史上初〟の『千夜一夜』のアラビア語印刷本に触れておきたい。インドのカルカッタ（現在はコルカタ Kolkata と呼ばれる、ただし本書では便宜的に以下、カルカッタと表記する）がなぜ『千夜一夜』出版の拠点となったのかを理解するためにも重要であろう。

イギリス東インド会社（一六〇〇―一八七四年）は、一六九六年にはその拠点の一つとして、いくつかの小村があるのみであったインド北東部フーグリー川（ガンガー川〔ガンジス川〕支流）沿岸のカルカッタの地に、のちにフォート・ウィリアムと呼ばれる要塞を建設し始める。これが都市としてのカルカッタの起源となる。十八世紀初めには、要塞のまわりに教会やイギリスの商館、イギリス人の居住地、その他のヨーロッパ人の居住地などが作られ、さらに現地人の商館や住居も広がった。イギリスは一七五六年にムガール帝国軍によってカルカッタのこの要塞を占領されるが、翌一七五七年、東インド会社の軍隊を擁してプラッシーの戦いでムガール帝国とフランスの軍に勝利し、カルカッタを含むベンガル地方（インド北東地域）の支配をムガール帝国に承認させる。ここにカルカッタはイギリスのインド支配の中心地となる（ちなみにここでいうインド支配とは、広義に、地中海沿岸地域以東のアジア地域の支配を指す）。一七七三年、イギリスはカルカッタにインド総督（役職名としては拠点地名をとってベンガル総督）を置く。攻撃によって傷《いた》んだ旧要塞に代わって、一七五八年から新たに建設され始めた新フォート・ウィリアムは、周囲に星型に広がる壮大な稜堡を備えた八角形の要塞として一七八一年に完成した。その北・東・南面には戦時に備えて広大なオープン・スペースが設けられ、内部には政庁や教会をはじめさまざまな建造物が配置された。

一八〇〇年、総督リチャード・ウェルズリーはこのフォート・ウィリアムの内部にフォート・ウィリアム・カレッジを建設する。[79] ウェルズリーの第一の目的は、多くは十五歳から十七歳でインドに着任してくる東インド会社の若い文民社員のための教育機関を作ることであった[80]が、そればかりでなくこの大学はさまざまな民間人を受け入れるとともに現地人スタッフも雇用し、イギリス人とインド人の学問交流の拠点とされた。また政府の印刷局の出版活動を支えることも重要な役割であった。すでに一七八四年にはベンガル・アジア協会が設立されて東洋に関する諸学問の研究が推進され[81]、印刷物の刊行もおこなわれていたが、このアジア協会と協同するかたちで、とりわけ数多くの翻訳作業が展開された。その数、数百冊とも数千冊とも言われる。イギリスの書物を現地諸語に翻訳する一方、サンスクリット語、アラビア語、ペルシア語、ベンガル語、ヒンディー語、ウルドゥ語からヨーロッパ諸語への翻訳もおこなわれた。またこれらの言語での著作物の印刷出版活動もおこなった。

このフォート・ウィリアム・カレッジで、一八一四年と一八一八年に、東インド会社の士官や文民社員たちにアラビア語を教育するための語学教科書ないし副読本として[82]、一巻ずつ計二巻、アラビア語版『千夜一夜』が作られ、印刷刊行された[83]。これが、カルカッタ第一版とよばれる印刷本である。各巻それぞれ百夜ずつを収めたものであった[84]。

ではブーラーク版に続く完全版アラビア語印刷本であるカルカッタ第二版の出版背景に移ろう。その製作過程をマフディは詳細に検討している。

一八一八年にイギリス議会はインドを（国家の）直轄植民地とした。そのため、東インド会社のための教育機関であったフォート・ウィリアム・カレッジは、イギリス国家によるインド経営が強力に展開されていくなかで次第に衰退していく。一八二八年にインド総督として着任したウィリアム・ベンティンクは、現地の諸言語を用いた出版プロジェクトへの資金援助を停止し、一八三〇年には行政と教育の一切を英語化することを決定する。しかし予算難に苦しみながらもカレッジでは、より近代的なインド支配に貢献する学問・教育活動のあり方が多面的に探られ、東洋の諸言語のテクストの保存や出版も続けられた。時代は西欧の一元的支配へと急速に傾斜しつつあり、植民地経営には現地人への英語普及と文化の西欧化を推進することが必要との見解も強く、現地の文化や言語の保存は危険だとの反対意見もあったが[85]、紆余曲折の議論の末、アラビア語の完全版『千夜一夜』を出版する方針が了承されその準備が始められる。『千夜一夜』のカルカッタ第二版は、植民地行政の政治的動向を多分に反映した、きわめてポリティカルな出版物だったと考えることができそうである。

まず原典となる写本探しがおこなわれ、一八三六年に『千夜一夜』の四巻本の完全版写本（もとの所有者の名をとって「マカン写本」と呼ばれる）がカルカッタの出版社の手に渡る。[86] その後ベンガルのアジア協会での慎重な審議と、ヨーロッパに知られている種々の写本との比較検討を含むこの写本の徹底した吟味がおこなわれた末に、ようやく出版が最終決定される。こうした経緯からも、カルカッタ第二版の出版に携わった人たちは、編纂者として名を残すベンガル政庁の外交官で学者でもあったイギリス人ウィリアム・H・マックナーテン（一七九三―一八四二）[87] を初めとして、単に入手した完全版写本に依拠するのではなく、できるだけ多くのさまざまな写本の合成をおこなうことこそ、より「完全な」ヴァージョンを達成する道であると考えていたと推察される。かくして一八三九年から一八四二年にかけて、イギリス人による出版物として『千夜一夜』のアラビア語印刷本が刊行をみた。これがカルカッタ第二版である。これはフォート・ウィリアム・カレッジが東洋学の拠点として機能した最後の時期の出版物であるとも言えるだろう。この印刷本の存在はヨーロッパ本土の人々に知られはしたが、イギリスへの輸送船が沈没したこともあって、せっかく印刷刊行されたにもかかわらず大量に出回ることにはならなかった。

なお、カルカッタ第二版での編纂作業は、収録話の選択や構成配置にたいしてはほとんどおこなわれていず、もっぱらテクストの文面のアレンジに向けられたと言ってよいようである。たとえば目次の作成や物語の切れ目の可視化などによる〝わかりやすさ〟への配慮や、ストーリー上の不整合を補い自分たちの基準からみて〝完成された〟と言いうるかたちをめざした校訂作業がおこなわれた。一方ブーラーク版と比べて、収録話に違いがあるのはただ一話のみであり、そのほかは物語の種類も配置も同一であるところをみると、カルカッタ第二版は、底本としたZER写本の一つ「マカン写本」の構成（収録話の種類とその配置）に忠実であったと考えられる。

主要印刷本の概観の最後に、現在ではすっかり信用の失墜したブレスラウ版について若干言及しておこう。すでに触れたように、ドイツのブレスラウ（現在は、ポーランド国内のブロッワフ）では、マクシミリアン・ハビヒト（一七七五―一八三九）と（その死後、跡を継いだ）ハインリッヒ・L・フライシャーが（ハビヒトがアラビア語に反訳した話も含む）かなり突飛な寄せ集めの感の強い『千夜一夜』のアラビア語印刷本を一八二四―四三年にかけて出した。これがブレスラウ版である。全十二巻で、第一―八巻（一八二四―三八年）がハビヒトの手で出され、第九―一二巻（一八四二―四三年）はフライシャーが完成させた。ハビヒトは独自に入手した「チュニジア写本」をもとにした翻訳であることを謳っていたが、さきにみたように二十世紀に入ってからその真贋が問われるようになり(88)、現在では「チュニジア写本」は架空の存在であったことがつきとめられている。しかし十九世紀前半においては、ハビヒトは東洋学の中心であるパリで研鑽を積んだ本格的な学者の名声を獲得していただけに、この版は『千夜一夜』に携わるヨーロッパの専門家には大きな影響を与えた。まず刊行の開始が一八二四年であり、ほかの完全版（ブーラーク版は一八三五年、カルカッタ第二版は一八三九―四二年）よりもはるかに先んじていたことによる独占的な影響力があった。またブーラーク版およびカルカッタ第二版が、ヨーロッパ人にとっては入手がきわめて容易とは言いがたい状況にあったことも、ヨーロッパで印刷されたブレスラウ版の影響力の増大につながったであろう。

以上、アラビア語印刷本についてみてみたが、原典印刷本の刊行が、唯一のカノン（正典）・テクストの形成にはつながらず、むしろ『千夜一夜』のテクストがつねに複数のヴァージョンで存在することが決定づけられる事態となったことをみることができた。

西洋諸語への翻訳版

次に翻訳版についてみてみよう。

すでに述べたように、ガランによる翻訳刊行以降、これにない物語を探索し付け加えていこうとする補遺への情熱が生じた。

十九世紀になって完全版のアラビア語印刷本（すなわちZERの印刷版）が現われる直前に、ZERの写本から直接、西洋語に翻訳したものが発表された。オーストリア人の東洋学者ヨーゼフ・フォン・ハンマー＝プルクシュタール（一七七四―一八五六）(89)による大規模な補遺である。彼は、カイロで「完全版」であるいわゆるZER写本の一つを入手し、そのなかからガラン訳にはなかった物語をフランス語に訳出した。それは怪しげな由来の、あるいはさまざまな出所のテクストからの寄せ集めではなく、正真正銘の『千夜一夜』写本からの紹介であったために、強い関心を集めた。フォン・ハンマーのテクストは散逸したが一八二三年にドイツ語訳三巻が、さらにその英訳が一八二五年に、フランス語への再訳が一八二八年に刊行された(90)。この時点ではガランの物語集に対する「外伝」と位置づけられたであろうこの抜粋の補遺物語集の出版は、『千夜一夜』の「本体」という概念そのものを可変的なものとイメージさせるのに十分であった。

さて、上記のアラビア語印刷本をもとに次々と出されるヨーロッパ語への翻訳においても、再編纂の情熱はさらにいっそう高まるばかりであった。

図4　レインの肖像画

一八二五年にエジプトに渡った英国人エドワード・レイン(91)（一八〇一―七六年）は、現地でいくつか写本を目にするとともに、エジプト通として、一八三六年にエジプトで刊行されたブーラーク版（ヨーロッパ人にとってはいかにも貴重な現地資料としての価値をもつものであった）を底本として、英訳本を刊行した。レインの『千夜一夜 *The Thousand and One Nights*』（一八三八―四一年）は、基本的にはブーラーク版に依

図5　バートン晩年の肖像画

拠しながらも、同時にカルカッタ第一版とブレスラウ版も適宜利用して、彼なりの充実を図っていた。こうした点にも、またとりわけ収録物語を抜粋して三分の一ほどの数だけに抄訳した点にも、レイン独自の編纂意識が強く発揮されていると言える。

　なお、カルカッタ第二版の作成と平行するかたちで英訳が準備されたことにも一言触れておこう。[92] 東インド会社のイギリス人たちによってカルカッタ第二版が準備される過程で、その底本であったマカン写本からヘンリー・トレンズが英訳を開始していた。インドの行政官でもあり著述家でもあったトレンズは、フランスのシルヴェストル・ド・サシーやドイツのアウグスト・ヴィルヘルム・シュレーゲルがマカン写本を怪しいテクストと攻撃したのに対して、（イギリスの東洋学の拠点であるベンガルのアジア協会の権威をかけて）その価値を擁護する論文[93]を執筆したほど、カルカッタ第二版の出版には深くかかわっていた人物である。しかしトレンズは、一八三七年にインド・ベンガル政庁の事務局長に任命されたために翻訳作業を中断せざるをえず、さらにアラブ研究者として名を高めていたレインがすでにエジプトで刊行されているアラビア語印刷本をもとに英訳の刊行作業を進めていることを聞き知って翻訳を放棄する。かくして最初の五〇夜分を収めた第一巻だけが一八三八年にイギリスで刊行され、その後が続くことはなかった。こうした経緯からも、激しい競争意識のもとに『千夜一夜』のテクストをめぐる多数のアプローチが試みられてきた状況が推察できる。

　ジョン・ペイン[94]の英訳版『千夜一夜 *The Book of the Thousand Nights and One Night*』（全九巻、一八八二―八四年）と、彼の訳をかなり引き写して利用しているリチャード・バートン[95]（一八二一―九一）の英訳版『千夜一夜 *The Book of the Thousand Nights and a Night*』（全十巻、一八八五年）は、ともにカルカッタ第二版に基づきながら部分的にはほかの版も用いている点、加えて、すでに触れたように、カルカッタ第二版に収録されていない物語たちを右の正篇に続く「補遺」として精力的に収集・紹介した点に、[96]『千夜一夜』のより「完全」なかたちをみずから編集したいという情熱があらわれている。実はバートンは、自分で話を一つ作ってこっそり『千夜一夜』の本体に紛れ込ませるという悪戯もやっている。[97]

フランス人ジョゼフ・マルドリュス（一八六八―一九四九）[98]の仏語訳『千夜一夜 *Le livre des mille nuits et une nuit*』（全十六巻、一八九九―一九〇四年）に至っては、ブーラーク版に拠っているとは言うものの、翻訳というよりは翻案であり、[99]文体や物語展開を自由に改変する以外に、収録物語そのものをかなり大幅に操作したものである。しかしそのタイトルに「アラビア語原典からの逐語完全訳」を謳っていたことからも、フランス人読者にとっては、ガラン以降初めて『千夜一夜』の本当の姿が明かされた翻訳版として熱狂的に支持された。医学博士でもあり、カイロ生まれで中東世界を広く旅行していたマルドリュスは、信頼しうる学識にあふれた東洋通としてパリで名を馳せた。『千夜一夜』の翻訳はマラルメの勧めによるものといわれ、そのマラルメやプルースト、ジッドら彼と懇意の文学者たちの絶賛も、また一流の画家たちによる挿絵[100]を伴ったさまざまな版の出版も、マルドリュス訳の権威化を助長した。この斬新なマルドリュス版の登場とその影響力によって、『千夜一夜』という作品のあり方はいっそう混乱を拡大することになった。すでに半世紀以上たったエリセーエフによる研究書『『千夜一夜』の主題とモチーフ』[101]から近年に出た『アラビアンナイト百科事典』[102]まで、マルドリュス版が収録している物語を原典と比較対照し、新たに挿入された物語がどれであるのか、そしてその出所を確認する作業は、研究の重要な課題の一つとなっているほどである。実際、調べてみたとこ

図6　医師でもあったマルドリュス

ろマルドリュスはブーラーク版と比べて百篇近くを削除し、逆に、ヒンドゥースタニーの物語などを含めさまざまな出所（不明のものも含めて）から百篇ほどを付加している。

最後に、もっとも原典に忠実で学術的信頼に値する翻訳として名高いエンノ・リットマン（一八七五―一九五八）のドイツ語訳『千夜一夜 *Erzählungen aus den Tausendundein Nächten*』（全六巻、一九二一―二八年）についても触れておこう。実はこの学術校訂版も、底本とするカルカッタ第二版を忠実に翻訳しようとするだけでなく、これまでの伝統でもみられたように夜の分け方を操作して余地を作り、「アラジン」や「アリババ」をはじめ、ガランやハビヒトの版で紹介されてきた数多くの物語を途中に挿入している。

しばしば問題とされるように、「商人と魔王との物語」のなかの第三の長老の話は、シリア系の写本では欠落している。そのためアラブ世界での写本伝統においても、ヨーロッパでの翻訳版においても、ここになんらかの物語を補填しようと幾とおりもの試みがなされてきた。しかし一方では、欠落をそのまま踏襲する伝統もあり、どのかたちにするべきなのかが定まらない。むしろこの不安定さが、人を『千夜一夜』の新たな編纂という作業に誘い込むのであり、『千夜一夜』はそれを書き直す人にとってはむろんのこと読者にとっても、エディターとしての欲望を駆り立て、『千夜一夜』の生成に参画させるのである。

3　収集編纂にみる反オリジナリティの原理

歴史的生成過程を考えてみた場合『千夜一夜』が、その唯一の「起源《オリジン》」となるような特定の時代や場所をもたないということはすでに確認した。ここではさらに別の面からこの作品が、その初期形態においてすでに、テクストの「起源」という発想を無縁としている点をみてみたい。

『千夜一夜』という物語集の特徴の一つは、この作品がまさに物語を「集めた」ものとして、すなわち物語「集成」としてあるということに認められる。収集によって成り立つこの物語集は、それを構成する一つ一つの物語が、オリジナルなものではないということを基本条件としている。つまり『千夜一夜』という文学作品は、作品の独自性という近代的＝ロマン主義的な文学観と真っ向から対立する原理に基づいて作られてきたのである。『千夜一夜』はおそらくその前身ともいうべきペルシア語の『ハザール・アフサーン』の時代からすでに、既存の物語の寄せ集めを原則として形成されてきたようである。枠物語自体がインド由来とされるどこか遠い起源の話型を借り受けたものであるし、この枠のなかに収められる物語も、「創作」ではなく、すでに存在する物語を転記したものであることが原則とされてきたと言える。

さきのイブン・アンナディームの記述のなかに、『千夜一夜』のこの特徴と関連する興味深い事例が付記されている。それによると『ハザール・アフサーン』を祖として娯楽のための物語の集成がいろいろ作られてきたとのことであり、実際、九―十世紀にはアッバース朝下で物語集が盛んに作られたようである。さて、このイブン・アンナディームの紹介するところでは、そうした物語集のなかにはこのような例もあるという。アブー・アブド・アッラー・ムハンマド・ブン・アブドゥース・アル・ジャフシヤーリー[103]という政府の高官でもあり文人でもあった人物[104]は、――「千の物語」を意味する『ハザール・アフサーン』ないしは『アルフ・フラーファ』という書名どおりに――、千の物語を集めようとした。

> 彼はアラブ人、ペルシア人、ギリシア人、ほかの人々の物語のなかから千の物語を選び出そうと意図した。それぞれの部分（物語）はバラバラで、互いはつなぎあわされていなかった。彼は物語り師たちを面前に召還しては、彼らが知っている物語や得意とする物語のうちの最良のものを集めた。また彼は、物語やおとぎ噺を集めた本のなかから自分が気に入ったものをどんどん選んだ。彼は高位の人であったので、彼のために四八〇夜分が収集された。各々の夜が一つの完全な物語をなしており、五〇ページ前後の長さを含んでいた。千の物語集を完成するという計画を成し遂げる前に、死が彼を見舞った[105]。

ここで示されているのは、この手の物語集は、すでに存在する物語を「選び」「集める」ことによって作られるということである。その起源がアラブ人以外のよその文化圏に及んでいることも明確に記されている。ともかく物語集の編纂にあたっては、物語り手に面白い話を思いつかせたり、発案させたり、創作させることを制作者は最初から意図していない。もともと物語り師（ラーウィー〔口伝師〕、ムサーミル〔夜話の語り手〕）は物語を作る人ではなく、覚えた物語を再演する人である。イブン・アンナディームによる右の記述には、彼がすでに存在する書物すなわち書かれた物語集から選出をおこなったことも明確に記されている。この政府高官の企画した物語集は、上に「各々の夜が一つの完全な物語をなしており」と記されているように〝一夜完結方式〟である点で、構成の根幹において『千夜一夜』の伝統とは異なったものとなっているが、『ハザール・アフサーン』に始まるおとぎ話集のモットーが、すでに存在する物語、すでに誰かが記憶し、繰り返し演目とされてきた物語、それもできればすでにテクストとして存在する物語を蒐集することである点を、ここで私たちは確認したい。この伝統においては、新作を作らせて集めることではなく、すでに存在する物語を探し出し、コレクションすることに価値が見いだされている。つまり、収集すべきテクストは、オリジナルな創作であることよりも、他のテクストを起源とする再現ないしコピーであることの方が重んじられるのだ。ここには、反復的存在としてのテクストという概念と、それに対する明確な価値づけが働いている。

『千夜一夜』は本来的に既存の物語の「選集」である。しかも引用元を明確化せず、変更を加えながら収録するスタイルをとるため、引用元（起源）を権威化することもない。『千夜一夜』はテクストの起源という概念をそもそも不問とし無効としてしまうような間テクスト性（インター・テクスチュアリティ）の大海であると言うことができよう。

この『千夜一夜』の借用主義、いいかえれば反オリジナリティの精神は、『千夜一夜』の歴史のなかで確実に踏襲されてきた。中世アラブ世界での発展期でも、物語はさまざまな典拠から借用されて添加されてきた。また、ヨーロッパに紹介されて以降においても、『千夜一夜』の編纂にたずさわった者は、物語を渉猟し収集する活動を展開してきた。だからこそ『千夜一夜』では、作話（物語を創作すること）が異端視され、出所のわからない物語や少なくとも（『千夜一夜』中の物語として知られる以前に）すでに存在していたことが確認できない物語は、つねに問題視されてきたのである。たとえば入手した写本を訳し終えてしまったガランが、ハンナから聞いたり提供されたりした物語をもとにして追加した物語のなかでも、写本がみつかっていないあの「孤児の物語」と呼ばれる物語たちがそれにあたる。これらについては、その「信憑性」が問われている。これに対して、ガランが第七巻以降の巻に追加して収めた物語のなかでも、同様の話が写本などのかたちで存在していることが確かめられた場合であれば、「正当」とみなされる。実際、ガランが付け足した物語のうちでも、写本のある物語はそれを土台として、十八世紀後半に作られその後定本化された一〇〇一夜を備えた完全写本（ZER）に収められたが、アラビア語写本のないもの（たとえば「アラジンと魔法のランプの物語」や「アリババと四十人の盗賊の物語」）は、この版のなかに場を占めることができなかった。

　物語は他所《よそ》から受け取り、それを引き受けるというかたちで自分のものとすべきだ、という発想が、『千夜一夜』という作品自体が原理化している編集方針としてある。こうした物語観は、『千夜一夜』の内容にも色濃く反映している。まずシャハラザードは「すでにいろいろの書物・年代記・昔の諸王の伝記・過去の諸民族の物語などを読んでいるし、そのかみの諸民族や、先代の帝王たちに関する史書、および詩集類など一千部も集めたといわれていた」と紹介されている[106]。そして彼女は、最初の晩、「幸多くいらせられます国王さま、このようなことが伝えられてきました」と切り出して物語を披露する[107]。すなわち、シャハラザードは自分が案出した物語を語る創造的な語り手ではなく、さまざまな書物を収集し、すでに書物で読んだ物語たちを記憶していて披露する媒介的な語り手として設定されているのである。物語の続きを聞くために翌晩までの延命を許され、新たな夜に語り始めるときのシャハラザードの決まり文句も、「幸多くいらせられます国王さま、このように聞き及んでおります〔＝私に伝わっております〕[108]」である。さらにこの言葉は、シャハラザードが（夜の途中で）新たな物語を始めるときにも定型句として用いられている。テクストが、そして超人的な語り手《スーパー・ナレーター》としてのシャハラザードが、他者を起源として到来した物語を伝えていることを毎晩繰り返し強調している、という点に注意したい。シャハラザードが超人的な語り手であるのは、物語創作能力によってではまったくないし、卓越した話術によるのでもないだろう。書物を通じて個人を超越した「過剰記憶」に身をゆだねることができる傑出した受動能力によって、シャハラザードは一人の人間であることを超えたスーパー・ナレーターとなるのである。

また収録話のなかにも、王たちが物語の収集を命じているもの（〔153a〕「サイファルムルークの物語[109]」）や、十字軍との戦いを描いた長大な〔8〕「オマル王」の物語のなかで、戦闘に疲弊した王が（慰みに物語を求めたアレクサンダー大王さながら）周囲の臣下に、記憶している物語を披露させるという設定もある。『千夜一夜』の世界には、自分の機知で物語を創案する語り手は基本的にはいない[110]。自分の経験してきたことがらを物語るケースはままあるが、この場合も、語り手は、物語を創出しているのではないことに注意したい。経験を語る者は、出来事を生み出しているのではなく、（少なくとも形式上は）経験を言語的に反復再生産しているのだと言えるからである。『千夜一夜』における物語は、創出による生産物ではなく、反復による産物なのであり、何ものかの反復であることにこそ「正当性」が、文化的価値が見いだされているのである。

詩についても言及しておきたい。ZERをもとにした現在のテクストでは、『千夜一夜』のテクストのなかに多くの詩が挿入されている。写本によっては詩のないものもあり、またガランのように翻訳の際に詩を省いたケースもある。しかし多くの版では物語テクストに詩が挿入されている。これは歴史的にも、あとから、まさに「挿入」されたものだと考えられている。ヨーゼフ・ホロヴィッツの研究によれば、ZER版『千夜一夜』のテクストには約一四二〇の詩の断片がある（うち一七〇は繰り返して使用されている）。おおむね一行から四行のごく短いもので、それらはすべて既存の詩からの借用・引用であると考えられている。そのうちの四分の一については作者を突きとめることができたが、多くは十世紀から十四世紀の詩人たちの詩篇からとったものだったという(111)。そして『千夜一夜』の伝統のなかでは、挿入される詩は、編纂者や口演者によって自由に追加されたり、入れ替えられてきたと思われる(112)。

以上でわかるように『千夜一夜』では、挿入される詩もまたオリジナルではないことを原則としている。日本の『土佐日記』や『堤中納言物語』のように、歌物語が詩歌の創作の舞台となり、詩歌の発表・提示の機会となっているのとはこの点で大きく異なる。『千夜一夜』の場合は、すでに人口に膾炙した詩のフレーズを織り込むことで、とりわけ口演の際に、物語の聴き手の備えている知識のストックに訴えかけて聴き手を物語に引き込もうとしたことが、テクスト上に詩が残される伝統を形作ったのだと思われる。口演では、楽器を伴っての場合もあれば、肉声のみの場合もあるだろうが、詩を朗唱することによって物語り師は音楽的な興を物語に添えたのだと推察される。したがって詩は新規のものよりは、聴き手の多くが共有するものであることが求められたのだろう。『千夜一夜』においては詩は、たえず反復されてきたものの反復的な顕われとしてあるのであり、「反オリジナリティ」の象徴的な要素をなしている。

物語テクスト内での詩の導入の仕方にも、詩篇が「オリジナル」なものではないことが多くの場合に強調されている。しばしばみられるのは、「それは詩人が次のように歌ったのにも似ていたのです」（第九夜）、そのさまは「詩人がつぎのように歌ったようでありました」（第一五夜）のように、すでに存在する詩句の引用であることを明示した導入の表現が用いられていることである。これもまたたとえば『土佐日記』のように、主人公が物語内のシーンにおいて、その場で創作吟唱という設定をとるのとは異なっている。『千夜一夜』における詩は、物語の地の文の側が、登場人物の心情を察したり情景の意味を明示するために採用したものであることが多く、また、主人公が唱える場合であっても、創作としてではなく、記憶していた詩句を口ずさんだという設定になっている場合がほとんどである。[113]

『千夜一夜』においては、物語を語る登場人物は、自分の語る物語の「起源」として自分を認識することがなく、詩を吟じる場合もこれは同様である。語る人物たちは、語られるテクストの借用者であり、そのテクストを媒介伝達する通過装置である。そしてそこにこそ価値が見いだされている。『千夜一夜』のテクスト自体も同様の性格をもっている。『千夜一夜』は文学創作の場ではなく、保存庫《アーカイブ》なのだ。『千夜一夜』の収録話のむすびにしばしば用いられる、物語をお気に召した王がこれを金の文字でしたためさせて書物とし宝物庫に収める（つまり宝物として収蔵された物語書は原本《オリジナル》でもなければ、おそらくその物語を伝える唯一の書でもないということになる）というモチーフは、物語収蔵庫としての『千夜一夜』の伝統にメタ的に言及したものとして受けとることができる。起源やオリジナリティに絶対的な価値を置く姿勢を離れると同時に、この「保存庫《アーカイブ》」の概念が重要となるのは、第I部ですでにジャック・デリダの論考をめぐって触れた点でもある。いずれにしても、『千夜一夜』が「起源」への価値づけと距離をおくことによって、それ自身の歴史的生成においても、またその内容においても、借用性や反復性を全面的に肯定する姿勢を示してきたこと、それによってまさに物語の「過剰記憶装置」となってきたことに注意したい。

第三節　移動する作品

『千夜一夜』という物語集が、場所を変えながら存続してきたことはある程度はすでにみたが、この点をもう少し検討しておきたい。

もともとペルシアで存在していた物語集の翻訳移入によって始まったらしいこの物語集は、バグダードに拠点を移して成長し、ここでさまざまな物語を付加する。

しかし、人口一五〇万人をほこり九―十世紀初めに最盛期を迎えたバグダードが十世紀半ば以降荒廃していく[114]にしたがって、『千夜一夜』は流行の場所すなわち生成の場所を移動させる。アラブ＝イスラーム世界の中心地の一つとして古くから栄えてきたシリア方面と、十世紀後半に建設され始めたカイロ（九六九年のファーティマ朝のエジプト征服によって建設され首都となる）にその拠点は移ったと考えられる。ダマスカスを中心とするシリアとカイロこそは『千夜一夜』の諸写本の発見場所でもあり、また物語内部でも（バグダードやバスラにならんで）建物や通りなどの都市の具体的なありさまがテクストにリアルに盛り込まれている土地でもある。

大臣ジャウファルなどをお供に連れたカリフ、ハールーン・アル・ラシードが登場する物語の多くはその治世（西暦七八六―八〇九年）においてではなく、はるかのちの十世紀から十二世紀にかけてバグダードおよびその周辺で、あるいはバグダード荒廃後、よその土地で（とりわけエジプトで十四世紀、さらには十五世紀に）書かれたと考えられている[115]。すなわちハールーンがほとんど架空の存在と化し、さらにはバグダードが今はなき栄華をほこった伝説の都と化したときにこそ、『千夜一夜』はこのカリフの物語を多く付け加えたのである。ここにも『千夜一夜』の「よそ」への志向がうかがわれる。『千夜一夜』の物語は、今はない遠い場所へと人々を誘う。そしてそうした「よそ」へのまなざしは、『千夜一夜』の場合、この物語集自身が経験してきた地理的な移動そのものへのまなざしと重なっている。［4a］「大臣ヌールッ・ディーンとシャムスッ・ディーンの物語」（別称「二人の大臣の物語」）のように、バスラとカイロ、あるいはシリアのダマスクスのあいだを瞬時に移動してしまうという内容をもつ物語も珍しくない。時間的な隔たりも超えて、カイロの屋敷からカリフ、ハールーンのいるバグダードへと移動する物語さえ『千夜一夜』にはみられる。［109］「カイロの商人アリーの物語」（またはバグダードの妖怪屋敷）」では、カイロの豪商ハサンの息子アリーが、父が死んで受け継いだ莫大な遺産を蕩尽して一文無しになり、妻子も置いてふらりとバグダードにたどり着くという展開になっている。そこで借りるのが、泊まった者は翌朝必ず死体となって発見されるという「妖怪屋敷」なのだが、アリーのもとにあらわれたのは父の秘宝を預かる魔神で、（まるで「アラジンと魔法のランプ」の魔神のごとく）アリーをバグダード随一の大金持ちにし、結局アリーは息子を王女と結婚させて幸せに暮らした、と物語は終わる。バグダードはここで、古《いにしえ》の栄華のもとにイメージされている。この物語では、地中海岸のカイロからはるか東のバグダードへという地理的移動と、「現在」の都市カイロからかつての都バグダードへの時間的移動に加え、現実的なカイロの市井から空想的なものが支配する想像上の都へという虚実の次元のあいだの移動が物語化されている。魔法によって富を得たアリーが、魔神に頼んでカイロ（現実世界）からバグダード（架空世界）へ妻子を連れてこさせるのも、この極限の異次元空間への移動のモチーフを強調しているだろう。

また『千夜一夜』という物語集全体も、それ自体が経てきた時空間の移動を、そのまま物語化するテクストとみなすことができる。

シリアやエジプトで新しい物語が付け足されたり、またもとからある物語に加筆をほどこしたりして、『千夜一夜』は変容を続けてきた。マフディが十四世紀のものと主張するガラン写本には、実は十五世紀以降でなければ書き込めない要素も含まれている。一四三八年に没した大物人物のものと思われるダマスカスの大邸宅の描写や、一四二五年以降にマムルーク朝下の地域で流通したアシュラフィーという貨幣を使用する場面などである[116]。ここからガラン写本は十五世紀のものとされるが、マフディが根拠としたように十四世紀頃と思われる痕跡も多く、十四世紀になされた物語の上にさらに十五世紀の要素が多層的に付加されたとみることができよう。またＺＥＲには、鉄砲やコーヒーなどの比較的近代の要素が、それ以前から伝えられてきたと思われる物語のなかに挿入されている箇所がある。あとでもみるが、異なった時代を反映した要素が一つの物語テクストの中に混淆的に存在することによって、少なくともテクストの読み手は、『千夜一夜』の物語がたどってきた時間のなかの長い旅を感じとることになる。地域的な多彩な要素についても同様である。『千夜一夜』は移動の痕跡が蓄積されていくテクストなのである。
『千夜一夜』は写本テクストをもとに、あるいは記憶をたよりに、職業的な物語り師たちがカフェなどでおこなう口演をとおして民衆に親しまれてきた。しかし『千夜一夜』はその後、口演の演目としては次第にすたれ、『千夜一夜』自体がアラブ世界では忘れ去られてしまったらしい。十七世紀後半の計二十年近くにわたった中東滞在のあいだにガランがこの物語を聞いたことがなかったこと、また彼が『千夜一夜』の噂を聞いてこの写本を探させたが容易には手に入れることができなかったことからも、『千夜一夜』の実質的消滅ないしは衰退が推察できる。また十九世紀前半にカイロに滞在したレインの報告でも、『千夜一夜』が中近東やエジプトでほとんど忘れ去られていたことが証言されている。

『千夜一夜』の次なる移動先はむろんヨーロッパである。ガランの紹介後ヨーロッパでどれだけ『千夜一夜』がもてはやされ、多くのテクストがさまざまなかたちで生産されてきたかはすでにみたとおりである。十八世紀初め以降、『千夜一夜』はヨーロッパで新たな生成のチャンスを得、人々に読まれ、楽しまれる時代を迎えた。そして十八世紀後半にはカイロでZERの親写本が作られたとされる。これはたんにアラブ世界内の『千夜一夜』熱の再燃ではなく、あきらかにヨーロッパとアラブ世界の交流によって起きた現象であろう。アラブ世界とヨーロッパ世界を接続した新たな場にこそ、このZERは誕生し、またカイロ郊外ブーラークでの印刷本も制作された。カルカッタでの印刷本は、むしろヨーロッパ人（イギリス人）の東方へのまなざしが誕生させたものではあるが、カルカッタ第二版の出版経緯で若干触れたように、そのまなざしのなかには、現地の人々が自らの文化遺産として『千夜一夜』をみようとする視線が汲みとられて（あるいは創出されて）いた。近代以降の『千夜一夜』は、西尾哲夫がその著書『アラビアンナイト――文明のはざまに生まれた物語』の副題としても掲げているとおり、アラブ世界とヨーロッパ世界との往還そのものが作り出したテクストとして存在してきたと言える。

したがって『千夜一夜』がヨーロッパにとって、その「オリエンタリズム」の中核を形成する作品であることは自明すぎるほどである。ヨーロッパ人からのアラブ人ないしは「オリエント」世界にたいする戯画的なまなざしが、ヨーロッパで生産される『千夜一夜』のさまざまなヴァージョンに反映され、紙芝居や演劇、挿絵を含め多様なヴィジュアル・メディアを通じて、まさにオリエンタル「イメージ」を形作ってきた。『千夜一夜』という物語集が、その名も『アラビアン・ナイト』と改題されて普及し、ヨーロッパ人にとっての「アラブ世界」のイメージそのものを醸成する場とされてきたのである。ちなみに現在、世界的に（つまりヨーロッパ的規範が拡大された地球上の多くの諸地域において）この作品集は——少なくとも英語を用いる文脈においては——、『アラビアン・ナイト *Arabian Nights*』という名称によって流通している。たとえばＭＬＡ（米国現代語学文学協会）の図書分類でも *Thousand and One Nights* というタイトルは、*Arabian Nights* という項目に回付されることになっている。専門研究書においても、英語圏では、*Arabian Nights* の方がよく用いられる。こうした流れを受けてか、日本でも『アラビアン・ナイト』の方が優勢であり、いまや『千夜一夜』は知らないが『アラビアン・ナイト』なら知っている、という一般読者も珍しくない。

『千夜一夜』が、ヨーロッパ人にとってもっとも身近なアラブ世界として存在していたことは、この作品集がアラビア語学習の教科書に採用されてきたことにもうかがわれる。『千夜一夜』のアラビア語テクストが、ほんの一部分ではあるが、最初に印刷されたのは、一七七六年のことであった。「栄えある東インド会社の教材用」との副題をもつ『アラビア語文法』がジョン・リチャードソンによってロンドンで出版されているが[117]その末尾には、『千夜一夜』の第一六二夜として、「せむしの物語」のなかの「理髪師の五番目の兄の話」が、アラビア語と英語の対訳のかたちで載せられている（なお、西洋を通じて中東世界を発見してきた日本においても、アラビア語学習が『千夜一夜』の原典テクスト講読というかたちをとって進められてきたことを杉田英明が検証している[118]。

また、カルカッタ第一版（一八一四、一八一八年）がやはり東インド会社の仕官たちがアラビア語を学習するための副読本として作られたことはすでに述べた。このように、東インド会社を通じたイギリスの植民地支配の基礎手段として『千夜一夜』が用いられたことは興味深い。イギリス人にとってアラビア語の世界といえば、何よりもまず『アラビアン・ナイト』こと『千夜一夜』を入口とする世界と相場が決まっていて、こうした強力な通念によって『千夜一夜』がアラビア語学習者ないしアラブ世界を知ろうとする者にとって、もっともなじみやすく、また当然最初に学習されるべきテクストとして特権化されてきたのである。そして、現地語の語学力というインドおよび中近東支配のための必須能力の醸成ために、大真面目で、『千夜一夜』のテクストが学習対象とされたのである。かくして『千夜一夜』は、植民地支配の拡大と確立をめざすヨーロッパ世界において、アラビア語テクストの「正典」の位置を与えられることになったわけである（――ただしテクストの画定をみないままに）。

ヨーロッパ人による「東洋」蔑視としての「オリエンタリズム」が発揮される特権的な場としての『千夜一夜』については、論じようと思えば無数の材料があるだろうが、ここでは、この概念を初めて提示し、詳細に論究した淵源の著作であるエドワード・サイードの『オリエンタリズム』[119]と『千夜一夜』の関係に若干触れておきたい。『千夜一夜』に関心のある者がこの著作に触れたときにまず気づくのは、レイン、マクドナルドなど『千夜一夜』の出版や研究にかかわった西欧人の名が『オリエンタリズム』に挙げられ、克明に論じられていることである。彼らはさまざまな活動を展開した東洋通の人間であり、また幅広い研究領域をかかえる偉大な東洋学者たちであったが、そのなかでも彼らが『千夜一夜』に関連しておこなった活動は、彼らの生涯のなかでもきわめて重要な部分を占めていたと言っても過言ではないだろう。サイードは、こうした東洋学者《オリエンタリスト》たちが、いかに「オリエント」蔑視の見方を規範化し根付かせた「東洋蔑視者《オリエンタリスト》」であったか、あるいはすくなくとも「東洋蔑視《オリエンタリズム》」の学問的基盤をはからずも、だが確実に提供してしまったかを詳細に明かしていく。西欧において、また西欧に追随するさまざまな地域において、「オリエンタリズム」の装置として機能してきた『千夜一夜』は、この不幸な意味においても、やはり異なる世界どうしが出会う精神的な境界地帯を形成してきたのである。

第四章のまとめ

神秘的な力をもつ聡明な（そしてときに妖婦としてイメージされることもある）シャハラザード、勇気あふれるアラジン、賢明なアリババ、冒険家シンドバード、悪徳大臣のジャウファルそして邪悪なジンたちといったように、ヨーロッパでは『千夜一夜』のなかの何人かの特に注目されるキャラクターがスター化され、しばしばもとの物語にはなかった新たな性格づけを伴って、広く人々に親しまれるようになった。もはや『千夜一夜』という枠を離れて、誰もが知っている文化的共有物として、こうしたキャラクターたちや、空飛ぶじゅうたん、魔法のランプなどの「パーツ」素材[120]が、実に多様な文化領域でおおいに活用されるようになった（ちなみに「空飛ぶじゅうたん」すなわち礼拝用とおぼしき一人用サイズのじゅうたんに乗って空中を移動するというモチーフは、ヨーロッパへの移入以降に現われたものである）。『千夜一夜』は、さまざまな子供向けの娯楽（絵本、芝居、漫画、アニメ、玩具など）や、逆に「大人向け」の娯楽（艶書、猥画、ポルノ映画、果ては性産業の店舗など）を派生的に生産してきた。そしてこうした西欧での特異な発展の仕方は、アラブ世界にも逆輸入されるようになった。現在では、アラブ世界でも、冒険心にあふれる「船乗り」のシンドバードが活躍する物語や、黒服の悪大臣が登場したり、主人公が空飛ぶじゅうたんで好きな場所に移動したりする物語、あるいは、（アラブ世界では写本が存在せず、主な校訂版印刷本にも存在しない）アラジンやアリババの物語が、アラビア語の絵本や児童書で人気の素材となっている。『千夜一夜』は東西を往還する移動の果てに、アラブ世界においても、近代までにはなかった性格をまとうようになったのである。

『千夜一夜』はもともと「不可思議な《アジーブ》」、つまりは空想的な物語を集めたもので、しかもつねに読み手や聴き手にとって遠い世界、知らない世界、異なる世界を浮かび上がらせ、そこへと誘うものとしてあった。『千夜一夜』はひとの心を未知の世界へと向かわせる。同時に『千夜一夜』自体が未知の世界、異なる世界へと場所を移し、この移動にしたがって姿を変容させる。まさに『千夜一夜』は、一箇所に停止することがなく、一つの状態に固着することのない、移動しつづける作品なのである。つまり自らの「アイデンティティ」に閉じこもることのない、たえず外部へと開かれた奇妙な——特個的な——作品である。類例のないほど特殊な成り立ちをもつこの特個的な〝作品〟は、それ自体が移動し、変貌し続けることによって自他の境界を越え、存在のしかたを壊乱させることを本質的な性質とする。この意味で『千夜一夜』は、本質的に可変的な「作品」(もはや「作品」とは呼べないような何ものかであるが)であり、特個性が特個性に閉じることのないある種の永久運動を本来的に内包していると言うことができるだろう。

図7　アラブ世界で出版されている子供向けの「アラジンと魔法のランプ」

第五章　『千夜一夜』の越境性——離接的テクストとして

無数の作者をもつ作品

『千夜一夜』という「作品」は一つの固定した形をもたず、「無数の」と呼びたくなるほどのさまざまなヴァージョンとして出現してきた。中世アラブ世界においても『千夜一夜』には複数の写本系統とさまざまな実現形態があり、ＺＥＲ（十八世紀末から十九世紀前半に現われた、相互にかなり類似した完全版諸写本の総称）が編纂された後も『千夜一夜』は実に多様な姿で生産され続けてきた。前章で捉えたように『千夜一夜』は可変的で、「固まる」ことのない作品である。だから『千夜一夜』にはもちろん一人の作者というものはない。どの版を決定版であると画定することができない以上、誰か一人を特権的な編纂者として名指すこともできない。それ以上に『千夜一夜』の「制作」とは、自分ひとりで物語を創出することではなく、あらかじめ存在する『千夜一夜』という物語集を受け継ぎ、そこに変形を加えていくことでしかない。しかもよそにすでに存在する何らかの素材を借り受けながら。ボルヘスの次の有名な言葉は、『千夜一夜』の制作にかかわる人間が、いかに近代的な「作者」の観念とは隔たっているかをよく表わしている。

この本の起源は明らかでない。それはちょうど、人々が何世代にもわたって築き上げた、ゴシック様式と不適切に呼ばれる大聖堂の場合に似ている。だが本質的な違いが存在します。つまり、大聖堂の場合は職人は自分たちが何をつくっているかを十分承知していた。ところが、『千一夜物語』が出来上がる過程のほうは謎に包まれています。それは数多の作者の手になる作品で彼らのうち誰ひとり、卓越した本を制作しているとは思わなかった。(1)

ボルヘスが喝破しているように、中世アラブ世界において『千夜一夜』の生成にたずさわってきた写本制作者たちは、自分を『千夜一夜』の創作者であるとは誰も思っていなかったにちがいない。『千夜一夜』に関するかぎり、改変や加筆増補を含むテクスト製作の作業は、すでに存在する作品の延長作業であって、創作活動とは別種のものとして感じられていただろう。それを証するかのように写本をみても特徴的なのは、作者ないし制作にたずさわった者の固有名＝署名がしばしば欠如していることである。中世アラブ世界のすべての説話がこうした匿名性を背負っているわけではないことに注意したい。『千夜一夜』の写本家たちの多くは名前を残さない。もっといえば名前を残そうとしなかった（あるいは記した名前＝署名が忘れ去られ、消去されてきた）。それは自分が無数の人間の手に成るある生成物の媒介生産者であるという編纂者・写本制作者たち自身の意識を反映しているのではないだろうか。『千夜一夜』がアラブ世界において高尚な芸術作品とみなされていなかったという理由だけでなく、自分が、自分の所有物には決してならない、なにか根底的に可変的なあるものの受け渡しにかかわり、無数の人間の痕跡の連鎖のなかに身をおいているということだけが制作者たちには感じられていたのかもしれない。

『千夜一夜』が個人の署名に帰されないことは、ガランの翻訳以降、個人名を冠して『千夜一夜』のそれぞれのヴァージョンが生産されるようになっても同様だと言える。たとえばバートンの英訳版も、マルドリュスの仏訳版も、それぞれのテクスト生産者（ここでは翻訳者）の強烈な個性を帯びながらも、彼ら翻訳＝編纂者が『千夜一夜』という謎に包まれた長い系譜のもとで受け継がれてきたテクストの、やはり媒介者にすぎないことは明らかである。

このように『千夜一夜』は、多くの人の手になる作品とはいっても、工房単位で制作する絵画や彫刻、あるいは現代でいえば映画やテレビ番組の場合のような、集合的作業による「集団制作」の作品ではまったくないことにも注意したい。集団制作の場合には、作業における役割分担や完成作品のなかでの自分の制作部分も明示することができる。しかし『千夜一夜』の場合は、相互に誰ともわからない無数の人々が時空間を超えて生成の連鎖にかかわることでこの「作品」の生成発展がなされてきたのであり、どの部分にも無数の人の痕跡が重ねられている。上に引用したボルヘスの文章は、こうした事態を言い当てたものであろう。

このように『千夜一夜』は媒介生産作業の多重化によって存続し、そのテクストには多重的な痕跡が残されている。これをたとえば、シャルル・ペロー(2)、グリム兄弟(3)、あるいは『今昔物語集』(4)などの場合の、特権的な編纂と比べてみるとよい。長い伝統を受け継いだ果てに彼らの編纂作業およびテクスト決定の作業があるとしても、これらの例の場合は、(匿名ではあっても)ある個人の手によって、ある時点で、決定稿が定められ定本化がなされた。ここで媒介生成の連鎖はいったん停止する。またその後種々の写本や変異本が作られたとしても、この原典の権威は(原本がみつからない場合でも)不動のものとして価値づけられる。しかし『千夜一夜』は、最終的な個人帰属が不可能な存在体として、古い時代から現在に至るまで変貌しつつ在り続けてきた。『千夜一夜』に起源としての作者《オーサー》はなく、決定的な権威者としての作者《オーサー》もない。『千夜一夜』は、無数の人間の手にかかりながら誰のものでもないという意味でも「越境的な」作品である。

第一節　テクストの離接的構造

実際にその享受の場をつまりは存在の場所を移動させながら(断絶をはさみながらも)存続してきた『千夜一

夜』は、まさに越境的な作品である。この、境界を横断するという感覚は『千夜一夜』にとって本質的であるように思われる。異なる場所のあいだを移動し、そうすることによって異なる世界を接続していくあり方が、『千夜一夜』のテクスト構成にも反映している。以下、この点をみていきたい。

1　作品の「境界」の消失

『千夜一夜』のテクストには基本的に、切れ目がない。つまり物語どうしのあいだに切断がない。これは、シャハラザードが延命のために、次から次へと間断なく物語を語り継ぐという設定の当然の帰結としてある。一つの物語の「終わり」が判然とは表わされず、いつのまにか次の物語へと連接するのがいわば理想である。物語どうしの継ぎ目が比較的明瞭にわかる場合でも、少なくとも物語の切れ目は、夜の途中に現われ、シャハラザードは語りを途切れさせることなく次の物語に移行しなくてはならない。夜の切れ目と物語の切れ目が重なってしまったら、王に「続きを聴きたい」と思わせて処刑を先延ばしにさせるという戦略は無効になってしまう。実は、ZERの『千夜一夜』では、前の物語の終わり、すなわち次の物語の初めと、夜の切れ目が一致している箇所が、(第一夜を除けば)四箇所ある。(5)しかしこれらは、おそらく別の源泉から物語を収録するにあたって、いわば不用意になされてしまったものであろう。(6)こうした例以外には、夜の切れ目はたえず、物語の途中に来るように配置されている。

『千夜一夜』のアラビア語テクストには、収録話のタイトルというものが一切ないのが普通である。ブーラーク版では、まったくタイトルは記されず、ただただテクストが連綿と続いていく(図8参照)。

物語は「境」というものをもたないままに、いつのまにか、次から次へとずれるようにしてつながっていくのである。ガランが用いた写本も同様である。テクスト上での唯一の区切りとなるのは、朝が来るたびにシャハラザードが語りをやめ次の夜にまた再開する「夜の切れ目」の箇所のみである。ほとんど機械的に挿入される

図8　ブーラーク版第14ページ（右）と第15ページ（左）
14ページ下部の強調文字部分は，「第５夜になると」．夜の切れ目以外は連綿とテクストが続く．

この夜の切れ目は、読み手の側にとっては複雑に連鎖していく物語の整理には少しも役立たない。この手法によって『千夜一夜』のテクストは、物語が無限にからまり合うようにして連鎖していく物語の大海となるのである。

　この感覚は日本語訳をはじめ、翻訳版で『千夜一夜』に触れる者には、残念ながらかなり奪われてしまう。それは第一に、ガランをはじめすべての翻訳版で、収録物語にタイトルが付されているからである。ほかにも、句読点のない文章記述、アラビア語の特性でもある列挙と連鎖によって果てしなく展開される文章構成、段落替えさえほどこさない連綿とつづく叙述スタイル、どの言語文化圏でも古くはそうであったようにカギ括弧などの補助記号の不在などが、いっそう、「境」なく続いていく果てしない連鎖の感覚を高める。翻訳ではむろん、句読点を付し、文を区切り、段落替えを適宜設け、カギ括弧類を用い、台詞の行替えなどもおこなって、テクストを「わかりやすく」するためにメリハリを与えている。物語の切れ目にはページ替えまで施した上で、タイトルを本文とは異なる飾り文字で強調するなど、一つ一つの物語の輪郭を明らかにし、部分部分を孤立させて、全体の構成を認識しやすくする。あらゆる境をなくして私たちを途方に暮れさせる『千夜一夜』テクストの魔術的な力にたいするいわば知性の側の挑戦ないし防衛が、翻訳家たちによってこうして熱心に積み重ねられてきたのだ。たしかに、そうしなくてはいられないほどの魔力を『千夜一夜』というテクストはもっている、と言えるかもしれない。

タイトルの問題に戻ろう。カルカッタ第二版および、知るかぎりすべての（西欧語への）翻訳版で、各巻の冒頭ないし末尾には、物語の表題を列挙した目次がついている。また、本文上でもタイトルがさまざまなかたちで強調されて冠されている。こうした処置はむしろ、『千夜一夜』があまりにも連綿と物語が連鎖していくことを強く意識した上での読者サービスであるわけだが、逆にいえば、テクスト上にタイトルを目立った活字で組み込んで、物語の切れ目を視覚的に強調する（ある場合には物語の開始や終了を無理やり創出しているとも言える）編者たちは、物語の無限連鎖によってめまいを覚えさせる『千夜一夜』という、いわば「一つの切れ目のない世界」のあり方への尊重を欠いていたことになる。だが、永遠に反復される夜と朝の交代以外になにも目印のない世界、その果てしない場に身をおいて人間の卑小さを実感することこそ『千夜一夜』体験の本質であるかもしれない。

ヨーロッパ的な感覚からすれば『千夜一夜』が読者に引き起こすこのめまいは、危険なものとして退けられ、それに歯止めをかけることが、知的良識としておこなわれてきたのだと言えよう。まず、イギリス人たちが編集したアラビア語印刷本カルカッタ第二版では、物語の切れ目を多くの場合になんらかの形で示す方針をとった。すなわち、冒頭のいくつかの物語（「商人と魔王との物語」「漁夫の物語」「シンディバード王の物語」「裏切り者の大臣の話」「荷担ぎやと三人の娘の話」「大臣ヌールッ・ディーンとその弟の話」）と第二四九夜（「ほくろの「アラッ・ディーンの物語」）から第二九九夜までの一五話のうちの一一話については、右に記したようなタイトルを考案して本文上に挿入している。そのあとは、題名ではなく、シャハラザードほか物語の語り手の台詞を見出しのように強調することで、物語の切れ目が存在することのみを標すという方策をとっている。すなわち第一四八夜（〝鳥獣小話群〟の第三話）以降『千夜一夜』の終わりまでは、（タイトルが記された若干の例外は除くが）、「さらに伝えられたことには」といったシャハラザードまたは作中の語り手による台詞を見出し扱いにして、表題と同様の強調を施して記すことによって、少なくとも物語の切れ目の位置をはっきりと示している（図9参照）。

またすでに触れたようにカルカッタ第二版では、各分冊ごとに、巻頭に目次が設けられている。本文のページ上部欄外で用いた表題名などを利用して、収録話を個別に検索できるようにしたこのシステムは、ガラン訳以来ヨーロッパで根づいてきた『千夜一夜』を「物語集」として享受する姿勢と、（近代的な分類意識を反映した）書物の構成に関するヨーロッパ的な常識とに、照応したものであるだろう。

その後の種々の翻訳版もこの「常識」に従って構成されている。目次ページを設け、また本文中でも大きな物語の切れ目ごとに新たなページを起こすなどレイアウト上の工夫をして物語のタイトルを書き入れるバートンは表題に通し番号も振った。(7) こうした手立てによって『千夜一夜』の近代ヨーロッパの読者は、今読んでいるのがどの物語であるのかを知ることができる。おかげで、読み手は物語の大海のうねりにすっかり翻弄されてその渦の中に埋没し自己喪失してしまう、ということがない。

物語の表題にあたるものが、ZERのテクスト上ではどのようになっているのかをより詳しくみておきたい。シャハラザードは、ときに、これから展開される物語の内容をあらかじめ要約したような前置きをする。これがいわば表題にあたる機能を果たす。たとえばシャハラザードは「けれどもこのお話も、オマル・ブヌ・アン・ヌウマーン王とその子シャルカーン、同じくダウール・マカーン、そしてこの人たちに起こった驚異・珍奇な物語よりもさらに不思議というわけではございません」と前置きして長大な［8］「オマル王」の物語を始め、ま

٤٠٨ حكاية الخليفة هارون الرشيد وجعفر مع الشيخ البدوي

الذي لا اصفه لاحد غيرک فقال له وما هو قال له جعفر خذلک ثلث
اواق من هبوب الريح وثلث اواق من شعاع الشمس وثلث اواق
من زهر القمر وثلث اواق من نور السراج واجمع الجميع وضعها
في الريح ثلثة اشهر ثم بعد ذلک ضعها في هون بلاقعر ودقها ثلثة اشهر
فاذا دققتها فضعها في جفنة مشقوقة وضع الجفنة في الريح ثلثة اشهر ثم
استعمل هذا الدواء في كل يوم ثلثة دراهم عند النوم واستمر على ذلک
ثلثة اشهر فانک تعافي ان شاء الله تعالى فلما سمع الشيخ كلام جعفر
انسطح على حماره وضرط ضرطة منكرة وقال خذ هذه الضرطة مكافأة لک
على وصفک هذا الدواء فاذا استعملته ورزقني الله العافيه اعطيتک
جارية تخدمک في حيوتک خدمة يقطع الله بها اجلک فاذا مت
وعجل الله بروحک الى النار سخمت وجهک بخراها من حزنها عليک
وتندب وتلطم وتنوح وتقول في نياحتها يا ساقع الذقن ما اسقع
ذقنک فضحک هارون الرشيد حتى استلقى على قفاه وامر لذلک
الرجل ثلثة الاف درهم

وحكي

الشريف حسين بن ريان ان امير المؤمنين عمر بن
الخطاب كان جالسا في بعض الايام للقضاء بين الناس والحكم
بين الرعايا وعنده اكابر اصحابه من اهل الرأي والاصابة فبينما هو
جالس اذا قبل عليه شاب من احسن الشباب نظيف الثياب وقد تعلق
به شابان من احسن الشباب وقد جذبه الشابان من طوقه واوقفاه
بين يدي امير المؤمنين عمر بن الخطاب فنظر امير المؤمنين
اليهما واليه فامرهما بالكف عنه وادناه منه وقال للشابين ما قصتكما

حكاية عمر بن الخطاب مع الشاب ٤٠٩

معه فقالا يا امير المؤمنين نحن اخوان شقيقان وباتباع الحق حقيقان
كان لنا اب شيخ كبير حسن التدبير معظم في القبائل منزه عن الرذائل
معروف بالفضائل ربانا صغارا واولانا مننا كبارا وادرک شهرزاد الصباح
فسكتت عن الكلام المباح

فلما كانت الليلة السادسة والتسعون بعد الثلثمائة

قالت بلغني ايها الملک السعيد ان الشابين قالا لامير المؤمنين
عمر بن الخطاب ان ابانا كان معظما في القبائل منزها عن الرذائل
معروفا بالفضائل ربانا صغارا واولانا مننا كبارا جم المناقب والمفاخر
حقيقا بقول الشاعر

قَالُوا ابُو الصَّقْرِ مِنْ شَيْبَانَ قُلْتُ لَهُمْ   كَلَّا لَعَمْرِي وَلٰكِنْ مِنْهُ شَيْبَانُ
فَكَمْ اَبٍ قَدْ عَلَا بِابْنٍ ذُرِيٍ شَرَفٍ   كَمَا عَلَتْ بِرَسُولِ اللّٰهِ عَدْنَانُ

فخرج يوما الى حديقة له ليتنزه في اشجارها ويقتطف يانع اثمارها
فقتله هذا الشاب وعدل عن طريق الرشاد ونسألک القصاص بما
جناه والحكم فيه بما امر الله فنظر عمر الى الشاب نظرة مرهبة وقال
له قد سمعت من هذين الغلامين الخطاب فما تقول انت في الجواب
وكان ذلک الغلام ثابت الجنان جري اللسان قد خلع ثياب الهلع
ونزع لباس الجزع فتبسم وتكلم بافصح لسان وحيا امير المؤمنين
بكلمات حسان ثم قال والله يا امير المؤمنين لقد وعيت ما ادعياه
وصدقا فيما قالاه حيث اخبرا بما جرى وكان امر الله قدرا مقدورا ولكن
سأذكر قصتي بين يديک والامر فيها اليک * اعلم يا امير المؤمنين
اني من صميم العرب العرباء الذين هم اشرف من تحت الجرباء نشأت
ام

図 9　カルカッタ第二版，第395－396夜．右ページ上部が，[84]「カリフ，ハールーン・アル・ラシードとジャアファルと遊牧の老人との話」（第394－395夜）の終りの部分，右ページ下半分からが [85]「オマル・ブヌル・ハッタージと若い牧人との話」（第395－397夜）．

新しい物語の見出しの役割を果たしているのは「また〔次の人物が〕語ったところによると」 **وحكي** （wa hakā）というシャサハラザードのせりふ。左ページ５行目に第396夜目の夜の切れ目がある．右ページ上部には，「カリフ，ハールーン・アル・ラシードとジャアファルと遊牧の老人との物語」とハシラが立ててあり，左ページ上部には「オマル・ブヌル・ハッターブと青年との物語」とある．翻訳では，この表記を各物語の表題や小見出しとして用いている．

た、「王さま、この物語はアラーッ・ディーン・アブーッ・シャーマートの物語に比べたら不可思議ではありません」と述べて新たな物語（［21］「アラーッ・ディーン・アブーッ・シャーマートの物語」）を始めている。あるいは「ハーティム・ウッ・ターイーの心の優しさについての逸話でございます」と主題を要約するような説明を付して新たな物語（［22］「ハーティム・ウッ・ターイーの物語」）の前置きとすることもある。平凡社東洋文庫の日本語訳においてはいずれも、こうした台詞の表現を物語の表題として採用している。西洋諸語への翻訳本でも一般にこうした処置がなされてきた。またさきのような前置きがシャハラザードによってではなく登場人物によってなされて、枝話が展開される例もある。たとえば［133］「女たちのずるさとたくらみの物語（または七人の大臣たちの物語）」では、王の女奴隷が「金細工師と女奴隷との話をお聞きになったことはございませんか」と前置きしたり、大臣の方もまた「老婆と商人の息子の話が私に伝わっております」と前置きしたりしてそれぞれ話を披露している。(8)

あるいは結末部でそうしたメタ的な言及がおこなわれることもある。たとえば、［153］「ムハンマド・サバーイク王と商人ハサンの物語」に挿入された形になっている物語の終りには「以上がサイフ・アルムルークとバディーア・アルジャマールの物語として伝えられているものでございます」とあり、これが表題として利用されて、この枝話は広く［153ａ］「サイフ・アルムルークとバディーア・アルジャマールの物語」という名で呼ばれている。

ところが、シャハラザードまたは登場人物による物語の前置き紹介は、次に語られる物語の最初の方の登場人物を紹介する呼び水の働きをしている場合が多く、言及される人物はその物語のいわゆる主人公とはかならずしも一致しない。したがってシャハラザードの前置きはたしかに次の物語と無縁ではないが、きわめて形骸的にその物語を紹介するか、わざと主人公とは違う人物をさきに紹介するかして、結局次の物語の展開を予想させにくくする働きをすらみせるのである。つまり読者をひっかけることになるいわば偽装の表題がしばしばみられる。たとえば［4］「三つの林檎の物語」の枝話というかたちになっている［4a］「大臣ヌールッ・ディーンとシヤムスッ・ディーンの物語」は、ジャウファルがカリフ、ハールーン・アル・ラシードに、こんな事件も「エジプトの大臣ヌールッ・ディーン・アリーとその兄のシャムスッ・ディーン・ムハンマドの話よりもっと不可思議というわけではありません」(9)と述べることから披露される。圏点部分はタイトルの役割を果たし、さまざまな翻訳でもこの表現を題名としてとっている。しかし内容を全体としてみればこれは弟大臣の息子バドルッ・ディーン・ハサンを主人公とした物語にほかならない。また［6］「ヌールッ・ディーン・アリーとアニースッ・ジャリースの物語」と題される物語は、前の物語を終えたシャハラザードが「けれどもこの物語も、二人の大臣とアニースッ・ジャーリスとの物語よりももっと不可思議というわけではございません」(10)と述べることによって始められるが、実のところこの物語は、この前置きには名前の出ていない人物、すなわちバスラにいた悪大臣と善大臣のうち、善大臣の息子ヌールッ・ディーン・アリーを主人公とする（アニースッ・ジャーリスとの恋の）物語なのである。同じことは、［20］「カマル・ウッ・ザマーンの物語」についても観察される。前の物語を終えたシャハラザードは「けれどもこれとても、シャハリマーン王の物語よりももっと不可思議というわけではございません」(11)と述べるところから始まるが、シャハリマーン王は最初の登場人物というだけであって、主人公は（少なくともその〝第一部〟においては）息子カマル・ウッ・ザマーンである。シャハラザードは、つねに読み手・聴き手に話のなりゆきを不思議に思わせて、その興味を惹きつける語りを心がける。だから「表題」として、物語の核心を要約してさきに提示してしまうことを、しばしば避けているようにみえる。

『千夜一夜』というシステムは、境界画定の目印を取り除き、違う出所からの別々の物語を切れ目なく連鎖させ、無限に延長される物語テクストを編み出した。しかも読み手に自分が読んでいるテクストがどこに向かっているのかも見誤らせるような仕掛けを施し、目的＝行き先《テロス》をもつことを禁じて、物語の大海にただ身を委ねるようにと誘いかけている。

『千夜一夜』の研究にたずさわる者を当惑させる諸々の版ごとのタイトルの不一致は、このような経緯から生まれてきたものである。もともと収録話にタイトルはなかったために、いかなるタイトルも仮設的、暫定的なものとして存在するにすぎない。『千夜一夜』の諸版を比較する者は、この曖昧な一致と解消できない不一致とに付き合っていくほかはない。これもまた『千夜一夜』が読み手に喚起する新たな「漂流」の感覚となる。

いずれにしても、本来は収録話にタイトルをつけたり物語どうしの区切りを設けたりしない、「境」のない『千夜一夜』の世界は、物語どうしが切れているのにつながっているような、また、つながっているような体裁をとりながら切断が意識されるような、離接的な構造をとっている。この世界を進む者（読者）は、境界で立ち止まることなく通過するように誘《いざな》われ、こうしてあたりまえのように前に進みつつも、いつのまにかなんらかの断絶をある不分明なかたちで越えたことを漠然と認識する。『千夜一夜』は、まさに「越境」経験というものが問い直されるような、強度な「越境」の場である。

2　入れ子構造と異世界への接続

『千夜一夜』は物語集であり、しかもすでにみてきたように、物語をそれぞれ独立させるのではなく、境界を強調せずにむしろシャハラザードの連綿と続く語りのなかで連鎖させる方針がとられてきた。こうした方針からすれば当然のことであるが、新たな物語が付け足される場合に、それを並置的に付加するのではなく、一つの物語の内部に埋め込む「入れ子」方式が好んで採用されることになった。『千夜一夜』のテクスト構成の特徴の一つは、ときに過剰なまでのこの入れ子構造の頻用であろう。

それはとりわけこの物語集の冒頭部で顕著にみられる現象であり、したがって、シリア系の写本でもZERでもこの点では一致している。入れ子構造は、いわば『千夜一夜』の本質的なスタイルなのである。

第三四夜までの物語の構成を、平凡社東洋文庫版の目次を利用して見てみよう。入れ子構造がわかりやすいように、巻末資料1で用いた収録話の整理番号も付しておく。

［1］商人と魔王との物語
［1a］一番目の長老の話
［1b］二番目の長老の話
［1c］三番目の長老の話
［2］漁夫と魔王との物語
［2a］ユーナーン王の大臣の話
［2aa］シンディバード王の話
［2ab］裏切りものの大臣の話
［2b］石に化した王子の話
［3］荷担ぎやと三人の娘の物語
［3a］第一の遊行僧の話
［3b］第二の遊行僧の話
［3ba］嫉み男と嫉まれ男の話
［3c］第三の遊行僧の話
［3d］一番年長の娘の話
［3e］門番の女の話

［4］三つの林檎の物語
［4a］大臣ヌールッ・ディーンとシャムスッ・ディーンの物語
［5］せむしの物語
［5a］クリスチャンの仲買人の話
［5b］お台所監督の話
［5c］ユダヤ人の医者の話
［5d］裁縫師の話
［5da］理髪師の話
［5daa］理髪師の一番目の兄の話
［5dab］理髪師の二番目の兄の話
［5dac］理髪師の三番目の兄の話
［5dad］理髪師の四番目の兄の話
［5dae］理髪師の五番目の兄の話
［5daf］理髪師の六番目の兄の話
裁縫師の話の結末
〔せむしの物語の結末〕

シャハラザードがシャハリアール王に向かって物語る最初の話が、「商人と魔王との物語」である。旅の商人が携帯食糧のナツメヤシの実を食べて休んでいたところ、怒り狂ったジン（魔神）が現われる。ジンの言うことには、商人が食べ終わって飛ばしたナツメヤシの種が、人間の目には見えないが、自分の息子に当たり、たった今息子は死んでしまったと言う。その報いに自分の命を差し出すことになった商人のもとに、それぞれ動物を連れた三人の長老が通りがかる。三人の長老はおのおの、もし自分のする話が面白かったら（＝「不可思議《アジー》なこと《バ》」であったら）この商人の血の三分の一をくれるようにと約束をとりつける。そして一人一人が、なぜ今自分が、動物とともに放浪の旅をしているのかを物語る。「商人と魔王との物語」の大半を占めるのは、この長老たちの物語の部分であり、商人と魔王とのいきさつは枠物語の機能を果たすにすぎない。商人と長老たちとはまったく無関係であり、彼らの語る物語内容も商人と魔王の状況とは無縁であるわけだが、物語を追う読み手ないし聴き手にとっては、こうして生じる別次元への意外な展開こそが楽しみとなる。入れ子構造は、まったく異なる状況と内容の物語へとすばやく移行することを可能にする、物語間の越境のための手立て、いわばワープの装置とみることができる。

『千夜一夜』では、物語の入れ子による組み合わせと並置による連鎖とが組み合わせて用いられている。入れ子と並置の違いとして興味深いのは、並置される物語どうしは、内容的に反復的ヴァリエーションをなしていることである。第一の長老の話はこうである。自分の留守中に妻が魔法を使って自分の息子とその母親である自分の妾とを牛に変えてしまい、彼が戻ると二人は死んだと偽ったが、結局妻自身が、魔法を使えるある娘によってカモシカの姿に変えられた。それが、彼が今連れているカモシカである。これに対し、第二の長老の話はこうである。彼は親の遺産を三人兄弟で分け合った。上の二人は放蕩の末に無一文になり、弟である彼を言いくるめて金を出させ、異国への旅にでた。その船上で、兄たちは彼を、その妻である少女とともに海へ投げ込む。しかしこの少女は実は魔女だったので、魔法によって兄たちは犬に変えられた。それが今連れている二匹の犬である。

実は、第三の長老の話は、すでにも触れたがシリア系の写本を中心に、欠けていることがある。マフディの校訂でみてもガラン写本では、三人目の長老が物語った内容は記されていない。おそらく後からこの欠落を埋めるために足されたものであろうが、ZERでは、こんな話が入っている。黒人奴隷と妻の浮気を目撃してとがめたところ、妻から魔法をかけられて犬に変えられてしまった。犬となった彼はある肉屋に置いてもらうが、その娘が魔法の力をもっていたおかげで、彼が人間であることを見抜いたうえに、彼に魔法を教えて妻をラバに変えさせる。それが今連れているラバだという。このように、物語を並置していく場合、内容はある種の類同性をみせる。三人の長老たちの物語についていえば、近親者の裏切り、女性たちによる魔法の使用（とくに少女が魔術使いであること）、元凶者が動物に変身させられること、などの共通モチーフが容易にみてとれる。こうした反復ヴァリエーションは、近代的な感性によってならずとも「退屈」な繰り返しと思われる危険を伴っており、写本伝統のなかで、しばらくのあいだラバを連れた第三の長老の物語の内容が示されていなかったのは、もはやこれ以上、似た話を繰り返すまでもないと感じられたためであるとも推察できる。またかえってこの欠落は聴き手や読み手にとっては、内容が示されないだけに、自分で類似の話を想像する機会ともなろう。

なお、三人目の話が欠落するというのは、『千夜一夜』において一つのパターンともなっていて、［3］「荷担ぎやと三人の娘の物語」の話の三人の娘のうち三人目の娘の物語はないし、［7］「狂恋の奴隷ガーニム」の冒頭には三人の黒人奴隷が現われるがそのうちの二人しか物語を披露していない。『千夜一夜』は、冒頭の大枠の物語や［2］「漁夫と魔王との物語」のなかでも見られるように、予告され予想された、あるいはほのめかされた物語が語られないという、物語の不在を仕掛けとしてしばしば用いる。『千夜一夜』はかくも過剰なまでに多くの物語を列挙し読み手を途方に暮れさせながら、なお物語の不在を惜しむ感情を掻き立てようとしているかのようである。人はけっして物語に飽くことはなく、無数の物語に食傷しながらなお物語を欲するのだ、ということを『千夜一夜』は知らせようとしているのかもしれない。

さて、類同性をもつ物語を並置することによって反復的ヴァリエーションを展開していく手法は、「荷担ぎやと三人の娘の物語」のなかの、みな片目をなくしあご髭を剃った姿で放浪している第一の遊行僧、第二の遊行僧、第三の遊行僧の物語にも適用されているし、[5]「せむしの物語」のなかの理髪師の第一番目から第六番目までの兄たちをめぐる話では、もっと誇張して用いられている。この例に象徴的に示されているように反復的ヴァリエーションを並置する手法は、無限の拡張可能性を暗示しつつ、『千夜一夜』の世界を強く特徴づけている。

これに対して、入れ子の手法は、類似的なものの無限連鎖とはまったく別の、ちょうどそれを補完するような対照的な効果を発揮するように思われる。すなわち『千夜一夜』における入れ子の手法による物語の接続は、物語どうしの類同性や親縁性ではなく、むしろ異質性を強調する仕方でなされている。

このことを、かなり複雑な入れ子構造をもつ[2]「漁夫と魔王との物語」で見てみたい。

入れ子構造の典型例——「漁夫と魔王との物語」

発端の枠をなすのは漁夫と魔王との話である。ある日、貧乏な漁夫が海辺で網を投げると瓶《びん》が上がり、開けてみると中からイフリート（魔王）が出てくる。魔王は漁夫を殺してやると再三おどすが、漁夫は策を講じて魔王をうまくもとの瓶に押し込むことに成功する。魔王は漁夫に出してくれるよう懇願し、今度出してくれたら恩返しをすると約束する。しかしそんな言葉は信じられないと答え、その好例として、漁夫は瓶のなかの魔王にむけて「ユーナーン王の大臣と賢者ドゥーバーン」の話（[2a]）を物語る。

遠い昔のルームの国（ローマ帝国領だった地域とりわけビザンチン帝国の領土、すなわちキリスト教徒の住む地域ないしはギリシア人の世界）のこと、栄華をきわめた王ユーナーンがライ病にかかる。そこへ年老いた賢者ドゥーバーンが現われて王を平癒に導き、その寵愛を受けるようになる。これを嫉妬した大臣が、ドゥーバーンは危険な人物だと王に讒言する。これに対して王は大臣を諌めて「鷹を殺したシンディバード王」（[2aa]）の物語をする。

その昔ペルシアに狩猟好きな王シンディバードがいた。山中で渇きに襲われ、樹からしたたる水を盃に汲んで飲もうとすると、王の愛する忠実な鷹が三度にわたって翼でこの盃をひっくり返してしまう。これに怒った王は鷹の翼を切り落とすが、そのとき鷹のまなざしの先に、毒蛇がいることを教えられる。王に毒液を飲ませまいとした鷹を、王は死に至らしめてしまったのだ（シリア系の写本では、この「王と鷹」の話の代わりに、妻の不貞を知らせようとしてくれた愛鳥を殺してしまった「夫と鸚鵡《おうむ》」の話が入っている）。

ユーナーン王のこの話を聞いても、大臣は、シンディバード王の行為は当然だったと言ってのけ、ドゥーバーンを退けることを進言し続ける。そして、逆に「王子に陰謀をめぐらした大臣」の話（［2ab］、しばしば「王子と鬼女《グーラ》の話」とも題される）を物語る。

昔ある国のこと、王に仕える大臣は、王子の狩猟に同行し、王子に野獣を追うよう示唆して王子を荒野に独り迷わせる。その結果王子はグーラ（人食い鬼女）の餌食になりかかる。かろうじて逃れて父王のところに戻り大臣のことを告げると、父は大臣を死に処した。

この話のあとユーナーン王の大臣は、ドゥーバーンの魔法のような力は危険だと進言する。かくして王は大臣の勧めのままにドゥーバーンを召して、首を刎ねようとする。

さて、いまや首を切られんとするドゥーバーンは「鰐《わに》のお礼」の話をほのめかすが、王が所望しても、こんな状況では、と言って物語ろうとしない。

死を覚悟したドゥーバーンは、ある書物を王に遺贈する。翌日、ドゥーバーンの首は切り落とされ、その首の命じるままに王はドゥーバーンが献上した書物を指で舐めながらめくって、ページに塗られていた毒により絶命する。

漁夫はこの話を終えて、魔王のさきの忘恩をなじる。魔王はなんとか瓶から出してもらおうと、諺をもち出し

図10　大王がたどり着いた豪奢な館には，下半身を石に変えられた王子がいた（ルネ・ブル画，1912 年）

たり「ウマーアがアーティカにしたこと」という昔話をほのめかしたりするが、今はそんな悠長なときではないからとこの話を物語ろうとはしない。結局、魔王は今度こそ恩を仇で返すようなことはせず、漁夫を大金持にしてやると誓って、漁夫に瓶から出してもらう。魔王は漁夫をある湖へと連れて行き、そのなかから色の異なる四匹の魚をとってきて漁夫に与え、大地に消え去ってしまう。（ここから物語は新しい展開に移る）。

漁夫はこの地方一帯を治める大王《スルターン》のもとへ伺い、この珍しい魚を献上して大金を賜る。一方、四色の魚は大王の調理場で料理されることになるが、揚げ鍋に放り込むと、鍋から娘が現われて奇妙な歌を歌うなど不可思議なことが起こる。

これらの魚に興味を惹かれた大王は漁夫に道案内を命じて、大臣のほか兵団を率いてかの湖に向かう。さらにそこから先、一人で出かけた大王は、ある館にたどりつく。豪奢をきわめたその館には、下半身を石に変えられた美しい若者がいた。身の上を問われてさめざめと涙を流して詠嘆する若者は、大王にいきさつ（［2b］）を語り始める。

自分は、このあたり一帯を治める王であった父の死後、その王位を継いでスルターンとなった（したがって、この青年は年は若いが「王」であって、しばしば用いられる「石に化した王子の話」「魔法にかけられた王子の話」といったタイトルは、正確ではないことになる）。この物語については本書第七章でも詳しく論じるが、妻に不貞を働かれ、その露見のあとも居直られた末に、妻から魔法をかけられて下半身を石に変えられてしまったのだという。

大王はこの話を聴くとただちにこの若者の妻の愛人であった黒人奴隷を打ち殺し、次にこの黒人奴隷に扮して若者の妻をだましてすべての魔法を解かせる。それからこの女を成敗する。

魔法を解かれた若き王子を携えて帰還した大王は、かの漁夫の娘たちを自分と若者の妻にとり立て、漁夫にも立派な官職を賜った。


最初に指摘しておきたいのは、おそらくこの物語は、ある面では、入れ子形式の錯綜そのものを楽しむことを主眼としているということである。それはたとえば、［2 aa］の箇所、つまりユーナーン王が大臣に語る物語が、版によって入れ替えられていることによっても傍証できるかもしれない。すなわちこの物語においては、物語の内容が絶対的な価値をもっているのではなく、入れ子という形式が成立することの方が根源的だとみなしうるのではないだろうか。一つの物語から別の物語に、次元を縦断して移動する入れ子式の物語連鎖は、読み手・聴き手に物語どうしの関係に対する構造的意識を喚起する。入れ子形式の活用、しかもきわめて複雑に構成された入れ子形式の活用は、『千夜一夜』に特徴的な、物語の構造的認識を表わしていると言えるだろう。『千夜一夜』は物語の形式的側面が物語の価値と結びつけられる場であり、物語の構造ないし形式への意識の発動が読み手・聴き手にとって物語の楽しみそのものとなることを体験できる、すぐれて形式主義的な作品であると言えよう。

さて、入れ子形式を用いて展開されるこの「漁夫と魔王との物語」は、『千夜一夜』における入れ子形式が伴う特徴を模範的に示している。まず、入れ子にする外枠の物語と嵌め込まれる物語の時代や場所の設定が大きく異なること、また話の内容もがらりと様相を変えることである。アラブ世界のどこかであるらしい漁夫のいる場所から、［2a］の物語では、遠い昔のギリシア（ルームの国）へ移動し、さらに［2 aa］ではまた別の古い時代のペルシアへ移り、一度ユーナーン王のいるルームの国に場をもどしてから、［2 ab］では伝説めいたはるか昔の、場所はグーラが出てくるのでどうもインドらしいところへと移動する。

入れ子式の物語構成は『千夜一夜』においては、まったく異なる場所への移動を伴う物語の転回とつながる傾向にある。たとえば「荷担ぎやの物語」の内部でも、ハールーン・アル・ラシードがジャウファルを連れてお忍びで訪れるバグダード市中の館から、入れ子にされた遊行僧の話によって、それぞれの遊行僧がかつて王子として暮らした遠い王国へと舞台が移る。「せむしの物語」の舞台は、スルタンの治める「シナ」のある町となっているが、入れ子にして挿入される物語では、舞台がカイロへ、バグダードへ、ダマスクスへと移動する。

入れ子による配置が別次元への移動を鮮烈に感じさせる例として、十字軍との戦いを描いた長大な戦記物の[8]「オマル王の物語」の後半に挿入されている、「タージル・ムルークとドゥンヤー姫の物語」と普通題されている物語（[8a]）についてみておきたい。オマル王が毒殺され、その後も長い戦いの続くなか、上の息子のシャルルカンもついに刃に倒れ、姦計にはまって刺殺される。悲しみにくれながらもその弟のダウール・マカーン王がコンスタンチノープルの包囲を続けながら、無聊《ぶりょう》をなぐさめるために物語を所望したところで大臣が語りだす。これが「タージル・ムルーク王とドゥンヤー姫の物語」として私たちが知っている物語である（ただし先にみたように、シャハラザードは、「スライマーン・シャーの物語」として語り始めていた）。イスパハンの彼方の王国のスライマーン・シャーという長い間妻子のなかった帝王が、遠い国の美しい姫を娶る、とこの物語は始まる。このように入れ子の物語の開始によって場所も大きく変わり、戦場とはうって変わって優雅な世界の物語が展開される。その物語のなかでタージル・ムルークという王子の誕生が語られる。その子が成長したところで、次の入れ子の物語が挿入される。それはタージル・ムルーク王子がたまたま出会った隊商の青年が身の上話として語りだす物語で、今度はいかにもアラブの都市（バグダードを想像させる）を舞台に繰り広げられる、若い従《い》兄妹《とこ》夫婦の物語である（[8aa]「アジーズとアジーザの話」[12]）。不埒な欲望に身を任せ悪女に溺れる一青年アジーズと、その新妻で彼をひたむきに思い続ける従妹アジーザの不思議な、そして猥雑でかつ切ないこの物語は、現実的な市井生活の描写をふんだんに織り込んで展開される。この物語が終わると、タージル・ムルーク王子の話に戻り、美しい刺繍布を見て、その作り手であるというまだ見ぬドゥンヤー姫に焦がれた王子の、波瀾に満ちた（いかにも「ペルシア風」の）恋物語の世界に入る。陣中で大臣によって語られたこの物語が終わると、テクストはもとの十字軍との長い戦闘の物語へと戻るのである。

「オマル王」の物語へのこうした入れ子式の挿入はきわめて異質な感じを与えるものだが、むしろテクストないし編纂のねらいは、この異質さの感覚を生じさせることであるように思われる。（史実としては十一世紀―十三世紀に起きた）十字軍との戦いを描く空想的戦記物語、ペルシア風のおとぎばなし世界《ファンタジック・ワールド》での王子と姫との恋愛物語、バグダードを想像させるアラブの市中で展開される庶民の逸話と、入れ子形式で重ねられる三つの物語世界はそれぞれ色彩がまったく異なり設定も無関係であるがゆえに、読み手を意外な世界へと連れ去る魅力を発揮する。タイトルすらもなく、誰の、どういう話が展開するのかもしばしばわからない意想外の世界に引き込まれていくことこそ、読み手にとっては入れ子によって開かれる新しい物語世界へ突入する喜びである。ゾタンベールによれば、（初期エジプト系といわれる）マイエ写本には「オマル王」の話があり、その枝話の一つとして――「タージル・ムルークの物語」はないが――「アジーズとアジーザの話」が入っているという。またマイエ写本よりも早く十七世紀前半に作られたと思われるトルコ語翻訳版写本では、「オマル王」の枝話の一つに「タージル・ムルークの物語」が入っているという。[13] ＺＥＲで用いられているかたちは、こうした伝統を折衷して出来上がってきたと思われるが、いずれにしても、もとの話とは極端に異質な物語を入れ子にして挿入する伝統が存在してきたことが窺える。

　ここで、入れ子にして挿入された物語の「機能」を、教訓の提示として捉える見方を批判しておきたい。たとえば『アラビアンナイト百科事典』の「タージル・ムルークとドゥンヤー姫の物語」の項では、この物語内に挿入された「アジーズとアジーザの話」は、恋愛においてなしてはならないふるまいをタージル・ムルーク王子に警告する役割を果たしていると解釈している。[14] 入れ子にする物語と入れ子にされる物語の明らかな対照性《コントラスト》、いいかえれば逆説的な接合から、なんらかの反面教師的な関連づけを読みとることもある意味で自然な反応かもしれないが、『千夜一夜』の物語配置に基本的に教訓的意図を想定することには疑問がある。「アジーズとアジーザの話」は、ZERよりも古いマイエ写本では、「タージル・ムルーク」を介さず、直接に「オマル王」の枝話とされていたことからも、この二つの物語のつながりに強い意図を設定することに疑問を呈することができるかもしれない。だいいち、いたって気楽な性格のタージル・ムルーク王子は、人の話を聞いて何かを学び自分の行動を律するような人物ではない（第七章で示すように本書の見方からすると、学習することのない無反省な性質は『千夜一夜』の主人公たちの典型的な特徴にほかならない）。

ダウール・マカーン王は心の慰みのために、つまり気晴らしのために物語を求めた。タージル・ムルーク王子は、たまたま出会った青年に好奇心を覚えて物語ることを要請した。そもそも、シャハラザードは、「不可思議な」物語で王の興味を引き伸ばし続けることを標榜しながら、物語を語り続ける（シャハラザードが新たな物語を語り始めるときの決まり文句が「でもこれは、〔…（＝次の物語を指す言葉）〕よりももっと不可思議というわけではありません」である）。『千夜一夜』の世界では、物語は「不可思議」であればあるほど、つまり信じられそうもないが面白いものであればあるほど高く評価される。[15]「商人と魔王との物語」の三人の長老たちも「不可思議な」話を語ることが、商人の血を分けてもらう条件であったし、「荷担ぎやの物語」の遊行僧たちは、彼らの語る身の上話が（真実かどうか、役に立つかどうかとは関係なく）「面白かったら＝不可思議だったら」赦してもらえるという条件で語り始める。「せむしの物語」の理髪屋は、彼のする話がほかの人々の話に比べても、とんでもなく、たわいなく、不可思議で、面白いからこそ大王に気に入られる。「不可思議」を喜ぶ『千夜一夜』では、人が物語をするのは、なんらかの目的、とくに、その内容によって何かを教訓として教えるためではないと言えるのではないだろうか。

3　教訓性の無効化

実は『千夜一夜』における入れ子構造は、物語の教訓としての効能というもの自体を、アンビヴァレントなかたちで否定する契機として機能しているように思われる。物語の入れ子構造は、物語中で作中人物が物語りだすことによって出現するが、『千夜一夜』では、作中人物が、模範・範例を示すためとわざわざ断わって、すなわち教訓と銘打って、物語を語りだすことがしばしばある。だが、その物語は、結局教訓としての役目を果たさないのだ。『千夜一夜』の教訓話（exemplary tale）[16]が実は教訓として機能していないことを研究したものとしてマフディの論文がある。[17]『千夜一夜』の物語に教訓を読みとるかどうかは、事例によって、また解釈によって、議論の分かれるところであり、見解の集約はおそらく不可能であろうが、[18]本書では、マフディとともに、教訓の不可能性の場として『千夜一夜』を捉えてみたい。

まず、「漁夫と魔王との物語」をもう一度みてみよう。［2a］のユーナーン王と賢者ドゥーバーンの話をした後で、漁夫はこの物語の「教訓」どおりに魔王に恩義を施すことのばからしさを痛感して魔王を見捨てるのではなく、見返りを約束するという言葉につられるかたちで、せっかく自分がした教訓話の教えとは逆に、魔王を瓶から出してやる。また、ユーナーン王の物語の内部で、ユーナーン王は、大臣に忠実な鷹を殺したシンディバード王の話（［2aa］、シリア系写本では「夫と鸚鵡の話」）をして善意あふれる忠義の者を信じるべきだとの教訓を披露するが、大臣は説得される気配はみじんもなく、鷹を殺したシンディバード王は正しかったと言い切る。つまり物語はいささかも役に立たないのである。逆に大臣がユーナーン王に向けて話した［2ab］「裏切りものの大臣の話」は、しばしば「王子とグーラの話」とも題されるように、話の主眼が、王子が荒野のただなかでグーラと出会う恐怖と不可思議な顛末のほうに置かれていて、そもそも大臣は影が薄い。この物語の大臣は王子に野獣を追うことを一言勧めただけであって、ユーナーン王の大臣がこの物語を語りだすときに使った言い方である「王子に陰謀をめぐらした大臣」という見方そのものが不当であるように感じられる。実際、この物語を聴いたユーナーン王は、少しもこの物語に説得された様子はなく、この物語とは無関係に、自分たちの理解の及ばぬ能力をもつドゥーバーンは潜在的な脅威となるという大臣の新たな意見に影響されて賢者の処刑を決断するのである。

教訓として提示された物語の、教訓としての無効性は、『千夜一夜』冒頭の枠物語の部分でも顕著である。みずから暴虐なシャハリアール大王のもとに身を差し出すと申し出たシャハラザードに対し、父である大臣はその無謀を諌めようと、ある物語をもち出す。父大臣が「わたしはただそなたの身にあの驢馬《ろば》と牡牛とがある農夫との間に起こしたようなことが起こらなければよいがと心配しているのだよ[19]」と物語をほのめかし、娘シャハラザードがそれに関心を示すと父は語りだす。それが「驢馬と牡牛との話」と通常題されている物語である。だが父大臣のするこの物語は娘を諌めるための教訓としては少しも効果を発揮しない。「大臣の娘は父親の話を聞き終わると、「でもやっぱりわたくしはああさして頂きますわ」と言った。父親も娘に支度させ、シャハリアール王のもとに参内することになった[20]」。父大臣のする物語が教訓としてなんらかの影響を残すべきだとするような姿勢がテクストのこの部分にはみじんも感じられず、いわば父親の物語の無効性がきっぱりと、ほとんど笑い飛ばすように宣言されている。

入れ子構造を用いながら、なんらかの教訓的効果を発揮するものとして挿入話が提示される物語もたしかに『千夜一夜』にはある。たとえば長大な［133］「女たちのずるさとたくらみの物語（または七人の大臣たちの物語）」はその典型例であると普通みなされる。登場する賢者の名をとって「シンティパス物語（群）」ないし「シンドバードの書」とも呼ばれる[21]。（東洋文庫版の数え方で）二四の枝話を含むこの大物語は、王の前で、女性がいかに危険な存在であるかを説く七人の大臣と、女性の貞潔・王子の不埒ぶり・大臣の邪悪さを説こうとする（実は王子を誘惑しようとした）王の愛妾とが、つぎつぎに物語を語るかたちで展開される。だが実はこの例でも、延々と物語による応酬が繰り広げられることでもわかるように、大臣や愛妾の語る物語はどれも決定的な効力をもつことがない。多数の物語からなるこの大物語は実は、物語というものの教訓性を無効化するための装置だと考えられるのではないだろうか。王はそのつど物語に引きずられて王子の断罪を決心したり思い留まったりを繰り返すばかりで、最終的な決断にいたることはない。その後の展開にも同じことがみてとれる。王子は賢者シンドバードの宣託により七日間の無言の行を言い渡されていたのだが、八日目になると、ついに賢者と王子が口を開く。王子は自分よりも賢い「盲目の老人と三歳の息子と五歳の息子」がいるとして、それぞれについて計三つの物語を披露する。(22) これらはそれまでの、男性が邪悪か女性が姦婦で嘘つきなのかという話題をめぐる物語たちとはまったく違って、いわば機知を楽しむ物語になっている。これらの急に趣向を変えた物語たちは、その内容がなにかを教訓として教えるためのものとして働くのではなく、こうした機知に富んだ物語を披露できるという物語能力そのものの例証となって王子の価値を高めるところがポイントであるように思われる。長大な「女たちのずるさとたくらみの物語」は結局、大臣たちや愛妾が王を説得しようとしてもちだした物語たちとはまったく無関係に、口を開くようになった王子の意見にしたがって愛妾を追放することで決着する。この物語の主要部分をなす七日間にわたる物語合戦は、なにかを教えなんらかの結論を引き出すためのものではなく、その口実のもとに時間を引き延ばし、たわいない物語の連鎖を楽しむためにこそ提示されていることが顕著である。

「シンティパス物語群」ないし「シンドバードの書」、あるいは「七大臣の物語」もしくは「七賢人の物語」として広くアジアからヨーロッパ地域に流布していたこの物語は、長らくインド起源と考えられてきたが、近年の研究ではペルシアが始まりだと考えられるようになっている。(23) ところで、入れ子形式を多用する枠物語の構造は、「王子たちの鏡〔／鑑〕Mirror for Princes」というジャンルの古典的代表作と位置づけられる古代インドの寓話『パンチャタントラ』(五篇の書の意) の特徴でもある。『千夜一夜』の「女たちのずるさとたくらみの物語」は、入れ子構造のほかに王子の訓育をまかされた賢者が登場するなどモチーフ面でも『パンチャタントラ』との類似点が感じられる。この『パンチャタントラ』は、すでにも触れたようにそのペルシア語訳から八世紀にイブン・

アル・ムカッファによってアラビア語に移されて『カリーラとディムナ』となり、アラブ散文文学の模範として長く後世に影響を与えることになったものである。アラブ世界に広く普及した寓話的な説話集として『カリーラとディムナ』（すなわちアラビア語版『パンチャタントラ』）と『千夜一夜』とは近似的な性質をもっていると言うこともできるだろう。だが『パンチャタントラ』を「女たちのずるさとたくらみの物語」と読み比べてみると明らかな違いに気づかされる。それは、『パンチャタントラ』のもつはっきりとした教訓性である。収められた話の一つ一つが、アマラシャクティ王の三人の王子の教育をまかされた賢者のバラモン、ヴィシュヌシャルマンが、王子たちに語り聞かせる処世、統帥、外交、倫理にわたる帝王学のための訓話になっている。こうした教訓的効力をもつ寓話物語を聴くことによって王子たちは未来の帝王として成長するわけであるし、この物語を享受する現実の庶民にとっても、物語の内容は――『カリーラとディムナ』を源泉の一つして用いているラ・フォンテーヌの『寓話』の諸篇同様――まさに人生訓としての効力をもつ。これに対して『千夜一夜』の世界では、賢者たちにしろ大臣たちにしろ、そのほかの登場人物にしろ、物語からなにかを学習する様子はないし、読者に対する教訓提示の機能もほとんど消えていると思われるのである。

入れ子式の枠物語形式をとる物語としてほかに『千夜一夜』のなかで重要なものとしては〔160〕「インドの王ジュライアードと大臣シャンマースの物語」がある。合計（東洋文庫で）一八の枝話を含むこの物語でも、物語というものがまとう教訓的な効用がむしろ戯画的に利用され茶化されているように思われる。この物語も「シンティパス物語」の影響を受けて作られたものとされているとおり(24)、王子の訓育をめぐっておこなわれる賢者と大臣の物語による進言の形式をとっている。この物語の前半部分は、ジュライアード王に待望の王子が生まれ、シャンマースおよびその他、計七名の大臣たちが未来を占って語る寓意的な物語というかたちをとっているが、相互に内容がばらばらで格言的な効果も予言的な意味もなさない（ひたすら神に祈る魚たちの話、餌と思って飛びついた死んだ驢馬の心臓に矢じりが刺さっていたために絶命した山犬の話、鷹を首長に選んだカラスたちがその鷹によって次々食われる話、蛇使いの夫をもった妻が夫の止めるのもきかずに籠を開けて子供たちとともに毒蛇に噛まれて死んでしまう話、風に煽られて海に落ちた蜘蛛が風のおかげで元の巣に運ばれたという話など）。後半は、ジュライアード王が死去し王子が玉座につくと、とたんに愛欲に溺れて政務をないがしろにするようになったために、家臣一同の願いを託された大臣シャンマースが新王を諫めて語る物語と、快楽の世界に誘う愛妾の語る物語との交替である。まさしく「女たちのずるさとたくらみの物語」と同様に、ここでも王はそのつど右に左へと態度を変え続けるため、それぞれの物語が一瞬発揮する効力は結局全体的な流れのなかで帳消しにされてしまう。実際、人間の欲望をテーマとするさまざまな寓意譚・滑稽譚が連続して披露される結果、それぞれの話の教訓として欲望を非とするのか是とするのかは、読み手ないし聴き手にとってほとんど問題とならなくなる。

枠となる物語とかなり異質な印象を与える挿入話とみなされる「ニイマとヌウムの物語」（［20 a］「ニイマ・ビン・アル・ラビーとその女奴隷ヌウムとの物語」）のケースも同様とみなしうる。［20］「カマル・ウッ・ザマーンの物語」の終わり近く、いわゆる第三部の後半部で、遠い父王のもとに帰る旅を控えた二人の王子アル・アムジャドとアル・アスアドに対して語られるのがこの物語である。それは「そのようにお泣きなされませぬよう。おふたりともついには親しい方々とごいっしょになれましょう。ちょうどニイマとヌウムとがめぐり会いましたように……」という台詞をきっかけに披露されているので、たしかにこの入れ子の物語も、ある種の模範を示す物語として提示されていると言える。しかしマフディも主張するように(25)、カリフに仲を引き裂かれた恋人たち、ニイマとヌウムが結ばれるまでの恋の波乱の物語と、親族再会の旅路につこうとする二人の兄弟王子の状況とはほとんど無縁と言ってよい。したがってこの「ニイマとヌウムの物語」の場合も、むしろ教訓・模範物語としての機能不全がみられるのであり、かえってそれゆえにこそ、マフディの述べるように、「面白くてふしぎな物語 amazing and strange stories」としての機能が（言ってみれば機能を剝奪された機能が）より際立ってくるのである。長大な「カマル・ウッ・ザマーンの物語」がしだいに現実味を高め、より現代的な性質を帯びる方向で展開されてきた流れにちょうど逆らうように、末部で挿入されるこの「ニイマとヌウムの物語」は、『千夜一夜』でもめずらしくアッバース朝以前のウマイヤ朝期を時代設定とし、（ウマイヤ朝によって建設された）古都クーファとさらに古くから栄えてきた都ダマスカスを背景としながら、カリフと王宮のからむおとぎ話の世界へと、突然読み手（あるいは聴き手）を誘う。つながりがあるかのような口実のもとに、まったく切断された異質な物語世界へと読者（ないし聴衆）を移動させ、いったん別の世界へと移動したあとは当初の口実は反故《ほご》とされ、むしろ模範的・教訓的な効能を期待する精神そのものが野暮だとされるような、すなわち教訓を求める姿勢そのものが、そこで「学び落とされる」（unlearn される）ような場として、『千夜一夜』の入れ子の物語の世界はあるのではないだろうか。つまり『千夜一夜』は固定した道徳観・価値観を超え出ることをすすめる精神の越境性の場でもある。

第二節　物語テクストのハイブリッド化

ここでは『千夜一夜』に収録される物語がまとう特質として、ハイブリッド化つまり異種混淆的な性格についてみてみたい。

収録される個々の物語は、前提として『千夜一夜』以外の場所ですでに存在してきた物語であり、それが書き写されることによって編入されたと考えられていることはすでにみた。そして、『千夜一夜』への収録の際には、この物語集の「ポリシー」とでも呼ぶべき基本姿勢にふさわしい変形が施されたと考えられる。シャハラザードの語りのなかに組み込み、夜の切れ目を施すことはそのもっとも機械的な、だが画然とした変形操作の一つである。伝承される物語は、もとの形の上に、本来は無縁であった別の要素を付け足されてハイブリッド化していく。たとえば、イスラーム世界を起源としない物語の場合でも、『千夜一夜』では登場人物がアラーへの帰依を口にするという「イスラーム化」の現象もその一つであろう。

『千夜一夜』の収録話にしばしばみられる現象は、一つの物語の内部に、明らかにあとから付け足したと思われるやや色彩の異なる部分が見受けられることである。こうした延長部分は、物語の自己生成の現象として考えてみても興味深いし、またその自己生成の痕跡の蓄積によるテクストの「自己参照機能」の強化としても興味深い。

1　転調による物語展開

物語テクストのこうしたハイブリッド化の現象を、［20］「カマル・ウッ・ザマーンの物語」（第一七〇―二四九夜）でみてみたい。ゲルハルト[26]やベンシェイフ[27]の分析するとおり、たしかにこの物語は三つの部分に分かれている印象を与え、古層とみられる最初の部分（これを第一部とする）のあと、かなり色彩の違う二つの部分（第二部、第三部）へと続いていく。第一部は、ゲルハルトによればペルシアを起源とする魔神物語とされる。ベンシェイフは十一世紀インドの『カター・サリット・サーガラ』中の物語と比較しているが、いずれにしても「ペルシア的な[28]」フェアリーテイル（空想譚）の趣きが強い。第二部は、ゲルハルトによると、（ヘレニズム期）ギリシア小説の流れを汲む恋人たちの別離と再会の恋物語、そして第三部は、かなり質の落ちる付け足しとされる[29]。すでにガランの翻訳でも（入れ子の挿入話である「ニイマとヌウマの物語」は欠けているが）この三段階の構成はすべて含まれている[30]ところから、少なくともZER成立以前から現在知られるかたちで編成されていたことがわかる。

各部分のもととなった話の成立起源や、また――あとから付け足されたと推測される――第二部、第三部の付加時期などの歴史的経緯は確証するすべもない。ゲルハルトは、ある時期に一人の書き手が第一部と第二部を通して一貫して書き、第三部は、別の、より劣った書き手が付け足したものとみなしているが、それぞれの制作時期を確定することもとてもできそうにない。ただ本書の立場から指摘しておきたいのは、『千夜一夜』でも主要な物語の一つとみなしうるこの物語が、あえてちぐはぐな、つぎはぎの構成の痕跡を残す形で伝えられてきたことである。逆にいえば、全三部を一貫したトーンで書き直すことが、避けられてきたということである。
異質な要素の接続に注意しながら、以下に物語をたどってみよう。

転調を重ねる「カマル・ウッ・ザマーンの物語」

絶世の美男子であるペルシアの王子カマル・ウッ・ザマーンと、こちらも絶世の美女であるシナの王女ブドゥール姫は眠っている間にそれぞれ魔神と魔女によって運ばれて、夢うつつの間に見初め合う。二人は目覚めてから、ともに恋の病に苦しむ。この二人が「夢」で会った恋人と実際に結ばれるまでの物語（第一部）は、現実離れしたおとぎ話の世界をなしている。恋焦がれて病に臥せた王子が、発狂したと思われて鎖につながれてしまった姫のところまで遠い旅路を経てたどり着き、みごとに再会を遂げる筋立てもいかにも夢物語であるし、舞台も架空の王国や土地ばかりである。

ところが二人が再会を果たしてめでたく祝言も迎えた後、カマル王子は父シャハリマーン王のもとへ妻を連れて帰還する途中で、妻を置いてひとりでどこかへ消えうせてしまう。このあたりからが第二部である（第二〇六夜ないし二〇七夜あたりから）。鳥を追いかけて見知らぬ土地に来てしまったカマル・ウッ・ザマーンは、樹園で雇われ労働者に身を落として、心で嘆きつつもただ時期を待つ。このあたりはかなり現実的・現世的な要素が盛り込まれ、物語の雰囲気が変わったことが印象づけられる。さらに第一部との対照性を感じさせるのは、行動者はカマルの方ではなく、第一部では幽閉されたか弱い姫君であったブドゥールの方であることだ。姫は（第一部の最後で、再会の喜びのあまり鉄鎖をひきちぎった驚異的なパワーを、筋立てに発展させたかのように）第二部ではまさに男勝りの活動的な女性として物語を牽引する。男装して夫を探す旅に出、異郷の王国にたどり着いてその地のスルターンの座につくブドゥール姫の予想外の変貌ぶりこそ第二部の興趣であろう。またここで新たな主要登場人物として、王国の姫君ハヤート・ウン・ヌフース姫が加わったために物語のバランスが変わり、同時に、この姫がさきの第一部でのブドゥール姫のような可憐な乙女の役まわりを担うことで「お姫さま」が登場するおとぎ話世界としてのある種の連続性を保ってくれる。ブドゥール姫の主導するシナリオにそってめでたく二人が再会し、ハヤート・ウン・ヌフース姫をカマル・ウッ・ザマーンが第二の妻に迎えたところあたりまでが第二部である。

第三部は二人の妻にそれぞれ男子が生まれたあたり（第二一七夜の終わり近く）から始まると考えられる。ブドゥール妃から生まれたアル・アムジャドと、ハヤート・ウン・ヌフース妃から生まれたアル・アスアドの二人の王子は仲良く育つが、妃たちはそれぞれ美しく成長した義理の息子に恋心を抱き、夫の留守のあいだに言い寄る。二人の妃はそれぞれ厳しくはねつけられ、王子たちは女の邪心を呪詛する。物語はこうして、それまでの王子と姫との恋物語、純真な恋人たちの再会までの冒険物語から一転して、女の姦計の物語の様相をみせる。清

図11　カマル・ウッ・ザマーンとブドゥール姫は眠っている間に魔神と魔女に運ばれて出会う（フォード画，1898年）

い姫君であったブドゥールとハヤート・ウン・ヌフースが突如として悪女に豹変するこの展開は、いかにも説得力を欠き接合の悪さを感じさせるが、一方で連続性が断絶を内包し、切断が連続性によって覆われるまさに離接的な『千夜一夜』の機制を証しているのではないだろうか。つまり『千夜一夜』の世界では、一つの物語を一貫した調子が保てる範囲で完結させたり、あるいは一貫性を維持しなが

ら引き伸ばしていくのではなく、むしろ明らかに別のトーンの話を付け足しながら展開させることで、つながっていながら別の世界に入る印象を与えるところに一つの興趣が見いだされているように思われる。

「カマル・ウッ・ザマーンの物語」の第三部は、ギリシア神話のファイドラの物語(31)と同種の話型を用いて『千夜一夜』十八番の〝女の裏切り〟のテーマを展開したこの部分をいわば移行部ないし導入部として、さらに次の展開へと移っていく。妃たちにあやつられた王の命で王子たちは荒野に連れ出され、殺されかかる。ここは「カマル・ウッ・ザマーンの物語」のなかではこれまでなかった悲痛な嘆きのシーンとなる。偶然のおかげもあって命を永らえた王子たちは放浪の途につく。ここからがいわば第三部の本体と言えよう。

歩き続けた末に、二人は町を発見する。弟のアル・アスアドが様子を見に一人で出かけるが、町の拝火教徒の老人バハラームにだまされて捕らえられてしまう。拷問打擲を受けて苦しみ嘆く姿も、第三部がこれまでになかった非情で過酷なトーンに入ったことを印象づける。一方、兄のアル・アムジャドは弟の後を追って町に入り、運よく無事に過ごしているが、ある日町の中で出会った美女に誘いかけるうちに、自分が主人のふりをして見知らぬ館に入ってしまう。娘はちょうど用意されていたごちそうを楽しみながらアル・アムジャドに戯れてくる。物語のこの部分は、「荷担ぎやの物語」にみられるような秘密の館での官能的な饗宴の趣向となっていて、物語がにわかに艶福譚の様相をみせる。そこへついにこの豪奢な住まいの主が帰宅する。それはその国の有力者でバハードルという人物であったが、彼は寛大にもアル・アムジャドに主人の役を続けるように言う。アル・アムジャドは急に鷹揚な態度をとり、さらには召使としてバハードルをこきつかってみせる。しかしそれが次第にエスカレートして、娘は眠りこけたバハードルをどうあっても殺すとまで言いだす。ここへきて第三部は新たな「悪女」のモチーフへと入り、アル・アムジャドは女を切り殺す。さて目覚めたバハードルはアル・アムジャドに代わって死体の始末をすすんで引き受けてくれる。「男たちの連帯」のモチーフがこうして繰り返された後、アル・アスアド同様、今度はバハードルが命の危険にさらされる。死体を携えていたところを見咎められて、国王から絞首刑を命ぜられてしまうのである。ここはいわばサスペンス・タッチになっている。だが無実が晴らされ、アル・アムジャドとともに王に厚くもてなされることで償われ、いかにもおとぎ話風にめでたく一件落着する。第三部はこのようにさまざまな物語ジャンルが、めまぐるしく継ぎ合わされていくゴタゴタした感じがむしろ独特のリズムを形成している。

さて大臣となったアル・アムジャドの出した布令によってアル・アスアド探索が市中で始められると、アル・アスアドを捕らえていた拝火教徒バハラームは、アル・アスアドを箱に詰めて船で町を離れる。こうして逃走と追跡のゲームが展開される。バハラームの船は航路を見失ってイスラーム教徒のマルジャーナ女王の治める島にたどり着く。女王は一目でアル・アスアドを気に入り、強引にバハラームから取り上げる。ここでも女の強い欲望がテーマ化されているが、それがアル・アスアドを邪悪なバハラームの手から救うという点では、女性の好色がむしろストーリー上プラスの価値を与えられているところに逆転の面白みがある。その後もアル・アスアドは再びバハラームの手中に落ちたり逃れたりを繰り返すが、ついに逃げおおせて兄との再会をようやく果たす。二人の兄弟が父王のいる故郷へもどる旅路につこうしたところで、イスラームに改宗し国王の命じた処刑を免れたバハラームが、恋物語「ニイマとヌウムの物語」を物語る。この入れ子式の挿入話のあと、二人の兄弟のもとに相次いで軍勢が近づいてくるが、それを率いていたのは、マルジャーナ女王であり、アル・アムジャドの祖父（つまりブドゥールの父）ガユール大王であり、兄弟の父カマル・ウッ・ザマーン王であり、そしてカマル・ウッ・ザマーンと長らく別れていたその父シャハリマーン王であった。この最後の親族再会は、切断を含みながら展開されてきた感のある「カマル・ウッ・ザマーンの物語」のまとまりの悪さを十分意識した上で、それを補うべく考案されたものであろう。かくして、それぞれの部分が異なる様式を用いほとんど別個の話のようにして語られてきたこの長大な物語は、そうした離接的な接合をそのまま残しながら、全体を俯瞰する大団円をしつらえられたことで、大きなまとまりをなんとか維持する。大団円での親族再会のこの趣向は、この物語を異質な話たちの連鎖として保持するための便法だとも言うことができよう。

こう考えれば最後の一族集合は、この物語になんらかの強固な一貫性を付与するためではなく、むしろ逆にこの物語の不連続性（不連続な連続のあり方）を価値づけるものだと捉えることができる。平凡社東洋文庫版では、「カマル・ウッ・ザマーンの物語」の内部に、合計一八もの見出しをつけているほど、この物語はたしかに長大で、その内容はいくつもの小挿話に分けられるようなものとなっている。しかもよりまとまりのあった第一部から第二部に移ると、しだいに異種のエピソードを連接する離接的な傾向が強くなり、第三部でははっきりと異なるテーマ系のエピソードがほとんど無理やりにつなぎ合わされるめまぐるしい展開となる。これまで評者たちはおおむねこうした性質を物語の稚拙さと判断し、マイナスの評価を与えてきた。しかしこうした異種混淆的な物語展開には、それ独自のポリシーを読みとることも可能であろう。純然たる強固な一貫性ではなく、連鎖と断絶との、いいかえればまとまりと分離との、同時的な達成こそ、「カマル・ウッ・ザマーンの物語」の全体が目指している方向なのではないだろうか。

この物語が、親族再集合で終わらず、平和裡にではあるが親族離散の状態で終わるのもその象徴だと考えることができる。すなわち、アル・アムジャドは（むしろアル・アスアドに惚れ込んでいたはずのバハラームの娘を妻にして）母親ブドゥールのもとへと向かい、祖父ガユール王と母と三人で連れ立ってガユール王の王国にたどり着いてその王位を継ぐことになり、一方アル・アスアドはその母ハヤート・ウン・ヌフースの故郷の王国を統治することになる。そしてカマル・ウッ・ザマーンはその父シャハリマーンの跡を継いで王座に即《つ》く。つまり夫（カマル・ウッ・ザマーン）と妻たち（ブドゥール、ハヤート・ウン・ヌフース）も、父（カマル・ウッ・ザマーン）と子たち（アル・アムジャド、アル・アスアド）も、兄（アル・アムジャド）と弟（アル・アスアド）も離れ離れとなるのが、この物語の最終結末なのである。『千夜一夜』でも記憶に残る大恋愛の一つを演じたカマル・ウッ・ザマーンとブドゥールは、この大きな物語の結末では離別の状態に収まる。アル・アスアドはマルジヤーナ女王と結婚したことになっているが、女王は故国に帰り、アル・アスアドは祖父の国で王位に坐る。カマル・ウッ・ザマーンは父王のシャハリマーンと二人で旅をしてシャハリマーン王の国で王位に即《つ》くことになっているので、第二の妻ハヤート・ウン・ヌフースの影はみえない。ファンタジックな恋の情熱で始まったこの物語は、すべての男女《カップル》のつながりが消散することで終わる。

『千夜一夜』の「カマル・ウッ・ザマーンの物語」は、一方ではその中核をなすと言える第一部によって熱烈な結合の物語として燦然たる輝きを放ちながら、他方ではぎくしゃくとした延長の全体を通じて、不連続な連続、連続のなかの断絶をテクスト化した得体の知れない物語として靄《もや》をまといながら鈍い光をにじませているように思われる。

2 通時性のテクスト化と離接の構造

明らかに異質な話の不連続な接合による展開がみられる物語はほかにも多く『千夜一夜』にみられるが、その代表的な一つとしてごく簡単に、［109］「カイロの商人アリーの物語（またはバグダードの妖怪屋敷）」をみておきたい。すでに十九世紀にもヴィクトル・ショーヴァンが指摘し、多くの人によって認められているように、この物語は、カイロでの富豪の身から転落してバグダードにたどり着き魔物の力によって巨万の富を得るところまでの前半部分と、（第四三二夜の中ほどからの）金持となったアリーが王に貢物を重ねその寵遇を得て栄達の道を歩む後半部分とのあいだに、筆運びの変化がみられる。前半は才能ある人の手によって書かれ、後半は凡庸な人の手によって付け足されたものだとするのが、研究者たちのほぼ一致した判断である。ストーリーの方向性も記述のトーンも明らかに異なるこうしたぎこちない接続があえてあからさまに残されているところが、かえって興味深い。読み手はトーンの変化による「転調」を未知の展開への突入として楽しむこともできるであろう。

しかしここで注意を向けたいのは、違う時代の痕跡が重ね書きされるように堆積しているさまである。

この物語の初めの方では、莫大な遺産を相続したアリーが仲間たちと遊蕩の日々をすごす描写のなかで、コーヒー給仕係《カフワジー》が出てくる。「食べ物やら、飲み物など、仲間の連中が支度した分の何倍もの量を悉皆《しっかい》、取り寄せ、料理人たちや、接待係の者たち、カフワジーたちを引き連れ[32]」て行楽の地へと出かけて一ヶ月も浮かれ騒ぎながらそこに滞在した、という箇所である。コーヒーはアラブ世界で広まりだすのだが、最初は薬用ないし宗教的な秘薬として用いられていた。それが広く嗜好飲料として広まるのは、十五世紀後半以降、とりわけオスマン朝下の十六世紀以降のこととされる[33]。ところがテクストのとくに冒頭部分は、マムルーク朝（一二五〇―一五一七年）下で商業都市として栄えたカイロの様子を生き生きとかなり写実的に伝えており、一五一七年にオスマン・トルコに征服されてからの世相の影はない[34]。したがってこの物語テクストのカイロの生活の記述とコーヒーの要素とはアナクロニックな不整合の感覚を強く掻き立てる。おそらくこうした特徴ゆえにこの物語の作話年代の推定にはかなりの揺れがあるのだが[35]、本書ではそうした年代画定よりも、この物語テクストがいわば決然と誇示する時代的なハイブリッド性に関心を向けたい。

より古い時代の物語に新しい時代の要素が上書きされたという印象をあえて与える『千夜一夜』のテクストは、抽象的・超越的な一時点においてなされる創作という（ロマン主義的・近代的な）観念を真っ向から否定し、長い時間をかけた通時的生成の痕跡をあえてみずから表示している。『千夜一夜』は、こうした異種混在性が、ことさら残されている場である。そもそもイスラーム教発生以前のササン朝ペルシアの王や大臣の娘が、アラーを讃え、アラーに帰依する台詞を口にし、ムスリムとして描かれている。ペルシアの『ハザール・アフサーン』がアラブ世界に入り、テクスト自体がイスラーム化された、すなわちイスラーム的要素が上塗りされた時点で、『千夜一夜』のハイブリッド性は原則化されたとも言えるだろう。『千夜一夜』とは、ササン朝の王の前で大臣の娘が場合によっては十世紀近くも後のことがらを含む物語を過去形で語るという時間横断的な世界[36]であり、このハイブリッドな時間性が『千夜一夜』の特徴であると言える。

ここで『千夜一夜』の特徴の一つである詩の挿入のもつ、ハイブリッドな特質についてもみておきたい。すでに本書では、『千夜一夜』のテクストに見られる詩句は後から挿入されたものであり、そしてそれらは基本的に、著名なアラブ詩人たちの優れた詩句や人口に膾炙した詩句などを引用して盛り込んだものであることに触れた。ここではさらに、こうした詩の引用が、しばしば物語のコンテクストと明らかな食違いを見せていることを指摘しておきたい。一般に想像されるように、物語テクストに詩句を折り込む場合、詩句は場面に合わせて選ばれるのが当然であるし、詩句の挿入は、人物や状況の描写に彩りを添え、喜びや悲しみをより生き生きと表現し、またときに筋に含まれる教訓性を強調するといった効果を発揮するものであろう。『千夜一夜』でもこうしたケースは少なくない。だが地の物語文との齟齬が明らかであるようなケースもしばしば見受けられる。

『千夜一夜』を訳す際に詩を削除するやり方がガランをはじめとしてある。詩をすべて除いて英訳普及版を出版しているダウッド[37]の言葉を、学術的なマフディ校訂版を英訳しているハッダウィは批判的に紹介している。ダウッドによれば削除の理由は、詩句が「物語の自然な流れを妨げる」からであり、「文学的な価値がない」からである。こうした意見に違和感を覚えるハッダウィは、むしろ詩句が導入するズレや断絶の感覚を、『千夜一夜』の一つの本質的特徴とみなしている。ハッダウィは端的に『千夜一夜』の真髄とその魅力の秘密は「反対物の結合」にあると主張する。

おとぎ話であろうと、神仙譚であろうと、恋愛物語であろうと、笑劇であろうと、はたまた歴史的逸話であろうと、『千夜一夜』は、日常を逸脱するもの、異常なもの、不思議なこと、超自然的なことなどを、日常生活のなかに織り込む。そこでは、ありきたりの出来事と驚異的な偶然とが、縦糸と横糸のように織りあげられて神の摂理をなす。『千夜一夜』は、聖と俗とが出会う場所なのだ。[38]

すなわち、相対立し矛盾するものをあえて結びつけ、そこに無理矢理あるいはいつのまにか調和を生じさせること、それが『千夜一夜』のテクストの特質である。卑俗なたわいもない物語のなかにアラブ文学の粋と称賛される高雅な詩句を挿入すること、しかも内容的にも物語の文脈とときにあからさまな不整合を生じさせながら別種の文学世界を強引に導入することが『千夜一夜』における詩句の挿入の特徴であり、しかもこの手法によって、整合しないものどうしの突き合わせが非難されるべき不快なこととしてではなく、気晴らしと陶酔を与え、異種のもの（ないしは反対物）の接合をある種の絶妙な寛容さ（ないしはいい加減さ）のもとに容認し、擁護し、さらには顕揚する姿勢を読み手（受け手）のもとに生み出すのである。

『千夜一夜』はこうした接続を欠いた接続のあり方、すなわち離接性そのものがテクストの原理となっている作品であると言うことができる。

3　語る主体の範例化

『千夜一夜』は、「物語る」という行為の充満したテクストである。誰もが知っているように、全篇はシャハラザードが千一夜にわたってシャハリアール王に語った物語という設定のもとに提示されている。その多くの物語のなかで、登場する人物たちが、シャハラザード同様みずからの命を賭して、あるいは他人の命を救うために、説得の手段として、などなどの理由から物語を披露する。さらにその物語に現われた登場人物が物語を始める。物語を伝えること以外の存在理由をもたない登場人物たちが『千夜一夜』における人間像を象徴することは、ツヴェタン・トドロフの「物語＝人間 hommes-récits」という造語によって、みごとに言い当てられている。[39]

しかしながら『千夜一夜』は、「語り手」の概念を揺乱するテクストである。[40]テクストは「誰が語っているのか」という問いにけっして答えを出すことができないような仕方で構成されている。ここは、物語る人間にあふれかえりながら物語る人間が消え去ってゆくような世界なのである。[41] また、ここは語っている人間が、いつのまにか他者へと移行し、変幻自在に多重化と一元化のあいだを揺れ動く場であるとも言える。

カルカッタ第二版では、およそ一七〇近くの物語が、「また語り伝えられているところでは」（ويحكى）あるいは「さらにまた私に伝わっているところでは」（وبلغني）といった表現を、太字で強調して、物語の見出し代わりに掲げている。[42] さらには直訳すれば、（誰からということもなく）「そして〔次のように〕伝えられた」としかならない、誰が語ったのかも不明な語り伝えであることを示す表現（وحكي 動詞〔ḥukiya〕は三人称単数男性の受身完了形[43]）が多く用いられている。こうした定型句によって、語りの非人称性あるいは語り手の不特定性が、『千夜一夜』では物語そのものを象徴する表現として執拗なまでに反復されていることは、非常に興味深い。しかも「このように語られております」とか「このように聞き及んでおります」というこれらの定型句は、シャハラザードが口にしたものであることもあれば、登場人物の誰かが口にしたものである場合もあり、[44] さらにはどちらであるのかが判別不可能なケースもある。[45] このように『千夜一夜』では、誰もが同じ台詞を用いて語るために、読み手は誰が語っているかを次第に問うことを放棄させられたり、一つの言葉の背後に複数の語り手が同時に重層的に存在することを受け入れるよう誘われるのである。

この点でもまた、夜の切れ目は象徴的な役割を果たしている。夜の切れ目のたびに語り手としてテクストの前面に浮上するシャハラザードは、数行もいかないうちにすっかり語り手としての存在を消去してしまう。たとえば海のシンドバードの冒険を物語る場合、夜の切れ目の直後ではシンドバードは、シャハラザードの立場から三人称で「シンドバード」と名指されるが、同一文中でいつのまにかシンドバードが「私は」と語り始め、シャハラザードの語りの声は消失する。読者は、夜の切れ目を意識の上で読み飛ばしているときにはシャハラザードの台詞の背後にもなお作中人物の語りが続いているように感じるであろうし、逆に、すっかり収録話内の世界に戻ったときにもシャハリアール王の前で物語るシャハラザードの声が響き続けているのを感じるであろう。夜の切れ目とその前後はこの語りの重層化が噴出する特権的な場である。

したがって、ほかに例をみない驚異的な物語り手としてイメージされることの多いシャハラザードは、以上の見方からすれば、その特個性を保ちながらも、他の無数の作中の語り手たちと同等の位置に立ち、類例的な存在として一般化されていると言うこともできるだろう。『千夜一夜』のテクスト世界におけるシャハラザードは、特個性と一般性とを同時に体現する「範例的」な語り手なのである。

物語るとは、もともと、こうした「範例的」な境位を要請するものなのではないだろうか。物語るという行為は、物語る者に、いくぶんかみずからの個人性を抜け出て「語り手」というカテゴリックな存在となることを求めずにはいない。こうして生まれる「語り手」は――「語り手」という語がほとんど不可避的に、主体的な叙述者である「ナレーター」（英 narrator、仏 narrateur）を意味してしまうなら、むしろそれとは異なる性質をもつ者として「物語り手」と言った方がよいかもしれない――、相互に置き換え可能であるような、一元的な主体性を欠いた存在であるだろう。『千夜一夜』のテクストにおいて、しばしば、誰が語っているか、どのような体制からテクストが語られているのかが忘れ去られ、一人称叙述と三人称叙述が唐突に接続されていたり、いつのまにか話者が交代したりするのも、物語り手の本来的な「範例性」が『千夜一夜』の世界では強調されているせいかもしれない。

第三節　ジャンルの越境

1　文化的位階の越境

『千夜一夜』は時代とともにその変遷のなかで、みずからの位置づけをもさまざまに変化させてきた。『目録《キターブ・アル》・書《フィフリスト》』の著者などの言を信じるならば、『千夜一夜』の前身ともなった気晴らしのおとぎ話の伝統は、アレクサンダー大王をはじめとして諸王たちの庇護のもとにおこなわれてきたことになり、ある意味で高貴な受容者を想定した物語テクストだったことになる。それがアラブ世界ではもっぱら庶民の娯楽として楽しまれるようになり、制度的な「文学《アダブ》」の基準からはまったく疎外されてきた。ところが、ヨーロッパに移入されることによって『千夜一夜』は別種の位置づけを得ることになる。ガランは彼の『千一夜』をたわいのなさを前提とした「アラブのお話《コント》」として、自分たちの文学規範《キャノン》に対する外部の位置づけを与えながら紹介したわけだが、その洗練された文体や書物としての流行によって、『千夜一夜』はたしかにある側面では正規の文学ジャンルの一端に位置を占めるようになった。補完のための写本探しが始まり、複数の版がときに学術的な体裁のもとに競合し、さらには研究の対象となるにおよんで、『千夜一夜』は規範文学の一角をたしかに担うようになる。とりわけヨーロッパ人にとってはきわめて難解な言語であるアラビア語による作品であること、ガランがそうであったように謹厳な東洋学者《オリエンタリスト》たちがこの作品の紹介にたずさわったことが『千夜一夜』の学術的ステイタスを確かにしたであろう。だが一方で、ヨーロッパにおける『千夜一夜』ブームは、子供向けのファンタジーとしての側面や、官能性に満ちたポルノ的媒体としての側面も、同時に花開かせてきた。すでにアラブ世界においても兆されていた、『千夜一夜』の雅俗とりまぜた多次元性は、中東世界外部での受容に伴って、極限にまで高められたように思われる。

アカデミックで典雅な装いとしての『千夜一夜』は、高尚さを強くまとったガラン訳の『千一夜』を通じて早くからイメージ形成されてきたようである。また十九世紀後半には、知識人の書斎には立派な革装に金をほどこした『千夜一夜』全巻がうやうやしく並べられていることが、ある種の理想とされていた。マラルメがその価値を高く評価しプルーストも夢中になったマルドリュス訳の『千夜一夜』は美しい豪華本として愛書家を喜ばせ、猥雑な内容を売りにするバートン訳も金装飾の美しい荘重な大型本として出版された。さらに、画家たちの描くまぎれもない芸術的作品と言いうる絵画を挿絵として取り込んだ限定本が企画されるなど、『千夜一夜』は書物の高雅な夢の場となる。

図12 エルネスト・ブダンによるガラン版『千一夜』(1840年)の扉絵．ルイ14世時代の上流貴族の姿で描かれたガランを天上の神のように戴き，王とシャハラザードを中心として，王宮的な雰囲気のなかで姫や魔物たちなどがひしめく．技巧を尽くした版画の画面は，ファンタジックでありながら高尚な世界を感じさせる．

一方で、幼少年向きのきわめて健全かつ幼稚な空想の世界を『千夜一夜』は発展させる。現在でも世界における『千夜一夜』関連の消費の最大の部分を占めるのは、子供向けにリライトされた無数の児童書や絵本であろう。物語は単純化され、主人公は冒険心に富むヒーローとして描かれることが多い。さらに「大人の」娯楽としての『千夜一夜』の世界がある。枠物語も妃たちの不貞やシャハラザードと王とのベッドシーンが強調されたり、恋人どうしの交わりほか男女間の奔放な性の模様や不貞のモチーフ、男色への言及が誇張されたりする（『千夜一夜』にはたしかに猥淫をモチーフとする物語まで入っていて[46]、猥雑な材料にもこと欠かない）。

『千夜一夜』はこのように大きく考えても、アカデミズム、幼少年娯楽、ポルノ的世界の異なる三種の領域で広く享受されてきた。現在、欧米や日本などにおける一般の人々の『千夜一夜』ないし『アラビアン・ナイト』のイメージはこれらのあいだで分裂したり、またそれらの重複によって曖昧な印象をまとっているように思われる。アラブ世界ないしイスラーム世界でも逆輸入現象によって、まさに同じ現象がみられるようである。もともと『千夜一夜』は成人男子向けの娯楽物語として編まれ楽しまれてきたとされているとおり[47]、艶笑譚と親縁的な世界を作っていたが、ヨーロッパでの流行の逆輸入現象として、現在では大量の絵本・児童書が——それも冒険家としてのシンドバードの物語や、アラジンやアリババの物語が——生産され消費されるようになってきた。さらに一方で、近年では大学での研究がおこなわれ学術専門書が出されるようにもなってきた。

こうしたハイカルチャーからポピュラーカルチャーさらにローカルチャーまでを包摂するハイブリッド性が、『千夜一夜』を多面的で触発に富む作品としているように思われる。純粋に学術的なのでもなく、たんにポルノ的でもなく、一面的に子供向けなのでもない。言ってみれば文化的な位階を横断するこうした多重性が、この物語集を、あるいはこの物語集に収録されたものとしての個々の物語を、上記のどれかのスタンスで読む者にさえ、意外な奥行きを含むものと感じさせたり、あるいは予想を裏切るような壊乱的な魅惑を発揮するものと感じさせる。『千夜一夜』は、文学分野にかぎっても今なお二次作品を生み出し続けている。ジョン・バース「ドニヤザード物語』[48]、ナギーブ・マフフーズ『シェヘラザードの憂愁』[49]、ロバート・アーウィン『アラビアン・ナイトメア』[50]、サルマン・ラシュディ『ハルーンとお話の海』[51]など、それらの作品自体が、純文学と大衆文学、古典小説と艶笑夜話、児童文学と高尚文芸、哲学小説と冒険小説など、さまざまなジャンルを混淆したような不安定性を活力としている。『千夜一夜』はジャンル越境的な得体の知れなさが創造力を触発する、文化のハイブリッド空間であるとも言えるだろう。

2 口誦性と書記性の越境的な混淆

『千夜一夜』は「民話」なのだろか? 『広辞苑』によれば「民話」とは「民衆のなかから生れ伝承されてきた説話」とされている。『千夜一夜』は民衆とのかかわりによって生成してきたという意味では、(かなり)民話的であると言ってよいだろう。中世アラブ世界(および周辺)の民衆に享受されることによって発展してきた物語集であることはまちがいないのであるから。ガランという学者の紹介でヨーロッパに移入されたあとも、この物語集は、圧倒的な大衆的人気によって民衆のあいだのさまざまな領域で楽しまれ、社会的な影響力を拡大してきた。

ただ、右の辞書の記述にもあらわれる「伝承」という概念を、口承のみに限定するかどうかによって、『千夜一夜』が右記の定義に該当するのかが微妙な問題となる。

「フォークロア folklore」は、folk(民衆)による lore(知識・伝承)の意の造語[52]であり、ほぼ日本語の「民話」と同意であると考えられる。物語については「民間説話 folk tale」という言い方もなされる。しかし、「民話」という語も同様であるが、学問上の定義としてはより狭い規定がなされることが多い。たとえば、フォークロア研究を専門とするアーチャー・テイラーは「フォークロアとは、言葉か風俗習慣によって口承で伝えられる素材である」[53]と端的に「口承性」を核として定義しているし、同じくフランシス・リー・アトリーは彼自身の研究に関しては、「民俗文学は〔…〕口承文芸でなくてはならない」という立場を堅持することを標榜し、具体的な作業においては「完全に本物の口承資料のみに基づいたもの」に対象を絞るか、「口承（oral）と文字になった（literary）資料を厳密に区別」した上で研究活動をおこなう必要性を唱えている。[54] こうした文脈においては「伝承 transmission」という概念そのものが、口頭言語による聞き伝えを意味している。日本では柳田國男が「ものがたり」の研究を「口承文芸」に特化し、「常民」の文芸すなわち村の人々が文字に拠らずに口頭で語り伝えてきた民間伝承をもっぱら研究の対象として設定した。[55] さきに引用した辞書での「民話」の定義も、基本的には口頭で伝承された話を想定したものであろう。

ここで興味深いのは『千夜一夜』の位置づけである。『千夜一夜』の伝統を支えたのは、中世アラブ＝イスラーム世界における数世紀にわたる口誦によるパフォーマンスの伝統であることは否定できないだろう。屋内外の人の集まるところや（コーヒーの習慣ができてからは）カフェなどで口演されることによって『千夜一夜』はその生命を保ってきたとされる。だが、すでにみてきたように中東世界の伝統においても、『千夜一夜』は純粋な口頭伝承の作品ではなかったのである。

むしろ『千夜一夜』は、口誦性 oralité と書記性 écriture の越境的混淆を本質とするように思われる。口頭性と書記性が不可分のものとして交じり合う場、それが『千夜一夜』なのではないか。

図13　通りで口演する物語師と聴衆（ウィリアム・ハーヴェイによる『千夜一夜』の挿絵より，1883年）

台本としてのテクスト

『千夜一夜』はアラブ世界に導入されるときからすでに書物のかたちをとっていた。さらにそこに物語を付け加える場合にも、基本的に、すでに「写本」としてつまり文字化されたテクストとして存在する物語が書写されて導入されてきた。実際のパフォーマンスにおいても、なんらかのかたちで、この『千夜一夜』の書記テクストにもとづいていた場合も多いであろう。口演は、(しばしば巨大な)書物を前に置きながらなされることもあれば、暗記してなされることもあった。いずれの場合にも当然、その場に応じて適宜内容の調整がおこなわれたであろう。つまり『千夜一夜』のテクストは、応用可能性をもつ台本《スクリプト》として機能してきたと言える。『千夜一夜』のテクストがもつ台本としてのステイタスという特殊なあり方は、口誦性と書記性との接合、その両者にまたがる重層的な特質を示している。(56)

むろん、純粋な口承による伝承が存在することも忘れてはならない。たとえばS・スリモヴィクスは、『千夜一夜』では、[59]「ウンス・ル・ウジュードとアル・ワルド・フィール・アクマームとの物語」として収録されている、青年と「ばらのつぼみ(アル・ワルド・フィール・アクマーム)」娘との恋物語が、文字のまったく読み書きできない語り手によって口演されるのを聞き、論文として報告し、その内容などを分析している。(57) ただし、この例でも特徴的であるのは、この物語は、それ単独で語られたのであって、『千夜一夜』という物語集の枠組みを利用してはいないことである(すなわち話の途中に夜の切れ目が設けられたり、シャハラザードという外枠の語り手が意識されることもない)。また、マフディ版の英訳者ハッダウィは、幼いころに祖母のもとに訪れた女性などから多くの物語を語ってもらったこと、そのいくつかは、『千夜一夜』に収録されたものと同内容であったことを述べている。(58) もともと『千夜一夜』は既存の物語を引用収録したものであるから、その収録話がそれぞれに口承の伝統によって育まれることはむろん大いにある。

しかし物語集としての『千夜一夜』は、文字テクスト(写本)を少なくとも間接的には基体としながら伝承されてきたと考えるべきなのではないだろうか。それでいてさらに、文字を介さない口承の伝統が一方に存在し、その影響をどこかで反映するようにして『千夜一夜』の写本にもとづく口演もおこなわれたことが推察される。『千夜一夜』の存続と享受における、口誦性と書記性はどこまでも分かちがたい。

『千夜一夜』の写本伝統について考えるときにも、逆に口誦性は見落とすことができない。そもそも『千夜一夜』の写本は、すでに述べたように口演の台本としての需要から次々と作られ、伝えられてきた面が大きいと思われる。台本とは、これもすでに述べたように、文字テクストの世界と口頭言語との世界の両方を射程においた言語テクストのことである。『千夜一夜』の書記テクストの伝統が、口頭パフォーマンスの経験を迂回することでどのような変化を取り込んできたのか、口誦の体験をどのように蓄積しながらテクストが形成されてきたのかは、今後検討されるべき重要な課題であると考えられる。

『千夜一夜』における書記テクストのなかへの口頭言語の取り込みは、少なくとも『千夜一夜』の文体の特徴の一つでもある、アラビア語の方言や俗語の大幅な採用に認めることができる。アラビア語では、書き言葉は神聖なるアラーの言葉であるフスハー（正則アラビア語）であらねばならない、という規範意識が存在する。しかし例外的なことに『千夜一夜』においては、さまざまな写本が示しているように、各時代・各地方の口語的な言語スタイルが文字化されて取り込まれている。正書法にはそぐわないこうした方言までをも文字テクストに導入する『千夜一夜』の口語性は、単に書写家たちの教養の程度の低さを表わすものではなく、文字世界と口語世界とを付き合わせようとする意志、ないしはその境界をなしくずしに突き破ろうとする衝動の表われであると考えることができるのではないだろうか。

すでに述べたように『千夜一夜』の口演では、台本が文語的表現で書かれていても、聴衆に応じてより生き生きした日常言語にアレンジするという、口誦性と文語性の越境が繰り返されていただろう。また、日常会話の台詞を大量に導入する民衆物語として、『千夜一夜』のテクストそのものが、会話体を文字化することを要請したであろう。その結果、『千夜一夜』は、さまざまな地域や時代の方言が痕跡を残す稀有な場となったことは興味深い。書写された時代と場所の言語に統一してしまうことなく、全体を通してみると、多様な方言が——ときに読みづらさをあえて許容しながらも——残されているのは、『千夜一夜』が異なるさまざまな時代と地域へと通じる多元的世界としてイメージされていたからであろうし、そのために文体上のある種の違和感もが尊重されたからではないだろうか。『千夜一夜』においては文章語と口語との越境が、異世界への移動の感覚を読み手・聴き手にもたらす。さらに、あい異なるさまざまな口語体の並置的残存によって、読み手・聴き手は、異なるさまざまな異世界をめぐって回る移動感覚をも味わうことができる。翻訳においては方言ごとの特徴を感知することまではできないが、(バートン訳にしろ前嶋・池田訳にしろ)工夫を凝らしていかにも特徴あるしゃべり言葉のスタイルで訳出しようと試みており、異世界にじかに触れるような感覚の一端を味わうことはできるであろう。

『千夜一夜』がヨーロッパに移入されて以降、こうした文体上の雑多性が消去される傾向が続いてきた。ガランが、古典主義時代にふさわしい美しいフランス語の物語文体を基調として翻訳・紹介して以降、レイン、バートン、マルドリュスなどヨーロッパの主要な訳者たちは自分なりの文体で『千夜一夜』の全体にフィルターをかけ、ある程度の文体的統一を付加した。また「近代」が一貫性を求める時代であったのに照応して、エジプトの「近代化」の象徴的な活動の一つとして企てられた、カイロ郊外ブーラーク印刷所でつくられたブーラーク版(アラビア語印刷本)は、同系の写本にもとづいていると思われるカルカッタ第二版よりも、文体の高尚化と標準化による統一性の付与が顕著であるという[59]。

アラビア語テクストにもみられるこうした標準化・高尚化の傾向をデイヴィッド・ピノーは厳しく批判する。すなわち十八―十九世紀の編者たちが、口語的・俗語的表現を古典的表現に変えてきたのは残念なことであり、「彼らは、それぞれの語のスペルを標準化し、話し言葉の表現を高尚な言い回しに替え、会話を形式化して方言からの影響を除去し、文章の文法構造を変化させてフスハーに合わせた[60]」。元写本もすでに教養あるシャイフによって編纂されたものであったとされているが、ブーラーク版を校訂したアッ・シャルカーウィーが極度にこうした洗練を推し進めたために、『千夜一夜』のもとの姿が大幅にゆがめられてしまったという非難も、しばしば見受けられるものである。

一方で、『千夜一夜』がもともとクラシックな書き言葉の側面をもっていたことを強調する論者もいる。たとえばG・ゲルダーは、『千夜一夜』に挿入されている詩がほぼどれも正確に古典アラビア語で書かれ、伝統的な韻律を採用していることを指摘した上で、このことは『千夜一夜』が厳密には「大衆的な」ものではないことを示している、としている[61]。民話研究者のH・シャミーも、『千夜一夜』が純粋な民衆文学でないことを強調し、口頭の物語が（すでに存在する写本を利用するにしても）上流社会固有のものである公式の古典アラビア語を用いて書き留められたところに『千夜一夜』の本質があり、エリートの書き手が口承の物語を文字テクスト化する際に言葉遣いは必然的に古典的なアラビア語の規範に合致するレベルに高められたとしている[62]。同時に、『千夜一夜』のテクストは、限られたエリート男性（学識者など）にとってであるが、読み物として享受されてきたことをシャミーは強調する。

立場の違いはあれ、こうした議論を通じてより鮮明に現われてくるのは、すでにみたように、『千夜一夜』が民衆文化と高尚文化の接点を形成していることである。ゲルダーの言うように、『千夜一夜』が完全に民衆のものだったことはないし[63]、また他方、純粋な高尚文芸ではもちろんない――どんなに標準化されたヴァージョンでもいくぶんかは口語性が残されているし、大衆的娯楽の要素が完全に消え去ることは考えられない。言語的レベルへのその反映として、古典的な文体のなかになんとか工夫して口語的要素を取り入れようとした努力の痕跡がみとめられる。たとえばマフディの校訂したガラン写本を検討してみても、標準的な書記法のスペルを変えたり抜いたりして、いわば擬似的に、方言を表記することが試みられている[64]。こうした現象は、口語性の残存とかその文章語への侵入というよりも、むしろ文章語側が口語的世界へみずから接近しようとした姿勢の痕跡だと言うことができるのではないだろうか。〝王たち〟が好んで民衆の物語を聴きたがったように、サブカルチャーとハイカルチャーは対立するばかりではない。『千夜一夜』はポピュラー文化の世界とハイブラウな文化の世界のあいだをたえず揺れ動き、二つの世界の出会いとせめぎ合いがつねに演じられる異階層の文化遭遇の場を形成しており、それがゆえに口誦性と書記性の稀にみる混淆がアラブ世界でも維持されてきた、と本書では捉えたい[65]。

パフォーマンスのメタ的痕跡

ここでさらに、アラビア語の物語テクストにしばしば現われる「قال カーラ」という表現についても、口誦性と書記性との往復という『千夜一夜』に顕著な特質の観点から説明を加えてみたい。マフディの校訂版のアラビア語テクストにも、この「カーラ」という表現はしばしば現われる。「彼は語った」という意味であるが、ほとんど機械的な挿入とみなされ[66]、翻訳に際しては訳出されないことが多い。このフレーズの機能としては、一般に「以下のことは語り伝えられたことである」といったニュアンスを付加すると考えられる。また『千夜一夜』では三人称単数男性の主語をもつことを意味する動詞の基本形（完了形）であるこの「カーラ」というかたちのほかに、主語を付した「物語り手《ラーウィ》（／講釈師）は語った」という挿入がみられることもある。こうしてみると「カーラ」表現は、つねに単なる機会的な挿入句にとどまるわけではないと考えられる。たとえば、［19］「アリー・ビン・バッカールとシャムス・ウン・ナハールとの物語」では、この句のあとで実際、テクストは登場人物が語っていた一人称の叙述から、物語り手の外からの記述意識を反映したと思われる三人称叙述に移行する。

『千夜一夜』のテクストにしばしば見られるこうした不整合な叙述は、物語が口誦伝統のなかで、実際になんども講釈師によって人前で披露されてきたという経緯を、テキストが写しとったものだと考えることができる。ピーター・モランはカルカッタ第二版に、この「قال カーラ」（「彼は語った」）という表現がブーラーク版よりも多く見られるのは、（その原本に）口誦の現場を写しとる姿勢があったからだとしている[67]。こうした機能を、ヨーロッパ内外で中世に盛んに作られた枠物語形式をもつ作品を口誦性 orality と文字性 literacy の連続性の観点から分析したボニー・アーウィンの言葉を借りて、「オーラル・パーフォーマンスの描出」[68] と言うことができよう。すなわち作品がその享受の場において生み出したパフォーマンスの要素を直接に持ち込むのではなく、作品がパフォーマンスを通して享受されてきたということを、テクストの読み手ないし聴き手に彷彿とさせる、という効果をもつ技法である。むろんさきに触れた、口語的な口調をテクスト上で再現する文体（それは忠実な口語表現の写しとりではなく、テクスト化され、ある種の形式化を経た口語性である）もまた、この技法に属すると言えるだろう。

B・アーウィンのこの研究の要点は、枠物語形式が口誦性と文字性をつなぐ役目を果たしているという点にある。このことをより詳しく見てみたい。枠物語形式そのものは口誦のパフォーマンスにおいてはほとんど現われることはない。枠物語は（複数の）物語が文字テクスト化されたときに初めて姿を表わす。『千夜一夜』の場合にも、実際の口演では、多くの場合各収録話が語られるだけであって、枠物語への端的な言及である夜の切れ目が再現されることはほとんどなかったであろう。しかし文字テクストにしか出現しない枠物語は、誰かが物語を披露するという場面を描き出すことによって、伝統的な口頭パフォーマンスを、文字テクスト上に擬似的に再現するという機能を果たすのである。

個々の収録物語ではなく『千夜一夜』という物語集の本源的な特徴は、夜の切れ目にあると考えられるが、まさにそここそ口誦性と文字性との橋渡しがおこなわれ、テクスト性とパフォーマンス性とが重ね合わされる場であると捉えることができる。B・アーウィンは次のように述べている。

『アラビアン・ナイト』の定式化された夜毎の分割は、口頭での物語叙述スタイルをただちに思い起こさせ、リアリスティックなストーリーテリングの出来事《イベント》に接している印象を与える——夜の間いつまでも語り続けることのできる熟達した語り手がそこにいるのだが、ただ自然の力によってそれが中断されるのだというような印象を。[69]

『千夜一夜』を実際の口演によって享受した人々はハッダウィが報告するように、うまいところで話を中断しては翌日再び語り始める講釈師のパフォーマンスに接したであろう。その中断と再開の型をテクスト上に移行させたものが、『千夜一夜』で定式化されている夜の切れ目である。「○○夜になると、シャハラザードは……」という定式は実際の口演では口にされることはなかったと思われる。パフォーマンスに接する聴衆は話の切断を（シャハリアール王と同じ立場で）みずから体験することはあっても、話の中断について語られるのを聞くことはなかった。聴衆にとって体験として存在した話の中断を、テクスト上に移し変え、読み手に物語の実演を髣髴《ほうふつ》とさせ、その印象を擬似体験的に与えることが、夜の切れ目ないしは枠物語の機能の一つである。

文字テクスト上に口演パフォーマンスを擬似的に体験させる、口誦性の擬態《シミュラークル》ないしは偽装＝みせかけが、テクスト化された仕掛けとして『千夜一夜』には数々施されている。内容上のハイブリッド性を出現させる詩の挿入という手法も、この機能を果たすものの一つであろう。『千夜一夜』のテクストへの詩の挿入は比較的後代になってから（十二世紀以降）で、アラブ世界の民衆のあいだで『千夜一夜』が口演で楽しまれた伝統が十分に蓄積したのちのこととされている。すでにみたように、テクストを土台にした闊達な口演が、詩の朗誦や音楽を適宜まじえながらおこなわれた慣習をテクスト上に還元した現象が、『千夜一夜』における詩の挿入であると本書では考えたい。[70]

B・アーウィンの主張によれば、ヨーロッパで「枠物語」という形式を援用することで口誦性と文字性との連続が図られたのは、中世それも十四世紀であった。ヨーロッパ内部においてはまさにこの時期に『デカメロン』[71]や『カンタベリー物語』[72]といった物語群たちが、物語文化の媒体の変動に柔軟に対応する作品として隆盛をみた。

しかし早くから文字文化、都市文化、広域交通が発達したイスラーム世界では[73]、そのはるか以前から口誦性と文字性との往復が一つの文化的な焦点を築いていたのだと推察される。『千夜一夜』がすでに八世紀に翻訳としてアラビア語化され、アラブ世界で急速に広まった背景には、アラブ＝イスラーム世界においてはすでにこの時期に、成熟した高尚文化と民衆文化、文字文化と口頭文化の両方が存在していたことが指摘できるだろう。

口誦性と文字性との往復という点で、ここで考察の対象として視野に入れたいのが、アラブ＝イスラーム世界の文化の核をなす『クルアーン』（『コーラン』）である。実は『千夜一夜』と『クルアーン』とのあいだには、いくつもの相似を指摘することができるように思われるのである。

『クルアーン』は、アラビア語世界においてアラブ文字表記の規範化を完成し定着させた最大の要因である。高尚文化を支える言語としてのフスハー（正則アラビア語、古典アラビア語）とは、とりもなおさず『クルアーン』の言葉のあり方を指す。『クルアーン』はイスラーム世界、アラビア語の世界において、文字性と文化の高尚性を代表するテクストである。しかし一方でこの『クルアーン』自体が、きわめて口誦性に富み、それゆえ口誦性と文字性との往復の場としてあることに注意したい。まず『クルアーン』とは、文字の読み書きができなかったムハンマドが神から得た啓示――むろん文字を通じて示されたものではない――を、彼の死後に書き留めたものである。ムハンマドは生前、神の啓示を口頭で弟子たち（教友と呼ばれる）ほか周囲の人々に語った。ムハンマドは六三二年に死去するが、その後、第三代正統カリフのウスマーンの命によって六五〇年ごろに『クルアーン』が編集・文書化され、一冊の書物の形にまとめられた。したがって『クルアーン』の内容の中心は、ムハンマドが受けとった、すなわち啓示として聞きとった神の言葉であり、またそれを伝えるムハンマドの語りの言葉である。『クルアーン』の文章は、口頭言語が高度に定式化され文語文章化された、まさにハイブリッド性に満ちた独特の文体で書かれている。そのことは『クルアーン』という書名そのものが「朗誦されるもの」という意味をもっていることにも、また実際の信仰の活動において『クルアーン』を声高く音読し、暗誦すること、さらには節をつけて朗誦することが推奨されていることにも表わされているだろう。ムスリムにとって最高の書物であり文字言語そのものの象徴であるこの『クルアーン』が強い口誦性をもつという逆説は、まさに象徴的な一例であるが、アラブ＝イスラーム文化圏においては、文字言語と口頭言語との往復は七—八世紀以来、実はさまざまなかたちでたえず模索されてきたように思われる。本書では『千夜一夜』もその好例と位置づけたい。

3　多元的喚起力——さまざまな芸術ジャンルへのアダプテーション

『千夜一夜』は中世アラブ世界においても、口演パフォーマンスと、書物としての文字テクストの、（少なくとも現代では）通常は対立的に捉えられる二つの芸術領域にまたがるかたちで存続してきた。これを延長するかのようにヨーロッパに紹介されて以降『千夜一夜』がみせてきた芸術ジャンル横断的な喚起力はめざましいものがある。

絵画に関しては一七〇六年の英語訳に初めて挿絵が挿入されたのを皮切りに、[74]『千夜一夜』はとりわけ挿絵に力が入れられ、読者の期待が挿絵へと向けられる特権的な素材であったように思われる。[75]まったく空想的な描写から、（ナポレオン遠征以降）十九世紀には、中東の習俗の研究の成果を反映した（多分にゆがみを含む）より具体的な描写の傾向を高めつつ、芸術的な挿絵やさらには独立した絵画作品も数多く作られてきた。[76]

絵画以外の芸術ジャンルとしては、十九世紀以来、『千夜一夜』に想を得て、パントマイム劇（クリスマスの時期に演じられたおとぎ芝居）、オペラ、バレエ、音楽などのジャンルで数多くの作品が作られてきた。さらに二十世紀になると、（多様なサブジャンルの）映画やテレビ作品など動画の素材となり、ミュージカル、演劇などショー・ビジネスでも題材とされてきた。[77]

日本では、狂言、歌舞伎、宝塚歌劇の演目になるほか、マンガ、ゲーム、おもちゃなど個人消費の娯楽の宝庫ともされてきた。近年ではファミコン・ゲームに『千夜一夜』の素材がきわめて自由なかたちで利用されている例が多く目につく。
さらには、日常文化の領域でも、飲食店やポルノ・ショップなどの店名やコンセプト、あるいはキャバレーなどの演目として採用されるなど、飲食産業、観光産業、風俗産業などでも『千夜一夜』に含まれるモチーフが活用されている。逆に、中東世界、イスラーム世界、アラブ世界に関するものであれば、無差別に（『千夜一夜』というよりはむしろ）「アラビアン・ナイトの世界」と銘打つ傾向すら顕著である。
『千夜一夜』はこれら、無数の芸術的・大衆文化的活動の相互影響のなかで触発力を保ち続けている。リムスキー・コルサコフは四楽章からなる交響組曲『シェエラザード』（一八八八年）を作曲した。[78]ディアギレフの率いるロシア・バレエ団（バレエ・リュス）の最初の創作作品で主要なレパートリーの一つともなった『シェエラザード』（一九一〇年初演）――『千夜一夜』冒頭部分をモチーフにした一幕物――は、これを背景音楽として用いている。日本のヤング・ノベルズの秀作の一つである荻原規子の『これは王国のかぎ』[79]は、このリムスキー・コルサコフの『シェエラザード』を構成の下敷きとしている。またカバー絵（香坂ゆうによるイラスト）は、「アリババ」の物語に添えたデュラックの絵（髪をなびかせて踊るマルジャーナ）をアレンジしており、インターテクスチュアルな相互関連を積極的に利用している。[80]
二十世紀の代表的な庶民芸術であった映画に話題を移そう。横断的な資料を駆使して『千夜一夜』をめぐる多面的な世界を紹介した国立民族学博物館編『アラビアンナイト博物館』でリストアップされている『千夜一夜』の関連映画は一二九作品におよぶ。また、ある映画辞典の記述では『千夜一夜』に着想を得た映画作品は二五〇―三〇〇に及ぶという。[81]一九九二年のディズニー制作の『アラジン』が、一九二四年の『バグダッドの盗賊』（ダグラス・フェアバンクス主演、アメリカ映画）をリメイクした一九四〇年のイギリス版『バグダッドの盗賊』（コンラート・ファイト主演）に大幅に依拠しているように（主人公がバグダードの市場のこそ泥で冒険心に富む正義感あふれる青年であること、猿のアブーを伴侶としていること、悪大臣として黒づくめの衣装のジャウファルが設定されていること、空飛ぶじゅうたんを駆使するなど魔法の力を使うこと、など)、映画作品相互のインターテクスチュアルな参照関係も顕著である。さまざまなトリック撮影を駆使し、巨額を投じて作成され、世界中で大ヒットを記録した一九二四年の『バグダッドの盗賊』は後続作品に強い影響を及ぼすが(その長い系譜のうえに生まれたディズニーの『アラジン』もその一例にすぎない)、それ自身が、空飛ぶじゅうたんのモチーフなどを一九二一年のフリッツ・ラング監督のサイレント映画『死滅の谷』[82](入れ子形式の三つの挿話の第一は、『千夜一夜』からのインスピレーションにもとづく)から得たことも有名である。このように、空想的要素の強い『千夜一夜』は、映画の特殊効果やトリック撮影の恰好の題材となってきた。

そもそも映画という芸術様式自体が『千夜一夜』に合致すると言っても過言ではないかもしれない。「『千夜一夜』の魔術性・夢幻性は、いわば存在論的に、サイレント映画の魔術性にみごとに適合する」とは、フランスのある映画辞典での記述である[83]。リュミエール兄弟が映画を実験的に上演するのが一八九五年、創生期の映画制作者として有名なジョージ・A・スミスによって『アラジンと魔法のランプ』が作られたのが早くも一八九九年である。フランス人フェルディナン・ゼッカは一九〇二年に『アラジンと魔法のランプ』と『アリババと四十人の盗賊』を、アルベール・カペラーニとセグンド・デ・チョーモンも『アラジンと魔法のランプ』を一九〇六年に映画化している。また、とくに『月世界旅行』(一九〇二年)で知られる魔術映画の鬼才ジョルジュ・メリエスによって『千一夜の王宮』が一九〇五年に発表されている。さきの展覧会カタログ『アラビアンナイト博物館』の一覧表で確認できるとおり[84]、映画王国インドでも、無声映画時代の一九二七年から、『千夜一夜』(やはりアラジン、アリババが素材となることが多い)関連の映画が——英語およびヒンディー語で——数多く作られてきたし、エジプトでは一九四一年以来たてつづけに『千夜一夜』をモチーフに映画作品(アラビア語)が作られている。

『千夜一夜』とアニメーション映画との親近性についても一言述べておきたい。世界初の長編アニメと謳われるのは、ガランがハンナから聞き取り、彼の第一二巻に収めた「アフメド王子と妖精パリー・バヌーの物語」を原作とする切り絵シルエット映画『アクメッド王子の冒険』である。ドイツの女性ロッテ・ライニガーが三年をかけて手作業で作り上げた、究極の映像美の世界と呼びたくなるこの六五分の作品は、一九二六年に公開され、今も数多くの人を魅了している。[85] ヨーロッパ的な美的観念とアラブ世界を舞台にした幻想とが結びついたこの作品は、むろんエキゾチスムの空間として中東世界をイメージしつつも、異文化への憧憬と敬意をもって極度の洗練美に至っている点で、ヨーロッパ植民地主義的な「オリエンタリズム」をみごとに凌駕していると言えるだろう。

奇しくも同年（一九二六年（大正一五））日本でも、短編ではあるが大藤信郎によって『馬具田城《ばぐだじょう》の盗賊』が作られ、公開されている。[86] 千代紙の切り絵による人形や背景を使ったこのアニメ映画は、すでに大藤の独創的な映像制作力が発揮された作品であり、日本のアニメ映画史上、画期的な位置づけをもつとされる。日本でのアニメ制作は一九一七年（大正六）[87]に実験的に始められたとされるが、公開作品としてはこの『馬具田城の盗賊』が最初であり、世界的なアニメーション作家[88]である彼の第一作が『馬具田城の盗賊』なのである。

図14　ライニガー作『アクメッド王子の冒険』の一場面

この作品は、『千夜一夜』の日本における受容を丹念に研究した杉田英明が紹介しているように、[89] 日本では一九二五年に公開されてヒットしたダグラス・フェアバンクス主演の映画『バグダッドの盗賊』を翻案したものである。舞台を江戸時代の城にとったこの楽しい活劇は、世界における『千夜一夜』の翻案映像作品のなかでもローカル性に富んだ興趣あふれる特筆すべき例となっている。『千夜一夜』が潜在的にもつ、空想的なファンタジーの魅力、一介の人間のたくましいエネルギーの肯定、善悪や雅俗の境界を越えるおおらかな笑いが、大藤の『馬具田城の盗賊』には生きているように思われる。

最近の作品としては、天野喜孝のCGアニメーションの作品『1001 Nights』[90]を挙げておきたい。「カマル・ウッ・ザマーンとブドゥール姫の物語」を主軸として作られたこの美的陶酔に満ちた作品は、『千夜一夜』が、ファンタジック・イマジネーションを駆使して新たな創造活動をおこなう絶好の素材であることを例証しているように思われる。また、民博のアラビアンナイト展の企画として、モンキー・パンチが制作した3DのCGアニメーション『ヤングシェヘラザード』もこうした流れの上に位置づけられるだろう[91]。

具体的な描写を思い浮かべることも困難なほどの不可思議な世界であることを特徴とする『千夜一夜』は、逆に映像化への欲望をやむことなく掻きたて、またたえず表象芸術の限界に挑戦するようにと受容者を駆り立てる。すなわち『千夜一夜』は、イメージの彼方への越境を促してやまない触発性にみちた装置なのである[92]。

第五章のまとめ

本章では『千夜一夜』のテクストが備える本質的な越境性に焦点を当てた。物語集でありながら、収録話を一つ一つの物語としてではなくその境界が融解してしまうようなかたちで包摂していく『千夜一夜』のあり方は、物語という存在の枠そのものを打ち壊すきわめてラディカルな物語意識を具現する場となっていた。物語の存在を保証する枠組みをぶち壊しながら最大限に物語を横溢させていく『千夜一夜』の作業を、デリダの用語を援用して、物語の「脱構築」と呼ぶことが可能であろう。この性質によって『千夜一夜』においては、物語はなにかを囲い込み安定させるような場とはならない。『千夜一夜』特有の過剰なまでの入れ子形式が、別の次元への移動をつねに伴っていたように、この脱構築的な物語のあり方は、明確に越境体験を読み手・聴き手に引き起こすとともに、主題的にも凝固することを不可能にし、物語のもちうる教訓性（一般的に物語の「意味」と呼ばれるもの）を無効化していた。これを『千夜一夜』の脱中心性と呼ぶこともできるだろう。

『千夜一夜』のテクストが、さまざまな時代の痕跡をあえて残していることも、この作品特有の越境性の強調と捉えることができる。『千夜一夜』の物語は、美学的にはほとんど破綻とみなされることもいとわず、あえてちぐはぐな展開を残し、時代を経て形成されてきたその多層的な分裂をそのまま保持し続けようとする。ここでも『千夜一夜』は、まとまろうとする物語の性向にあえて抗して、脱中心的・遠心的な動きをみせているわけである。

こうした脱構築的・脱中心的なあり方は、むろん、本書が主題とする「範例性」に結びついている。『千夜一夜』のシステムは、物語が「個」として孤立することを妨げ、あらゆるかたちで「他」のテクストと連接するようにと導く。

『千夜一夜』における物語の脱中心性は、ハイカルチャーとローカルチャーとの境界をも突き崩し、そのどちらにも固まらないあり方を作り出す。さらに、もっとも注目したいのは『千夜一夜』が本来的に、口誦性と書記性・文字性とのあいだの境界をも撤廃する作品であることである。第一章第三節で取り上げた「グラモフォニー」という概念でもみたとおり、デリダの思想において、文学は、この口誦性と書記性を同時に兼ね備える場として注視されていた。『千夜一夜』は、「民話」と「文学」との二分法を無効にし、また、パフォーマンスと読み＝書きの体験の二極的理解を脱構築して、つまりは言語行為論が主張するような行為遂行性と記述性との対立を破綻させて、理念と体験の双方を蓄積する「文学」の力を明らかにしてみせている。本書では『千夜一夜』をこうした意味で〝グラモフォニカルな〟テクストと位置づけたい。

第六章　『千夜一夜』の汎＝反復性――テクスト構成原理としての「範例性」

反復の横溢

前章までにみてきたように、『千夜一夜』の世界は異種混淆的《ハイブリッド》である。雑多なものが寄せ集められ、さらに入れ替えも可能なこの可変的な「作品」は、つねに分解の危険にさらされている。実際、口演ではその断片だけが披露されたであろうし、近代においても『千夜一夜』関連の文化産物（なかでも絵本、芝居、映画など）は、収録話ごとに分割されたかたちをとることがむしろ圧倒的に多い。さらには（とりわけゲームや商業活動などにおいてみられる）主要な登場人物（アラジン、アリババ、シンドバード、ハールーン・アル・ラシードなど）や道具立て（空飛ぶじゅうたん、魔法のランプ、空飛ぶ木馬など）への「パーツ化」の現象についてもすでに触れた。そうした断片化と遠心的発展の傾向は、すでに『千夜一夜』の生成過程でこの系譜にプログラムされていたとも言えよう。『千夜一夜』の枠物語も、またその収録話も、外部から寄せ集められたものである。物語集『千夜一夜』は本質的に遠心性を帯びている。この遠心性を消去せずに、なお、『千夜一夜』がひとまとまりのものとして崩壊しないようにするためのシステムがこの物語集には働いている。それが本章で取り上げる反復のシステムである。

まさに『千夜一夜』は反復の横溢する世界、汎＝反復性の世界にほかならない。さまざまなレベルにおいて反復性が強調され、また反復のネットワークが張りめぐらされる。しかもその反復性は、なんらかの起源的なものとその繰り返しというかたちの一般的な反復ではなく、まさにデリダが「反復可能性《イテラビリテ》」という用語で概念化したような起源なき反復である。この現象が横溢することによって、あらゆる要素が、本来的に何ものかの反復（ないし痕跡）であることになり、また、他によって反復される可能性を本来的に担うことになる。デリダの「反復可能性」という概念は、もっとも高度な思想しかたどり着けないいたずらに難解な概念であると受けとられがちであるが、『千夜一夜』という作品を考えた場合には、実にリアルにまた容易に、デリダ的「反復可能性」によって支えられたテクストのあり方というものを見ることができる。

　こうした「反復可能性」が、まさにデリダの考える「範例性」というあり方を『千夜一夜』のなかで具現するとともに本質化し、この作品を「範例的」な存在の場となしているというのが本書の仮説である。

　デリダ的な「反復」が小説に実現化されているさまを、「イェール学派」のヒリス・ミラーは『小説と反復――七つのイギリス小説』でみごとに分析した。ミラーは「ある小説の最も重要な主題は、明確に主張されていることのなかにではなく、その物語が語られる方法によって生成される意義にある場合が多い」と述べ、そうした「方法」のなかでももっとも重要なものとして、ヴァージニア・ウルフの小説の構成に用いられる「反復のさまざまな形態」を分析した[1]。しかし、こうした「方法」から読解されるべきはコンラッドやブロンテやハーディやウルフなどの近代小説ばかりではない。本章は、ある意味でミラー的なスタンスを、『千夜一夜』を対象として展開するものだと言える。したがって本章もまた『千夜一夜』を現代的テクストとして読み直す試みの一つである。

　用語についてここで断わっておく必要があるだろう。デリダの論においては«répétition»は単なる繰り返しの現象を指すものとして用いられることが多い。デリダにおいてはこれとは別に«itérabilité»という重要概念があり、これは通常「反復可能性」と訳される。なにか起源となるものの再出現の現象ではなく、あらゆる存在がすでに何ものかの反復としてしか存在できず、またすでに何ものかによって反復される可能性を必然的に内包していることを指す。しかしながらこの章においてはこうした区別をとりあえず保留し、一般的な繰り返しの現象も「反復」という語で示しておく。これは、『千夜一夜』においてたんなる「繰り返し répétition」とみえる現象が、まさにデリダの唱える「反復可能性 itérabilité」を根源的なかたちで示しているからでもある。『千夜一夜』においては、ありきたりの表面的な「反復」が実は「反復可能性」として論じられるような存在の深い分割を、つまりは特個性と普遍性・一般性の双方を含むような存在のあり方を明かし、例証していることを以下に明らかにしたい。すなわち反復の諸現象を通じた「範例性」の現働化のさまに目を向けることが、本章のねらいである。

なお本章の議論は基本的にカルカッタ第二版（その翻訳である平凡社東洋文庫版）に依拠し、限られたケースのみ、他のヴァージョンを参照することにする。また、各収録話のタイトルと夜の番号および、通算の物語番号は、他の章と同様、平凡社東洋文庫に依拠して作成した巻末資料1によるが、物語を同定するためのめやすと考えていただきたい。

第一節　「反復」に対するこれまでの評価——否定的評価の伝統

『千夜一夜』に（さまざまなレベルでの）「反復＝繰り返し répétition」が多いことは、そのテクストに触れた誰もが感じるところであろう。そしてこの繰り返しの多さに対しては、ほとんど常にマイナスの評価が与えられてきた。

ブーラーク版をもとに、内容を三分の一に切り詰めた抜粋のかたちで『千夜一夜』を訳出するという選択をしたエドワード・レインは、このテクストにみられる繰り返しの多さを、遺憾な欠点、あるいは少なくとも西欧の読者にとっては耐えられない汚点であるとみなした。レインは猥雑な内容の収録話を避けたことでも有名であるが、物語を削除する際のほかの大きな理由の一つは、反復＝繰り返しである。たとえば、長大な〔130〕「蛇の女王の物語」を丸ごと省略する理由として、レインは以下のように断わっている。

それ〔「蛇の女王の物語」〕は、おおむね、この上なくばかげた戯言の寄せ集めであって、だからして、この翻訳書をお読みになる多くの読者にとっては退屈きわまりないものであろうと考えられる。例外として、たしかにジャーンシャーに関するくだりを挙げることができる。しかしこの部分は、これから訳出するつもりでいる「バスラのハサンの物語」と全般的な性質やメインとなる諸々の出来事が類似しているのだ。したがって、〔…〕一気に飛び越えて、「海のシンドバード（あの有名な旅行家の）と陸のシンドバードの物語」に移ることにする。(2)

このように、レインは自分の作る英訳版の『千夜一夜』には、できるだけ物語の繰り返しがないようにと配慮する。レイン版は詳細な注でも有名であるが、エジプトの習俗の紹介者として地位を築いた彼は、『千夜一夜』を素材にして、アラブ人の生活についてできるだけ多くの情報を与えるよう腐心している。全体を三〇の章に区切り、章ごとに数十にもおよぶ充実した注（主に民俗学的・人類学的というべき）を付したレインの翻訳版は、美しい英文によって物語世界を楽しませると同時に、中東世界に対する現実的・知的関心にも応えようとするものである。アラブ＝イスラーム世界について物知りになりたいと思っている読者にとって、また独自の、あるいは少なくともほかには紹介されていない情報を与えることに使命を感じている書き手（訳者）にとって、反復は無駄である。したがって『千夜一夜』にみられる数々の反復は、「退屈きわまりない」もの、もっといえば、欠点とみなされることになる。レインは構成上も、夜の区切りを全面的に排除し、文章表現上もできるだけ繰り返しを避ける姿勢をとっており、〝反＝反復〟のスタンスは明確である。

もう一人、さらに顕著な例として、マルドリュスを挙げることができるだろう。マルドリュスは彼の訳書のタイトルに「アラビア語原典の逐語的な完全訳」を高らかに謳ってはいるが、実は多数の物語を削除している。[3]したがってこのレッテルを信じてマルドリュス版を通じて『千夜一夜』像を作り上げてきた多くのフランス語読者や、岩波文庫およびちくま文庫のマルドリュス版『千夜一夜』に親しんできた日本人読者は相当な誤解を抱かされたことになる(そのことと、マルドリュス版『千夜一夜』が与える楽しみとは別物である)。すでに述べたように、マルドリュスが省いた物語を数えてみたところ、その数は百編近くにも上った。

マルドリュスのおこなった削除の大きな傾向として、小話群の多くを省略したことが挙げられる。基本的にマルドリュスはある程度ドラマチックな展開が感じられる中篇以上の物語を好んで採用したことがわかる。ただ小話のすべてを除いたわけではなく、いくつかは取り入れている。しかしその際には、獣淫物である[56]「屠殺人ワルダーンと美女と熊との物語」を採ったら同種の[57]「王女と猿との物語」は削除する、[70]「ハールーン・アル・ラシードと二人の女奴隷との話」を採ったらその発展形である[71]「ハールーン・アル・ラシードと三人の女奴隷との話」は削除するなど、明らかに反復を避ける傾向をみせている。

比較的長い物語のなかで、マルドリュスがいわば嫌ったものが、枠物語と入れ子形式を用いて同種の話が延々と繰り返される「シンティパス物語群」タイプの物語である。すなわち[133]「女たちのずるさとたくらみの物語(または七人の大臣たちの物語)」(第五七八―六〇六夜)と、[160]「インドの王ジュライアードと大臣シャンマースの物語」(第八九九―九三〇夜)は、削除の対象となっている(後者は全面的に省略、前者はうち三つの枝話のみが、ばらばらの場所に挿入するかたちで採用されている)。

中篇以上の長さをもつ物語(カルカッタ第二版で八夜以上にのぼることを基準としてみた)で削除されているのは以下の五つである。

［109］「カイロの商人アリーの物語（またはバグダードの妖怪屋敷）」
［135］「クンダミルの王子のアジーブとガリーブの物語」
［153ａ］「サイフ・アルムルークとバディーア・アルジャマールの物語」
［164］「エジプト領主アルハーシブの息子イブラーヒームとジャミーラの物語」（別名「イブラーヒームとジャミーラの物語」）
［167］「アブド・アッラーフ・ブヌ・ファーディルと兄弟たちの物語」

これらの削除も反復の回避として説明できる。「バグダードの妖怪屋敷」が削除されたのは、魔人のおかげで大金持になり王にも厚くとりたてられるという類似した内容の「アラジンと魔法のランプ」を入れたためだと考えられる。また「アジーブとガリーブの物語」は数ある兄弟ものの一つと考えられるし、「サイフ・アルムルーク」は『千夜一夜』に多くみられる王子と姫の恋物語と波乱の冒険譚とが含む種々のモチーフをパッチワークし直したような物語である（なおマルドリュスは、削除したこの物語の枠をなしていた「商人ハサンの物語」の部分を別の物語「バスラのハサン」の冒頭に付け替えている）。さらに、あとで論じるように、「イブラーヒームとジャミーラの物語」「ファーディルと兄弟たちの物語」は、『千夜一夜』内での反復をむしろ意識的にねらった物語であると本書ではみなしたい物語である。

マルドリュスの翻訳スタイルは、文章表現上も反復を徹底的に避ける方針をとっている。これから本章で検討する『千夜一夜』の反復的要素を、逐一入念に排除しているさまには、かえっていかに『千夜一夜』の反復性に対してマルドリュスが敏感であったかが窺われ、驚きを覚えるほどである。夜の区切りは設け、毎夜ごとにほぼ同じ文面で物語の中断を示しているものの、その前後での文章の反復は、まったく排除されるか最小限に縮められている。マルドリュス版では「「ほくろ」の物語」(4) と題されている物語の主人公「アラディーン・アブ・シャーマート」は、おそらくあの有名なアラジン Aladdin との名前の反復を避けるために、[5]（最初の紹介で「アラーディーン Alaeddin」と付されているのを除いて）単に「ほくろ Grain-de-Beauté」と呼ばれている。アラビア語では同名の主人公である二人のカマル・ウッ・ザマーンも、反復による混同を避けるためであろうか、それぞれ「カマラルザマーン Kamaralzaman」[6] と「カマール Kamar」[7] と呼び分けられている。また『千夜一夜』に登場する三人のヌールッ・ディーンもそれぞれ、「ヌレディン Noureddine」[8]「アリ・ヌール Ali-Nour」[9]「若者ヌール le Jeune Nour」[10] と訳し分けられていて、マルドリュス版だけを読む読者は、同名が用いられていることに気づかないであろう。

こうしたレインやマルドリュスによるテクストの扱い方には反復の忌避が顕著に現われているが、おそらく一般読者もまた反復を退屈であるとか稚拙さの証しであるとかと感じることが多いのではないかと思う。しかし本書は、『千夜一夜』にみられる反復現象を『千夜一夜』の本質的な特性として分析し、むしろそれを——イスラーム世界独特の美意識および世界観の表現である「アラベスク」紋様とも関連させて——ポジティヴに評価しようとしたサンドラ・ナッダッフの研究と方向性を共有する。[11] ナッダッフの研究は、枠物語と［3］「荷担ぎやの物語」のストーリー内容に的を絞った研究であったが、本書では以下に『千夜一夜』の全体を視野に入れて反復現象を検討していきたい。

第二節　表現の反復

1　夜の切れ目における反復——象徴的用法

曙光がさしてシャハラザードが語りをやめ、翌晩ふたたび語りだす物語の切れ目の部分は通常「夜の切れ目 Nights Breaks」と呼ばれるが、『千夜一夜』のテクストの特徴であるこの夜の切れ目は、象徴的な反復の場にほかならない。マフディが校訂したシリア系の十五世紀テクスト（ガラン写本）でも、より後代のエジプト系テクストであるZERでも、この現象は同様に観察される。ZERの一つの印刷版であるカルカッタ第二版を忠実に訳している平凡社版の表現によってその型を見てみよう。

シャハラザードは夜の明けそめたのに気づき、お許しを得ていた物語をやめた。そして

第○○夜になると……

幸多くいらせられます国王様、このように聞き及びましてございます……

右のように朝が来るたびにまず語り手による定型句ないしはきまりきった同じ会話が繰り返される。その後に、アラビア語のテクスト上でも、同じ表記法、同じ書体で、次の夜の番号《ナンバー》が提示される。そしていつもおきまりの定型句によってシャハラザードによる語りが再開される。それに続いて中断されたのは誰が語っていた物語であったのかを紹介する台詞、とりわけ入れ子状になった語りの構造に言及する紹介がなされることが多い。これらはガランの用いた写本でも確認される『千夜一夜』の特徴をなすスタイルにほかならない。

夜の切れ目ごとに同じ定型句を反復することへの執着は、ZERの末尾において顕著にみることができる。元靴屋のマアルーフの物語を語っていた第一〇〇〇夜の終わり近くで、シャハラザードは（ちょうど第一夜終わりと同じように）、「このようなもの、明日の夜にお話しする物語に比べたら物の数ではありませんわ。もっとも国王さまが私を生かしておいて下さればの話ですが」と述べる。だがここで夜の切れ目となるのではなく、その前に少しだけテクストが続いている。朝が来たが話の続きを聴こうと国王がシャハラザードを殺《あや》めることを先送りにするさまや、王の一日の仕事ぶりが簡単に記される。テクストはその上、翌晩の始めについても言及する。そ

図15 ガラン写本での夜の切れ目の強調．朱色の大きな文字で記された夜の番号を含む定型句が，テクストに反復のリズムを生み出す

のあとで、矛盾したことに、いつもどおりの定型句を用いて夜の切れ目が提示されるのである。カルカッタ第二版のこの部分のアラビア語テクストを忠実に訳している日本語訳でみてみよう。

国王はその日は一日中、世人らの裁きをつけ続け、それが終わった後、慣例どおり、後宮へ戻り、妃であり、大臣の娘でもあるシャハラザードの閨房に入りました。

シャハラザードは夜の明けそめたのに気づき、お許しを得ていた物語をやめた。そして**第千一夜**——すなわち本書の終章——になると、また話しはじめた……

国王が後宮に戻って、妃であり、大臣の娘でもあるシャハラザードの閨房を訪ねると、妹のドゥンヤザードは、
「お姉様、マアルーフの物語を終わりまで聞かせてください」
と求めました。(12)

読んでみればわかるとおり、「シャハラザードは夜の明けそめたのに気づき、お許しを得ていた物語をやめた」というさきにみた定型句はここでは文脈に整合していない。その直前では国王の日中の挙動がテクストで叙述されているのであって、シャハラザードはとっくに前夜の語りを終えているからである。また「第千一夜〔…〕になると、また話しはじめた」も文脈からすると矛盾である。すでに夜になっていることは措くとしても、「また話しはじめた」のあとには、シャハラザードが語った台詞ではなく、さきの国王の挙動が繰り返されているからである。

この整合性を欠く第一〇〇一夜目にかけての夜の切れ目は、『千夜一夜』のテクストが、夜の切れ目ごとに同じ定型句を繰り返すことを、何よりも（ほとんどオブセッションと言ってよいほどまでに）最優先していることを顕著に示している。『千夜一夜』テクストの反復現象に比較的忠実な英訳者バートンが、この箇所だけは合理性を重んじて、定型句の反復を消去してしまっているのは残念である。

さらに夜の切れ目において特徴的にみられる反復現象は、次の第三五夜の例でも顕著なとおり、前夜の終わりと新しい夜の始めに、物語を語る同じ台詞ないしはほぼ同じ台詞が繰り返されることである。

「そなたはわしたちの後ろにあの仇敵がいるのに気がつかないのか。というのはアル・ムイーン・イブン・サーワーめのことよ。あやつめ、もし今度の事件を耳にいれたら、きっとスルターンのところへ出かけて行くにちがいないのだ……

シャハラザードは夜の明けそめたのに気づき、お許しを得ていたその話をやめた。そうして

第三十五夜になると、また話しはじめた……

幸多くいらせられます国王さま、このように聞き及びましてございます。かの大臣は、奥方に向かって、「そなたはわしたちの後ろにあの仇敵がいるのに気がつかないのか。というのはアル・ムイーン・イブン・サーワーめのことよ。あやつめ、もし今度の事件を聞きこんだら、きっとスルターンのところにいって、こういうにちがいないのだ。〔…〕(13)

さきにみた第一〇〇一夜目にも、夜の切れ目の前後で同一の文章を反復するという方針だけは奇妙にも守られていた（「国王が後宮に戻って、妃であり、大臣の娘でもあるシャハラザードの閨房〔に入りました／を訪ねると〕」）。テクストを読む者がたて続けに触れることになる同じ文章の繰り返し、ほとんど一つの視界のなかに並存する同じ語りの反復というこの凝縮した反復現象は、とりわけ書物としての『千夜一夜』の特権的な特徴である。夜の切れ目自体、すでに繰り返し述べたように口頭のパーフォーマンスでは設けられることがないと推察されるので、夜の切れ目前後の語りの反復も、テクスト上でのみ顕現するものである。むろん実際のパーフォーマンスにおいて数日にわたるような口演の場合には、前の日の語りの終わりの部分が次の日に繰り返されることがあったと思われるが、その場合には実際に長い時間（一日）をはさんでの語り直しであり、テクスト上のようにたて続けに同じ文章に物語の享受者が接するという凝縮現象はない。『千夜一夜』の文字テクストにおける夜の切れ目の前後での同一内容の反復は、まさに過剰である。実際にテクストを読む者にとって、すぐ直前に読んだ文章が繰り返された部分は、物語内容の提示としては情報価値をもたない。したがって前の晩の最後の台詞の繰り返しであることを感じとったら、読み飛ばされることも多いであろう。反復というものはすでにして冗長であるわけだが、夜の切れ目前後の文章の反復は、この冗長性を過度に強調する。毎夜ごとに繰り返される定型句と、それぞれの切れ目の前後で繰り返される同じ物語叙述とが、夜の切れ目というトポスをいっそう過剰な反復の場となすのである。

ここで、この夜の切れ目の反復が、一方では変化の場であることも指摘しておこう。基本的に反復を基調とするこの箇所は、一つずつ夜の番号が増え、シャハラザードの語りが進展していることを着実に示す場でもある。また夜の切れ目前後の語りの反復は、同一の文面が違う位相を提示しうることを読者に体感させる機会でもある。物語が語られ続けて突然断ち切られる直前では（たとえば先の例では一回目の「そなたはわしたちの後ろにあの仇敵がいるのに気がつかないのか……」）、読者は物語内の大臣の台詞としてこの部分を読み、物語の展開を追いかけることに意識の大半を集中させるだろう。だが夜の切れ目が設けられ、シャハラザードの存在が言及され、シャハラザードが、物語の入れ子上の構造を指摘しながら再び語り直したものとして示される二回目の「そなたは……」の部分では、大臣の語ったこの同じ台詞に触れながら、大臣の語りと、それをシャハリアール王に（あるいは私たちに）語るシャハラザードの語りの両方を読み手は同時に意識することになるにちがいない――少なくともシャハラザードの存在が再びいつのまにか忘れられていくまでのしばしのあいだは。夜の切れ目は、同一のものが違った働き方をするということについての模範的な例証の場である。同一性と差異とが反復という現象のなかで顕現するテクスト空間、それが『千夜一夜』特有の夜の切れ目なのである。

2　ストック・デスクリプション――特個化と類例化

言語上の反復として、さらに別の特徴を指摘することができる。それは『千夜一夜』のテクストに触れた誰もがやはり気づかないではいない、同一の、ないしは似たような描写の繰り返しである。『千夜一夜』においてはすべての美女・美男が「満月のさしのぼったかのような」と表現され、それぞれに異なるはずの怪物が同じ形容で描写され、数々の異なる状況に置かれた人物がみなあごひげを引きちぎって慨嘆したり、同じように気を失っ

図16　シャガールの描いた美青年カマル・ウッ・ザマーン（1848年）

て倒れたりする。たとえば

荷担ぎは娘のために門をひらいたのはどんなひとかとのぞきこみましたところ、おやおやなんとまあ、身の丈《たけ》はすんなりと高く、胸はふっくらとふくらみ、美しく、可憐で、えもいわれぬ愛嬌があり、均整のとれた姿態をした娘であることがわかりました。その額は花のように白く、その頬はアネモネの花のようにくれないに、そのふたつのまなこは若い牝の野牛かガゼル（かもしかの一種）の目のごとく、その眉毛はラマダーンの月に立ちのぼる新月かのごとく、口もとはソロモンの印章のごとく、唇は珊瑚のように赤く、その歯は真珠を綴りつらねたか、あるいは菊の花びらをならべたのにも似ていました。またうなじはかもしかのそれをも思わせ、胸のふくらみは大理石の水盤のごとく、乳房は石榴《ざくろ》の実をふたつならべたようです。その腰はびろーどのように軟らかく、ほぞのくぼみは一オンスの安息香油をたたえんばかりでした。(14)

とあるが、ほとんど同じ表現がさまざまな物語で、さまざまな人物に対して用いられる。また、魔王や怪物の表現としては、つねに次のような表現がなされる。

しばらくすると煙はひとところに集まり、凝り固まったかと思うと、ぶるぶるっとふるえて、たちまちイフリート（魔王）に化しましたが、その頭は雲表にはいり、その両足は大地にふみはだかっています。その頭はまるで建物の円蓋のごとく、その両手は箕《み》をしのばせ、その両脚は帆柱のごとく、その口は洞穴のごとく、その歯ならびは岩をならべたごとく、その鼻孔は水差しのごとく、また双眼は二個のランプを並べたにも似て、この上ない憤怒と不吉な光をはなっておりました。(15)

同じようなおきまりの表現が、『千夜一夜』のなかでは、ほかの物語のほかの魔物、怪物、恐ろしい動物などにも用いられているのである。

また一つの物語のなかでも、あからさまに同じ表現が繰り返されている例も多い。たとえば［20］「カマル・ウッ・ザマーンの物語」では、王様が、あるいは世話係の女性が、驚愕を覚えるような台詞を誰かから聞くたびに「目の前が真っ暗になりました」と繰り返される。ちなみにバートン版は比較的忠実にこの表現の繰り返しを守って訳出している。(16)

こうした定型表現は『千夜一夜』のみで見られるものではなく、とりわけ民間説話ではしばしば観察されるものであるし、その反復もまたけっして稀な現象とは言えないであろう。しかし『千夜一夜』においては、物語集全体を通じて同じような表現があえて繰り返し用いられる方針が意識的に採られているように思われる、それによって、あい異なるさまざまな時代設定・空間設定をもつ実に多様な由来の物語たちが、ある種の連関をもち始める。こうした連関は、それぞれの物語のなかの個々の登場人物や個別の状況から、いくぶんか「個別性」を、すなわち個々の存在の「特個性」を剝奪するという効果をもつ。反復表現を付されることによって、個別的・特個的な存在や状況は、ある種の「タイプ」となり類例的価値をもち始めるのである。テクストの表現レベルでの反復性が、個々の存在にある種の一般性を付与し「類例化」の現象をもたらすことをここで押さえておきたい。

3　人物の反復

人物が「個別性」を弱められ、類型化していく現象は、『千夜一夜』の一つの根本的な特徴であると考えられる。これは、一八〇以上ものそれぞれに突飛な物語のなかで多彩なキャラクターが登場する『千夜一夜』の世界が有する、もう一方の特徴である多彩さ・多様性と逆説的な対立をなす。一方で個性の強化が、他方で個性の薄弱化が生じているというアンビヴァレントな性質こそ、『千夜一夜』の人物像にとって重要な点であると思われる。以下に、『千夜一夜』の登場人物たちの個性の弱化・類型化がどのようにして起きるのか、その要因を「反復」の面から確認しておきたい。

〝人物の反復〟の現象としてすぐに思い浮かぶのは、たとえばバルザックの『人間喜劇』の場合のような、「人物再登場」の現象である。『千夜一夜』においては、アッバース朝第五代カリフのハールーン・アル・ラシードが、その妻のズバイダ妃が、またハールーンの大臣ジャウファル、剣持のマスルール、愛妾のクート・アル・クルーブが、いくつもの物語に登場する。あるいは、詩人のアブー・ヌワース、音楽家のイブラーヒーム・アルマウシリーとその息子のイスハーク、また、アル・アミーン、アル・マームーンなどのカリフたち、アレクサンダー大王（イスカンダル・ズ・アルカルナイン）、ペルシアのアヌーシルワーン王なども、複数の物語に登場する。(17)こうした実在人物の再登場にみられる特徴は、物語相互の連携がまったくないことである。ある物語でおこなった行為が、ほかの物語に現われたその人物のうちにすでに蓄積された経験として影響を与えることはまったくない。(18)再登場する人物たちはそのつど、いわば、まったく別人なのであり、『千夜一夜』においては、固有名詞を伴う実在人物が、複数の物語への再登場によって、存在としての一貫性を消去されるといっても過言ではないように思われる。バルザックの場合、人物再登場の手法がそれぞれの人物を一つの「人格」として構築し、その人物の「歴史」（＝物語）を創り上げていったのとはまったく逆に、『千夜一夜』における人物再登場の現象は、個々の人物をいわば（少なくとも構築され一貫した）人格的実体のない、そのつど暫定的・仮設的な器となす。

人物再登場は『千夜一夜』において個別的主体の薄弱化につながっていると言うことができよう。

同名異人

実在人物の再登場の場合は、現実に存在したことのある人間をモデルとすることによって保証されるある程度の同一性と、物語相互間でのその人物の内的な一貫性や連続性の欠如による人格的同一性《アイデンティティ》の稀薄化という、相補的な両義性が観察された。ところで『千夜一夜』における人物にかかわる反復現象としてこの人物再登場の現象よりもより広範に観察されるのは、さまざまな収録話の主要登場人物たちがしばしば同じ名前を持っている「同名異人」の現象である。同名異人の現象は、その定義からして、人物どうしの差異性と同一性とが接合された現象にほかならない。この同名異人のケースとしては、たとえば以下のものが挙げられる。(19) なお、物語名には適宜、略称や通称を用いる。

カマル・ウッ・ザマーン（「時の月」）

〔20〕「カマル・ウッ・ザマーンの物語」

〔166〕「商人アブド・アッラフマーンとその息子カマル・アッザマーンの物語」（「別名カマル・ウッ・ザマーンと宝石商の妻」）

シンドバード

〔2aa〕「シンディバード王の話」

〔131〕「海のシンドバードと陸のシンドバードとの物語」

〔133〕「女たちのずるさとたくらみの物語（または七人の大臣たちの物語）」

マルジャーナ（「珊瑚」）

［8］「オマル王の物語」

［20］「カマル・ウッ・ザマーンの物語」第三部の後半

［153a］「サイフ・アルムルークとバディーア・アルジャマールの物語」

［別2］「アリババと四十人の盗賊の物語」

ブドゥール（「満月」の複数形）

［20］「カマル・ウッ・ザマーンの物語」

［41］「ジュバイル・ブヌ・ウマイルとブドゥールとの恋物語」

（参考）**バドルッ・ブドゥール**

［別1］「アラーッ・ディーンと魔法のランプの物語」（別名「アラジンと魔法のランプ」）

ハヤート・ウン・ヌフース（「心たちの命」）

［20］「カマル・ウッ・ザマーンの物語」第二部以降

［151］「アッサイフ・アルアアザム・シャーの王子アズダシールとアブド・アルカーディル王の息女ハヤート・アンヌフース姫の恋物語」

ダリーラ（「案内人」）

［8aa］「アジーズとアジーザの話」

〔149〕「アフマド・アッダナフとハサン・シャウマーンと女ペテン師ザイナブおよびその母の物語」
〔150〕「エジプト人アリー・アッザイバクの物語」

ヌールッ・ディーン・アリー（ときにヌールッ・ディーンと略される。ヌールッ・ディーンとは「信仰の光」）
〔4a〕「大臣ヌールッ・ディーンとシャムスッ・ディーンの物語」（別名「二人の大臣の物語」）
〔6〕「ヌールッ・ディーン・アリーとアニースッ・ジャリースの物語」
（参考）**アリー・ヌールッ・ディーン**（ときにヌールッ・ディーンと略される）
〔157〕「ヌール・アッディーンと帯編娘マルヤムの物語」

同名異人の現象は、すでに述べたようにアラブ世界では固有名詞のヴァリエーションがかなり限られていることを考えれば不思議ではないが、『千夜一夜』においてはたんにアリーやハサン、ムハンマドあるいはジャミーラ、サミーラといった現実にも非常に頻繁にみられる名前ばかりが反復的に現われるわけではないことに注意したい。

たとえば「カマル・ウッ・ザマーン」（池田修訳では「カマル・アッザマーン」と表記）についてみてみよう。異なる物語に登場する、異なる二人の主人公がこの同じ名をもっている。おそらくこの同名のケースは、比較的古くから『千夜一夜』の定番収録作品となっていた〔20〕「カマル・ウッ・ザマーンとブドゥール姫の物語」の主人公、すなわち『千夜一夜』の主要人物の一人として有名な存在であるカマル・ウッ・ザマーンの名を、比較的後期にエジプトで作られた物語の主人公に借り受けて付したものだと思われる。「時の月」という名のとおり、その時代にほかに並び立つ者もいない高雅な美男子であった、おとぎ話の王子カマル・ウッ・ザマーンを、ほとんどパロディとして逆転させたのが、宝石商の妻を愛人とする〔166〕「カマル・ウッ・ザマーンと宝石商の妻」のカマル・ウッ・ザマーンである。カイロの町に生きる市井の一男性にすぎず、美男子ではあるものの、あきらかに道徳に反し世俗的な欲望に気楽に身を任せて生きる後者の物語（〔166〕）の主人公は、いかにも前者の物語（〔20〕）の主人公とは対照的である。この例にみられるように、時代設定、ストーリー展開、人物自身の性格など、多くの点できわめて異なる主人公たちが同じ名前をもつことで、『千夜一夜』において同名性は、類似と差異の顕現の契機として働くと言うことができる。

「シンドバード سندباد (ي)」についても同様の効果が観察ができる。『千夜一夜』のなかでももっとも有名な主人公の一人として、七回の航海を経験した〝海のシンドバード〟がいるが、同じ物語のなかで物語の導入役および海のシンドバードの聴き手（の一人）として現われる〝陸のシンドバード〟以外にも、『千夜一夜』には印象的で重要な存在として別のシンドバードが描かれている。一人は、「シンティパス物語群」という呼称にもとられている〔133〕「女たちのずるさとたくらみの物語（または七人の大臣たちの物語）」に登場する賢者「シンディバード（＝シンドバード）」である。王子を訓育し、星を占った結果、王子に七日間の沈黙を命じたこの賢者は、物語の骨格にかかわるという点では重要人物であるが、物語中の行動人物としてはほとんど不在であり、その点でも次々と波乱万丈の経験に身をさらし、たえず物語テクストの記述対象であった海のシンドバードとはまったく異なる。さらに、『千夜一夜』の冒頭第二話目「漁夫と魔王の物語」の枝話（二重の入れ子の内部、〔2aa〕）に登場するシンディバード王がいる。彼が忠実な鷹を切り殺してしまうこの物語も独特の強い印象を与えるものである（この物語の忘れがたさは、首を刎ねられてなお、まなざしで訴えるというモチーフの――ややひねった――再利用が「荷担ぎやの物語」第二の遊行僧の話のなかに現われることでも高められる）。古《いにしえ》のペルシアの王として物語られるこのシンディバード王はこの小さな物語の主要人物ではあるが、誤解のうえに鷹を殺してしまうという否定的な行為を演じるのみであり、活動的な中心人物である海のシンドバードとも、また占星をも心得た大賢者シンドバードとも、あきらかに異なるイメージの存在である。この三者三様のシンドバードという人物設定とその名は、『千夜一夜』の編集過程で巧まれたものではなく、すでにそれぞれの物語伝統のなかでこの名が人物にあてがわれてきたのであるが、物語集『千夜一夜』に一緒に収められることによって、同名異人が象徴化する（同一性と）差異性の顕著な事例としての効果を派生させるのではないだろうか。

賢い娘ないし女奴隷がマルジャーナ（珊瑚）という名でたびたび現われるのも(20)、また悪女がダリーラと名づけられているのも、物語のなかで中心的な役割を演じる美しい姫や娘がブドゥールという名をもち、また麗しい乙女がハヤート・ウン・ヌフースと名づけられているのも、『千夜一夜』のなかでは固有名詞がある種のテーマ性を担う傾向として指摘することができるが、その一方で、こうした同名の人物たちが登場する背景となる物語の枠組みが、いかなる類似も見いだせないほどかけ離れていることも重要であろう。たとえばマルジャーナは、

図17　機知と行動力で主人を救う「アリババと四十人の盗賊」のマルジャーナ．盗賊の隠れている油壺に熱い油を注ぐ

「アリババ」の宅の召使（女奴隷）の名として記憶されていることが多いかもしれない。アラブ世界のどこかの市街で主人に仕える女性として生きるこのマルジャーナは、聡明で機転が利き、壺に隠れていた盗賊の一味をみごとに退治したり、美しい踊りで魅惑しながら盗賊の首領を刺し殺したりと、機知と行動力を駆使した胸のすくような活躍で主人の危機を救う。「オマル王の物語」に登場するマルジャーナは、アブリーザ姫の侍女で、姫につきそって遠いバグ

ダードまでともに旅をし、姫の絶命のときもその傍らに控える忠実でかつ気丈な乙女である。十字軍との過酷な戦乱のさなかの人々の運命をファンタスティックな要素をこめて描くこの物語に登場するマルジャーナは、市井の日々を生きているアリババのマルジャーナとはまったく異なる世界に身をおいている。さらに、「カマル・ウッ・ザマーンの物語」の第三部に登場するマルジャーナは島を治める女王である。主導者的行動力《イニシアティヴ》にあふれた人物であるが、いかにもおとぎ話の世界を彩る現実味を欠いた存在である。『千夜一夜』のマルジャーナたちは主体性と強さを感じさせる女性としての共通点をもつ一方で、相互にまったく異なる世界に生きる、かけ離れた存在である。このマルジャーナの例は名前とある種の性質の同一性が、かえって、相互の隔たりを強く印象づける事例となっている。

『千夜一夜』に現われる複数のマルジャーナを、読者が混同することはないであろう。しかし『千夜一夜』では、同名異人の現象が、無縁であるはずの人物たちの混同を読者に引き起こすこともあるように思われる。その例として、ヌールッ・ディーン・アリーを挙げたい。[4a]「大臣ヌールッ・ディーンとシャムスッ・ディーンの物語」(別名「二人の大臣の物語」)と[6]「ヌールッ・ディーン・アリーとアニースッ・ジャリースの物語」の登場人物はどちらも同じ名前をもっている。「二人の大臣の物語」の弟大臣の名がヌールッ・ディーン・アリーで、彼は兄弟仲違いの末エジプトからバスラへと移った。兄の名はムハンマドで、二人はそれぞれ奇しくも同じ日に妻と褥《しとね》を共にし、同じ日に子を得た。それがのちに恋人どうしとなる男女である。ヌールッ・ディーン・アリーは兄と対をなし、また次の世代でも対をなす子たちの一方をもうけるという役割を果たすにすぎず、ほとんど個性というものを欠いている。一方、美しい奴隷娘アニースッ・ジャリースを妻にした([6]の)ヌールッ・ディーン・アリーは、放蕩のあげくに一文無しとなり、あやうく妻自身の申し出どおりに彼女を再び奴隷として売りそうになりながらも、結局手に手をとって二人でバスラを出奔し、カリフの宮殿の庭に入り込んで勝手な宴を繰り広げる無邪気なところのある男性である。彼は漁師に変装したカリフに身の上を話したところから、カリフの厚遇を得て幸せに暮らす。このたわいない純朴な恋の物語は『千夜一夜』のなかでも印象的な物語の一つであるが、男性主人公の名はどうも記憶に残りにくい。アニースッ・ジャリースの夫である、ふがいのない、だが憎めない青年として以上の特別な個性をもたない点と、他の物語のやや脇役的な登場人物にも用いられている名が与えられていることがいくぶんか関係しているのではないだろうか。『千夜一夜』を読み終わった読者が、ヌール・ディーン・アリーという名の男性がどの物語のどんな人物として提示されていたかを明確に記憶していることは稀かもしれない。ましてや同じようにふがいないが憎めないアリー・ヌールッ・ディーン（たんにヌールッ・ディーンとも呼ばれる）も『千夜一夜』の恋物語の主人公として存在している。『千夜一夜』の登場人物たちは、（個々の収録話の枠内においてでなく）物語集全体のなかで捉えた場合、この膨大な物語たちの大海のなかで、いつのまにか誰が誰だかわからなくなり、相互にどこか類似してくる。『千夜一夜』の同名の登場人物たちは、同名でありかつそれぞれまったく異なる状況を背負っており、逆に、まったく違っていながら、一方で差異を消失させていく。違っていながら同じ、同じでありながら違うという"same-but-different"の現象、いいかえれば同一性と差異の交錯の運動が、同名性を通じて明確に現われてくるのである。

同名性はテクストに内在化され前景化された原理として働いていると本書では考えたい。『千夜一夜』における意識的な同名性の活用は、一つの物語のなかに同名異人が登場する場合にはとりわけ顕著である。すでに触れた［131］「海のシンドバードと陸のシンドバードとの物語」の枠物語に現われる裕福なシンドバードと貧しい荷担ぎやのシンドバードはこの端的な例である。［155］「バグダードの漁師ハリーファの物語」の貧しい漁師ハリーファの名と、ハールーン・アル・ラシッドの称号カリフ（アラビア語で「ハリーファ」）との一致は、この物語において、多少頭の弱いようにみえた漁師ハリーファとカリフが対照と相似の両方をみせることに対応している。カリフの愛妾クート・アル・クルーブを偶然助け出し、彼女のおかげで裕福になってカリフを自宅に招くハリーファは、カリフとあたかも交替可能な存在であるかのようだ。

ここで補足しておくと、『千夜一夜』にはほかにも、カリフをめぐる代替的存在のモチーフが印象的なかたちでみられる。〔31〕「カリフ、ハールーン・アル・ラシードと、にせカリフ（または第二のカリフ）との物語」のとくに前半に、まったくの別人があたかもカリフ然としてチグリス川の船上で毎晩豪奢な宴をくり広げ、これがまさに「にせのカリフ」「第二のカリフ」として、カリフの目にとまるという話がある。また、ZERには収録されていないものの古くから『千夜一夜』に入れられた形跡のある「眠っている者と目覚めている者の物語」（別称「目覚めていながら眠っている者の物語」）――ガランが彼の訳書の第九巻におさめた物語である――では、財産を悪友たちとの放蕩でほとんど失ったアブーッル・ハサンが、カリフ、ハールーン・アル・ラシードの酔狂によって、目覚めるたびにカリフにさせられていたり、またもとの生活に戻されたりを繰り返す。一人の人物が他者と（暫定的・仮設的に）交換可能となり、自己のアイデンティティの揺動を経験する。ここには根源的な人間の「アイデンティティ」（唯一無二のものとして自己の概念、自他の本質的な分割）そのものへの疑問が強くテーマ化されていると言えるだろう。この物語でアイデンティティの危機を突きつけられるのはアブーッル・ハサンばかりではない。カリフ、ハールーン・アル・ラシードもまた、暫定的にであれ、他者が自分の代わりとして機能しえることをまざまざと体験せざるをえない。いやカリフはもともと己《おのれ》の交換可能性をよく承知し、だからこそこの悪戯を主導し実行してみせるのだ。『千夜一夜』において「カリフ」がたびたび登場するが、まさに「カリフ」は地位であって個別の人格を指すものではない。「カリフ」（とりわけハールーン・アル・ラシード）が『千夜一夜』の主要登場人物の一人であることは、『千夜一夜』における人間像が、代替可能な型枠のようなものとして考えられていることを象徴しているだろう。しかもその代替可能性によって、人物の象徴性や存在印象の強さは少しも減じられることがない。『千夜一夜』の「カリフ」はまさに特個的でありながら代替可能でもあり、強烈な存在者でありながら「アイデンティティ」へのもっとも根底的な疑問をたえず生じさせる存在として、すなわち典型的に「範例的な」存在として、きわめて重要な機能を果たしていると言える。

同名性にもどろう。存在の特個性と代替可能性（これをある種の一般性と言うこともできよう）との接合を象徴するものとしての同名性が、もっとも鮮明に物語化されている例として〔162〕「陸のアブド・アッラーフと海のアブド・アッラーフの物語」を挙げておきたい。私たちと同じ〝陸人〟のアブド・アッラーフが、海の住人であるアブド・アッラーフと知り合ったおかげで毎日宝石を恵まれて裕福になり、また海人アブド・アッラーフの案内で海底の諸都市をめぐって歩くという展開を経て、さらに後半では、富を得た陸のアブド・アッラーフが王の寵遇を賜るに至るという物語であるが、ここで同名を冠されているのは陸と海の二人の中心人物にとどまらない。物語の後半、今や王女の夫となった陸人アブド・アッラーフは、王の前で、貧しい漁師だった頃に自分に手厚い慈善を施してくれたパン屋のことを語る。

　王が、

　「そのパン屋の名は」

　と尋ねると、漁夫は、

　「パン屋はアブド・アッラーフと申します。手前の名も陸人アブド・アッラーフ、友人の名も海人アブド・アッラーフです」

　と答えました。すると王は、

　「余の名もアブド・アッラーフだ。アブド・アッラーフ（神の下僕）は皆、兄弟」

　と語り〔……〕(21)

こうしてパン屋は左大臣に、漁夫は右大臣に据えられる。アラビア語原文では、この会話部分は一つながりの文章になっている上、同じ動詞「قال（カーラ）語る・言う」（右の引用では圏点を付した動詞）を用いた構文のなかで同じ名前が繰り返されているために、いっそう反復性が前景化されていると感じられる。ここでは別人物たちの名前の同一性が一つの思想として強調されていると言えるのではないだろうか。イスラームの教えに沿った神の前での平等という建前以外に、同名異人の現象による個別性の消去と差異性の堅持という『千夜一夜』の支配原理が、ここに明確に象徴化されていると本書では考えたい。

登場人物相互の反復関係を示唆しまた強調することによって、『千夜一夜』は人間が特個的なものではありえないこと、語の本来の意味において単独無比《ユニーク》ではありえないことを示している。登場人物たちが名前を共有することによって、主要人物たちでさえ、たしかにその人でありながらもほかの誰かでもありうる誰か、あるいは、すべての誰でもであるような誰か、すなわち本書第Ⅰ部で捉えた「範例的」存在として立ち現われてくる。こうした『千夜一夜』の人間観については、第七章でさらに詳しく検討したい。

第三節　内容における反復

人物についてばかりでなく、物語の筋の内容（モチーフ）においても『千夜一夜』では顕著な反復現象が見られる。物語内容の反復を検討することで、『千夜一夜』の全体がいかに汎＝反復的な構成原理を活かして構築されているのかを確認したい。

1　頻繁に使われるモチーフ

『千夜一夜』では物語集全体を通して同じモチーフが繰り返し用いられる。冒頭の枠物語の内部ですでに反復されている女性の裏切り（不倫）のモチーフは、その典型であろう。より詳細には、夫のいない間に「黒人奴隷」と妻が浮気をするという設定は一つのトポスとなってさえいる。子供のいなかった老王や老夫婦に子宝が授かるという設定や、遺産を受け継いだあとに放蕩のせいで一文無しになる青年、同日に生まれた男女または男子どうしの絆、恩を仇で返すような兄弟や姉妹の暴挙、動物への変身、約束や禁止への抗いがたい違反、（とくに目や手足が）不具となったいきさつ、監禁された女性、忠実な援助者、カリフの庭または館への侵入など、『千夜一夜』でたびたび現われるモチーフは数多くある。これらがある意味では、『千夜一夜』的世界を作り上げているとも言えるだろう。

2　対《つい》の物語

物語相互のストーリー展開の反復現象として興味深いのは、ゲルハルトが「対《つい》の物語 duplicate stories」と呼んだ、物語の対《つい》が観察されることである。かなり長くにわたってストーリー展開が一致し、その細部にも相似性が顕著に観察される物語のペアが、『千夜一夜』では見いだされる。以下に挙げるように、より広い一つの型とも考えられる「ペルシア風の恋物語」については三つの物語が同一形として括られるが、その他のケースでは、常に二つの物語が組みをなす。三つやそれ以上でなく、双子のようにペアをなすよう一対に留められている点が、反復的照応関係をより印象づける。

〈物語展開の反復〉

ペルシア風の恋物語（主人公はまだ見ぬ絶世の美女への恋に落ち、この姫のいる都に赴くが姫は男嫌いである。主人公は商人に身をやつしながら詩を交換するなどの方法で接近をはかり、美しい庭園で二人はついに相思相愛となる）

［8a］「タージル・ムルークとドゥンヤー姫の物語」（とくに第一二九夜以降）

〔151〕「王子アズダシールとハヤート・アンヌフース姫の恋物語」
〔164〕「エジプト領主アルハーシブの息子イブラーヒームの物語」（別名「イブラーヒームとジャミーラ」）

羽衣説話（鳥の姿で地上に現われた天女に恋をし、妻とする。魔界に戻った妻を奪還する冒険へと展開(22)）
〔130aa〕「ジャーン・シャーの話」
〔154〕「商人と金細工師と銅細工師を営むふたりの息子、および金細工師の息子ハサンとペルシアの詐欺師にまつわる物語」（別名「バスラのハサン」）

恋人たちの再会（離れ離れになった恋人同士のうち女性が男装して、ある遠い国の王となり、そこへたどり着いた青年主人公との再会を取り仕切る）
〔20〕「カマル・ウッ・ザマーンの物語」（そのうちの第二部）
〔40〕「アリー・シャールとズムッルドとの物語」

魔神たちの美男・美女比べ（魔神《ジン》と魔女神《ジンニー》にそれぞれ見いだされた絶世の美男美女が、眠っているうちに運ばれて夢うつつのうちに出会い、恋に落ちる）
〔4a〕「大臣ヌールッ・ディーンとシャムスッ・ディーンの物語」
〔20〕「カマル・ウッ・ザマーンの物語」（そのうちの第一部）

これら、かなり長いストーリー展開が、二つ（ないし三つ）の異なる物語で相似的に用いられているのは、偶然あるいは編纂者のミスであろうか。たとえば『千夜一夜』研究者のマクドナルドやゲルハルトは、ほとんど同じ展開の〔151〕「アズダシールとハヤート・アンヌフース姫の物語」がすでに収録されているのを忘れて、ZER の編纂者が「オマル王の物語」の枝話として〔8a〕「タージル・ムルークとドゥンヤー姫の物語」を入れてしまったのではないかと推察している。[23] ゲルハルトも述べているように「アズダシールとハヤート・アンヌフース姫の物語」の方がおそらく歴史的には古く、「タージル・ムルークの物語」の方はそれをもとに作られたものと考えられるが、たんなる焼き直しではなく、〔8aa〕「アジーズとアジーザの話」を物語の本筋の手前に挿入するなど、「オリジナルよりも、さらに洗練された」[24] ヴァージョンとなっている。またこの「ペルシアの恋」の物語としては、物語の発端をエジプトに置いた、あきらかにパロディ的な軽さをもつ[25]〔164〕「イブラーヒームとジャミーラ」も『千夜一夜』に収録されている。こうしたヴァリエーションの存在によって、まだ見ぬ美女への恋から始まり、遠い異国のこの姫の町へ赴いて、そこで商売をしながら詩を通じた接近をはかり、仲介者の助けを経て美しい花園での対面へ至るという展開をもつこの物語は、『千夜一夜』の一つの代表的な〝物語〟として（具体的な三つの収録話のうちのどれに限定されるのでもなく）現われることになる。『千夜一夜』においてはまさにストーリーの反復の現象によって、それぞれの収録話が「範例」としてのステイタスを得る。個々の物語は、反復的連関のなかで「例」として現われることになり、また、とりわけ類例が二つ（ないし三つ）に限られているために、それぞれの物語がこの系列のなかで際立った模範的物語として強い印象を与えるようになる。まさにデリダが論じたように、「範例性」を帯びることによって『千夜一夜』の物語は、――単独の物語としてただ存在する場合と比較して――まさに「〈一〉以上」の存在となると言えるのではないだろうか。

『千夜一夜』には、右に挙げた長い展開を共有する物語の対《つい》以外にも、より短いモチーフの印象的な繰り返しがしばしば観察される。数え上げたらきりがないが、以下のものなどが代表的であろう。

〈モチーフの再利用〉

ズバイダ妃が薬草（バンジ）で眠らせ箱に詰めて王宮から追放した、ハールーンの愛妾クート・アル・クルーブを偶然に箱から発見する

［7］「狂恋の奴隷ガーニム・イブン・アイユーブの物語」

［155］「バグダードの漁師ハリーファの物語」

女奴隷みずからが奴隷市場で自分の主人を名指しするところから男女が結ばれる

［40］「アリー・シャールとズムッルドとの物語」

［157］「ヌール・アッディーンと帯編娘マルヤムの物語」

「とらぬ狸の皮算用」の話

［160b］「頭にバターをかけられた行者の話」（「ジュライアードとシャンマース」の枝話）

［5dae］「理髪師の五番目の兄の話」（「せむしの物語」の枝話）

人喰い巨人の目を串で突いて、難を逃れる話

［131c］「海のシンドバードの第三航海の話」

［153a］「サイフ・アルムルークとバディーア・アルジャマールの物語」

背中にとりついて降りない老人の話

［131e］「海のシンドバードの第五航海の話」

〔153ａ〕「サイフ・アルムルークとバディーア・アルジャマールの物語」

指輪の魔神が金銀財宝や、従者をもたらす

〔109〕「カイロの商人アリーの物語（またはバグダードの妖怪屋敷）」
〔134〕「商人ウマルと三人の息子、サーリムとサリームとジャウダルの物語」
〔168〕「靴直しマアルーフとその妻ファーティマの物語」
（参照）〔別1〕「アラーッ・ディーンと魔法のランプの物語」（別名「アラジンと魔法のランプ」）

本書でさきに「対《つい》の物語」として挙げ、注視したものは、いわば〝同モチーフ違話〟とでも言うべき関係にある物語である。すなわちほぼ同じストーリー展開をたどるものの、基本的に人物設定や時代設定が異なっているようなケースである。[26] これらは読者ないし聴き手にとっても、新たな物語として読み・聴き始めたが、ストーリーのいわば構造的同一性に気づかざるをえなくなるような、〝差異を含んだ反復〟の事例となっている。ここに挙げたより小さな規模のモチーフの反復も同じ性質をもつ。ズバイダ妃によって宮殿から追放されたクート・アル・クルーブの例は、登場人物もまさに同一であるが、このモチーフをとり囲むより大きな物語の背景が異なっていて、違った枠組みのなかで同じモチーフが利用され、違った展開へと結びついていくところに、やはり同一性と差異との戯れが強く感じられる。

したがって、まったく同じ話の再出現であるようなケースは右の事例から除外しておいた。同一の物語の語り直し、つまり同じ物語のヴァリエーション――しかもパロディ的な変奏の効果も伴わない――と考えられるものとしては、〔142〕「アブー・イスハーク・イブラーヒーム・アルマウシリーと悪魔アブー・ムッラの物語」と、〔146〕「イスハーク・アルマウシリーと奴隷娘と盲人（悪魔）の物語」という二つの短い物語を挙げることができる。どちらも、ある夜マウシルの音楽家イスハークのところに訪れて音曲を披露した見知らぬ訪問者は悪魔だったらしい、という話で、若干の相違はあるものの、同一の話のやや異なるヴァージョンを紹介したかたちになっている。この二つの話は編纂上、比較的近い場所に配置されていることも特徴的である。『千夜一夜』(の編纂者)が反復を退けるべき現象と考えていないことを、ここからもみてとることができよう。

また、物語集冒頭の枠物語に出てくる魔神に捉えられた美女の話(王または王子が旅に出て出会った囚われの美女は、魔神が寝ている隙に通りがかった男性との情事を重ね、その証拠として集めた指輪が膨大な数に上っているという、女性の止めがたい不貞癖をテーマとした話)が、ほぼ同一のかたちで、「女たちのずるさとたくらみ」のなかの[133w]「散策に出たある王子と魔物の話」として収録されているという例[27]も、右の〈モチーフの再利用〉からは除外しておいた。これは純然たる繰り返しのケースだからである。本書の観点では、重要なのは、異なった物語でありながら顕著な構造的同一性をみせ、照応関係を強く読み手・聴き手に発見的に感じとらせるような複数の物語であるからだ。ちょうどデリダが単なる「繰り返し répétition」とあらゆる存在の潜在的な「反復可能性 itérabilité」を示唆する差異を含んだ〝反復〟的現象とを区別したように、本書でも同一の物語のたんなる再出現と、異なる物語どうしの反復的関係(および差異を含んだ再利用)を区別したい[28]。

『千夜一夜』における物語どうしの横溢する反復関係は、違っていながら同じ、同じでありながら違うという、アンビヴァレントな存在感覚を強調する。この差異的反復の原理を援用することで、歴史的にも『千夜一夜』は増殖を重ね、拡大してきたと考えられる。あとにも触れるが、冒頭の枠物語についても、シャハリアール王の体験(妻に裏切られる)の前に、弟王の同様の体験が足され、また囚われの美女の話が付け加えられるなど、反復性を原理として物語が拡充されてきたと考えられる。「商人と魔王との物語」も「荷担ぎやの物語」も「せむしの物語」も、入れ子構造をとりながら、複数の同型人物が物語を披露するという反復構造をとっている。すなわち反復構造そのものの反復がみられる。異種混淆的な物語の集積が、一つの物語集としてのまとまりを維持しえている要因として、『千夜一夜』が反復の網目によって支えられているという点を挙げることができるだろう。反復が『千夜一夜』の編纂上の基本原理となっていることをさらに観察を重ねて確認したい。

3　パロディ的連関をなす小話群

ジェラール・ジュネットは『パランプセスト――第二次の文学』[29]で、ある物語を下敷きにしておこなわれる別の作品の創出活動を、古今のさまざまな例をふんだんに用いながら分析した。ジュネットはもとになるテクストを「下位《イポ》テクスト hypotexte」と呼び、その変形ないし模倣[30]によって成立する作品を「上位《イペル》テクスト hypertexte」ないしは「第二次のテクスト」と呼ぶ。下位テクストと上位テクストとの関係は「イペルテクスト性 hypertextualité[31]」と呼ばれる。古今東西の事例を博覧強記によって参照し、いわば「第二次」世界文学の大辞典とも言うべき著作を作り上げたジュネットが、『千夜一夜』を取り上げていないのはきわめて残念である。本書が注目するように『千夜一夜』は既存の物語の踏襲と（変形を伴う）再録によって成立している物語集であるし、また、作品内においても――これまでに検討したように――、ある物語を下位テクストとするような上位テクストが併録されるといった内的なテクスト連関がきわめて顕著な特質として現われているからである。

ジュネットが『千夜一夜』を視野に入れなかったのは、明確に著者を限定することができ、第二次の作品の生産がその著者の創作活動として捉えられるような事例を基本的な対象としたためかもしれない。しかし文学生産の本質を、無からの個人的な産出としてのいわゆる「創作」という概念からずらして、「第二次のテクスト生産」の活動のなかにみようとしたと言える彼のこの著作の本源的な問題意識からすれば、作者という個別的主体の意図が主導的であるのではなくて、いわばテクストがテクストを生み出していく『千夜一夜』のケースこそは、文学の本質的な「第二次性」を象徴するもっとも特権的なケースとして位置づけられてもよかったはずである。

ジュネットが『パランプセスト』で取り上げている膨大な第二次文学の事例と、『千夜一夜』との相違としてもう一つ指摘できるのは、『千夜一夜』の場合は、どちらが第一次の作品（「下位テクスト」）で、どちらが第二次の作品（「上位テクスト」）であるのか、その上下関係が明確につきとめられないという点がある。数々の研究者が（とくにゲルハルトが）連関関係にある物語どうしのうちどちらが先行する作品で、どちらが後続の作品であるのかを推察しているが、そのどれもが書写のたびに書き直されてきたために、結局テクストの創作時期というものを一時点に画定することができない。それゆえ、『千夜一夜』において作品どうしの時間的な前後関係を特定することは本来的に不可能なのである。逆にいえば、『千夜一夜』のたとえば「対《つい》の物語」のそれぞれは、その対のなかで、どれもが互いに他方の「下位テクスト」でありまた「上位テクスト」であるような、より拡張され一般化された「イペルテクスト性」を例証しているのだと言える。『千夜一夜』を通読する読者は、個々の収録話を読みながら、かならず（羊皮紙に上書きされた文章の背後に別の文章が透けて見える）「パランプセスト」の現象を経験するだろうが、そこで感知するのは整序された階層関係ではなく、どちらが新しく書かれた上の文章でどちらが古い下の文章かをつきとめることのできない、いわば純粋な多重性である。『千夜一夜』を読むことは、『千夜一夜』に収録された物語どうしの可逆的な反復関係を察知することにほかならない。

　前置きが長くなったが、ジュネットが『パランプセスト』で、第二次文学の中心的な型として取り上げている「パロディ」（ジュネットの用語としては、かならずしも戯画化の意図を伴わない、物語内容の踏襲と変形[32]）の現象は、以上のように『千夜一夜』の内部においてはモチーフの反復的な使用によって広範に観察される。なかでも、もっとも意図的に物語の第二次的な生産の楽しみを顕示しているのが、まさに通常の意味で言うところの「パロディ」的な（つまり戯画化やひねりの効果をねらった）連作の事例である。『千夜一夜』には、大きな物語のほかに小話群が収められている（ZER以前にも数々の写本からこの傾向は確認できる）。その小話群のなかには、同じテーマを扱った話やほとんど同じ話の複数のヴァージョンと言えるものが連続して——しばしば同じ夜のなかに——配置されているものがある。『千夜一夜』では一般に、時代も場所も雰囲気もまったく異なるバラバラの物語があえて連接される傾向にあるので、きわめて類似した物語があい前後して並べられているのは特異な現象として注意を惹きつける。同じテーマをもつ物語が連鎖するブロックにおいては、読者は二番目以降の物語を読みながら、先に読んだ物語との類似や対比の意識を働かさないではいられない。先に置かれた物語の記憶によって、次の物語には（その物語を単独で読んだ場合には生じないはずの）ひねった面白みが付与される。明らかな連鎖の例[33]としては次の物語たちを挙げることができる。

〈パロディ的連鎖をなす小話〉

警察長官が盗人にだまされる

［45］「アレクサンドリアの詐欺師と警察長官との話」

［46］「アル・マリク・ウン・ナーシルと三人の警察長官の物語」

［46a］「カイロの警察長官の話」

［46b］「ブーラークの警察長官の話」

［46c］「古カイロの警察長官の話」

［47］「盗人と両替商との物語」

［48］「クースの警察長官といかさま師との物語」

獣淫にふける女性とそれを発見した肉屋

［56］「屠殺人ワルダーンと美女と熊との物語」

［57］「王女と猿との物語」

連歌

〔64〕「書塾での少年と少女との恋の話」
〔65〕「アル・ムタラムミスとその妻との話」
〔66〕「カリフ、ハールーン・アル・ラシードと泉水の中のズバイダ正妃との話」
〔67〕「ハールーン・アル・ラシードと三人の詩人との話」

カリフをめぐる女奴隷たちの争い

〔70〕「ハールーン・アル・ラシードと二人の女奴隷との話」
〔71〕「ハールーン・アル・ラシードと三人の女奴隷との話」

間抜けなマクタブ（寺子屋）の教師

〔90〕「歌を聞いて恋をした書塾の教師の話」
〔91〕「愚かな教師の話」
〔92〕「読み書きを知らぬ教師の話」

死の天使

〔112〕「死の天使とたかぶる王者と篤信家との話」
〔113〕「死の天使と富める王者との話」
〔114〕「死の天使とイスラエルの民の王との話」

パロディ的な反復（内容の踏襲と変形によって何らかの効果を発揮する連作）のもっとも典型的な例であり、また明らかに意識的なこの手法の利用の例として挙げられるのが、第三八七夜のうちに並置された二つの小話、［70］「ハールーン・アル・ラシードと二人の女奴隷との話」と［71］「ハールーン・アル・ラシードと三人の女奴隷との話」である。「二人の女奴隷との話」は、ハールーン・アル・ラシードの身体を二人の女奴隷がいたわっているうちに、カリフの一物が元気になり、そこで一方の女奴隷が、イスラーム伝承学（ウルーム・ル・ハディース）まがいの伝承過程を誇張的に用いて前置きとしながら「死者を蘇生させた者は、蘇った者とその子孫の主となる」と述べてその占有権を主張したのに対し、もう一方の女奴隷も負けじとイスラーム伝承学をまねた前置きを述べ立てたあとに「獲物はそれを捕らえた者の手に帰す」と主張した、というユーモアあふれる艶笑譚である。この話の次に置かれた「三人の女奴隷との話」は、最初の設定でカリフを囲む女奴隷が三人とされている変更点のほかは、あからさまにこの「二人の女奴隷との話」を踏襲して展開する。そっくり同じ文言が使われているわけではないが、第一の女奴隷が、やはり伝承学の経路説明をまねた前置きのあと「死んだ土地を蘇らした者はその主となる」と主張し、第二の女奴隷が前置きのあと（さきの話とまったく同様に）「獲物はそれを捕らえた者の手に帰す」とやり返す。その上でこの「三人の女奴隷との話」では、さらにこのあとに短い落ちがついている。すなわちこの話は、先の二人のやりとりを傍らで聞いていた第三の女奴隷が、二人の朋輩を押しのけて言ったという次の台詞で終わる――「おふたりの争いが解決するまで、このお品はあたしがおあずかりしておくことにいたしますわ！」。

この二つの話は、連続したものとして読まなければその価値が発揮されない。少なくとも、第二の話（「三人の女奴隷との話」）は、第一の話を下敷きにすることで、面白みが生まれてくる。第一の話（「二人の女奴隷との話」）では、イスラームの二大聖地であるメッカとクーファ出身の女奴隷たちが、しかつめらしい伝承学のスタイルをふりかざしながら、カリフの一物をめぐって争うさまが、イスラーム世界の宗教論争の揶揄ともなっていて非常にユーモラスな大人の笑話を作り出している。しかし、続けざまに第二の話を読むときには、台詞も含めてほとんど同じ展開に接するために、読者はもはや同じ興味を覚えることはない。むしろ注意は、第一の話と比較して設定が変更された点、すなわち女奴隷が三人になったことでどんな差異が生じるかに集中される。したがって第二の話では、二人目の女奴隷の台詞まではいわば長い前置きであって、最後のウィットに富む第三の女奴隷の台詞のみが物語の興趣を生み出す。

以上のように、この二つの話は、たんなる同類の物語の異変種として並べて紹介されているのではなく、あきらかに二つの話を連続して読むことによって生じるパロディ的な効果を楽しむために配置されているのだと言えよう。同じことは、女性が動物との淫行にふけっているのを発見した肉屋の物語である［56］「屠殺人ワルダーンと美女と熊との物語」と［57］「王女と猿との物語」にも言うことができる。肉屋が獣を殺し、女性がそれなら自分も殺してほしいと懇願するところまでは一緒であるが、一番目の話では女が殺され肉屋が金品を奪って終わるという寒々とした結末であるが、二番目の話では女は肉屋の妻となり、秘薬のおかげで淫乱の虫も退治されるという救われた結末になっていて、ちょうど対比的な効果を発揮する。また間抜けなマクタブ（寺子屋）の教師をめぐる笑話群の［90］「歌を聞いて恋をした書塾の教師の話」、［91］「愚かな教師の話」、［92］「読み書きを知らぬ教師の話」では、最初の二話ではいかにこの教師が高い教養にあふれる稀有な学識者であるか、驚きを込めて語られる冒頭部もそっくりで強く反復を意識した連鎖となっているが、三番目の話は逆に、読み書きさえ知らないまったく教養のない教師が登場して対比的な笑いを誘う。さらにこの無教養な教師が機知でうまく苦境を切り抜けるという、前二篇とは対照的な展開になっているところが、読者にとっては逆転の面白みとなる。『千夜一夜』の編纂がいかに意図的におこなわれているか、またとりわけ反復の手法が（ひねりのテクニックとかけ合わされて）いかに意識的に利用されているかが確認できる。(34)

ここでさらに、反復的に連鎖する小話群をもとに、『千夜一夜』の反復現象の特殊性について考察しておきたい。

右に〈パロディ的連鎖をなす小話〉として掲げた一群をなす物語グループの、それぞれの筆頭に位置する物語は、歴史的な事情とは無関係に、『千夜一夜』のなかでの配列によって、後続する物語がそのパロディや変異形とみなされるための基本モデルとしての機能を担うことになる。こうした機能は、その物語（グループの最初の物語）そのものを読んだときには生じえないもので、あとから他の物語によるテーマやモチーフの反復が起きることによって初めて、すなわち事後的に発生する。ここに再び『千夜一夜』の物語のステイタスとデリダの「反復可能性」の概念との一致をみることができる。

たとえば非常にゆるやかなまとまりであるといえる第三八四夜から第三八六夜にかけての連鎖についていえば、［64］「書塾での少年と少女との恋の話」を読んだ読者は、まずこの話を、清純な少年少女の一途な思いとそれを見咎めずに温かく支える大人たちの配慮の物語として認識するであろう。また、続いて提示される［65］「アル・ムタラムミスとその妻との話」を読み始めても、イスラーム化以前のアラブ族の史実に題材をとり、失踪した大詩人の妻が周囲の強要から再婚させられかかるというこの話は、その前の話とまったく関係をもたない逸話と感じるはずである。しかし、物語の後半、ちょうど再婚の祝夜に夫がひそかに戻り、妻が前夫を慕う詩を謳ったのに続いて、隠れていた夫が身を明らかにして妻への思いを詩にして謳い上げると、それを聞いた新夫となるべき男が自分の無粋を咎めて元の夫婦の幸せを願う詩を続ける、という展開に至って、二つの物語の照応が初めて感知され、さきの「少年と少女の話」についても、詩の連鎖によって愛が表明されそれが周囲からも認められる話であったことが、認識されるようになるのではないだろうか。

また次の［66］「カリフ、ハールーン・アル・ラシードと泉水の中のズバイダ正妃との話」も、最初はまったく新たな趣向の物語と感じられるが、カリフが詩を詠《よ》みその続きを詩人アブー・ヌワースに依頼するに至って、先立つ物語たちとある種の類同性を維持していることがわかる。ただし、水浴する妻に見惚れ欲情をそそられるさまを謳う詩が繰り広げられるこの物語は、前二つの純愛を語る物語とは異なった、性愛を謳歌するニュアンスを強く打ち出して読者を驚かせ、まさに戯画的なパロディの楽しみを与える。次の〔67〕「ハールーン・アル・ラシードと三人の詩人との話」は、同じカリフの性的な興趣をモチーフとした話で、ある言葉を題材にして詩人に詩を作らせるという点でもその直前の話との関連がわかりやすい。ただしこの話では、(おそらく前の話でも読者が意識するであろう点をまさに取り上げて) なぜ詩人が自分が見たのではない情景をつぶさに謳うことができるのかという点に話の焦点が移行している。〝詩の連鎖〟というモチーフからすると以上四つの物語はつながりをもっているが、またその一方で差異も明らかである。読者は、常にまったく異なっていると思えた物語に同一性を見いだして驚き、類似の物語であると認識したとたんに、予想されるのとは異なる主題へと新たな展開が起こることに再び驚く。

〔64〕「書塾での少年と少女との恋の話」に始まる男女の愛をテーマとする話群は、詩の連鎖ということでは〔67〕「ハールーン・アル・ラシードと三人の詩人との話」までで一区切りとなるが、詩がモチーフとなるという点ではさらに二話続くし、またより性愛へと傾いた男女の関係の謳歌という点ではもっと多くの物語へと連鎖する。また逆に前方を振り返ってどこから同じ系列が始まったのかと考えると、男女および男性間をも含む愛のテーマという点では、中篇〔59〕「ウンス・ル・ウジュードとアル・ワルド・フィール・アクマームとの物語」のあとに置かれた、この小話群の始まりである〔60〕「アブー・ヌワースと三人の若衆とカリフとの物語」(第三八一―三八三夜) まで遡ることができそうである。大詩人アブー・ヌワースを主要人物とするこの物語はむろんのこと、このあたりに配置された話はみな愛のテーマと詩の吟唱という点で共通している。しかしそれは『千夜一夜』全般にわたる特質でもあって、広くいえば、どこまでこの連鎖をたどることができるのかはもはや特定不可能である。『千夜一夜』における「反復」現象は、あらかじめ設定された起源とそれに追随する繰り返しという一般的な「繰り返し」の観念にではなく、起源も際限もないデリダ的な「反復可能性」の観念とみごとに通底し

ていることが、こうした点からも確認できる。そして差異を含みながらの反復という『千夜一夜』の物語に見られる反復は、個々のモチーフや物語を、単独かつ一般的なものとして、つまりは特個性と一般性とを同時に顕示する「範例的」な存在として、私たちの前に差し出す手法となっているのである。

4　『千夜一夜』の構成原理としての反復性

ZERに限らず、より古いシリア系の写本（ガラン写本）を校訂したマフディ版でみても、反復はさまざまなレベルにおいて『千夜一夜』のテクストを構成する原理となっている。すでにみたように、枠物語のなかで女性の不貞のモチーフは三度用いられている。広範に世界の民話を研究したフランス人エマニュエル・コスカンの研究を参照しながらリットマンが述べるところによれば[35]、賢い女性（大臣の娘）が物語を続けることで延命するというインドの物語に、弟シャーザマーン王の妻の不貞、シャハリアール王の妻の不貞、そして兄弟二人の王が知ることになった魔神に囚われた美女の重ねてきた不貞のモチーフが、あとから、ペルシアにおいて付け加えられたものらしい。このガラン写本でも確認できるように、『千夜一夜』の中核をなす古層の物語群では反復の現象が顕著である。サンドラ・ナッダッフが詳しく検討したように、「荷担ぎやの物語」内部では、隠語をめぐって繰り返される嬌態のさまや、いずれも片目を失いあごひげを剃った三人の遊行僧のいきさつをはじめ、さまざまな反復現象が観察される。むろん「せむしの物語」でも、死んだと思われたせむしの男をめぐってクリスチャンの仲買人、お台所監督、ユダヤ人の医者、裁縫師が似たような騒動を繰り広げ、その後スルタンの前でそれぞれが身体のどこかが片輪の青年についての話を披露し、さらに理髪師がそれぞれ不具となった六人の兄たちの話を物語るなど、反復が中心的な構成原理となっている。またこの二つの物語（「荷担ぎやの物語」と「せむしの物語」）相互の間でも反復的連関がみられるが、とりわけ（おそらく十三―十四世紀にアラブ世界で作られたと思われる）これらの物語は、物語を語ることで延命するというモチーフの再利用の点で、枠物語そのものの反復をなしており、むろん、このモチーフを受け継いだ第一話「商人と魔王との物語」と反復的な連鎖によってつながっている。

『千夜一夜』は夜毎の語りというこの物語集の本質をなす設定からして反復性を構造的にまとい、その生成過程のかなり初期から反復的な側面を特徴として構成され、増殖過程においても反復の原理が援用されてきたと言える。『千夜一夜』内にすでに現われた要素を、再び利用し、反復的なネットワークを張り巡らせながら物語集を編み上げていくということが、このテクストのいわば自己増殖の原理ともなってきた。この点で、もっとも遅い時期に付け加えられたとみなされるZER版『千夜一夜』の末尾に配置された物語たちは、典型的な価値を担っていると言える。この点をみておこう。

第九四六夜以降に始まる以下の物語は、通常きわめて質が劣っていると評価される。

[163]「教王（カリフ）ハールーン・アッラシードとアブー・アルハサン・アルオマーニーの物語」
[164]「エジプト領主アルハーシブの息子イブラーヒームの物語」（別名「イブラーヒームとジャミーラ」）
[165]「教王（カリフ）アルムウタディド・ビッラーヒとホラサーンのアフマドの息子アブー・アルハサン・アーリーの物語」
[166]「商人アブド・アッラフマーンとその息子カマル・アッザマーンの物語」（別名「カマル・アッザマーンと宝石商の妻」）
[167]「アブド・アッラーフ・ブヌ・ファーディルと兄弟たちの物語」
[168]「靴直しマアルーフとその妻ファーティマの物語」

レインはこのうちの四編を彼の選集から削除している（「イブラーヒームとジャミーラ」および最終話のみを

収録した）。その理由としてやはり、削除した物語はすでに彼の訳書で紹介したものと同工異曲だからという点が挙げられている。[36] たしかに『千夜一夜』の最終部分に納められた物語たちは、それまでにこの物語集で用いられたモチーフの寄せ集めの感を呈する。

〔161〕「染物屋アブー・キールと床屋アブー・シールの物語」でもすでに読者は、「海のシンドバードの物語」の第四航海に現われたモチーフが骨格として用いられているのを発見するだろう（異国に着き、故国ではありふれていたがその地には存在しなかった商売を始めて評判を得る）。次の〔162〕「陸のアブド・アッラーフと海のアブド・アッラーフの物語」に現われる海中世界の描写は、〔152〕「海のジュルナール」での描写を借り受けたもののように思われる。そして、〔163〕「アブー・アルハサン・アルオマーニーの物語」も、『千夜一夜』にすでに何度も出てきた、女性に入れ揚げて一文無しになった青年の話である。〔164〕「イブラーヒームとジャミーラ」はさきにみたように、ペルシア風の恋物語の〔151〕「アズダシールとハヤート・アンヌフース姫の恋物語」およびそれと対をなす〔8a〕「タージル・ムルークとドゥンヤー姫の物語」を、やや現代味を加味してユーモラスに焼き直したものである。〔165〕「ホラサーンのアブー・アルハサン・アーリーの物語」は、商人である主人公の店に立ち寄った絶世の美女であるカリフの愛妾に夢中になり、恋人に会うために宮殿に忍び込んで逢瀬を遂げ、後宮で女装をして身を隠すなどの波乱ののちにめでたく結ばれるという物語で、このストーリーは「せむしの物語」の〔5b〕「お台所監督の話」とほぼ同じである。〔167〕「アブド・アッラーフ・ブヌ・ファーディルと兄弟たちの物語」に登場する二人の嫉妬深い邪悪な兄はついに黒い犬に変身させられるが、このストーリーはちょうど「荷担ぎやの物語」の〔3d〕「一番年長の娘の話」に出てくる二人の嫉妬深い姉が最後には黒犬に変えられる物語と同型であり、さらにたどれば、「商人と魔王との物語」の枝話〔1b〕「二番目の長老の話」、すなわち強欲な二人の兄たちが今や二匹の犬の姿に変えられているという物語と反復連鎖をなしている。

ＺＥＲの最後の物語である〔168〕「靴直しマアルーフとその妻ファーティマの物語」（第九八九―一〇〇一夜）

は、[109]「バグダードの妖怪屋敷」の滑稽なパロディにほかならない。したがって「アラジンと魔法のランプ」の物語を卑俗でばかばかしい形に焼き直したものとしても受けとれる。この物語では、カイロで靴直しをしていた貧しい主人公マアルーフの妻がとんでもない悪妻として描かれている。この悪妻から逃れるために魔神に運ばれて遠い異国へと身を移した主人公は、たわいもない嘘をつき続けて商売を繁盛させ、ついには貪欲な王から娘のドゥンヤー姫の夫にと望まれる。だが、マアルーフはいよいよ嘘がつき通せなくなって宮殿を出る。しかしここで、財宝と魔法の指輪を運よく手にする。指輪をこすって魔神を呼び寄せては金銀財宝を調達させたマアルーフは、王の死後に跡を継いで即位し、安寧な日々を送っている。ところがある日、カイロの悪妻ファーティマが自分の寝床にいるのに驚かされる。魔神に運ばれてやってきたという。仕方なく受け容れて一緒に暮らすが、結局、性根の悪さを露呈させて指輪を奪おうとしたファーティマを斬り捨てて、マアルーフはその後つつがない日々を送った、と物語は終わる。こうした梗概からもわかるように、この物語は魔法の道具で魔神を呼び出し財宝を調達させて金持になるという点で先に述べたように「バグダードの妖怪屋敷」および「アラジンと魔法のランプ」を下敷きとしているだけでなく、『千夜一夜』に現われたさまざまなモチーフ（たとえば、魔神が物語の中心人物——基本形では高貴な美男美女——を異国へ運ぶ、元手もなく空約束で商売を繁盛させる、とことんまで強欲な悪妻、など）を、ひねりを加えながら巧妙に組み合わせている。『千夜一夜』を通読してこの物語集に収められた有名なモチーフをすでによく知っている読者にとっては、この最終話のなかで『千夜一夜』の既存の物語要素が周知のものとして読者に共有されていることが前提され、その上でパロディ的に物語が展開されていることに、ある種の興奮を、少なくとも（テクストとの）記憶の共有による参画意識を覚えるのではないだろうか。この物語があまりにもくだらずつまらないものであったためにこの話を最後にシャハラザードの物語が打ち切りとなったとされるほどこの最終話の評判は悪い[37]が、『千夜一夜』全体を総集編のように振り返ってひねりを楽しむという第二次文学としての快楽をここに認めるとすれば、別の評価が可能であろう。

『千夜一夜』全体を参照する反復的・メタ的な物語としては、[166]「カマル・アッザマーンと宝石商の妻の物語」こそは、その最高峰だと言えるかもしれない。まさにこの物語は既出のモチーフやプロットの再利用の点で傑出した価値をもち、諧謔的な笑いの面でも『千夜一夜』中髄一の「パロディ的」な作品である(むろん不道徳さや卑猥さも極端なまでに誇張されている)。この物語は、たとえばゲルハルトが推察しているように(38)かなり遅い時期に(十六世紀または十七世紀の初めあたりに)カイロで作られ、もっとも遅く『千夜一夜』に収録された物語の一つと思われる。その面からも、この物語が『千夜一夜』にすでに収録されている物語を意識的に参照した上で作られていると考えても矛盾はない。

さて、この物語は、裕福な商人のもとに生まれ、親の溺愛のなかで十四歳になるまで人目を避けて育てられた美青年カマル・ウッ・ザマーンを主人公とする物語である。もちろんこの主人公の名は、有名な[20]「カマル・ウッ・ザマーンの物語」の主人公の王子の名をとったものであろう。この主人公が親の忠告も聞かず強引に商売の旅に出るという前半の筋立ては[21]「ほくろのアラジン」を踏襲している。冒頭で、父親の計略とはいえ主人公カマル・ウッ・ザマーンの方から苦行者(ダルウィーシュ)に男色を迫るあたりはやはり「ほくろのアラジン」の愉快なパロディになっているし、商売の旅に出て目的の町に着く直前に盗賊に襲われてあっさり金品を奪われ従者も皆殺しにされてしまう描写が簡潔になされているのも「ほくろのアラジン」を参照してのことであるのは明白であろう。また出発の前に苦行者が語った身の上話、すなわちたどりついた町(バスラ)に人っ子一人居ないのを不思議に思っていると、八十人の美女たちをお共に連れて公衆浴場に行く豪奢に着飾った美しい女人が通り、この時間に街中に残っていた者は即刻処刑の憂き目にあうのだが、こっそり蔭から駿馬に乗ったその姿を垣間見た苦行者は激しい恋心を抱いてしまったというプロットは、[30]「屠殺場の掃除夫とある貴婦人との話」の再利用である。いやそれよりはむしろ「アラジンと魔法のランプ」に現われる同様の逸話の方に拠っていると言える。というのも、苦行者のこの話を聞いて(「ペルシア風の恋物語」でおなじみの展開のとおり)まだ見ぬこの美女に焦がれてバスラに赴いた主人公が、毎週金曜に浴場に向かう高貴な女性に一目惚れしてしまう展開は、ちょうどアラジンがバドルッ・ブドゥール姫に焦がれてなんとか近づこうとするいきさつを引き写したものと考えられるからである。だがこの女性は王の娘ではなく宝石商の妻であり、しかもとんでもない姦婦であるところが戯画的パロディとしてのこの物語の面白みを作り出していく。ともかくカマル・ウッ・ザマーンは身を寄せた床屋の老女房が与えてくれる指南どおりに、宝石商の妻に近づこうとする。老女房が謎解きをして恋の相手への接近方法を示唆するのは〔8aa〕「アジーズとアジーザ」のアジーザさながらである。焦がれている相手の前で寝込んでしまうというモチーフも「アジーズとアジーザ」ほか〔40〕「アリー・シャールとズムッルドとの物語」や〔157〕「ヌール・アッディーンと帯編娘マルヤムの物語」など多くの物語で使われたものである。宝石商の若妻は美青年のカマル・ウッ・ザマーンにすっかり夢中になり、夫を欺いて積極的に主人公との情交におよぶ。さらには主人公を自分の家の隣に住まわせ、両家のあいだに密通のための地下道を掘って逢瀬を重ねる。それぱかりかわざわざ夫に彼が騙されていることを見せつけるかのようなたくらみを仕掛けて、あからさまに夫を嘲弄する。こうした女性主導の大胆な不貞と寝取られ夫の愚弄は〔156〕「マスルールとザイン・エル・マワーシフ」をなぞったものであろう。こちらの物語では騙された夫（ユダヤ人であった）は判官たちに犯罪者扱いされ、最後には妻の姦計で生き埋めにされて殺されてしまうが、「カマル・アッザマーンと宝石商の妻の物語」はおそらくこの展開を意識した上で、逆に最後には姦婦が殺され、騙されていた夫が報われるという、ほとんど意外な結末（勧善懲悪という面からすれば当然のものだが、さきの物語との照応からは逆転した結末）へと進む。この物語も、整合性がなく無理な展開が多い上にやたらに不道徳であることからきわめて評価が低いが、物語としての一貫性よりも、『千夜一夜』に既出のできるだけ多くの物語を参照しながらそれを少しずつ逆転させて、走馬灯のようでありながらそのつどひねりを楽しむことが目指されていたとすれば、「反復可能性」を示す究極例として価値づけることができるのではないだろうか。「カマルと宝石商の妻の物語」は、『千夜一夜』という宇宙においては、この物語集そのもののすぐれたメタ物語として機能しているとも言うことができよう。ガズールによる研究[39]は冒頭の枠物語のもつメタ物語的機能の分析にかぎられていたが、『千夜一夜』はそのあらゆる箇所におのれ自身に対する反射的な意識を読みとることができるテクストだと考えられる。

いずれにしても、『千夜一夜』の最終部分は、既出の物語の模倣とモチーフの再利用のまさにオン・パレードの観を呈している。すなわち『千夜一夜』はその最終部分において、反復性こそが、この壮大な物語の大伽藍を構築する基本原理として働いていることを顕著にデモンストレートしてみせているのである。

5 『千夜一夜』の外部との反復性

ここで、『千夜一夜』で用いられるモチーフが帯びている別の反復性についても強調しておきたい。繰り返し現われる『千夜一夜』のさまざまなモチーフに接するうちに読者は既視感（デジャ・ヴュの感覚）に捕らわれるであろう。それは『千夜一夜』内ですでに出会った要素との照応関係による場合も多いであろうが、同時に、私たちが『千夜一夜』外で積み重ねてきたさまざまな物語体験との照応関係による場合も少なくないと思われる。

たとえば、第七章でもみるように、シンドバードの第三航海に現われる人食い巨人のエピソードはホメロスの『オデュッセイア』の一つ目巨人の話と照応していることは誰もが気づくことである。〔154〕「バスラのハサンの物語」と〔130 aa〕「ジャーン・シャーの話」の物語は、さきにみたように、鳥の姿で天界から訪れた美女との恋物語で、いわゆる「羽衣説話」（英語圏では Bird-Maiden Stories と呼ばれる）に属し、世界中に広がるその類話と連関し合っている。また、枠物語でも主題化され、収録話でもしばしば現われる「延命のために物語をおこなう」という話型は、すでにも触れたように『パンチャタントラ』や『屍鬼二十五話』などインド古来の物語に由来していると考えられる。また、さきに「とらぬ狸の皮算用」の話として挙げた〔160 b〕「頭にバターをかけられた行者の話」と〔5 dae〕「理髪師の五番目の兄の話」は、『パンチャタントラ』のなかの「バラモンと米の壺」

の話のおそらく焼き直しであり、このほかにも同様の話が、イソップの『寓話』に収められて古代ギリシアの説話の一つとしても伝えられており（「卵を蹴った市場の女性の話」）、さらにラブレーや、ラ・フォンテーヌにも同じような話をみることができる。〔166〕「カマル・アッザマーンと宝石商の妻の物語」で用いられている、愛人との密会用に地下道が用いられるというモチーフは古代ローマの喜劇作者ティトゥス・マッキウス・プラウトゥスの『ほら吹き兵士 *Miles Gloriosus*』（前二〇五年頃）にも現われる。[40]『千夜一夜』では〔11〕「女奴隷タワッドゥドの物語」として収録されている、博覧強記の少女が諸学百般の質問にみごとに答えるという話も世界中に広がっている。その原型は九―十一世紀のバグダードで作られたとされたり古代ギリシアにあるとも言われるが、[41]ともかく『千夜一夜』の「タワッドゥドの物語」がおそらく源泉となって、中世以降のヨーロッパにおいて数々の類話が作られたようである。とりわけ十三世紀から十九世紀にかけての長きにわたってスペインで大人気を博した一群の「テオドール嬢の物語 Doncella Teodor」は、「タワッドゥドの物語」から派生したとされる。以上のように、『千夜一夜』に収録されている物語およびそのモチーフと『千夜一夜』外の世界中の物語との派生・連関・類似関係はきわめて多岐多様におよび、その研究は、とりわけ世界の民話研究の分野においてこれからも重要な課題として取り組まれていくと思われる。

本書ではこうした研究を詳しくおこなう余地はないが、ともかく、『千夜一夜』が内部に閉じた作品ではなく、たえず外部との連関（これを反復的な照応関係と捉えてもよいであろう）に開かれたテクストとしてあることを強調したい。『千夜一夜』は、前章までにみたように新作オリジナルの物語を集めた説話集ではなく、基本的に書かれた形ですでに存在する物語を収集したもの、つまり借り受け、コピーしたものの集積として形作られてきた。また生成・増殖の過程で、独立した伝統をもつさまざまな物語が足されたり、[42]きわめて広範囲にわたる世界の諸地域に由来する物語が付け加えられてきた。十八世紀後半に一〇〇一夜を備えたZERが（初めての試みではないにしても）作られた際にも、この時点で知られていた多様な物語すなわち『千夜一夜』とは無関係な物語として伝えられてきた物語も多く収録されることになったと推察されている(43)。つまり『千夜一夜』という物語集は徹頭徹尾、外部に開かれた作品なのである。『千夜一夜』は、世界中の物語遺産と複雑な関係の網目でつながっており、その結果、時空間を超えた地上の無数の物語どうしの連関照応関係を象徴する作品となっている。

『千夜一夜』に収められた物語は、この物語集の内部における反復的連関によっても、またこの物語集の内部と外部をつなぐ反復的連関によっても、(個々の独立した物語として存在するときには当然非常に強く帯びている) 孤立した「特個性」を稀薄化・相対化し、いわば開いたアイデンティティというものを示唆するに至っている。『千夜一夜』の個々の収録話は、独立した物語でもあり、また逆にこの壮大な作品のなかの切り離し不可能な部分でもあり、さらには世界中で反復されている物語の諸系列の一ヴァリエーションでもある。個であると同時に系列に属するという二重の特質が顕著な『千夜一夜』の物語たちは、本書でデリダの考えをたどりながら確認してきた意味での「範例性」を象徴的に体現する存在であると言える。さらには『千夜一夜』が一つの切れ目のない世界として存在していることを考えれば、個々の物語は、個別的な存在であることと独立した存在とは言えないこととの両義的なせめぎ合いが演じられている存在の葛藤の場として捉えられる。小説＝物語を (人間の言語および存在そのものが本質的にもつ)「多声性《ポリフォニー》」が顕現する空間として捉えたミハイル・バフチンの言葉を借りていえば、まさに『千夜一夜』は、存在の「闘技場《アリーナ》」である(44)。すなわち人間存在とあらゆる事物、そしてとりわけ物語というものの存在をめぐって、根源的に異質な原理がぶつかり合う対話的な闘技場である。

あらゆる存在はそれ自身であり、またそれ自身に閉じることがない。これを本書では存在の「範例性」として捉えてきたわけだが、「物語」ないしは「虚構＝文学」というものは、デリダが論じ続けたように、わけてもこの存在の本質的なアンビヴァレンスが象徴化される場としてある。この意味で、『千夜一夜』はその全体が、「物語」の隠喩となっている。いや、本書の用語でいえば、『千夜一夜』そのものが「物語」(ないしは「虚構」「文学」) というプロブレマティックの「範例的」存在としてあるのだと言えるのではないだろうか。

第六章のまとめ

本章でみてきたように、『千夜一夜』では、印象深いフレーズ、登場人物の名、物語のモチーフなどが反復される傾向をもち、反復されることによって魅惑的な価値を、少なくとも読み手（ないし聴き手の）なんらかの注意を喚起する力をもつようになる。反復されることによってそれらは、目立つと同時に類例の一つとなる。すなわち、ある意味で「特個性」（＝特異性）を強めると同時に「特個性」（＝単独性）を損傷される。事物、人間、出来事、表現、そして物語という存在そのものが、他者（他なる存在）との連関のなかに身を置き、いわばその連関のなかにみずからの存在の核を移すことによって（移すというよりは、すでに、初めから、反復的連関のなかに存在しているというべきであろうが）、それら自身の存在を得るのである。事物であれ出来事であれ人間であれ虚構的な存在体（物語）であれ、存在ないし「主体」はこのとき、「範例性」のなかにあるのであり、「範例性」によって、開かれた主体となるのである。

「範例性」とは、特個性 singularité や特殊性 particularité と個別性 individualité・一般性 généralité・普遍性 universalité との逆説的な併立のことであった。虚構の物語ないしは文学こそは、（デリダが論じ続けたように）あらゆる存在の根底にあるこの逆説的な接合を顕現させる特権的な場である。私たちは『千夜一夜』をまさにこの文学の特権的な「範例性」を象徴化した作品として位置づけることができるのではないだろうか。本章でみてきたように、『千夜一夜』は反復現象のさまざまなレベルにおける圧倒的な動員、いいかえれば汎＝反復性によって、特個性と普遍性ないし一般性との不可分な接合、すなわち「範例性」という存在のあり方を徹底して強調している。この意味で、『千夜一夜』は、「物語」（ないしは虚構文学）というものの代表として存在していると言ってもよいのではないだろうか。

もともと『千夜一夜』は、「物語」というものをたえず主題化し、シャハラザードから入れ子の内部の登場人物までさまざまなレベルの人間に、そして主人公から脇役までさまざまな位置づけの人間に物語らせ、とりわけ、役に立たずばかばかしくとんでもないからこそ面白いという「不可思議さ」を物語の最高の尺度として強調していた。『千夜一夜』は物語の本質的な虚構性と、虚構性そのものの最高度の顕揚とをおこなう作品であるとみなすことができる。

西洋を中心とする近代文学が、個人の確立すなわち内側に閉じた個別的な主体の確立をめざしたとすれば、その意味で近代文学は、虚構文学の本質をいくぶんか裏切ることによって成立してきたとも言えるのではないだろうか。虚構文学の本質が、本書で再三述べてきたように、「個」であると同時に「一般」でもあるような存在のあり方を模範的に示す点に（も）あるとすれば、である。そして「物語」という用語は、特個性に特化したこの「近代文学」とは違うあり方を暗示する用語であると思われる。だからこそ（「近代文学」という言い方はあっても）「近代物語」という言い方はなされないのだ。しかし、とくに二十世紀半ばから、現代思想の重要な課題とされたのは、この閉じた主体、純粋に特個的なものとしての個人という考え方を突き崩し、関係論的な、間主体的な存在のあり方を模索することであった。そうであるならば、人間やあらゆる存在を、反復の相のもとに「範例的」なものとして描き出す『千夜一夜』こそは、まさしく現代の文学であり、二十一世紀にますます求められることになる物語作品としてあるのではないだろうか。

第七章　『千夜一夜』における範例的主体像――「非＝知」と受動性

『千夜一夜』の物語は、童話や映画、アニメーションなどさまざまなジャンルで無数の作品を生み出している。たとえば絵本や漫画で「シンドバードの冒険」や「アラジン」の物語に慣れ親しんだ者が、『千夜一夜』の原作（アラビア語写本や印刷本からの直接の翻訳）に触れたときに驚くのは、主人公の造型の仕方の相違であろう。それは『千夜一夜』の物語たちに共有されるある傾向を作り出している。『千夜一夜』の主人公たちはどのような特色を備えているのか、そしてそうした主人公を生み出す世界観とはいかなるものなのかを検討してみたい。そこからみえてくるのは本書の主題とする「範例的」な主体像であり、それを支える価値観・世界観にほかならない。

第一節　海のシンドバードにみる『千夜一夜』の主人公像

1　人喰い巨人の共通モチーフ

『千夜一夜』の主人公が私たちが普通考える主人公（ヒーロー）とは大いに性質が異なっていることは、七回の航海に出たあの海のシンドバードを検討してみればすぐに納得される。一般に流布しているシンドバード像は、冒険心に満ちた果敢な「船乗り」である。(1) ところが原作では、シンドバードは一介の商人にすぎず、どうやらあまり勇敢でも、正義心に満ちてもいないらしい。こうした乖離が生じてきたのは、原作のシンドバード像が、一般のヒーロー像、(2)すなわちまさに英雄的な主人公に近づけて変形され、イメージされるようになってきたからであろう。

では『千夜一夜』の主人公はどのように造型されているのか。『千夜一夜』における主人公像の特質をみるためには、同一のエピソードをもとにした他の物語との比較が有効であろう。ちょうどシンドバードについては、ホメロスの『オデュッセイア』に現われるあるエピソードが、かなり忠実に再利用されている。両者を比較することで、二つの作品における主人公像の違い、とくに『千夜一夜』に採られた「海のシンドバードの物語」における主人公像の特質を詳細に検討してみよう。

筋立てが類似しているのは、シンドバードの第三航海（第五四六―五五〇夜）の前半で語られる人喰い巨人との遭遇の物語と、ホメロスの『オデュッセイア』第九書の人喰い巨人族キュクロープスとの攻防の物語である。(3)二つの物語に共通する要素をひろって要約してみよう。人喰い巨人たちの住む島にたどり着いた主人公たち一行は、そのうちのひとりの巨人の住処で仲間を食い殺されてゆく。主人公たちは巨人が眠っている隙に、その眼を焼けた棒で突いて盲にする。一同はなんとか巨人のもとを逃れて船に乗り込み、島を離れる。怪物は巨石を投げつけてこれをはばもうとするが、結局主人公らは逃げ切ることができた。

シンドバードの航海物語を写本で見つけ、フランス語に訳したアントワーヌ・ガランも、ホメロスが描く一つ眼巨人族キュクロープスの物語との類似にいち早く気づいている。(4)ガランは、シンドバードの物語を『オデュッセイア』のキュクロープス物語にいっそう類似させるために、わざわざシンドバードの物語に現われる巨人を「一つ眼」に書き換えさえしている。(5)

筋立て（出来事の展開）上の一致については多くの確認がおこなわれてきた。日本でもたとえば前嶋信次はその著書『アラビアン・ナイトの世界』(6)のなかで、この二つの挿話の類似を取り上げ、双方のストーリーを紹介している。設定および筋立ての違いとしては、一つ眼か二つ眼かという違いのほかに、シンドバードが出会った巨人は身体が真っ黒な毛で覆われている点、島からの脱出の際、『オデュッセイア』では巨人が岩を投げつけても船には当たらず被害はなかったのにたいし、シンドバードの一行の方では大きな被害が出たことなどが指摘されている。

そのほかの違いとしては次のような点が気づかれている。まず『オデュッセイア』の方では巨人は洞窟に住み、羊を飼っている。また、「ダレデモナイ」という名前を用いた策略が用いられる。(7)それに対し「シンドバード」の方では、巨人は大きな館に住んでいる。また羊は話に出てこない。そして名前の逸話はない。

なお、人喰い巨人を盲目にして倒す物語は、トルコや北アフリカなど地中海沿岸地域に広く伝播していたらしい。そのなかでもモロッコに民話として伝わるかたちでは、巨人は洞窟に住み、それゆえ巨石で洞穴の入口が閉じられるという設定があり、さらに羊たちの下に隠れて脱出するという展開もみられるという。『千夜一夜』中の「シンドバードの物語」に比べて、より『オデュッセイア』に近いかたちがアラブ世界でも存在していたことがわかる。(8)

さて、こうしたモチーフの大まかな異同を確認したうえで、本章では、主人公の人間像の違いを以下に検討する。シンドバードとオデュッセウス、二人の主人公像の違いは、二つの異なる文学的「趣味」を、異なる人間観を、異なる価値観・世界観を表わしているように思われる。とりわけシンドバードという主人公の特異なあり方は、私たちの常識的な主人公像にいちじるしく抵触するところがある。以下にそうした観点から二つの物語をたどりなおしてみよう。

2　知のヒーローとしてのオデュッセウス

ホメロスの名が冠されている二つの叙事詩は、どこか私たちをたじろがせるところがないだろうか。『イーリアス』の主人公たちは、その感情のあまりの激しさによって、私たちには近づきがたくさえ思われる。娘を奪われたクリューセースの憤激も、ギリシア軍の総帥アガメムノーンの冷徹ぶりも、その桁外れの強度がすでに私たちを震撼させ唖然とさせる。中心人物のアキレウスはまさに怒りの人であり、彼は常に雄叫びをあげ、復讐の念をたぎらせ続け、その激昂はとどまるところを知らず神々さえもこれを静めることができない。寝食をも打ち捨てて、くる日もくる日も敵将ヘクトールの屍《しかばね》を戦車でひきずって亡き親友の墓の周りを回りつづける彼の激情は、もはや私たちの理解・共感の次元をはるかに超えていると言えよう。『イーリアス』の群雄たちは、その激越した性向ゆえに私たちを超越した、直線的な情念の英雄たちなのである。

これにたいし『オデュッセイア』は、違った意味で私たちをたじろがせる。主人公オデュッセウスは直情激昂型の人間ではなく、感情の強度はさして高くはない。むしろ彼は情緒的な側面では他者からの影響を受けやすく、誘惑にもほだされやすい面をもつ。しかし彼が「英雄」たるゆえんは、その並外れた知略にあると断言してよい。さまざまなエピソードはオデュッセウスの計略のみごとな成就をきわだたせるよう、伏線を用意したり、サスペンスをしつらえたりして、読者（ないし聴き手）を引き込みながら語られる。『オデュッセイア』は主人公の才知の発現を描くことを中心課題とすることによって、近代小説にも通ずる数々の物語技法を編み出すことになったと言ってよい。知の策略によって読み手とのあいだに緊張を作り出すテクストのこうした策略にも注意しておきたい。

ともかくオデュッセウスは徹底した知のヒーローである。十年の漂流のあいだのかずかずの危難も、故国イタケーに帰ってからの妻の奪還も、彼が存分に頭脳プレーを発揮するための契機だと言える。彼が意志と知性において傑出した存在となりさえすれば、物語は、主人公が不誠実、不道徳、不公正の相貌をまとうことをすら一向に気にかけない。主人公は悪漢として、つまりアンチ・ヒーローとして描かれているのではまったくないにもかかわらず、たえず嘘をつく。彼の機略というのはほとんどつねに奸策と呼んでよい種類のもので、彼は相手をだまし罠にはめる天才ペテン師なのだ。英雄として設定される主人公がこれほどまでにずる賢く卑怯な大嘘つきであることに、とまどう読者も少なからずいるにちがいない。しかし嘘や、姑息とも評しえる奸計は、『オデュッセイア』においては才知の華々しい顕現として称賛されているのである。

知性の勝利

ではより詳細に『オデュッセイア』の人喰い巨人の挿話（第九書一〇五行以下）をみてみよう(9)。第九書は、パイエークスの人々に対して、オデュッセウスがトロイアを出てからそれまで自分が経験してきた冒険をみずから物語り始める部分である。オデュッセウスはまず自分の名を告げるが、その際「あらゆる類の詐謀」で世の人々に名高く知れわたっている者として自分を紹介している。

「愚かな」部下の者たちを諌めたり、彼らに無理やり命じたりしながら航海を続け、オデュッセウスらの船は〝凶暴無法な(10)〟キュクロープスたちの地に到着したという。それは豊かな自然に恵まれ、放っておいても麦や葡萄の実る豊穣なる土地なのだが、彼らは人間と違って、耕すことも撒くことも知らないために、土地はそのままに放りおかれている。オデュッセウスの言葉には、人間と対比したこうした文明の欠如に対する嘆き、あるいは侮蔑があからさまに込められている。

無人島で一日過ごした後、船団の指揮者であるオデュッセウスは、誰も人間が目にしたことのないという、一つ眼の巨人たちキュクロープス族の住む、隣の島への上陸をみずから望む。そして「みなを集めて会議を催し、一同に言い渡す」（一七一行）――やつらがどんな者なのか、無法な乱暴者なのか、客を正しく迎え、神を畏れる者なのか、検分しに行きたい、と。彼は部下のなかから、島を探検する仲間を選りすぐって出かける。

島に到着すると、〝無法者の(11)〟とてつもない巨人が、多くの羊や山羊に囲まれて、ほかの巨人たちとは独り離れて洞窟で暮らしているのを見つける。オデュッセウスは、他の者たちは船のそばに待機させ、もっとも優れた一二名の部下を選んで出発する。その際に食糧とともに、蜜のごとく甘い黒い酒を山羊の皮袋に詰めて持っていった、と彼は語る。その理由はここでは詳らかにされない。

一同は、巨人の住む洞窟へ侵入する。巨人が留守にしているうちに、この洞穴からチーズや仔山羊・仔羊を盗み出して帰ろうと言う手下の者たちを制し、オデュッセウスは巨人が帰るのを待って彼の姿を見ていきたいと望む。

帰ってきた巨人ポリュペーモスは、とても人間では動かせそうもない大岩で入口をふさぐと夕餉《ゆうげ》の支度にとりかかる。怪物の姿に恐れおののいて一行は隅に身を隠していたが、ほどなく巨人は彼らを見つけてしまう。巨人に誰何《すいか》されたオデュッセウスは、恐れをなしながらも、みずからアガメムノーンの配下の者であることを告げ、大胆にもみやげの品を要求する。「情け容赦もない」（〝むごい〟）心の主である巨人はそれを断わり、一行が乗ってきた船の所在を尋ねる。すると、オデュッセウスはこれに嘘で応じる。「〔巨人は〕こう言って、ひっかけようとしましたが、世間をよく弁《わきま》えてる私を欺《だま》せはしません、逆にまた悪狡《わるがしこ》い言葉をならべ、言ってやりました」（二八一―二八二行）――船は壊れてしまった、と。

こうした会話がおこなわれたあと、巨人はオデュッセウスの仲間二人を荒々しく骨まで食い尽くす。そして満腹となった巨人が寝込むと、オデュッセウスは剣で巨人を殺そうかと考えるが、ここで「思案に引き留められ」る。自分たちでは動かせない巨大な岩が入口を塞いでいるので、永久に外には出られなくなってしまうことに気づいたのである。

翌朝巨人が羊を連れて山に出かけると、石で塞がれた洞穴に閉じ込められたままのオデュッセウスは「何とか復讐してやりたい」と「心底ふかくに禍いを企んだ」。そして「最上策」を思いつく（三一六―三一九行）。彼の考えついた〝はかりごと〟は次のように、準備されていく。彼は仲間の者たちに命じて、巨人が杖に用いていた巨木の瘤を落として削らせ、先端を尖らせてから火にくべて焼き、汚泥のなかにていねいに隠す。次に彼と「一緒に」、つまり彼を補佐し協力して巨人を攻撃する役の者四人をくじで選び出す（だが読者にはまだ、オデュッセウスの〝はかりごと〟の全容はつかめない）。

夕方巨人が帰ってきて、またも仲間二人をつかんで食事を始めようとすると、オデュッセウスは、かねて持参した（つまり当初からこの事態を予測し計略の一環として用意されていた）甘いぶどう酒を言葉巧みに勧める。巨人は「愚かな無分別から」三杯も飲んで、したたかに酔ってしまう。この間、巨人から名を問われたオデュッセウスは、自分の名は「ダレデモナイ Outis（= no one）」[12]であると、猫撫で声で教える。

さて巨人が泥酔して寝入るとオデュッセウスは棒杭を取り出して火にくべ、仲間が怖気づかぬよう励ます。棒杭が熱してきたところで「私は火から棒を取り出し、巨人の間近に持っていくと」、一同も手を貸して棒を巨人の目に突っ込む。襲われた巨人は大声をはりあげ、巨人仲間の助けを呼ぶ。巨人の仲間たちは洞穴の戸口に駆けつけたが、誰がお前を襲ったのかと質問してみると、中からポリュペーモスが、俺を騙して殺そうとしているのは「ダレデモナイ」だ、と答えたのを聞いて帰ってしまう。これを聞いていたオデュッセウスは自分の計略のみごとな成功に喜ぶ。「心中ひそかに大笑いしたことでした、例の名前と人並み優れた私の知恵がうまうま欺しおおせたのを」（四一三―四一四行）。

目をつぶされた巨人は、大石を取り除けて入口に坐り込み、オデュッセウスらが出てくるのを捕らえようと待つ。オデュッセウスは巨人の裏をかく秘策を懸命に練り、「あらゆる狡《ずる》い企み、知恵分別をめぐらし」、結局「最善の策」を思いつく。それは、羊を三匹ひもでつなぎ、真ん中の羊の腹の下に部下を一人ずつしがみつかせて脱出させるというものだ（この策がどのように「最善」であるのかは読者にとっていまだ十分に明らかではないが）。

夜が明けると、巨人は羊たちを外に出してやらねばならないので、一頭ずつ背中を触って確認しながら通りぬけさせる。オデュッセウスが回想するには、巨人は「愚かな」ために、オデュッセウスの部下たちが羊の腹の下に隠れていることを見抜くことができなかった。そしていちばん肥えた羊が、「私」と私の「手抜かりのない工夫」（〝わたしの計略がいっぱいつまった脳味噌〟）を背負い込んで、戸口へ進む（四四二―四四四行）。こうしてオデュッセウス自身も、まんまと巨人を騙してうまく外に出る。一同は羊を引き連れて仲間の待つ船へと戻り、大急ぎで出航する。これに気づいた巨人は山上から岩を投げつけるが、岩は一行の船に命中することはなく、オデュッセウスらはまるまると太った一群の羊という戦利品を得て、みごとに逃げおおせるのである。

卓越的な知的覇者としてのヒーロー

以上がおもな梗概である。みたとおり、オデュッセウスは常に指揮官であり意思決定者であり策略の提供者であり、そして行動の中心人物である。巨人との遭遇は、彼の好奇心から、意志的に実現されたものである。彼自身はほかの者にとって代わられることのない絶対的中心人物であるのに対し、ほかの者たちは、彼の意志の従属者・彼の行動の補助者であり、「くじ」で選ばれることもある偶然的な存在と規定されているのが興味深い。オデュッセウスだけが卓越した意志、並外れた意志力をもった、真のリーダーなのである。

巨人との対決が、巨人の「愚かさ」にたいするオデュッセウスの「智恵」の勝利であることは、これまで示したように文章中でも繰り返し強調されている（巨人がオデュッセウスによって「盲目」となるという設定は、言うまでもなく、この知と無知との対立のあきらかな象徴である）。だからこそ、オデュッセウスは武力の行使のみによって直截に巨人を斃《たお》す途を放棄するのである。彼は武勇の英雄である以上に、知の英雄であるのだから。それは、このエピソードの終わりで、オデュッセウスに逃げられた巨人の嘆きの言葉にもはっきり表わされている。オデュッセウスは部下が止めるのもきかずに海上からわざわざ巨人を挑発する言葉を投げかけ、そして自分の本当の名が何であったかを告げて、巨人が騙されていたことを明らかにする。それを聞いた巨人は、自分がオデュッセウスという名の者によって盲にされるだろうという古い予言を思い出して次のように嘆いている。

だが、私はいつも、丈《せい》も高く、立派な男が、この地にいずれはやって
来るのだろうと期待していた、たいそうな武勇を具えるつわものがだ。
それが現在、けち臭い碌でなしの、そのうえ非力な男のくせに、彼奴《あいつ》が
わしの眼を潰しおったとは、それも酒の力で倒しておいてだ。(13)

この強大な自分を盲にしたのがちっぽけな男であり、武勇ではなく計略によって自分が倒されたことこそが、巨人にとっての驚きと嘆きの種とされている。オデュッセウスは、嘘やずるい計略、まがまがしい企みをみずから自慢して恥じるところがないほどの、知の覇者なのだ。一行のなかでもオデュッセウスひとりがすべての計略を考え、「愚かな」部下たちを教え、励まし、指揮するのである。知の側面において、部下たちとオデュッセウスとは歴然とした対照をなしている。さらにいえば、これまでいかなる人間も見たことのないという巨人に出会うオデュッセウスは、人類全体のなかでも未知の知を獲得した、知のレベルでの卓越者となっていることも見落とせない。

この冒険譚は無知蒙昧な巨人にたいする、またほどほどの知識と知力しかもっていないほかの人間にたいする、知のヒーロー、オデュッセウスの優越を示すばかりでなく、読み手(物語の受け手)にたいするオデュッセウスの才知の凌駕を示すための装置ともなっている。オデュッセウスがわざわざ極上の酒を携えて巨人のもとへ向かうとき、読者はそれがどのように役に立つのかわからず訝《いぶか》しく思う。また巨人に復讐を果たしなおかつ巨人を殺さずに洞窟から脱出する「最上策」をオデュッセウスが思いついたと言うとき、読者にとってそれは謎であり、テクストと読み手との智恵くらべが始まっている。テクストには幾重にも伏線が張られ、因果関係の網の目によってオデュッセウスの狡知が読み手の眼前でみごとに立証されていく。

地中海一帯に、人喰い巨人を盲目にして倒す物語（さらに羊を使った脱出のモチーフも含む場合がある）が広く存在していたことはすでに述べた。一方、名前（「ダレデモナイ」）を用いた計略という物語モチーフも、ヨーロッパ・アジアの広範な地域に存在してきたという。しかしこの二つを合わせて用いているのは『オデュッセイア』のみであるとされている。[14] つまり『オデュッセイア』では、この二つの別個のエピソードが、策略家オデュッセウスの計算しつくした詐謀として、巧妙に組み合わされているのである。眼をやられただけの怪物は痛手を被りながらも、入口を塞いだ岩越しに巨人仲間たちと会話することができるのであり、ここで名前の策略が功を奏してほかのキュクロープスたちは帰っていくことになる。脱出を妨げていた入口の大岩はこのとき、オデュッセウスらにとっては、かえってほかの巨人たちを遠ざけてくれる防御壁となる。洞穴住まいと入口の大岩、巨人が羊や山羊のよき飼い手であること、酒の持ち込み、眼をつぶす策略、にせの名前、これらすべてが緊密に、読み手が容易に予測できないほど複雑に結びついて、テクストを緻密な知のパズルに仕立てている。

主人公オデュッセウスはすべてを計算し尽くし、結果を見通している。物語は徹底して、因果関係を緊密に利用することで、話の展開から偶然性を排除し、オデュッセウスの計略を完璧なものとなしている。いやむしろ完璧な計略をたてているのはオデュッセウスではなく、物語自身であろう。巨人がひとりで洞穴に住み、羊や山羊を放牧しながら暮らしているという設定は、物語が、私たち読者に智恵争いを挑むためにしつらえた、周到な仕組みである。私たちにとって『オデュッセイア』という作品は、因果関係のルールを遵守するという契約にもとづく、知のレッスンなのである。

3　痴愚の代表シンドバード

アラブ世界が古代ギリシアの文化をきわめてよく吸収し温存していたことは、ヨーロッパ世界が十字軍やイベリア半島での攻防によるアラブ世界との接触を契機に、アラビア語に翻訳されていた文献を通じてアリストテレスやプラトンの著作を再発見し、それが中世ヨーロッパの神学の刷新をひきおこし、さらにはルネサンスの息吹を生じさせたことにも明らかである。シンドバードの冒険物語もまた、『オデュッセイア』からの直接の影響を蔵しているのだろうか。

ホメロスの作品と『千夜一夜』との影響関係については明確なことはわかっていない。大まかな伝播状況としては、ホメロスの二大叙事詩は、前嶋信次が紹介しているように、(15) 八世紀の後半、アッバース朝第三代カリフ、アル・マフディの時代に（全訳ではないが）シリア語に訳されてアラブ世界に紹介されたという。以後、数々の著作のなかにホメロスへの言及や引用がみられるようになったとされる。一方で、アラブ世界の関心は古代ギリシアの哲学や諸科学に向けられ、ホメロスなど文学作品そのもののアラビア語への翻訳はおこなわれていなかったという推察もある。しかし、とりわけ九世紀のバグダードで活躍した大学者フナイン・ビン・イスハークの古代ギリシア文学への傾倒はよく知られている。

ホメロスからの翻訳をもとにしたより直接的な影響関係なのか、同系の物語の伝播というより間接的な影響関係なのかは定かではないが、いずれにしてもある島に住む人喰い巨人のもとからの脱出という筋立てが、古代ギリシア・ローマ世界で圧倒的な影響力をもった『オデュッセイア』を参照しながら、なんらかのかたちでアラブ世界に伝わり、シンドバードの冒険譚に移植されたことは、ほぼ間違いないと思われる。ほとんど同じ筋立てを利用しながらも、『千夜一夜』の「シンドバードの物語」(16) の方では、『オデュッセイア』とはまったく違った人間観、世界観が示されていることは驚くばかりである。以下に、ホメロスとの相違点に留意しながら、シンドバードの物語をたどりなおしてみよう。

第三航海の梗概

［131］「海のシンドバードと陸のシンドバードとの物語」（第五三六－五六六夜）は、貧しい荷担ぎやのシンドバ

ードを宴席に呼び入れ、客人たちを前に、いまや大富豪となった老商人が自分の経験した七回の航海を、七日にわたって物語る、という骨格をとっている。人喰い巨人のもとからの脱出は、すでに述べたように第三航海のなかの一エピソードである。

第二の航海からやっとの思いでバグダードに戻ってきて平穏に暮らしていたシンドバードは、またしても、旅に出て見知らぬ土地で商売をしたいという、どうしようもない欲望に駆られるようになる。

やがて、わたくしの心は旅に出て、広い世界を見て歩くことに憧れるようになって、しきりに商売をしたり、お金を儲けたり、取引で利益をあげたりしたくなってまいりました。まことに「人の心は悪に傾きがち」(17)（コーラン第十二章五十三節）でしてな！

こうして、いわば不埒な熱に突き動かされて、シンドバードはバグダードから港町バスラへ赴き、そこに泊まっていた大きな船に、すでに乗船していたほかの大勢の商人たちやさまざまな人々に混じって乗り込む。以後多くの場合、シンドバードは、自分をほかの人たちに含めて「わたくしたちは……」と集合化したかたちで指しながら、自分の遭遇した出来事を物語る。

船が停泊するたびに「わたくしたちは、遊覧したり、売ったり、買ったり」して、平穏に、上機嫌のうちに航海を続けていた。ところが船はいつのまにか航路をはずれ――船長だけが航海の知識からいち早くこの事態に気づいたのだが――、猿どもの支配する島へと流されてしまう。船は積み荷とともに猿どもに持ち去られ、多くの乗客や船員も連れ去られてしまう。残った者たち（シンドバードを含む）は途方に暮れながら、島を歩いているうちに、大きな館を発見してその方へと向かう。それは、高々とした門や、贅沢な黒檀の扉に囲まれた勇壮な城造りの館で、入ってみると、炉のまわりには、おびただしい数の骨がちらばっている。一同は不審に思いつつも

図18　真っ黒な巨人に食べられそうになるシンドバード（ハーヴェイ画，1839-41）

眠り込んでしまう。そして日没の頃になると、大地が揺らぎ大音響が轟いて、「人間の姿はしているものの」真っ黒で巨大な図体の怪物が現われたのだった。

　さあ、われわれは、そやつのすさまじい形相を目のあたり眺めるに及んで、もう生きた心地もけしとび、恐れにひしがれ、脅えはいやますばかりで、ひどい恐怖と不安とおののきとのあまり、死人《しびと》みたいになってしまいました。[18]

　怪物は一同のところへやってきて、まずシンドバードを摘《つま》み上げ、撫でまわす。「けれど、わたくしがさんざん辛い目にあったため弱っていたし、あまたの苦労と長旅で痩せ細っていて、肉などろくについていないのを見てとると」、手から離す。こうしてほかの仲間の商人たちを点検しては放り出し、ついに立派な体格の船長にたどりつく。「この人物は肥え太って脂《あぶら》ぎり、肩幅が広くって、強力で逞しさの持ち主でしたが、怪人はこれがお気に召したとみえて」、串焼きにしてむしゃむしゃと食べてしまう。翌朝怪物はいずこへか、出かけて行く。残った一同は火にあぶられるぐらいなら、もはや死んでしまった方がましだと嘆きながら、館を出て島のなかをうろつくが、身を隠すところもなく、日が暮れて、「恐怖のあまり」再び館にもどる。前夜と同様、怪物は吟味して一人を選びとるとあぶり焼きにしてむさぼり喰い、寝てしまう。翌朝、怪物は再びどこかへと出かけて行く。残ったシンドバードらが海に身を投げて死んでしまった方がましだ、などと話していると、仲間のうちのひとりがあの怪物をなんとか計略をめぐらして殺そう、と言いだす。これをうけてシンドバードが、材木を集めて脱出用の船を作ることにしようと提案する。「そのあとで、あやつを殺す計略をめぐらすんです」と述べつつ「もし、あやつの息の根をとめることが出来なかったら」とにかく逃げ出せばよい、と述べるシンドバードには、怪物退治の方法についてはまったく策が浮かんでいないようである。ともかく船を作ることに「衆議一決」した一同は作業にとりかかり、小船を作って食料をつめ込んで館にもどる。その晩も怪物はひとりを喰い殺して眠り込む。

これを見すまして、わたくしたちはそれっとばかりに立ち上がり、そこに立てかけてあった鉄串のうちから、二本を選びとると、これを烈火の中に入れて、真赤に焼けるまでそのままにしておきましたので、やがて燠火みたいになりました(19)。

そこで一同(「わたくしたち」)は寝入っている怪物に近づき「みんなで力を併《あわ》せ、心を合わせて」串を両眼に突きさした。怪物はものすごい叫びをあげ「わたくしたちの心はちぢみあがってしまいました」。

怪物は一行を捜しまわる。目が見えないとはいえ、「やっぱり恐ろしくってなりませんでした。さすがにそのときは、いよいよもうこれで一生の終わりだと観念し、とても助かる望みはあるまいとあきらめたのです」。ところが怪物は手探りしているうちに、叫び声をあげながら、入口から出て行ってしまう。「われわれのほうは、その間も、かやつのことが恐ろしくってたまりませんでした」が、怪物がいなくなったあと、館の外に出る。ほどなく怪物がもうひとりのもっと獰猛な雌の怪物を引き連れて戻ってくる。その姿を見て「もう恐ろしさに生きた心地はしませんでした」が、作っておいた小船の方へ大急ぎで逃げ、船に乗り込む。二人の怪物は巨石を投げつけてくる。それに当たって一行の大部分は死に、シンドバードを含めて三人だけが生き残る。

『千夜一夜』における主人公の無能化

『オデュッセイア』と『千夜一夜』の「シンドバードの物語」とを比べてみると、シンドバードと、ヒーローとしてのオデュッセウスとの違いが際立ってくる。

シンドバードらは自分たちの意志に反して、あるいは知らないうちに、出来事に遭遇する。物語は偶然性や意図しない外的な要因を強調する。シンドバードらを乗せた船はいつのまにか猿の島へ流されるのだし、その島の館に怪物――しかも食人鬼――が住んでいるなどとは、目にするまで一同は知らなかった。オデュッセウスがみずから意図して、挑戦的な態度でキュクロープスのもとへ向かうのとは逆である。

シンドバードの反英雄的な性質も顕著である。一介の商人であるシンドバード[20]はまったく凡庸な、その他大勢のなかの一人にすぎない。彼はいかなる点でも、ほかの人たちよりも優れた特別な能力・資質をもっていない。とりわけ勇気・精神力に関しては、テクストで再三強調されているように、シンドバードはほかの者たちと一緒にただ嘆き、弱音を吐くだけの愚かな意気地なしである。シンドバードは、オデュッセウスのように最高意志を有する権威者ではない。また同様にシンドバードは行為の指揮官でもない。知性においても行動においてもシンドバードは衆愚のひとりにすぎない。

それどころか彼は周りの者たちよりも、さらにみじめで、劣った人物である。これを象徴的に表わしているのが、怪物が餌食を物色するシーンである。シンドバードはまっさきに怪物の餌食になりかかるが、貧弱で貧相な肉体ゆえに食料として失格し、それでたまたま助かることになる。一方、船の行く先を定め、また航路を外したときも船が猿どもの島に向かっていることを正確に言い当てた智者である船長は、みごとな肉体の持ち主であったがゆえに真っ先に物語から見捨てられる。シンドバードは、無能者・劣等者ゆえに物語のなかで生き延びるのである。彼は無能性ゆえにヒーロー（主人公）となるのだと言える。これはオデュッセウスが計略に基づいて巨人に酒を飲ませ、これに気をよくした巨人から、酒の供与の代償としてお前を喰うのはいちばん最後にしてやろうと優遇され、二日目の晩にも喰い殺されるのを免れたのとは対照的である。オデュッセウスが主人公《ヒーロー》として物語を生き延びるのは、まさにその英雄的な知力、ほかの者たちとは別次元の卓越した諸能力のおかげであった。

ちなみに、みじめに痩せ細っているから喰われずにすむというモチーフは、シンドバードの物語のお気に入りであるのか、第四航海でも再び用いられている。船が大破し、たどり着いた島で、生き残った一行は黒人たちの家へ連れて行かれるのだが、そこで出された食べ物（ガラン版では草）を食べたほかの者たちは思慮分別が鈍り、脂ぎった米料理で太らされてついには食べられる運命へと落ちるのだが、シンドバードは最初の食べ物を口にしなかったために、たまたま思慮も失わず、逆にやせ細っていく。そのせいで黒人たちから食糧として見向きもされなくなったので、うまく生き延び、逃げ出すことができたのである。さらに付け加えておくと、このエピソードには『オデュッセイア』のロートパゴス（食蓮人）のエピソードとの類似が感じられる。ただし、ホメロスのテクストでは、蓮を食べて分別を失った部下たちの愚かさが強調され相対的にオデュッセウスの知性と統率力が高められているのに対し、シンドバードのテクストの記述では、一人難を逃れるシンドバードがほかの者たちよりり知的に優越しているわけではないことを示すよう配慮しているのが特徴的だと言える。シンドバードが一人だけ頭を鈍らせる食べ物を口にしなかったのは、なんとはなしに気が引けたからだとされている。ガランの仏訳では、シンドバードはここで黒人たちの「ぺてん」を「察知した」ことになっているが、完全版の『千夜一夜』のテクスト（ZER）では、ある意味では不自然なほど、シンドバードの機転や洞察能力が否定されている。

シンドバードは、知的・身体的な劣等者であるがゆえに、ヒーローとなる。これが『千夜一夜』のシンドバードの物語の鉄則であり、テクストは、これに違反しないように注意しながら、最終的には主人公ただ一人が経験するたぐいまれな冒険を描いていくのである。

「非＝知」の場としての「シンドバードの物語」

知性の欠如という観点から、シンドバードの物語における人喰い巨人のエピソードの記述特徴をさらに再検討してみよう。

計略――すなわち知性による世界の先取りと支配――の欠如は、とりわけ怪物との対決のシーンで顕著に現われている。徹頭徹尾、愚昧（＝野蛮な巨人）にたいする知性の勝利を強調していた『オデュッセイア』で、怪物の眼に突き刺す杭棒の入念な準備が詳細に語られていたのとは対照的に、シンドバードの物語では、怪物が眠り込んだところで、さきに引用した鉄串を焼く場面となる。この展開は唐突なものという印象がぬぐいがたい。みなでそれっとばかりに立ち上がって鉄串を選びとったというこの集団行動は、あらかじめなんらかの合議がなされ、計画が存在していたことを暗示するが、テクストにはそれまでいっさいそのような記述はなかったからである。誰が怪物を倒すためのこの方法を思いついたのかも、むろん語られていない。一同が計画のもとに怪物の熟睡を待っていたのか、あるいはそれとも、とっさにその場でみなが直感的に思いついたのかすらも不明である。不自然なまでの唐突なこの行動の提示の仕方は、シンドバードの物語の、もっといえば『千夜一夜』のテクスト全体の、非知性化の方向性をはっきりと証立てているのではないだろうか。

さらに、シンドバードの方の巨人の館は出入りが自由であってシンドバードたちはとくに幽閉状態にはない、という設定も特徴的である。この設定では、脱出のための姦計を練る必要はまったくないのであり、シンドバードたちは知略を働かせなくてはならない状況にはない。テクストはまるでシンドバードらに知性の発揮ないしは所持を免除しているかのようである（シンドバードの物語においては、シンドバードが巨人と会話するシーンが一度も出てこないのも特徴的である。したがって言葉を通じた主人公の知的優越が示されることも、まったくない)。逆に、城のように勇壮で、黒檀づくりの扉に象徴される豪華な館に住む巨人の方が、むしろ文明的な存在となっている。少なくともシンドバードの物語では、一度たりとも、この人喰い巨人が人間よりも知的に劣った愚かな存在としては扱われていない。これはシンドバードの経験するほかの冒険についても言えることで、シンドバードが出会うさまざまな異国の人たち、黒人たち、さらには背中に張り付いて降りない老人、あるいは猿どもですら、シンドバードにとって——恐怖の対象となることはあっても——愚弄の対象となることは一度もない。むしろ見知らぬものへの畏怖と尊重の念がシンドバードの冒険の通奏低音となっている。

オデュッセウス	シンドバード
リーダー	凡人・劣等者
知的策略（とくに〈言語〉の巧妙な使用）	知性・策略の欠如，偶然まかせ
勇気・意志	勇気・意志の欠如，臆病
身体能力	身体能力の欠如，虚弱さ
行動力	行動力の欠如
能動性，積極性	受動性，消極性

シンドバードは、怪物・獣やほかの登場人物など物語に現われるほかの存在に比べて特段優れてはいない、というにとどまらない。たとえば、いくらでも逃げ出せるこの巨人の館から、なぜシンドバードたちが出て行かないのか、喰われる危険を承知で、なぜ夜になるとこの館に戻ってしまうのか、不自然ですらある。シンドバードらは、ただ、知性を発揮するチャンスを奪われているだけではなく、読者からみて、明らかに愚かな行動をとっているのである。したがって読者は、常識的にみてもヌケている主人公らのふるまいを訝《いぶか》り、また呆れながらテクストを追う。まさにこれが『千夜一夜』が読み手（ないし聴き手）に要求するスタンスである。テクストは、知的に優れた（男性）主人公を描くことはないし、また、『オデュッセイア』との比較でも明らかなように、テクスト上に伏線を張り巡らして、読者に対して知的なゲームを仕掛けることもしない。読者もまた知性を免除されるのだ。「海のシンドバードの物語」は（そして『千夜一夜』は）、私たちが「無知」に出会い、無能力ゆえの冒険に私たち自身もただ「身をゆだねる」ような、受動的な「非＝知」の空間なのである。

サーイドにみる無知・無能の強調

食人鬼退治の挿話をめぐる『オデュッセイア』とシンドバードの物語の比較を終えるにあたって、『千夜一夜』で、もう一箇所、これと同じ挿話が出てくる〔153 a〕「サイフ・アルムルークとバディーア・アルジャマールの物語」を検討しておきたい。この物語は〔153〕「ムハンマド・サバイーク王と商人ハサンの物語」（第七五六—七七八夜）のなかで紹介されるものであるが、むしろ枠物語が占めるページ数は、ほんのわずかである。さてこの「サイフ・アルムルークの物語」では、主人公であるサイフ・アルムルーク王子と同日に生まれた幼なじみのサーイドが、苦難の末に再び王子と巡り合うまでに経験した事柄を自分で語る部分がある（第七七一—七七三夜）。

このサーイドの物語にも、食人鬼の目をつぶしてそのもとを逃れるという挿話が短いながら出てくる。シンドバードの航海談でのエピソードの方が長くて記述も詳細であるのに対して、短く、省略的な語り口を用いていることから判断しても、(21) サーイドの挿話は、シンドバードでの記述を借り受け、再使用したものであろうと推察できる。(22) 食人鬼のエピソードだけでなく、シンドバードの第五航海に出てくる「海の老人」（背中にとりついて離れない我がままな曲者）のエピソードも使用されているということから考えても、サーイドの挿話とシンドバードの物語の親縁関係は濃厚であると思われる。

再利用と思われるこの挿話が興味深いのは、さきに検討した、『オデュッセイア』とは対比的特徴をなしていたシンドバードの物語特有の要素が、強調されて踏襲されているからである。人喰い巨人との遭遇とそのもとからの脱出のストーリーが、『千夜一夜』系の物語のなかでは、どのような観点から楽しまれ、どういった点が好まれていたのかをここから推察することができる。

サーイドの物語においても、巨人との遭遇は偶然の結果である。主人公の冒険心や闘争欲、勇気や正義心の発露として巨人との出会いが生じるのではない。とりわけ、キュクロープスが野蛮で無知な「無法者」としてオデュッセウスから侮蔑されていたのとはまったく逆に、サーイドらが森の中で出会った巨人は、敬意をもって接する に値する礼節ある相手とみなされている。この巨人は、にこやかな面持ちと実に丁寧な言葉遣いで、サーイドらを自分の洞穴に招待する（したがって、策略――しかも言葉による――を用いるのはこの怪物の方である）。そこにはすでに「客人」たちがいて、彼らは全員盲目である。彼らが教えてくれたところによると、巨人が勧めるミルクを飲むと眼が見えなくなってしまうのだと言う。

この話では、知の所有者は、まず第一に、策をめぐらす巨人である。その次には、経験からサーイドに必要な情報と助言を与える、ほかの「客人」（巨人に捕らわれ人たち）である。サーイドは、地面に穴を掘ってミルクをこぼすことで盲目となるのをただ一人免れたり、自分で酒を飲んで寝込んだ巨人の両目に二本の焼き串を刺して目をつぶしたりするものの、テクストはやはり不自然なばかりにそうした行動をその場の思いつきか思慮を伴わない偶然のものであるかのように記述し、少なくともサーイドの機略として説明することはない。サーイドは一人で怪物の両眼を二本の焼串で突き刺すのであるが、そうした行動の記述は果敢な英雄のそれには程遠い。「ふと」焼き串に気づいて寝ている巨人の両眼をそれで刺してみたら、立ち上がった巨人はすでに目が見えなくなっていた、と、まるで事態の進展を主人公が予期していなかったか、自分のせいではないと思っているかのようである。さらに、最終的に巨人を倒して逃れる術は、ほかの盲人たちに尋ねて教えてもらうのであり、サーイドは訳もわからぬまま、そのつど教えられたとおりに行動して、怪物退治に成功するにすぎない。

主人公の弱さとみじめさについては、この話でも、食人鬼がサーイドを触った際にサーイドが「やせこけていて、肉らしいものが体についていない」のに気づき、ほかの者に触って太っているのを確かめて喜んだ、という記述によって強調されている。

肉体的にも虚弱で、知的にも凡庸かあるいは周囲よりも劣った人物こそ『千夜一夜』のヒーローたる資格をもつ。彼はいかなる計略も立てることがなく、この物語集の慣例どおり、他人からの助言や偶然によって、受動的に窮地を脱する。みずからの狭い野望や意志によってではなく、偶然に身をさらすからこそ、思いもかけない不可思議な、めくるめく冒険に遭遇することができる。この「身をさらす」能力、すなわち受動的な積極性こそが、『千夜一夜』のヒーローの資質なのであり、無力たることがもっとも輝かしい冒険を経験するための貴重な条件となっているのである。

以上、『千夜一夜』のなかでももっとも有名な主人公である海のシンドバードに関するテクストの記述を詳細に追うことによって、無知で無能な主人公像を抽出した。実は『千夜一夜』のなかでは、こうした無能な主人公は珍しくない。しかも中心人物たちの無能ぶりは、読み手(ないし聴き手)にとって、彼を笑いの種として滑稽に描き出したり、侮蔑したりするためにあるようには思われない点がいっそう興味深い。

次節においては『千夜一夜』のさまざまな無能な主人公たちのあり方を、この物語集の発展過程を軸に据えながら、検討してみたい。

第二節　『千夜一夜』における無能力者の系譜——その歴史的変化

『千夜一夜』には無能力者がひしめいている。しかも、この物語集の歴史的な生成過程を考えてみるとき、無力さ・無能力さをもともと印されていた主人公像が、しだいに無知や無能力を主人公たる要件として美質化され、さらにはいっそう無知・無能力が誇張されてその点を称賛され、愚昧さや倫理的な欠陥・道徳的な罪悪までも黙認されるようになる、という変遷が見いだされる。

無能な主人公たちが生き生きと活躍する偶然的な宇宙である『千夜一夜』がいかに形成されてきたのか、このテクストの生成の方向、その原理を探る試みの一端として、主人公たちの無能性をたどってみたい。

1　古層の物語——寝取られ亭主たちの無力

枠物語とそれに続く〔1〕「商人と魔王との物語」と〔2〕「漁夫と魔王との物語」は、『千夜一夜』のなかでも、もっとも古くから存在したと推定される部分である。アラブ世界への移入以前から『千夜一夜』の中核として存在していたと考えてよい部分であり、それ以後の『千夜一夜』発展の基本原理を内包する部分でもある。ここですでに主人公の無力が本質的な設定として強調されていることが、はっきりと読みとれる。主人公たちは、みずからは何もしないあいだに、他人の力か偶然によって事態が進展していくなかにただ身を置くことによって、中心人物として脚光を浴び続ける。

シャハリアール大王

枠物語のシャハリアール大王は、寝取られ亭主という、無力な男の象徴的存在である。その縮小コピーとも言うべき弟のシャー・ザマーン王も同様である（あとでみるとおり、石に変えられた王子も、妻を寝取られて唯々諾々としている途方もなく軟弱な夫である）。『千夜一夜』は女性の姦通を話題とすることの多い物語集として有名であるが、テクストの観点は女性の側にはない。ここで、『千夜一夜』の作品たちが、アラブ世界の口誦伝統のなかでは大人の男性に向けて口演がおこなわれてきた「成人男性系」の文学であったことを思い起こすのも有効であろう。[23] 断罪するにしろ情事を面白おかしく描くにしろ、『千夜一夜』では女性の姦通体験に関心がおかれているのではなく、テクストは明らかに寝取られる側に焦点を当てている。[24] 姦通は、男性側の視点から捉えることによって、人間の無力という根源的テーマを語るエピソードの一つとして位置づけられていると言える。

寝取られた王たちがまずもってすることは、それぞれ似たような他人の不幸を探すことであり、[25] 事態をなんら改変しないこの対処姿勢もまた、彼らの無力ぶりを明かしている。旅に出た二人の王は、魔王に捕らわれた美女に会うわけだが、自分をさらって幽閉している魔王への復讐のため、魔王が寝ている隙に無数の男性たちと姦通を続けてきたこの女性は、「あたくしども女ってものが、なにかしてやろうって、こう思いこんだら、どんなものだってひきとめることはできない」と魔王すらも無力であることを宣言する。

この枠物語の大王の不幸を引き金に、この物語集にはつぎつぎと寝取られ亭主の物語、あるいは姦通を企てる妻をもった寝取られ寸前の夫たちの物語が好んで収められてきた。あるいはさらに〔133〕「七人の大臣の物語」[26]のように、そうした姦計をもつ女たちによって誘惑の危険にさらされる王子や美少年の物語も含まれている。父王の寵妃に言い寄られた「七大臣物語」の王子が七日間の沈黙を強いられていたために、七人の大臣が王子に代わってこの寵妃との弁論合戦を展開するという例にも象徴的に示されているように、当事者の男性自身は、終始受け身で、まったく無力である。

石に変えられた王子

寝取られ男の無力ぶりは、妻に姦通されるという事実そのものよりも、発覚後の事態、すなわち事実の発見後に夫たる主人公たちがとる奇妙なふるまいに顕著である。もっとも読者を驚かせるのは、「漁夫と魔王との物語」の後半（第七夜から第九夜）に登場する石に化した王子（本来は王と呼ぶべきであるが）であろう。この若き王子は、むつまじく暮らしてきたと思っていた妻が、毎晩自分をバンジ（麻酔薬）で眠らせておいて黒人奴隷のもとへ通い、情事を続けているのを知る。現場を捉えた王子は、男に斬ってかかるが首を深く傷つけたものの、殺すには至らない。問題はこの後である。翌朝から妻は公然と喪服を身にまとって暮らし始めるが、王子はそれに対して文句も言わない。なんとも不甲斐ない夫である。

こうして一年がすぎた後、妻が邸内に丸屋根式の墓所を造って、そこに傷ついた例の黒人奴隷を連れてくる。

妻は、朝晩黒人奴隷のもとにスープなどを持って通いつめ、泣き暮らすが、王子はこうした妻の行動をいっさい咎めることもなく、ただ残念に思いながら見守るだけである。二年目が終わるころ、嘆くのはそろそろやめてはどうかと王子が優しく妻に話しかけると、妻は反省するどころか、「あたしがすることにつべこべ言わんでおいて下さいな。もしあたしのことにくどく干渉なさると、自殺してやるわよ」と王子を脅す。こう言われた王子は、なんと、すごすごと引き下がってしまう。

そのまま三年目が過ぎるころである。妻は相変わらず恋人の黒人奴隷を思って誰はばかることなく涙して暮らしている。円屋根の建物のなかで、妻は愛人に寄り添い、まともに声の出せなくなったこの男を悼む言葉を掛け、詩を吟じる。これを見てついに王子は激怒に駆られる。といってもそこでとった行動は、妻が吟じた詩をもじって、相手の男をちゃかす詩句を唱えることだけであった。

これに対する妻の憤激はすさまじい。「畜生っ、あたしにこんなしうちをしたお前という奴は地獄へでもうせるがいい。よくもあたしの心を許したお方に重傷《おもで》を負わせ、あたしを苦しませ、あの方の青春を台なしにしてしまったな。あの方はね、三年この方ってもの死ぬこともできなければ、生きることもできぬというお身の上なんだよ」。夫を罵り、愛人を公然と擁護するこの言葉に、ついに王子も妻に罵声を浴びせる。「おおさ、この箸にも棒にもかからぬげすあまめ、このけがれきった色きちがいめ、くろんぼ奴隷の情婦、よくもわれとわが身をもち崩しおったな」。こう叫んで王子は剣を抜く。ここで読者としては、やっと溜飲が下がるところだ。だが夫が本気で自分を殺そうとしているのを感じた妻は、さらに居丈高に「犬め、さがりおろうぞ」と一喝して、王子に魔法をかけて下半身を石に変えてしまうのだ。

妻は王子の治めていた城下町にも魔法をかけて湖水に変え、その住民（イスラーム教徒、キリスト教徒、ユダヤ教徒、拝火教徒）を四色の魚に変えてしまう。さらに動けぬ王子を、毎日百回鞭で打ちすえ、そのくせ、破れただれた上半身の上にいとも豪華な衣装を着せ掛けるのである。(27)

王子は自分のこうした悲惨な身の上を、彼の館を訪れた大王《スルターン》に物語ったのだが、するとこれを聞いた大王は、まず件《くだん》の黒人奴隷を切り殺す。さらに、黒人奴隷のふりをして王子の妻を騙し、王子にかけた魔法を解かせて元の姿にもどす（ここで、人間の姿に戻った王子は、妻から出て行けと怒鳴られ、すごすごと出て行く）。大王はさらに町と住民にかけた魔法も解かせた上で、この妻を真っ二つに切り裂いて成敗する。

終始無力なこの美しい王子は、自分の身の上を大王に語るということ以外には、なんら積極的な行動をなしえずに、結局大王によって救ってもらう。王子の異常なまでの優雅な腰抜けぶりと、若い妻（少なくとも外見は決して醜悪な鬼婆ではない）のおそるべき奔放さと度外れた自己肯定の姿勢のどちらもに、読者は驚嘆し続けるにちがいない。最終的には勧善懲悪の結末を迎えるが、読者の心に残るのは、悪は最後には罰されるというお定まりの結論よりは、なにも悪いことをしていないのに不幸に遭いつづける王子の不遇ぶりと、不倫・ＤＶ（家庭内暴力）ほか明らかな倫理違反をものともせず、わがままをエスカレートさせていく生き生きとした（しかもほとんど最後まで、王子から愛され続ける）妻の無反省ぶりではないだろうか。

三番目の長老

枠物語に続いて、シャハラザードによって最初に語られる［1］「商人と魔王との物語」（第一―三夜）でも、主人公たちは、彼ら自身、実に無力な存在である。そのなかの「一番目の長老の話」は妻の嫉妬によって、「二番目の長老の話」は兄たちの嫉妬によって、ともに、故なき不幸を被る話であり、他人の助力（魔法）でなんとか制裁を果たすという筋立てになっている。特に「三番目の長老の話」は妻の裏切りと横暴に対する主人公男性の無力を強調している。一年間の旅から戻ってきた男が、妻と黒人奴隷との姦通現場を目撃する（夫の留守中の妻の浮気というモチーフはインドの古説話にも頻繁にみられるもので、これ自体はなんら特別なものではない）。この現場を押さえた男は妻を罰するどころか、魔女としての正体を顕した妻から魔法によって即座に犬に変えられてしまい、家から追い出される。最終的に今は妻を雌ラバに変えて引き連れて歩いているのだが、長老が人間の姿に戻ったのも、こうした形で妻をこらしめることができたのも、他の二つの話と同様、他人のおかげにほかならない。犬になった彼が肉屋の店先でころがっている骨をしゃぶっていると店主が中に入れてくれたのだが、店主の娘が、それが犬ではなく人間であることを見抜いてくれ、魔法の水の力でもとの姿に戻してくれたのだ。さらに娘は妻に魔法をかける手立ても男に授けてくれる。

ガランの写本・翻訳やカルカッタ第一版など、シリア系の写本・刊本では、一番目と二番目の長老の話だけが物語られていて、三番目の長老の話は欠落している場合が多い。エジプト系の写本では、三番目の長老の話が収められていることが多いが、その内容は一定していない[28]。すでに述べたように、おそらくはもともと欠如していたのが、エジプト系では、第一および第二の長老の話や『千夜一夜』冒頭のほかの話と調和するよう付け足されたのだと思われる[29]。物語の欠如を埋めるべく選びとられたのが、寝取られた上に妻から足蹴にされる男の物語であることは、『千夜一夜』が男性主人公の無力を中心的テーマの一つとするという、中世アラブ世界の語り手・聴き手・写本家・編纂者の意識を表わしているだろう。主人公の無力がこの物語集の基調を形成していることをみることができる。

なお、ガランの付加した「カリフの夜の冒険」中の「シディ・ヌーマンの物語」は、第三の長老の話のプロットを完全に借りたものと言える[30]。これはガランが手にした写本にはなかった物語を、語り手であるハンナ・ディヤーブから聴き取るなどして、ガランが付け加えたものである。ガランにとってはアラブの民話であればとくに内容の傾向は問題にならなかったのかもしれないが、『千夜一夜』の補足を求めていたガランに物語を提供したハンナにとっては、おそらく、『千夜一夜』系のお話として意識した上での披露だったであろう[31]。

男としての無力の極みである「妻を寝取られる」というモチーフ（しかも相手は「黒人奴隷」すなわち自分よりも社会的地位の劣った存在である）によって枠物語にすでに示されている主人公＝男の無力は、魔力を行使して男性を動物ないし石に変える女性、そして援助者の力を借りての窮地脱出と報復など、冒頭の物語群のエピソードたちが含むモチーフによってさらに強調されている。男たちに向けて男の無力を語る物語は、人間の無力を否定するのではなく、前提とし肯定するかのようである。

2　増殖する無能な主人公たち

さらに『千夜一夜』に付加されてきたさまざまな物語を通じて、「無能な」主人公男性を概観し、またそのより詳細な様相の変化を捉えてみたい。ミア・ゲルハルトは、『千夜一夜』の収録物語を時代的に三層に区分している。[32] 第一は「ペルシアもの」で十世紀までにアラブ世界に移入されたペルシア起源の物語（インド的要素を含む）。第二は、だいたい十世紀初めから十二世紀までにバグダードおよびその周辺で作話された物語、第三は十一世紀以降、とくに十三―十四世紀にエジプトで作られた物語である。主人公（男性）の特質はとくに恋愛物語において顕著に現われるが、『千夜一夜』の恋愛物語群も内容的な特徴からこの三層に分けられる。以下にこの枠組みを利用しつつ、主人公像の変化を追ってみよう。

「ペルシアもの」の取り柄のない男たち

まだ見ぬ女性への恋に落ち、遍歴の末に結ばれる筋立てを特徴とする物語は、「ペルシアもの」の恋物語[33]と呼ばれるが、その主人公たちもまた、現代の感覚からすると、取り柄のない青年たちである。

もっとも典型的な主人公の一人として、タージル・ムルーク王子[34]を挙げることができるだろう。王子は、カモシカの図柄を刺繡した布を見、それを作ったのが樟脳島の王の姫ドゥンヤーだと聞いて、それだけで激しい恋に落ちる。恋煩いに憔悴する王子をみた父王は、布をみせた青年アジーズと大臣とを伴わせて息子を島へと旅立たせる。島へ着いた王子は、自分のお伴の大臣と、ドゥンヤー姫のお付の老女の仲介にもっぱら頼って、姫への接近を試みる。老女と大臣が出会いのチャンスを作り、姫の男嫌いの原因も取り除く。そこで見かけた王子の美男ぶりにドゥンヤー姫も一目惚れ。あとはめでたしめでたしとなる。

いわば理由もなく恋に落ち、もっぱら人の助けで恋のアプローチを算段してもらい、唐突に結ばれる王子には、生まれ持った身分の高さと美貌以外に「長所」と言えるものはない。とくに、なんらかの内面的な美質や抜きん出た才能が主人公に備わっているのではないことが、特徴的である。

同工異曲の作〔151〕「アズダシールとハヤート・アンヌフース姫」の主人公も同様である。美男だけが取り柄の王子が、うわさを耳にして絶世の美女ハヤート・アンヌフース姫を恋い慕い始める。姫の住む国へ向かう王子に付き添って来てくれ、恋の成就のための策をつぎつぎと考えだしてくれる大臣と姫の侍従の老婆のとりもちで接近をはかり、王子は世にも稀な美貌で姫の心を射止める。この話にはさらにこのあと若干の展開がある。二人が宮殿内で情欲のままに抱き合っているのを見た姫の父王が激怒し、王子はあわや成敗されそうになるが、ちょうど王子を心配した父の軍勢が到着して身元が判明し、めでたしとなる。欲望に身を任せる以外のことはなにもしない王子の他人任せな「お坊ちゃん」ぶりに、読者はおそらく驚くばかりであろう。

さらに〔35〕「イブラーヒームとジャミーラの物語」も典型的な、美貌・無為の主人公の恋物語である。(35) 絵を見てバスラの総督の娘ジャミーラへの恋に落ちたエジプトの大臣の息子イブラーヒームは、バスラに向かい、そこで、次々と門番夫婦、せむしの仕立屋、せむしの庭師の協力によって姫と会う機会を得る。イブラーヒームを一目見るなりジャミーラも恋に落ち、二人は手に手をとって出奔。バグダードへたどり着くがイブラーヒームは簡単に騙されて姫を奪われ、みずからも罠にはまって処刑されそうになる。しかし父大臣が手を回してくれたおかげで二人とも無事に助かり、めでたしとなる。

ここで、『千夜一夜』のこれらの恋物語への「ギリシア小説」の影響を検討したグスタフ・グルーネバウムの研究について言及しておこう。(36)「ギリシア小説」とは、ヘレニズム後期、紀元後二世紀から六世紀にかけて書かれた散文恋愛物語で、うち五点の作品が完全なかたちで現在まで伝えられている[37]。

グルーネバウムは、このギリシア小説と『千夜一夜』の物語たちが、どちらも民衆の物語を起源としていることを指摘した後、これらのギリシア小説が、一般の小説とは反対に、無数のばらばらな出来事が連なるのみで「劇的」な構成が意図されていないことを、まず述べている。主人公たちをかろうじてつなぎの糸として、雑多な出来事が次から次へとつなぎ合わされる形式は、むろん『千夜一夜』の物語たちの特徴でもある。

グルーネバウムは先行研究の表現を借りて、これらのギリシア小説の特徴を「運命のいたずらによる恋人たち《カップル》の放浪」と定義している。突然一目惚れに落ちた恋人同士の男女が、なんらかの理由で離れ離れになり、放浪の末に再会するというのが、筋の骨格である。主人公たちの特徴は、性格規定が曖昧で美しいこと以外にはさしたる特質がないこと、したがって行動的主体としては稀薄な存在で、相互に交換可能であるような存在であること、そしてとくに男性主人公が受動的ないしは役立たずであること、その一方でむしろ女性主人公の方に主導権、決断力、さらには勇気までもが担わされていること、などである[38]。

まさにこれらは『千夜一夜』の主だった恋物語たち、とくにさきに挙げた「ペルシア的な」恋物語の特徴でもある。ギリシア小説から『千夜一夜』への影響関係を明確に論証することは難しいが、環地中海文化圏において、これらの小説の伝統がなんらかのかたちで伝播していたことは十分に考えられる。そして、無為のままに冒険の主人公となるこうした人物像がアラブ世界でも好まれ、このタイプの物語が『千夜一夜』内に集中的に集められることになったということは、結果として確認できる。『千夜一夜』に無為の主人公たちが複数登場するのは偶然ではなく、空虚で受動的な中心人物による、脈絡のない展開の冒険物語というものが、中世アラブ世界において一つの型として認識されていた結果と考えられる。なお「ギリシア小説」と比較して『千夜一夜』の「ペルシアもの」がもつ際立った特徴として指摘できるのは、すでに述べたように主人公が陥るのがまだ見ぬ相手への恋という、いわば対象の実体を欠いた妄想的な情熱であることである。ストーリーの推進力となる主人公の恋の実質が「空虚」であることは、ギリシア小説にみられた主体の属性の曖昧さと内面の稀薄さをさらにいっそう強化する効果を発揮すると言える。

「バグダードもの」の情けない主人公たち

「バグダードもの」と呼ばれるのは、アッバース朝の盛都バグダードがなんらかのかたちで舞台として用いられる恋愛小説群である。内容の面でペルシアものと異なる特徴としては、ある現実的な状況のなかで男女が出会って恋に落ちる点、筋の進展のなかで恋の苦悩や切なさが主題化されている点が挙げられる。

しかし本章で問題としている主人公の無能さという面では、バグダードものはペルシアものの延長上にあり、それを一段階強めたものと位置づけることができる。すなわちバグダードものでは、主人公たちはたんに、これといった取り柄がないというに留まらず、もっと明確に、情けない人物、悪者ではないがふがいのない弱虫、憎めないが平均よりも劣った無能な男、したがって読者にとっては心配で目が離せないぼんくら青年なのである。よってこのタイプでは、主人公は王子などきわだって高貴な出自であることは少なく、市井の一青年であることも多い。また多くの場合、物語の冒頭で（自分自身の遊蕩が原因で）財産を失った破産者の地位に落ちる。主人公の青年とその恋人が美男美女であることだけはこれまでと変わらない。

こうした、情けなさを特徴とする主人公の代表として［6］「ヌールッ・ディーン・アリーとアニースッ・ジャリースの物語」の美青年ヌールッ・ディーン・アリーを挙げることができよう。ヌールッ・ディーン・アリーは明るく人に好かれるお調子者。しかしなんとも思慮に欠け、知恵も精神力も行動力もないため、彼一人では落ちぶれる一方である。

物語の梗概を述べておこう。ヌールッ・ディーン・アリーはバスラの大臣の息子なのだが、父大臣が王の依頼で手に入れておいた聡明で美しい奴隷女アニースッ・ジャリースにたちまち夢中になって手をつけてしまう。父

図19　ヌールッ・ディーン・アリーとアニースッ・ジャリースはカリフの庭園で眠り込んでしまう（19世紀フランスの挿絵から）

大臣は激怒したが、仕方なく息子を赦しアニースッ・ジャリースをアリーの妻としてやる。その後まもなく父大臣が急死し、アリーは膨大な父の遺産を相続するが、連日連夜の宴会で使い果たして無一文となる。仲間からも見放され、働くすべも知らないアリーを見かねて、アニースッ・ジャリースは自らを市場で売ってアリーの苦境を救おうとする。しかし悪大臣がアニースッ・ジャリースをただで奪おうとしたのに逆上したアリーは、大臣を殴り飛ばしてしまい、結局追っ手のかかる身となる。昔父大臣に恩義を受けた侍従が恵んでくれた金のおかげで、アリーとアニースッ・ジャリースはなんとかバグダードへと逃亡する。二人はたまたまカリフの庭に紛れ込むがその庭番に親切にされ、夜にはなんと大宴会を開いて浮かれ騒ぐ。そこへ漁師に変装したカリフが参加し、アリーは調子に乗ってアニースッ・ジャリースをくれてやるとまで言ってしまう。これまでの経緯をアリーから聞き出したカリフが、二人の身の安全を確保し、その後の危機にも手を回して窮地を救い、さらにはアリーをバスラの王位にまでつけるが、アリーはその地位に留まることを望まず、アニースッ・ジャリースとともにバグダードに戻ってカリフのおそばで安穏に余生を過ごした。

ミア・ゲルハルトも分析しているように、アリーはまさに「まったくものを考えない」人物で、[39] あきれるほどの思慮のなさで次から次へと事態の悪化を招く。妻のアニースッ・ジャリースをはじめ、たえず周囲の人々からのほとんどいわれのない援助を受け、これに救われて、結局は幸せに生き延びる。彼はいわば弱さを売り物にする主人公で、その受動的性質はペルシアものと比べてもいっそう際立っている。彼が無能であれば無能であるほど周囲の人々は彼に法外な援助を提供することになるのであり、ふがいなさが彼をますます中心人物に押し上げる。彼が主人公として磁力を増していくのは彼の能力の欠如のおかげなのであるから、彼は決して経験から学習したり、人間的に「成長」することはありえない。彼は終始受動的である、というか、むしろますますその度合いを増していくのであり、読者の楽しみもまた、最後まで彼に呆れ続けることなのである。

同じことはシリア系の写本にも収録されている『千夜一夜』の定番物語の一つ［7］「狂恋の奴隷ガーニム・イブン・アイユーブの物語」のガーニムについても言える。墓場で棺から出てきた高貴な美女に夢中になった商人ガーニムは、彼女と一緒に暮らし始める。彼女はガーニムを愛しながらも身を許そうとしなかったが、それは彼女が（正妻ズバイダの激しい嫉妬を買うほどの）カリフの寵愛を受けている妾妃クート・アル・クルーブであるからだった。これを知らされ、ただ尻込みし悲恋に打ち沈むガーニムとは対称的に、聡明なクート・アルル・クルーブはガーニムをカリフの怒りから安全に逃す手立てを打ち、みずから宮殿に戻って、カリフの理解をとりつけて二人の恋を成就させる。

このガーニムもまた典型的な、愛すべき腰抜けである。彼は、邪《よこしま》な面がまったくなく誠実で真面目な青年であるが、ただ、弱気で決断力がなく、自分でものごとを乗り越えていくような機転や知略がみごとに欠如している。しかしこの惰弱さこそが彼の魅力なのであり、クート・アルル・クルーブがカリフの寵妃だと知って力なく打ち沈むガーニムの姿を見て、彼女はむしろ激しく愛情をそそられるのであり、ガーニムがカリフを畏れて身を慎もうとすればするほどいよいよ大胆に彼女の方から彼を求めだすのである。さらに、バグダードを追われ餓死寸前のところを人々の善意で助けられて都に連れてこられたガーニムを、さまざまな手段で探し当てるのはクート・アルル・クルーブの方であり、ガーニムが爪楊枝のようにみる影もなくやせ細って自ら行動することが不可能であるからこそ、二人の再会までのサスペンスが生まれてくる。ガーニムは正直さや優雅さなど天性の美質を備えているが、なによりもその脆弱さ、常にクート・アルル・クルーブに指示を与えられなければ行動することもできない無能ぶりによって、ますます読者（聴衆）の好感を勝ち得るのである。(40)

主人公を哀れな男性として強調している点で特筆に価するのは［159］「バグダードの金持ちと奴隷娘の物語」という比較的短い物語である。十一世紀には成立していたというこの物語は(41)、真摯な恋が胸を打つバグダード的恋愛物語に対するパロディの性質がすでに強く、次に述べる「エジプトもの」の諸作品とともに『千夜一夜』の完全版のかなり後ろに収録されているのも納得がいく。この作品では、主人公の恋はむしろ口実にすぎず、この男性のふがいなさそのものが物語の関心となっているように思われる。彼はバグダードの金持の家に生まれながら、美しい奴隷娘を買うために父の遺産のすべてをつぎ込んで無一物になり、たちまち、この奴隷自身の申し出にしたがって彼女を売りに出す（ごく簡略に記されるこの展開は、すでに周知のこのモチーフを利用して主人公の無為のみを強調しているように思われる）。そして金を得たもののすぐに後悔が始まる。しかし娘を取り戻すことはできず、おまけに寝ているうちに金を盗まれ、絶望のあまり川に身を投げるが(42)死にきれない。恵んでもらった金で、たまたまバスラ行きの船に乗るとその同じ船に当の奴隷娘がいたのだが、声をかけることもできずに嘆いていると周りの者たちから嘲弄され、（悲恋に同情されるどころか）気違い扱いされる。おまけに、奴隷娘の新しい主人からバスラに着いたら奴隷娘を無償で返してもらう約束をしてもらったのに、途中で寄った島で浮かれて飲みすぎて寝込んだために船に乗り遅れて再び彼女を失ってしまう。ほかの船に乗せてもらってバスラに着くと、住み込みで働かせてくれた八百屋の娘を妻に娶る。その後、川で奴隷娘の主人を見かけ、彼の好意で奴隷娘を返してもらうことになる。男は八百屋の娘を離縁して、ようやく奴隷娘と幸せに暮らす。

この物語では、主人公の愛情にはほとんど真剣さが感じられないほどであり、うかつと言って微笑ましく見守るにはあまりにもだらしのないおこないの連続ばかりが目立つ。主人公の長所らしきものもまったく示されないだけに、この名前もない男性に――とくに彼の恋の苦しみに――読者（聴衆）が感情移入するのは難しい。むしろ読者（聴衆）は、次々とみずからへまをしでかし、自分を不幸へと導いていくこの男性のとんでもない間抜けぶりこそに注意を向けるだろう。ただし彼の過誤はすべて彼自身（とせいぜい彼を慕う奴隷娘）にしか災いをもたらさない点で、社会的・倫理的な罪とは無縁である。したがって虚《うつ》け者ではあるが他者にとっては無害で、それゆえ彼の極端な無能ぶりは私たちに嫌悪をもたらすことはない。

また、バグダードもののなかで、あるいは『千夜一夜』全体のなかでも、独特の印象を残すふがいない男性が［8aa］「アジーズとアジーザの話」(43)のアジーズである。アジーズの場合は、彼の弱さ、無能さが、この主人公への批判的なまなざしを喚起せずにはいない点が特徴的である。

物語は最初から、純真な愛を捧げる聡明で献身的な娘アジーザと、不埒で無分別、自分ではなにも考えることのできない青年アジーズを対比する。アジーズは従妹のアジーザと結婚するはずのその日に、ほかの女の色香に惑わされ、あろうことかアジーザに、謎めいた女の行動の解読をねだって、その女との情事に及ぼうとする。アジーザの正しい読み解きと助言にもかかわらず、アジーズは繰り返しへまをしでかしては、寝入りこんで、女との情交に及ぶことができない。それでもついにアジーザのおかげで、アジーズは目的を達するに至る。その報告を逐一聴きながら、アジーザは悲痛な哀しみのなかで息を引きとってしまう。それでもまだ目の覚めないアジーズは次々と悪女たちの罠に落ち、結局は男性の一物を切り取られることになる。ようやくアジーザの愛と自分の咎《とが》に気づいたアジーズだが、もはや取り返しのつかない後悔に嘆き続けることしかできない。

アジーザの切ない思いが物語に満ち溢れている点でも、また主人公アジーズが最後には深い後悔にいたる点でも、そして二人ともが悲劇的な結末を迎える点でも、この物語は『千夜一夜』のなかで異彩を放っている。そしてなによりもこの物語を特異なものとして際立たせているのは、この主人公が、あきらかに読者（聴衆）の非難を掻きたてることによって、読者（聴衆）の関心をいっそう強く惹きつける点である。花嫁となるはずだった自分のいいなづけにアヴァンチュールの指南を求めては、その実行にもしくじり続け、新たな事態を報告しては純真な従妹をますます苦しめ、なお自分のしていることの残酷さに気づかないアジーズは、弱さと無能さばかりでなく、愚かさと過誤によってますます物語の中心人物となる。この過ちが、本人には制御のしようのない情欲のなせるわざであるところが、彼を、このあとで述べる「エジプトもの」の悪太郎たちと隔てている。いわばアジーズは、狂恋の奴隷となったガーニムと同様、情念によって翻弄される罪なき弱者なのである。

「エジプトもの」での愚者の称揚と罪悪の黙認

『千夜一夜』ではもっとも時代的に新しい層を形成するエジプト期の作品たちが、怠け者やときには悪漢を主人公に据え、あきらかに社会道徳に違反する行為（不倫や盗み）も描いていることは有名である。こうした傾向はレインら節度ある文学を求める者にとっては文学の容認しがたい堕落であり、これらの作品は蛇足とみなされてしばしば閑却されてきた。しかし本章で述べてきた無能を主人公の資質とする『千夜一夜』の伝統からすれば、こうした方向での発展はいわば必然的であったと言うこともできよう。

恋愛小説においては、ますます男性主人公は、頼りない腑抜け男として描かれる。〔40〕「アリー・シャールとズムッルドとの物語」[44]と〔157〕「ヌール・アッディーンと帯編娘マルヤムの物語」は、どちらも奴隷娘みずからが自分を買ってくれるように主人公に指定するところから恋の始まる物語で、主導権は初めから女性にある。ヌール・アッディーンが泥酔してマルヤムを売り飛ばしてしまったり、彼女を奪還する大事なところで寝込んでしまって好機を逃したりと、終始物語は男性のていたらくを強調する。しかしこの無能ぶりは、利発で果敢な女性主人公による問題解決のおかげで常に相殺され、むしろ愛される男性の資質として肯定されている。

愚かさそのものが愉しまれ、肯定されるようになるこのエジプト期の作品では、もはや恋ゆえの弱さ・無能さといった口実は必要ではなくなる。そこで、あからさまに人間の無為・無能を肯定した作品も現われてくる。

その代表例が〔36〕「ものぐさのアブー・ムハンマドの話」である。これは典型的な他力本願の物語だと言える。「アラジンと魔法のランプ」の主人公と同様、冒頭の設定において、アブー・ムハンマドはどうしようもないごろつき少年として提示される。ところが、彼は叔父さんが商売の旅で勝手に彼の財産を増やしてくれたことから金持になり、さらに叔父が連れ帰った猿の言うがままに行動して富と妻を手に入れる。後半は白蛇を助けたための報恩譚になっているが、テクストは、ムハンマドが蛇を助ける意図はなかったのに、たまたま結果としてそうなったという点を強調している。

主人公がいかなる美質（メリット）も持たない無能者であることは、この作品の冒頭で次のように強調されている。ムハンマドは十五歳、父が死んだというのに（そして莫大な遺産を相続したわけでもないのに）ただのんびりと寝そべってばかりいる。文字通りいつもゴロゴロとしていて、なんと母親に起こしてもらい、靴をはかせてもらい、だっこして立たせてもらい、寄りかかって歩かせてもらうという、まるで赤子のような状態である。それでも自分の着物の裾に躓《つまず》いてばかりというから笑わせる。そんなアブー・ムハンマドが、母からむりやり銀貨五枚を与えられ、さらに母の言うままにその金を商売の旅に出る叔父に託す。ただそれだけで、彼は富を手に入れるのである。テクストでは叔父の帰還後、「ものぐさはきっぱりやめ[45]」たことになっているが、彼はなんの努

図20　ものぐさな青年アブー・ムハンマドは，毎日猿が持ち帰る金貨で大金持になる（ポガニー画，1915年）

力もせず、猿が毎日持ち帰る財貨のおかげでますます富を増やして大金持になる。物語後半の冒険でも、自分の失敗から海に落ちたムハンマドはある船に助けられるが、言葉すらもわからないのに一方的に親切にされ、連れていかれた国では引き離された妻と偶然再会し、さらに、この妻や魔神たちの指示に盲目的に従ううちに無事にバスラに戻り、この間に得た護符で妖魔を呼び出しては金銀財宝を持ってこさせ、安楽に暮らすのである。彼こそはまさに『千夜一夜』の無能な「英雄＝ヒーロー」の代表者と言ってもよいかもしれない。

エジプトものではさらに、主人公が無能であるばかりでなく、他者に危害を与える悪漢の側面をもち始めることが指摘できる。しかも本人はまったく無反省で、テクストもまた、主人公の倫理的な非を糾弾することがないのが特徴的である。この傾向の代表作として、〔21〕「アラーッ・ディーン・アブーッ・シャーマートの物語（ほくろのアラディン物語）」を挙げたい。というのもこの作品は、『千夜一夜』のお定まりどおり、溺愛を受けて育てられた邪気のない美少年が商売の旅に出るという展開で始まるのだが、無垢なはずの主人公の行動に少なからず読者は驚かされることになるからである。

カイロの大金持の息子で美青年の「ほくろのアラーッ・ディーン」（「アラジン」という表記の方が日本の読者には馴染みやすいだろうが）は、無謀にも商売の旅に出ることを望む。心配した父親から宰領カマールッ・ディーンを相談役につけてもらい、たくさんの隊商を従えて出発することになる。バグダードに近づいたところで、宰領の忠告もきかず、彼の強い反対をも押し切ってアラーッ・ディーンは夜営を強行し、結局一行は遊牧アラブ民《ベドゥィン》の盗賊団に襲われてしまう。その際、まっさきに賊に立ち向かうのはこの宰領であり、彼は投げ槍を胸に受けて絶命する。次いで他の者たちも命を奪われることになる。その際の記述は以下のとおりである。「こんなことが起こっているのを、アラーッ・ディーンは立ちすくんだまま、いちいち見ておりました。やがて遊牧アラブどもは隊商の人々をおっとり囲んで攻めかかり、手当たり次第に虐殺したので、アラーッ・ディーンのほかは、誰ひとり生き残ったものもいなくなりました[46]」。いかにも主人公アラーッ・ディーンはのんきであり、彼は自分のわがままが原因でこうした事態を招いたことを一時も反省しようとしないし、また他の者たちの絶命を哀れんだり悲しんだりもしない。それどころか盗賊が再び戻ってきたときに、アラーッ・ディーンは豪華な衣装を脱ぎ捨てて死んだ真似をしていたので、賊たちは宰領の方を頭領だと勘違いして、不幸にも絶命した宰領の体になおも刀を突き刺して念入りに死を確かめてから去っていくのである。この際にもアラーッ・ディーンは、賢明でかつ忠実であった宰領の無残な運命をいっさい悼む様子がない。美青年のアラーッ・ディーンを追いかけてきた男色家の商人とともに、むしろ陽気にバグダードに向かうのである。

読者はこの無反省ぶりに驚かずにはいられないであろう。とりわけアラーッ・ディーンが悪人という設定ではなく、テクストが主人公の無垢な性質をたえず強調するために、彼が原因であるこの間接的な殺人とその罪過に対する意識の不在は、違和感をもって読者の注意を喚起する。宰領の胸を盗賊の刃が刺し貫くシーンをわざわざ描写しながら(47)、アラーッ・ディーンの罪についてだけは黙過する点がテクストの特徴である。テクストによって容認された主人公の有罪性と無責任さは、この後も、一晩だけの形式上の夫役になるという契約を勝手に破って人妻をわがものにし結婚持参金も払わずに平然としていたり、彼の身代わりにほかの者が処刑されることで生き延びたり、あるいは二番目の妻が奴隷女として虐げられ一人で彼の子を出産する苦労をなめているのに彼のほうはアレキサンドリアに逃れてほぼ順調に商売に励んだりしていることにもうかがわれる。

こうした傾向の上に、『千夜一夜』随一の悪漢ものである「悪女ダリーラの物語」(48)や、もっとも不道徳な物語として有名な［166］「カマル・アッザマーンと宝石商の妻の物語」も位置づけられる。

有罪性と無責任さが『千夜一夜』の一つの傾向となってきたことに関連して、海のシンドバードの犯した動かしがたい罪について、ここで言及しておきたい。シンドバードは七つの航海のちょうど真ん中に当たる第四航海の折に、辿り着いたある国で妻を娶り、その地の風習に従って、妻の死去とともに彼も生きたまま葬られることになる。死者には豪華な衣装や宝飾がまとわされ、併葬される伴侶には数日分の水と食糧とが与えられて、一緒に地下の洞穴に下ろされるのだ。シンドバードは洞穴の中で生き延びていたが食糧が尽きる不安に襲われる。そこに新たな死者が、伴侶の女性と共に下ろされてくる。シンドバードはあたりに転がっている死者の大腿骨を握り締めて闇のなかでこの女性に近づき、脳天を何度も殴打して殴り殺す。彼は迷わずこの女性の食糧と身につけていた豪華な衣装や財宝とを奪い取る。このようにして新しい死者が葬られるたびに彼はその併葬者を殺しては水や食べ物と衣服や宝石類を盗み取って「長い間」暮らす。そうするうちに獣を追ってこの洞穴の出口をようやく発見し海辺へと居所を移すのだが、その後も、彼を救出する船が通るまで、彼は洞穴へ戻っては新たな死者があるたびに併葬者を殺戮し、食糧と衣服・財宝を奪い続けるのである。ようやく通りかかった船に救われる段になると、シンドバードは、（みずから殺人を犯して）死者たちから奪い取った豪華な衣装や山のような財宝を、自分が苦労して集めた商品であり自分の船が難破した際にようやく陸にあげることのできた貴重な財産だと見事な嘘をついて船員たちをだます。こうしてすばらしい財宝とともにバグダードに帰還したシンドバードは、それらを倉庫にしまいこみ、貧者たちに喜捨をして、毎日を享楽のうちに過ごすことになるのである。ところがしばらくたつと、前に経験したことをすべて「すっかり忘れて」、シンドバードはまたも新たな航海へと出発することになる。

シンドバードの七つの航海が、この決定的な罪悪を中心に置き、そこへ向けて暴力性が高まり、またその後暴力性が減じて平穏へと戻るみごとな構成をなしていることをP・モランは明らかにした。(49) モランによれば、老人となった語り手シンドバードが、物語を披露するごとにご馳走をふるまい、荷担ぎのシンドバードに金を与えたりするのも、彼の罪悪感を糊塗するためであるという。ただしシンドバードがこの明らかな倫理違反、イスラーム法に照らしてもけっして許されるはずのない罪を、(50) 自分の罪過として認識している様子をテクスト上に明示的な形で確認することはできない。本書の立場から、罪を黙過し無責任を容認する『千夜一夜』後期の姿勢に照らし合わせて考えれば、「海のシンドバード」もまた、無反省なろくでなしの物語として位置づけることができる。「海のシンドバード」の物語は、すでに述べたように、多分にガランの翻訳版の影響を受けて、すなわちヨーロッパでの人気を考慮して十八世紀後半にエジプトで完全版の写本（ZER）が作られた際に収録されたものと思われる。ただそれ以前の写本伝統でも、この物語の名がたびたび収録話としてあがっていることはすでにみた。「エジプトもの」の物語たちを含めて『千夜一夜』を構想する十八世紀後半のアラブ世界の物語編纂者にとっては、航海のたびごとにいっさいを忘れ、どんな経験を積んでもそれを学習として蓄積することなく、無能力と偶然のおかげで富を蓄積し、悪事を犯してもいっさい反省することを知らないシンドバードのあり方は、まことに『千夜一夜』的なものとして受け容れられたのではないかと推察される。

3　女性と知――無能主人公の脇役として

なおここで、『千夜一夜』では「知」の担い手が女性たちであることを確認しておきたい。すでに姦通のテーマが示しているように、『千夜一夜』の世界では、計略を働かせ、行動を切り拓くのは女性たちである。男女が裏切りの関係にない場合でも、『千夜一夜』ですでに多くの例で確認したように、知恵を働かせ、無能な男性にアドヴァイスを与え、みずから積極的に行動する女性たちが活躍する。強い意志をもち、ときには武力を行使し、その聡明さによって異国の地で男性として王位につく［20］「カマル・ウッ・ザマーンの物語」のブドゥール姫もその典型であろう。(51)『千夜一夜』への帰属は疑わしいものの「アリババと四十人の盗賊」の物語のなかで、盗賊の部下たちに熱い油を注いで主人アリババの難を救い、賓客を装ってアリババのもとに復讐にやってきた盗賊の頭領をみごとな踊りと剣の一刺しで殺す奴隷女マルジャーナも賢く有能な女性の典型例であろう。

長大な軍記物語［8］「オマル王の物語」は、『千夜一夜』でも珍しく男性たちが知恵と勇気と武力をもって活躍する物語であるが、この物語でも、武勇に秀で、とりわけ知力に抜きん出た女性たちが描かれる。たとえばアブリーザ姫はギリシア方の姫君ながら、アラビア語に堪能で、アラブの詩人たちにも通暁し、また傑出した武芸の才で何人もの相手を倒して活躍する尊敬に値する人物である。また商人に拾われたヌズハトッ・ザマーン姫が、シャルカーン王の前で知識（多くは逸話）を披露したり、オマル王に捧げられた五人の侍女たちが「あらゆる学と知とにおいて、欠くところなき女性ども」であって遺憾なくその才能を披露するのも、いかにも『千夜一夜』的である。武勲ものでは男性もまた当然武力の英雄であるのだが、知性において傑出しているのは女性なのである。

『千夜一夜』のなかの登場人物として知性を代表するのは、まず間違いなく〔111〕「女奴隷タワッドゥドの物語」のタワッドゥドであろう。居並ぶ学者たちを前にあらゆる知識と知恵を披露するこの少女の物語は、ファンタジックな「不可思議」物語を基調とする『千夜一夜』では異色であり、この物語の収録をいかにも異質として退ける意見もある。しかし（無能な男性主人公と対比した）女性の知的卓越の物語としては、『千夜一夜』の基本姿勢に合致していると言うことができる。『千夜一夜』が女性の男性に対する知的優越を基調に据えていることは、なによりも枠物語のシャハラザードの存在がその雄弁な証左である。

モロッコ出身の現代の女性社会学者ファティマ・メルニーシーが自伝的小説『ハーレムの少女ファティマ』(52)のなかで、とくに（〔20〕「カマル・ウッ・ザマーンの物語」の）ブドゥール姫の名を挙げながら、少女時代の自分にとって『千夜一夜』が女性の知性と勇気を謳いあげる作品として励ましをもたらしてくれたというエピソードを紹介している。いわば『千夜一夜』はフェミニズムのモデル書としても機能しえるのである。

しかし注意したいのは、知的に優れているからこそ、『千夜一夜』のなかで女性は、真の主人公とはならない、ということである。『千夜一夜』では凡庸さと無能さこそが、めくるめく出来事を受け入れて「不可思議な」冒険を体験する条件なのであり、主人公（ヒーロー）の重要な資質なのである。女性たちは、知性と行動力を駆使することで、無能な主人公たちの補佐役の地位にとどまる（タワッドゥド自身が主人公である彼女の物語はこの意味では例外である）。シャハラザードにしても、全巻に偏在し、膨大な物語のすべてをその記憶によって口から産出する知的卓越者でありつつ、自分自身に対しては形骸的な注意をしか喚起しない透明な存在だ。『千夜一夜』は徹底して知を相対化する世界であるとも言うことができる。

これに比べると男性の無知と愚かさと無能さは存分に称揚されている。頭が足りないがゆえにカリフから愛され、法外な富を賜り重用される漁師のハリーファの物語(53)もその典型であろう。［130］「蛇の女王」の末尾のハーシブが「学問などというものはなに一つ知ることがなく、読みも、書きも出来な」かった(54)にもかかわらず、世話になった蛇の女王を殺して作られた秘薬を飲んで突然この上ない知を得たとされるのも、男性の知の本質的な浅薄さのアイロニカルな表現だと受けとれる（物語の冒頭で、ハーシブは何を教えようとしても無駄な、すなわち学習によってみずから知を形成することができない存在として規定されていたことが、最後まで活きている）。さらに、普通の知力をもつ男性でも、それを喪失する――learnするのではなく“unlearn”する――ことによって初めて冒険の資格を得る。たとえば魔王の国のワークの島々をいくバスラのハサンは「頭痛を覚え、考える力を失い、目は見えず、耳はふさがれ(55)」という状態でこそ、魔神の世界を旅することができるのである。なおこの［58］「バスラのハサンの物語」では、魔王の娘の一人が自分では語れないというハサンに代わってハサンの経験を話すにあたり、「人間の頭脳は軽くできております(56)」と言い切っているのも印象的だ。これは軽蔑の台詞ではなく(57)、人間（『千夜一夜』ではとくに男性）の本質としての認識であり、だからこそ人間は不安にかられたり、豊かな感受性をもったり、思わぬ冒険に遭遇したりできるのである。

『千夜一夜』で知性がいわば愚弄されていることは、すでに［5］「せむしの物語」の理髪師によっても、面白おかしく表現されている。裁縫師が紹介するところによると、どうしようもないおしゃべりでお調子者、どこにでも余計な顔をつっこんで、やたらに騒ぎを大きくする理髪師がバグダードにいて皆から迷惑がられていたのだが、この本人は以下のように自己紹介したという。「わたくしは、むっつりおやじ（シャイフッ・サーミト）と呼ばれているものにて、六人の兄がおります。わたくしは大変な物知りである上に、分別の立派さ、人にぬきんでた聡明さ、および口数の少ないことなどについては、自分でもその限界がわかりかねております」[58]。さらに続けてこの理髪師のでしゃばりぶり、手の付けようのない大法螺《おおぼら》吹きのありさまを聞いた大王は、大満足のあまり頭を揺り動かし「愉快で面白い」[59]とうち興じる。分別や聡明さは、それが欠如しているときに逆説的に標榜されているからこそ愉快なのである。この物語の焦点をなすこのでしゃばりな理髪師は、物知りを自分では吹聴しつつ、実際には知識のもち合わせがなく、その場かぎりのでたらめをしゃべり続ける根底的ないい加減さによって、大王にも気に入られる中心人物《ヒーロー》となるのである。

4　さまざまな民衆文学にみる主人公たち

過剰な偶然性や倫理の欠如などは、古代・中世・現代と時代を問わず常に物語の欠点とみなされうる性質である。それは西洋か東洋かという地域差にもかかわりなく、普遍的にマイナスの評価を受ける性質であろう。

中世アラブ＝イスラーム社会でも、因果関係や論理性は——ほかのいかなる社会とも同様に——重んじられ、倫理性・道徳性もまた尊重されてきたことは言うまでもない。物語や民話においても、そのことは十分に示されている。アラブ＝イスラーム世界の物語でも、通常主人公たちは、なんらかの能力に秀で、それがゆえに英雄的な相貌を有する。たとえば『千夜一夜』以上にアラブ人民衆たちのあいだで好まれてきた「語りもの」の伝承伝記文学の代表作『アンタルの物語』[60]は、まさに英雄《ヒーロー》物語であり、エチオピア人の母をもち肌は黒く身分は低いが、武勇に優れ、人一倍繊細な感受性をもつ主人公アンタルが、従妹との悲恋に苦しみながら、勇猛な活躍により武勲をあげ、詩人として優れた自作の詩を吟じていくという、恋と冒険の一大叙事詩である。この物語には無責任な人物像や場当たり的な展開はみられない。

中世の民衆娯楽文学として、『千夜一夜』との関連からも興味深いのは、マカーマートである。この一連の散文物語（単数形はマカーマ）は十世紀末ごろハマザーニー（九六七—一〇〇七）によって始められ五二編が作られた[61]。続いてハリーリー（一〇五四—一一二二）が五〇編ほどを残し[62]、このジャンルを大成した。テクストは押韻散文文体（サジュウ）形式を用い、盛り上がりの部分で詩が入る点などでも『千夜一夜』との類似がみられる。小話形式の笑い話で、主人公はトリックスター的な小悪漢。このずる賢いが憎めない男が各地を遍歴し、機知と弁舌の才、学識と狡猾さによって人々を調子よくだまし、まんまと金品をせしめるというのが共通するストーリーとなっている（演劇的な直接性をもちながら、こうした顚末を第三者である語り手が叙述するというスタイルも興味深い）。トルコ系の民間小話の主人公ナスレッディン・ホジャと同様、頓知で人々の虚を衝く点が痛快であり、ばかばかしい笑いのうちにも、聴き手ないし読み手は、主人公の（あるいはテクストの）知恵の鋭さに感嘆するという趣向になっている。倫理性にもとる悪漢という点でまさに「アンチ・ヒーロー」であり、『千夜一夜』の無能力な主人公とは対照的な狡知に長けた小悪党である。また彼らは、滑稽なふるまいで読者や聴衆を笑わせる典型的なおどけ者である点にも注意したい。これに対して『千夜一夜』の愚かしくも愛すべき主人公たちの多くは、ことさら笑いをとるためのおどけ者としての性質をもち合わせてはいない。

「愚者文学」としては、インドの古典『カターー・サリット・サーガラ』（十一世紀）のなかの愚者物語[63]に触れておきたい。アラブ世界への影響という点でも見落とせない作品であり、数行からなる数々の小話のうちのいくつかのモチーフは、『千夜一夜』の物語にも共通のものがみられるが、『カターー・サリット・サーガラ』ははっきりと教訓的な立場に立ち、人間の愚行を冷徹に非難する姿勢を堅持している。人間がさまざまなかたちで露わにする知性の欠如や欲得のために犯してしまう愚行が数多く挙げられるが、それらは人々を戒め、矯正するための悪例として示されているのである。ここには『千夜一夜』にみられる愚かしさ容認のスタンスはない。

おとぎ話や民話のたぐいでは、どうであろうか。イソップ物語、ラ・フォンテーヌの寓話、そしてグリム兄弟の童話集を眺めてみると、やはり教訓性が際立って高い点が特徴的として読みとれる。たとえばイソップ物語の

「いたちと雄鶏」はもっともな理由をつけて雄鶏を食べようとするイタチの話であるが、「この話は、没義道《もぎどう》なことをする運命をもった悪いものは、もっともらしい口実を設けることができないならば、まったくむき出しに悪いことをやるものだということを明らかにしています」[64]といった作品内のメタ的な解説にもよく示されているように、しばしば物語は教訓を提示するための例証の役割を果たすにすぎない。そして物語に教訓性をもたせるためには、寓意的であるにせよ読者にとって納得のいく論理にのっとった筋の展開が不可欠であり、人物たちのはっきりとした性格特徴と、倫理規範にそった因果応報が必要となる。たとえば『グリム童話』でもこの傾向は明確に読みとることができる。「雪白姫」冒頭部では、王様の別の妻について「それは美しい女ですが、気ぐらいが高く、慢心が強く、きりょうのいいことにかけては、ひとにまけるのが我慢できませんでした」と性格規定が提示され、一方「雪白姫は、てんでひとをうたぐる心がありませんから……」と、主人公についても物語の展開を決定する内的特質が示される。[65]『グリム童話』の多くの物語で、まずテクストの冒頭で登場人物の性格――とくに主人公の佳《よ》き性格――が設定され、それが筋を方向づける。性格と出来事の因果的関係によって物語は展開するのである。

　善人の働き者であるゆえに夜中に小人たちが仕事を進めてくれる靴屋の老夫婦（『グリム童話』所収の物語）など、民話は通常社会規範を明確に反映している。これはアラブ世界にしてももちろん同様であり、たとえばイネア・ブシュナクが聞きとり採取して編纂した『アラブの民話』[66]でも、主人公たちは卓越した頭のよさや勇気、人並み以上の善意の持ち主として設定されていることが多い。どこにでもいる少年に冒険が訪れることもあるが、主人公は何かしら特別な能力や美質を備え、その特性を活かして行動を主体的に切り拓く。周囲の助力を得て主人公の活動が可能になるのは通例であるが――プロップの分析したロシア民話の原型パターンを思い出すまでもなく、「助力者」は一般的に「物語」の基本エージェントである――、主人公が助力者に頼りきり、本人は無為のまま状況に流されるだけという描き方がされることはほとんどない。また不思議な出来事に連続的に遭遇していくような物語の場合も、あえて主人公の無能力や弱さが強調されることはない。『千夜一夜』の主人公たちのように、なんの取り柄もなく、最後まで性質・内面において成長のない人物が中心に据えられるのは、やはり特異であると言えそうである。

アラブ地域を含め世界のさまざまな民衆文学と比べてみても、『千夜一夜』の無知で無能、しかもそれ以外に目立った性格規定をもたない空虚な主人公たちはきわめて稀であるように思われる。

第三節　非実体論的存在観――『千夜一夜』とイスラームの認識論

1　『千夜一夜』とイスラーム

『千夜一夜』にはなぜこれほどまで、無能で無力な主人公が多いのだろう。なぜ彼らは偶然まかせに、場当たり的に行動するのだろう。なぜ彼らはしばしば無責任で、自分の行為の結果を引き受けないのだろう。それにもかかわらずなぜ主人公たちは常に前向きで、はつらつとしており、読者にとってもなぜ活き活きとした魅力ある存在として映るのだろう。

読者には納得のいかないような、こうした人物たちの造型は、テクストの全般的なあり方、価値基準と連動している。なぜ、倫理にもとる行為をしても罰されなかったり、あるいは逆に善行が報われなかったりすることを[67]、テクストは許しておけるのか。なぜ、ちぐはぐで一貫性のない物語展開が、こうも好まれるのか。そして、荒唐無稽な筋の展開にもかかわらず物語世界に破滅的な混沌や厭世的な空気が漂わないのは、なぜなのか。

『千夜一夜』という匿名作品の背後には、こうした愚かで受動的な人物こそを主人公と定めるなんらかの価値基準が存在し、それが物語展開の偶然性や物語効果の非教訓性をも貫いているのだとしか考えられない。たんにばかばかしさを愉しむためという以外の、より深遠な動機がそこには隠れているのではないだろうか。ここではその価値観を、アラブ＝イスラーム世界に特有の世界観を参照して説明していきたい。

まず『千夜一夜』がイスラームと無関係ではないことを確認しておこう。それは、この書の冒頭に掲げられているアッラーを褒め称える頌詞によってまず明らかであり、またテクストの随所に、アッラーへの帰依を宣しアッラーを崇める言葉が無数に散りばめられていることによっても容易に感得できる。だがそれは、アラブ＝イスラーム世界の書物であればとくにこの作品にかぎらず見られるきわめて形骸的な特徴にすぎない。

しかし『千夜一夜』のテクストの変化をみてみると、神への帰依、人間の無力に関するイスラーム的言説がしだいに増加してきたことを観察できる。たとえば幸福な結末にいたった場合の最後の締めくくりの表現に現われる、ほとんど常套句的な人間の生のはかなさと死への言及（むろん神の絶対性の称揚と直結する）[68]は、ガランの用いた十四―十五世紀の写本でも、たしかにほとんどの作品にみられる。[69]しかし十八世紀後半に編纂された「完全版」写本（ZER）では、この記述の使用がより徹底化され、またより拡充されていることが読みとれる。すなわち、ガラン写本ではイスラーム化以前のペルシア説話の色彩の強い「漁夫と魔王との物語」にはこの言い回しは欠けていたが、カルカッタ第二版の方ではこの手の言い回しが添えられている。[70]また、もともとこの記述があった場合にも、より詳細化され強調されるようになってきたことが観察できる。[71]いずれにしても『千夜一夜』におけるイスラーム的な現世の非永続性の喚起は、伝承と書写の繰り返しのなかで、削減されるよりはいっそう定型化し、拡充され、[72]『千夜一夜』のスタイルとして重視されてきたと言える。

また、「海のシンドバードの物語」のガラン仏訳とカルカッタ第二版の記述を比べてみると、記述が詳細化し加筆されている部分が、多くの場合、アッラーの偉大さとそれに比した人間の無能を強調する機能をもつ展開部分（とくに会話によるシーン）であることが観察できる。『千夜一夜』のテクストが、イスラーム的言及を増大化させる方向で変化してきたことはまちがいない。

こうしたことからも、イスラーム的な世界認識のあり方は『千夜一夜』にさまざまなかたちで反映していることは否定できない。ただし『千夜一夜』はイスラームの布教書ではないし、明らかにイスラームに違反する面を含んでいる。しかし人間観や世界観に関してはイスラーム的な考え方が大きく影響し、また『千夜一夜』はそれを独自の仕方で誇張的に発展させていると考えられる。

先取りしていえば、『千夜一夜』に濃厚に反映されていると思われるのは、アラブ＝イスラーム世界に特有の考え方のなかでも、とりわけ「瞬間ごとに世界が再創造され続けている」というヴィジョンであるように思われる。日本人にはなじみの薄いこの考え方を、イスラーム神学の議論を概観しつつ検討してみることで、『千夜一夜』が好んで描く人間の無力と偶然の容認との背景を理解する助けとしたい。

2 イスラームにおける非連続的世界観

世界の絶えざる創造

神による世界の創造は一度きりではなく絶えずおこなわれている。[73] イスラームにとって基本的なこの考え方を、『クルアーン』(コーラン)の記述の中に確かめてみよう。[74]

『旧約聖書』を基盤としている『クルアーン』では、『旧約聖書』と同様の創世神話が語られている(以下、太字の「かれ」は全能の神アッラーを指す)。「**かれ**こそは真理をもって、天と地を創造された方であられる。その日は、**かれ**が「有れ」と仰せになれば、即ち有るのである」(六章七三)。[75] また神が天地の創造主であることは、随所で言及されている(一四章一九、一六章三、六四章三)。『旧約聖書』の「創世記」での記述と同様、神は六日間で天地を造り上げる(七章五四、一〇章三)。だがこの(最初の)創世のあとに関して『クルアーン』は特徴的な考えを示している。キリスト教やユダヤ教の考え方では、このただ一度きりの世界の創出を起源として、連綿として一つの世界が恒常的に存在し続ける。これに対してイスラームの考え方では、神は最初の創造のあとも、すべてのものごとに力を及ぼし続けるのであり(「それから(大権の)玉位に鎮座して、凡《すべ》ての事物を規制統御なされる」（一〇章三二）、創造行為をやめることがない。「万有の主」とたえず呼ばれる神は、たんに万物に支配的な影響力をもつというにとどまらず、その後も繰り返し、世界を再創出する。

「本当に**かれ**は創造を始め、そしてそれを繰り返される」（一〇章四）
「**かれ**こそは先《ま》ず創造を始め、それからそれを繰り返されるお方」（三〇章二七）[76]

また、次の記述からは、創造の繰り返しという考えこそがイスラーム独特のヴィジョンであり、イスラームにとっての信仰者と不信仰者を分かつ根本的な考えだとされていることがうかがえる――「かれら〔＝不信仰者〕はアッラーが、如何に創造をなされ、それからそれを繰り返されるかを知らないのか。それはアッラーには、本当に容易なことである」（二九章一九）。『クルアーン』にみられるこうした反復的・更新的な創造論は、神の思うがままに、あらゆるものごとが――「星辰の運行も、雨風も、植物の生育も、人間の生き死にも」――あらゆる瞬間に神によってたえず生み出され、あまねく神の支配を受けているということ、すなわち神の絶対支配を強調している。『クルアーン』に明示されているように、イスラーム教においては、「神が全宇宙のあらゆるものを創造し、かつ創造し続ける」[77]という、神による世界の永遠の再創造の認識が、神の全能への畏怖と不可分である。

『千夜一夜』においてはどうであろうか。神の全能性については『千夜一夜』のテクストの随所で言及がみられるし、また神の全能を、神による万物の創造、とりわけ神が無から有を創造したという主張として展開する箇所もしばしばみられる。より明確にイスラーム的な世界観が『千夜一夜』のなかで示されるのは、物語のなかで異教徒とムスリムとの論争がおこなわれる部分においてであるが、そういった箇所では、神による今なお繰り返される創造行為が言及されている。たとえば［81］「アジーブとガリーブの物語」の後半、弟ガリーブ王が拝火教徒のムルイシュ王と対決する際、ガリーブは、自分の前でガリーブがひれ伏さないことに激怒しているムルイシュらに向かって次のように言う。

くたばれ、呪われた者ども。われらが平伏するのは、崇められるべき王者、無から有へと在る物を現わされる神のみぞ。そは岩石から水を湧き出させたまい、父親に生まれる子への愛情を植えつけさせたもうお方であるぞ。立つとか座るなどと述べるのもかなわぬお方にして、ヌーフ（ノア）とサーリフとフードと神の友イブラヒームの主であらせられる、天国と地獄を創りたまい、樹々や果実を生み出されたお方、そは勝利輝く唯一なる神であらせられるぞ。[78]

圏点を付した部分は未完了形（現在形）におかれていて、『クルアーン』の記述に準じて、神が今なお、地上のあらゆる事物や人間の感情までをも現出させていること、全能のその力を絶えず行使し続けていることが主張されている。[79]

世界が創造し直されているのであれば、世界の時間的な連続性は成立しなくなる。この非連続的な時間概念は、イスラームとともに発生したものではなく、それ以前から「アラビア人の世界認識を根本的に支配していたきわめて特徴あるアラブ的な存在感覚」であるとも言われている。[80] アラブにとって歴史とは「つぎつぎに起こる出来事のとぎれとぎれの連鎖」[81] にほかならず、いまこの一瞬の状態と、その一瞬前の状態とのあいだには絶対的な断絶があり、それぞれの瞬間の状態相互のあいだにはなんら内的な関連がない、という見方がもともとアラブ的な歴史認識のスタイルであったと井筒俊彦は述べている。井筒のこの持説によれば、時間についてばかりでなく、空間的にも非連続的な世界観がアラブ的認識の根底にあり、事物もまた個々ばらばらなものとして捉えられてきたという。[82]

イスラーム成立以前のアラブ人の世界認識のあり方を検証することは容易ではないが、いずれにしても、世界のいっさいの事物が時間的にも空間的にも内的な連結を欠き、偶然居並んでいるだけであるとする非連続的な存在観は、人為的に構築された特殊な宗教上の教義ではなく、人間が日々の生活感覚のなかで自然に有しうる認識スタイルであると考えることもできるのではないだろうか。古《いにしえ》のアラブ人たちとはおそらく違った事情からではあるが、現代の私たちも、通常の連続的な世界観をもつ一方で、この非連続的な存在観をオルタナティヴな存在感覚としてすでに内化しているように思われるからである。無数のばらばらな情報にさらされ、強度の感覚刺激やめまぐるしい変化のただなかで生きる現代の私たちにとって、世界が根源的に非連続であるという認識はけっして奇異なものではない。(83)

アシュアリーの原子論――瞬間ごとの世界創造

さて、イスラーム世界において、この非連続的世界観を神学の教義にまで高めたのがアシュアリー派である。「アシュアリー派」は、十世紀初頭のイラクで神学者アシュアリー(84)によって形成され、今日まで続いている神学派である。十一世紀後半以降は国家の保護を受け、スンナ派の神学を代表する学派となった。すなわちイスラーム神学のなかでももっとも広い影響力をもち、もっともオーソドックスな正統派として位置づけられてきた学派である。神の全能・絶対的な力を強調するとともに、世界の成り立ちを説明しようとする哲学的な傾向ももつアシュアリー派は、独特の「原子論」を展開し、そのなかで神による世界の再創造の説を緻密化し、因果律の否定に至る。この原子論的宇宙観は、イスラーム神学思想の基本的なそして特徴的な考え方の一つとして論じられることの多い、根源的なヴィジョンであることにも注意したい。なおアシュアリー派神学、とくにアシュアリーを中心とする初期アシュアリー神学の形成については、緻密な学術的精査にもとづく塩尻和子による一連の研究(85)が、議論の確実な基礎を提供するものとして非常に有益である。(86)

アシュアリーは、二つの相対立する神学流派を批判するかたちで自説を構築するに至った。すなわち、キリスト教神学の影響を受け、また古代ギリシア（とくにアリストテレス）の哲学・論理学の思考法を援用した合理的神学を打ち立てようとするムウタズィラ学派と、いっさいの思弁を禁じて説明不可能なものをそのまま信じることを重んじる伝承主義に立つハンバル学派の中間として現われた。ギリシア哲学の理性的方法論を駆使することによって『クルアーン』とスンナに忠実なかたちで伝統的な教義の体系化をめざすという、一見、逆説的な接合をおこなうアシュアリーのやり方は、イスラーム独特の「中道」姿勢の体現でもあり、理性（合理）と神秘（非合理）の結合という点でも、また西欧合理的な論理とは異なる「論理」の構築という点でも興味深い。[87]

世界・物質の構成の基礎（最小単位）を「原子」にみるという考え方はギリシア哲学に由来し、ムウタズィラ学派[88]によってイスラーム神学に取り入れられたとされている。あらゆる物質の存在の基体である原子を創出したのは神であり、原子どうしを組み合わせたり、個々の原子に「偶有」（属性、〔英〕accident）を付与したのも神である。九世紀の半ばまでにこうした原子論はイスラーム神学の中核に根づいていたとされる。[89][90]

アシュアリーの特徴はこの原子論的世界観に、「神はあらゆる存在物を一挙に創造し、瞬間瞬間に事物は創造されている」[91]という「不断の創造」説を付け加えた点にある。[92]すなわち原子を空間的に散在する存在の最小単位とみなすばかりでなく、時間的にも切り離された単位であるとアシュアリーはみなすのである。[93]神は原子に一瞬しか「持続」という偶有を与えない。したがって原子つまりは事物は、一瞬しか存在することができない。神は事物を生成するとともに、一瞬ごとに消滅させているのであり、たえず「新しい創造」をおこなっている。すなわち神は、一瞬ごとに世界をまったく新しく造り替えているのである。[94]こうして原子論は、イスラーム神学において神による不断の再創造説と結びつけられ、神の全能を強調する強力な神学的論拠となっていく。

ここでこの瞬間ごとの世界創造という考えが『千夜一夜』のなかでどのように反映されているかをみてみよう。

［160］「インドの王ジュライアードと大臣シャンマースの物語」のなかで、賢明な少年に成長した王子は世の百般についての大臣の問いに対してこう答えている。（神の永遠普遍性と比べて）「現世は偶然のものであり、早々

観が顕著に表われている。

本来的に偶然であり、確たる実在や持続というものを欠き、瞬間ごとの消滅の上に成り立つという非連続的世界観が顕著に表われている。

に消滅するもの」である、「このことは消滅するものの繰り返しを招来する」[95]。こうした説明には、人間の世界が本来的に偶然であり、確たる実在や持続というものを欠き、瞬間ごとの消滅の上に成り立つという非連続的世界観が顕著に表われている。

神による瞬間ごとの創造がもっとも明示的に『千夜一夜』のテクストで言及されているのは、「蛇の女王」の枝話［130 a］「ブルーキーヤーの話」のなかの、天使とブルーキーヤーの会話部分（第四九六夜）である。これは「イスラエル族」であるブルーキーヤーがイスラームに改宗していくくだりに含まれている。旅を続けて世界の果てであるカーフの山々の頂に至ったブルーキーヤーは、そこでこの宇宙の成り立ち・構造について天使から教えられる。それによると、ふつう人間が信じているこの世界のさらにかなたに、四十もの「世界」[96]があり、その一つ一つがわれわれのこの現世界の四十倍の大きさをもっている。アッラーはその一つ一つに天使たちを住まわせたという。すなわち私たち人間の知りうる現世界のほかの、いわばパラレル・ワールドとして無数の世界が存在し、私たちの世界はあまたあるその世界たちのなかの、いわば偶然的な一つにすぎないとされているのである。さらにおのおのの大地は七層構造になっていて、その下にこの七層の大地を支える天使、その足元に巨岩、その下にこの巨岩を支える牡牛、その下にこの牡牛を背に乗せる魚、その下にこの魚を浮かべる海を神は創られたという。天使が逸話として紹介して語ることには、あるときイーサー（イエス）が、世界を支えるこの魚を見たいと望んだので、神はイーサーに巨魚を見させた。巨魚は一瞬の電光のごとくにイーサーの前を通り過ぎ、イーサーはしかと見届けることもなく気を失ってしまったが、意識をとりもどしたイーサーに対して神は次のように言う。

「イーサーよ、そちのそばを通り過ぎ、その体長が三日行程ほどもあったというものは、実は巨魚の頭だったのだ。さらによく知りおくがよいぞ、のうイーサーよ、われは来る日も来る日もあのごとき巨魚を四十匹

ずつ作り出していることをな」(97)

イスラームの宇宙構造論を紹介しながら、神による瞬間ごとの、永遠に更新されつづける世界創造が、ここでは明確にテクスト上で言及されている。

こうした非連続的な世界観は『千夜一夜』独特の切断的構造とあいまって、『千夜一夜』の全体に浸透しているように思われる。すなわち『千夜一夜』は、朝を迎えるごとの物語の中断をそのもっとも独特のテクスト的特徴として備え、また、物語集としての編纂原理としては、基本的に相互になんの関連もない物語を配置することで、各物語世界ごとの分断を強調する。第五章でもみたとおりアラビア語写本および印刷本では、各収録話にはタイトルなどを掲げず、行替えすらもおこなわないで連続的に一つの話から次の話へと移行するのが伝統的なスタイルとして守られてきた。こうしたヴァージョンで『千夜一夜』を読む読者には、無意識のうちにまったく違う世界へとまたぎ越しながら私たちが生きているという感覚が、強く体験されるだろう。

さらに各物語の筋の進展の内部における、出来事相互の不連続性をも含めて考えるならば、『千夜一夜』は、非連続的な世界観を、テクスト上の説明的言辞においても、筋の展開などテクストの構造においても、物語どうしの組み立てというより高い次元の構成においても、援用した作品であると言うことができる。

すべてがあらゆる瞬間に神の全能の意思によって決定されるものであるなら、人間には自由意志をもつ可能性も、したがって自己の行動に対する責任も存在しないことになる。実際、アシュアリーは、人間が主体的に行為をおこなうという可能性を否定している。「行為主」はあくまで神のみであり、アシュアリーによれば、人間は、神が創造し個々の人間のために用意した行為を、神の意志にしたがって獲得するにすぎない。のちにこの「獲得理論」は、(とくに終末論において問題となる)人間の倫理的責任や個々人の自由意志を認める方向で、若干の修正を加えられていくことになるが(98)、アシュアリー自身は、創造主たる神の全能と、その神の全面的な支配を受ける被造物たる人間の位置づけを強調する立場を貫いていた。

私たちが普通、自分の行為とみなしているものが、自分自身から生じたものではなく、実は、神が創出した行為（および、その行為をおこないうる能力）をそのつど受けとるという作業にほかならない、という考え方は、人間に卑屈さをもたらすのではなく、むしろ私たちが日々の行動一つ一つのなかで神に従い、神との合一を果たしている、という奇跡的な至福の感覚にもつながると思われる。

時間論にまで拡張された原子論的な存在観によると、私たちには通常当然のものと思われる出来事の展開が、実は――本質的には――相互にばらばらの、不連続な事態の連なりにすぎない、とされる。まさに離接的な世界観がここにはある。通常の出来事の展開（私たちがなじんでいるものごとの道理、あるいは常識的・論理的な事態の展開）は、神が多くの場合そのような連鎖をしつらえているという神の「慣習」にすぎないのであって、なんら本来的なものではなく、神が望めば、いくらでも別の展開を生じさせることができる。イスラームの原子論は、自然の法則や合理性をむしろ非本来的なもの（たんに蓋然性が高いだけの現象）とみなし、非合理的なものや自然の法則に反する事態を理論的に肯定する立場を構成する。

『クルアーン』やスンナに語られているような奇蹟は、こうしてアシュアリーの立場では、そのまま承認されることになる。ここでもまた、アシュアリーは神の絶対的な力を強調し、「全能者 almighty」たる「神の全能 omnipotence」を文字どおり肯定しているのであり、その一方で、人間の知的判断には大きな限界があることを前提に据える。この「不可知」の肯定をいわば理知的な論理を駆使しておこなうところがアシュアリーの特徴であると言えよう。たとえば、『クルアーン』には「神の顔」という表現がある。これを合理的な立場からとらえると――神は人間のかたちをとっていないのだから――矛盾した表現であり、そこで何かの比喩であるとみなすなど、別の内容を示すものとして読まなくてはならなくなる。一方、字義どおりこの表現を信じれば、その目鼻立ちやヒゲの有無などを問題にしなくてはならなくなる。アシュアリーは『クルアーン』の記述をそのままに尊重しつつ、一方で人間の知的限界（不可知）を導入することによって、両者の中間の立場をとる。すなわち彼によれば、『クルアーン』にそうある以上、神には顔があるのであるが、それがどんな「顔」であるかは人間には知りようのない仕方で、それは存在するのだと説明される。

知の限界をまず認めることが神の前での人間の出発点であるとするこの考え方は、『千夜一夜』の主人公たちの無知・無能力がむしろ尊ばれていた理由の一つになっているであろう。

3 因果論の否定——ガザーリー

瞬間ごとに世界が神によって更新されているとするアシュアリーの「不断の創造」説は、その後十世紀末から十一世紀にかけてアシュアリー学派の理論家たち(99)によって精密化され、確立されていく。アシュアリー学派の思想は、十一世紀にイスラーム世界の主要都市に創設された高等教育機関ニザーミーヤ学院で採用され、以後イスラーム神学の正統派の位置づけを得ることになる。そのなかでもバグダードのニザーミーヤ学院の主任教授となったアブー・ハーミド・ガザーリー（一〇五八―一一一一）が果たした役割は大きい。ガザーリーは、アシュアリー派最高の理論家であるばかりでなく、イスラーム史上もっとも偉大な思想家にも数えられる大宗教哲学者である。またガザーリーは、たった四年間の教授職就任ののち突如職を離れ、スーフィー修行者となって各地を遍歴し、イスラーム神秘思想とイスラーム神学・哲学を融合させた点でも興味深い。

アシュアリー学派の唱える瞬間ごとの世界の再創造説は、すでにみたように、神の全能を強調し、世界を個々ばらばらな原子と偶有との集合とみなして、時間の連続的な進行を否定することから、一般に「偶因論occasionalism」と呼ばれる。神の超越的な力を崇《あが》め、人間の卑小さを認めることはイスラームのみならずすべての宗教に共通した根本姿勢であり、したがって偶因論的な思考も世界の各地でみられる(100)。しかしそのなかでも、世界を不連続な実体の継起とみなす原子論的宇宙観に立つイスラームのアシュアリー派神学の偶因論的な認識は徹底しており、その極点を示すのが、ガザーリーによる因果律否定の理論である。因果の法則を根本的に棄却するガザーリーの立論についてはM・ファフリーの著作で詳細な検討がおこなわれているので、主にこれを参照しながら、私たちにとっては一見奇異に思われる「反因果律」の議論を、ガザーリーがどのように展開したのかを概観してみたい[101]。

　すでにみたようにイスラームの原子論は、まさに偶因論とも呼ばれるとおり、ものごとがなんらかの法則にのっとってある決まった仕方で生起するとみなす「決定論」的な思考を退けていた。ガザーリーも全能の神の介入によって超自然的な現象が自然界に生じる可能性を容認するために、決定論には反対の立場をとる。だからといって、神の全能を認めることによってあらゆる不可能事が可能だとされるのではない、という点にここで注意したい。ガザーリーによれば神といえども原理的な矛盾（形式論理学上の諸基準への抵触）をひきおこすことはありえない。たとえば一つの場所に二つの異なる存在物を存在させることはないし、逆に同時に二つの異なる場所に一つの存在物を存在させることもありえない。また、何かを肯定すると同時に否定することもありえない。それは端的に、不条理であるからだ。同様に、無生物に知性をもたせたり、無機物に意志を授けることもない（ここで『千夜一夜』との関連でいえば、荒唐無稽なファンタジーの側面を多く含むこの物語集のなかでは――私たちが知る多くの幻想物語やマジック・リアリズムと呼ばれる傾向の小説にみられるのとは異なって――、物体が意志や知性をもったり自ら運動したりするというモチーフはただの一つも現われないという点が興味深い[102]）。

　上記のように、神が基本原理を侵犯することはありえない。しかし連続しているように見える自然界の二つのことがらのあいだに、前のものが後のものを生み出すという原因＝結果の関係を想定する必要はないし、なんの関連もない事態が連鎖的に継起することは、ガザーリーによれば、いかなる論理的矛盾もはらんでいない。すなわち因果律の違反は少しも異常ではない[103]。

　ガザーリーは、因果律には根拠がないこと、因果律は必然的に不成立であることを次のように論証する。

因果論は特定の原因と特定の結果が必然的に結びつくとする。(104) 逆にいうと、ある一つの事態（結果）が生起することを正当化し論証するためには、因果論はその原因を確証しなければならない。そのうえで無謬の因果法則が適応される。――ガザーリーによれば、こうした因果論は原理的な困難を包含している。一つには、因果法則を措定する場合、その法則は普遍的に（すなわちありとあらゆる場合に）有効であらねばならない。しかし、不可知の事態も含めありとあらゆる場合にその因果法則が有効であるなどということを立証することは、不可能である。もう一つには、因果論は、いかなる現象に関しても、そこに働くすべての原因が完全に知られているということを前提とする。しかし、人間の感覚による識見からはどうしても逃れてしまう隠れた原因が必ず存在する。したがってすべての原因を知るということは不可能である。以上二つの理由によって、因果論は成立しない。

人間にとって不可知なるものの存在を認めることによって因果論への反駁をおこなうガザーリーの手続きは、ある意味で循環論のようにも思える。しかし因果論というものが、人間がその条件をすべて把握できる場合という、きわめて限定された特殊な状況でしか実は有効ではないことを論破している点はみごとである。全知全能の神でもない私たち一人一人の人間が、なにかあるものごとについて、その背景や諸特徴のすべてを知るなどということがありえないことは、「科学」が進歩した現在では、なおさらいっそう痛感される。どんなに情報を蓄積し、推論を展開し、知をはりめぐらしても、どうしてもこぼれおちる要素や視野に入れていない側面があることに、私たちもまたたえず気づかされている。ただ、ガザーリーの特徴的なところは、因果律が不成立の場合も例外的にありうる、とするのではなく、因果律は本来虚妄であり、論理的にいってもともと成立しえない、と主張している点である。因果律が成立しているように見えるのは、実は錯覚だというのである。

たとえば、「火」があると「燃焼」（なにかが燃える）という事態が観察される。ここに私たちはふつう、火という原因の結果として燃焼がおこった、と因果の関係をみる。しかし私たちが確実に知ることができるのは、燃焼が火とともに生じているということのみである。すなわち共起の関係（ないし隣接の関係）は確かだが、果たして原因＝結果の関係であるかどうかは不明である。実はもっとほかに、私たちの目からは隠された要因があるのに、私たちは気づかないだけかもしれない。「食べる」という事態に続く「満腹」、「のどを切る」という事態に続く「死」なども同様である。[105]

ガザーリーのこうした因果論批判は、むろん神の絶対的な力の肯定、およびその神の前での人間の根源的な非力さの認識と、深く結びついている。人間にとっての隠れた要因が存在するはずだという上記の論拠は、全能の神の恣意的な意志を想定したものである。神は可能なすべてのことを実現する能力をもち、そのうちのどれを実現させるかは神のまさに恣意的な判断によって、気ままに決められるのである。理由なく采配をふるい、命令を下すことができることこそ神の全能の証左である。したがって人間は、いかなるものごとについても、こうなるはずだ、と断定をおこなうことはできない。たとえば『クルアーン』(二一章六八―七〇)に、不信仰者たちがイブラーヒーム(アブラハム)を焼こうとするが、失敗することが描かれている。これは神が「火よ、冷たくなれ」と命じたからである。通常の因果的な推論からすれば人間にとっては不合理に思われることでも、神の介入があれば、いつでも、通常の因果律に反する事態が起こりうるのである。しかも神は、ごくまれに現世界に介入してくるのではなく、その絶対的な力で一瞬ごとに世界を、すなわちあらゆる事象、あらゆる原子を消滅させ、新たに創造し続けているのだ。[106]

こうしてアシュアリー学派の考え方をたどってみると、『千夜一夜』の収録話のストーリー展開が、断絶的であり、偶然的な寄せ集めの観があるのも、たんに作話者の技量の低さや、民衆文芸とくに口承文学にありがちだと誤って想定されがちな構成の欠如ではない(実際には、口承の民衆文芸作品の方が、単純で強固な構成をもっている場合が多く、記憶困難な脈絡のない展開は、書かれた文学によって可能となる特質だと一般には言うことができる)[107]、ということがよく理解されるだろう。出来事の恣意的な展開こそは、神の支配があまねく(物語)世界にゆきわたっていること、あるいは人知を超えるもの(すなわち奇蹟や偶然)に身を任せるあり方を示す、重要な物語構成方式だと考えることができる。

神の絶対支配のもとにあって、人間は無力である。もともと「イスラーム」とは「帰依すること」すなわち、おのれのすべてを神に引渡し、依存することを意味する[108]。みずからの絶対無力を認め、神に身をゆだねることこそ、人間にとってもっとも崇高なあり方であり、また、みずからを空にして神の恣意に身を任せることのできる人物ほど、もっとも神に従順な存在であり、あるべき人間の美しい姿に達した者、ということになる。

しかしすでに触れたとおり、こうした「帰依」(絶対依存)という価値観を称揚する一方で、ムウタズィラ派以来イスラーム神学においては、個々人の責任や自由意志を尊重する方向へのいわば揺りもどしの議論が絶えず存在してきた。現実生活において社会生活規範を維持するためには、たしかにこうした調整が不可欠である。したがって『千夜一夜』の、無力で、他者依存的、出たとこまかせで、状況順応型の主人公たちは、現実には実現不可能な人間の理想を体現するまさにヒーローだということになる。絶対依存の世界におけるヒーローは——とりわけすべての事象の直接的原因は神にあり、人間の能動性を神の全能を損ねるものとして退けるアシュアリー派的な考え方によれば——、無力と受動性を根本条件とするからである。

4 スーフィーズムにおける存在顕現の哲学

スーフィーとは、神秘的体験としてアッラーと合一することをめざして修行に励む人のことである。そこから彼らの思想・運動(スーフィーズム)[109]は、「イスラーム神秘主義」と訳されることが多い。イスラーム社会の外面的な法規定に飽き足らず、内面探求の傾向を強くもつ。スーフィーズムはアシュアリー学派の属する多数派であるスンナ派にも、イランなどを中心にするシーア派にも広く浸透してきた。ここで押さえておきたいのは、スーフィーズムが神との「合一」(ファナー=消滅)を理想とし、人間とは神の自己顕現の場であるとする見方を根幹としていたことである(デリダ風にいえば、人間は他者の自己顕現の場である、ということになろう)。したがってスーフィーズムの考えは、人間を「主体」と呼ぶ西欧の発想とはまったく異なっている。西欧で発展したスコラ哲学では、魂は人間的自我の座、エゴの座とされてきたが、スーフィーズムにおいては、人間の魂（ナフス）は神の座とされるのである。[110] 人間の魂は本来的にその個人に属するものではなく、神に譲り渡され、神がその人を支配する拠点であるからこそ、重要なのである。神との合一とは、まさに自分の根幹を神に明け渡し、完全に自分を消滅させることにほかならない。受動的な主体像が理想として掲げられ、最高度の受動能力が人間の至高性として崇められてきたのである。

　このスーフィーズムの立場から、非連続的世界観を発展させて独特の存在論を展開した一人としてイブン・アラビー（一一六五―一二四〇）が挙げられる。それまでのスーフィーズムが神との合一に至るための諸段階を理論化したり、そのための修行技法を精密化することに努めてきたのに対して、イブン・アラビーは神秘的合一ののちに見いだされる特殊な存在のヴィジョンを理論化し、独特の存在哲学を展開した。

「世界は、ひと息ごとに変動する」という言葉が伝えられているとおり、イブン・アラビーは明確に非連続的な世界観に立つ。[111] 彼は、一瞬一瞬に新しい世界が生起するというヴィジョンのなかで、人間の（および万物の）存在が、それぞれ切り離されて実体として存在し続けることのできるようなそれ自体で自立した存在ではないことを打ち出した。これが「存在一性論」である。この考え方を含むイブン・アラビーの思想は、現代に至るまで、イスラーム世界できわめて広範かつ重大な影響力をもってきた。

「存在一性論」とは、すべてを超越した根本である絶対無限定の「存在（ウジュード）」が自己顕現することによって、万物が生起するという存在認識のあり方である。現象界の被造物は、それ自身としては非存在であるが、絶対無限定の「存在《ウジュード》」から存在を付与されることによって、はじめて存することになる。[112] この唯一の根源的な「存在《ウジュード》」とは、現代的な用語でいえば「実存」のようなものと考えてもよいようだ。井筒は『イスラム哲学の原像』において、イブン・アラビーの考え方をイスラーム哲学における存在論の流れをたどりながら詳述しているので、以下、井筒の考えを軸としながら、S・H・ナスルの解説なども参照して紹介したい。

私たちにとってなにかが存在しているとすれば、それはそのモノになにか存在エネルギーのようなものが外からたまたまやってきてそのモノにおいて現われたたことによる。すなわちものごとや事態が在るのは、「ある不思議な偶成的な」出来事である――このような存在顕現の哲学は、イブン・アラビー以前にもあり、たとえばイブン・スィーナー(ラテン名アヴィセンナ、九八〇―一〇三七)もこうした考えに立っていたという。すなわちイブン・スィーナーの説(存在偶有説)では、存在はモノ(本質＝マーヒーヤ)にとって偶有、すなわち偶性的な出来事だとされる[113]。たとえば花がここに在る場合、花が存在することは花の本性上必然的ではない属性であって、花に付加されたものにすぎない。このイブン・スィーナーの議論は、唯一の絶対存在である神と、その他の存在者との区別から生じていることに注意したい。彼の説をナスルがまとめるところでは、何も条件がなくとも絶対的に存在する「必然的な存在」は神のみであり、そのほかの全宇宙の存在者は、この神(必然的存在)が「あらゆる瞬間に自らの存在の光の溢出を万物に投げかけること」によってはじめて存在せしめられるのである[114]。ナスルのこの解説にも現われているように、イブン・スィーナーの存在偶有説は、瞬間ごとの世界の再創造というモデルを引き継ぐことで、神の絶対的な支配力を強調している点にも注意したい。

宇宙の第一原因である神から知性(「光」)が流出し、さまざまな位階に位置づけられる存在者が存在せしめられるという、この「流出論[115]」(ないし「溢出論」)は、人間存在そのものの他者依存の発想に立つ議論であることも確認しておこう。私たち人間にとって自分が存在するということは、すべての知覚が奪われてもなお疑うことのできない根拠であるように(デカルトならずとも)普通は思われている。ところが私たちを含むあらゆる事物はそれ自身によって存在しているのではなく、他の原因によって存在している[116](したがって、結局、存在するとは、ほかの属性と同じく、たまたま与えられた偶然的属性にすぎない)。他の原因に拠らずに存在する神と対比して、被造物たる人間は、自己の外からやってくる、自分にとって本来的に他者的な力を根源的に引き受けるところに成り立つ存在なのである。デリダを論じたことのある井筒俊彦が積極的に考察しようとしなかったのは残念なのであるが、イスラームのこうした世界認識は、デリダの議論ときわめてよく呼応する面をもつのではないだろうか(117)。

人間をなんらかの意味で他律的な存在として浮かび上がらせようとした思想としては、現代ではエマニュエル・レヴィナスの他者論がまず挙げられるだろう。ユダヤ教思想の伝統に立つレヴィナスにとって、自分がその「代わり」でありその「ために」存在するところの「他者」が、まずもって神としてイメージされていることはよく知られている。ここからレヴィナスは既成の存在論を根底から覆すような存在哲学を展開する。いまその詳細についてここで議論する余地はないが、このレヴィナスの例にも、イスラーム哲学のなかでおこなわれてきた自然的で自明な存在観の問い直しが、現代においても重要な課題として生き続けていることがわかる。人間の自己存在の自明性を転覆することは、フッサール以来の現象学、間主体性の観点から人間を捉えなおしたメルロ＝ポンティ、自己の中心を輪郭におくという対話性（ディアロジスム）の思想を展開したバフチン(118)、そして本書第I部で研究の対象としたデリダなど、現代の思想家たちにとって根本的なプロブレマティックであった。デリダは存在をその内部に収束し絶対的な「起源」に支えられたものとしてでなく、常にすでに「差延（ディフェランス）」の運動のなかにあるものとして提示しようとした。この脱構築の哲学は、あらゆる特個的存在が本質的には外部への開かれのなかに置かれていることを主張する「範例性」の思想のなかでも明示されていた。イスラーム哲学の議論やイスラームの認識論から派生するところのさまざまな現象——本章はとりわけ『千夜一夜』をこの観点から検討する手続きをおこなっているわけであるが——は、洋の東西や宗教文化圏の隔たりを超えた、人間の本質的な存在探究の試みの一環として、私たちの議論に組み入れていく必要があるのではないだろうか。

イスラーム神学の流れにもどることにしよう。さきの流出論をスーフィー哲学に応用し、神との神秘的な合一後に明かされる特殊な存在ヴィジョンを立てたのが、さきに述べた存在一性論のイブン・アラビーである。彼の議論の特徴は、個々の存在物・存在者は存在を借り受けているだけであるとして、そのすべての根源に、「一」なる「存在」(実存、ないしは原存在、あるいは井筒の言う「存在エネルギー」)を設定したことにある。井筒の説明を用いれば、この存在一性論の観点に立てば、「ここに花がある」「ここに花というものが存在する」とは言えなくなる。「存在エネルギーがここで仮りに結晶して自己を現わしている」のであり、したがって、「存在が花する」「ここで存在が花している」と言うべきなのである。[119] いかなることがこの世に起こり、いかなるものがこの世に出現しようとも、それは常に「存在がXする」「存在がXである」なのであって、「どんな場合でも「存在」が主語」なのである。井筒はわかりやすく次のように敷衍している。

このような考え方が、われわれの常識的なものの見方とは根本的に違っている――あるいはむしろ正反対である――ことは一見して明らかでありましょう。たとえば普通の見方ですと、花とか木とか人とか机とか、すべて名詞で表わされているものが文法的に主語になり、それが存在するというふうに、存在が主語にあたるもの(実体)を形容し述語的に限定するわけですが、存在一性論的に申しますと、花とか人とかいうものは、実は自立した実体として本当にそこにあるのではなくて、本当にあるのは宇宙に遍在する形而上的実在としての存在だけであり、この形而上的リアリティーが、場合場合で、花として自己限定して現われたり、木として自己限定して現われたりする。つまり花や木は普通の文法では名詞ですけれど、存在一性論者の哲学的文法学では形容詞なのであります。[120]

こうした説明で十分に示されているように、この存在一性論とは徹底した「非実体論」の哲学にほかならない。人間やその他のあらゆる被造物を、実体的存在とはみなさず、仮構のもの、偶然的なもの、また一瞬以上持続しえないものとみなす非実体的存在観の頂点がイブン・アラビーの哲学だと言えるだろう。神の絶対的な力を肯定するとともに、被造物の「非実体的」な存在のあり方を強調する姿勢は、アシュアリーの理論化した非連続的世界観や、それを受け継ぐガザーリーのラディカルな偶因論にも通底して見られる根源的な特徴である。

5　非実体論から肯定の思想へ

イスラーム神学から抽出された非連続的な世界観と非実体論的な存在観が、今日もなお広く生きていることについて、以下に確認しながらその積極的な価値を考えたい。

たとえば、万物のそれぞれがさまざまなかたちで現実界において現われているとしても、それらの深層の主語は「一」なる存在者である、という「存在一性論」の発想は、実体論的な分節化の認識を超えて、深奥における存在の共有にもとづく関係論的思考へと今日の私たちを導く力をもっているのではないだろうか[121]。黒田壽郎の述べるように、存在の共有のヴィジョンは、個人の孤立、人間と事物の対立といういわば「自然な」思い込みを超えて、外見上切り離されて見える存在たちのあいだに通底するものを垣間見させ、個別性を消去することなく他者への関係に本質的に開かれているような存在のあり方を、つまり本書が主題としてきた存在の「範例的」なあり方を示してくれるように思われる。これはまさに今日的なネットワーク社会にふさわしい存在のヴィジョンであるとも言えよう。

『千夜一夜』では多くの場合、（入れ子式を含めて）ことさらばらばらな物語を連鎖させる編纂方式が採られ、また個々の物語内での場面も非連続的であることをすでにみたが、存在顕現の哲学に照らして考えれば、そうしたばらばらの表面の奥底には、なにか奥深い、形にして表わすことのできない「原存在」のようなものが措定される。それによって、ばらばらの世界はむしろ関係的なネットワークを形成し始めるのである。

人間の悪と「赦す神」

『千夜一夜』のものぐさで偶然任せの無能力な主人公たちの見せるもう一つの特質は、彼らが絶望のあまり――実際に自殺を試みることが（ほとんど）ないばかりか――屈折したり、懐疑的になったり、自暴自棄になったりしないことである。主人公たちは、そのつど、「もうダメだ」と観念しつつも、次の瞬間には元気を取り戻し、常に前向きに、ポジティヴに、屈託なく出来事に遭遇していく。ここにもまたイスラームにおける人間肯定の姿勢が反映されているように思われる。一般にはイスラーム特有の宿命論、全能の神の前での人間の服従は、ともすれば、虐げられた、卑屈な人間のあり方をイメージさせかねない。イスラームの特質の説明に触れて、そうした印象をもっている人も少なくないと思われる。そこで、イスラームにおいて、神の支配が人間を屈辱的に圧迫し、人間が否定・抑圧されて生気を失った存在となるのではなく、むしろ神のもとで人間は、より生き生きと、活力に満ちた存在として立ち現われうるという点を押さえておきたい。

一人一人の人間の「内面的な」信仰をなにより重視するキリスト教との根本的な相違として、イスラームにおいては、生活世界における日々の具体的な行動と人間の内面とが分離されることがないという点が挙げられる。すなわち、生身で社会のなかに生きるという生活実践そのもののなかに信仰者の生が捉えられているのである。[122]

このイスラームの考え方では、人間は個人の内面に閉じこもるのではなく、社会の成員として、たえずさまざまな人々と接触し、職業をもったり家族を営んだりして、社会生活のなかに開かれていなくてはならない。したがって、世俗を絶って隠棲し、もっぱら精神修養に尽くすような修道僧や聖職者というものは、イスラームでは存在しない。社会から切り離された、しかも精神性のみに、あるいは宗教性のみに特化した人間は、まったく奇妙な奇形的存在にほかならない。宗教生活は、日常生活において、一瞬一瞬の日常の生のなかで営まれるべきものであり、現実世界と隔絶したところに別個に立てられるべきものではない。[123]この意味でイスラームでは、日常の生を生きるありとあらゆる人間がそのまま肯定されていると言える。イスラームは現世肯定の宗教であり、人間が日々現実社会のなかを生きるというそのことを祝福し、後押しをする。

日々を生きる人間こそを高く価値づけるイスラームにおいて、したがって神は、絶対的な能力をもつとはいっても人間を抑圧する存在ではなく、現世的存在たる人間を否定するものではない。『千夜一夜』にみられる（そしてその生成過程を考えてみると時代を追ってますます強まる）現世肯定の姿勢と、それに連動して観察される、人間の内面性や崇高さのいたずらな称揚の不在は、こうした背景から考えることもできるであろう。

この、人間を肯定するイスラームにおける神の特徴は、「赦す神」であることだ。アダムとイブの神話は、キリスト教を通じて、楽園追放の物語として現代日本人の多くが理解しているだろう。そして人間の「原罪」を表わす象徴的なエピソードとして記憶されているにちがいない。まずこのアダムの神話を通じてイスラームの人間肯定のあり方をさらに確認してみよう。

『クルアーン』においても、楽園で暮らしていたアーダム（原初の人間）とその妻が悪魔にそそのかされて禁断の樹木に近づき、そこを追われて地上に下されることが述べられている（二章三四―三六、七章二〇―二四）。アーダムと妻は神から禁じられていた樹木に悪魔の教唆で近づき、禁断の木の実を口にして、悪を知り、堕落して、神から楽園追放を言い渡される。ここまでは、『旧約聖書』どおりである。しかし『クルアーン』の特徴は、地上へと追放されたアーダムが悔い改め、神の赦しを請うと、神が赦しを与えている点である――「その後、アーダムは、主から御言葉を授かり、主はかれの悔悟を許された。本当に**かれ**は、寛大に許される慈悲深い御方であらせられる」（二章三七）。したがって『クルアーン』において、楽園追放のエピソードは、とり返しのつかない罪を犯し、永遠の原罪に苦しめられるものとして人間を描くためにあるのではない。むしろ罪を犯しやすい弱い存在として人間を規定した上で、罪を犯してもなお、深く悔悟して神の赦しを謙虚に請う姿勢をもっていれば、アッラーはそのつど誤りを赦し、救ってくださる――「**かれ**は悔悟して度々（主に）返る者に対し、本当に寛容である」（一七章二五）――という神の慈悲深さと恩寵を示す逸話として位置づけられているのである。[124]『クルアーン』において繰り返し述べられているように、そしてイスラームの実践において日々繰り返し唱えられているように、アッラーとは「慈悲深き」神、人間を赦し続ける神なのである。

イスラームではしたがって、人類の祖アーダムの楽園追放のエピソードは、「原罪」思想の根拠となるのではなく、人間の救済についての初源的エピソードとなっている。人間は犯す罪の故にただ断罪されるのではなく、失敗や罪を犯すからこそ悔悟し、神の前での悔悟をおこなうがゆえに被造物のなかでも特別な価値を有する存在と位置づけられる。簡略化していえば、欠点こそは人間の優れた資質と不可分なのだ。

負の側面を含めた人間肯定は、『クルアーン』における、天使や悪魔と対比した人間の位置づけ方にも明確に現われている。

神は天使たちに向かって人間を、「地上における（神の）代理者」とすることを告げる。これに対して天使は「あなたは地上で悪を行い、血を流す者を〔地上における神の代理者として〕置かれるのですか」と異議を申し立てている。しかし神が万物の名を教えたのは――すなわち知力と感性を与えたのは――この「悪に傾きがち」(125)な人間にであって、神は、わざわざ人間に向かって、ものごとの「名」を天使たちに教えるようにと言いつける（二章三〇―三三）。罪を知ることのない天使よりも、悪を犯し悔悟して神に赦しを求める人間を、優位な立場に位置づけているのである。

また『クルアーン』では神が人間を泥から、あるいは陶土から創ったことが再三繰り返されているが、この卑しい存在である人間に対して、サジダ（跪拝）するよう神は天使たちと悪魔（イブリース、シャイターン）たちに命じる（七章一一）。しかし悪魔は火から創られた自分たちが、なぜ泥から創られた――自分たちよりも劣った――人間どもを跪拝しなくてはならないのかと抗議し、神から高慢なる者として退けられる(126)。

アッラーは悪を犯すことのない天使よりも、また人間よりも高貴な組成ではあるが高慢によって敬神することを知らない悪魔よりも、罪を犯しつつもその罪を悔悟する能力をもつ人間を、地上における神の代理者となし、御言葉をさずけて預言者となしたのである。いいかえれば、良いことしかしない天使や悪しかなさない悪魔と比べ、人間は良いことも悪いこともするという善悪を併せもつ存在であるところにその本質があり、人間としての価値があるとみなされていると言える。神は超自然的な存在（天使・悪魔）よりも、矛盾と汚辱にも浸された地上的な存在たる人間を愛されているのである。

ここに『千夜一夜』の、愚かな主人公たちの僥倖の裏づけとなる認識をみることができよう。

人間の自己肯定

イスラームのこうした考え方はこれを信仰する人々にポジティヴな姿勢を保証している。現実の人間はたしかに悪に染まっており、堕落し汚れた面ももつが、それは偶然的な汚れであり、本質的な汚れではない。人間はそれを直していくことができる。井筒俊彦は、人間の自己肯定的態度がメディナ期のイスラームにはっきりと出ていると述べている。人間の罪や社会の腐敗を眼前にしてペシミスティックに憂悶し、あるいは現世否定へと向かうのではなく、さまざまな悪や矛盾を前にしても、だからこそ神の意志にしたがって正義の社会へと作り直していこうとする自信と建設的意欲が湧いてくる。[127]『クルアーン』には、けっして絶望することなく、あくまでも現世においてより佳きあり方を実現していこうとすることの尊さが述べられていると言える。

キリスト教の一般的なあり方とは対極的な、悪を含んだ、もっといえば悪を備えているがゆえのイスラーム的な人間肯定・現世肯定が、硬直したキリスト教思想への反発として現われたヨーロッパのルネッサンス思想と通底するのは、いわば当然のことであるかもしれない。神の前での絶対無力を唱えるイスラームが（逆説的にも）見せるダイナミックな人間像、多面的な人間肯定は、硬直した宗教を批判しながら真の宗教性を人間のあり方の深奥に据えることを模索し、人間における高潔さと卑俗さ、知性と肉体、善意と邪意、理性と狂気、現実と空想の両面を肯定し、高らかに人間のエネルギーを謳いあげたルネッサンスの人間観と一致する側面をもつ。

まさにこうした負の側面をも含んだ人間肯定、堕落や腐敗に満ちた社会を前にした上での現世肯定が『千夜一夜』の特徴である。そして、ルネッサンス人文主義者の巨人ラブレーやセルバンテスの作品が――ルネッサンス全般の姿勢として当然のことながら――アラブ・イスラーム世界への関心を随所で鮮明に打ち出すばかりか、『パンタグリュエル』『ガルガンチュア』や『ドン・キホーテ』（正・続）のテクストが、「ヨーロッパの『千夜一夜』」との異名をとるほど『千夜一夜』と共通する側面を見せている点は興味深い。オムニバス方式および入れ子構造を用いた構成法、非直線的で迂回的な物語展開など形式面の共通点も看過できないが、とりわけマイナス面を含む多面的な人間観と、その上での人間肯定のスタンスにおいて『千夜一夜』との呼応が注目される。[128]

イスラームにおいて「無」は、西欧人が嫌悪し拒絶する「虚無」[129]すなわち人間の無力と敗北としての空無ではなく、スーフィーズムにおいて示されているように神そのもののありようであり、肯定的に捉えられている点にも注意したい。すなわち存在の形而上的根源としての絶対者である神は、イブン・アラビーの存在一性論で言われる根源的「存在者」、形をもたないエネルギー状態そのもののようなものである。このような神のありようはまさに「無」と言い換えてもよいのだが、この無は「〈有〉的充実の極限」としてイメージされるべきものである。[130]この活力に満ちた「無」から「慈愛の息吹」（スーフィーの用語）が瞬間ごとに発されて万物に「存在」が与えられる。私たちが存在するということは、一瞬一瞬に神の愛に浸されることにほかならない。イスラームにおける、表面的な人間の実体的存在の否定は、そのつど神の慈愛に包まれ続ける存在として人間を描く温かな人間観につながっている。第I部でみたように、デリダが「無」を存在の本質と捉え、「無」の例として自己ないし存在を捉える立場に賛同し、「わからない」ということを出発点にした生き方を称揚しつつ、それが現代人への励ましとなっていたのも、これと同様のものとして理解できる。

したがってイスラームにおいて、絶対者である神に比して無力たることを本源的な特質とする人間は懐疑主義やペシミズムに陥っている、と考えるのは誤りであろう。無力な人間がさらに自分の無力を認め、神に絶対帰依することは、むしろ幸福へと向かう道なのである。『千夜一夜』で描かれる多くの主人公たちの能力のなさ、積極的な資質や価値の欠如、とりわけ知による優越の否定は、彼らの健《すこ》やかさと安寧状態を意味し、神からの言祝《ことほ》ぎと幸福とにつながっている。

第七章のまとめ

本章第一節においては、『千夜一夜』の典型的な主人公像を『オデュッセイア』の主人公オデュッセウスとの対比によってシンドバードにみた。第二節においては、第一節で観察された無知で無力な主人公像が、『千夜一夜』の出発点においてすでに据えられ、これをさらに拡張し極端に先鋭化させるかたちで物語が付け加えられてきたことをたどった。そして第三節においては、イスラーム神学やイスラーム哲学の議論を参照しながらイスラームの世界観を素描することで、『千夜一夜』の基調をなしている、人間の無力・無知の肯定、悪徳や欠点の容認、因果性を欠く偶然的宇宙を生きる受動的なあり方の称揚などを可能とする認識のあり方を探ってみた。ここでさらに、『千夜一夜』全体にわたってもっとも高く価値づけられている「不可思議」(アジーバ)が、イスラームにおいてはまさに神の顕現として考えられていることも付け加えておきたい[131]。

本章で検討してきたように、『千夜一夜』には特殊な世界観が通底しており、それはイスラーム的認識によって説明できるものが多くあるだろう。しかし本書は『千夜一夜』をイスラーム「文学」とみなそうとするものではないことを強調しておきたい。すでに述べたように、『千夜一夜』はイスラーム世界において「文学」として公認されたことはなかったし、『千夜一夜』もイスラームの護教・布教を目的とするものではなかったのだから。『千夜一夜』は、イスラーム誕生以前からこの物語集がもっていた無力なる人間へのまなざしを、中世アラブ＝イスラーム社会での増殖過程においていっそう高め、非連続的な世界観や因果律の否定の傾向を強めつつ、ついには明らかに反イスラーム的な様相を呈する次元にまで突き進んだと言える。社会的な倫理をも超えたところに素描される反実体論的な人間存在のあり方は、『千夜一夜』全体の万華鏡のなかで、独特の、そして現代に通じる関係論的な存在認識を私たちに与えるようになる。私たちは『千夜一夜』の特異な主人公像を通じて、虚構という特権によって倍加される非実体的で非連続的な生の感覚を強烈に体験する。それは、現代世界を生きる私たちがまさに必要とするような、閉じられた内実と他者への優越に拠らない人間肯定のあり方を示しているのかもしれない。デリダの思想との呼応はそれを意味しているだろう。

第Ⅱ部のまとめ　『千夜一夜』と「範例性」

第Ⅱ部では、『千夜一夜』の「現代性」をデリダおよび現代文学理論的な観点から明らかにしようとした。まず、第四章と第五章では『千夜一夜』をめぐる基礎的な知識を確認する作業をおこなうと同時に、『千夜一夜』という特異な作品がその特異な諸相において「現代的」と言いうるような性質をはらんでいることを浮き彫りにしようとした。本質的可変性や越境性、離接性といった言葉を、この作品の「現代性」を表わすものとして用いた。第六章では、デリダの「反復可能性《イテラビリテ》」の概念に支えられながら、この作品に横溢する反復性を多角的に分析した。第七章では、『千夜一夜』がまさに人間の生における「範例性」をテーマ化した作品であることをとくに独特の主人公像を通じて明らかにし、「範例的」な人間像および世界観がもつ意義についてもイスラーム哲学を参照しながら検討した。しかし本書のみるところでは、『千夜一夜』とデリダの「範例性」の概念およびデリダがこの概念と交叉するかたちで素描する文学の概念との対応は、より広範に見いだすことができる。デリダの思想全般と『千夜一夜』の照応については終章で詳しく指摘することにして、以下、第Ⅱ部の議論を要約しながら、『千夜一夜』という作品が文学における「範例性」のモデルとしてもつ特質について確認したい。

本書第Ⅰ部でデリダの議論を追いながらみてきたことは、「範例性」という概念が、あるものが「それ自身であってそれ以上かつそれ以外のものである」という存在様態を指すことだ。これは、「〈一〉であって〈一〉を超えること」、「自分でありながら自分自身とは別のものであること」、「自分であって他でもあること」とも言われていた。

『千夜一夜』の生成過程を押さえた第四章では、この（作品ならざる）〝作品〟が、まさにそのような、自分自身の輪郭を画定せず、たえず変貌のなかにあり、「自」と「他」の境界を撹乱し続けるような存在体であることを具体的に検証した。『千夜一夜』が起源も終点ももたないこと、とりわけ、「完成」が何度も繰り返されてきたという点、またパーツの入れ替えや並べ替えをたえずおこないながら非＝固定的な〝作品〟として、動態において保たれてきたことは、『千夜一夜』を「範例的」文学の代表的な例と認めるに十分であろう。実際、『千夜一夜』には常に複数のヴァージョンが存在し、それがたえず人をこの物語集の再編纂へと向かわせてきたが、異本のあいだの差異を縮減して「正典」化されることのない『千夜一夜』は、一作品でありながら複数的現働化を維持することをいわば本性とするような、つまりは、単数性と複数性との区別が根底的に問い直されるような場であると言える。

『千夜一夜』のこうした「範例的」特質には、もともとこの物語集が既存の物語を選んで集めた、すなわち借用主義にのっとった「第二次」文学作品としてある、という点が大きく関係しているだろう。『千夜一夜』は、「オリジナル」という概念を無効にし、間テクスト的な反復性を是とする。そうした生成機構は作品内部での設定にも反映し、シャハラザードをはじめとして創作に拠らず、媒介伝達によって物語行為を展開する語り手たちを物語の担い手の中心イメージとして提示する。「誰かの声を通して迂回的に語る」という（カフカに顕著に見られたような）スタンスが『千夜一夜』全体の基調となっている。そして到来するものに身を開くことによって『千夜一夜』という作品全体が個人を超え歴史や地理を横断する「過剰記憶装置」となり、物語の莫大《メガ》な「保存庫《アーカイブ》」となる。反オリジナリティの精神にもとづくこの保存庫では、保存することは領有化＝固有化することを意味しない。『千夜一夜』という物語収蔵体は、その収録話が『千夜一夜』に独自な存在ではなく「よそ」

から借り受けたもの、すなわち「よそ」にも存在するものであることを前提とする。『千夜一夜』は、本来的には物語を我有することがない。自分のものであることと無数の他者たちのものであることが同時に成立するようなあり方で物語を包摂する場、それが『千夜一夜』なのである。

『千夜一夜』はその発展過程で地理的移動を重ねてきたばかりでなく、作品の内容面でも「よそ」への志向を内包していた。内側に閉じるということを忌避し、たえず自己を外部への開かれのなかで変容していく可変的存在として『千夜一夜』は私たちの前にある。

第五章では『千夜一夜』のテクストの構造に焦点を当てて、テクスト構造としての越境性を明らかにしようとした。本書が第一に重視した『千夜一夜』のテクストの特性は、切れ目がない、ということである。もともとはバラバラに存在していたさまざまな物語を寄せ集めたものであるこの物語集は、特異な構成原理のゆえに物語どうしが連綿とつながりながら、それでいて暗黙裡の多様な切断を抱え込む。したがって、つながっていながら切れている、切れていながらつながっているというまさに「離接的」なテクスト感覚を味わうことが、『千夜一夜』独特の体験となる。また、この離接的越境の手立てとして『千夜一夜』で誇張的に採用されているのが「入れ子」形式であり、この装置は異世界への接続や教訓性のはぐらかし（すなわち物語テクストの脱目的《テロス》化）といったテーマ的機能の面でも『千夜一夜』の本質にかかわるものである。

『千夜一夜』では、それぞれの収録話のレベルでも離接性が観察され、とりわけ連続と不連続（断絶）との微妙なかけ合わせによって異種混淆的《ハイブリッド》な性質が高められていた。「カマル・ウッ・ザマーンの物語」のちぐはぐさを残した構成――これを「転調」による展開としてみたわけだが――には、物語の筋立て・主題・文体《トーン》の一貫性を忌避するような美学が根底にあると考えられる。また「バグダードの妖怪屋敷」の例でもみたように、『千夜一夜』には、さまざまな時代の痕跡が堆積し不調和なままに残されて、通時的なハイブリッド性をあからさまに見せつけている。物語のコンテクストとは微妙に齟齬をきたすような詩句の導入の仕方も、純粋さや一貫性を維持することへのある種の抵抗感と異種混淆性への好みを示しているだろう。異質なものを混在させ、ほとんどむりやりに接続することから生じるのは、『千夜一夜』の場合、前衛的な難解さや人を憤慨に導く嫌悪感ではなく、（呆れ果てたとさじを投げながら）いい加減さを楽しむ絶妙な寛容さであることが重要である。

『千夜一夜』が、現在までの受容の拡大のなかでハイカルチャーからポピュラーカルチャーさらにはローカルチャーまでを包摂する文化的なハイブリッド性を帯び、ジャンル横断的な特質を本来的に有していることも、この作品の重要な特質である。『千夜一夜』はいつの時代でも、どの地域においても、一方ではくだらないものとみなされ、一方では極限的なまでに難解・高尚なイメージをもたれてきた。デリダが文学を論じる折にしばしば強調したように、なんでもないこと・くだらないこと・無意味なことと最高の価値を有することとが並立する特権的事例として『千夜一夜』はある。まさに『千夜一夜』は「「無」の例」として最高度の輝きを放ってきた。

またとりわけ、言語文化領域の対称的な二極をなすとみなされる口誦性と書記性・文字性のあいだを往還することで『千夜一夜』が形成され、その二極の越境的な混淆（ないし重層化）の様態がテクスト化されていることを、本書では重視した。『千夜一夜』はこの面でも決定不可能性、両極併有を特徴としており、「文学」というもののそのものの文字性（リテラリティ）を問い直す好機を提供してくれる。

以上、第四章と第五章では、『千夜一夜』という〝作品〟の生成過程や存在様態がもつ（奇妙なと言ってよいような）特殊的な性質を取り上げた。この二つの章で検討した諸点は『千夜一夜』に多少とも通じた人であればとりわけて目新しいことがらではないだろうが、そこで確認した点は『千夜一夜』がいかにデリダ的なテクスト（もはやテクストとして捉えることが不適当であるようなものであるが）であるかを証する基礎的諸特質だと言うことができる。第六章以降では、そのデリダの思想との関連性を次第に顕在化するとともに、『千夜一夜』が現代の文学研究にたいして提起する問題《プロブレマティック》を明らかにしようとした。

第六章では『千夜一夜』に横溢する反復性を検証し、この作品を貫く反復的構成原理をデリダの「反復可能《イテラビリ》性《テ》」という概念を支えとして多面的に注視した。『千夜一夜』の反復現象は、この作品にとって余計な、できれば削除すべきものではなく、この作品の本質にかかわるものである。とりわけ「夜の切れ目」は反復の象徴的な場であり、そのほかにもストック・デスクリプションと呼ばれる定型表現がこの物語集全体を貫き、同名異人の人物たちの擬似反復的な出現が『千夜一夜』を一つの世界にまとめあげていた。ここから『千夜一夜』では、あらゆるものが「異なっていながら同じ」という仕方で反復照応し合う独特の宇宙が築かれる。差異と同一性のめまいが支配するこの存在のゆらぎの場は、特個的な存在がただちに類例的・一般的な存在としての相貌を帯びる「範例性」の空間にほかならない。

　表現面だけでなく、モチーフやストーリーなど内容面でも『千夜一夜』は反復原理に立脚している。『千夜一夜』は不用意に、あるいは仕方なく同じ素材を用いているのではなく、きわめて意識的に相互反復の効果を利用していると言える。すでに物語集の内部にあるモチーフやストーリーの再活用によって『千夜一夜』は自己増殖のシステムを確立し、ラディカルな間テクスト的宇宙を出現させる。もともと外部に存在する物語の借用によって成立するこの物語集は、この作品（＝物語集）の外部と内部にも、また作品内部にも、インターテクスチュアルな網の目を張りめぐらす。これによって、どのモチーフも、どのストーリー的なまとまりも、どの物語も、たがいに「差異的同語反復《ヘテロ＝トートロジー》」の関係に置かれ、それ自身特個性をもちながら純粋な特個性を剝奪されて一般性・普遍性へと開かれることになる。すなわち「範例性」を象徴する存在体となるのである。

　第七章では、『千夜一夜』の人物像に着目して、『千夜一夜』という物語集が、一つの特殊な人間観ないしは世界観を提示していることを検証しようとした。すでに第六章でもみたように『千夜一夜』はそのテクスト構成原理のうえでも、登場人物の特個性をいくぶんか剝奪し、類例的存在として提示していた。『千夜一夜』が提示する新たな「主体」像を明確化するために、第一節では、同一モチーフを用いた『オデュッセイア』のエピソードと『千夜一夜』に収録された「海のシンドバード」のエピソードの記述スタンスを比較したが、そこで明らかにされたのは、まさにデリダが主張していたような「非＝知」のあり方に拠って立つ、受動的能動性をもった主体像である。第二節では、『千夜一夜』の主人公であるぐうたら男たちを系譜的に整理しながら、無知と無能がいかに主人公たる要件として『千夜一夜』のいわば「法」に刻まれ、その権利がいかに拡大されてきたかを検証した。彼らは無知と無能を揶揄され嘲笑されているのではなく、肯定のまなざしのなかに置かれているように思われるのだが、それはなぜなのか。この問いに答えるための作業が第三節でのイスラームの認識論の検討である。アシュアリー以来の非実体論的な世界観には、特個的存在の特個性を信じて疑わない「近代」的と呼ばれる認識を超克するための鍵が潜んでいるように思われる。デリダ個人はけっしてイスラーム教に親近性をもった人間ではなかったが、彼の思想スタンスはユダヤ教的な選民主義よりも、個人であることと共同体の一員であることとを本質的に直結させるとともに（神を除く）あらゆる存在の仮設性を前提とするイスラームの認識に呼応するものがあるのではないだろうか。

こうした非実体論的な存在観と照応するものとして、『千夜一夜』の離接的なテクスト構成や、語る人間が多重存在として現われるような物語体制や、非＝主体的な主体としての主人公たちを、いまや私たちは見つめ直すことができるように思われる。

総じて第Ⅱ部は、特個性のうちに内閉することを禁じ、あらゆるかたちで内部と外部を連接させて特個性を他者へと開くような、すなわち「範例性」を体現する装置として『千夜一夜』を捉えようとした。その論証作業の過程で触れた『千夜一夜』のさまざまな特質は、ポストモダンという括り方に当てはまるような「現代的」なものであった。オートポイエーシス的な自己組織化の運動のなかにあり、矛盾と逆説をみずからの原理とし、建築的な構成ではなくネットワーク的な汎＝反復性に依拠し、オリジナリティを退け、自我論的な主体を放擲する『千夜一夜』は、まさにポストモダン文学と位置づけることができよう。だが『千夜一夜』は、おそらく二十世紀後半のポストモダンの価値観をも超えて、さらに新たな示唆を私たちに与えているように思われる。それは、アラブ文学でもあり超域的な世界文学でもある『千夜一夜』が、たんに西欧近代へのアンチテーゼとして出現したのではなく、連綿と続けられてきた自己変容のなかでみずからを生成しつつ——すなわち、常に(何ものかに)「成る」という運動を続けつつ——、「虚構」とは何か、「物語」とは何かを問い、また提示してきたことにもよるのだろう。パフォーマティヴな「出来事」であると同時に得体の知れない巨大な「マシン」として存在してきた『千夜一夜』は、「文学」というもの(あるいは「文学に似たなにものか」)をつねにアクチュアルな課題《プロブレマティック》として提起する運動体であり続けている。

終章　デリダと『千夜一夜』

本書では、第Ⅰ部において、デリダにおける「範例性」の概念をめぐる思想展開とデリダ特有の「文学」の問題意識を抽出し、第Ⅱ部において、特個性が特個性に留まらないようなあり方を文学作品として具現した『千夜一夜』の諸特質を検討した。それぞれのまとめはすでに各部の最後に付したので、ここでは、より積極的にデリダの思想と『千夜一夜』との照応をはかることで、本書の結びとしたい。

「例」をめぐる思考はなぜデリダにとってかくも重要であったのか。たとえば彼は、一九九三年の著作『マルクスの亡霊たち』でも、なぜマルクスを例に取り上げるのかを考えると同時に、「例」そのもののあり方についてこう述べている。

例というものはつねにそれ自身の彼方にまで達する。すなわちそのようにして例は遺言的な次元を開くのだ。例とは、まずもって他者のためにあるのであり、自己を超えたものなのだ。(1)

デリダの思想は初期の用語を用いて一言で「脱構築 déconstruction」の思想と呼ばれるが、イギリスの現代文学理論家N・ロイルが述べるように、「脱構築」とは、「「ものそれ自体」のうちにすでにある動揺をさらに不安定化させる論理」であり、「すべての自己同一性をそれ自身であると同時にそれ自身とは異なるものにするもの」であるとすれば、[2]「例」はまさしく脱構築を代表する一つの形象であるということになろう。そしてほとんどまったく同じことをデリダは「文学」について繰り返し言ってきた。たとえば『パッション』の最後の文章を思い起こしたい――「文学はつねに他なるもの、自分自身とは別の他のものであり、他のものを言い、他のものをなす。その自分自身とは、それ、すなわち自分自身とは別の他なるものにほかならない」[3]。その意味で、デリダにとって「文学」と「例」とは直結する。「文学はとりわけ〈範例的 exemplaire〉である」[4]ともデリダは述べていた。

　文学が固有なるもの、特個的なもののためにあるのではなく、むしろなにか他のもののために、その代わりにあるのだということ、つまりは文学が代替性の場そのもので（も）あるということが、デリダによって明示された。むろん個々の文学作品は代替不可能である。しかし代替不可能性の象徴たる文学作品は、文学であるがゆえに、虚構であるがゆえに、代替可能性そのものを象徴する場となる。こうした理解に立ったとき、『千夜一夜』はまさに典型的な「文学」として浮かび上がる。『千夜一夜』の代替可能性は突出している。既存の物語の借用によって成り立つ点ですでに代替性を刻印されているこの作品は、内容の面でも、シャハリアール王の暴虐にさらされる娘たちの代わりに自分の身を差し出すシャハラザードをはじめとして、誰かの代わりに（誰かの命と引き換えに）物語をおこなう多数の語り手たち、[5]誰かの代わりに代理人として行動する多数の援助者たち、その援助者たちの指図どおりに非＝主体的に行動する主人公たちなど、いたるところで代替性を強調している。『千夜一夜』内部でのモチーフやストーリーの反復現象は、あらゆる要素に代替可能性を感染させる。また実際に生成史上『千夜一夜』の編纂は、収録話やモチーフの入れ替えをおこないながら続けられてきた。『千夜一夜』という文学作品自体がなにか他のものの代わりに存在してきたのであり、そのたえざる変貌は、この作品がなにか他のもののために存在していることを証しているのではないだろうか。

完成のやり直しを繰り返してきた『千夜一夜』は、まさに「各世代がはじめからやり直さなくてはならない」ような「非＝歴史 non-histoire」（すなわち歴史ならざる歴史）のなかに、いいかえれば「一歩ごとに作り直される伝統[6]」のなかに生きていると言えるのだが、そのことはこの作品を署名のないテクスト、少なくとも単一の署名に帰されることのないテクストとなしている。まさに「署名《サイン》」と「連　署《カウンター・サイン》」の無限の連鎖の積み重ねがこの作品を存続させてきた。誰もが署名者でありかつ誰もが「配達人」（媒介者）でしかないようなこの動態的テクストは、この作品に触れるあらゆる者を特殊な位置におく。デリダは、書くということはすでに「連署的な読み[7]」をおこなうことであると述べ、読みとは連署《カウンターサイン》を増殖させていく行為であるとしていたが、まさに『千夜一夜』はそのような作品だ。こうしたデリダ的なテクストにおいては、書き手とそれ以外の読者との違いは絶対的なものではなく、せいぜい程度の差にすぎないことになる、ということに注意しよう[8]。まず、『千夜一夜』の世界では創作者というものが存在せず、書き手（写本家、編纂者、翻訳者）あるいは口演者はあらかじめ『千夜一夜』の読み手であることが条件である。また、読み手はすでにして意識のなかで書き手になっている。なぜなら『千夜一夜』は「不完全さ」を特質としており、必然的に読み手は、欠落を補ったり、冗長な部分を飛ばしたり、曖昧な箇所を埋め合わせたり、別の物語を収録する可能性を考えたりせずにはいられないからだ。つまり、読み手もまたつねにすでに署名を付け加えてしまっているのだ。だからこのテクストの生成に責任があるのは演じ手や書き手ばかりではない。読み手もまたその責任のうちにあることになる[9]。『千夜一夜』は、誰もが「応答＝責任 responsabilité」のなかに置かれるような文学空間なのだ。

『千夜一夜』が過剰なまでに「虚構性」を強調した作品であることも見逃せない。「不可思議」であることを最大の価値として展開されるさまざまな物語は、信憑性やもっともらしさとは無縁の世界を展開する。「虚構」の産出（正確には産出ではなく媒介提示であるが）を使命とする物語り手たちは、まさに「なにを言ってもよい」権利を有している。物語ることによって責任を逃れる——たとえば（罪なき）罪をのがれて延命する——ことに成功するというプロットにも象徴されるように、この物語り手たちは責任を免除された存在だ。彼らは自分の語った内容にたいして責任をとる必要を免れている。この「無＝責任性」は、主人公たちのいかにも無責任な行動として『千夜一夜』の世界に充溢する。主人公たちはほとんど、場当たり的で無反省な行動しかとらない。しかし『千夜一夜』は彼らを、とがめられるべき無責任な主体として描いているのではない。彼らの姿は「責任主体」の別のあり方として提示されているように思われる。デリダが得意の逆説を用いて問題提起するように、たとえば道徳によって（つまりは義務や責任の感覚をもって）行動するとすればそれは「道徳的」なおこないではない。[10]『千夜一夜』の主人公たちは、状況に身を任せ、みずからは道徳や責任の感覚をもたずに行動することによって、ある種の道徳を体現し、責任主体となる。それは『千夜一夜』の主人公たちが、明確な悪意や、責任を回避しようとする姿勢と無縁であることにも表わされているのではないか。彼らはけっして「自立」することなく、たえず周りの人物たちとの応答のなかで生きていることも忘れてはならない。『千夜一夜』の人物たちは、デリダ的な意味で「無＝責任」な「責任＝応答主体」だと言えるだろう。

『千夜一夜』の主人公像のうちに読みとることのできる人間観について、もう少し述べておきたい。すでに第Ⅱ部でみたように「非＝知」の姿勢と「受動性」に深く浸されている『千夜一夜』の登場人物たちは、まさにデリダの「到来するもの」の思想ないしは「歓待」の思想を体現しているように思われる。彼らはなんの準備もなく、まさに準備しないということの準備だけがすっかり出来上がっているような無防備な状態で、出来事の連鎖に身をさらす。[11]『千夜一夜』の登場人物たちは、デリダの述べる（不可能なはずの）純粋な無条件の「歓待」の姿勢にあるように思われる。彼らはあらゆる出来事との遭遇をなんの準備もない状態で生き、自分がなんの決定権ももたず、何も知らず何もわからないときに（決断ならざる）決断をおこないながら生きていく。[12]計算をなすことなく、決定を下す人格としての自己同一性をもたないままに（すなわち「現前 présence」とは異なる在り方のうちに）、能動的ではない仕方で決定を生きるような受動的能動者として、『千夜一夜』の人物たちはいる。

他者に頼り、他なるものに絶対的に身をさらす彼らは、まさに他律性と自律性の同立状態を生きる「他律＝自律的 hétéro-autonomique」な主体と言えるだろう。

『千夜一夜』が典型的に口誦性と書記性の往復を示す場であることも確認しておきたい。これもデリダにとって根源的な重要性をもつ現象であった。デリダ自身が、数々の講演をもとにしたテクストを書物として発表することで、オーラル・コミュニケーションの痕跡を書かれたヴァージョンにもち込むことを、たえず意識的に実践していたことに注意したい[13]。たとえば『シボレート』の刊行にあたって、デリダは印刷テクストに口語性を残す最大限の努力をおこなったとわざわざ断わっているし、『マルクスの亡霊たち』でも同様の記述を読むことができる[14]。また「シドニー・セミナー」では、視覚芸術においては（ここでは文字テクストを考えたい）、もっとも視覚的でもっとも無言の側面に、音声性やさらには口誦性を刻み込む可能性が、あるいは口頭言語の可能性を書き込む可能性があると述べられている[15]。デリダが実は、口頭言語の奥深い可能性と書記言語との接合をエクリチュールにみようとしていたことは、『ユリシーズ　グラモフォン』で提起された「グラモフォニー」という概念にも明らかであろう。「グラモフォニー」とは、まさに書くことと音声言語との交叉を主題化した用語にほかならない。「耳と目のあいだ」の往復運動、つまりパロールとエクリチュールのあいだのたえざる行き来を捉えることがデリダの一つの課題であったわけだが、さきにみたように読者が書き手になり、読み手と書き手に切断がない[16]『千夜一夜』は、その恰好の事例として私たちの前にある。書くこととしゃべること、読むことと聞くことのあいだに緊密な連繋を成立させる『千夜一夜』は、「物語」というものが本来、口誦性と書記性という言語の二つの側面の重ね合わせを実現する場であることを明確に示している。本書ではすでに『千夜一夜』を「グラモフォニック」なテクストの場と捉えた。しかしもっと一般的にいって、小説など書かれた語りとしての「物語」とは、まさに語られたように書くこと、書くことと語ることを重ね合わせるところに成立するものであることを、物語文学研究は今後も考えぬいていかなければならないだろう[17]。

『千夜一夜』は不可思議なテクストである。私たちは、『千夜一夜』の世界に触れることによって、誰かの声を聴きながら無数の声を聴いているような、かつまた、誰の声も聴いていないような、不思議な言語体験を味わう。また、私たちの前に展開される世界が、そこにあって、まったくない、という逆説的な存在感覚を強烈に味わう。『千夜一夜』はデリダがその思想活動の初期から、言語を通じて問題化しようと熱心に努めてきたような、「遺言的な」存在のあり方を端的に示す装置である。デリダは「遺言的」という概念をめぐって、「私が生きているかいないかにかかわらず《je suis》(「私は…である、私はいる」)〔という表現〕は意味作用をおこなう」という問題に触れていた。「《je》(「私」)が誰かある知らない人間によって書かれたかのような状況」を出現させるのが言語とりわけエクリチュールというものであり、「その「本人」が知られていない場合だけでなく、その人間がまったく架空のものである場合にも、そして彼が死んでしまっている場合でも、われわれが《je》という語を理解する」という事態の不思議に触れることがテクスト体験だとすれば、[18] 誰だかわからない無数の人々の手を介して作り上げられ、不確定な語り手たちの重層的な存在が亡霊のように浮かび上がる『千夜一夜』は典型的にデリダ的なテクストだと言うことができる。

文学のエコノミーとは、「可能な最小のスペースのなかに、最大の可能性を出現させること」であるとデリダは述べていたが、[19] 長大な時空を多重的に蓄積し無数の人間の文化的な営みを集積してきた『千夜一夜』のめまいのするようなテクストは、最小限の特個的な出来事性のなかに、歴史的・理論的・言語的・哲学的・文化的な最大限の潜在的可能性を包蔵する文学の「経済的《エコノミック》なパワー」の例証そのものであると捉えることができる。

特定の誰かとほかの誰かや誰でもない誰かを、特定の何かとほかの何かや何とも知れぬ何かを、不可思議な仕方で結び合わせる「範例性」の装置『千夜一夜』は、多様な側面においてデリダの思想と呼応し、私たちにこれからの文学の思考を促してやまない。

あとがき

本書のタイトル『デリダで読む『千夜一夜』』を目にして、多くの方が奇異の念を覚えられたのではないだろうか。現代思想の最先端を走り続けたフランスの哲学者ジャック・デリダと、アラブ世界のおとぎ話集として広く親しまれている通称『アラビアン・ナイト』（日本では『千夜一夜物語』と称されることも多い）が一体どう結びつくのか、怪訝に思うのが当然であろう。私自身、こうしたかたちで自分の研究を展開させ、まとめることになろうとは予期していなかった。しかし本書は、「文学」というものを——その魅力のありかと可能性を——私なりに真剣に問い直そうとする試みのなかから生み出されてきたものとしてある。

私が『千夜一夜』とつきあい始めたのは、十年ほど前に当時、東京外国語大学アジア・アフリカ研究所の教員であった西尾哲夫氏から、『千夜一夜』関連のプロジェクトに誘われたのがきっかけである。最初はこの作品になんの興味も抱いていなかったのだが、しぶしぶ発表などをさせられているうちに、文学特有の論理とは何かを考えようとする自分にとって『千夜一夜』は重要な文学素材であるかもしれない、と感じだした。それで『千夜一夜』にまつわる勉強を少しずつやり始めてみた。とはいえ私はなんといってもアラブ文学の門外漢であるし、理論的研究が対象とする素材として『千夜一夜』がどこまで有効なのか、つねに不安を抱きながらの作業であった。そのうちに、自分がこれまで漠然と考えてきた「文学」の「特質」の多くを、やはり『千夜一夜』は帯びているという確信が徐々に生まれ、それまでごく曖昧にしかつかんでいなかったデリダの文学観と『千夜一夜』が呼応していることを直感して、『千夜一夜』関連の勉強を続けると同時に、真剣にデリダを読み直す作業を始めた。そのなかで見えてきたのが、本書の中心概念にもなった「範例性」だったのである。

右に述べたように、本書の研究は手探りで、おそるおそる展開してきたものにほかならない。未熟な点は無数にあるだろうし、たくさんの不備を含んでいるだろう。しかし本書が、それを書いてきた私にとって冒険だったのと同様に、これを読んでくださる読者の方々にとっても、なにかしら新しい発見をもたらし、新鮮な視界が拓けるような場になってくれたらと願っている。現代文学理論とアラブ民衆文学という、あまりにもかけ離れた二つの文学領域を扱う本書の全体を、とりあえず読みぬいて下さる読者の方がどれだけいるかわからない。しかし、たとえ一部分でも、本書の考察を楽しみ、一緒に文学や人間のあり方についてお考えいただけるなら、これ以上の喜びはない。

本書は、筑波大学人文社会科学研究科に提出し、二〇〇七年一二月に博士（文学）の学位を授与された博士論文『文学と範例性《エグザンプラリテ》――デリダの文学観と『千夜一夜』の現代性』をもとにしている。博士論文の審査にあたってくださった筑波大学人文社会科学研究科所属（当時）の荒木正純先生（現、白百合女子大学教授）、齋藤一先生、平石典子先生、小川美登里先生、そして国立民族学博物館研究部教授西尾哲夫先生には、記して感謝したい。この博士論文のうちの一章（第七章「『千夜一夜』における物語行為――語る主体の範例化」）は、『千夜一夜』のテクストにみられる物語叙述の特徴を、アラビア語原文を添えてかなり詳しく分析したもので、刊行書に収めるにはやや議論が詳細すぎると考え、全体の分量も考慮して割愛した。また巻末資料として、『千夜一夜』のアラビア語印刷本の一つ「カルカッタ第二版」のテクストで収録話の切れ目がどのように記されているかを一覧にしたリストを博士論文には添えたが、これも本書では省いた。ほかに、より読みやすいように記述を改めた箇所が多くある。

さきに触れたように、私が『千夜一夜』に取り組むことになったのは、ほぼ十年前に、文学理論の専門家としてこの作品をめぐる研究グループに招かれたのが発端であった。それから今日までの間に、西尾先生が代表者を務める以下のプロジェクトに参加させていただいた。東京外国語大学共同研究「物語と民衆世界――アラビアン・ナイトの生態学」（一九九九年）、国立民族学博物館共同研究「アラビアン・ナイトの比較文明学――共鳴する東洋と西洋」（二〇〇一―〇三年）、文部科学省科学研究費基盤研究（A）「欧米・日本におけるアラビアンナイトの受容と中東イスラム世界イメージ形成」（二〇〇二―〇五年）、同基盤研究（S）「アラビアンナイトの形成過程とオリエンタリズム的文学空間創出メカニズムの解明」（二〇〇六―一〇年〔予定〕）。本書はこれらの研究課題の成果の一部である。

私事になるが本書が私にとっては、初めて単独で書いた著作となる。最初の単著を、大学時代・大学院時代を通じて私を育ててくださった恩師、花輪光先生に捧げる日がいつか来ることを待ち望んできた。それがこんなにも遅くなってしまったが、あらゆる感謝を込めて、この書を亡き先生に捧げたい。

また、数々の助言を与えるとともに、編集・校正の多大な作業を担ってくださった新曜社編集部の渦岡謙一氏に感謝したい。学位論文を渦岡氏のもとで著書にするという筆者の念願が叶ったことを喜んでいる。

私のすべての友人と、日々、私を支えてくれている夫、加賀信広に深い感謝を込めて。

二〇〇九年四月

青柳　悦子

固有名詞索引（人名・書名・物語名など）

あ 行

か　行

さ 行

た 行

な 行

は 行

ま 行

や 行

ら 行

わ 行

事項索引

さ　行

た　行

な　行

は　行

ま　行

や　行

ら　行

わ　行

文献一覧

1　デリダ（Derrida, Jacques）の著作〔出版年順〕

La Voix et le phénomène, Presses Universitaires de France, 1967（邦訳，『声と現象』高橋允昭訳，理想社，1970年；『声と現象』林好雄訳，ちくま学芸文庫，2005年）

L'Écriture et la différence, Seuil, 1967（邦訳，『エクリチュールと差異』上・下，若桑毅ほか訳，法政大学出版局，1977・1983年）

De la grammatologie, Minuit, 1967（邦訳，『根源の彼方に――グラマトロジーについて』上・下，足立和浩訳，現代思潮社，1983年）

« La mythologie blanche »（1971）, in *Marges, de la philosophie*, Minuit, 1972（邦訳，「白けた神話」豊崎光一訳，篠田一士編『世界の文学38　現代評論集』集英社，1978年所収）

« Signature événement contexte », in *Marges, de la philosophie*, Minuit, 1972 ; reprinted in *Limited Inc.*, Galilée, 1990（邦訳，「署名　出来事　コンテクスト」高橋允昭訳，『現代思想』1988年５月臨時増刊「総特集デリダ――言語行為とコミュニケーション」所収）

Marges, de la philosophie, Minuit, 1972（邦訳，『哲学の余白』上，高橋允昭・藤本一勇訳，法政大学出版局，2007年）

« La double séance », in *La Dissémination*, Seuil, 1972

La Dissémination, Seuil, 1972

« Philosophie et Communication »（René Schaerer present）, in *La Communication* : Actes du XVe congrès de l'Association des Sociétés de Philosophie de Langue Française, Université de Montréal, Montréal : Éditions Montmorency, 1973（邦訳，「哲学とコミュニケーション」廣瀬浩司訳，『現代思想』1988年５月臨時増刊「総特集デリダ――言語行為とコミュニケーション」所収）

Glas, Galilée, 1974［再刊. Gonthier/Denoël, 1981］（邦訳，「Glas」庄田常勝・豊崎光一訳，『現代思想』1982年２月臨時増刊「デリダ読本――手紙・家族・署名」pp. 180-229〔部分訳〕;「弔鐘」鵜飼哲訳，『批評空間』II 期15号－III 期４号，1995-2002年〔中断〕）

« Pas »（1976）, reprinted in *Parages*, Galilée, 1986（増補新版，2003）

« Fors : les mots anglés de Nicolas Abraham et Maria Torok », Introduction à N. Abraham et M. Torok, *Cryptonomie, Le verbier de l'homme aux loups*, Aubier-Flammarion, 1976, pp. 7-73,（邦訳「Fors――ニコラ・アブラハムとマリア・トロックの稜角のある言葉」若森栄樹・豊崎光一訳，『現代思想』1982年２月臨時増刊「デリダ読本――手紙・家族・署名」114-154頁）

« Le retrait de la métaphore »（1978）, reprinted in *Psyché*, 1987,［増補新版. t. 1, 1998］（邦訳「隠喩の退－引」庄田常勝訳，［前半］:『現代思想』1987年５月号，32-48頁，［後半］: 12月号，200-221頁）

« Parergon », in *La Vérité en peinture*, coll. Champs, Flammarion, 1978, pp. 19-168（邦訳，「パレルゴン」『絵画における真理』上，高橋允昭・阿部宏慈訳，法政大学出版局，1997年

La Vérité en peinture, Flammarion, 1978（邦訳，『絵画における真理』上・下，高橋允昭・阿部宏慈訳，法政大学出版局，1997・1998年）

"Living on, Border Lines", translated by James Hulbert, in Harold Bloom ed., *Deconstruction and Criticism*, Routledge and Kegan Paul, 1979, pp. 75-176（邦訳，「境界を生きる――物語とは何か」大橋洋一訳，『ユリイカ』1985年４月号，188-198頁）
« Envois », in *La Carte postale*, Flammarion, 1980, pp. 5-273（邦訳，『絵葉書Ｉ――ソクラテスからフロイトへ，そしてその彼方』若森栄樹・大西雅一郎訳，水声社，2007年；「おくることば」豊崎光一訳，『海』1981年３月号，281-311頁；「『葉書』より」丹生谷貴志訳，『Inter Communication』1992年０号－1993年４号〔いずれも抜粋〕）
La Carte postale, Flammarion, 1980（邦訳，『絵葉書Ｉ――ソクラテスからフロイトへ，そしてその彼方』若森栄樹・大西雅一郎訳，水声社，2007年）
« La loi du genre », *Glyph*, 7, 1980, reprinted in *Parages*, Galilée, 1986［増補新版, 2003］（邦訳，「ジャンルの掟」野崎次郎訳，W. J. T. ミッチェル編『物語について』平凡社，1987年所収）
"The time of a thesis : punctuations", in Alan Montefiore ed., *Philosophy in France Today*, Cambridge University Press, 1983, pp. 34-50
« Philosophe : Derrida l'insoumis », interview by Catherine David, *Le Nouvel Observateur* 983, 9-15 septembre 1983（邦訳，「不服従者デリダ」浜名優美訳，『現代思想』1983年12月号，56-69頁）; revised as « Desceller（« la vieille neuve langue »）» in *Points de suspension : Entretiens*, Galilée, 1992, pp. 123-140
« Préjugés, Devant la loi », in Derrida, Descombes, Kortian, Lacoue-Labarthe, Lyotard, Nancy, *La Faculté de juger*, Minuit, 1985（邦訳，「先入見――法の前に」宇田川博訳，『どのように判断するか――カントとフランス現代思想』国文社，1990年，所収；別訳，『カフカ論――『掟の門前』をめぐって』三浦信孝訳，朝日出版社，1988年）
Schibboleth : pour Paul Celan, Galilée, 1986（邦訳，『シボレート――パウル・ツェランのために』飯吉光夫・小林康夫・守中高明訳，岩波書店，2000年）
« Survivre », in *Parages*, Galilée, 1986［増補新版，2003］（初出は英訳版 "Living on, Border Lines", 1979. その後大幅に加筆）
Parages, Galilée, 1986［増補新版，2003］
Ulysse Gramophone, Deux mots pour Joyce, Galilée, 1987（邦訳，『ユリシーズ グラモフォン――ジョイスに寄せるふたこと』合田正人・中真生訳，法政大学出版局，2001年）
Signéponge, Seuil, 1988（仏語・英訳対照版：*Signéponge/Signsponge*, translated by Richard Rand, Colombia University Press, 1984；邦訳，『シニェポンジュ』梶谷裕訳，法政大学出版局，2008年）
« Che cos'è la poesia? »（イタリア語版：*Poesia*, I, novembre 1988），フランス語版：*Po&sie* 50, 1989 ; reprinted in, *Points de suspensions : Entretiens*, Galilée, 1992, pp. 303-308（邦訳，「心を通じて学ぶ――詩とはなにか」湯浅博雄・鵜飼哲訳，『総展望フランスの現代詩』〔『現代詩手帖』30周年特集版〕1990年，248-258頁）
« Ponctuations : le temps de la thèse », *in Du droit à la philosophie*, Galilée, 1990（初出は英訳版："The time of a thesis : punctuations", 1983）
Du droit à la philosophie, Galilée, 1990
Le Problème de la genèse dans la philosophie de Husserl, Presses Universitaires de France, 1990
Donner le temps, 1. La fausse monnaie, Galilée, 1991
L'Autre cap, suivi de La démocratie ajournée, Minuit, 1991（邦訳，『他の岬――ヨーロッ

パと民主主義』高橋哲哉・鵜飼哲訳，みすず書房，1993年）；英訳 *The Other Heading*, translated by Michael Naas, Indiana University Press, 1992

"This strange institution called literature ; an interview with Jacques Derrida", translated by Geoffrey Bennington & Rachel Bowlby, in Derek Attridge ed., Jacques Derrida, *Acts of Literature*, Routledge, 1992

Acts of literature (Derek Attridge ed.), Routledge, 1992

Points de suspensions : Entretiens, Galilée, 1992

Khôra, Galilée, 1993（邦訳，『コーラ——プラトンの場』守中高明訳，未來社，2004年）

Passions, Galilée, 1993（邦訳，『パッション』湯浅博雄訳，未來社，2001年）

Sauf le nom, Galilée, 1993（邦訳，『名を救う——否定神学をめぐる複数の声』小林康夫・西山雄二訳，未來社，2005年）

Spectres de Marx, L'État de la dette, le travail du deuil et la nouvelle Internationale, Galilée, 1993（『マルクスの亡霊たち——負債状況＝国家，喪の作業，新しいインターナショナル』増田一夫訳，藤原書店，2007年）

Moscou aller-retour suivi d'un entretien avec N. Avtonomova, V. Podoroga, M. Ryklin, Éditions de l'Aube, 1995（『ジャック・デリダのモスクワ』土田知則訳，夏目書房，1996年）

Le Monolinguisme de l'autre, ou la prothèse d'origine, Galilée, 1996（邦訳，『たった一つの，私のものではない言葉——他者の単一言語使用』守中高明訳，岩波書店，2001年）

De l'hospitalité (Derrida & Anne Dufourmantelle), Calmann-Lévy, 1997（邦訳『歓待について——パリのゼミナールの記録』アンヌ・デュフールマンテル序論，廣瀬浩司訳，産業図書，1999年）

Demeure, Maurice Blanchot, Galilée, 1998（邦訳，『滞留［付／モーリス・ブランショ「私の死の瞬間」］』湯浅博雄監訳，未來社，2000年）

Donner la mort, Galilée, 1999（邦訳，『死を与える』廣瀬浩司・林好雄訳，ちくま学芸文庫，2004年；英訳 *The Gift of Death*, translated by David Wills, The University of Chicago Press, 1995）

"Hospitality, Justice and Responsability, A Dialogue with Jacques Derrida", in Richard Kearney & Mark Dooley eds., *Questioning Ethics, Contemporary debates in philosophy*, Routledge, 1999（邦訳，「歓待，正義，責任——ジャック・デリダとの対話」安川慶治訳，『批評空間』Ⅱ期23号，1999年，192-209頁）

Sur parole : Instantanés philosophiques, Éditions de l'aube, 1999（邦訳，『言葉にのって』林好雄・森本和夫・本間邦雄訳，ちくま学芸文庫，2001年）

Papier Machine, Galilée, 2001（邦訳，『パピエ・マシン——物質と記憶』上・下，中山元訳，ちくま学芸文庫，2005年

Jacques Derrida : Deconstruction Engaged, The Sydney Seminars (Paul Patton & Terry Smith eds.), Power Publications, 2001（邦訳，ポール・パットン，テリー・スミス編『デリダ，脱構築を語る——シドニー・セミナーの記録』谷徹・亀井大輔訳，岩波書店，2005年）

Chaque fois unique, la fin du monde, Galilée, 2003（邦訳，『そのたびごとにただ一つ，世界の終焉』〈1〉・〈2〉：〈1〉土田知則・岩野卓司・國分功一郎訳，〈2〉土田知則・岩野卓司・藤本一勇・國分功一郎訳，岩波書店，2006年）；初出は英訳版 *The Work of Mourning*, edited by Pascale-Anne Brault & Michael Naas, University of Chicago Press,

2001
Déplier Ponge : Entretien avec Gérard Farasse, Presses Universitaires du Septrentrion, 2005
〔対談〕ジャック・デリダ，豊崎光一「誘惑としてのエクリチュール——絵葉書，翻訳，哲学」，『海』1981年３月号，256-280頁

雑誌特集号

『現代思想』第10巻３号，1982年２月臨時増刊，デリダ読本——手紙・家族・署名
『理想』第618号，1984年，特集＝デリダ
『現代思想』第16巻６号，1988年５月臨時増刊，総特集＝デリダ——言語行為とコミュニケーション
『現代思想』第27巻３号，1999年３月号，特集＝デリダ
『現代思想』第32巻15号，2004年12月号，緊急特集＝ジャック・デリダ
『思想』第969号，2005年１月号，デリダへ

２ 『千夜一夜』のテクスト〔初版の出版年順，本論文で使用した版を示す〕

الف ليلة وليلة / مقابلة وتصحيح محمد قطة العدوي.الف ليلة و ليلة بغداد : يطلب من مكتبة المثنى (The Book of a Thousand and one night, reprinted on an original copy of the Bulaq edition of 1252 A. H", 2vols).
الف ليلة وليلة (Book of Thousand Nights, by Sir W. H. Macnaghten, 4vols., Calcutta, 1839-1842) [filmed by the British Library].
Les Mille et une nuits, contes arabes, translated by Antoine Galland, Gaston Picard ed., Garnier, 1960, 2vols.
The Thousand and One Nights, commonly called, in England, the Arabian Nights' Entertainments, a new translation from the arabic, with copious notes by Edward William Lane, London : Chatto and Windus, 1889, 3vols.
The Book of the Thousand nights and a night, translated from the Arabic by Sir R.F. Burton ; reprinted from the original edition and edited by Leonard C. Smithers ; illustrated, London : H. S. Nichols, 1897, 12vols.
Le Livre des Mille Nuits et une Nuits, Traduction littérale et complète du texte arabe par le Dr. J. C. Mardrus, Fasquelle Éditeurs, 16vols., 1899-1904
Die Erzählungen aus den Tausendundein Nächten, zum ersten Mal nach dem arabischen Urtext der Calcuttaer Ausgabe aus dem Jahre 1839 übertragen, 1921-1928 (tranlated by Enno Littmann) ; reprint, Insel-Verlag (Wiesbaden), 6vols., 1953
The Thousand and one nights : the hunchback, Sindbad, and other tales, translated by Nessim Joseph Dawood, Penguin Books, 1954
The Thousand and One Nights (Alf Layla wa-Layla) from the Earliest Known Sources, Arabic Text Edited with Introduction and Notes by Muhsin Mahdi, Part 1, Arabic Text, E. J. Brill, 1984
Les Mille et Une Nuits, Édition intégrale établie par René Khawan, 4vols., Phébus, 1986-1987
The Arabian Nights, translated by Husain Haddawy, Based on the text of the Fourteenth-Century Syrian Manuscript edited by Muhsin Mahdi, Everyman's Library, 1990

The Arabian Nights II, Sindbad and Other Popular Stories, translated by Husain Haddawy, Everyman's Library, 1995
Les Mille et Une Nuits, translated by Jamel Bencheikh & André Miquel, coll. folio, Gallimard, 3vols., 1991-1996（I & II : 1991, III : 1996）
Les Mille et Une Nuits, translated by Jamel Eddine Bencheikh & André Miquel, annotation by André Miquel, Bibliothèque de la Pléiade, Gallimard, 3vols., vol. 1（Nuits 1-327）: 2005, vol. 2（Nuits 327-719）: 2006, vol. 3（Nuits 719-1001）: 2007
『バートン版　アラビアンナイト物語　千夜一夜物語拾遺』大場正史訳，角川文庫，1965年
『バートン版　千夜一夜物語』大場正史訳，河出書房，全８巻，1967年
『バートン版　千夜一夜物語』大場正史訳，ちくま文庫，全11巻，〔初版1967年〕新装版2003-2004年
『アラビアン・ナイト』前嶋信次・池田修訳，東洋文庫，平凡社，全18巻および別巻１，1976-1992年
『完訳千一夜物語』豊島与志雄・渡辺一夫・佐藤正彰・岡部正孝ほか訳，岩波文庫，全13巻，1982-1983年
『千一夜物語』佐藤正彰訳，ちくま文庫，全10巻，1988-1989年
『千夜一夜物語　ガラン版』J. L. ボルヘス編，井上輝夫訳，国書刊行会，1990年
『千一夜物語　幻想と知恵が織りなす世界』池田修監修，康君子訳，同文書院，1994年

３　その他の文献

Abbott, Nabia, "A Ninth-Century Fragment of the 'Thousand Nights': New Lights on the early history of the Arabian Nights", *Journal of Near Eastern Studies* 8, 1949, pp. 129-164
Abdel-Halim, Mohamed, *Antoine Galland, sa vie et son œuvre*, A. Z. Nizet, 1964
Abraham Nicolas & Maria Torok, *Cryptonomie, Le verbier de l'homme aux loups*, Paris: Aubier-Flammarion, 1976（邦訳，ニコラ・アブラハム，マリア・トローク『狼男の言語標本――埋葬語法の精神分析』港道隆・前田悠希・森茂起・宮川貴美子訳，法政大学出版局，2006年）
Aoyagi, Etsuko, « L'œuvre entre l'Orient et l'Occident : Renouvellement de la littérature à partir des *Mille et Une Nuits* », *Proceedings of the 5th Tunisia-Japan Symposium on Culture, Science and Technology*（Sfax-Tunisia）, 2004, pp. 217-219.
――― "Repetitiveness in the Arabian Nights: Open Identity as Self-foundation", in Nishio & Yamanaka eds., *Arabian Nights and Orientalism*, L. B. Tauris, 2006, pp. 68-90
Arnaud, Jacqueline, « Ulysse et Sindbad dans l'imaginaire Maghrébin » in Micheline Galley and Leïla Ladimi Sebai ed., *L'Homme méditerranéen et la mer*, Tunis: Salammbô, 1985, pp. 536-553
Attridge, Derek, *The Singularity of Literature*, Routledge, 2004
Augustinus, Aurelius, *Confessiones*（邦訳，アウグスティヌス『告白録』上・下，宮谷宣史訳，『アウグスティヌス著作集』第５巻（１・２），教文館，1993年）
Bauden, Frédéric, « Un manuscrit inédit des *Mille et Une Nuits* : à propos de l'exemplaire l'Université de Liège », in A. Chraïbi dir., *Les Mille et Une Nuits en partage*, Sindbad/Actes Sud, 2004, pp. 465-475
Beaumont, Daniel, "Literary Style and Narrative Technique in *Arabian Nights*", in *The Arabian Nights Encyclopedia*, pp.1-2

Bencheich, Jamel Eddine, « Génération du récit et stratégie du sens, L'Histoire de Qamar Az Zamân et de Budûr », *Communications* 39, 1984, reprinted in Bencheich, *Les Mille et une Nuits ou la parole prizonière*, Gallimard, 1988, pp. 97-125

——— *Les Mille et une Nuits ou la parole prizonière*, Gallimard, 1988

Blanchot, Maurice, *Le Livre à venir*, Gallimard, 1959（邦訳，モーリス・ブランショ『来るべき書物』粟津則雄訳，現代思潮社，1968；改訳新版，筑摩書房，1989年）

——— *L'Instant de ma mort*, Fata Morgana, 1994（再刊，Gallimard, 2002）

Cambell, Kay Hardy, Ferial J. Ghazoul, Andras Hamori, Muhsin Mahdi, Christoper M. Murphy & Sandra Naddaff, *The 1001 Nights, The Critical Essays and Annotated Bibliography*, Cambridge, MA. : Dar Mahjar, 1985

Chauvin, Victor, *Bibliographie des ouvrages arabes ou relatifs aux arabes publiés dans l'Europe chrétienne de 1810-1885*, 12vols., 1892-1922, Liège : H. Vaillant-Carmanne ; Leipzig : O. Harrassowitz（vols. 4-5 : *Les Mille et une nuits*, 1900）

Chraïbi, Aboubakr, « Introduction », in A. Chraïbi dir., *Les Mille et Une Nuits en partage*, Actes sud, 2004, pp. 9-14

——— dir., *Les Mille et Une Nuits en partage*, Actes du colloque Fondation Singer-Polignac-Inalco, Actes Sud, 2004

Clark, Timothy, *Derrida, Heidegger, Blanchot : Sources of Derrida's Notion and Practice of Literature*, Cambridge University Press, 1992

——— *The Poetics of Singularity : The Counter-Culturalist Turn in Heidegger, Derrida, Blanchot and the later Gadamer*, Edinburgh University Press, 2005

Cosquin, Emmanuel, *Études folkloriques*, Édouard Champion, 1922

Coussonnet, Patrice, *Pensée mythique, idéologie et aspirations sociales dans un conte des Mille et une Nuits*, Institut français d'archéologie orientale du Caire, 1989

Deleuze, Gilles, *Différence et Répétition*, Presses Universitaires de France, 1968（邦訳，ジル・ドゥルーズ『差異と反復』財津理訳，河出書房新社，1992年）

De Man, Paul, *Allegories of Reading : figural language in Rousseau, Nietzsche, Rilke, and Proust*, New Haven : Yale University Press, 1979

——— *Aesthetic Ideology*, University of Chicago Press, 1996（邦訳，ポール・ド・マン『美学イデオロギー』上野成利訳，平凡社，2005年）

Direk, Zeynep & Lawlor, Leonard ed., *Jacques Derrida : Critical Assessments of Leading Philisophers*, Routledge, vol. 2, 2002

Elisséeff, Nikita, *Thèmes et motifs des Mille et Une Nuits : essai de classification*, Beyrouth : Institut Français de Damas, 1949

Fakhry, Majid, *Islamic Occasionalism and its critique by Averroës and Aquinas*, London : George Allen & Unwin Ltd., 1958

Galland, Antoine, « Journal parisien d'Antoine Galland（1708-1715）, précédé de son autobiographie（1646-1715）», presented by H. Omont & Despréaux（Curé de Saint-Lazare）, in *Mémoires de la Société de l'Histoire de Paris et de l'Île-de-France* 46, 1919, E. Champion, 1920

Gardet, Louis & Anawati, M. -M. *Introduction à la Théologie Musulmane, Essai de théologie comparée*（2 éd.）, J. Vrin, 1970

Gashé, Rodolphe, "God, for Example", *Phenomenology and the Numinous*, Duquesne

University Press, 1988, pp. 43-46
Gelder, Geert Jan van, "Poetry and the *Arabian Nights*", in Marzolph & Leeuwen ed., *The Arabian Nights Encyclopedia*, ABC Clio, 2004, pp. 13-17
Genette, Gérard, *Mimologiques : Voyage en Cratylie*, Seuil, 1976（邦訳，ジェラール・ジュネット『ミモロジック――言語模倣論またはクラテュロスのもとへの旅』花輪光監訳，書肆風の薔薇〔水声社〕，1991年）
——— *Palimpsestes : la littérature au segond degré*, Seuil, 1982（邦訳，『パランプセスト――第二次の文学』和泉涼一訳，水声社，1995年）
——— *L'Œuvre de l'art : Immanence et transcendance*, Seuil, 1994
——— *La Relation esthétique : L'Œuvre de l'art 2*, Seuil, 1997
Gerhardt, Mia, *The Art of Story-Telling : a Literary Study of the Thousand and one Nights*, Leiden : E. J. Brill, 1963
Germain, Gabriel, *Essai sur les origines de certains thèmes odysséens et la genèse de l'Odyssée*, Presses Universitaire de France, 1954
Ghazoul, Ferial J., *Nocturnal Poetics, The Arabian Nights in Comparative Context*, The American University in Cairo Press, 1996
——— « Shaharazad postmoderne », in Chraïbi dir, *Les Mille et une nuits en partage*, Actes Sud, 2004, pp. 162-167
Gimaret, Daniel, *La doctrine d'al-Ash'arī*, Les éditions du Cerf, 1990
Grotzfeld, Heinz, "Neglected Conclusions of the *Arabian Nights*, Gleanings in Forgotten and Overlooked Recensions", *Journal of Arabic Literature* 16, 1985, pp. 73-87
——— "The Manuscript Tradition of the *Arabian Nights*", in Marzolph & Leeuwen ed., *The Arabian Nights Encyclopedia*, ABC-Clio, 2004, pp. 17-21
Grunebaum, Gustave E. von, "Greek Form Elements in the Arabian Nights", *Journal of the American Oriental Society* 62, 1942, pp. 277-292
Hämeen-Anttila, Jaakko, "Oral vs. Written : Some Notes on the Arabian Nights", *Acta Orientalia* 56, 1995, pp. 184-192
Hammer, Joseph de, « Sur l'origine des Mille et une Nuits », *Journal asiatique* 10, 1827, pp. 253-256
Hamori, Andras, "The Magian and the Whore : Readings of Qmar al-Zaman", in Cambell et al, *The 1001 Nights, The Critical Essays and Annotated Bibliography*, Cambridge, MA. : Dar Mahjar, 1985, pp. 25-40
Harvery, Irene E., "Doubling the Space of Existence : Exemplarity in Derrida : the Case of Rousseau", in John Sallis ed., *Deconstruction and Philosophy, The Texts of Jacques Derrida*, University of Chicago Press, 1987, pp. 60-70
——— "Derrida and the Issues of Exemplarity", in David Wood ed., *Derrida : A Critical Reader*, Blackwell, 1992, pp. 193-217
Heath, Peter, "Romance as Genre in "The Thousand and One Nights"", *Journal of Arabic Literature*, Part 1 : 18, 1989, pp. 1-21, Part 2 : 19, 1989, pp. 1-26
Hobson, Marian, « L'exemplarité de Derrida », in *Jacques Derrida* [*L'Herne* 83], Marie-Louise Mallet & Ginette Michaud dir., Editions de l'Herne, 2004, pp. 378-384
Horovitz, Josef, "Poetische Zitate in Tausend und eine Nacht", in Gotthold Weil ed., *Festschrift Eduard Sachau zum Siebzigsten Geburtstage*, Berlin : Reimer, 1915,

pp. 375-378
Husserl, Edmund, *L'Origine de la Géométrie*, translation and introduction by Jacques Derrida, Presses Universitaires de France, 1962.（邦訳，E. フッサール，J. デリダ『幾何学の起源』田島節夫・矢島忠夫・鈴木修一訳，青土社，1988年）
Irwin, Bonnie D., "What in a Frame? The Medieval Textualization of Traditional Storytelling", *Oral Tradition* 10-1, 1995, pp. 27-53
Kafka, Franz, « Lettre au père », in *Carnets, Œuvres Complètes*, tome 7, translated by N. Robert, Cercle du Livre Précieux, 1957（邦訳，フランツ・カフカ「父への手紙」飛鷹節訳，『決定版カフカ全集 第３巻』マックス・ブロート編集，新潮社，1981年；〔旧訳〕「父への手紙」飛鷹節訳，『カフカ全集Ⅳ』新潮社，1959年）
Kant, Immanuel, *Critique de la faculté de juger*, Ferdinand Alquié ed, coll. folio, Gallimard, 1985（邦訳，イマニュエル・カント『カント全集８ 判断力批判（上）』『カント全集９ 判断力批判（下）』牧野英二訳，岩波書店，1999-2000年）
Kierkegaard, Søren, *Crainte et tremblement* in *Œuvres Complètes*, tome 5, translated by P. H. Tisseau & E. M. Jacquet-Tisseau, Éditions de l'Orante, 1972（邦訳，キルケゴール『おそれとおののき』桝田啓三郎訳，『キルケゴール著作集５』白水社，1995年）
Kobayashi, Kazue, "Illustrations to the *Arabian Nights*", in Marzolph & Leeuwen ed., *The Arabian Nights Encyclopedia*, ABC-Clio, 2004, pp. 29-34
——— "The Evolution of the *Arabian Nights* illustrations: An Art Historical Review", in Yamanaka & Nishio, eds., *The Arabian Nights and Orientalism*, I.B. Tauris, 2006, pp.171-193
Kristeva, Julia, *Σημειωτικη* : *Recherches pour une sémanalyse*, Seuil, 1969（邦訳，ジュリア・クリステヴァ『記号の解体学――セメイオチケ１』原田邦夫訳，せりか書房，1983年；『記号の生成論――セメイオチケ２』中沢新一・原田邦夫・松浦寿夫・松枝到訳，せりか書房，1984年）
Kühnel, Ernst, *The Arabseque, Meaning and Transformation of an Ornament* [1949], translated by Richard Ettinghausen, Graz: Verlag für sammler, 1976
Lane, Edward William, *The Manners and Customs of the Modern Egyptians*, 1836 reprint: Everyman's library, Dent, 1954（邦訳，ウィリアム・レイン『エジプトの生活――古代と近代の奇妙な混淆』大場正史訳，桃源社，1964年）
——— *Arabian Society in the Middle Ages, Studies from The Thousand and One Nights*, edited by Stanley Lane-Poole [1883], London: Curzon Press; New Jersey: Humanities Press, 1987
Lévinas, Emmanuel, « La mort et le temps », Cours de 1975-1976, *Cahiers de L'Herne* 38, 1991（邦訳，エマニュエル・レヴィナス「死と時間」『神・死・時間』合田正人訳，法政大学出版局，1994年所収）
Littmann, Enno, *Tausendundeine Nacht in der arabischen Literatur*, Tübingen: Mohr, 1923.
——— [article] « Alf Layla wa-Layla », *Encyclopédie de l'Islam*, vol. 1 Brill, 1960, pp. 369-375
Lourcelles, Jacques, *Dictionnaire du cinéma*, tome 3: les films, Robert Laffont, 1992 (Poche, 1999)
Lucy, Niall, A Derrida & D Lisse, Michel dir., *Passions de la littérature, avec Jacques Derrida*, Galilée, 1996

MacDonald, Duncan B., "Maximilian Habicht and His Recension of the Thousand and One Nights", *Journal of the Royal Asiatic Society*, 1909, pp. 685-704

——— "Lost Manuscripts of the 'Arabian Nights' and a Projected Edition of that of Galland", *Journal of the Royal Asiatic Society*, 1911, pp. 219-221

——— "A Preliminary Classification of Some Mss. of the Arabian Nights", in *A Volume of Oriental Studies: Presented to Edward G. Browne on his 60th Birthday*, ed., by W. Arnold & Reynold A. Nicholson, Cambridge University Press, 1922, pp. 304-321

——— "The Earlier History of the Arabian Nights", *Journal of the Royal Asiatic Society*, 1924, pp. 353-397

——— [article] "Alf Layla wa-Layla", (first) *Encylopedia of Islam*, 1913-1936, vol. IX, Supplement 1, pp. 17-21

Mahdi, Muhsin, "Exemplary Tales in the *1001 Nights*", in *The 1001 Nights: Critical Essays and Annotated Bibliography*, Mundus Arabicus, No. 3, 1983, pp. 1-124 [revised as Appendix 2 in Mahdi, *The Thousand and One Nights (Alf Layla wa-Layla) From the Earliest Known Sources*, Part 3, 1994]

——— *The Thousand and One Nights (Alf Layla wa-Layla) From the Earliest Known Sources*, Part 1: Arabic Text Edited with Introduction and Notes; Part 2: Critical apparatus, Description of Manuscripts, E. J. Brill, 1984

——— *The Thousand and One Nights, (Alf Layla wa-Layla) From the Earliest Known Sources*, Part 3: Introduction and Indexes, E. J. Brill, 1994

Marzolph, Ulrich & Leeuwen, Richard van ed. *The Arabian Nights Encyclopedia*, 2vols., Santa Barbara (California): ABC-Clio, 2004

May, Georges, *Les Mille et une nuits d'Antoine Galland*, Presses Universitaires de France, 1986

Miller, J. Hillis, *Fiction and Repetition: Seven English Novels*, Harvard University Press, 1982（邦訳，J. ヒリス・ミラー『小説と反復――七つのイギリス小説』玉井暲ほか訳，英宝社，1991年）

——— *Topographies*, Stanford University Press, 1995（邦訳，J. ヒリス・ミラー『批評の地勢図』森田孟訳，法政大学出版局，1999年）

Miquel, André, « Préface », in Bencheikh & Miquel eds., *Les Mille et Une Nuits*, coll. folio, Gallimard, 1991, pp.7-17

——— « Préface », *Les Mille et Une Nuits*, Bibliothèque de la Pléiade, Gallimard, vol. 1, 2005, pp. xi-xlvi.

Mitchell, W. J. T., *On Narrative*, The University of Chicago Press, 1981（邦訳，W. J. T. ミッチェル編『物語について』海老根宏・新妻昭彦・林完枝・原田大介・野崎次郎・虎岩直子訳，平凡社，1987年）

Molan, Peter D. "Sindbad the Sailor, A Commentary on the Ethics of Violence", *Journal of American Oriental Society* 98, 1978, pp. 237-247

——— "The *Arabian Nights*: The Oral Connection", *Edebiyât* 2, 1988, pp. 191-204

Montefiore, Alan, ed., *Philosophy in France Today*, Cambridge University Press, 1983

Naas, Michael, "Introduction: for example", in Derrida, *The Other Heading*, Indiana University Press, 1992, pp. vii-lix; reprinted in Zeynep Direk & Leonard Lawlor eds., *Jacques Derrida: Critical Assessments of Leading Philosophers*, Routledge, vol. 2, 2002,

pp. 322-341
Naddaff, Sandra, *Arabesque, Narrative Structure and the Aesthetics of Repetition in the 1001 Nights*, Northwestern University Press, 1991
Nadim, Al-, *The Fihrist of al-Nadim. A Tenth-Century Survey of Muslim Culture*, ed. and translation by Bayard Dodge, 2vols., Colombia University Press, 1970.
Norris, H.T., [Bookreview] "Husain Haddawy (tr.): *The Arabian Nights*", *Bulletin of the School of Oriental and African Studies* 55, 1992, pp.330-331
Ong, Walter J., "The Writer's Audience Is Always a Fiction", reprinted in Ong, *Interfaces of the Word, Studies in the Evolution of Consciousness and Culture*, Cornell University Press, 1977, pp. 53-81
——— *Orality and literacy, the technologizing of the word*, Methuen, 1982（邦訳，W. -J. オング『声の文化と文字の文化』桜井直文・林正寛・糟谷啓介訳，藤原書店，1991年）
Ouyang, Wen-Chin & Gelder, Geert Jan van, *New Perspectives on Arabian Nights, Ideological Variations and Narrative Horizons*, Routledge, 2005
Parker, Margaret R., *The Story of a Story Across Cultures: The Case of the 'Doncella Teodor'*, Tamesis Books, 1996
Patočka, Jan, *Essais hérétiques sur la philosophie de l'histoire* (Prague, 1975), tranlated by Erika Abrams, Paris: Verdier, 1981
Patton, Paul & Smith, Terry ed., *Jacques Derrida: Deconstruction Engaged, The Sydney Seminars*, Power Publications, 2001（邦訳，ポール・パットン，テリー・スミス編『デリダ，脱構築を語る――シドニー・セミナーの記録』谷徹・亀井大輔訳，岩波書店，2005年）
Paulvé, Dominique & Chesnais, Marion, *Les Mille et Une Nuits et les enchantements du Docteur Mardrus*, Musée du Monparnasse-Éditions Norma, 2004.
Payne, John, "The book of the Thousand nights and one nights: its history and character" (terminal essay), in *The Book of the Thousand Nights and One Night*, translated by John Payne, vol. 9, 1901, pp. 263-392
Pinault, David, *Story-Telling Techniques in the Arabian Nights*, Leiden; New York; Köln, E. J. Brill, 1992
Ponge, Francis, *Parti pris des choses* (1942), reprinted in *Tom premier*（邦訳，『物の味方』阿部弘一訳，思潮社，1971年）
——— *Proème* (1948), reprinted in *Tom premier*
——— *La Rage d'expression* (1952), reprinted in *Tom premier*
——— *Pièces*, Gallimard, 1962
——— *Tom premier*, Gallimard, 1965
——— *Le Savon*, Gallimard, 1967
Rabaté, Jean-Michel & Wetzel, Michael, *L'Éthique du don: Jacques Derrida et la pensée du don*: colloque de Royaumont, décembre 1990, Métailié-Transition; Diffusion Seuil, 1992
Récanati, François, *La Transparence et l'Énonciation*, Seuil, 1979（邦訳，フランソワ・レカナティ『ことばの運命――現代記号論序説』菅野盾樹訳，新曜社，1982年）
Richardson, John, *A Grammar of the Arabic Language*. In which Rules are Illustrated by Authorities from the Best Writers; Principally adapted for the Service of the Honourable East India Company,（初版1776）, 1801

Ricœur, Paul, *La métaphore vive*, Seuil, 1975（邦訳，ポール・リクール『生きた隠喩』久米博訳，岩波書店，1984年）
Rousseau, Jean-Jeacques, *Les Confessions*, Garnier Frères, 1964（邦訳，ジャン＝ジャック・ルソー『告白』上・下，『ルソー全集』第１－２巻，小林善彦訳，白水社，1979－1981年）
――― *Les Rêveries du promeneur solitaire*, Garnier frères, 1960（邦訳，『孤独な散歩者の夢想』佐々木康之訳，『ルソー全集』第２巻，白水社，1981年所収）
Royle, Nicholas, "What is Deconstruction", in Royle ed., *Deconstructions : A User's Guide*, Bastingstoke & New York : Palgrave, 2000
――― *Jacques Derrida*, Routledge, 2003（邦訳，ニコラス・ロイル『ジャック・デリダ』田崎英明訳，青土社，2006年）
Said, Edward, *Orientalism*, Pantheon Books, 1978（邦訳，エドワード・サイード『オリエンタリズム』今沢紀子訳，板垣雄三・杉田英明監修，平凡社，1986年〔平凡社ライブラリー，上・下巻，1993年〕）
――― *The World, the Text and the Critic*, Harvard University Press, 1983, pp. 210-212（邦訳，『世界・テキスト・批評家』山形和美訳，法政大学出版局，1995年）
El-Shamy, Hasan, "Oral Traditional Tales and the *Thousand Nights and a Night*: The Demographic Factor", in Morten Nøjgaard ed., *The Telling of Stories ; Approaches to a Traditional Craft*, Odense University Press, 1990, pp. 63-117
――― "The Oral Connections of the *Arabian Nights*", in Marzolph & Leeuwen ed., *The Arabian Nights Encyclopedia*, ABC-Clio, 2004, pp. 9-13
Schwab, Raymond, *L'auteur des Mille et une nuits : Vie d'Antoine Galland*, Mercure de France, 1964
Shiojiri, Kazuko, "Cosmology of al-Ash'arī : Introduction of Atomistic Ontology into Sunnite Kalām",『哲学・思想論集』（筑波大学哲学・思想学系）第28号，2003年，17-28頁
――― "Cosmology of Bāqillānī : Development of Atomistic Ontology in Sunnite Theology",『哲学・思想論集』（筑波大学哲学・思想学系）第29号，2004年，23-30頁
Sironval, Margaret, *Album Mille et Une Nuits, Iconographie choisie et commentée par Margaret Sironval*, Bibliothèque de la Pléiade, Gallimard, 2005
――― « Les Manuscrits des « Mille et Une Nuits » », in J. E. Bencheikh & A. Miquel éd., *Les Mille et Une Nuits*, Bibliothèque de la Pléiade, Gallimard, vol. 3, 2007, pp. 1011-1018
Slymovics, Susan, "Perfoming A Thousand and One Nights in Egypt", *Oral Tradition* 9-2, 1994, pp. 390-419
Sugita, Hideaki, "The *Arabian Nights* in Modern Japan : A Brief Historical Sketech", in Yamanaka & Nishio ed., *The Arabian Nights and Orientalism*, I. B. Tauris, 2006, pp. 116-155
Todorov, Tzvetan, Littérature et signification, Larousse, 1967（邦訳，ツヴェタン・トドロフ『小説の記号学――文学の意味作用』菅野昭正・保苅瑞穂訳，大修館書店，1974年）
――― *Théories du symbole*, Seuil, 1977（邦訳，『象徴の理論』及川馥・一之瀬正興訳，法政大学出版局，1987年）
――― « Les hommes-récits : *les Milles et une nuits », Poétique de la prose*, Seuil, 1978, pp. 33-46
Torrens, Henry, "Remarks on M. Schlegel's objections to the Restored Editions of the Alif

Leilah or Arabian Nights' Entertainments", *Journal of Arabic Society of Bengal* 6, 1837, pp. 161-168 [reprinted in *The Asiatic Journal and Monthly Register* (London) 25, 1838, pp. 72-77]
Valéry, Paul, « La crise de l'esprit » (1919), in *Variété*, reprinted in *Œuvres* 1, Bibliothèque de la Pléiade, Gallimard, pp. 988-1000（邦訳，ポール・ヴァレリー「精神の危機」桑原武夫訳，『ヴァレリー全集11 文明批評』筑摩書房，1967年，24-41頁；「精神の危機」松田浩則訳，『ヴァレリー・セレクション（上）』平凡社ライブラリー，2005年，68-90頁）
——— « Note (ou L'Européen) » (1922), in *Variété*, reprinted in *Œuvres* 1, Bibliothèque de la Pléiade, Gallimard, pp. 1000-1014（邦訳，「ヨーロッパ人」渡辺一夫・佐々木明訳，『ヴァレリー全集11 文明批評』筑摩書房，1967年，42-59頁）
——— « Fonction de Paris » (1927), in *Regard sur le Monde actuel*, reprinted in *Œuvres* 2, coll. Pléiade, Gallimard, pp. 1007-1010（邦訳，「パリの機能」鈴木力衛訳，『ヴァレリー全集12 現代世界の考察』筑摩書房，1968年，125-128頁）
——— « Présence de Paris » (1937), in *Regard sur le Monde actuel*, reprinted in *Œuvres* 2, Bibliothèque de la Pléiade, Gallimard, pp. 1011-1015（邦訳，「パリの存在」鈴木力衛訳，『ヴァレリー全集12 現代世界の考察』筑摩書房，1968年，129-135頁）
——— « Pensée et art français » (1939), in *Regard sur le Monde actuel*, reprinted in *Œuvres* 2, Bibliothèque de la Pléiade, Gallimard, pp. 1046-1058（邦訳，「フランスの思想と芸術」菊池映二訳，『ヴァレリー全集12 現代世界の考察』筑摩書房，1968年，181-196頁）
Warminski, Andrzej, "Reading for example : 'Sense-Certainty' in Hegel's *Phenomenology of Spirit*", *Diacritics* 11-2, 1981, pp. 83-96
——— "Pre-Positional By-Play", *Glyph* 3, 1978, pp. 98-117
Yamanaka, Yuriko & Nishio, Tetsuo, eds., Introduction by Robert Irwin, *The Arabian Nights and Orientalism, Perspectives from East and West*, I. B.Tauris, 2006
Ziegler, Jean, *La faim dans le monde expliquée à mon fils*, Seuil, 1999（邦訳，ジャン・ジグレール『世界の半分が飢えるのはなぜ？——ジグレール教授がわが子に語る飢餓の真実』たかおまゆみ訳，合同出版，2003年）
Zotenberg, M. H., « Notice sur quelques manuscrits des Mille et une nuits, et la traduction de Galland », in *Notice et extraits des manuscrits de la Bibliothèque nationale de Paris* 28, 1888, pp. 167-320
アイソポス『イソップ寓話集』山本光雄訳，岩波文庫，1978年
アーウィン，ロバート『必携アラビアン・ナイト——物語の迷宮へ』西尾哲夫訳，平凡社，1998年
———『アラビアン・ナイトメア』若島正訳，国書刊行会，1999年
青柳悦子「ディスクールの思想家バフチンによる他者論——フランス（ポスト）構造主義の文脈との関連」，阿部軍治編『バフチンを読む』NHK ブックス，1997年所収
———「同一と他のめまい——ジュネットによる文学批評領域の開拓」『言語文化論集』（筑波大学現代語・現代文化学系）第48号，1998年，197-218頁
———「ジュネットにおける“フィギュール”」『言語文化論集』（筑波大学現代語・現代文化学系）第46号，1998年，53-79頁
———「提喩的めまい——ジェラール・ジュネットにおける文学現象の探究」，日本記号学会編『グローバリゼーション／ナショナリズム』記号学研究第19号，東海大学出版会，

1999年，167-178頁
――――「『アラビアン・ナイト』の逆説的世界――そのテクスト特性についての予備的考察」『言語文化論集』（筑波大学現代語・現代文化学系）第50号，1999年，27-72頁
――――「『アラビアン・ナイト』にみる仮設的文学作品の可能性」，日本記号学会編『文化の仮設性――建築からマンガまで』記号学研究第20号，東海大学出版会，2000年，183-194頁
――――「『アラビアン・ナイト』における物語行為――テクストにみるその非特定性と多重性」『言語文化論集』（筑波大学現代語・現代文化学系）第52号，2000年，151-204頁
――――「小説的思考における他者との融合」，土田友則・青柳悦子『文学理論のプラクティス』新曜社，2001年，55-77頁
――――「物語における重層話法――試論」『言語文化論集』（筑波大学現代語・現代文化学系）第65号，2004年，171-225頁
――――「『千夜一夜』の主人公像と世界観――無能と人間肯定」『文藝言語研究文藝篇』（筑波大学大学院人文社会科学研究科文芸・言語専攻紀要）第48号，2005年，35-108頁
――――「『アラビアン・ナイト』」，土田知則編『あらすじと読みどころで味わう 世界の長編文学』新曜社，2005年，20-26頁
――――「範例性と文学――デリダの論考から(1)」『文藝言語研究　文藝篇』（筑波大学大学院人文社会科学研究科文芸・言語専攻紀要）第49号，2006年，95-151頁
――――「範例性と文学――デリダの論考から(2)［自己の特個性と普遍性］」『文藝言語研究　文藝篇』第50号，2006年，25-93頁
――――「範例性と文学――デリダの論考から(3)［虚構文学の範例性］」『文藝言語研究　文藝篇』第51号，2007年，75-152頁
――――「文学と範例性――デリダの文学観と『千夜一夜』の現代性」2007年度筑波大学博士論文
赤羽研三『言葉と意味を考える　I　隠喩とイメージ』『言葉と意味を考える　II　詩とレトリック』夏目書房，1998年
上利博規「デリダと文学」『静岡大学人文学部 人文論集』第49号，1998年，51-80頁
――――『デリダ　人と思想』清水書院，2001年
――――「「絵画における真理」をめぐるデリダの言説」『静岡大学人文論集』第54巻２号，2003年，1-22頁
アガンベン，ジョルジュ『バートルビー――偶然性について』月曜社，2005年
東浩紀『存在論的，郵便的――ジャック・デリダについて』新潮社，1998年
アトリー，フランシス・リー「民衆文学――研究方法からの定義」，アラン・ダンデスほか『フォークロアの理論――歴史地理的方法を越えて』荒木博之編訳，法政大学出版局，1994年所収
阿部軍治編『バフチンを読む』NHK ブックス，1997年
天野喜孝（画）・松本隆（文）『葡萄姫』講談社，1996年
天野喜孝（監修）『1001 Nights』角川文庫，1999年
池内紀『カフカを読む――池内紀の仕事場 第３巻』みすず書房，2004年
池田修「イスラムが，多くの民族と広大な地域をひとつの文化圏に統一した」『週刊朝日百科　世界の文学118　コーラン　アラビアン・ナイト』朝日新聞社，2001年，226-227頁
――――「『アラビアン・ナイト』――信仰と空想が拡げる世界の涯」『週刊朝日百科　世界の文学118　コーラン　アラビアン・ナイト』朝日新聞社，2001年，232-234頁

井筒俊彦『イスラーム思想史——神学・神秘主義・哲学』岩波書店，1975年
————『イスラーム哲学の原像』岩波新書，1980年
————『意味の深みへ——東洋哲学の水位』岩波書店，1985年
————『コスモスとアンチコスモス』岩波書店，1989年
————『イスラーム文化——その根底にあるもの』（親本1981年）岩波文庫，1991
————『イスラーム思想史』中公文庫，1991年
————『イスラーム生誕』（親本1979年）中公文庫，2003年
大場正史『あらびあんないと事典』青蛙書房，1961年
荻原規子『これは王国のかぎ』中央公論新社，1999年
オースター，ポール『孤独の発明』柴田元幸訳，新潮文庫，1996年
カーニー，リチャード編『現象学のデフォルマシオン』毬藻充・松葉祥一・庭田茂吉訳，現代企画室，1998年
カフカ，フランツ「判決」池内紀訳，『カフカ短編集』池内紀編訳，岩波文庫，1987年
柄谷行人『探求Ⅰ』講談社，1986年（講談社学術文庫，1992年）
————『探究Ⅱ』講談社，1989年（講談社学術文庫，1992年）
グタス，ディミトリ『ギリシア思想とアラビア文化——初期アッバース朝の翻訳運動』勁草書房，2004年
工藤庸子『ヨーロッパ文明批判序説』東京大学出版会，2003年
グリム兄弟『完訳 グリム童話集』金田鬼一訳，第１－５巻，岩波文庫，1979年
黒田壽郎『イスラームの構造』書肆心水，2004年
国立民族学博物館編・西尾哲夫責任編集『アラビアンナイト博物館』東方出版，2004年
小林一枝『「アラビアンナイト」の国の美術史——イスラーム美術入門』八坂書房，2004年
————〔中心執筆〕「挿絵からアートへ」，国立民族学博物館編『アラビアンナイト博物館』2004年，82-89頁
————〔中心執筆〕「シャガールのリトグラフ『アラビアン・ナイト』からの４つの物語」，国立民族学博物館編『アラビアンナイト博物館』2004年，90-91頁
斉藤慶典『なぜ「脱−構築」は正義なのか』NHK 出版，2006年
塩尻和子「コーランにみる「世界の創造」」，月本昭男編『創世神話の研究』リトン，1996年所収
————「Daniel Gimaret, *La doctrine d'al-Ash'arī*」〔書評〕，『オリエント』（日本オリエント学会）第39巻第２号，1996，116-122頁
————「アラベスクの世界——イスラームと美術」(1)(2)，『中東協力センターニュース』1999年４－５月号，54-58頁，10-11月号，29-36頁〔塩尻『イスラームを学ぼう』秋山書店，2007年，91-113頁に再録〕
————『イスラームの倫理——アブドゥル・ジャッバール研究』未來社，2001年
————「アシュアリー神学の位置づけ」『宗教と倫理』第２号，2002年，23-36頁
————「イスラーム神学にみる原子論的宇宙論——アシュアリーからジュワイニーまで」，『宗教哲学研究』（京都宗教哲学会）第２号，2005年，17-32頁
————『イスラームを学ぼう——実りある宗教間対話のために』秋山書店，2007年
————『イスラームの人間観・世界観——宗教思想の深淵へ』筑波大学出版会，2008年
塩尻和子・池田美佐子『イスラームの生活を知る事典』東京堂出版，2004年
シドウ，フォン「民話について」，ダンデスほか『フォークロアの理論』法政大学出版局，1994年所収

杉田英明「『アラビアン・ナイト』翻訳事始――明治前期日本への移入とその影響」，『東京大学大学院総合文化研究科・教養学部外国語研究紀要』第４号，1999年，1-57頁
――――「『アラビアン・ナイト』――世界の芸術家の霊感源」『週刊朝日百科　世界の文学118　コーラン　アラビアン・ナイト』朝日新聞社，2001年，228-231頁
――――『葡萄樹の見える回廊――中東・地中海文化と東西交渉』岩波書店，2002年
――――「語学教材としての『アラビアン・ナイト』――明治～昭和前期を中心に」『ODYSSEUS』第11号，東京大学大学院総合文化研究科地域文化研究専攻，2006年，1-31頁
――――「『アラビアン・ナイト』原典講読事始――昭和前期におけるアラビア語研究の先達たち」『東洋文化』第87号，東洋学会・東京大学東洋文化研究所，2007年，205-225頁
関根謙司〔書評〕「アブール・ファトーフ・ルドワーン著「ブーラーク印刷所の歴史」」『イスラム世界』第11号，1976年，64-69頁
――――『アラブ文学史――西欧との相関』六興出版，1979年
ソーマデーヴァ『屍鬼二十五話 インド伝奇集』上村勝彦訳，東洋文庫，平凡社，1978年
高橋哲哉『デリダ――脱構築』講談社，1988年
高橋亨『源氏物語の詩学――かな物語の生成と心的遠近法』名古屋大学出版会，2007年
ダンデス，アランほか『フォークロアの理論――歴史地理的方法を越えて』荒木博之編訳，法政大学出版局，1994年
チョーサー『完訳カンタベリー物語』桝井迪夫訳，全３巻，岩波文庫，1973年
土田知則・青柳悦子『文学理論のプラクティス』新曜社，2001年
土田知則「『卑俗な』という危うげな一語に託して――ポール・ド・マンの選択」（付，ポール・ド・マン「ドイツ占領下時代の新聞記事　四編」），『思想』2006年12月号
テイラー，アーチャー「フォークロアと文学研究者」，アラン・ダンデスほか『フォークロアの理論――歴史地理的方法を越えて』荒木博之編訳，法政大学出版局，1994年所収
ド・マン，ポール「ドイツ占領下時代の新聞記事　四編」土田知則訳，『思想』2006年12月号
中村廣治郎『イスラムの宗教思想』岩波書店，2002年
ナスル，S. H.『イスラームの哲学者たち』黒田壽郎・柏木英彦訳，岩波書店，1975年
西尾哲夫「アラビアン・ナイト研究の問題と展望」『オリエント』第37巻第２号，日本オリエント学会，1995年
――――「アラブ民衆文学のスターたち」『週刊朝日百科　世界の文学118　コーラン　アラビアン・ナイト』朝日新聞社，2001年，238-239頁
――――「特集　アラビアンナイト学への招待」（西尾哲夫責任編集），『民博通信』第100号，国立民族学博物館，2003年
――――『図説アラビアンナイト』河出書房新社，2004年
――――「無限に生まれる千二夜めの物語――マンガ，少女歌劇，映画，電子ゲーム」『月刊みんぱく』2004年９月号（「特集　21世紀のアラビアンナイト」），２-５頁
――――「欧米・日本におけるアラビアンナイト受容と中東イスラム世界イメージ形成」平成14－17年度科学研究費補助金（基盤研究Ａ）研究成果報告書，2006年
――――「『アラビアンナイト』と中東世界の女性観――カイドの概念をめぐって」『比較文学研究』第87号，2006年
――――『アラブ・イスラム社会の異人論』世界思想社，2006年
――――『アラビアンナイト――文明のはざまに生まれた物語』岩波新書，2007年

バース，ジョン「ドニヤーザード姫物語」『キマイラ』國重純二訳，新潮社，1980年
蓮實重彦『表象の奈落——フィクションと思考の動体視力』青土社，2006年
————『「赤」の誘惑——フィクション論序説』新潮社，2007年
バートン，リチャード『千夜一夜の世界』大場正史訳，桃源社，1963年
バフチン，ミハイル『小説の時空間』北岡誠司訳，新時代社，1987年
————「1970−1971年の覚え書き」新谷敬三郎訳，『バフチン著作集８　ことば 対話 テキスト』新時代社，1988年
————『ドストエフスキーの詩学』望月哲男・鈴木淳一訳，ちくま学芸文庫，1995年
————『小説の言葉　付・小説の言葉の前史より』伊東一郎訳，平凡社ライブラリー，1996年
ハマザーニ「ハマザーニ作『マカーマート』より——バグダードのマカーマ／獅子のマカーマ」杉田英明訳・解説，『へるめす』第54号，1995年，39-45頁
林好雄・廣瀬浩司『知の教科書——デリダ』講談社，2003年
ハリーリー，アル『マカーマート——中世アラブの語り物』１・２，堀内勝訳，東洋文庫，平凡社，2008・2009年
兵藤裕己「口承文芸総論」『岩波講座・日本文学史』第16巻，1997年
————『〈声〉の国民国家・日本』NHK ブックス，2000年
————『物語・オーラリティ・共同体——新語り物序説』ひつじ書房，2002年
廣瀬浩司『デリダ——きたるべき痕跡の記憶』白水社，2006年
福原信義「マリュドリュス版『アラビアン・ナイト』挿絵」『週刊朝日百科　世界の文学118　コーラン　アラビアン・ナイト』朝日新聞社，2001年，240-241頁
藤野幸雄『探検家リチャード・バートン』新潮選書，1986年
フロイト，ジークムント『自我論集』中山元編，ちくま学芸文庫，1996年
ペリー，B. E『シンドバードの書の起源』西村正身訳，未知谷，2001年
ペロー，シャルル『完訳 ペロー童話集』新倉朗子訳，岩波文庫，1982年
ベンジェルーン，ターハル『砂の子ども』紀伊國屋書店，1996年
ボッカチオ『デカメロン』野上素一訳，全６巻，岩波文庫，1949年
ボルヘス，ホルヘ・ルイス『七つの夜』野谷文昭訳，みすず書房，1997年
ホメーロス『オデュッセイアー』上巻，呉茂一訳，岩波文庫，1971年
————「オデュッセイア」高津春繁訳，『筑摩世界文学大系２　ホメーロス』筑摩書房，1971年所収
前嶋信次『アラビアン・ナイトの世界』（初版1970）平凡社ライブラリー，1995年
————『千夜一夜物語と中東文化——前嶋信次著作選１』（初版1970）杉田英明編，東洋文庫，平凡社，1995年
マフフーズ，ナギーブ『シェヘラザードの憂愁』塙治夫訳，河出書房新社，2009年
水野信男『音楽のアラベスク——ウンム・クルスームの歌のかたち』世界思想社，2004年
宮崎正勝『イスラム・ネットワーク——アッバース朝がつなげた世界』講談社，1994
ムカッファイ，イブヌ・ル『カリーラとディムナ——アラビアの寓話 』菊池淑子訳，東洋文庫，平凡社，1978年
メルヴィル，ハーマン「バートルビー」，アガンベン『バートルビー——偶然性について』月曜社，2005年所収
メルニーシー，ファティマ『ハーレムの少女ファティマ』ラトクリフ川政祥子訳，未來社，1998年

最上英明〔研究ノート〕「『千一日物語』の枠物語」『香川大学経済論叢』第75巻第３号，2002年
柳田國男『口承文芸大意　岩波講座・日本文学61』岩波書店，1932年
山中由里子「中東世界での再発見」，国立民族学博物館編・西尾哲夫責任編集『アラビアンナイト博物館』2004年所収
ラシュディ，サルマン『ハールーンとお話の海』青山南訳，国書刊行会，2002年
リーマン，オリバー『イスラム哲学への扉――理性と啓示をめぐって』中村廣治郎訳，筑摩書房，1988年
レヴィナス，エマニュエル『存在するとは別の仕方であるいは存在することの彼方へ』合田正人訳，朝日出版社，1990

著者名のない著作

The Adventures of Antar, translated by H.T. Norris, Warminstar, Wilts (England) : Aris &Phillips ltd., 1980
Arabic-English Dictionary, The Hans Wehr Dictionary of Modern Written Arabic, edited by J. M. Cowan, Spoken Language Services, Inc., 1994
La Bible, Ancien Testament, Édouard Dhorme éd., Bibliothèque de la Pléiade, Gallimard, 1956（邦訳『新共同訳 聖書』日本聖書協会，1991年）
GDEL, Grand dictionnaire encyclopédique Larousse, 10vols., Larousse, 1983
Logos, Grand dictionnaire de la langue française, Bordas, 1976
『アジアの民話12 パンチャタントラ』田中於莵弥・上村勝彦訳，大日本絵画，1980年
『アラブの民話』イネア・ブシュナク編，久保儀明訳，青土社，1995年
『岩波イスラーム辞典』岩波書店，2002年
『鸚鵡七十話 インド風流譚』田中於莵弥訳，東洋文庫，平凡社，1963年
『カター・サリット・サーガラ――愚者物語』岩本裕訳，筑摩世界文学大系９『インド　アラビア　ペルシア集』筑摩書房，1974年所収
『今昔物語集』池上洵一校注，全５巻，新日本古典文学大系33-37，岩波書店，1993年
『日亜対訳・注解　聖クルアーン』日本ムスリム協会，1982年
「パンチャ・タントラとヒトーパデーシャ」岩本裕訳，筑摩世界文学大系９『インド アラビア ペルシア集』筑摩書房，1974年所収
『魅惑の影絵アニメーション　ロッテ・ライニガーの世界』アスミック・エース・エンタテインメント，2005年

雑誌など

『ペーパームーン』第23号，特集「少女漫画・千一夜」新書館，1980年
『週刊朝日百科　世界の文学118　コーラン　アラビアン・ナイト』（第12巻「アジア・アフリカ・オセアニア」に収録）朝日新聞社，2001年
『民博通信』第100号，特集「アラビアンナイト学への招待」，2003年
『月刊みんぱく』第324号，特集「21世紀のアラビアンナイト」，2004年９月
『週刊朝日百科　日本の美術館を楽しむ』第16号，2005年（２月６日号）

映像資料〔公開年順〕

Lotte Reiniger, "Adventures of Prince Achmed", 1926（ロッテ・ライニガー『アクメッド

王子の冒険』)〔DVD:『アクメッド王子の冒険 特別版』角川エンタテインメント，2006年〕
大藤信郎『馬具田城の盗賊』1926年〔DVD:『大藤信郎作品集』紀伊國屋書店(発売)，2004年〕
Ludwig Berger, Michael Powell, Tim Whelan, "Thief of Bagdad", 1940(ルドウィッヒ・ベルガー，マイケル・パウエル，ティム・フェーラン監督『バグダッドの盗賊』)〔DVD:『バグダッドの盗賊』アイ・ヴィー・シー，2002年〕
藪下泰司・黒田昌郎監督『アラビアンナイト　シンドバッドの冒険』1962年〔DVD:東映ビデオ株式会社，2002年〕
Pier Paolo Pasolini, "Il Fiore delle mille e una notte", 1974(パオロ・パゾリーニ『アラビアンナイト』)〔DVD:『パゾリーニ・コレクション 生の三部作 DVD-BOX』エスピーオー(発売)，2003年〕
Ron Clements, John Musker, "Aladdin", 1992(ロン・クレメンツ，ロン・マスカー監督『アラジン』)〔DVD:『アラジン スペシャルエディション』ブエナビスタホームエンターテイメント(発売)，2004年〕
天野義孝製作・監修，マイク・スミス監督『1001 Nights』1998年〔DVD:『天野喜孝1001 Nights』ビームエンタテインメント(ハピネットピクチャー)，2000年〕

資料1 『千夜一夜』収録話タイトル一覧

＊平凡社東洋文庫の目次によった.〔 〕内はよく用いられる別称

第1巻

まえがき

慈悲の神　慈愛の神　アッラーの御名によりて

シャハリヤール王とその弟君の話

驢馬と牡牛との話

[1]商人と魔王との物語（第1—3夜）
[1a]一番目の長老の話（第1—2夜）
[1b]二番目の長老の話（第2夜内）
[1c]三番目の長老の話（第2夜内）
[2]漁夫と魔王との物語（第3—9夜）
[2a]ユーナーン王の大臣の話（第4—5夜）
[2aa]シンディバード王の話（第5夜内）
[2ab]裏切りものの大臣の話（第5夜内）
[2b]石に化した王子の話（第7—8夜）
[3]荷担ぎやと三人の娘の物語（第9—19夜）
[3a]第一の遊行僧の話（第11—12夜）
[3b]第二の遊行僧の話（第12—14夜）
[3ba]嫉み男と嫉まれ男の話（第13夜内）
[3c]第三の遊行僧の話（第14—16夜）
[3d]一番年長の娘の話（または第一の娘と二匹の黒犬の話）（第17—18夜）
[3e]門番の女の話（または打傷のある第二の娘の話）（第18夜内）

第2巻

[4]三つの林檎の物語（第19—20夜）
[4a]大臣ヌールッ・ディーンとシャムスッ・ディーンの物語（第20—24夜）〔二人の大臣の物語〕
※厳密な入れ子形式ではないが，[4a]を別立ての物語とせず，「三つの林檎」の枝話とした.
[5]せむしの物語（第24—34夜）
[5a]クリスチャンの仲買人の話（第25—26夜）
[5b]お台所監督の話（第27—28夜）
[5c]ユダヤ人の医者の話（第28—29夜）
[5d]裁縫師の話（第29—33夜）
[5da]理髪師の話（第31—33夜）
[5daa]理髪師の一番目の兄の話
[5dab]理髪師の二番目の兄の話
[5dac]理髪師の三番目の兄の話
[5dad]理髪師の四番目の兄の話
[5dae]理髪師の五番目の兄の話
[5daf]理髪師の六番目の兄の話
裁縫師の話の結末（第33夜内）
〔せむしの物語の結末(第33—34夜)〕

第3巻

[6]ヌールッ・ディーン・アリーとアニースッ・ジャリースの物語（第34—38夜）
[7]狂恋の奴隷ガーニム・イブン・アイユーブの物語（または商人アイユーブとその息子ガーニムおよびその娘フィトナの物語）（第38—45夜）
[7a]黒奴ブハイトの因果話（第39内）
[7b]黒奴カーフールの因果話（第39—40夜）
[8]オマル・ブヌ・アン・ヌウマーン王とそのふたりの御子シャルカーンとダウール・マカーン，そしてこの人たちに起こった驚異・珍奇な物語（第45—145夜）〔オマル王の物語〕

第４巻
（「オマル王の物語」つづき）

第５巻
（「オマル王の物語」つづき）
[8a]タージル・ムルークとドゥンヤー姫の物語——恋いこがれたものと恋い慕われたもの——（第107—137夜）
[8aa]アジーズとアジーザの話（第112—129夜）
[8b]ハシーシュ食いの話
[8c]牧人ハンマードの話（第144夜内）

第６巻
[9]鳥獣と人間との物語（第146—147夜）
[10]聖者と鳩との物語（第147—148夜）
[11]水禽とカメとの物語（第148夜内）
[12]狼と狐との物語（第148—150夜）
[12a]タカとウズラとの話（第149—150夜）
[13]ネズミとイタチとの物語（第150夜内）
[14]カラスと猫との物語（第150夜内）
[15]狐とカラスとの物語（第150—152夜）
[15a]ノミとネズミとの話（第150—151夜）
[15b]タカと肉食鳥どもとの話（第151—152夜）
[15c]スズメとワシとの話（第152夜内）
[16]ハリネズミとキジ鳩との物語（第152夜内）
[16a]商人とふたりの詐欺師との話
[17]盗人と猿との物語（第152夜内）
[17a]愚かな織匠の話（第152夜内）
[18]孔雀とスズメとの物語（第152夜内）
[19]アリー・ビン・バッカールとシャムス・ウン・ナハールとの物語（第153—170夜）
[20]カマル・ウッ・ザマーンの物語（またはシャハリマーン王とその子カマル・ウッ・ザマーンとの物語）（第170—249夜）

第７巻
（「カマル・ウッ・ザマーンの物語」つづき）
[20a]ニイマ・ビン・アル・ラビーとその女奴隷ヌウムとの物語（第237—247夜）
[21]アラーッ・ディーン・アブーッ・シャーマートの物語（ほくろのアラディン物語）（第249—269夜）〔ほくろのアラジン〕

第８巻
[22]ハーティム・ウッ・ターイーの物語（第269—270夜）
[23]マアン・ブヌ・ザーイダの物語（第270—271夜）
[24]マアン・ブヌ・ザーイダと遊牧の民の物語（第271夜内）
[25]ラブタイトの町の物語（またはレプタの町の物語）（第271—272夜）
[26]アブドル・マリクの御子ヒシャームと年若い牧人との物語（第272夜内）
[27]アル・マハディーの子イブラーヒームの物語（第272—275夜）
[28]アブドッラー・ブヌ・アビー・キラーバの物語（またはアブドッラー・ブヌ・アビー・キラーバと円柱の都イラムの物語）（第275—279夜）
[29]モスルのイスハークの話（第279—282夜）
[30]屠殺場の掃除夫とある貴婦人との話（第282—285夜）
[31]カリフ，ハールーン・アル・ラシードと，にせカリフ（または第二のカリフ）との物語（第285—294夜）
[32]ペルシア人アリーの物語（第294—296夜）
[33]カリフ，ハールーン・アル・ラシードと女奴隷，そしてアブー・ユースフ大師の物語（またはイマーム・アブー・ユースフがどうしてカリフ，ハー

ルーン・アル・ラシードとその大臣ジャアファルとを窮地から救い出したかという物語）（第296—297夜）
[34]ハーリド・イブン・アブドッラー・アル・カスリーの物語（または恋人の名誉を救うため泥棒になりすました若者の物語）（第297—299夜）
[35]バルマク家のジャアファルの寛仁さとそら豆売りの物語（第299夜内）
[36]ものぐさのアブー・ムハンマドの話（第299—305夜）
[37]バルマク家のヤフヤー・ブヌ・ハーリドの度量の広い物語（第305—306夜）
[38]ヤフヤー・ブヌ・ハーリドが自分の偽手紙を書いた男に度量を示した話（第306—307夜）
[39]カリフ，アル・マームーンと異国の学者との物語（第307—308夜）
[40]アリー・シャールとズムッルドとの物語（第308—327夜）
[41]ジュバイル・ブヌ・ウマイルとブドゥールとの恋物語（第327—334夜）

第9巻

[42]ヤマンのそれがしと六人の女奴隷の物語（またはカリフ，アル・マームーンの御前でバスラのムハンマドの物語った六人の女奴隷の品定めの話）（第334—338夜）
[43]ハールーン・アル・ラシードとある女奴隷とアブー・ヌワースとの物語（第338—340夜）
[44]犬の食べ残しを食べ，それがはいっていた黄金の皿を盗み取った男の物語（第340—341夜）
[45]アレクサンドリアの詐欺師と警察長官との話（第341—342夜）
[46]アル・マリク・ウン・ナーシルと三人の警察長官の物語（第342—344夜）
[46a]カイロの警察長官の話
[46b]ブーラークの警察長官の話
[46c]古カイロの警察長官の話
[47]盗人と両替商との物語（第344—345夜）
[48]クースの警察長官といかさま師との物語（第345—346夜）
[49]イブラーヒーム・イブヌル・マハディーとある商人との物語（第346—347夜）
[50]貧者に施しをして両手を国王のため斬られた女の話（第347—348夜）
[51]信心家のイスラエルびとの話（第348—349夜）
[52]アブー・ハッサーン・ウッ・ズィヤーディーとホラサーンの男との話（第349—351夜）
[53]困った時の友は真の友という話（第351夜内）
[54]貧乏してのち，また金持ちとなった富人の話（または運命に背かれ極貧となった富人の話）（第351—352夜）
[55]カリフ，アル・ムタワッキルと女奴隷マハブーバとの物語（第352—353夜）
[56]屠殺人ワルダーンと美女と熊との物語（第353—355夜）
[57]王女と猿との物語（第355—357夜）
[58]黒檀の馬の物語（第357—371夜）
[59]ウンス・ル・ウジュードとアル・ワルド・フィール・アクマームとの物語（第371—381夜）
[60]アブー・ヌワースと三人の若衆とカリフとの物語（第381—383夜）
[61]アブドッラー・ブヌ・マアマルとバスラ男とその女奴隷との話（第383夜内）
[62]ウドラ族の恋人たちの話（第383—384夜）
[63]ヤマンのおとどとその弟君との話（またはヤマンの大臣バドル・ウッ・ディーンとその弟，および弟の師匠の話）（第384夜内）
[64]書塾での少年と少女との恋の話（第384—385夜）
[65]アル・ムタラムミスとその妻との話

（第385夜内）
[66]カリフ，ハールーン・アル・ラシードと泉水の中のズバイダ正妃との話（第385—386夜）
[67]ハールーン・アル・ラシードと三人の詩人との話（第386夜内）
[68]アッ・ズバイルの子ムスアブとタルハの娘アーイシャとの話（第386—387夜）
[69]アブル・アスワドがその女奴隷を歌った話（第387夜内）
[70]ハールーン・アル・ラシードと二人の女奴隷との話（第387夜内）
[71]ハールーン・アル・ラシードと三人の女奴隷との話（第387夜内）
[72]粉屋とその妻との話（第387—388夜）
[73]うつけ者と詐欺師との話（第388夜内）

第10巻
[74]カリフ，ハールーン・アル・ラシードとズバイダ正妃との話（または法官アブー・ユースフとズバイダ正妃との話）（第388—389夜）
[75]カリフ，アル・ハーキムとある商人との話（第389夜内）
[76]キスラー（ホスロー）・アヌーシルワーン王と農家の娘との話（第389—390夜）
[77]水運びの男と金細工師の妻との話（第390—391夜）
[78]ホスロー大王とシーリーンと漁師との話（第391夜内）
[79]バルマク家のヤフヤー・ブヌ・ハーリドと貧乏男との話（第391—392夜）
[80]ムハンマド・アル・アミーンとジャアファル・ブヌ・ムーサー・アル・ハーディーとの話（第392夜内）
[81]サーイド・ブヌ・サーリム・アル・バーヒリーとバルマク家の御曹子たちの話（第392—393夜）
[82]まんまと夫を騙した女の話（第393—394夜）
[83]信仰心の篤いイスラエルの女と邪悪な二老人との話（第394夜内）
[84]カリフ，ハールーン・アル・ラシードとジャアファルと遊牧の老人との話（第394—395夜）
[85]オマル・ブヌル・ハッターブと若い牧人との話（第395—397夜）
[86]カリフ，アル・マームーンとピラミッドとの話（第397—398夜）
[87]盗人と商人との話（第398—399夜）
[88]マスルールとイブヌル・カーリビーとの話（またはカリフ，ハールーン・アル・ラシードとイブヌル・カーリビー）（第399—401夜）
[89]カリフ，ハールーン・アル・ラシードと苦行修行のその御子との話（第401—402夜）
[90]歌を聞いて恋をした書塾の教師の話（第402—403夜）
[91]愚かな教師の話（第403夜内）
[92]読み書きを知らぬ教師の話（第403—404夜）
[93]ある国王と操正しい女との話（第404夜内）
[94]アブドル・ラフマーン・アル・マグリビーが語った巨鳥ルフの話（第404—405夜）
[95]アディー・ブヌ・ザイドとアン・ヌウマーン王の娘ヒンドとの話（第405—407夜）
[96]ディビル・アル・フザーイーと女人ムスリム・ブヌル・ワリードとの話（第407夜内）
[97]モスルのイスハークと商人との話（第407—409夜）
[98]三人の薄幸な恋人たちの話（または，老いた牧人の語った恋の話）（第409—410夜）
[99]タイイー部族の恋人たちの話（または，カーシム・ブヌ・アディの伝えたある恋物語）（第410—411夜）
[100]恋に気の狂った男の話（または，

アブル・アッバース・アル・ムバルラドが伝えた恋の物語）（第411—412夜）

[101] イスラムに改宗した修道院長の話（または，アブー・バクル・ブヌ・ムハンマド・アル・アンバーリーが語ったアブドル・マシーフ・アル・ラーヒブの物語）（第412—414夜）

[102] アブー・イーサーと女奴隷クルラトル・アインの恋物語（第414—418夜）

[103] アル・アミーンとその叔父イブラーヒーム・イブヌル・マハディーとの話（第418—419夜）

[104] カリフ，アル・ムタワッキルとアル・ファトフ・ブヌ・ハーカーンとの話（第419夜内）

[105] 美男と美女との優劣についてある女流学者が論争した話（またはハマーの町の女説教師の話）（第419—423夜）

[106] アブー・スワイドときれいな老女との話（第423—424夜）

[107] アリー・ブヌ・ムハンマド・ブヌ・アブドッラー・ブヌ・ターヒルと女奴隷ムーニスとの話（第424夜内）

[108] 二人の女とその恋人たちとの話（第424夜内）

[109] カイロの商人アリーの物語（またはバグダードの妖怪屋敷）（第424—434夜）

[110] メッカ巡礼の男と老女との話（第434—436夜）

[111] 女奴隷タワッドゥドの物語（第436—462夜）

第11巻

[112] 死の天使とたかぶる王者と篤信家との話（第462夜）

[113] 死の天使と富める王者との話（第462—463夜）

[114] 死の天使とイスラエルの民の王との話（第463—464夜）

[115] イスカンダル・ドゥル・カルナインと貧しい民との話（またはイスカンダル・ドゥル・カルナインと貧に甘んじている王者との話）（第464夜内）

[116] アヌーシルワーンがその統治に対し正義を旨とした話（第464—465夜）

[117] イスラエルの子孫たちの法官と信心深いその妻との話（第465—466夜）

[118] 乗船が難破した婦人の話（またはカアバの側の信心深い女人と預言者の子孫のひとりとの話）（第466—467夜）

[119] 信心深い黒人奴隷の話（第467—468夜）

[120] イスラエルの子らのうちのある信心深い男の話（または敬神家の木皿造り師とその妻との話）（第468—470夜）

[121] ハッジャージ・ブヌ・ユースフと信心深い男との話（第470—471夜）

[122] 火中に手を入れてもやけどせぬ敬神の鍛冶屋の話（第471—473夜）

[123] 神が雲を駆使する力を授けたもうたある敬神家の話（第473—474夜）

[124] カリフ，オマル・ブヌル・ハッターブのある教友の話（またはあるムスリムの戦士とクリスチャンの娘との話）（第474—477夜）

[125] イブラーヒーム・イブヌル・ハッワースとある王女との話（またはクリスチャンの王女とあるムスリムとの話）（第477—478夜）

[126] ある預言者と神の正義についての話（第478—479夜）

[127] ナイルの渡し守とある聖者との話（第479夜内）

[128] ある島の王となった敬神家のイスラエル人の話（第479—481夜）

[129] アブル・ハサン・アッ・ダルラージュと癩を病むアブー・ジャアファルとの物語（第481—482夜）

[130] 蛇《くちなわ》の女王の物語（またはハーシブ・カリーム・ウッ・ディーンの物語）（第482—536夜）

[130a] ブルーキーヤーの話（第486—498〔·531〕夜）

[130aa] ジャーン・シャーの話（第

499―531夜）

第12巻

[131]海のシンドバードと陸のシンドバードとの物語（第536―566夜）
　[131a]海のシンドバードの第一航海の話（第538―542夜）
　[131b]海のシンドバードの第二航海の話（第542―546夜）
　[131c]海のシンドバードの第三航海の話（第546―550夜）
　[131d]海のシンドバードの第四航海の話（第550―556夜）
　[131e]海のシンドバードの第五航海の話（第556―559夜）
　[131f]海のシンドバードの第六航海の話（第559―563夜）
　[131g]海のシンドバードの第七航海の話（第563―566夜）
　海のシンドバードの第七航海の話（A テキスト）
[132]黄銅城の物語（第566―578夜）
[133]女たちのずるさとたくらみの物語（または七人の大臣たちの物語）（第578―606夜）〔七大臣の物語〕
　[133a]ある国王とその大臣の妻との話（第578―579夜）
　[133b]ある商人とおうむとの話（第579夜内）
　[133c]洗張りやとその息子との話（第579―580夜）
　[133d]道楽ものと貞節な妻女との話（第580夜内）
　[133e]けちな男と二塊のパンの話（第580―581夜）
　[133f]女とその二人の情人との話（第581夜内）
　[133g]ある王子とグーラ（鬼女）との話（第581―582夜）
　[133h]一滴の蜂蜜の話（第582夜内）
　[133i]おのが亭主に土砂を篩《ふる》いわけさせた女の話（第582夜内）
　[133j]魔法の泉の話（第582―584夜）

第13巻

　[133k]浴場主とその妻の話（第584夜内）
　[133l]美女と放蕩者の話（第584―586夜）
　[133m]金細工師と絵に描かれた乙女の話（第586―587夜）
　[133n]一生涯笑わなかった男の話（第587―591夜）
　[133o]ある王子と商人の妻の話（第591―592夜）
　[133p]買われた奴隷と優雅な男の妻の話（第592―593夜）
　[133q]国の高官らを手玉にとった女の話（第593―596夜）
　[133r]聖断の夜に三つの願いをかけた男の話（第596夜内）
　[133s]風呂番女を懲らしめて後悔した王の話（第596―597夜）
　[133t]雄雌二羽のハトの話（第597夜内）
　[133u]アッダトマー姫とペルシア王子の話（第597―598夜）
　[133v]老婆と商人の息子の話（第598―602夜）
　[133w]散策に出たある王子と魔物の話（第602―603夜）
　[133x]盲目の老人と三歳と五歳の少年の話（第603―606夜）
[134]商人ウマルと三人の息子，サーリムとサリームとジャウダルの物語（第606―624夜）
[135]クンダミル王の子のアジーブとガリーブの物語（第624―680夜）

第14巻

[136]アブド・アッラーフ・ブヌ・マアマル・アルカイシーとオトバ・ブヌ・アルジュッバーンの物語（第680―681夜）
[137]アンヌアマーンの娘ヒンドとアルハッジャージュの物語（第681―683

夜）

[138]フザイマ・ブヌ・ビシュルとイクリマ・アルファイヤードの物語（第683—684夜）

[139]書記ユーヌスと世継アルワリード・ブヌ・サフルの物語（第684—685夜）

[140]ハールーン・アッラシードと娘たちの物語（第685—686夜）

[141]ハールーン・アッラシードのご前での，三人の娘についてのアルアスマイーの物語（第686—687夜）

[142]アブー・イスハーク・イブラーヒーム・アルマウシリーと悪魔アブー・ムッラの物語（第687—688夜）

[143]カリフ，ハールーン・アッラシードとジャミール・ブヌ・マアマル・アルウズリーの物語（第688—691夜）〔ウドラ族の恋人たち〕

[144]ベドウィンがムアーウィアに訴えたマルワーン・ブヌ・アルハカムの悪業の物語（第691—693夜）〔ベドウィンとその忠実な妻〕

[145]フサイン・アルハリーウがハールーン・アッラシードのご前でしたバスラの女の恋物語（第693—695夜）〔バスラの恋人たち〕

[146]イスハーク・アルマウシリーと奴隷娘と盲人（悪魔）の物語（第695—696夜）

[147]イブラーヒーム・ブヌ・イスハークと若者の物語（第696—697夜）〔メディナの恋人たち〕

[148]大臣アブー・アーミル・ブヌ・マルワーンとアルマリク・アンナースィルの物語（第697—698夜）

[149]アフマド・アッダナフとハサン・シャウマーンと女ぺてん師ザイナブおよびその母の物語（第698—708夜）

[150]エジプト人アリー・アッザイバクの物語（第708—719夜）

〔149・150：悪女ダリーラの物語〕

[151]アッサイフ・アルアアザム・シャーの王子アズダシールとアブド・アルカーディル王の息女ハヤート・アンヌフース姫の恋物語（第719—738夜）

第15巻

[152]ホラサーンのシャフルマーン王の物語（第738—756夜）〔「海のジュルナール」または「海人ジュラナールとその息子ペルシア王バドル・バーシム」あるいは「バドル王子とサマンダルのジャワール姫」〕

[153]ムハンマド・サバーイク王と商人ハサンの物語（第756—778夜）

[153a]サイフ・アルムルークとバディーア・アルジャマールの物語（第758—778夜）

[154]商人と金細工師と銅細工師を営むふたりの息子，および金細工師の息子ハサンとペルシア人の詐欺師にまつわる物語（第778—831夜）〔バスラのハサン〕

第16巻

（「バスラのハサン」つづき）

[155]バグダードの漁師ハリーファの物語（第831—845夜）

[156]商人マスルールと彼が見た夢の物語（第845—863夜）〔マスルールとザイン・エル・マワーシフ〕

第17巻

[157]ヌール・アッディーンと帯編娘マルヤムの物語（第863—894夜）

[158]カイロの領主シャジャーウ・アッディーン・ムハンマドと褐色男の物語（第894—896夜）〔上エジプトから来た男〕

[159]バグダードの金持ちと奴隷娘の物語（第896—899夜）

[160]インドの王ジュライアードと大臣シャンマースの物語（第899—930夜）

[160a]猫と鼠の物語（第900—902夜）

[160b]頭にバターをかけられた行者

の話（第902—903夜）
[160c]池の魚の話（第903夜内）
[160d]鴉と蛇の話（第903—904夜）
[160e]野生のロバと狐の話（第904—905夜）
[160f]旅をする王子の話（第905—906夜）
[160g]鴉の話（第906—907夜）
[160h]蛇使いとその妻と子供と一家の者の話（第907—908夜）
[160i]蜘蛛と風の話（第908—909夜）
[160j]公正な王と邪悪な王の話（第909—910夜）
[160k]盲人と両足の萎えた男の話（第910—918夜）
[160l]漁夫の話（第918夜内）
[160m]若者と泥棒の話（第918—919夜）
[160n]妻のために身を亡ぼした男の話（第919—920夜）
[160o]商人と泥棒たちの話（第920—921夜）
[160p]狐と狼の話（第921夜内）
[160q]羊飼いと泥棒の話（第921—924夜）
[160r]黒雷鳥と亀の話（第924夜内）

第18巻

[161]染め物屋アブー・キールと床屋アブー・シールの物語（第930—940夜）
[162]陸のアブド・アッラーフと海のアブド・アッラーフの物語（第940—946夜）
[163]教王（カリフ）ハールーン・アッラシードとアブー・アルハサン・アルオマーニーの物語（第946—952夜）
[164]エジプト領主アルハシーブの息子イブラーヒームの物語（第952—959夜）〔イブラーヒームとジャミーラ〕
[165]教主（カリフ）アルムウタディド・ビッラーヒとホラサーンのアフマドの息子アブー・アルハサン・アーリーの物語（第959—963夜）
[166]商人アブド・アッラフマーンとその息子カマル・アッザマーンの物語（第963—978夜）〔カマル・ウッ・ザマーンと宝石商の妻〕
[167]アブド・アッラーフ・ブヌ・ファーディルと兄弟たちの物語（第978—989夜）
[168]靴直しマアルーフとその妻ファーティマの物語（第989—1001夜）

〔大枠の物語——結末〕

別巻

[別１]「アラーッ・ディーンと魔法のランプの物語」
[別２]「アリババと四十人の盗賊の物語」

資料2　『千夜一夜』生成過程略年表

西暦	『千夜一夜』関連のできごと	歴史的背景
		6C　ササン朝ペルシア（最盛期）
	ペルシアの物語集『千物語（ハザール・アフサーン）』	630　預言者ムハンマドのメッカ征服
8C		750　アッバース朝（-1258）創設
	ペルシア語の『千物語』をアラビア語に翻訳	762　バグダード建設
	バグダードでの変容と増殖 8～10C （名称の変遷：『千物語』→『千夜』→『千夜一夜（アルフ・ライラ・ワ・ライラ）』） ・内容のアラブ化，イスラーム化 ・シリア方面への伝播	
9C	・講釈師による口演の伝統 ・物語の付加：アラブの古伝説・伝承，アッバース朝カリフたちの物語，バグダードの恋物語，古代メソポタミアの伝説など	
	現存最古の写本断片が書かれる	
10C		
	マスウーディ『黄金の牧場』のなかでの『アルフ・ライラ』への言及 カイロの書店主イブン・アンナディームの『キターブ・アル・フィフリスト』での言及	10C半ば以降　バグダード荒廃 969　ファーティマ朝（-1171）のエジプト征服・カイロ建設
11C	**カイロを中心とするエジプトでの発展（およびシリアでの発展）10～15C**	
	・物語の大規模な付加：戦記物，市井物，魔法物，など	11C～13C　十字軍遠征
12C	・詩の付加	
13C		1250　マムルーク朝（-1517）エジプト・シリアを統治
14C		
	ガランの依拠したシリア系写本の作成	
15C		
	レインの説によれば，180ほどの話を含む「現在の形」に近い形態まで発展	
16C		1517　オスマン・トルコ（1299-1922）のエジプト征服：「中世アラビア」の終焉 1571　レパントの海戦（オスマ

		ン・トルコに対するキリスト教側の勝利）
17C		
18C		
1703-17	**ガランによるフランス語版『千一夜』の刊行**	
	ヨーロッパへの紹介の始まり	
	ガランの仏訳版『千一夜』からさまざまな欧語への重訳	
	ヨーロッパでの『千夜一夜』への熱狂	ヨーロッパ人の東方への関心の拡大
	『アラビアン・ナイト』という通称の始まり	
1775頃	・写本の発見・ガランへの補遺の試み	
	・子供向けおとぎ話集として普及	
	ZER（1001夜，180ほどの話を含む）の親写本の成立	1798-1801 ナポレオンのエジプト遠征
19C	ヨーロッパに知られている現存写本のほとんどが作られる（18C後半―19C半ば）	
	アラビア語による印刷本の刊行	
	・カルカッタ第一版1814-1818	
	・ブレスラウ版1824-1843	
	・ブーラーク版1835	
	・カルカッタ第二版1839-1842	
	アラビア語印刷本（＋諸写本）に依拠した新たな翻訳の刊行：	ヨーロッパ列強の中東・アジア支配強化
	・レイン（英）1839-41，全３巻	
20C	・ペイン（英）1882-84，全９巻	
	・バートン（英）1885，全10巻	
	・マルドリュス（仏）1899-1904，全16巻	
	・リットマン（独）1921-28，全６巻	
	・ほかにロシア語，スペイン語，イタリア語などへ	
		1939-45 第二次世界大戦
1984	・前嶋・池田訳（平凡社東洋文庫），1976-92，全18巻＋別巻１	
	ムフシン・マフディ，ガラン写本（フランス国立図書館蔵，全３巻）を発見し，校訂・印刷	
21C	→ H.ハッダウィによる英語訳 1990	
	フランスでプレイアード版刊行 2005-2007	

註

序章

(1) Cf. Jacques Derrida, « Pas »（初出1976），« Survivre »（初出英訳版 “Living on, Border Lines”, 1979, その後大幅に加筆），« Titre à préciser »（初出1981），« La loi du genre »（初出1981）．いずれものちに以下に所収――Derrida, *Parages*, Galilée, 1986（増補新版，2003）．なお，本書においては以下，デリダの著作については，その著者名を省略する．

(2) « La double séance », in *La Dissémination*, Seuil, 1972.

(3) Mia Gerhardt, *The Art of Story-Telling : a Literary Study of the Thousand and one Nights*, E. J. Brill, 1963.

(4) Irene E. Harvery, “Doubling the Space of Existence : Exemplarity in Derrida : the Case of Rousseau”, in John Sallis ed., *Deconstruction and Philosophy, The Texts of Jacques Derrida*, University of Chicago Press, 1987, pp. 60-70 ; “Derrida and the Issues of Exemplarity”, in David Wood ed., *Derrida : A Critical Reader*, Blackwell, 1992, pp. 193-217.

(5) Rodolphe Gashé, “God, for Example”, *Phenomenology and the Numinous*, Duquesne University Press, 1988, pp. 43-46.

(6) Michael Naas, “Introduction : for example”, in Derrida, *The Other Heading*, Indiana University Press, 1992, pp. vii-lix. reprinted in Zeynep Direk & Leonard Lawlor ed., *Jacques Derrida : Critical Assessments of Leading Philosophers*, Routledge, vol. 2, 2002, pp. 322-341.

(7) Timothy Clark, *Derrida, Heidegger, Blanchot : Sources of Derrida's Notion and Practice of Literature*, Cambridge University Press, 1992 ; *The Poetics of Singularity : The Counter-Culturalist Turn in Heidegger, Derrida, Blanchot and the later Gadamer*, Edinburgh University Press, 2005.

(8) Derek Attridge, *The Singularity of Literature*, Routledge, 2004.

(9) Marian Hobson, « L'exemplarité de Derrida », in Marie-Louise Mallet & Ginette Michaud dir., *Jacques Derrida* [*L'Herne 83*], Editions de l'Herne, 2004, pp. 378-384.

(10) Sandra Naddaff, *Arabesque : Narrative Structure and the Aesthetics of Repetition in the 1001 Nights*, Northwestern University Press, 1991.

(11) David Pinault, *Story-Telling Techniques in the Arabian Nights*, E. J. Brill, 1992.

(12) Ferial J. Ghazoul, *Nocturnal Poetics, The Arabian Nights in Comparative Context*, The American University in Cairo Press, 1996.

(13) ガズールの最近の論文でも，ポストモダンの着想が基礎とされているが，文学におけるポストモダン思想そのものの検討がなく，表面的な指摘に終わっているきらいがある．Ghazoul, « Shaharazad postmoderne », in Aboubakr Chraïbi dir., *Les Mille et Une Nuits en partage*, Actes Sud, 2004, pp. 162-167.

(14) たとえば以下の論集を参照―― Wen-Chin Ouyang & Geert Jan van Gelder, *New Perspectives on Arabian Nights, Ideological Variations and Narrative Horizons*,

Routledge, 2005 ; Chraïbi dir., *Les Mille et Une Nuits en partage* ; Yuriko Yamanaka and Tetsuo Nishio eds., *The Arabian Nights and Orientalism, Perspectives from East and West*, I. B. Tauris, 2006. 最後のものは，本書第六章のもととなった拙論（Etsuko Aoyagi, "Repetitiveness in the Arabian Nights : Open Identity as Self-foundation", pp. 68-90）を含む.

⒂ 『千夜一夜』全体のきわめて大まかなあらすじをお知りになりたい方は以下を参照されたい．土田知則編『あらすじと読みどころで味わう　世界の長編文学』新曜社，2005年，「『アラビアン・ナイト』」の項（青柳悦子執筆）.

第 I 部

はじめに

(1) « Desceller（« la vielle neuve langue »）», in *Points de suspension*, Galilée, 1992, p. 127.

(2) *Ibid.*

(3) *Ibid.*

(4) "This strange institution called literature, an interview with Jacques Derrida", translatied by Geoffrey Bennington & Rachel Bowlby, in Derek Attridge ed., Jacques Derrida, *Acts of Literature*, Routledge, 1992. 以下 "This strange institution" と略記する.

(5) "This strange institution", p. 47.

第一章

(1) 序章でみたように，主なものとしてI. ハーヴェイの二つの論文およびM. ホブソンの論文があげられる（序章注⑷および⑼を参照）.

ハーヴェイの最初の論文は初期のデリダの概念を考える上で，二番目の論文はとりわけ『弔鐘』と『絵画における真理』を考える上で非常に参考になった．ホブソンの論文は簡略ながらデリダにおける「範例性」の考え方と「文学」概念との結びつきを示唆している点で重要である．また，『弔鐘』での模範性／範例性の議論についてはほかにガシェの論文（序章注⑸を参照）が，『絵画における真理』に関しては Andrzej Warminski, "Reading for example : 'Sense-Certainty' in Hegel's *Phenomenology of Spirit", Diacritics*, pp. 83-96 ; "Pre-Positional By-Play", *Glyph* 3, 1978, pp. 98-117がある.

(2) *La Voix et le Phénomène*, Presses Universitaires de France, 1967（邦訳，『声と現象』高橋允昭訳，理想社，1970年〔ほかに以下の別訳もある――『声と現象』林好雄訳，ちくま学芸文庫，2005年〕）; *L'Écriture et la différence*, Seuil, 1967（邦訳，『エクリチュールと差異』上・下，若桑毅ほか訳，法政大学出版局，1977・1983年）; *De la grammatologie*, Minuit, 1967（邦訳，『根源の彼方に，グラマトロジーについて』上・下，足立和浩訳，現代思潮社，1983年）．なお本書では，できるだけ著作名は既訳を踏襲するが，この最後のものについては原題にならって『グラマトロジーについて』と表記する.

(3) Cf. *La Voix et le phénomène*, pp. 107-108（邦訳，182-183頁）.

(4) « Signature événement contexte », in *Marges ; de la philosophie*, Minuit, 1972 ; reprinted in *Limited Inc.*, Galilée, 1990（邦訳，「署名　出来事　コンテクスト」高橋允昭訳，『現代思想』16巻6号，臨時増刊『総特集デリダ——言語行為とコミュニケーション』1988年，所収）. René Schaerer présent « Philosophie et Communication », in *La Communication* : Actes du XVe congrès de l'Association des Sociétés de Philosophie de Langue Française, Université de Montréal, Editions Montmorency, 1973（邦訳，「哲学とコミュニケーション」廣瀬浩司訳，上記特集号所収）.

(5) *De la grammatologie*, p. 67（邦訳，上11頁）.

(6) *De la grammatologie*, p. 265（邦訳，下84頁）.

(7) 「瞬間 instant」は特権的・特個的事例を示すデリダ的術語として，初期から最後期にいたるまで思考の鍵となる.

(8) *L'Écriture et la différence*, pp. 67-68（邦訳，上82頁）.

(9) *Ibid.*

(10) ここでは exemplarité という語は，本書が主題化する「範例性」という意味では用いられていないので，文意に即して「模範性」と訳しておいた.

(11) « exemplarité » という名詞を掲げている辞書はそれほど多くはないが，たとえば *GDEL*（Larousse, 1983）には以下の説明がある. EXEMPLARITÉ n.f.（bas. Lat. exemplaritas, -atis）:「模範的な exemplaire もの，その厳しさによって教訓として人々の精神を打つことを目的としたもの：罰のみせしめ〔懲罰〕性」.

(12) この方向で典型的な定義が，辞書 *Logos*（Bordas, 1976）に見られる.「例」: 1. 模倣されうる行為やふるまい　2. 模倣されるに値する物または人　3. 見本，特徴的な個体　4. 証明や説明をおこなうために援用される特殊事例.

(13) *Glas*, Galilée, 1974（再刊，Gonthier/Denoël, 1981）. 鵜飼哲による邦訳（『弔鐘』）は，途中まででではあるが雑誌『批評空間』第Ⅱ期15号（1995年）から第Ⅲ期4号（2002年）まで，13回にわたって連載された. 以下の注では鵜飼訳のみを参照し，『批評空間』の巻号を付して該当ページを記す. なお邦訳としてはやはり部分訳であるが，ほかに「Glas」庄田常勝・豊崎光一訳，『現代思想』1982年2月臨時増刊「デリダ読本　手紙・家族・署名」180-229頁がある.

(14) *Glas*, p. 8（邦訳，Ⅱ期15号，247頁）.

(15) *Glas*, p. 36（邦訳，Ⅱ期20号，267頁）.

(16) *Glas*, p. 37.

(17) またデリダはここから，「人間個体は，自然的推力を中断し，自動的運動性をみずからに禁じたがゆえに，自分に法を与えた」と論じる. さらに，ちょうどこの部分に対応する，右の段組でのジュネについての補足的考察のなかで，みずからをみずからの例とするあり方をジュネにも見いだし，そこに法の創出をもみてとっている.「だからジュネと署名するものは例となるために，つまりなんらかの普遍的な構造の事例〔ケース〕となるために，例となって普遍的構造の鍵を私たちに与えるためにのみ，そこにあることになろう」. さらにデリダは法と例とのアンビヴァレントな関係をすでに注視している——「どうやって　事例＝ケースが，弁証法的な法則をゆがめるのか，あるいはむしろそれを打ち破る（／強化する）のか」. つまり（本来「法」に準じたものであるはずの）「例」は，「法」を狂わせ，ゆがませ，さらには，打ち破り，またそれによって新たな仕方で「法」を強化し，高めることをデリダは主張しようと

している．Cf. *Ibid.*

⒅ *Glas*, p. 37（邦訳，Ⅱ期20号，264-265頁）．

⒆ *Glas*, p. 38.

⒇ 「例というものが理想的な存在／模範的な理想 l'idéal exemplaire のことであるなら，また，有限的な例がただそれの近似的な顕われでしかないような絶対的な意味のことであるなら，神は例でありうる．例から例の模範性 l'exemplarité de l'exemple へのこうした移行，有限から無限へのこうした移行〔…〕」（*Glas*, p. 38. 邦訳，Ⅱ期20号，263頁）．

(21) *Glas*, pp. 265-266.

(22) *Glas*, p. 266.

(23) 本書第三章で取り上げる「死を与える」という論考で，デリダが集中的に論じる題材であり，いかにデリダがこの「全＝焼 le brûle-tout」という概念＝テーマに執着をもっていたかを知ることができる．

(24) *Glas*, p. 266.

(25) 「それは〈一〉であると同時に無限に多であり，絶対的に差異的であり，自己とは異なっていて，自己をもたない〈一〉であり，何も言わんとしない自己を欠いた他であり，その言語は絶対的に空虚で，けっして生じない出来事のようである」（Glas, p. 266）．

(26) *Glas*, p. 169.

(27) *La vérité en peinture*, Flammarion, 1978（邦訳，『絵画における真理』上・下，高橋允昭・阿部宏慈訳，法政大学出版局，1997・1998年）．

(28) Kant, *Kritik der Urteilskraft*（1790）. イマニュエル・カント『カント全集８　判断力批判（上）』・『カント全集９　判断力批判（下）』牧野英二訳，岩波書店，1999・2000年．フランス語訳は以下を参照した，Immanuel Kant, *Critique de la faculté de juger*, edited by Ferdinand Alquié, coll. folio, Gallimard, 1985.

(29) 第一批判（悟性のなかでも経験とは無縁の純粋理性を探究した『純粋理性批判』）と第二批判（個人を超えた道徳的実践理性を考究した『実践理性批判』）の後に――それらのたんなる延長としてではなく――，みずからの理論を根本的に覆しかねない新たな補足として，第三批判が書かれずにはいなかったのだと考えることができる．いわば第一批判と第二批判という「エルゴン」にたいする，まさしく「パレルゴン」として第三批判があり，それは理性や普遍がそれ自体で純粋なものとしては存在しえないこと，主観や特個性との深い結びつきなくして，つまりそれ自身の外部への開かれなくして，それら（理性や普遍）が成立することはありえないことを論じるために手がけられたものだと言えるかもしれない．

(30) カント『カント全集８　判断力批判（上）』26頁．すでにみたように，この判断力一般をカントは二分する．「普遍的なもの（規則・原理・法則）が与えられている」場合に，特殊的なものを普遍的なものに包摂する判断力を「規定的判断力」とし，「特殊的なものだけが与えられて」いて判断力そのものが普遍的なものを見いださなければならないときに働くのが「反省的判断力」であるとする．第三批判は，この「反省的判断力」についての考究である．つまり，まさに個別的で特殊的な事象を前にして，それを（自明ではない，ほとんど不可能な）普遍性へと接合する思考の作業について説明しようとしたものであり，美的判断力はその代表として考察の対象に取り上げられたのである．

(31) *La Vérité en peinture*, pp. 59-60（邦訳，上84-85頁）．デリダのテクストでは，さらに，次の一文が続いている．「ここから一つの特個的な歴史性が，そして〔…〕理論的なものの〔…〕ある種のフィクチュール〔虚構的性質，虚構的構築体，亀裂〕が，結果として生じてくる」．「例」による「法」の創出という考え（それは芸術や人生と不可分である）が，ここで「虚構」（の虚構性）という問題へと連接されていることを読みとることができよう．

(32) *La Vérité en peinture*, pp. 91-92（邦訳，上128-129頁）．

(33) 「例の補助車はしたがって何ものをも置き換えない人工義肢である」（*ibid.*.）これに続く議論も参照のこと．ここでは « exemplaire » という形容詞が「例 exemple」の形容詞形として用いられていると思われることにも注意．

(34) *La Vérité en peinture*, pp. 57-58（邦訳，上81頁）．

(35) Gérard Genette, *L'Œuvre de l'art, Immanence et Transcendance*, Seuil, 1994 ; *L'Œuvre de l'art II, La Relation esthétique*, Seuil, 1997.

(36) 芸術作品の存在論的自己同一性についてのこの議論はすでに，「署名　出来事　コンテクスト」の発表がおこなわれたシンポジウムでの討論会でも（そこではフッサールに拠りながら），熱心に主張されていた（« Philosophie et Communication », pp. 417-418．邦訳，57-58頁）．

(37) *La Vérité en peinture*, pp. 57-58（邦訳，81頁）．

(38) イスラーム神学における存在論，とりわけ存在顕現論ないし存在一性論といわれる議論がこのデリダ＝ジュネット的な「範例性」の概念にきわめて近いことは非常に興味深い．本書第７章を参照．

(39) Vor dem Gesetz（仏訳題 Devant la loi）．日本では従来，「掟の門前」と訳題が用いられることが多いが，次の注に示す宇田川訳にしたがい，原題に忠実な「法の前に」という訳を本書では採用した．

(40) « Préjugés, Devant la loi », in Derrida, Descombes, Kortian, Lacoue-Labarthe, Lyotard, Nancy, *La Faculté de juger*, Minuit, 1985（邦訳，「先入見——法の前に」宇田川博訳，『どのように判断するか，カントとフランス現代思想』国文社，1990年所収）．またほぼ同内容で1983年に東京日仏学院でおこなわれた講演の原稿を訳出した以下の訳書もある．『カフカ論——『掟の門前』をめぐって』三浦信孝訳，朝日出版社，1988年．なお，以下の注で仏語原文に対応する日本語訳書の出典箇所を示す際には，国文社版のみを対象とする．

(41) « Préjugés », p. 95（邦訳，155頁）．

(42) 「もしも諸基準が簡単に使用可能なら，もし法がそこに，わたしたちの前に現前していたなら，判断というものは存在しないだろう」（« Préjugés », p. 94．邦訳，156頁）．

(43) « Préjugés », p. 95（邦訳，155頁）．

(44) ここで本書が「提喩的」と呼んでいるのは，概念レベル間の移動・照応関係である．したがってデリダの「理念性 idéalité」という概念は，筆者の用語でいう「提喩性」の問題と言い換えられる側面をもつ．存在（とりわけテクスト）が内包する提喩的関係をジュネットがいかに自分の根底的問題として考究し続けたかについては，以下の拙論を参照していただきたい．「提喩的めまい——ジェラール・ジュネットにおける文学現象の探究」日本記号学会編『グローバリゼーション／ナショナリズム』記号学研究第19号，東海大学出版会，1999年，167-178頁．

(45) « Préjugés », p. 97（邦訳，161頁）.

(46) 同上，参照．この文は「あなたがたは，判断によってあらかじめ判断 pré-jugés されている」と訳すこともできる．

(47) こうした問題と文学のかかわりについては，ミラン・クンデラの『存在の耐えられない軽さ』を取り上げた拙論「小説的思考における他者との融合」（土田知則・青柳悦子『文学理論のプラクティス』新曜社，2001年，55-77頁）でも触れたことがある．

(48) « Préjugés », p. 131（邦訳，213-214頁）.

(49) 「定言的な」という訳語は宇田川訳で採用．東京講演のヴァージョン（三浦訳）では，この記述（« le catégorique engage l'idiomatique… »）は存在しない．

(50) *Ulysse Gramophone, Deux mots pour Joyce*, Galilée, 1987（邦訳，『ユリシーズ グラモフォン——ジョイスに寄せるふたこと』合田正人・中真生訳，法政大学出版局，2001年）．以下の二つの論考を収める，« Deux mots pour Joyce », « Ulysse Gramophone, Ouï-dire de Joyce ».

(51) 「〔パロールが〕自分自身について話すことをやめることなく，それどころか逆に自分自身に回帰しつつ，何か他のことを言う，こと．一つに結びついた二語を／二語をひとまとめにして，言うこと．〔どうやってそれが可能か？〕」（*Ulysse*, p. 9. 邦訳，1頁）.

(52) デリダによって，一般的認識として，次のようにまとめられている．「発話のある状況は数々の特個的な出来事を伴なっており，これらの出来事は発話の状況から決して切り離されることはない」（*Ulysse*, p. 10. 邦訳，3頁）.

(53) *Ulysse*, p. 21*sq.*（邦訳，17頁以下）.

(54) デリダの語彙では「文学」は「虚構」（虚構作品，虚構テクスト）と置き換えてよい．筆者の語彙では（叙述 narration と対立するものとしての）「物語」と呼んでもよいものである（青柳悦子「物語における重層話法——試論」『言語文化論集』筑波大学現代語・現代文化学系，第65号，2004年，171-225頁を参照のこと）．ただし，デリダは「物語」と訳すほかはない récit という語を，随所で，ほぼ一貫したかたちで，いわば形骸的な筋立てあるいはお定まりの叙述の意味で用いて，「文学」や「虚構」と明確に対比させているので，デリダを論じる文脈では，「文学」を「物語」ないしは「虚構物語」と言い換えることは好ましくない．

(55) 『千夜一夜』では，この二つの世界の対立は，夜の世界（反復可能性の横溢する物語世界，夜に語られる世界）と昼の世界（ごくまれにメモされるだけの形骸的な，現実的出来事の世界）の交替として，あからさまに形象化されている．

(56) *Ulysse*, p. 22（邦訳，17頁）.

(57) デリダはジョイスの『ユリシーズ』『フィネガンズウェイク』を指して次のように述べる．「本当のところは私が，風聞によって，噂によって，数々の“と人は言っている on-dit”によって，さまざまな二番煎じの注釈，つねに部分的ないろいろの読みによって知っている〔だけの〕この作品」（*Ulysse*, p. 95. 邦訳，112頁）.

(58) *Ulysse*, p. 57（邦訳，63頁）.

(59) 「ウィは常に応答としての意味，機能，ないし使命をもっている．たとえその応答が，根源的で無条件的なアンガージュマンの射程をときにもつとしても」（*Ulysse*, p. 70. 邦訳，80頁．圏点強調原著者）.

(60) 「〔ウィは〕それ本来の価値を有するためには，それ自身のうちに反復を備えていなくてはならない．それは，ただちにそしてア・プリオリに，それが保証するところを

確言し，さらにその確言を保証しなければならない」（*Ulysse*, p. 89. 邦訳，104頁）．

(61) *Ulysse*, pp. 94-95（邦訳，104頁）．

(62) François Récanati, *La Transparence et l'Énonciation*, Seuil, 1979（邦訳，フランソワ・レカナティ『ことばの運命――現代記号論序説』菅野盾樹訳，新曜社，1982年）．レカナティは，発話が表象内容とは別に，その発話がなされた事実に反射的にかかわる数々の標識を備えていることに注目し，この自己への「反射性」を言語のもっとも根本的な機能として示した．

(63) *Ulysse*, p. 59（邦訳，66頁）．

(64) *Demeure, Maurice Blanchot*, Galilée, 1998, p. 42（邦訳，『滞留［付／モーリス・ブランショ「私の死の瞬間」］』湯浅博雄監訳，未來社，2000年，51頁）．

(65) "This strange institution".

(66) デリダは文学を虚構と同一視し，随所でそれをBelles-Lettres（美文・文芸）や詩とは別個のものとして位置づけてきた．デリダが関心をもつのは多く虚構的な近現代小説である．だが付け加えておくと，デリダの論が有効なものとして援用されるのは西欧の近代小説ばかりではないだろう．

(67) "This strange institution", p. 36, p. 39.

(68) "This strange institution", p. 38.

(69) "This strange institution", pp. 42-43.

(70) Cf. "This strange institution", pp. 46-47. 文学作品のパフォーマティヴィティ（＝遂行能力，もちろん言語行為論への暗喩である）がこのように説明されている．

(71) "This strange institution", p. 43.

(72) "This strange institution", p. 44.

(73) iter（「もう一度繰り返して」という意味をもつ）は，サンスクリット語で「他」を意味するitaraから来ているとデリダは説明している（« Signature événement contexte », in *Limited Inc.*, p. 27. 邦訳，20頁）．討論会においても「反復itérationは，同一と差異，あるいは同一と他を内包している」（« Philosophie et communication », p. 402. 邦訳，50頁）という点がたびたび強調されている．

(74) "This strange institution", p. 68.

(75) "This strange institution", p. 42.

(76) デリダにおける，文学＝フィクションと「起こらないこと〔／非＝場〕non-lieu」との本源的な関係については以下にも明言されている．「Fors――ニコラ・アブラハムとマリア・トロックの稜角のある言葉」若森栄樹・豊崎光一訳，『現代思想』臨時増刊「デリダ読本――手紙・家族・署名」1982年２月号（10巻３号），130頁．

(77) *Passions*, Galilée, 1993（邦訳，『パッション』湯浅博雄訳，未來社，2001年）．なお，本文冒頭ではこの題の下に副題のようにし« L'offrande oblique »（斜行的な贈りもの）と記されている．

(78) *Sauf le nom*, Glilée, 1993（邦訳，『名を救う――否定神学をめぐる複数の声』小林康夫・西山雄二訳，未來社，2005年）．*Khôra*, Galilée, 1993（邦訳，『コーラ――プラトンの場』守中高明訳，未來社，2004年）．

(79) 「秘密はそれが暴かれたように思えるときでさえも犯されずに残る」（*Passions*, p. 60. 邦訳，59頁）．この意味で秘密は「絶対的な非＝応答／責任non-réponse absolue」（p. 62）だともされている．

(80) *Donner le temps, 1. La fausse monnaie*, Galilée, 1991. この著作は1977-78年にフラ

ンスおよびアメリカ合衆国でおこなわれたセミナーをもとにし，さらに1991年にシカゴ大学でおこなわれた連続講演を経て著作化されたものである．

(81) 以下を参照，「パリの憂愁（小散文詩）」「28にせ金」，福永武彦編集『ボードレール全集1』人文書院，1963年，325-327頁．

(82) *Donner le temps*, pp. 193-194.

(83) *Donner le temps*, pp. 26-28.

(84) *Passions*, p. 56（邦訳，54頁）．

(85) *Ibid.*

(86) *Passions*, [note 10], pp. 85-87（邦訳，88-91頁）．

(87) *Passions*, p. 63*sq.*（邦訳，62頁以下）．

(88) なお，この論では，「礼儀正しさ politesse」の内的矛盾として，礼儀正しさの規則（ただたんに礼儀正しかったり，礼儀正しさから礼儀正しかったりするのは，礼儀正しくない）が論じされた際に，おそらく特個性と一般性とを結びつつも一般性への傾きの強い「例的」という意味で，「exemplaire」という形容詞が用いられていた．「この規則は，回帰的であり，構造的であり，一般的であって，つまりはそのつどごとに特個的でかつ〔類〕例的である」（*Passions*, p. 24．邦訳，19頁）．

(89) *Passions*, p. 67*sq.*（邦訳，66頁以下）．

(90) *Passions*, p. 43（邦訳，39頁）．

(91) *Passions*, p. 89（邦訳，93頁）．

(92) *Passions*, p. 89（邦訳，93-94頁）．

(93) *Passions*, p. 89（邦訳，94頁）．

(94) *Passions*, p. 91（邦訳，96頁）．そしてこの「範例性の構造」こそ人間の言語活動そのものを可能にしている，と暗示されている．

(95) *Ibid.*

(96) 原題 *Demeure, Maurice Blanchot.* これは1994年にベルギーのルーヴァン大学でおこなわれたデリダを中心とするシンポジウム「文学のパッション」での講演を単行本化したものである．講演は予告では「虚構と証言」とされていたが，シンポジウム記録が書物（Michel Lisse, *Passions de la littérature, avec Jacques Derrida,* Galilée, 1996）として刊行された折には，デリダの論文は「滞留，虚構と証言」« Demeure, Fiction et témoignage » と題されていた．

(97) 虚構と自伝の区別，すなわち虚構と真実の区別の決定不可能性のなかに私たちは留まらざるをえないことが確認された後，デリダはこう述べている――「このときわれわれは避けがたい〔／宿命としての〕fatal 二重の不可能性のなかにいる．決定することの不可能性であると同時に，それでもなおかつ非決定に留まることの不可能性〔という二重の状態のなかに〕」（*Demeure*, pp. 10-11．邦訳，17頁）．

(98) Maurice Blanchot, *L'Instant de ma mort*, Fata Morgana, 1994（再刊，Gallimard, 2002）．

(99) *Demeure*, p. 33（邦訳，40-41頁）．

(100) 特個性の頂点において一般化（反復）を原理的にはらむという意味では，むろん「署名」もまた同様の例だと言えよう．署名も個人の証として，その個人にとってまた社会にとってきわめて重要な契機ではあるのだが，「証言」と（少なくとも通常の）「署名」とを比べるとき，それが背負う深刻さの度合いの違いは一目瞭然であるように思われる．

(101) *Demeure*, p. 32（邦訳，39-40頁）.
(102) *Demeure*, p. 47（邦訳，56頁）.
(103) *Ibid.*
(104) *Demeure*, pp. 47-48（邦訳，57頁）.
(105) *Demeure*, p. 48（邦訳，57頁）.
(106) *Demeure*, p. 48（邦訳，58頁）.
(107) *Demeure*, p. 47（邦訳，56頁）.
(108) *Ibid.*
(109) Cf. *Demeure*, p. 49（邦訳，58-59頁）.
(110) Cf. *Demeure*, p. 28（邦訳，36頁）.
(111) *Demeure*, p. 28（邦訳，37頁）.
(112) Cf. *La Voix et le phénomène*, p. 105*sq.*（邦訳，178頁以下）.
(113) Cf. Clark, *Derrida, Heidegger, Blanchot*, p. 72.
(114) *Le Problème de la genèse dans la philosophie de Husserl*, Presses Universitaires de France, 1990 ; Edmund Husserl, *L'Origine de la Géométrie*, translation and introduction by Jacques Derrida, Presses Universitaires de France, 1962（邦訳，E. フッサール，J. デリダ『幾何学の起源』田島節夫・矢島忠夫・鈴木修一訳，青土社，1988年）.
(115) Hobson, « L'exemplarité de Derrida », p. 378.

第二章

(1) *Signéponge*, Seuil, 1988（邦訳，『シニェポンジュ』梶田裕訳，法政大学出版局，2008年）.
(2) シンポジウムのタイトルは「発明家かつ古典作家ポンジュ」とでも訳すことができる．
(3) *Signéponge/Signsponge*, translated by Richard Rand, Colombia University Press, 1984（これより前に，*Oxford Literary Review*, vol. 5-1&2, 1982 に掲載された版が初期形態としてあり，刊行本はこれに加筆などをおこなったもの）.
(4) *Déplier Ponge : Entretien avec Gérard Farasse*, Presses Universitaires du Septrentrion, 2005.
(5) Francis Ponge, *Parti pris des choses*（1942），reprinted in *Tom premier*, Gallimard, 1965（邦訳，フランシス・ポンジュ『物の味方』阿部弘一訳，思潮社，1971年）.
(6) Gérard Genette, *Mimologiques : Voyage en Cratylie*, Seuil, 1976（邦訳，『ミモロジック――言語的模倣論またはクラテュロスのもとへの旅』花輪光監訳，書肆風の薔薇［水声社］，1991年）．とくに第16章「語の味方」参照.
(7) Ponge, *Tom premier*, p. 72（邦訳，63頁）.
(8) Ponge, *Pièces*, Gallimard, 1961, p. 50. Cf. Genette, *Mimologique*, p. 389（邦訳，556頁）.
(9) « Che cos'è la poesia? », in *Poesia*, I, novembre 1988. フランス語版は，*Po&sie* 50, 1989 に掲載（以下に再録，*Points de suspensions : Entretiens*, Galilée, 1992, pp. 303-308）．邦訳，「心を通じて学ぶ，詩とはなにか」湯浅博雄・鵜飼哲訳，『総展望フランスの現代詩』（『現代詩手帖』三十周年特集版），1990年，248-258頁.
(10) *Points de suspension*, pp. 303-304（邦訳，249頁）.

⑾ *Points de suspension*, p. 305（邦訳，251頁）.

⑿ *Points de suspension*, p. 305 ; pp. 305-306（邦訳，252頁）.

⒀ ポンジュの「反＝詩」の姿勢は，たとえば，タイトルにもその姿勢が明らかな『プロエーム』（「プローズ＝散文」と「ポエーム＝詩」を結び合わせた造語）という散文詩集において，ラ・フォンテーヌやラモーやシャルダンなど歴史上の大詩人たちや，またランボーやマラルメやヴァレリーなど近代詩の巨星たちを退ける主張としても示されている．Cf. Ponge, *Proême*, in *Tom premier*, p. 220, 222.

⒁ objeu は「物 objet」と「遊び jeu」を結合した造語であるが，ここには「偏執 obsession」の意味も込められ，言語の本質が際限のない反復とヴァリエーションを通じて完成に至ることのない永久の運動をなすことにあるという主張が示唆される．しかもこの倦むことのない反復と変奏は，歓びの源泉とされる．『表現の執念』はまさにこの「物遊び objeu」の実践となっている（Cf. Ponge, *La Rage d'expression*, in *Tom premier*）．「物歓び objoie」という概念にもみられるとおり，言語を開発する活動がポンジュにおいては，人間を無力化するのではなく，人間を幸福にするという野望の表われである点にも注意したい（Cf. Ponge, *Le Savon*, Gallimard, 1967）．おそらく反復可能性を思想の中核としつつ次第に意識的に人間肯定の議論を展開しようと試みたように思われる後期のデリダは，ポンジュからきわめて強い本質的な影響を受けているように感じられる．

⒂ *Signéponge*, p. 17, 18（邦訳，17頁）.

⒃ 次の文章を参照「したがって物は他者なのかもしれない，不可能な，妥協を赦さぬ，飽くことを知らぬ，交換＝交流なしで取引＝和解なしの，契約不可能な，なんらかの命令を私に下すか，そういう要求を私につきつける，他の物なのかもしれない」（*Signéponge*, p. 19. 邦訳，18-19頁）.

⒄ *Ibid*（邦訳，19頁）.

⒅ *Ibid*.

⒆ *Signéponge*, p. 23（邦訳，25頁）.

⒇ ポンジュにおける特個性が外部へと開かれたものであることについては，ポンジュをめぐるあるインタヴューでデリダが次のように簡潔に述べている．「彼はそれ自身をしか形象しないが，まさにそのことによって，他の何ものかの形象＝比喩となるようなある特個的な本質へと視線を定める」（*Déplier Ponge*, p. 102）.

(21) *Signéponge*, pp. 47-48（邦訳，63-64頁）.

(22) Cf. « Freud et la scène de l'écriture », *L'Écriture et la différence*, pp. 293-340（邦訳，「フロイトとエクリチュールの舞台」『エクリチュールと差異』下，53-118頁）．フロイトの論文「マジックメモについてのノート」については，中山元編『自我論集』ちくま学芸文庫，筑摩書房，1996年を参照.

(23) Cf. Ponge, *Proèmes*（II. Page bis, X）, in *Tom premier*, p. 234.

(24) *Signéponge*, p. 73（邦訳，100頁）.

(25) *Ibid*.

(26) *Ibid*.

(27) Ponge, « La forme du monde », in *Proème, Tom premier*. pp. 131-132.

(28) *Signéponge*, p. 74（邦訳，101頁）.

(29) Cited in *Signéponge*, p. 112（邦訳，156頁）. Cf. Ponge, *Tom Premier*, p. 100.

(30) *Points de suspension*, pp. 305-306（邦訳，252頁）.

(31) 「君は，記憶喪失を祝賀し記念しなければならない」(*Points de suspension*, p. 306. 邦訳，253頁）と述べるデリダは，「純粋詩」を不可能にする，わたしたち人間の記憶の不完全さこそ祝賀＝記憶 commémorer すべきものだと主張している．

(32) 「今後君は，特個的なマーク，自分の散逸を反復する署名のなんらかの受難〔／それらに対する確かな情熱〕を詩（ポエム）と呼ぶだろう」(*Points de suspension*, p. 307. 邦訳，254頁)．ここにはデリダ後期の一つの中心をなす未知の「来るべきもの à-venir」のテーマがすでに見いだされる．

(33) 以下を参照，「それ〔詩＝ポエム〕はけっして自分を自分自身に関係づけはしない」(ibid).

(34) *Schibboleth : pour Paul Celan*, Galilée, 1986（邦訳，『シボレート――パウル・ツェランのために』飯吉光夫・小林康夫・守中高明訳，岩波書店，2000年)．

(35) « Philosophe : Derrida l'insoumis », interview by Catherine David, *Le Nouvel Observateur* 983, 9-15 September 1983（邦訳，「不服従者デリダ」浜名優美訳，『現代思想』1983年12月号，56-69頁)，タイトルを変えて論集に収められている．« Desceller (« la vieille neuve langue ») », in *Points de suspension* , pp. 123-140.

(36) デリダはこうした自伝的要素をその後随所で語っている．なかでも1999年刊行の『言葉にのって』(*Sur parole : Instantanés philosophiques*, Éditions de l'aube, 1999 ; 邦訳，林好雄・森本和夫・本間邦雄訳，ちくま学芸文庫，2001年）に収められた1998年のラジオ対談（「肉声で」）は，量的にもっとも豊かな情報を与えている．しかしあとでもみるとおり，自伝的な語りの困難を『他者の一言語使用』でとりあえず克服した後の，多少は自然な語り口を獲得したここでの自伝的発言は，83年の模索するような簡素な語りに比べて，多くの発見をもたらすわけではないように思われる．

(37) こうした経緯は以下で詳しく語られている．*Sur parole*, pp. 13-15（邦訳，21-22頁)．

(38) *Le Nouvel Observateur* 983, p. 64（邦訳，61頁)．

(39) Cf. *ibid*.

(40) *Ibid*.（邦訳，61-62頁)．

(41) *Schibboleth*, p. 13（邦訳，３頁)．

(42) *Schibboleth*, p. 38（邦訳，45頁)．

(43) *Schibboleth*, p. 42（邦訳，56頁)．

(44) ツェラン『子午線』中の言葉．Cf. *Schibboleth*, p. 18（邦訳，15頁)．

(45) *Schibboleth*, pp. 18-19（邦訳，16頁)．

(46) *Schibboleth*, pp. 18-19（邦訳，16-17頁)．

(47) 『旧約聖書』の「士師記」第12章第６節に記されたエピソード．（カナンの地）エフライムから難を逃れて逃亡しようとするユダヤの人々を見分けようと，ヨルダン河畔でギレアド人は「schibboleth」の語を言わせた．「シ」をエフライム訛りでは「スィ」と発音するために出自を見破られ，多くの者が渡し場で殺された．

(48) *Schibboleth*, p. 63（邦訳，103頁)．

(49) *Schibboleth*, p. 77（邦訳，136頁)．

(50) *Chaque fois unique, la fin du monde*, Galilée, 2003（邦訳，『そのたびごとにただ一つ，世界の終焉』〈１〉・〈２〉，〈１〉土田知則・岩野卓司・ 國分功一郎訳，〈２〉土田知則・ 岩野卓司・藤本一勇・ 國分功一郎訳，岩波書店，2006年)．次の注に記す，アメリカで企画・刊行されたデリダによる追悼文を集めた文集のフランス語版．追加

収録もいくつかなされている.
(51) *The work of mourning*, edited by Pascale-Anne Brault & Michael Naas, University of Chicago Press, 2001.
(52) *Schibboleth*, p. 65（邦訳, 107頁).
(53) *Schibboleth*, p. 66（邦訳, 108頁).
(54) *Schibboleth*, p. 76（邦訳, 130頁).
(55) *Schibboleth*, p. 80（邦訳, 138頁).
(56) 「Fors ――ニコラ・アブラハムとマリア・トロックの稜角のある言葉」pp. 123-124（原書タイトル « Fors : les mots anglés de Nicolas Abraham and Maria Torok »). この論は以下の書籍の序文として書かれた. N. Abraham et M. Torok, *Cryptonomie, Le verbier de l'homme aux loups*, Paris : Aubier-Flammarion, 1976, pp. 7-73, 邦訳, ニコラ・アブラハム, マリア・トローク『狼男の言語標本――埋葬語法の精神分析』港道隆・前田悠希・森茂起・宮川貴美子訳, 法政大学出版局, 2006年).
(57) *Schibboleth*, p. 64（邦訳, 103頁).
(58) *L'Autre cap, suivi de La démocratie ajournée*, Minuit, 1991（邦訳,『他の岬――ヨーロッパと民主主義』高橋哲哉・鵜飼哲訳, みすず書房, 1993年).
(59) Paul Valéry, « La crise de l'esprit »(1919), in *Variété*, reprinted in *Œuvres* 1, Bibliothèque de la Pléiade, Gallimard, pp. 988-1000（邦訳,「精神の危機」桑原武夫訳,『ヴァレリー全集11 文明批評』筑摩書房, 1967年, 24-41頁；松田浩則訳,『ヴァレリー・セレクション（上)』平凡社ライブラリー, 平凡社, 2005年, 68-90頁).
(60) Valéry, *Œuvres* 1, p. 995（邦訳,『全集11』33-34頁；『セレクション（上)』81頁).
(61) 「地球の開発の現象, 技術の平等化の現象, 民主主義の現象は, ヨーロッパの deminutio capitis（権利喪失）を予想させるものですが, これらは運命による絶対的な決定と考えなくてはならないものでしょうか. それともわれわれは, もろもろの事柄のこうした威嚇的な謀反に抵抗するいささかの自由を有しているでしょうか」(Valéry, *Œuvres* 1, p. 1000. 邦訳,『全集11』40頁；『セレクション（上)』90頁. 圏点強調原著者). 二十一世紀を迎えてますます広がっている地球全体の発展への希求を「威嚇的な謀反」と捉え, これに抵抗することを「自由」と名付けてその権利をここでいう「われわれ」すなわち「ヨーロッパ人」に付与するこの主張は, まさに模範的なコロニアリストの言説とでも言うほかはない.
(62) Valéry, *Œuvres* 1, p. 995（邦訳,『全集11』34頁；『セレクション（上)』82頁). Cf. Derrida, *L'Autre cap*, p. 27（邦訳, 18頁).
(63) *L'Autre cap*, pp. 28-29（邦訳, 19-20頁).
(64) Valéry, « Note (ou L'Européen)», in *Variété*, reprinted in *Œuvres* 1, pp. 1000-1014（邦訳,「ヨーロッパ人」渡辺一夫・佐々木明訳,『ヴァレリー全集11 文明批評』筑摩書房, 1967年, 42-59頁).
(65) 「〔夢の中には〕物理的な法則に逆らうものや民族的な事実や宿命に逆らうものもある. 人種間の平等や永遠で普遍的な平和がそうだ〔…〕.」(Valéry, *Œuvres* 1, p. 1003. 邦訳, 46頁).
(66) Valéry, *Œuvres* 1, p. 1004（邦訳, 47頁).
(67) *L'Autre cap*, p. 16（邦訳, 7頁).
(68) *L'Autre cap*, pp. 16-17（邦訳, 8頁).
(69) Cf. *L'Autre cap*, p. 71（邦訳, 57頁).

(70) *L'Autre cap*, p. 72（邦訳，57頁）.

(71) 自分のみを「人類の本質の唯一の証言」とみなすことがヨーロッパ人によっておこなわれてきたとデリダは批判している．(cf. *L'Autre cap*, p. 72. 邦訳，57頁．圏点強調原著者).

(72) ヴァレリーの自己選別化は，「ヨーロッパ」だけでなく，「地中海」「フランス」「パリ」「フランス語」の位置づけを通じて表明される．たとえば「フランス」を規定しながら，ヴァレリーは，普遍性の自己付与（排外的な）を典型的なかたちで示している．「わたしたち〔フランス〕の特殊性とは，自分たちが普遍的であると思い，普遍的なものとして自分を感じることである．つまり，普遍の人間だと感じるということだ．このパラドクスにご注目いただきたい．〔特殊的な〕特徴として，普遍性の感覚をもつというパラドクスを」(Valéry, « Pensée et art français »〔1939〕, in *Regard sur le Monde actuel*, reprinted in *Œuvres* 2, Bibliothèque de la Pléiade, Gallimard, p. 1058. 邦訳，「フランスの思想と芸術」菊池映二訳，『ヴァレリー全集12 現代世界の考察』筑摩書房，p. 196). Cf. *L'Autre cap*, p. 73（邦訳，53頁）.

(73) *L'Autre cap*, p. 30（邦訳，20頁）.

(74) *L'Autre cap*, p. 32（邦訳，23頁）.

(75) 「普遍性の価値はここであらゆる二律背反を資本化する．なぜならそれは，特個性の，イディオムの，あるいは文化の固有の身体のなかに普遍的なものを書き込む範例性の価値と結びついているはずだからだ」(*L'Autre cap*, p. 71. 邦訳，56-57頁).

(76) Valéry, « Fonction de Paris »（1927), in *Regard sur le Monde actuel*, reprinted in *Œuvres* 2, pp. 1007-1010（邦訳，「パリの機能」鈴木力衛訳，『ヴァレリー全集12　現代世界の考察』筑摩書房，1968年，125-128頁）.

(77) Valéry, « Présence de Paris »（1937), in *Regard sur le Monde actuel*, reprinted in *Œuvres* 2, pp. 1011-1015（邦訳，「パリの存在」鈴木力衛訳，同上訳書，129-135頁）.

(78) パリ同様に，「地中海」もヴァレリーにとっては自己選別化のための範例主義的なトポスであったこと（『他の岬』注８），さらには「フランス語」がヴァレリーの論では同じ役割を担わされていること（同書注９）をデリダは指摘している．

(79) *L'Autre cap*, p. 45（邦訳，35頁）.

(80) Naas, "Introduction : for example", in Derrida, *The Other Heading*, 1992, pp. vii-lix ; reprinted in Direk & Lawlor ed., *Jacques Derrida : Critical Assessments of Leading Philisophers*, voll. 2, 2002.

(81) Naas, in *Jacques Derrida* II, p. 330.

(82) *Ibid.*, p. 336.

(83) *Ibid.*, p. 333.

(84) *Ibid.*

(85) Clark, *Derrida, Heidegger, Blanchot*, 1992 ; *The Poetics of Singularity* 2005.

(86) クラークは，英米の文学研究を席巻するカルチュラル・スタディーズとポストコロニアリズムの研究手続きを，あらかじめ規定された普遍的テーゼの確認作業にすぎないとして手厳しく批判し，この硬直状態を脱するために，いまいちど文学テクストに現われる「特個性 Singularity」へ立ち戻ることを要請する．この立場に基盤を与えるものとして，後期デリダ（90年以降を指す）の著作群から，「特個性」の「再評価」の議論を抽出する．Cf. Clark, *The Poetics of Singularity*, 特に，"Introduction : a school of singularity" ; Chapter 1 : "Freedoms and the institutional Americanism of

literary study" ; Chapter 5 : "Derrida : a pragmatics of singularity".

(87) Attridge, *The Singularity of Literature*, 2004.

(88) Niall Lucy, *A Derrida Dictionary*, Blackwell, 2004. とくに以下の項目において Singularity をめぐる議論が提示されている―― democracy, gift, iterability, proper, trace, undecidability.

(89) ニコラス・ロイル『ジャック・デリダ』田崎英明訳，青土社，2006年，231-232頁，258頁，287-288頁，293頁．

(90) *Le Monolinguisme de l'autre*, Galilée, 1996（邦訳，『たった一つの，私のものではない言葉――他者の単一言語使用』守中高明訳，岩波書店，2001年）．邦訳書題名は内容を的確に捉えた秀逸なものであるが，本書では原書タイトルに準じた表記をおこなうことで，タイトルそのものに込められた意味を救いたいと考えた．とりわけ『他の岬』との連関を本書では重視した．

(91) *Demeure*, 1998（邦訳，『滞留』2000年）．

(92) *Donner la mort*, Galilée, 1999（邦訳，『死を与える』廣瀬浩司・林好雄訳，ちくま学芸文庫，2004年）．

(93) *La Carte postale*, Flammarion, 1980（邦訳『絵葉書 I ――ソクラテスからフロイトへ，そしてその彼方』若森栄樹・大西雅一郎訳，水声社，2007年）この書物に所収の一篇「送る言葉」« Envois »（上記邦訳書所収）は，一人称体の口語的な文体で書かれ，デリダ自身を想定させるある男性が親しい関係にある女性に向けて送り続けた葉書・書簡集のかたちをとっている．

(94) デリダが自分自身について語るようになったきっかけとして，1981年のプラハ滞在時におきた投獄事件がある．フランス政府の介入によってこの不当逮捕からデリダは解放されたが，この際のフランスのテレビ局によるニュース報道以降，デリダはマスコミに顔の知られる人物となり，哲学者としての知名度の高さともあいまって，より私的な側面に関心を注がれるようになった．またデリダの活動もこれ以後，積極的に社会的・政治的な次元で展開されるようになる．

(95) 書物に挿入された著者自身の説明文を参照のこと．「かくしてこの本は始まる．同時に，内輪のもの，自己と自己の間のものであり，また，しかしながら「自己の外」のものでもある．これは一種のおしゃべり，生き生きした告白のつぶやき，しかしまた演じられた呼びかけ，演劇的対話のフィクション，最後に，政治的論争なのである――しかも問題となっている当の言語でなされた」（« Prière d'insérer », *Le Monolinguisme de l'autre*, pp. 1-2）．

(96) 「私たちの問題，それはつねに同一性＝アイデンティティである．同一性とはいったい何だろうか，単一文化主義あるいは複数文化主義，国籍，市民権，帰属というもの一般などをめぐって展開されるあれほど多くの議論のなかでも，それ自身に対する透明な同一性が常にドグマ的に前提されているこの概念とは？」（*Le Monolinguisme de l'autre* pp. 32-33. 邦訳，27頁）．デリダはさらに，人間主体のアイデンティティという問題の枠を超えて，「〈自〉性 l'ipséité」すなわち，何かがそれ自身であるというあり方そのものを問題にする（「そして主体のアイデンティティ以前に，自性（イプセイテ）とは何なのだろうか？」）．

(97) デリダが自分の言語（フランス語）に対して抱くアンヴィヴァレントな意識，すなわち，それ一つしかない自分のものという意識と深い愛着と，他方で，それが完全には自分のものでないという意識と居心地の悪さについては，かなり早くから，たと

えば1980年のインタヴューですでに語られていた．デリダは自分が，スペイン系ユダヤ人を祖先にもつアルジェリア在住の家系の一員として生まれたことを説明した上で，このアンビヴァレンスについて語っている．すなわちフランス語はデリダの母語でありながらも，とくに放校の経験以後，彼は「フランス語に対しての外在性のようなもの」を感じてきたのであり，「自分が完全には生来のものと見なすことができない」言語に拠る単一言語使用 monolinguisme のなかで自分が生きているということを，語らずにはいられないこととして触れている．参照，〔対談〕ジャック・デリダ，豊崎光一「誘惑としてのエクリチュール――絵葉書，翻訳，哲学」『海』pp. 256-280，特に p. 260-261.

(98) 1870年のクレミュー法施行時，アラブ人を中心とするアルジェリア在住民約1000万人のうち，ユダヤ人の人口は約３万7000人（うちフランス市民権取得者は３万3000人）と言われ0.4％にも満たない．1954年には総人口はほとんど変わらないが，ユダヤ人は12万6000人ほどに増える．が，それでもようやく１％強である．

(99) デリダは自分の家族環境は「アルジェリア在住フランス人のプチ・ブルジョワのそれだった」と語っている（〔対談〕「誘惑としてのエクリチュール」p. 260）.

(100) デリダは1998年のインタヴューで，自分の執筆歴のなかで徐々に一人称的・自伝的な性質が高くなってきたこととともに，随所で同じ自伝的要素を語ってきたことにみずから触れつつ，それがたえずある種の「ずらし」を伴うようにおこなわれてきたことに言及している．「私は同じことを繰り返しつつ，位置を移動させています，私の興味を引くのは反復における位置の転移（デプラスマン）だからですが〔…〕」（*Sur parole*, p. 118．邦訳，13頁）.

(101) やはり『言葉にのって』収録のインタヴューで，デリダが強調するのは，放校という事態が，子供だった自分にとってその理由がまったく不明なものだったということである．「私は，そのことをまったく予想していなかったし，何もわかりませんでした」．学校では両親に理由を聞くように言われたが，「私の家でも，どうしてこうした事情になったか説明してくれなったのです」．デリダはさらにこう言っている．ドイツ兵が一人もいない社会状況にいながらなぜ突然厳しい差別が始まったのか，当時のアルジェリアの「ユダヤ人にとって，事態は依然として謎に満ちたものであり，何一つ説明のない自然の災害のように，おそらくは受け容れられることなしに耐え忍ばれたのでしょう」（*Sur parole*, p. 13，邦訳，18-19頁）.

(102) 『他者の一言語使用』においてエドゥアール・グリッサンらクレオールの運動が評価されているが，それは，クレオール性の標榜とその普遍的価値の顕揚が，クレオールのもともとの担い手とみなされる者たち以外のあらゆる人々（他者）にたいしてクレオールの権利を委譲することとたえず結び付けられているからにほかならない．なお，ホブソンは『他者の一言語使用』で語られているデリダの言語体験（言語からの疎外の体験）が，植民地においてはより過酷な仕方で現われたこと，しかしながら普遍的な現象としてデリダによって提示されていることを指摘した上で，植民地状況という exemplaire な（模範的な・見せしめとなる・教訓的な）状況が，代替不可能な特個性と普遍的な構造とを結び合わせる契機となることをデリダに準じて述べている（Hobson, « L'exemplarité de Derrida », p. 382）．この観点から本書としては，『他者の一言語使用』とグリッサンやシャモワゾーらの（ときに楽観的すぎるとの批判も多い）クレオール主義（の普遍的な意義の主張）とを共鳴するものとしてとらえたい．

(103) *Le Monolinguisme de l'autre*, p. 40（邦訳，36-37頁）.

(104) *Le Monolinguisme de l'autre*, pp. 40-41（邦訳，37頁）.

(105) あるいは「人質」であるのに「客」として歓迎されるという逆説を意識するなら，自分が特異な他者であるにもかかわらず別の共同体に受け容れられたという，普遍性の獲得を読むこともできる．

(106) それとも，「人質」であるのに，特個的な受難者であるのに，あるいは普遍性の担い手であるのに，あらゆる他者を喜んで迎え入れる開かれた姿を読みとるべきなのだろうか．

なお，この「人質としての主人／客人」という考えはデリダのなかでその後も，とくに「歓待」をめぐる考察のなかで問われ続ける．1996年のゼミナールにおいてデリダは，レヴィナスの「自我とは他者の人質である」というテーゼを触媒として，（おそらくはとくに無条件の，不可能な）「歓待」において「主人は客に捕らえられた人質になる」と述べる．主体の受動性を肯定的に捉えるデリダの姿勢をここに見ることができるであろう（Derrida & Anne Dufourmantelle, *De l'hospitalité*, Calmann-Lévy, 1997. 邦訳，『歓待について――パリのゼミナールの記録』，廣瀬浩司訳，産業図書，1999年，118頁）. 次も参照，エマニュエル・レヴィナス『存在するとは別の仕方であるいは存在することの彼方へ』合田正人訳，朝日出版社，1990年.

(107) *Le Monolinguisme de l'autre*, pp. 66-67（邦訳，72頁）.

(108) *Le Monolinguisme de l'autre*, pp. 95-96 （邦訳，105頁）.

(109) *Le Monolinguisme de l'autre*, pp. 131-132（邦訳，133-134頁）.

(110) 東浩紀『存在論的，郵便的――ジャック・デリダについて』新潮社，1998年，43頁.

(111) Edward Said, *The World, the Text and the Critic*, Harverd University Press, 1983, pp. 210-212（邦訳，『世界・テキスト・批評家』山形和美訳，法政大学出版局，1995年）.

(112) Said, *The World, the Text and the Critic*, pp. 344-347（邦訳，338-343頁）.

(113) ポンジュをめぐるインタヴューのなかで，ポンジュと同様にアイデンティティの揺れを特徴とする作家としてボルヘスを話題にしたインタヴュアーに応えてデリダはボルヘスの文学に若干言及しているが，興味深いのは，デリダはボルヘスを読んでいてその問題意識も知っているが，ほとんど関心をもっていない様子がここに明白に窺われることである．Cf. *Déplier Ponge*, pp. 105-106.

(114) シンポジウムのタイトルは「他所からのこだま Echoes from Elsewhere / Renvois d'ailleurs」．フランス本国外のフランス語使用がシンポジウム全体を通底するテーマであったことを，刊行書冒頭でデリダ自身が記している．ここで『他の岬』においてデリダが，「私はヨーロッパ人だ」と，おそらくはきわめて意図的に諧謔をこめて述べていたことを思い起こしたい（だがそれが，「まとも」にも受け取れてしまうことは否めないが）．そこでのこの発言は，デリダがあえて，批判対象であるヴァレリーほかのヨーロッパ論者と自分を区別（distinct）しない姿勢が提示されようとしていたと言えるのではないか．一方このルイジアナでの講演では，自分を「ヨーロッパ」への帰属者あるいはその代表者としてではなく，「本国外のフランス語使用者」としてグリッサンらカリブ海海外県の人々や，フランス外のフランス語使用者と同じ位置に立たせようとするところからデリダはスタートしていると言える．少なくともデリダのヨーロッパ帰属はやはり「純粋」ではないものとして考えるべきだろうし（だからこそヨーロッパへの尽きせぬ執着があるのだろう），自分をフランスの外部者と見る姿勢にもいくぶんかの真実といくぶんかの虚構をむしろ私たちは読みとるべきであ

ろう．もちろんそれは，デリダ自身がよく認識していたことであるにちがいない．

(115) 1999年のデリダのオーストラリア滞在時におこなわれた連続セミナーの記録は，ヨーロッパという枠の外においてデリダを捉える試みとして，またこうした文脈に対するデリダの前向きの対応が示されている点で興味深い．Paul Patton & Terry Smith ed., *Jacques Derrida : Deconstruction Engaged, The Sydney Seminars*, Power Publications, 2001（邦訳，ポール・パットン，テリー・スミス編『デリダ，脱構築を語る――シドニー・セミナーの記録』谷徹・亀井大輔訳，岩波書店，2005年）．

(116) Herman Melville, “Bartleby, the Scrivener : A Story of Wall-Street”, 1853. 邦訳はアガンベンの以下の著作のなかに収録されている．ジョルジュ・アガンベン『バートルビー――偶然性について』月曜社，2005年．

第三章

(1) *Sur parole*, 1999（邦訳，『言葉にのって』，2001年）．

(2)「文学的エクリチュールをあきらめてしまうわけではなく，職業的には，哲学を選ぶのがよりよい策だと考えたのです」（*Sur parole*, p. 19. 邦訳，27頁）．

(3) デリダによるフッサールの翻訳と解説の作業．Husserl, *L’Origine de la Géométrie*, translation and introduction by Jacques Derrida, 1962（邦訳，E. フッサール，J. デリダ『幾何学の起源』，1988年）．それ以前に学位論文として執筆した「フッサールの哲学における発生の問題」（エコール・ノルマルの高等教育修了証書ＤＥＳのための学位論文，1953-54年）もあった．これははるか後に刊行された．*Le Problème de la genèse dans la philosophie de Husserl*, 1990.

(4) デリダは，ただ「エクリチュール」の可能性だけが「イデア的対象」の最終的なイデア性を保証する，とフッサールが明言している箇所を見つけたことが，自分のフッサール研究の始まりだったと述べている（*Sur parole*, p. 21. 邦訳，29頁）．また林好雄・廣瀬浩司『知の教科書 デリダ』講談社，2003年，36頁も参照．

(5) デリダは「文学を書きたいという気持ちと，文学および文学的エクリチュールとは何であるかを哲学的に考えたいという気持ちとの間の調停」を図ったと述べている（*Sur parole*, p. 20. 邦訳，28頁）．

(6) 以下を参照．« Ponctuations : le temps de la thèse », in *Du droit à la philosophie*, Galilée, 1990, pp. 442-443. この論は，1980年に国家博士号を « L’inscription de la Philosophie, Recherches sur l’interprétation de l’écriture » という論文によって取得した際に，デリダが公開審査会でおこなった発表を文字化したもの．また上利博規は，デリダのこの最初の企図を重視している．上利博規「デリダと文学」『静岡大学人文学部人文論集』49，1998年，p. 55ほか；『デリダ――人と思想』清水書院，2001年，32-33頁．

(7) *Sur parole*, p. 21（邦訳，30頁）．

(8) たとえばデリダは「あらゆるテクストのもつ，文学になること devenir-littérature の可能性」と，比較的早くのテクストでも語っていた（« La loi du genre », in *Parages*〔2003〕, p. 244. 邦訳，「ジャンルの掟」野崎次郎訳，W. J. T. ミッチェル編『物語について』平凡社，1987年所収，105頁）．「ジャンルの掟」は1979年に口頭発表され，英仏２ヶ国語対照によって1980年に雑誌 *Glyph* 第７号に掲載．英訳はその後，W. J. T. Mitchell, *On Narrative*, The University of Chicago Press, 1981にも収録された．

(9) たとえば以下の著作. Tzvetan Todorov, *Littérature et signification*, Larousse, 1967（邦訳，ツヴェタン・トドロフ『小説の記号学――文学と意味作用』菅野昭正・保苅瑞穂訳，大修館書店，1974年）; *Théories du symbole*, Seuil, 1977（邦訳，『象徴の理論』及川馥・一之瀬正興訳，法政大学出版局，1987年）; Julia Kristeva, *Σημειωτικη: Recherches pour une sémanalyse*, Seuil, 1969（邦訳，ジュリア・クリステヴァ『記号の解体学――セメイオチケ1』原田邦夫訳，せりか書房，1983年；『記号の生成論――セメイオチケ2』中沢新一・原田邦夫・松浦寿夫・松枝到訳，せりか書房，1984年）.

(10) *Sur parole*, p. 24（邦訳，34頁）.

(11)「文学のなかには実際，無責任の，あるいは非＝署名の危険があると私は思います〔…〕これらの危険はみな可能性として文学に内属しているのです〔…〕. 文学は最大限の責任に呼びかけると同時に，最悪の裏切りの可能性でもあります」（*Sur parole*, p. 25. 邦訳，36頁）.

(12) « Envois », in *La Carte postale*, 1980（邦訳，「送る言葉」『絵葉書 I』，2007年）.

(13) *Sur parole*, p. 25（邦訳，36頁）.

(14) Cf. *La carte postale*, p. 273（邦訳，373頁）.

(15) *Sur parole*, p. 26（邦訳，36頁）.

(16) Cf. *L'Écriture et la différence*, p. 263（邦訳，下17頁）. 引用はアルトーの言語を論じた「息を吹き入れられた言葉」からとったものであるが，このアルトー論では，作家が「言葉を盗まれ」「奪われた」存在，言葉の欠在のなかで語り書く存在（他者からやってくる言葉，外部から耳に吹き込まれる言葉をみずからのものとして産出する存在）として提示されていた.

(17) *Donner la mort*, 1999（邦訳，『死を与える』，2004年）.

(18) « La littérature au secret : une filiation impossible », *ibid.*, pp. 159-209.

(19)「訳者解説」，邦訳『死を与える』384頁.

(20) Cf. *The Gift of Death*, translated by David Wills, The University of Chicago Press, 1995.

(21)『旧約聖書』創世記 XXII-119. 日本語訳は以下を参照した，『新共同訳 聖書』日本聖書協会，1991年，旧31-32頁. 仏語訳は以下を参照した，*La Bible, Ancien Testament*, Édouard Dhorme éd., Bibliothèque de la Pléiade, Gallimard, 1956, pp. 66-68.

(22) Cf. *Donner la mort*, p. 185（邦訳，312-313頁）.

(23) 周知のようにデリダは，『旧約聖書』のフランス語訳（E・ドルムによる）で用いられているこの表現を，別訳の « brûle-tout »「焼き尽くすもの，全＝焼」という表現とともにさまざまな思索の契機として用いる.

(24) キルケゴール『おそれとおののき』桝田啓三郎訳，『キルケゴール著作集5』白水社，1995年. デリダは以下の版を参照している. Søren Kierkegaard, *Crainte et tremblement* in *Œuvres Complètes*, tome 5, P. H. Tisseau & E. M. Jacquet-Tisseau, Éditions de l'Orante, 1972.

(25) *Donner la mort*, pp. 159-161（邦訳，273-274頁）. なお第二の文は，冒頭の Pardon を間投詞ととって行為遂行的な文つまり祈願の意をもつ訴えかけの文として読むのが普通であろうが，他方，名詞文ととって「言おうとしないことの赦し」（言おうとしないこと自体が有している赦し？）と解釈する余地を残す. 一つの文が行為遂行的なものとも事実確認的（記述的）なものともとれる二重性を利用することは，言語行為

論の脱構築作業にこだわってきたデリダが用いる得意の戦略の一つである（以下も参照のこと．« La loi du genre », *Parages* [2003], p. 233．邦訳，91-92頁）．

(26) たとえばデリダは，「『言おうとしないことにお赦しを……』はペテン，虚構，つまりは文学」であるかもしれないと述べる（*Donner la mort*, p. 173．邦訳，294頁）．祈願を示すこの文が，どこから来てどこに向かうのか，誰が誰に向けて何について発したのかもわからぬ文であること，すなわちコンテクストを欠いた文として今掲げられていることそれ自体が，この文が「文学的になること」を定めているとされる．ある文が文学的になるのは，その文がもとの文脈を離れて固定した文脈をもたなくなるときであり，それは，もとの文脈に即して指示していた内容を剝奪され，何も言っていないような文になるときである，とされているのである．

(27) *Donner la mort*, pp. 174-175（邦訳，294頁）．

(28) フランツ・カフカ「父への手紙」飛鷹節訳，『決定版カフカ全集３』マックス・ブロート編集，新潮社，1981年．なおデリダは以下のフランス語訳を参照している，Franz Kafka, « Lettre au père », in *Carnets, Œuvres Complètes*, tome 7, translated by N. Robert, Cercle du Livre Précieux, 1957, pp. 208-210.

(29) マックス・ブロートの解説による．『カフカ全集３』332-333頁を参照．

(30) 『カフカ全集３』125頁，127頁，128頁，156頁を参照．

(31) 『カフカ全集３』161頁．後半の表現については旧版（『カフカ全集Ⅳ』新潮社，1959年，339頁）を参照した．

(32) 『カフカ全集３』133頁．

(33) 旧版『カフカ全集Ⅳ』299頁．

(34) 『カフカ短編集』池内紀編訳，岩波文庫，岩波書店，1987年，13-33頁．

(35) *Donner la mort*, p. 184（邦訳，312頁）．邦訳で用いられている，この息子の「文学もどき」という訳も秀逸であるが，（文学というのは純粋ではありえず擬似的なものであるから）擬似性まで含めて文学そのものである存在としてカフカを捉えるために，本書ではむしろぎこちない訳を考案した．

(36) *Donner la mort*, p. 178（邦訳，301頁）．

(37) *Ibid.*

(38) 書き手であるカフカはこの手紙を「あなたに対する自分の恐怖心がどこからくるか」についての説明だとまとめている．つまり自分は父への恐怖心を抱く弱者であり，そういう自分を作り出したのは父だという主張を繰り返して，父の前での自分の二重の受動性を強調している．

(39) 『カフカ全集３』163頁以下．

(40) *Donner la mort*, p. 178（邦訳，301頁）．

(41) 『カフカ全集３』168頁．

(42) *Donner la mort*, p. 179（邦訳，303頁）．

(43) *Donner la mort*, p. 178-179（邦訳，302頁）．

(44) *Donner la mort*, p. 183（邦訳，308頁）．

(45) *Donner la mort*, p. 182（邦訳，307頁）．

(46) ブランショの『白日の狂気』を論じた「ジャンルの掟」には，このテクストのあり方を分析した箇所で「私は私の娘の上に鏡像反射する／娘について思惟する」« Je spécule sur ma fille. » というデリダによる解説が見られる．さらに spéculer sur という言い回しには，「当てにする」の意味もある．すなわち他者を迂回する鏡像反射と

思惟の運動は，言うまでもなくその他者への依存を意味する（*Parage*, p. 265. 邦訳「ジャンルの掟」135頁）.

(47) この手紙のなかでカフカ自身が強調するように，フランツは父ヘルマンの（生き残った）唯一の息子であり――弟二人はそれぞれ幼くして死去している――，それゆえに自分が父の全面的な相続者であらねばならないと感じてきた．父の期待や厳しい叱責も，この閉鎖的な対面関係に由来する部分があると思われる．少なくともカフカ自身の文章からは，この過剰な一体感が重圧と反発，その一方で依存と執着を息子の側に生み出していることが読みとれる．

(48) 「父－子という関係だけ」はふさわしくなかった，とカフカは記している．

(49) カフカは自分と父の一体性を強調しつつ，父を体質・性格・生い立ちなどあらゆる面で自分と正反対の人間だとしている．

(50) Cf. *Donner la mort*, p. 179（邦訳，303頁）.

(51) *Donner la mort*, p. 184（邦訳，311頁）.

(52) マックス・ブロートの作り上げたカフカ像に抗して，池内紀は随所でこの見解を強調している（『カフカ短編集』解説など）.『カフカを読む――池内紀の仕事場３』みすず書房，2004年，とくに第1章「カフカという人」の記述が詳しい．またこの本には，第４章「カフカの謎」のなかで「父への手紙」が詳細に紹介され，とくにカフカの実人生との対応の点で興味深い指摘が多くなされている．

(53) *Donner la mort*, p. 182*sq.*（邦訳，307頁以下）.

(54) この台詞のなかで（想像上の）父は，息子に，次のような非難を浴びせていた．――おまえは私に咎がないと言うことによって，ひそかに私を加害者に仕立てている．こうしておまえは三つのことを証明して見せた．「第一に，おまえに咎はないこと．第二に，わたしに咎があること．そして第三には，おまえが度量の大きさからわたしを許す気でいること」（『カフカ全集３』169頁）．こう父親の台詞を案出するカフカは，相手に赦しを与えることが有罪宣告であることを明確に意識していたにちがいない．またそれゆえカフカのこのテクストは，相手を赦すことに対する罪の意識の表白となっており，赦すことを赦してください，という二重の赦しの懇請を暗におこなっていると言える．

(55) *Donner la mort*, p. 182（邦訳，308-309頁）.

(56) 「こうした赦しのアポリアの原因の一つは，鏡像反射的な同一化なくしては，他者の代わりに，他者の声を用いて語ることなくしては，赦すこと，赦しを請うことも与えることもできない，ということである．この鏡像反射的な同一化のなかでは，赦すこととは赦すことではない．なぜならそれは，他者に対して他者として，なんらかの罪を罪として赦すことではないからである」（*Donner la mort*, p. 183. 邦訳，309頁）.

(57) *Donner la mort*, p. 190*sq.*（邦訳，320頁以下）.

(58) Cf. *Donner la mort*, p. 198（邦訳，334頁）.

(59) Cf. *Donner la mort*, pp. 187-188（邦訳，316-317頁）.

(60) *Donner la mort*, p. 182（邦訳，307頁）.

(61) カフカが創出した父の想像上の台詞のなかで，父は息子に「虫けらは〔…〕自分が生きのびるために，相手の血まで吸いとってしまう」との非難を浴びせていた（『カフカ全集３』169頁）.

(62) *Donner la mort*, p. 172（邦訳，291頁）.

(63) *Ibid.*

(64) *Donner la mort*, pp. 206-208（邦訳，346-349頁）.
(65) *Donner la mort*, p. 208（邦訳，348-349頁）.
(66)「この権利は与えられるが取り去られることもありえるのであって，外的な基準に基づいて文学的なものを規定する取り決めの，仮設的な境界線によって限定される．すなわち，いかなる文もそれ自身では文学的ではないし，内的な分析の過程でその「文学性」が解き明かされることもない．文が文学的となり，文学的機能を獲得するのはただ文脈と慣習に応じてなのであり，つまりは，非文学的な諸力に基づいてなのだ」（*Donner la mort*, p. 208．邦訳，349頁）.
ここにはデリダが考える文学の本質についての，それぞれに密接に絡み合う，いくつかの要点がこめられている．まず，文学が恒常的な実体としてではなく，「なる devenir」べき状態として捉えられていること．次に，それゆえ文学がさまざまな意味で（この「構成的な」観点からも，また文学の虚構性を考えた場合にも顕著なように，そしてコンテクストによって意味を変じることのできる本質的可塑性の点でも），「仮設的」な境位にあること．文学はしたがって内部に閉じることのないものであり，たえず外部にみずからの基準を置いていること．つまり文学は内と外との境界が本質的に，たえず，永遠に揺らぎ続ける場であり，その意味で前線・せめぎあいの地帯 frontière であること，などである．
(67) *Donner la mort*, p. 209（邦訳，350頁）.
(68) デリダは，イサクを犠牲に捧げようとするあのアブラハムのエピソードの最後で，神が「誓い」をおこなっていることを取り上げる（「創世記」XXII, 15-17）．そこでは神が絶対者である以上，何者か自分以上の権威者を必要とする誓いは不可能であるはずであるにもかかわらず「誓い」をおこなっている．ここにはすでに自律性と他律性の不可能な接合があるのだが，さらに驚くべきことに神は「自分自身によって誓う」という不可能な誓いを宣言していることをデリダは強調する．他律依存的な存在のあり方が，自律性の不可能なまでの極まりを出現させるということを，デリダはこの例によって示そうとしていると言えよう．
(69) ブロートの指摘するとおり，「八つ折版ノート，第４冊」のなかの1918年２月に記された文章には，あちこちでキルケゴールの『おそれとおののき』への言及がみられる．カフカはキルケゴールの提示するアブラハム像をただ受け容れるのでなく批判的検討を試みている．『カフカ全集３』91-95頁を参照．
(70) カフカとユダヤ教ないしユダヤ社会との関係には微妙な点もある．父親のユダヤ信仰の姿をかいま見たり，みずからも形骸的にはユダヤ的慣習に触れてはいたが，西欧化した生活のなかで育ったカフカは精神的にはユダヤ的世界と無縁であったと言える．しかし29歳のときにイディッシュ語（東欧ユダヤ語）演劇の公演をプラハで見てから，カフカは自分のなかのある種の“ユダヤ性”にめざめた，とみずからも標榜している．カフカは熱心にイディッシュ語を勉強したり，ユダヤ人の宗教儀礼を研究したりする．だがカフカの場合こうした関心は，みずからの「宗教的」意識に基づくものというよりは，高度に「文化的」なものであるように見受けられる．すなわちカフカのユダヤ世界への接触は，（そこから隔てられている者だから抱きうる）学問的・文化的な興味から発しているように思われる．カフカとユダヤ性の問題は簡単には割り切れないが，いわばユダヤ性に対して本質的理解を欠く西欧人の知的なスタンスと，系譜上のユダヤ性との交錯したところに彼の揺れがあったのではないだろうか．「父への手紙」でみられる，素朴なユダヤ教信仰者としての父への揶揄や自分が実践を強

いられる場合のユダヤ宗教儀礼への嫌悪と，他方でカフカが自負をもって語るユダヤ文化への探究心とのあいだの齟齬も，とりあえず以上のように理解することができる．

(71) 『カフカ全集３』150頁以下を参照.

(72) *Donner la mort*, p. 183（邦訳，310頁）.

(73) たとえば会社を「人」とおなじ資格と責任をもつ主体だと想定する「法人」という考えや，未成年でも結婚した者は成人と同等の権利があるとみなす「成年擬制」などがその例である．

ところで「秘密の文学」の訳者・林好雄の記すように，ジェイムス・ジョイスの『ユリシーズ』では，主人公スティーブン・ディーダラスによって『ハムレット』論が展開されており，母－子とちがって父－子は「リーガル・フィクションのようなもの」かもしれないと述べられている．デリダはこの「リーガル・フィクション」という概念を援用することで，亡霊的父親をもつ息子の系譜として，ハムレットと，その作者シェイクスピアと，その読者ジョイスとを，『旧約聖書』のアブラハムからキルケゴール，カフカへといたる（不可能な）文学的系譜に加えようとしているわけである．

(74) *Donner la mort*, p. 208（邦訳，349-350頁）.

(75) *Donner la mort*, p. 206（邦訳，346頁）.

(76) *Donner la mort*, p. 205（邦訳，345頁）.

(77) Jean-Michel Rabaté & Michael Wetzel eds., *L'Éthique du don : Jacques Derrida et la pensée du don*, Métailié-Transition ; Diffusion Seuil, 1992.

(78) *Donner la mort*, p. 66（邦訳，90頁）.

(79) Martin Heidegger, *Sein und Zeit*, § 47. 引用は *Donner la mort*, p. 64（邦訳，93頁）より.

(80) *Donner la mort*, p. 68（邦訳，93頁）.

(81) Jan Patočka, *Essais hérétiques sur la philosophie de l'histoire* (Prague, 1975), translated by Erika Abrams, Paris : Verdier, 1981.

(82) *Donner la mort*, p. 63（邦訳，87頁）.

(83) *Donner la mort*, p. 37（邦訳，44頁）.

(84) *Donner la mort*, p. 70（邦訳，98頁）.

(85) Emmanuel Lévinas, « La mort et le temps », Cours de 1975-1976, *Cahiers de L'Herne* 38, 1991, p. 38（邦訳，エマニュエル・レヴィナス「死と時間」『神・死・時間』合田正人訳，法政大学出版局，1994年所収，68頁）．引用は *Donner la mort*, pp. 70-71（邦訳，98頁）より．

(86) たとえば，世界経済に詳しいジャン・ジグレールは，世界の飢餓問題を論じた著作の結論部分で，ベネディクト・アンダーソンの概念である「想像の共同体」を下敷きにしながら，国家という枠組みを超えて，地球規模でひとびとが「われわれ」という共同性を想像しえるということが，世界の食糧配分の不均衡からおきる飢餓問題を解決するもっとも重要な鍵であり，それは十分に可能なことであると論じている．Jean Ziegler, *La faim dans le monde expliquée à mon fils*, Seuil, 1999（邦訳，ジャン・ジグレール『世界の半分が飢えるのはなぜ？――ジグレール教授がわが子に語る飢餓の真実』たかおまゆみ訳，合同出版，2003年．ただしここに言及した部分は，邦訳では省略されている）.

(87) *Donner la mort*, p. 78（邦訳，110-111頁）.

(88) デリダによる引用の冒頭には以下の文が読める．「十全な意味で責任ある人間とは，私のことであり，〔…〕いかなる役割とも一致しない個人のことである」(*Donner la mort*, p. 78．邦訳，110-111頁)．

(89) 「異教」的なかたちにしろ宗教・信仰を現代人の一種の救いの道として提示したパトチュカに対して最終的には距離をとるデリダは，いわば反宗教論としてこの「アブラハム論」を展開していく，とみることができよう．

(90) *Donner la mort*, p. 70（邦訳，98頁）．

(91) *Donner la mort*, p. 72（邦訳，101頁）．

(92) 『キルケゴール著作集５』50頁．

(93) 『キルケゴール著作集５』90頁以下．（地上の）倫理とは個々の人間を普遍へと向かわせるものだが，これに対して「信仰とは，個別者が普遍的なものより高くある，という逆説」だとキルケゴールは論じる．日本語訳で普遍的なものと訳されている語は，フランス語訳ではしばしば「一般的なもの le général」という語で訳されている．

(94) *Donner la mort*, p. 88（邦訳，128頁）．

(95) キルケゴールの『おそれとおののき』においては，「信仰の騎士」アブラハムと対極をなす地上の世俗的なヒーロー．他者から理解可能で，みずから説明する言語をもつ英雄．

(96) *Donner la mort*, p. 90*sq*.（邦訳，130頁以下）．

(97) たとえば「詩とはなにか」でも，「私を翻訳し」かつ「私を護り，寝ずの番をせよ」という間接的媒介による変形と直接的保持の両方を命じる矛盾した要求として「預言 prophétie」が語られていた．« Che cos'è la poesia? », reproduced in *Points de suspensions : Entretiens*, Galilée, 1992, p. 306（邦訳，「心を通じて学ぶ――詩とはなにか」湯浅博雄・鵜飼哲訳，『総展望フランスの現代詩』〔『現代詩手帖』三十周年特集版〕1990年，252-253頁）．

(98) *Donner la mort*, p. 97（邦訳，141頁）．

(99) *Donner la mort*, p. 98（邦訳，141-142頁）．

(100) 「いっさいはまるで，人が他者の前でと同時には他者たちの前で責任をもつことができないかのようである」(*Donner la mort*, p. 109．邦訳，161頁)．

(101) したがって，人は他者（たとえば神）の特個性に閉じこもってそこに安住することはできない，さらに，それと同時に，他者（たとえば人々）の一般性と向き合うこともできなくなる（*Donner la mort*, p. 98．邦訳，142頁）．

(102) *Donner la mort*, p. 118（邦訳，175頁）．

(103) *Donner la mort*, pp. 97-98（邦訳，142-143頁）. Cf. p. 101（邦訳，147-148頁）．

(104) *Donner la mort*, p. 99（邦訳，146頁）．

(105) 「私は他者を前にして責任＝応答すべき者である〔…〕，私は他者に答える〔…〕」，私は「私の特個性のただなかで他者の絶対的な特個性に結びつけ」られる，とデリダは論じている（*Donner la mort*, p. 97．邦訳，142頁）．

(106) 『キルケゴール著作集５』197頁．

(107) *Donner la mort*, p. 97（邦訳，141-142頁）．

(108) *Donner la mort*, p. 110（邦訳，161頁）．

(109) 廣瀬浩司はデリダのこうした考えを次のようにまとめている．「キルケゴールにとって他者とは唯一の絶対他者すなわち「まったく他なるもの」としての神であった．しかしデリダにとってはまったく他なるものはどこにでもいる．〔…〕キルケゴ

ールが絶対他者にのみ認めた他者性が，私たちが出会う潜在的な他者のひとりひとりに散種されるのだ」（廣瀬浩司『デリダ――きたるべき痕跡の記憶』白水社，2006年，194-195頁）．

(110) *Donner la mort*, p. 110（邦訳，162頁）．

(111) *Ibid.*

(112) “Hospitality, Justice and Responsability, A dialogue with Jacques Derrida”, in *Questioning Ethics, Contemporary debates in philosophy,* edited by Richard Kearney & Mark Dooley, Routledge, 1999, p. 67（邦訳，「歓待，正義，責任――ジャック・デリダとの対話」安川慶治訳，『批評空間』Ⅱ期23号，1999年，104頁）．

(113) *Donner la mort*, p. 111（邦訳，163頁）．

(114) *Donner la mort*, p. 118（邦訳，174-175頁）．

(115) *Donner la mort*, p. 121（邦訳，179頁）．

(116)「おまけにキルケゴールのテクストは，私たちにその〔「読みえる」ということの〕境位がどのようなものであるかも説明してくれるものだろう．つまり，それが，私たちに向けて秘密裡に秘密について，読解不可能性について，絶対的な解読不可能性について語るまさにそのときに，なお誰にとっても読解可能でありえる，ということについて」（*Donner la mort*, p. 111．邦訳，163頁）．

(117) *Donner la mort*, p. 113（邦訳，166頁）．

(118)『キルケゴール著作集５』198-199頁．

(119)「絶対的秘密，私たちが分かち合うことなく分かち合う秘密」という表現を参照．ほかにも，「秘密を分かち合うとは〔…〕なんだかわからないものを分かち合うことである．何もわからないままに，何も決定できないままに」とか，「何ものでもないものの秘密であるような秘密および何も分かち合わないような分かち合いとは何であろうか」といった表現で同じ考えが強調されている（*Donner la mort*, p. 112．邦訳，164-165頁）．

(120)「人は秘密を伝達することができる．しかし，秘密のままにとどまる秘密であるような秘密を伝達すること，それは伝達することなのだろうか？」（*Donner la mort*, p. 113．邦訳，166頁）．

(121) しかし「秘密の文学」でこの語を用いて思考された究極の特個性と万人の普遍性との両立の問題は，むしろこの用語に頼らないことによって，本章でみたようにきわめて高密度で議論されることになった．ただしつねに「例」「範例性」という概念が背後にあったことは，たとえば次のような文章の微妙な言葉遣いからも読みとれる，「アブラハムは偽証のなかでしか，自分のあらゆる近親者の，そして近親者たちおのおのの単一性の，ここでは模範的＝範例的なことに exemplairement 最愛のひとり息子の単一性の裏切りのなかでしか，神に忠実であることはできない．自分の近親者たち，あるいは自分の息子に忠実であろうとするなら，絶対他者を裏切るほかはない．つまり神を」（*Donner la mort*, p. 98．邦訳，143頁）．

(122)「この文の秘密は，何も言うことができない〔／何も意味しない〕という危険をつねに抱えるヘテロ＝トートロジックな思惟＝鏡像反射のなかに閉ざされているのかもしれない」（*Donner la mort*, p. 116．邦訳，171頁）．

(123) *Ibid.*

(124) *Donner la mort*, p. 109（邦訳，160頁）．

(125) *Donner la mort*, p. 126（邦訳，186-187頁）．

(126) *Demeure*, 1998（邦訳,『滞留』, 2000年).
(127) *Demeure*, p. 48（邦訳, 57-58頁).
(128) *Demeure*, pp. 48-49（邦訳, 58頁).
(129) *Ibid.*
(130) « La parole soufflée » in *L'Écriture et la différence*, pp. 253-292（邦訳,「息を吹き入れられた言葉」梶谷温子・野村英夫訳,『エクリチュールと差異』下, 3-51頁).
(131) *L'Écriture et la différence*, p. 263（邦訳, 16頁).
(132) « Le ruban de machine à écrire, *Limited Ink II* », in *Papier Machine*, Galilée, 2001（邦訳,「タイプライターのリボン」『パピエ・マシン――物質と記憶』上・下, 中山元訳, ちくま学芸文庫, 2005年, 上所収). 最初に口頭発表されたのはカリフォルニア大学での, ポール・ド・マンの『美学イデオロギー』(Paul de Man, *Aesthetic Ideology*, University of Chicago Press, 1996. 邦訳, 上野成利訳, 平凡社, 2005年）を一つのテーマとしておこなわれたシンポジウムにおいてである. ただしデリダの議論はむしろド・マンの『読むことのアレゴリー』第二部のルソー論, とりわけその最終章の「弁解（『告白』)」をもとにして展開されている. Cf. De Man, *Allegories of Reading : figural language in Rousseau, Nietzsche, Rilke and Proust*, Yale University Press, 1979.
(133) *Papier Machine*, pp. 35-36, 37（邦訳, 60, 63頁).
(134) Jean-Jeacques Rousseau, *Les Confessions*, Garnier Frères, 1964（邦訳,『告白』上・下, 小林善彦訳,『ルソー全集』第１・２巻, 白水社, 1979・1981年).
(135) Aurelius Augustinus, *Confessiones*（邦訳,『告白録』上・下, 宮谷宣史訳,『アウグスティヌス著作集』第５巻〔１・２〕教文館, 1993年).
(136) *Papier Machine*, p. 40（邦訳, 75頁). なおデリダは,『絵画における真理』に収めた「カルトゥーシュ」においてこの「範列（パラディグム)」という概念を大いに援用した（以下を参照. 上利博規「『絵画における真理』をめぐるデリダの言説」『静岡大学人文論集』54-2, 2003年, 1-22頁). 連作というスタイルで芸術創作活動を展開するジェラール・ティテュス＝カルメルの諸作品を論じたデリダのこの論文は,「範列」という系列が, 起源なき反復の現象にほかならないことをみてとる. 先例（モデル）なき例（モデル）の連鎖であるようなこの「範列」の概念は, 本書の立場からすると「範例性（エグザンプラリテ)」の問題圏に直結するものであり, 両者はほとんど同じ問題を考察するための概念装置だと考えられる.
(137) Rousseau, *Les Confessions*, pp. 2-4（邦訳, 上11-14頁).
(138) *Papier Machine*, p. 52（邦訳, 93-94頁).
(139) *Papier Machine*, p. 82（邦訳, 150頁).
(140) De Man, *Allegories of Reading*, pp. 278-279.
(141) *Papier Machine*, pp. 84-86（邦訳, 154-155頁). デリダは, このルソーの模範＝範列性のもとに, ド・マンの偽証の行為が潜在化されていることを論じている.
(142) *Papier Machine*, pp. 80-81（邦訳, 146頁). Cf. De Man, *Allegories of Reading*, p. 299.
(143) *Papier Machine*, p. 81（邦訳, 148頁).
(144) Rousseau, *Les Rêveries du promeneur solitaire*, Garnier frères, 1960（邦訳,『孤独な散歩者の夢想』佐々木康之訳,『ルソー全集』第２巻, 白水社, 1981年所収).
(145) *Papier Machine*, pp. 95-96（邦訳, 173-174頁).
(146) De Man, *Allegories of Reading*, p. 279.

(147) *Papier Machine*, pp. 112–113（邦訳，203–205頁）.
(148) *Papier Machine*, p. 114（邦訳，207頁）; *Papier Machine*, p. 115（邦訳，208頁）.
(149) Rousseau, *Confessions*, cited in *Papier Machine*, p. 120（邦訳，217–218頁）.
(150) この引用に続くルソーの宣言にも顕著である．「ただ私一人．私は私の心を感じ，そして人間たちを知っている．私は，私が見てきたいかなる人とも同じようには作られていない．存在するいかなる人々とも同じようには作られていないと，私はあえて信じている．私の方がよりすぐれているわけではないとしても，少なくとも私は別なのだ」（*ibid.*）．ここに，こっそりと，「私は別なのだ／私は他者である」« je suis autre » という私の他者性を暗示する言葉が挿入されていることにも注意したい．
(151) *Papier Machine*, p. 120（邦訳，219頁）.
(152) ルソーは，そしてまた，ルソーのテクストは，どこまでも「類例のない」存在である．デリダは『告白』の手稿を，ルソー自身が，たった一つだけしかないもの（「ただ一つのそして有用な作品」）としてことわっていたことにも言及している．デリダがこれをたった一つの「原稿 exemplaire」と呼び代えているとおり，象徴的なことに，この「唯一例」において，ルソーはこのテクストの価値を，唯一無二であることと，人々に対する模範性の両面において提示している．このテクストを保存することを，「私が」「人類の名において」懇願するという，またしても範例的な二重性を，テクストに刻み込みながら（Cf. *Papier Machine*, pp. 123–124. 邦訳，223–224頁）.
(153)「例なし性と類例性とのあいだの矛盾は相互に浸透しあい，ずれこみ合い，存続し続けることになろう．それは互いを超克しあうことではなくて，それそのものとして持続することである」（*Papier Machine*, p. 121. 邦訳，220頁．圏点強調原著者）.
(154) この論考はド・マンのルソー論を批判したものであるが，デリダは，ルソーに「テクストの出来事」をみるド・マン自身が，そうしたしぐさによってまさに模範的に，ルソーをテクスト一般の例とみなしていることを指摘している．ド・マンのテクストもまた，テクストにおける特個性と普遍性の接合を体現していたのである（Cf. *Papier Machine*, p. 132. 邦訳，239–240頁）.
(155) Maurice Blanchot, *Le livre à venir*, Chap. II « La question littéraire », ii. Artaud, pp. 50–58（邦訳，モーリス・ブランショ『来るべき書物』粟津則雄訳，〔新版〕筑摩書房，1989年）.
(156) *L'Écriture et la différence*, p. 255（邦訳，下 6 頁）.
(157) *L'Écriture et la différence*, pp. 256–258（邦訳，下6–9頁）.
(158) *L'Écriture et la différence*, p. 259（邦訳，下11頁）.
(159) Cf. *L'Écriture et la différence*, p. 254–255（邦訳，下 5 頁）.
(160) Cf. *Papier Machine*, p. 107*sq.*（邦訳，194頁以下）.
(161) *Papier Machine*, p. 136（邦訳，246頁）.
(162) *Papier Machine*, p. 147（邦訳，264頁）.
(163) ド・マンの問題の論文およびその位置づけについては以下を参照．土田知則「『卑俗な』という危うげな一語に託して――ポール・ド・マンの選択」，およびポール・ド・マン「ドイツ占領下時代の新聞記事　四編」『思想』2006年12月号.
(164) *Papier Machine*, p. 146（邦訳，264頁）.

第Ⅰ部のまとめ

(1) 柄谷行人『探究Ⅱ』講談社，1989年．とくに第一部「固有名をめぐって」を参照.

(2) 柄谷『探究Ⅱ』10頁.
(3) 柄谷『探究Ⅱ』42頁.
(4) Gilles Deleuze, *Différence et Répétition*, Presses Universitaires de France, 1968（邦訳，ジル・ドゥルーズ『差異と反復』財津理訳，河出書房新社，1992年）．とくに序を参照.
(5) 柄谷『探究Ⅱ』17頁.
(6) 高橋哲哉『デリダ――脱構築』講談社，1988年，126頁.
(7) *De la grammatologie*, p. 159（邦訳，222頁）.
(8) *De la grammatologie*, p. 164（邦訳，227頁）.
(9) *De la grammatologie*, p. 165（邦訳，227頁）.
(10) *Passions*, p. 42-43（邦訳，39頁）.
(11) 柄谷『探究Ⅱ』17頁.
(12) 本書第1章第4節1でも引用した，次の問題提起を参照.「次のように言っても〔…〕，誰も真剣に反論することはできないだろう．私について書いているのではなく“私”〔というもの〕について書いている，とか，なんらかのある私，あるいは私一般について，ある例を提示しながら書いている，と．私は例 exemple にすぎない〔／私とはまさに例なのだ〕，あるいは私は例的／模範的(エグザンプレール) exemplaire である」(*Passions*, p. 89．邦訳，93頁)．まさに「例」という概念＝形象が，この多重的状態の器として示されていることも確認できる.
(13) Cf. “This strange institution”, p. 68.
(14)「あらゆる作品は，特個性と一般性との両方を，特個的な仕方で語るという意味において特個的である」(*ibid*).
(15) デリダのすぐれた紹介者でもあり，イェール学派の中心をなす現代文学理論家であるヒリス・ミラーは，デリダの明かした「例」の「奇妙な構造」（すなわち類例性と特個性の両方の側面を判別不可能なかたちで共存させること）と彼における「文学」（あるテクストが「文学になる」という問題）とが密接にかかわることを見抜いている．Cf. J. Hillis Miller, “Derrida's *Topographies*”, in *Topographies*, Stanford University Press, 1995, esp. p. 300（邦訳，J. ヒリス・ミラー「デリダの地勢図」『批評の地勢図』森田孟訳，法政大学出版局，1999年，とくに397頁）.
(16) 二つの語の併置はしばしばられる．たとえば以下を参照.「こうした一般性ないしは普遍性において，〔すなわち〕意味がこのように反復されうるかぎり，詩は哲学素としての価値をもつ」(*Schibboleth*, p. 88．邦訳，152-153頁).
(17)「哲学と文学」『ジャック・デリダのモスクワ』土田知則訳，夏目書房，1996年，157-158頁.
(18) 赤羽研三『言葉と意味を考えるⅠ 隠喩とイメージ』,『言葉と意味を考えるⅡ 詩とレトリック』夏目書房，1998年.
(19) 赤羽『言葉と意味を考えるⅡ』101-113頁.
(20) デリダが（とくにハイデッガーの）哲学における隠喩をめぐって考察を展開した論としては,「白い神話」« La mythologie blanche », in *Marges, de la philosophie*, 1972（邦訳,「白けた神話」豊崎光一訳，篠田一士編『世界の文学38　現代評論集』集英社，1978年所収）およびこれに対するリクールの反論（Paul Ricœur, *La métaphore vive*, Seuil, 1975, chap. 8．邦訳〔若干の削除あり〕，ポール・リクール『生きた隠喩』久米博訳，岩波書店，1984年，第6章）に応えるかたちで書かれた「隠喩の退－引」« Le

retrait de la métaphore »（1978）reprinted in *Psyché*, 1987, new ed. tome 1, 1998（邦訳「隠喩の退 - 引」庄田常勝訳，［前半］『現代思想』1987年 5 月号，32-48頁，［後半］12月号，200-221頁）がある．さらに関連する論考として「Fors」が挙げられる（« Fors : les mots anglés de Nicolas Abraham et Maria Torok », 1976．邦訳「Fors――ニコラ・アブラハムとマリア・トロックの稜角のある言葉」，1982年）．

(21) デリダは「カタス転喩《トロピック》的 catastropique」という造語を用いて，転喩（トロープ）の本質がこのカタストロフ（破局的転覆）にあることを示そうとしている．Cf. « Le retrait de la métaphore », in *Psyché*, tome 1, 1998, p. 82（邦訳〔後半〕207頁）．

(22) « Ponctuations : le temps de la thèse », *Du droit à la philosophie*, Galilée, 1990, pp. 439-440（初出は英訳：“The time of a thesis : punctuations”, in Alan Montefiore ed., *Philosophy in France Today*, Cambridge University Press, 1983, pp. 34-50）．

(23) 『ジャック・デリダのモスクワ』，邦訳，158頁．

(24) 論文「Fors」における「稜角《アングル》をなす anglé」という概念を参照のこと．ある物が同時に多面的な複数の相を有することを意味する．

(25) デリダは「差延」の概念も，「これかつあれ」であって，「これ」にも「あれ」にも限定されない以上，「非＝概念」であると述べている．デリダはとりわけ矛盾するものの同時成立に目を向けることによって，通常の「合理性」を超えた哲学的思考を展開しようとしてきたのだと言えよう．リチャード・カーニーとジャック・デリダとの対話「脱構築と他者，ジャック・デリダとの対話」，リチャード・カーニー編『現象学のデフォルマシオン』毬藻充・松葉祥一・庭田茂吉訳，現代企画室，1998年，197頁参照．

(26) « Le retrait de la métaphore », p. 88（邦訳〔後半〕215頁）．

(27) *Demeure*, p. 48（邦訳，58頁）．

(28) 柄谷の言葉でいえば，「私」について言いうることは万人に妥当するとする「独我論」の立場にほかならない（柄谷行人『探究 I』講談社，1986年）．

(29) デリダは『旧約聖書』（のアブラハムのエピソード）から西洋近代文学への系譜を素描してみせたが，問題はより本質的に文学の系譜一般であって，それをどこに見いだして論じるかは，本書の立場からは最重要の問題点ではないと考えたい．

(30) 蓮實重彦「「本質」，「宿命」，「起源」――ジャック・デリダによる「文学と／の批評」」『表象の奈落――フィクションと思考の動体視力』青土社，2006年．

(31) 「文学」の全体をめぐってではなく，各論（個別の文学テクストをめぐる考察）においても蓮實は，デリダの論考における欠落，たとえばデリダによるある種の要素の「排除」を批判する（『「赤」の誘惑――フィクション論序説』新潮社，2007年，258頁）．しかしデリダによる文学テクスト（たとえばカフカの「法の前に」あるいはブランショの「私の死の瞬間」）の分析は，もっとも妥当とみなされうるような，あるいは指摘すべき論点をすべて完備した論たることをめざしたものではまったくない．むしろ文学テクストの本質的価値は，それをめぐって生産される二次テクスト（批評）のどれが（より）正しくどれが（より）正しくないか，あるいは，それをめぐって言われることの全体＝リミットというものがけっして定まらないところにあるというのがデリダの主張であった．したがって，デリダによる論（とくに文学テクストをめぐる分析）はすべて彼なりの偏向を強くもち，それがゆえに発見と触発の力をもちえるのである．蓮實が見いだしたいと思う主題論的な要素（たとえば「赤」のテーマ）をデリダが扱っていないのは，デリダの落ち度ではない．そのテーマは，そのテ

ーマを有効な素材として引き受けたい者が引き受けるべきであって，デリダはその任にはなかったにすぎない．また，デリダが文学テクスト分析にあたって，一般に「主題論的な」要素を活用しなかったわけではないことは，本書第Ｉ部の検討によって充分に明らかにされたと考える．ポンジュのテクストにおける「物」や「スポンジ」，ツェランのテクストにおける「日付」や「単数＝複数性」をはじめとしてデリダの論は「テーマ」性に満ちている．むしろ蓮實は，デリダを引き合いに出すことで，彼の「有名性」に依拠しつつ，その“すきま”を狙って持論を補強しようとした，ということだろうか．

(32) Cf. “This strange institution”, p. 52.

第Ⅱ部

はじめに

(1) *Les Mille et une Nuits, contes arabes*, translated by Antoine Galland, 12vols. (vols. 1-2 : 1704, vols. 3-6 : 1705, vol. 7 : 1706, vol. 8 : 1709, vols. 9-10 : 1712, vols. 11-12 : 1717).

(2) Edward William Lane, *The Manners and Customs of the Modern Egyptians*, 1836（邦訳，ウィリアム・レイン『エジプトの生活，古代と近代の奇妙な混淆』大場正史訳，桃源社，1964年）.

(3) *The Thousand and One Nights, commonly called, in England, the Arabian Nights' Entertainments, a new translation from the Arabic, with copious notes by Edward William Lane, Author of “The Modern Egyptians,” illustrated by many hundred engravings on wood, from the original designs of William Harvey*, London, vol. 1 : 1839, vol. 2 : 1840, vol. 3 : 1841. なお，この翻訳に付したレインの注からアラブ文化理解にかかわるもののみを集めて編纂された次の書物も，現在ではレインの主要な書物として参照されている．Lane, *Arabian Society in the Middle Ages, Studies from The Thousand and One Nights*, edited by Stanley Lane-Poole [1883], London : Curzon Press ; New Jersey : Humanities Press, 1987.

(4) *A Plain and literal translation of the Arabian nights' entertainments, now entitled The Book of the Thousand Nights and a Nights. With introduction, explanatory notes on the manners and customs of Moslem men and a terminal essay upon the history of the nights*, by Richard F. Burton, 10vols., 1885.

(5) *Supplemental Nights to the book of Thousand and a Nights with notes anthropological and explanatory*, by Richard Burton, 6vols. 1886-1888.

(6) M. H. Zotenberg, « Notice sur quelques manuscrits des Mille et une nuits, et la traduction de Galland », in *Notice et extraits des manuscrits de la Bibliothèque nationale de Paris* 28, 1888, pp. 167-320.

(7) Victor Chauvin, *Bibliographie des ouvrages arabes ou relatifs aux arabes publiés dans l'Europe chrétienne de 1810-1885*, 12vols., 1892-1922, Liège : H. Vaillant-Carmanne ; Leipzig : O. Harrassowitz, (vols. 4-5 : *Les Mille et une nuits*, 1900). 本書の文献情報の多くもこのショーヴァンの書誌に依拠している．

(8) « Journal parisien d'Antoine Galland (1708-1715), précédé de son autobiographie

(1646-1715)», presented by H. Omont & Despréaux (Curé de Saint-Lazare), in *Mémoires de la Société de l'Histoire de Paris et de l'Île-de-France* 46, 1919, E. Champion, 1920.

(9) Duncan B. MacDonald, "Maximilian Habicht and His Recension of the Thousand and One Nights", *Journal of the Royal Asiatic Society*, 1909, pp. 685-704 ; "Lost Manuscripts of the 'Arabian Nights' and a Projected Edition of that of Galland", *Journal of the Royal Asiatic Society*, 1911, pp. 219-221 ; "A Preliminary Classification of Some Mss. of the Arabian Nights", in *A Volume of Oriental Studies : Presented to Edward G. Browne on his 60th Birthday*, ed. by W. Arnold and Reynold A. Nicholson, Cambridge University Press, 1922, pp. 304-321 ; "The Earlier History of the Arabian Nights", *Journal of the Royal Asiatic Society*, 1924, pp. 353-397. 以上を含め，マクドナルドは1900年以来『千夜一夜』関連では11本の論文を書いている．

(10) Enno Littmann, *Die Erzählungen aus den Tausendundein Nächten*, 1921-1928 ; reprint in 6vols., 1953.

(11) Littmann, *Tausendundeine Nacht in der arabischen Literatur*, Tübingen : Mohr, 1923.

(12) Nikita Elisséeff, *Thèmes et motifs des Mille et Une Nuits : essai de classification*, Beyrouth : Institut Français de Damas, 1949.

(13) Nabia Abbott, "A Ninth-Century Fragment of the 'Thousand Nights' : New Lights on the early history of the Arabian Nights", *Journal of Near Eastern Studies* 8, 1949, pp. 129-164.

(14) Mia Gerhardt, *The Art of Story-Telling : a Literary Study of the Thousand and one Nights*, E. J. Brill, 1963.

(15) 前嶋信次・池田修訳『アラビアン・ナイト』東洋文庫，平凡社，全18巻および別巻１，1976-1992年.

(16) その代表的な成果に，2004年５月にパリで５日間にわたっておこなわれたシンポジウムの記録で，35本の論文を収めた以下の論集がある．Aboubakr Chraïbi dir., *Les Mille et Une Nuits en partage*, Actes Sud, 2004.

(17) Ulrich Marzolph & Richard van Leeuwen ed., *The Arabian Nights Encyclopedia*, 2vols., ABC-Clio, 2004. 本書では，以下において，*The Arabian Nights Encyclopedia* とのみ表記する．

(18) その成果として，2002年に大阪（国立民族学博物館）でおこなわれた国際シンポジウムをもとにした以下の論集がある．Yamanaka & Nishio eds., *The Arabian Nights and Orientalism*.

(19) 「アラビアンナイト大博覧会」2004年９月９日～12月７日，国立民族学博物館．その後各地を巡回.

(20) 国立民族学博物館編・西尾哲夫責任編集『アラビアンナイト博物館』東方出版，2004年.

(21) 西尾はほかにも『アラビアンナイト――文明のはざまに生まれた物語』（岩波新書，2007年）をはじめとして，『千夜一夜』関連の論文・書物を出版している．巻末文献一覧を参照.

(22) なお，研究作業を進める上で，大場正史『あらびあんないと事典』（青蛙書房，1961）が提供する『千夜一夜』の全物語のあらすじが大いに役に立った．エリセーエ

フの著作の事項索引，人物名索引も助けになった．こうした「便利な」道具立てなくしては『千夜一夜』全体の研究は不可能であろう．2004年に出された『アラビアンナイト百科事典』はこうした研究上の世界的要請に応えたものである．

第四章

(1) なお，A.シュライビは最近の文章で，次の５つの時期を設定しているが，原理的というよりは羅列的な区分である．(1) ８世紀末から９世紀初め．ペルシア語からアラビア語へ翻訳された時期．(2) ９世紀から17世紀．数々の物語を付け加えて発展し，いくつもの物語集が作られた時期．(3) 18世紀．ガランの翻訳が刊行され，その影響が広がった時期．(4) 19世紀．アラブ世界で『千夜一夜』が見直され，ヨーロッパで新たな翻訳が多数出現して新たな影響が拡大した時期．(5) 20世紀初頭から．映画などさまざまなジャンルに『千夜一夜』の表象が広がり，新たな文学創作への影響もみられるようになってきた時期．Aboubakr Chraïbi, « Introduction », in A. Chraïbi dir., *Les Mille et Une Nuits en partage*, Actes sud, 2004, pp. 12-13.

(2) Cf. *The Fihrist of al-Nadīm, A Tenth-Century Survey of Muslim Culture*, ed. and translated by Bayard Dodge, Colombia University Press, 1970, 2vols.『千夜一夜』に関連する記述は，「おとぎ話 fable」の項目のなかで出てくる（p. 712*sq.*）.

(3) *Ibid.*, vol. 2, p. 713.

(4) 10世紀（943年生まれ）のバグダードで活躍した著名な博物学者・歴史学者の『黄金の牧場と宝石の鉱山』．この著作は一種の百科事典で，当時知られていたさまざまな情報が記述されている．

(5) フォン・ハンマーが19世紀初めに発見．『黄金の牧場』をすでに1805年に翻訳していたフォン・ハンマーは，さらにこの書物の写本をローマやコンスタンチノープルで確認して，1827年の論文で当該箇所のアラビア語テクストとその仏訳を紹介している．Joseph de Hammer, « Sur l'origine des Mille et une Nuits », *Journal asiatique* 10, 1827, pp. 253-256.

(6) ディミトリ・グタス『ギリシア思想とアラビア文化――初期アッバース朝の翻訳運動』山本 啓二訳，勁草書房，2002年，参照.

(7) 12世紀カイロの貸本屋の記録には『千夜一夜』の項目がみられる．なお「1001」という数字は，無限ないしは非常に多い数をあらわすものとして一般的だったとされている．この表現がトルコ語に由来するものだという説もある．

(8) Nabia Abbott, "A Ninth-Century Fragment of the 'Thousand Nights'", pp. 129-164.

(9) 邦訳としては，『アジアの民話12 パンチャタントラ』田中於菟弥・上村勝彦訳，大日本絵画，1980年など.

(10) 邦訳としては，『鸚鵡七十話 インド風流譚』田中於菟弥訳，東洋文庫，平凡社，1963年.

(11) *The Fihrist of al-Nadīm*, p. 718. また，ロバート・アーウィン『必携アラビアン・ナイト――物語の迷宮へ』西尾哲夫訳，平凡社，1998年，103頁を参照.

(12) 『千夜一夜』を最初に『アラビアン・ナイト *Arabian Nights*』と称したのは，1706年にイギリスで出版された英訳書 *Arabian Nights' Entertainment* である．ガランによる仏訳開始の二年後の刊行で，西尾によれば，オランダで出版されたガラン訳の海賊版に基づいているという．英語圏では以後，この作品は『アラビアン・ナイト』という題名のもとに流布し続け，『千夜一夜』ないし『千一夜』という題名は付随的に

用いられている（ちなみにフランス語圏では今日でもガランの伝統を継いで『千一夜』と称されている）.

(13) 井筒俊彦『イスラーム生誕』(1979)，改版，中公文庫，中央公論新社，2003年，46-47頁.

(14) 「アラビアン・ナイト」の項，『新潮世界文学辞典』1990年，37頁.

(15) Lane, *The Thousand and One Nights* (1839-41), London : Chatto and Windus, 1889, vol. 1, p. viii.

(16) 最初のエジプト旅行・カイロ滞在は1825年から1828年．出版社の支援を受けた二度目のカイロ滞在は1835年から1836年.

(17) Lane, *The Manners and Customs of the Modern Egyptians*, 1836.

(18) なお，レインも，また上記の辞書類などの記述も，おそくとも16世紀までにシリアで完成をみていたと推察されるいわゆる「シリア系」写本（冒頭から第200夜あたりまでのみを含む，ほぼ安定した構成の諸写本）を問題にしているのではないことは，「カイロでの完成」が言及されていることや，知られている「今のかたち」というのが1001夜を備えたヴァージョンをおそらく指すことを考えれば，明らかである．レインが彼の翻訳の底本としたのも，1001夜を備える「エジプト系」写本にもとづくヴァージョン（「ブーラーク版」と呼ばれるアラビア語印刷本）である.

(19) Mahdi, *The Thousand and One Nights* (*Alf Layla wa-Layla*) *From the Earliest Known Sources, Arabic Text Edited with Introduction and Notes, Part 3 : Introduction and Indexes*, E. J. Brill, 1994（以下の注において書名を “*Part 3*” と略記する), chap. 3 “Four Editions 1814-1843”, p. 100.

(20) *Ibid*., p. 98.

(21) この意味で本書は，ガランが用いた「14世紀シリア写本」こそが本物の，真正な『千夜一夜』であるというマフディやハッダウィがとる立場には賛同しかねる．むろんこのシリア写本が，『千夜一夜』のまとってきた一つの重要な形姿を表わしていることは否定すべくもないが.

(22) Ghazoul, *Nocturnal Poetics*.

(23) 以下にその姿勢が示されている．国立民族学博物館編・西尾哲夫責任編集『アラビアンナイト博物館』；西尾哲夫『図説アラビアンナイト』河出書房新社，2004年；同『アラビアンナイト』.

(24) Cf. Margaret Sironval, « Les Manuscrits des « Mille et Une Nuits »», in J. E. Bencheikh & A. Miquel éd., *Les Mille et Une Nuits*, Bibliothèque de la Pléiade, Gallimard, vol. 3, 2007, p. 1015. 長短さまざまな版の総数であるが，より断片的なものや，『千夜一夜』に帰属する物語の独立した写本も含めて考えれば，その数はもっと増えると思われる.

(25) Frédéric Bauden, « Un manuscrit inédit des *Mille et Une Nuits* : à propos de l'exemplaire l'Université de Liège », Chraïbi dir., *Les Mille et Une Nuits en partage*, pp. 465-475.

(26) 前嶋信次はこのサルハーニー神父による改変も，（西欧人読者にとって），バートン，マルドリュスなどと並んで（ただし逆方向にであるが）『千夜一夜』の本来の内容をかなり歪曲して伝えた元凶としている．前嶋信次（杉田英明編）『千夜一夜物語と中東文化』（前嶋信次著作選１），東洋文庫，平凡社，2000年，182-183頁.

(27) الف ليلة و ليلة الف ليلة و ليلة (Book of Thousand Nights, by Sir W. H. Macnaghten, 4vols.,

Calcutta, 1839-1842) [filmed by the British Library].

(28) الف ليلة وليلة / مقابلة وتصحيح محمد قطة العدوي.بغداد : يطلب من مكتبة المثنى ("The book of a Thousand and one night reprinted on an original copy of the Bulaq edition of 1252 A. H", 2vols).

(29) *Les Mille et Une Nuits*, translated by Jamel Eddine Bencheikh & André Miquel, annotation by André Miquel, Bibliothèque de la Pléiade, Gallimard, 3vols., vol. 1 : 2005, vol. 2 : 2006, vol. 3 : 2007.

(30) *The Fihrist of al-Nadīm*, p. 714.

(31) 「個」がそれ自身に閉じないための方策は，個が完成しても，それを最終形態とせず，また「やり直す」という回路にそれを置くことである．ジャック・デリダが「やり直し refaire」という概念を重視していたことは，第Ⅰ部のとりわけ第三章第二節 4でみた．

(32) Zotenberg, « Notice sur quelques manuscrits des Mille et une nuits, et la traduction de Galland ».

(33) 収録話の情報として興味深いのは，ガランが聞き書きして足した「眠っていながら目覚めている者」がこの写本にすでに収録されていることである．ガランに物語を語ったハンナは，この話が『千夜一夜』に帰属するものとされてきたことを知っていて，紹介したのかもしれない．ZERとは異なる多様な小話が収録されていることは，『千夜一夜』の編纂に当たって臨機応変に小話を組み入れることが伝統とされてきたことを示していると思われる．

(34) このマイエ写本では完全に同じ話の繰り返し（再録）がみられるという．しかし，これは単なるミスとみなせるだろう．これに対してZERでは，異なる物語のなかでの同じモチーフの再利用はあっても，物語全体の機械的な重複は例外を除いて，ほとんどない．

(35) リシュリューの後を継いでルイ十四世の宰相となったマザラン枢機卿（イタリア人 Giulio Raimondo Mazzarino，フランス名 Jules Mazarin, 1602-1661）が1643年から収集を始めた蔵書コレクションを，その当初から公開したもの．フランス最古の公共図書館とされる．1652年には収蔵4万冊を数えたという．死後の散逸を恐れて彼自身が創設を定めたコレージュに，美しい木製書棚とともに1661年に移管される．のちにフランス学士院の一部となる．

(36) フランスの国立図書館（Bibliothèque nationale）は，シャルル五世の時代（1368年）に創設され，ルイ十四時代に蔵書を拡大した．公開されるのは1720年以降．

(37) 収録話について付言しておきたいのは，このトルコ語版にもさきに挙げたマイエ写本でも，「オマル王」の話が収められていることである．歴史的戦記物である「オマル王」の物語は『千夜一夜』にはそぐわないもので，ZER 編纂の折にとってつけたように，水増しのために付け足されたという説もしばしば見受けるが，より古い複数の版でも収録されているところをみると，この物語を『千夜一夜』の一部とすることは慣習化していたと言えそうである．グロツフェルトも，15世紀または16世紀のものと思われるエジプト系のある写本（Tübingen Ms Ma VI 32）にオマル王の物語が含まれていることを指摘している．注39の文献を参照．

(38) イギリスの東洋学者ノリスは，ハッダウィ訳『千夜一夜』（*The Arabian Nights*, translated by Husain Haddawy, Based on the text of the Fourteenth-Century Syrian Manuscript edited by Muhsin Mahdi, Everyman's Library, 1990）の書評のなかで，「ガラン写本」こそが唯一の，正真正銘の『千夜一夜』の原典とみなすべき写本であ

る，というハッダウィの説に抗して，ルーマニアにはこれまで広くヨーロッパに知られてきたのとは全く別系統の写本群が存在することを紹介している．さらにそれらの17世紀ルーマニア語版は，（前身となるおそらく８世紀のペルシア語版→）９世紀のアラビア語版→シリア語版→ギリシア語版という変遷を経て，度重なる翻訳伝播ののちに成立したものと推察されている．『千夜一夜』のさまざまな地域，さまざまな言語への翻訳と各地での再編集の作業も，きわめて興味深い課題である．H. T. Norris, ［Bookreview］“Husain Haddawy（tr.）: *The Arabian Nights*”, *Bulletin of the School of Oriental and African Studies* 55, 1992, p. 331.

(39) Heinz Grotzfeld, “The Manuscript Tradition of the *Arabian Nights*”, in *The Arabian Nights Encyclopedia*, vol. 1, p. 19.

(40) マフディがカルカッタ第二版について論じている箇所で提起している説も興味深い．すなわち，この印刷本刊行の際に底本とされた写本（通常マカン写本と呼ばれる）が現存していないのは，出版準備の過程で，この写本が使い古されてぼろぼろになり，もはや解読不能になったために捨てられたのではないか，とマフディは推測している（Mahdi, *Part 3*, p. 242, note 56）．死蔵されているのではなく使われていると，写本というのは思った以上に早く損耗し，寿命を迎えるのかもしれない．そうなってしまうといとも容易に廃棄されるということが，編纂の新たなやり直しという現象を促進するのであろう．

(41) むろん長大な物語集である『千夜一夜』の場合，あまりにも大部となるので写本が物理的あるいは人為的理由から分解してしまい，完全な形態をとどめる写本がすぐに存在しなくなるという事情も考えられる．しかし，むしろこの物語集はたえず作り直されるべきだという認識が『千夜一夜』固有のポリシーとして働いてきたであろうことに注目したい．

(42) MacDonald, “A Preliminary Classification of Some Mss. of the Arabian Nights”, pp. 304–321.

(43) これは写本時代にはむしろ一般的な現象であったことは言うまでもない．たとえば「アーサー王伝説」や「トリスタン物語」など，とくに「……物語サイクル」（物語群）と呼ばれるような大「作品」は，数多くの異本を伴いながら，長い時代にわたってまた広い地域で継承され存続してきた．ただ『千夜一夜』の場合は，あえて作り直し作り変えることを積極的に写本製作者たちが（おそらくはこの作品の原理に導かれてほとんど無自覚なままに当然のこととして）めざしたと思われる点が特異である．

(44) MacDonald, *op. cit.*

(45) まさに，本書が第Ｉ部でもしばしば検討した，デリダの唱えた「反復可能性 itérabilité」という概念を例証するものとしてZERをみなすことができよう．

(46) とりわけガランの依拠したアラビア語写本（３巻）をパリの国立図書館で見つけ出して校訂出版したマフディはこの立場をとる．マフディによれば，この14世紀写本（この写本を15世紀のものと考える研究者もいる）は，整合的に考えられ配列されているのに対し，普通完全版とよばれるZERなど1001夜を備える版は寄せ集めの捏造の代物であり，これを一貫した一つの全体だと考えるのは間違っていると述べている．こうした主張の背後には，いわゆる完全版はまがいもので，彼の校訂した14世紀写本こそが『千夜一夜』の正当な姿をとどめたものだとの価値判断が覗く．マフディ版『千夜一夜』の英訳者ハッダウィはなお強固に，この「一貫性」と「均質性」を保った14世紀写本のみが「真正な」『千夜一夜』であると主張する．Cf. Husain Haddawy,

“Introduction”, in Haddawy (trans). *The Arabian Nights*, pp. xv-xix.
(47) Mahdi, *Part 3.* とくに第1章「アントワーヌ・ガランと『ナイト』」に詳しい.
(48) ペティ・ド・ラ・クロワ（1653-1713）は，ガランと同時代の東洋学者.『千一日物語』*Les Mille et un Jours* は1710年から1712年にかけて出版された. トルコ語からの翻訳で，原本（不明）はインドの物語をもとにイスパハンで作られたとされ，内容はペルシアおよび中央アジアの要素を多く含む. 最上英明の紹介によれば，ペティ・ド・ラ・クロワは著名な東洋学者の父親のもとに生まれ，「1670年，16歳の時にはコルベールにより中東の使節として派遣され，エジプト，パレスチナ，ペルシア，アルメニアなどを訪れた. また小アジアを経由してコンスタンティノープルにも赴いた. 旅行中は，言語，文学，風俗，習慣，美術なども研究し，ありとあらゆる珍しいものを集め，また多数の写本を王立図書館へ持ち帰った」という. さらに「近東諸国の言語を担当する海軍省の通訳秘書になり，トルコやモロッコへ学術調査や政治使節としても赴き」,「1692年にコレージュ・ロワイヤルのアラビア語の教授に就任し，その数年後，父が亡くなったあと，父の務めていた国王の通訳秘書の職も引き継いだ」とのことである. 次を参照，最上英明〔研究ノート〕「『千一日物語』の枠物語」『香川大学経済論叢』75巻3号，2002年. 以下の HP に掲載.
http ://www.ec.kagawa-u.ac.jp/~mogami/1001tag.html
(49) ハンナから得た物語のうちで，ガランによって原稿化されなかったものも3篇あることが日記との照合からわかる.
(50) Cf. Zotenberg, « Notice sur quelques manuscrits des Mille et une nuits, et la traduction de Galland » ; Mohamed Abdel-Halim, *Antoine Galland, sa vie et son œuvre*, A. Z. Nizet, 1964 ; Galland, « Journal parisien d'Antoine Galland (1708-1715) » ; [article] « Galland, Antoine », in *The Arabian Nights Encyclopedia*, pp. 556-560.
(51) 第9巻の序として付したガランの非難ものちの版では削除されたために，第8巻におけるペティ・ド・ラ・クロワの『千一日物語』からの物語の混入という事実も，忘却されていった.
(52) Gerhardt, *The Art of Story-Telling*, p. 14.
(53) Mahdi, *Part 3.* 第二章「ガランの後継者たち」に拠る. 以下本論の記述はおおむねこの章の情報に依拠している.
(54) シャヴィ写本としてパリの王立図書館に所蔵されることになる. 4巻本. うち2巻は，ガランの用いた写本の写し. 1巻はガランが付け足した物語をシャヴィがアラビア語に訳したもの. さらに1巻はシャヴィがシリアから持ちこんだ写本のコピー.
(55) 『恋する悪魔 *Le Diable amoureux*』(1772) で知られる異色のフランス作家 (1719-1792). 次世紀の幻想小説ブームの先駆的存在. ガランの『千一夜』に強い影響を受け，みずからそれを模した創作（『猫の足 *La Patte de chat*』(1741),『千一のたわごと *Les Mille et une Fadaises*』(1742) など）も若い頃からおこなっていた.
(56) マフディによると，一度下火になったおとぎ話の流行が1780年代に復活し，ガランの『千一夜』もリプリントされて「妖精文庫 Cabinet des Fées」から出版された. こうした流れを受けて，フランス語での続編出版の要請が出版社 (Barde) から持ち込まれた.
(57) この『続・千一夜』はかなり好評をもって迎えられ，英訳版三種をふくむ各国語に翻訳されという. Mahdi, *Part 3*, p. 58.
(58) MacDonald, [article] “Alf Layla wa-Layla”, (first) *Encylopedia of Islam*,

1913-1936, vol. 9, Supplement 1, p. 18; Littmann, [article] « Alf Layla wa-Layla », *Encyclopédie de l'Islam*, 2nd ed., vol. 1, Brill, 1960, p. 370.

(59) ナポレオン自身は1799年に，少数の側近とともに，フランスに帰国していた．

(60) 『エジプト誌――フランス軍進駐下でおこなわれた調査と研究の収集』*Description de l'Égypte, ou, recueil des observations et des recherches qui ont été faites en Égypte pendant l'expédition de l'armée française*, 1809-1828.

(61) ペルスヴァルが所蔵していたこの「"バグダード写本"の写し」すなわちサッバーグ写本は，1827年にライプチヒの有名なアラビア語教授ハインリッヒ・フライシャーに貸し出された．フライシャーは，ライプチヒでやはりアラビア語を教育していた先達ハビヒトが「発見」したという「チュニジア写本」を批評するためにこれを用いたという．このチュニジア写本とは，実はハビヒトがヨーロッパのさまざまな図書館にあるアラビア語物語集を寄せ集めたり，ガランのテクストをアラビア語に訳したりして作り上げたもので，現在では「捏造」されたまがいものとみなされているものである．ハビヒトは，このチュニジア写本を校訂したアラビア語印刷本を1825年から刊行し始める．第８巻を終えたところで1839年にハビヒトは死去し，フライシャーがこの作業を引き継いだ．このときにフライシャーはサッバーグ写本を参照したようである．

(62) Mahdi, *Part 3*, p. 61*sq*.

(63) 詩，散文，歴史書などを出し，とくに詩は仏・独・伊・ラテン語に翻訳されていたという．

(64) アーウィン『必携アラビアン・ナイト』34頁．

(65) MacDonald, "Alf Layla wa-Layla", p. 19; Mahdi, *Part 3*. 後者の p. 98に，シーツェンの日記のドイツ語原文が引用されている．

(66) MacDonald, "A Preliminary Classification of Some Mss.", pp. 304-321.

(67) 西尾哲夫「アラビアンナイトの謎」，国立民族学博物館編『アラビアンナイト博物館』16-17頁．なお同様の見方は，西尾『図説アラビアンナイト』17頁にも窺える．

(68) Mahdi, *Part 3*, p. 100.

(69) このトルコ語版写本の第465-475夜．Cf. Zotenberg, « Notice sur quelques manuscrits des Mille et une nuits », pp. 187-189.

(70) Cf. Zotenberg, *ibid.*,; MacDonald, *op. cit.* パリ国立図書館所蔵のこの写本は最初の210夜分を含む．現存するその最後の部分にあたる第199-210夜に，短いかたちではあるが，「海のシンドバード」が含まれているという．

(71) フォン・ハンマーは，10世紀のマスウーディの『黄金の牧場』での記述を挙げて，『千夜一夜』とは別個に『シマースの物語』と『シンドバードの書』があったことを強調している．ここで言われている『シンドバードの書』كتاب سندباد は，「海のシンドバードの（冒険）物語」のことではなく，「シンティパス物語」を指しているであろう．いずれにしても私たちは，むしろ，10世紀の段階では別個に存在していた物語が，しだいに『千夜一夜』という物語集にも帰属させられるようになっていくことがあるということを確認できる．Cf. Hammer, « Sur l'origine des Mille et une Nuits » *Journal asiatique* 10, 1827.

(72) Mahdi, *Part 3*, p. 240 (note 45). なお，この注の記述のなかで，マフディはブーラーク版の出版を，支配者エリート層の楽しみと輸出のためであるとしている．

(73) 次のHPを参照，Bulaq, El-Amiriya Press (http://www.bibalex.org/bulaqpress/En/Bulaq.htm)．最初の出版物はイタリア語＝アラビア語辞典であった．

(74) 関根謙治『アラブ文学史』六興出版，1979年，76頁.
(75) イブン・アル・ムカッファ（724-759頃）が，サンスクリット語で書かれたインドの寓話集『パンチャタントラ』のペルシア語訳を，さらにアラビア語に翻訳したもの（750年頃とされる）．後世長くアラビア語散文の模範と賞される一方，ペルシア語，トルコ語，モンゴル語，ラテン語などに訳され，インドにも逆輸入された．本書の趣旨から重要なのは，このインド起源の物語たちはとりもなおさず『カリーラとディムナ』としてヨーロッパに伝えられて多くの作家たちに影響を与えたことである．
(76) 関根謙司「アブール・ファトーフ・ルドワーン著『ブーラーク印刷所の歴史』」（書評），『イスラム世界』第11号，1976年，66頁参照.
(77) ブーラーク印刷所によるハリーリーの『マカーマート』の出版は1850年，イブン・ハルドゥーンの『歴史序説』は1857年である．
(78) この翻訳は，カルドンヌによって引き継がれ1778年に完成される．以下を参照，http://persian.packhum.org/persian/index.jsp?serv=pf&file=90001012&ct=85（The Packard Humanities Institute, Persian Texts in Translation）.

ヨーロッパへの影響の大きさと深さは，たとえば，フランス古典主義の担い手でありのちにフランス国民文学の創出者とも目されるようになったラ・フォンテーヌが，彼の『寓話』*Fables*（1668-94刊行）の執筆に当たって，数々の動物寓話をここから借り受けたことなどによってもたらされた．
(79) フォート・ウィリアム・カレッジについては，以下のHPの項目が参考になった．http://banglapedia.search.com.bd/HT/F_0170.htm
(80) ペルシア，アラビア，ヒンドースタニー，サンスクリット，現地諸語など12の学部が作られ，着任した若者はまず２年間，この大学で言語と植民地行政についての教育を受けたのち，実務についた．
(81) フォート・ウィリアム・カレッジのスタッフは，優秀な東洋学者としてヨーロッパでも注目された．ここから育った著名な東洋学者も多い．
(82) 後述するように東インド会社ではすでに1776年にも内部教育のためのアラビア語文法書（John Richardson, *A Grammar of the Arabick Language*）が作られ，わずかな断片ではあるが購読用に『千夜一夜』のテクストも収められていた．この文法書が印刷されたのはロンドンである．
(83) *The Arabian Nights' Entertainments; In the Original Arabic*. Published under Patronage of the College of Fort William; by Shuekh Uhmud bin Moohummud Shirwanee ul Yumunee, Calcutta, vol. 1, 1814; vol. 2, 1818.
(84) シリア系の写本であるラッセル写本（1750年から1771年にアレッポで筆写といわれる）に依拠．ただし第２巻では，「海のシンドバードの物語」が付加されている．
(85) Cf. Mahdi, *Part 3*, pp. 109-112. マフディが掘り起こした，ベンガル・アジア協会での審議過程の詳細は非常に興味深い．
(86) ブーラーク版の典拠となったZERの一つと思われる．マフディに拠れば，1827年に死去したアレクサンドリアのサルトという人物から相続人を経て，ロンドンでこれを購入したイギリス人ターナー・マカン少佐の手でカルカッタに持ち込まれ，マカンの死亡によって遺品となったこの写本が1836年にブラウンローという人物に買い取られる．
(87) しばしばカルカッタ第二版は，彼の名をとってマックナーテン版と呼ばれる．彼はフォート・ウィリアム・カレッジの歴代の学者のなかでも最高のペルシア語・アラビ

ア語の使い手であり，優れた言語学者であったとされる．法律も専攻し，イスラーム法に関する研究を数々出版．1830年から36年までの時期には政治にも携わった．なおマックナーテンは，1841年，『千夜一夜』の刊行終結をまたずに新たな任地のアフガニスタンで戦死した．

(88) MacDonald, “Maximilian Habicht and His Recension of the Thousand and One Nights”, pp. 685-704.

(89) フォン・ハンマーはアラビア語，トルコ語，ペルシア語に堪能な，ドイツ語圏随一の東洋学者として活躍した．1799年にコンスタンチノープルのオーストリア大使館に赴任し，1807年に中東から帰国する．その後学者として多数の著作を残した．『千夜一夜』に関しては，本書でもすでにみたようにペルシア起源を主張し，イギリスのレインと激しく対立した．

(90) ドイツ語訳はツィンザリングによる（A. E. Zinserling, *Der Tausend und Einen Nacht noch nicht übersetzte Mährchen, Erzählungen und Anekdoten*, 1823, 3vols）．その英訳はラム Lamb によって1826年に，フランス語訳はトレビュシァン Trébutien によって1828年にやはり３巻本で出版された．

(91) レインはもともと石版画家であり，彼の翻訳本には，物語世界を髣髴とさせるさまざまな版画家による版画挿絵が600点以上も用いられていて，ヴィジュアルな情報と楽しみに満ちている．

(92) マフディの次の研究を参照した．Mahdi, *Part 3*, chap. 3, (esp. p. 119*sq.*)．

(93) Henry Torrens, “Remarks on M. Schlegel's Objections to the Restored Editions of the Alif Leilah or Arabian Nights' Entertainments”, *Journal of Arabic Society of Bengal* 6, 1837, pp. 161-168 [reprinted in *The Asiatic Journal and Monthly Register* (London) 25, 1838, pp. 72-77]．

(94) イギリスのペイン（1842-1916）は法律家として出発し，詩人および翻訳家として活動した．ボッカチオの『デカメロン』の翻訳（1886年）でも知られる．多くの著作を限定出版方式で刊行した．彼の『アラビアン・ナイト』もその一つであった．

(95) バートンは，ペルシア語，アラビア語，アフガニスタン語，ヒンドゥースタニ語など東洋諸語に通じ，アジア，アフリカの各地を旅行・探検した．なかでも1853年にイスラーム教徒を装って，メッカへの巡礼を果たしたことでも有名．多くの著作を残している．バートンの生涯については以下を参照．藤野幸雄『探検家リチャード・バートン』新潮選書，1986年．

(96) Payne, *Tales from the Arabic*, 1884, 3vols. さらに1889年に１巻を追加．Burton, *Supplemental Nights*, 1886-88, 6vols.

(97) 「アブー・ハサンがおならをした話 How Abu Hasan brake Wind」（バートン版第410夜内）．なんとマルドリュスはこの話を彼の仏訳版に収録している（Mardrus, vol. 10, pp. 161-165）．

(98) マルドリュスはグルジアからの亡命一族の出でカイロ生まれ．ベイルートで教育を受けたあとパリで医学博士となる．

(99) 現在では周知の事実であるが，たとえば以下を参照．前嶋信次「千夜一夜物語，作品解説」前嶋信次（杉田英明編）『千夜一夜物語と中東文化』16-17頁．

(100) レオン・カレ，ヴァン・ドンゲン，アンドレ・ドランらが有名．ほかにシュミット，ブールデル，ル・ドゥほかさまざまな画家・芸術家の作品が知られる．Cf. Dominique Paulvé & Marion Chesnais, *Les Mille et Une Nuits et les enchantements*

du Docteur Mardrus, Musée du Monparnasse-Éditions Norma, 2004.

(101) Elisséeff, *Thèmes et motifs des Mille et Une Nuits* p. 190sq（「対照表」).

(102) *The Arabian Nights Encyclopedia*, 第２巻末の「対照表」参照.

(103) ロバート・アーウィンによれば942年没.『必携アラビアン・ナイト』116頁.

(104) 編訳者ドッジの注記による．イブン・アンナディームの記述では,『大臣たちの書』なる書物の著者であることが紹介されている．*The Fihrist of al-Nadīm*, p. 714.

(105) *Ibid.*

(106) 平凡社東洋文庫，第１巻，13頁，序話.

(107) حكي ايها الملك السعيد انه... カルカッタ第二版での記述．حكي (ḥukiya) はانを従えて，英語でいえばIt is reported（that…）に相当する表現を作る（三人称単数男性，受動態完了形)．ブーラーク版では بلغني (balaghanī)「私に伝わっております」という表現を用いている（自動詞「伝わっている」+「私に」．ちなみに，これをハッダウィは It is said と受身的に，プレイヤード版は « on raconte » と非人称的に訳している)．どちらの表現も『千夜一夜』の定型句であるが，いずれも語り手が創作主体でないことを暗示する言い回しである.

(108) بلغني ايها الملك السعيد ان... 上の注で紹介した بلغني (balaghanī) という表現が用いられている.

(109) [153]「ムハンマド・サバーイク王と商人ハサンの物語」(第756-778夜）の枝話.

(110) この点で，[5]「せむしの物語」のおしゃべりな理髪師は注目すべき境界例となっている．理髪師自身は一番目から六番目までの兄たちをめぐる話を報告するという体裁をとっている．この点では彼は物語の媒介伝達者としてふるまっているのであるが，その話があまりにもばかばかしく，法螺めいているので，王も理髪師の物語をほんとうに兄たちが経験したことを伝えた話だとは思ってないふしがある．理髪師の奇想天外な馬鹿話を喜ぶ王は，ある意味では理髪師の創案の機知を評価しているともいえる．しかしあくまでも，理髪師は「知っている話」(すでに存在している話を聞き知ったもの）を披露するという条件でのみ物語の権利を与えられていることに注意しておきたい.

(111) Josef Horovitz, "Poetische Zitate in Tausend und eine Nacht", in Gotthold Weil ed., *Festschrift Eduard Sachau zum Siebzigsten Geburtstage*, Berlin : Reimer, 1915, pp. 375-378. とりわけよく引かれているのが，アッバース朝期のムタナッビー（10世紀）や，アイユーブ朝のカイロで活躍した13世紀のバハール・ディーン・ズハイルであるという．ともに後世にまでよく知られた大詩人である．Cf. Littmann, « Alf Layla wa-Layla », p. 375.

(112) Cf. Geert Jan van Gelder, "Poetry and the *Arabian Nights*", in *The Arabian Nights Encyclopedia*, p. 14.

(113) [19]「アリー・ビン・バッカールとシャムス・ウン・ナハールとの物語」(第153-170夜）のように自分の気持をみずから詩に詠んで，詩歌で気持を交換しあうという設定になっている例もある．ただしその場合も，基本的には，既存の詩からの引用ないしは変形によって詩句が提示されているとみてよさそうである.

(114) 有名な第五代カリフ，ハールーン・アル・ラシードの治世は西暦786-809年である.

(115) Cf. Gerhardt, *The Art of Story-Telling*, chap. 6（pp. 419-470), esp., p. 421. なお，ゲルハルトによれば，ハールーン物語群として50話ほどが数えられるという.

(116) アーウィン『必携アラビアン・ナイト』88頁.（「せむしの物語」の枝話）「ユダヤ人の医者の話」に出てくるダマスカスの「スドゥーン・アブド・アッラフマーン」の

大邸宅というのが，正確にはスドゥーン・ミン・アブド・アッラフマーンの誤記だと考えての推測．問題の貨幣は，商業・交易の振興に功績のあったマムルーク朝第十二代目スルタンのアル・アシュラフ・バルスバイ（在位1422-38年）治下で流通したもの．

(117) John Richardson, *A Grammar of the Arabic Language*, In which Rules are Illustrated by Authorities from the Best Writers; Principally adapted for the Service of the Honourable East India Company, (1776), 1801. リチャードソンは，ガランの用いたのとは別の（やはりシリア系の）写本を用いたらしい．

(118) 杉田英明「『アラビアン・ナイト』原典講読事始――昭和前期におけるアラビア語研究の先達たち」『東洋文化』第87号，東洋学会・東京大学東洋文化研究所，2007年，205-225頁．またこの論文の前駆的論文（「語学教材としての『アラビアン・ナイト』――明治～昭和前期を中心に」『ODYSSEUS』第11号，東京大学大学院総合文化研究科地域文化研究専攻，2007年，1-31頁）では，『千夜一夜』が西欧語学習の窓口としてさかんに用いられたことが検証されている．

(119) Edward Said, *Orientalism*, Pantheon Books, 1978（邦訳，エドワード・サイード『オリエンタリズム』今沢紀子訳（板垣雄三，杉田英明監修），平凡社，1986年〔平凡社ライブラリー（上・下巻），1993年〕．

(120) 西尾『アラビアンナイト』189頁以下，および山中由里子「娯楽産業とアラビアンナイト」『アラビアンナイト博物館』105頁を参照．

第五章

(1) ホルヘ・ルイス・ボルヘス『七つの夜』（第三夜　千一夜物語）野谷文昭訳，みすず書房，1997年，77頁．

(2) “童話集”で知られるシャルル・ペロー（1628-1703）は，弁護士でもあり，新旧論争では「新派」として文化の革新に寄与した．文筆活動では最初，韻文による物語を発表．そののち1697年に『昔話集，教訓を添えて――鵞鳥おばさんの話 *Histoires ou contes du temps passé. Avec de moralités: Contes de ma mère l'Oye*』を刊行．伝承民話に教訓性を織り込みながら，内容も時代に応じて脚色し，文体も子供にも受け入れやすいものにアレンジして大いに人気を博した．収録話の「赤ずきん」「眠れる森の美女」「青ひげ」「シンデレラ」などは“ペローの童話”として今日でも有名である．またペローのテクストは，フランス散文物語の古典としても影響力をもった．

(3) ヤーコプ・ルートヴィヒ・カール・グリム（1785-1863）とヴィルヘルム・カール・グリム（1786-1859）からなるグリム兄弟は，1812年から『グリム童話』と通称される童話集『子供たちと家庭の童話 *Kinder-und Hausmärchen*』を刊行した．1815年に第２巻を刊行し，計156話を収める．その後，版を重ねるごとに収録話を増やした．ドイツ語圏では『聖書』に次ぐベストセラーの位置を占めるほど広く普及し，信頼される学者兄弟が独自に採集した原話に拠るという基本姿勢によってもドイツ民話集の金字塔となった．「ヘンゼルとグレーテル」「白雪姫」「狼と七匹の子やぎ」などの物語が“グリム童話”として広く世界に知られている（ペローと重複する物語もある）．

(4) 成立年代と作者は不明であるが，平安時代末期（12世紀前半）に成立したと推察されている．「天竺」（インド），「震旦」（中国），「本朝」（日本）の三部構成になっていて，全31巻に千余りの説話が収められている．現存最古の写本「鈴鹿本」が原文では

ないかともされる．300年の死蔵期間をはさむが，後世の物語文学に多大な影響を及ぼした．

(5) 夜の切れ目と物語の始まりが一致しているのは次の４箇所である．①第146夜，[9]「鳥獣と人間との物語」(第146夜)〔の開始，以下同様〕，②第153夜，[19]「アリー・ビン・バッカールとシャムス・ウン・ナハールとの物語」，③第170夜，[20]「カマル・ウッ・ザマーンの物語」，④第683夜，[138]「フザイマ・ブヌ・ビシュルとイクリマ・アルファイヤードの物語」

(6) また，[20]「カマル・ウッ・ザマーンの物語」の末尾の方に挿入されている美しい枝話「ニイマとヌウムの物語」の終わりは，第246夜から第247夜への切れ目とほぼ一致している．やはり編者のやや杜撰な姿勢を感じさせる．

(7) マフディがおこなったガラン写本の校訂版では，本文中には題名の挿入はないが，ページ上部にカルカッタ第二版と同様の形式で題名に当たる見出しを付し，巻頭にそれをまとめた目次ページをしつらえている．ハッダウィによるその英訳版では，ページ代えは施していないが，挿入であることをカギ括弧（[ ]）で示しつつ，本文中に表題を掲げている．もちろん目次もある．

(8) [133m]「金細工師と絵に描かれた乙女の話」(第586〜587夜）および[133v]「老婆と商人の息子の話」(第598〜602夜)．

(9) カルカッタ第二版のアラビア語テクストから訳出した．「もっと不可思議」اعجب は，平凡社東洋文庫（第２巻，17頁）では「珍しいわけでは」と訳されている．

(10) 「もっと不可思議」اعجب は，平凡社東洋文庫（第２巻，273頁）では「面白いわけでは」と訳されている．

(11) 平凡社東洋文庫，第６巻，193頁．

(12) ゲルハルトはこの物語を，バグダード期の恋物語に分類している（Cf. Gerhardt, *The Art of Story-Telling*, p. 133-137)．またこの物語の出来については，明確な目的を達成していないとして厳しい評価を与えているが，本書の立場からすれば，この物語が「役に立たない」仕方で挿入され，それ自体が何らかの明確な教訓を与えることを目指したものでないという点こそ，まさにこの物語を『千夜一夜』中の珠玉の一篇として輝かせていると高く評価したい．

(13) マイエ写本では「オマル王」の枝話としては，「アジーズとアジーザの話」のほか，ZERと同様に「ハシーシュ食い」の話，さらに「カマル・ウッ・ザマーン」，「ガーニム」の終わりの部分，また（ガランがハンナから聴取した物語でもある）「眠りながら目覚めている者」が入っているという．トルコ語写本の方では「オマル王」の枝話として「タージル・ムルーク」「ガーニム」「風呂場で眠る男（＝ハシーシュ食い)」「眠っていながら目覚めている者」が含まれるという．Cf. Zotenberg, « Notice sur quelques manuscrits », pp. 183-187, 187-189. ZERでは「オマル王」の枝話は，「タージル・ムルークとドゥンヤー姫の物語」とさらにその枝話として「アジーズとアジーザの話」，ほかにはかなり短い「ハシーシュ食いの話」「牧人ハンマードの話」の計４つであるから，枝話の数と量は縮減されたといってよい．「カマル」や「ガーニム」は独立した物語として『千夜一夜』に収められ（ほかの写本――テュービンゲン写本――でも含まれている）「眠りながら目覚めている者」は脱落した．

こうした変動をみても，入れ子にして組み込む物語は，かならずしも固定してこなかったこと，さらにはいわばかけ離れていればなんでもよいといった傾向すら読みとれるように思われること，などが指摘できる．

⒁ *The Arabian Nights Encyclopedia*, p. 408.

⒂ 「不可思議」という語の語根はعجب ʻajiba で，“to wonder, marvel, be astonished, be amazed” などを意味する．したがって形容詞形の「不可思議な」عجيبة ʻajīb は，“wonderful, wondrous, marvelous, astonishing, amazing” を意味する．名詞形の「不可思議なこと」عجيبة ʻajība は，“wondrous thing, unheard-of thing, prodigy, marvel, miracle, wonder” という意味だとされる（Cf. *Arabic-English Dictionary, The Hans Wehr Dictionary of Modern Written Arabic*, edited by J. M. Cowan, Spoken Language Services, Inc., 1994）. 日本語の「不思議」「不可思議」という語が含む「わからない」という謎めいた性質に加えて，人を強く惹きつけ，魅了する力が同時に込められている語である．

⒃ ここで使われる exemplary という語は，「教訓的な」という意味であり，本書が第Ⅰ部から取り上げている「範例的な」という意味とはとりあえず無関係であることを断わっておきたい．ただしより深い問題としては，教訓性と範例性とは必ず結びつく．したがって『千夜一夜』を非教訓的と捉える本書は，『千夜一夜』は exemplary（範例的）であって exemplary（教訓的）ではない逆説的テクストであるとみなす立場をとっていることになる．

⒄ Mahdi, “Exemplary Tales in the 1001 Nights”, in *The 1001 Nights : Critical Essays and Annotated Bibliography*, Mundus Arabicus, No. 3, pp. 1-124 [revised as Appendix 2 in Mahdi, *Part 3*].

⒅ 個々の収録話に着目すると同時に『千夜一夜』の全体的特質を捉えようとするP. ヒースの研究は，主人公の受動性をこの物語集全体の本質的特徴と捉えるなど，多くの点で本書と見解を共有するが，この物語集の教訓的価値を強調する点では意見が異なる（Peter Heath, “Romance as Genre in “The Thousand and One Nights””, *Journal of Arabic Literature*, Part 1 :XVIII, 1989, pp. 1-21, Part 2 : XIX, 1989, pp. 1-26）．物語に教訓性があるとみなすか，ないと考えるかは，受容の姿勢しだいという面があり，確定しがたい問題として残ることは断わっておきたい．

⒆ 平凡社東洋文庫，第１巻，14頁（「序話」）．

⒇ 平凡社東洋文庫，第１巻，18-20頁．

㉑ B. E. ペリー『シンドバードの書の起源』（西村正身訳，未知谷，2001年）は，この「シンティパス（七賢人）物語」群の伝播について詳細にたどっている．

㉒ 平凡社東洋文庫では「盲目の老人と三歳と五歳の少年の話」と題して一まとめにされている．

㉓ ８世紀より前に存在したパフラビー語の『シンドバード物語《ナーメ》』が始まりだと考えられている．*The Arabian Nights Encyclopedia*, p. 703.

㉔ *The Arabian Nights Encyclopedia*, pp. 237-238（“Jalîʻâde of Hind and His Vizier Shimâs, King”）．

㉕ Mahdi, *Part 3*, pp. 157-158.

㉖ Gerhardt, *The Art of Story-Telling*, pp. 137-145, 285-295, 391-392.

㉗ J. M. Bencheich, « Génération du récit et stratégie du sens, L'Histoire de Qamar Az Zamân et de Budûr », *Communications* 39, 1984, reprinted in Bencheich, *Les Mille et une Nuits ou la parole prizonière*, Gallimard, 1988, pp. 97-125.

㉘ 物語の型としての意味であって，この物語が実際に作られた地域の問題ではないと考えるべきであろう．レインはこの物語にペルシア的な要素を感じて検討してみた

ものの，具体的にペルシア起源であることを示す証拠は何もみつからなかったという．登場人物など内容はすべてアラブ的であるとレインはしている．

(29) これに対し，Andras Hamori, “The Magian and the Whore: Readings of Qmar al-Zaman”, in Cambell et al, *The 1001 Nights, The Critical Essays and Annotated Bibliography*, Cambridge, MA.: Dar Mahjar, 1985, pp. 25-40 は逆の評価を与え，反復的なモチーフの使用や，並行する二人の主人公の冒険がもたらすストーリーのさまざまな細部の連携化などを挙げて，この物語を積極的に評価している．Cf. *The Arabian Nights Encyclopedia*, p. 344.

(30) ガランが参照した写本３巻には，この物語の冒頭部しか入っていない．したがってガランがその続きをどこから引いているのか不明であるが，写本の失われた４巻目に入っていたか，この物語の全体を含む写本をほかに所蔵していたと想像されている．なおマフディはこの全体をアラビア語で紹介している．Mahdi, *The Thousand and One Nights* (*Alf Layla wa-Layla*) *from the Earliest Known Sources*, Part 1, pp. 533-688. なおハッダウィの英訳本第２巻に収められているのはマフディ版からではなくブーラーク版からの翻訳である．Cf. Haddawy, *The Arabian Nights II, Sindbad and Other Popular Stories*, Everyman's Library, 1995.

(31) テセオス王の留守中に，妃ファイドラが，かねて思いを寄せていた義理の息子である王子ヒッポリュトスに言い寄り，厳しく拒絶されたところから展開する，死の連鎖へと至る悲劇．古代ギリシアにおいて盛んに演劇の題材とされた．また17世紀フランスではラシーヌが『フェードル』として作品化し，フランス古典主義の模範的傑作となった．

(32) 平凡社東洋文庫，第10巻，187頁．

(33) 1454年には，アデンのムフティー（法学者），ジャマールッディーンが一般民衆にコーヒーの飲用を正式に認めるファトワー（法学的勧告）を発し，これ以降多くのイスラム法学者たちの間でイスラムの教義に合うかどうかについての論争を経ながらも一般民衆に飲用の習慣が広まった．その後，中東・イスラム世界の全域に伝播し，16世紀までにはエジプトまで飲用地域が拡大した．

(34) 前嶋信次もこの物語の解説で，『千夜一夜』の呪文や魔法の力によって幸福を得る話４話（「カイロの商人アリーの物語」「ジャウダルとその兄弟たちの物語」「靴直しのマアルーフの物語」および外伝の「アラディンと魔法のランプ」）のなかで，この物語が――少なくとも後半の付け足し部分を除けば――作話年代がいちばん早いのではないかと推測している（第10巻あとがき，370-374頁）．

(35) ミア・ゲルハルトはこの物語を14世紀から16世紀にかけて作話されたものと推定した．より最近の研究では，テクストに残された歴史的・地理的な指標から，15世紀の初めに作られたとするものもある．Cf. Gerhardt, *The Art of Story-Telling*, p. 312-322; Patrice Coussonnet, *Pensée mythique, idéologie et aspirations sociales dans un conte des Mille et une Nuits*, Institut français d'archéologie orientale du Caire, 1989.

(36) 時間的な越境は空間的越境とともに空想文学でよくみられる手法であり，『千夜一夜』でも，古代ギリシアの哲人の子とされているハーシブがカイロ（10世紀に建設）のイスラエル族であるブルーキーヤと出会ったり，ブルーキーヤと同世代のジャーン・シャーが，ソロモンの在世中のお姿を見ていたり（[130]「蛇の女王の物語」）するほか，カリフ，ハールーン・アル・ラシードが彼より１世紀も前に没したはずのウ

マイヤ朝の詩人と対面したり（[143]「カリフ，ハールーン・アッラシードとジャミール・ブヌ・アマアル・アルウズリーの物語」），カイロを舞台にした「悪女ダリーラの物語」（[149]・[150]）がカリフ，ハールーン・アル・ラシードの御世のことであるとされていたり，など，例には事欠かない．しかしたんにこうした時間のファンタジックな越境ではなく，本節では『千夜一夜』という作品が生成のなかで経験してきた時代の痕跡がテクストに堆積されているさまに着目した．

(37) Nessim Joseph Dawood (translation), *The Thousand and one nights : the hunchback, Sindbad, and other tales*, Penguin Books, 1954. ダウッド訳では，ほかにもさまざまな選集が出されている．

(38) Haddawy, *The Arabian Nights*, p. xix.

(39) Tzvetan Todorov, « Les hommes-récits : *les Milles et une nuits* », *Poétique de la prose*, coll. points, Seuil, 1978, pp. 33-46.

(40) 『千夜一夜』における語りの特徴については，以下の拙論を参照されたい．青柳悦子「『アラビアン・ナイト』における物語行為――テクストにみるその非特定性と多重性」『言語文化論集』（筑波大学現代語・現代文化学系）第52号，2000年，151-204頁；同「文学と範例性――デリダの文学観と『千夜一夜』の現代性」（2007年度筑波大学博士論文），第７章．

(41) 「『アラビアン・ナイト』の逆説的世界――そのテクスト特性についての予備的考察」『言語文化論集』（筑波大学現代語・現代文化学系）第50号，1999年，27-72頁，参照．

(42) カルカッタ第二版のテクスト上で物語の切れ目がどのように記されているのかを一覧にしたものを，本書のもととなった上記博士論文では巻末資料として付した．興味のある方は参照されたい．

(43) すでにみたように，邦訳（平凡社東洋文庫版）では「つぎのようなお話もございます」などと訳されている．

(44) たとえば[15]「狐とカラスとの物語」（第150～152夜）の枝話［15c］「スズメとワシとの話」（第152夜内）は，シャハラザードの使う定型句と同じ「私に届いたところによると」بلغني で始まっている．第152夜内（鳥獣小話群）には بلغني（私に届いております――このように聞き及んでおります）が４回出てくる．いずれも قال بلغني ان... または قالت بلغني ان...「彼／彼女は言った，このように聞き及んでおります」という形をとっている．だがその話者は，カラス（[15c]スズメとワシとの話），キジ鳩（[16a]「商人とふたりの詐欺師との話」），シャハラザード（[17]「盗人と猿との物語」），中身を見ないで布を買ってきた男の妻（[17a]「愚かな織匠の話」），とそのつど変化している．

(45) とりわけ[133]「女たちのずるさとたくらみの物語（または七人の大臣たちの物語）」では，女奴隷と大臣たちが沈黙を命じられた王子の父親たる王に対して，同じ言い回しで物語を披露する（また最後には王子も بلغني と言って物語を始める）．繰り返し用いられる بلغني ايها الملك「王さま，このように私に伝わっております＝聞き及んでおります」という台詞の，「私に」はしばしば誰であるのか，つまりこの台詞の発言者を特定することは困難である．（口演ではそれは口調で示されるであろうが）．しかもこの台詞はシャハラザードがシャハリヤール王に対して毎夜，あるいは新たな物語の開始時に，言う台詞と同じなので，いつでも途中で介入する権利をもっているシャハラザードの台詞である余地もあり，即断は難しい．

(46) [56]「屠殺人ワルダーンと美女と熊との物語」および[57]「王女と猿との物語」.

(47) Cf. Hasan El-Shamy, "Oral Traditional Tales and the *Thousand Nights and a Night*: The Demographic Factor", in Morten Nøjgaard ed., *The Telling of Stories; Approaches to a Traditional Craft*, Odense University Press, 1990, pp. 163-190.

(48) ジョン・バース「ドニヤーザード姫物語」『キマイラ』國重純二訳，新潮社，1980年.

(49) ナギーブ・マフフーズ『シェヘラザードの憂愁』塙治夫訳，河出書房新社，2009年.

(50) ロバート・アーウィン『アラビアン・ナイトメア』若島正訳，国書刊行会，1999年.

(51) サルマン・ラシュディ『ハルーンとお話の海』青山南訳，国書刊行会，2002年.

(52) 19世紀イギリスの民俗学者ウィリアム・トーマスがドイツ語の Volkskunde に対応させて考案した語.

(53) アーチャー・テイラー「フォークロアと文学研究者」，アラン・ダンデスほか『フォークロアの理論――歴史地理的方法を越えて』荒木博之編訳，法政大学出版局，1994年所収.

(54) フランシス・リー・アトリー「民衆文学――研究方法からの定義」，同上書所収.

(55) 柳田國男『口承文芸大意』(『岩波講座　日本文学』第61巻，岩波書店，1932年) 参照．柳田の影響下にこれまで，広範な文化的影響力をもった職業的な語り手による口頭芸（文字を介することを排除しない物語伝統でもある）の研究が日本において看過されてきたことについては兵藤裕己「口承文芸総論」『岩波講座　日本文学史』第16巻，1997年を参照．兵藤はこうした偏りを補うべく，講談や浪花節などについての研究を展開している．『〈声〉の国民国家・日本』日本放送出版協会，2000年，および『物語・オーラリティ・共同体――新語り物序説』ひつじ書房，2002年．『千夜一夜』も，都市を中心としておこなわれ，話芸として洗練された職業的な語りの素材として発展してきた．この点から，兵藤の研究は『千夜一夜』研究にも多くの触発をもたらす.

(56) 以下の拙論を参照のこと．Etsuko Aoyagi, « L'œuvre entre l'Orient et l'Occident: Renouvellement de la littérature à partir des *Mille et Une Nuits* », *Proceedings of the 5th Tunisia-Japan Symposium on Culture, Science and Technology* (Sfax -Tunisia), may 2004, pp. 217-219.

(57) Susan Slymovics, "Perfoming A Thousand and One Nights in Egypt", *Oral Tradition* 9-2, 1994, pp. 390-419.

(58) Haddawy, *The Arabian Nights*, pp. xiii-xiv

(59) Peter D. Molan, "The *Arabian Nights*: The Oral Connection", *Edebiyât* 2, pp. 193-194, ほか随所.

(60) Pinault, *Story-Telling Techniques in the Arabian Nights*, p. 15

(61) Geert Jan van Gelder, "Poetry and the *Arabian Nights*", in *The Arabian Nights Encyclopedia*, p. 14.

(62) El-Shamy, "The Oral Connections of the *Arabian Nights*", in *The Arabian Nights Encyclopedia*, p. 11.

(63) Gelder, "Poetry and the *Arabian Nights*", p. 13. この点で，民衆のあいだで形成され人気を博してきた『バヌー・ヒラール物語』(北アフリカに移動した部族の話)，『アンタル物語』(実在した古の戦士アンタラを主人公とする武勇と恋愛の物語) とは対照的であるとしている．これらの物語の場合は，長いあいだ書きとられることなく口

承のみで伝承され，ある時期にそれが書き留められたという経緯が，もともと書かれた物語集としてあった『千夜一夜』とは異なるという見解である．

(64) Cf. Daniel Beaumont, “Literary Style and Narrative Technique in *Arabian Nights*”, in *The Arabian Nights Encyclopedia*, pp. 1-2.

(65) 山中由里子の紹介によると，ガランの紹介以降，その人気に触発されて，『千夜一夜』の中東諸語による翻訳がさかんになったという．イランでは1843年にペルシア語訳が完成され，一方では安価な石版本を大衆に流布させるとともに，この訳はカージャール朝の皇太子ナーセロッディーン・シャーに読み聞かされ，彼の即位後には6巻本の豪華写本（1852年完成）が制作されたという（「中東世界での再発見」，国立民族学博物館編『アラビアンナイト博物館』33頁）．近代以降も『千夜一夜』が庶民と王族という両極の享受者によって求められて存続するというのは，『千夜一夜』のハイブリッド性に着目する本書にとって興味深いエピソードである．

(66) Jaakko Hämeen-Anttila, “Oral vs. Written : Some Notes on the Arabian Nights” *Acta Orientalia* 56, 1995, pp. 184-192.「カーラ」という表現は，しばしば段落替えのマークとして使用されているにすぎない，と主張されている（p. 185, 注3）．

(67) Molan, “The *Arabian Nights* : The Oral Connection”, *Edebiyât* 2, 1988, p. 195. 逆にブーラーク版は，書かれた物語としての性質を高めようとする傾向があると指摘されている．詩句が散文にされているのも，口頭パフォーマンスの痕跡を消そうとする目的からおこなわれた処置だと考察されている．

(68) Bonnie D. Irwin, “What in a Frame? The Medieval Textualization of Traditional Storytelling”, *Oral Tradition* 10-1, 1995, p. 51.

(69) B. Irwin, “What in a Frame?”, pp. 39-40.

(70) 『千夜一夜』に口誦性 orality や口演パフォーマンスの残存をみることを批判するハメーン＝アンティラは，詩文と散文との混交は，口誦に由来する特性ではなく，書かれた文学においても好まれてきたことを指摘している（Hämeen-Anttila, “Oral vs. Written”）．読み物として享受された日本の「歌物語」（『大和物語』『伊勢物語』『平中物語』など）を考えてもこの意見は一般に根拠がないとは言えないが，『千夜一夜』の場合には，ストーリー展開に詩句が直接貢献していない点を考えると詩句の存在は物語内容の面からすると違和感を生じさせるものであり，物語集の生成発展過程での口演性がテクストにフィードバックされたものと考えるのが妥当であると思われる．

(71) イタリアの詩人・作家ジョヴァンニ・ボッカチオの作（1349-1351）．ペストの流行を避けて郊外の山荘にこもった男性3人，女性7人の計10人が退屈しのぎに10話ずつ物語を語るという形式で100話が紹介される．

(72) イギリスの詩人・作家ジェフリー・チョーサーの作（1387頃-1400）．カンタベリー大聖堂への巡礼の途中，たまたま同宿した様々な身分や職業の32名の人間が，旅の退屈しのぎに自分の知っている物語を順に語っていくという形をとる．実際には23名分の話で終わりになっている．

(73) 宮崎正勝『イスラム・ネットワーク――アッバース朝がつなげた世界』講談社，1994年，参照．また，「海のシンドバード」の物語のもととなった，インド洋を縦横に行き来する商人たちの体験を反映した驚異譚文学（『中国・インド記』850年頃，あるいは『インドの不思議』950年頃）が，断片的なエピソード集のかたちで9世紀における経済活動の広域的展開に対応していることを，A. ミケルも強調して

いる．André Miquel, « Préface », *Les Mille et Une Nuits*, Bibliothèque de la Pléiade, Gallimard, vol. 1, 2005, p. xxiii.

(74) Kazue Kobayashi, "Illustrations to the *Arabian Nights*", in *The Arabian Nights Encyclopedia*, p. 30. Cf. id., "The Evolution of the *Arabian Nights* Illustrations : An Art Historical Review", Yamanaka & Nishio, eds., *The Arabian Nights and Orientalism*, pp. 171-193.

(75) フランス語圏では，1785年から刊行された「妖精文庫」で初めてこうした美しい挿絵が用いられる（ガラン版『千一夜』）.

(76) たとえばシャガールも『千夜一夜』を題材に13点のリトグラフを残している．『千夜一夜』と美術については以下を参照のこと．国立民族学博物館編『アラビアンナイト博物館』82頁以下（小林一枝の中心執筆「挿絵からアートへ」「シャガールのリトグラフ『アラビアン・ナイト』からの４つの物語」). Margaret Sironval, *Album Mille et Une Nuits, Iconographie choisie et commentée par Margaret Sironval*, Bibliothèque de la Pléiade, Gallimard, 2005.

(77) 民博『アラビアンナイト展』カタログの「娯楽産業とアラビアンナイト」および西尾哲夫『アラビアンナイト』第６章，参照.

(78) この東洋趣味に触発されてモーリス・ラヴェルも1898年に演奏会用序曲として「シェエラザード」を作曲し，さらに彼の代表作の一つとなった同名の管弦楽の伴奏つき声楽曲集を1904年に発表する.

(79) 理論社，1993年．1999年に産経児童出版文化賞受賞.

(80) なお，木原敏江，山岸涼子，竹宮恵子ら人気絶頂の少女漫画家たちが『千夜一夜』をめぐるイメージを豪華なイラストにして寄せてた以下の漫画雑誌特集号も出色である.『ペーパームーン』第23号，特集「少女漫画・千一夜」新書館，1980年.

(81) Giovanni Rizzo « Il était une fois... Les Mille et Une Nuits ». 以下の HP に記載, http ://www.imarabe.org/temp/films/films2001/films-2001-2.html

(82) ドイツ語原題は「疲れた死神 Der müde Tod」，イギリスでは "Destiny" というタイトルで公開された.

(83) Jacques Lourcelles, *Dictionnaire du cinéma*, tome 3 : les films, Robert Laffont, 1992 (Poche, 1999).

(84) 国立民族学博物館編『アラビアンナイト博物館』124-126頁.

(85) デジタルリミックスによって1999年に映像が修復され，日本でも2005年に公開．新たにDVDが発売された（『アクメッド王子の冒険 特別版』角川エンタテインメント，2006年).

(86) 自由映画研究所制作．新宿松竹館で公開．その宣伝広告では「我国で最初の試み／すばらしい活動漫画誕生／純日本趣味の千代紙細工／踊り狂ふ美しい線／誰でもよろこぶ物語」と謳われている（『キネマ旬報』第230号，大正15年６月11日号，19頁).また大藤信郎はすでに1924年（大正13年）に『のろまの親爺』『花見酒』など，三本の短編〈漫画映画〉を制作している．大藤の作品はDVD『大藤信郎作品集』（紀伊國屋書店〔発売〕，2004年）で観ることができる.

(87) 1917年（大正６年）に初の国産アニメとして『芋川椋三玄関番の巻』が，また1924年（大正13年）には『赤垣源蔵徳利の別れ』が作られている.

(88) 大藤はロッテ・ライニガーの『アクメッド王子の冒険』に刺激を受けて1927年に白黒影絵映画『鯨』を制作した．この作品はフランスにも紹介され，日本とヨーロッ

パの映画交流史に貴重な足跡を残した．1953年の『くじら』はそのリメイクで，カラー・セロファン紙を用いた幻想的な透過効果が秀逸で，ピカソも激賞したと伝えられる傑作である．大藤は『くじら』でカンヌ映画祭短編部門２位，『幽霊船』（1956年）でヴェネチア映画祭短編部門グランプリを受賞した．

(89) 杉田英明「『アラビアン・ナイト』翻訳事始――明治前期日本への移入とその影響」，『東京大学大学院総合文化研究科・教養学部外国語研究紀要』第４号，1999年；Hideaki Sugita, “The *Arabian Nights* in Modern Japan : A Brief Historical Sketech”, in Yamanaka & Nishio ed., *The Arabian Nights and Orientalism*, pp. 116–155, とりわけ pp. 148–151を参照．

(90) 天野喜孝の制作監修によるこの作品は，短編映画とデヴィッド・ニューマンによるオリジナルのクラシック音楽を組み合わせた「フィルムハーモニック」という新しいジャンルの作品として企画され，1998年にロスアンジェルス・フィルの定期演奏会で公開された．その後映画化され，DVD も出ている．また天野の美しいイラストは以下の書籍でも楽しむことができる．天野喜孝（画）・松本隆（文）『葡萄姫』講談社，1996年．天野喜孝（監修）『1001 Nights』角川文庫，角川書店，1999年．

(91) 西尾哲夫「無限に生まれる千二夜めの物語――マンガ，少女歌劇，映画，電子ゲーム」をふくむ『月刊みんぱく』2004年９月号の「特集　21世紀のアラビアンナイト」は，現在なおさまざまな領域で増殖を続ける『千夜一夜』を多面的に照らし出している．なおこの特集号にはモンキー・パンチ氏への聞き取り記事も収録されている．

(92) なお『千夜一夜』の多面的な文化的影響力については，『週刊朝日百科　世界の文学 118　コーラン　アラビアン・ナイト』（朝日新聞社，2001年）所収の諸記事が，ヴィジュアルな資料とともに興味深い情報を提供している．とりわけ池田修「イスラムが，多くの民族と広大な地域をひとつの文化圏にした」（226-227頁）；「『アラビアン・ナイト』――信仰と空想が広げる世界の涯」（232-234頁），杉田英明「『アラビアン・ナイト』――世界の芸術家の霊感源」（228-231頁），西尾哲夫「アラブ民衆文学のスターたち」（238-239頁），福原信義「マルドリュス版『アラビアン・ナイト』挿絵」（240-241頁）を参照のこと．

第六章

(1) J. ヒリス・ミラー『小説と反復――七つのイギリス小説』玉井暲ほか訳，英宝社，1991年，254頁．

(2) Lane, *The Thousand and One Nights*, vol. 2, pp. 577–578.

(3) Joseph C. Mardrus, *Le Livre des Mille Nuits et une Nuits, Traduction littérale et complète du texte arabe par le Dr. J. C. Mardrus*, Fasquelle Éditeurs, 16vols., 1899–1904

(4) « Histoire de Grain-de-Beauté », tome 5（ちくま文庫『千一夜物語』第４巻所収）．平凡社東洋文庫版のタイトルは，[21]「アラーッ・ディーン・アブーッ・シャーマートの物語」．

(5) マルドリュス版でのタイトルは « Histoire d'Aladdin et de la lampe magique »「アラジンと魔法のランプの物語」（tome 11）．邦訳では，ちくま文庫第７巻所収．

(6) 登場する物語は，平凡社東洋文庫版で[20]「カマル・ウッ・ザマーンの物語」とされている物語，マルドリュス訳の題名は « Histoire de Kamaralzaman avec la princesse Boudour, la plus belle lune d'entre toutes les lunes »「カマラルザマンと，

月たちのなかでも一番美しい月，ブドゥール姫との物語」(tome 5)．なお，邦訳題名は「ブドゥール姫の物語」，ちくま文庫第4巻所収．

(7) 登場する物語は，平凡社東洋文庫版で[166]「カマル・アッザマーンと宝石商の妻の物語」とされている物語，マルドリュス訳の題名は « Histoire de Kamar et de l'experte Halima »「カマールと達者なハリマの物語」(tome 7)．邦訳では，ちくま文庫第8巻所収．

(8) 登場する物語は，平凡社東洋文庫版で［4a］「大臣ヌールッ・ディーンとシャムスッ・ディーンの物語」とされている物語．マルドリュス訳の題名は « Histoire de Noureddine »「ヌレディンの物語」(tome 1)．なお，邦訳題名は主人公名をとって，「美男ハサン・バドレディンの物語」(ちくま文庫第1巻所収）とされている．

(9) 登場する物語は平凡社東洋文庫版で[6]「ヌールッ・ディーン・アリーとアニースッ・ジャリースの物語」とされている物語．マルドリュス訳の題名は « Histoire d'Ali-Nour et de Douce-Aimée »「アリ・ヌールと優しき友の物語」(tome 2)．なお，邦訳題名は女主人公のアラビア語名を掲げて「アニス・アル・ジャリスの物語」とされている（ちくま文庫第2巻所収）．

(10) 登場する物語は平凡社東洋文庫版で［157］「ヌール・アッディーンと帯編娘マルヤムの物語」とされている物語．マルドリュス訳の題名は « Histoire du Jeune Nour avec la Franque héroïque »「若者ヌールと勇ましいフランク女との物語」(tome 11)．なお，邦訳題名は「若者ヌールと勇ましいフランク王女との物語」(ちくま文庫第7巻所収）とされている．

(11) Naddaff, *Arabesque*. なお「アラベスク」の表わす世界観については以下を参照――Ernst Kühnel, *The Arabseque, Meaning and Transformation of an Ornament* [1949], translated by Richard Ettinghausen, Graz : Verlag für sammler, 1976 ; 塩尻和子「アラベスクの世界――イスラームと美術」(1)(2)『中東協力センターニュース』1999年4-5月号，54-58頁，10-11月号，29-36頁（塩尻『イスラームを学ぼう』秋山書店，2007年，91-113頁に再録）；黒田壽郎『イスラームの構造』書肆心水，2004年，105-116頁（「アラベスク模様の思想性」)；水野信男『音楽のアラベスク』世界思想社，2004年，134-145頁．

(12) 平凡社東洋文庫，第18巻，423頁．

(13) ［6］「ヌールッ・ディーン・アリーとアニースッ・ジャリースの物語」平凡社東洋文庫，第3巻，14頁．

(14) ［3］「荷担ぎやと三人の娘の物語」平凡社東洋文庫，第1巻，107頁．

(15) ［2］「漁夫と魔王との物語」平凡社東洋文庫，第1巻，47頁．一部省略．

(16) 平凡社東洋文庫版（第6巻）では，そのつど，ややヴァリエーションを伴った訳文になっている．

(17) これらの固有名詞が，『千夜一夜』のなかで，まったく別の虚構人物に対して付されているケースもある．たとえばズバイダは「ほくろのアラジン」の妻の名でもあるし，マスルールはユダヤ人の妻への恋におちた男性の名前でもある（[156]「商人マスルールと彼が見た夢の物語」)．これはアラブの人名がしばしば限られているために生じる同名現象とも，また，あきらかに別の存在である実在人物と虚構人物とに不可能で不可思議な絆を設定する効果を発揮するものとも考えることができる．こうした同名異人の現象については，次に取り上げる．

(18) たとえばハールーンの寵姫クート・アル・クルーブは同様の逸話を用いたいくつ

もの異なる話に登場する（[7]「狂恋の奴隷ガーニム・イブン・アイユーブの物語」，[21]「アラーッ・ディーン・アブーッ・シャーマートの物語（ほくろのアラディン物語）」，[155]「バグダードの漁師ハリーファの物語」）が，これらの物語での経験を一人の人物がもつことは，矛盾を生じ，不可能である．

⒆ 固有名詞のアラビア語表記はカルカッタ第二版を参照した．なお，平凡社東洋文庫では，前嶋信次訳（第12巻までおよび別巻）と池田修訳（第13巻以降）では，固有名詞の表記法が若干異なる．本書では，収録話名としては東洋文庫の表記をそのまま用い，本文中では基本的に前嶋訳に合わせる方針とした．

⒇ 前嶋によれば，宝石や珊瑚・真珠などの名で奴隷を呼ぶ風習が昔のイスラーム世界にあったという（平凡社東洋文庫，第３巻，索引「マルジャーナ」の項）．

(21) 平凡社東洋文庫，第18巻，71-72頁．

(22) この二つの物語のあいだには，主人公がラクダの腹のなかに入って山頂に運ばれるというモチーフについても反復的関係がみられる．「バスラのハサン」では，このモチーフが２回用いられていることも，特徴的である．（個々の収録話の）物語内部の反復と物語相互の反復が連続した関係にあり，『千夜一夜』というテクスト全体のなかでの反復性を作り上げている．

(23) MacDonald, “A Preliminary Classification of Some Mss. of the Arabian Nights”, p. 321 ; Gerhardt, *The Art of Story-Telling*, p. 53.

(24) Gerhardt, *ibid*.

(25) また，まだ見ぬ相手への激しい恋に落ちたという点だけを利用したものであるが，[90]「歌を聞いて恋をした書塾の教師の話」（第402〜403夜）は“ペルシアの恋”のばかばかしさを正面から笑い飛ばす滑稽譚であり，『千夜一夜』の自己諧謔的なメタ意識をうかがわせる．

(26) さらにこのほかに，壮大な物語全体が同じ起源の説話からのヴァリエーションとみなせるものとして，シンティパス物語群の派生形である，[133]「女たちのずるさとたくらみの物語（または七人の大臣たちの物語）」と，[160]「インドの王ジュライアードと大臣シャンマースの物語」を挙げることができるだろう．具体的な内容は異なるが，大きくいえば同型のまた同テーマの物語群である

(27) この事例のみが，『千夜一夜』におけるたんなる繰り返しの例であると本書では考える．さきの音楽家イスハークの二つの物語の場合は，あえてヴァリエーションを提示することで，同じ話の微妙な変形が可能であることを示し，変異体相互の差異を楽しむ機会を提供する効果があり，たんなる繰り返しではない．囚われの美女の話が『千夜一夜』に２度出てくるのは，編纂者のミスであったのではないかと考えられる．それがおこった理由としては，女性の不貞は『千夜一夜』全体のテーマであり，どこで挿入されても不自然ではなかったことや，女性の邪悪さをタネにしていたシンティパス物語群におそらくもともと含まれていたこの話があとから『千夜一夜』の枠物語に追加され定着したために，どちらからも取り除きにくくなったという経緯があるかと推察される．

(28) 青柳の口頭発表（“On repetitions in *the Arabian Nights*: Openness as Self-foundation”, International Symposium at the National Museum of Ethnology, ‘The Arabian Nights and Orientalism in Resonance’, December 12, 2002, 於：国立民族学博物館）のあとに刊行された『アラビアンナイト百科事典』では，「緊密に照応する物語 Closely Corresponding Stories」という項目を立てて，ZER 以外の版に含まれる

話も含め，多くの事例が挙げられていて便利であるが，こうした区別はなされていない（Cf. *The Arabian Nights Encyclopedia*, Appendix 2, pp. 783-786）.

(29) Genette, *Palimpsestes : la littérature au segond degré*, Seuil, 1982（邦訳，『パランプセスト――第二次の文学』和泉涼一訳，水声社，1995年）.

(30) ジュネットの用語としては「変形 transformation」は内容を受け継ぎつつ別の物語を作ること，「模倣 imitation」は文体など表現の流儀を受け継いで別の物語を作ることを言う．『千夜一夜』における物語の反復のケースは，基本的にこの用語法でいう「変形」にあたるが，広範囲にわたって表現の反復がみられるところから全体に「模倣」のニュアンスも添えられていると言うことができる．

(31) “上位性”のみを示すのでなく，重ねられる上＝下両方のあいだの関係を表わす概念であるので「上位テクスト性」と訳さず，「イペルテクスト性」という訳を用いることにする．

(32) とくに諧謔的なねらいをもつものは，ジュネットの用語では「戯画 burlesque」と呼ばれる．

(33) 歴史上実在した武人アマン・ブヌ・ザーイダの寛容（気前の良さ）の話として，次の二つの小話が連鎖して配置されている――[23]「アマン・ブヌ・ザーイダの物語」と［24］「アマン・ブヌ・ザーイダと遊牧の民の物語」．カルカッタ第二版では第249夜以降は，見出しを何らかのかたちで立てて新たな物語の開始が示されているが，第270夜から始まるこの二つの物語はまったく連続して書かれている．この処理法にも窺えるように，この二話にはある意味で強い連鎖を見ることもできようが，また逆にいえば，違った物語の対比を楽しむのではなく，類話としてひとくくりに並置されているとも言えよう．連鎖がひねりにつながらない例と考えて，本書では，パロディ的連鎖の例に含めなかった．

(34) マルドリュスは「ハールーン・アル・ラシードと二人の女奴隷との話」の方だけを « Al Rachid justicier d'amour »「愛の審判者アル・ラシード」というタイトルで（« Le Parterre fleuri de l'esprit et le jardin de la galanterie »「花咲ける才知の花壇と粋の園」という表題をつけた小話群に組み入れて）彼の『千夜一夜』に収録し，「三人の女奴隷との話」の方は削除している．ここにも，彼の物語美学のなかに，あるいは少なくとも『千夜一夜』への関心においては，反復のもたらす効果に対する無視ないし嫌悪が認められる．Cf. Mardrus, vol. 7, pp. 171-172（ちくま学芸文庫，第5巻，229-230頁）.

(35) Littman, « Alf Layla wa-Layla », p. 373. Cf. Emmanuel Cosquin, *Études folkloriques*, Édouard Champion, 1922.

(36) よく知られたもう一つの理由が，これらの作品の猥雑さと不道徳さである．Lane, *The Thousand and One Nights*, vol. 3, p. 587, 613.

(37) グロツフェルトによると，フォン・ハンマーが所蔵していたある ZER の写本では，「靴屋のマアルーフの物語」が終わると退屈したシャハリアール王がシャハラザードを死刑にするように命じ，そこでシャハラザードは三人の子供たちを王のもとにやって延命を請うた，という終わり方になっているという．Grotzfeld, “Neglected Conclusions of the *Arabian Nights*, Gleanings in Forgotten and Overlooked Recensions”, *Journal of Arabic Literature* 16, 1985, pp. 73-87, p. 77.

(38) Gerhardt, *The Art of Story-Telling*, p. 140

(39) Ghazoul, *Nocturnal Poetics*.

(40) ゲルハルトは，プラウトゥスもさらに古い古代ギリシアの物語伝統から借り受けたのであろう，と推察している．Gerhardt, *The Art of Story-Telling*, p. 140.
(41) Cf. Margaret R. Parker, *The Story of a Story Across Cultures : The Case of the 'Doncella Teodor'* , Tamesis Books, 1996.
(42) André Miquel, « Préface », in Jamel Bencheikh & André Miquel eds., *Les Mille et Une Nuits*, vol. 1 coll. folio, Gallimard, 1991, p. 14.
(43) Mahdi, *Part 3*, p. 98-100 ; MacDonald, "A Preliminary Classification", pp. 320-321.
(44) ロシアの思想家ミハイル・バフチンは，言語をそして人間社会を，複数の声たちの闘いの場と捉える．このポリフォニー性がもっとも強く現われるのが小説という場だとバフチンはみなしている．とりわけ以下を参照のこと，ミハイル・バフチン『ドストエフスキーの詩学』望月哲男・鈴木淳一訳，ちくま学芸文庫，1995年；「小説の言葉の前史より」『小説の言葉』伊東一郎訳，平凡社ライブラリー，1996年所収．

第七章

(1) シンドバードが原作の商人から船乗りへと変貌してきた理由は，ガランが『千夜一夜』を訳した際に用いたフランス語の表現がのちに誤解されたためだと考えられる．すなわちガランは，写本の表現（Sindbād al bahrī）どおり主人公を Sindbad le marin「海のシンドバード」と記しタイトルにもこの表現を用いたのだが，フランス語で le marin（直訳すれば「海の人」）は何よりもまず「航海士」を指すため，船乗りと勘違いされ，たとえば英語では Sindbad the sailor「船乗りシンドバード」とされたのだと思われる．この「誤解」が生じさらに定着したのはむろん，冒険的主人のイメージが好まれたからにほかならないだろう．
(2) ここでいう一般のヒーロー像とは，ヨーロッパ近代に特有のものとはかぎらない．古代や中世においても，またヨーロッパ以外のアジアやその他の土地でも，物語の主人公は，基本的には，知性と勇気と力の持ち主とされてきた．
(3) ホメロスから『千夜一夜』への影響関係（とくにキュクロープス族の一巨人ポリュペーモスとシンドバードの人喰い巨人の関係）については，数々の議論が積み上げられてきた．9世紀にバグダードに「知識の館」（バイト・アル・ヒクマ）が創設され，古代ギリシアの諸著作が精力的に翻訳されたことから，ホメロスも当然，その一環として翻訳されたにちがいない，との推測もある．一方で，ホメロスのアラビア語訳についてはその存在がまったく確認・検証されていないため，間接的なものにとどまる，との見解もある（*The Arabian Nights Encyclopedia*, p. 575）．
(4) 1701年2月25日，友人のダニエル・ユエに宛てた手紙のなかで，ガランは，アラビア語のテクストから翻訳をおこなったこと，そのなかには，ホメロスのキルケーの挿話およびポリュペーモスの挿話をとったとみられる物語が含まれていることを伝えている（Zotenberg, « Notice sur quelques manuscrits des Mille et une nuits, et la traduction de Galland », p. 170に手紙の文面が引用されている）．ガランがここで言及している翻訳とは，シンドバードの物語のことであるのは間違いないとされている．
(5) ガランが使用した写本は今日では失われてしまったが，同系列写本（"Aテキスト"）のラングレーによる仏訳（1814年）から類推しても，ガラン写本においても巨人は二つの眼をもっていたと推察できる．
(6) 前嶋信次『アラビアン・ナイトの世界』（初版1970年）平凡社ライブラリー，1995年．

(7) ジャクリーヌ・アルノーによれば，ヨーロッパからアジアにかけて，一つ眼の人喰い巨人の物語と名前（「ダレデモナイ」）によるだましの話（モチーフ）は広く分布しているという．Cf. Jacqueline Arnaud, « Ulysse et Sindbad dans l'imaginaire Maghrébin », in Micheline Galley & Leïla Ladimi Sebai éd., *L'Homme méditerranéen et la mer*, Tunis : Salammbô, 1985, pp. 536–553.

(8) Gabriel Germain, *Essai sur les origines de certains thèmes odysséens et la genèse de l'Odyssée*, PUF. 1954，以下に引用——Arnaud, « Ulysse et Sindbad », p. 538.

(9) 以下に本文中では基本的に呉茂一訳（『オデュッセイアー』上巻，岩波文庫，1971年）を参照し「　」で示すとともに，行数を記す．また場合によって，より口語的でわかりやすい高津春繁訳（筑摩世界文学大系２『ホメーロス』筑摩書房，1971年所収）を“　”で示す．

(10) 呉訳では「増上慢で／掟を蔑《なみ》する」．

(11) 呉訳では「掟に反いた所業をつづける」．

(12) 呉訳では「駄《だ》礼《れ》毛《も》志《し》内《ない》」と訳されているが，わかりやすく表現を変えた．

(13) 『オデュッセイアー』上巻，岩波文庫，285頁，513-516行．

(14) Cf. Arnaud, « Ulysse et Sindbad », p. 538.

(15) 前嶋信次『アラビアン・ナイトの世界』187頁．

(16) 『千夜一夜』に入る前の独立写本での「シンドバードの物語」と，完全版の『千夜一夜』に収録された「シンドバードの物語」とは，梗概は（第七航海を除いて）ほとんど同じであるが，『千夜一夜』版ではテクストがより詳細になるとともに，本章で以下に検討する，主人公の無能性や出来事の偶然性が，よりいっそう強調されている．

(17) 第546夜，平凡社東洋文庫，第12巻，47頁．

(18) 第546夜，平凡社東洋文庫，第12巻，51頁．

(19) 第547夜，平凡社東洋文庫，第12巻，55頁．

(20) 父親が遺した莫大な財産を遊蕩・濫費のうちに使い果たしたシンドバードは，家作まで売って捻出した資金で商売の船旅に出る無産の商人であった（だが，航海のたびにほとんど偶然のおかげで財をなし，第五の航海では大商人として船を買いとり，船主として出発する）．

(21) ミア・ゲルハルトは，モチーフの貸借関係を推測する場合，詳細な記述のなされている方がもととなった物語，簡略な記述で済ませている方がモチーフを借り受けて使っている物語であると一般に判断できるとしている．この法則は，実際のところ，おおむね妥当であると思われる．Cf. Gerhardt, *The Art of Story-Telling*, pp. 52–55.

(22) 成立年代も，シンドバードの物語の方は大まかにいって，バグダード期（12世紀頃まで）だとされている．シンドバードの物語の写本は二つの系統に分けられるが，ガランの用いた写本の属する“Aテキスト”と呼ばれる方はミア・ゲルハルトの推測によれば９世紀末か10世紀初めごろに書かれたのだろうとされている．ニキータ・エリセーエフもシンドバードの航海物語は10世紀頃にバスラで作られたと考えている（Elisséeff, *Thèmes et motifs des Mille et Une Nuits*）．カルカッタ第二版にも採られている“Bテキスト”の方はこの“Aテキスト”をもとにしてエジプトで書かれたのだろうと言う．これにたいして「サイフ・アルムルークとバディーア・アルジャマールの物語」を含む「ムハンマド・サバイーク王と商人ハサンの物語」は，物語の内容としてはインド・ペルシア起源のきわめて古い要素も含んではいるが，エジプト（カイロ）への言及や，魔術的要素の多用などから，あきらかにエジプト期（12世紀以降）

の作話だと推察される．食人鬼の挿話が，シンドバードの物語からサーイドの体験談に転用されたという関係はまずまちがいがないだろう．

(23) Hasan El-Shamy, “Oral Traditional Tales and the *Thousand Nights and a Night*: The Demographic Factor”, in *The Telling of Stories ; Approaches to a Traditional Craft*, ed. by Morten Nøjgaard, Odense : Odense University Press, 1990, pp. 63–117. アラブ世界の民話研究の泰斗シャミーは，『千夜一夜』を「成人・男性系」のフォークロアと位置づけている（p. 68）．またアラブ世界に広く浸透していた女性の語り手によって女性の聞き手に対して語られる「女性系」の口誦作品たちは，『千夜一夜』にはまったく採録されていないという（p. 82）．

(24) もっとも新しいエジプト期の作とみられる［166］「商人アブド・アッラフマーンとその息子カマル・アッザマーンの物語」〔別名「カマル・アッザマーンと宝石商の妻」〕は，姦通を，寝取られる男性の側ではなく，姦通相手の男性の側から描いている点で，同じ男性の立場とはいっても逆転が起きている．しかし寝取られる男性を笑い飛ばし愚弄するこの作品の態度は『千夜一夜』にもともと潜在していたものと言うことができる．

(25) シャハリアール王の台詞「さあさ，いっしょにすぐさま旅に出ような．何人《なんぴと》であれ，われらと同様な目にあったものを見つけうればよし，さもなくば王位などにもう未練はないわ．もし見つからぬとあれば，むざむざと生きながらえるより，死んだほうがましであろうよ」（平凡社東洋文庫，第１巻，序話，８頁）．

(26) ［133］「女たちのずるさとたくらみの物語（または七人の大臣たちの物語）」．

(27) 「荷担ぎやの物語」にみられる，館の女が実は姉である黒い２匹の犬を鞭打っては抱きしめる，というエピソードとの関連は顕著．ただし「石に変えられた王子」では，主人公男性自身がこの最高度の屈辱を与えられている．

(28) 『千夜一夜』の諸写本を精査したゾタンベールによると，17世紀末までに書かれ，18世紀はじめまでにパリの国立図書館に所蔵されていた通称「マイエ写本」とトルコ語の写本，および，マイエ写本と同じく古エジプト系と分類される別の写本には，第三の長老の話が入っている．しかし内容はそれぞれに異なっているという．Cf. Zotenberg, « Notice sur quelques manuscrits des Mille et une nuits ».

(29) レインはこの話が面白くないので，いくつかの版（カルカッタ第一版やガランの用いた版）では削除したのだろうと考えている（Lane, *The Thousand and One Nights*, vol. 1, p. 68, Note. 29）．

(30) Cf. Gerhardt, *The Art of Story-Telling*, p. 313.

(31) ゾタンベールの紹介によれば，マイエ写本には「眠っている者と目覚めている者」の物語が収録されている．これはガランがハンナから聴いて付け加えた物語の一つでもあるが，ガランが彼の翻訳版で付加する以前に，アラビア語写本のなかにはこの話をすでに含むものが存在したということを確認できる．ハンナがこの物語の『千夜一夜』への帰属を知っていてガランに紹介したということは，十分に考えられる．同様に，「シディー・ヌーマンの物語」ないしは私たちが取り上げた第三の長老の物語の内容は，『千夜一夜』系のものとしてアラブ世界に広まっていたということも十分考えられる．

(32) Gerhardt, *The Art of Story-Telling*, p. 9.

(33) *Ibid*, p. 121*sq*.

(34) 長大な「オマル王の物語」の枝話［8a］「タージル・ムルークとドゥンヤー姫の物

語――恋いこがれたものと恋い慕われたもの」の主人公.

(35) エジプトの大臣の息子イブラーヒームは，美人画に恋をして，そのモデルであるバスラの総督の娘ジャミーラのもとへ赴く．バスラの隊商宿の門番夫婦，夫婦が紹介してくれた姫の衣装の仕立屋，仕立屋が教えてくれた姫の館の庭番の助力で，イブラーヒームは姫と顔を合わすことができ，世に名高いその美貌によって姫の心を射止める．その後，二人は出奔したが，姫はバグダードで誘拐され，またイブラーヒームは処刑されかかる．しかし運良く難を逃れて，カリフのとりなしで結婚する．

(36) Gustave E. von Grunebaum, "Greek Form Elements in the Arabian Nights", *Journal of the American Oriental Society* 62, 1942, pp. 277-292. なおグルーネバウムがギリシア小説との類似を指摘しているのは，『千夜一夜』の実にさまざまな恋愛物語であり，いわゆるペルシアもの以外をも含んでいる．しかし典型的な類似は，動機のない恋愛（まだ見ぬ相手への一目惚れ）に始まり，心理的展開のないままにハッピーエンドに至るペルシアものとのあいだに見られると本書は考える．

(37) カリトーン（1-2世紀）『カイレアースとカリロエーの物語』，ヘーリオドーロス（3世紀）『エチオピア物語』，〔エペソスの〕クセノポーン（3世紀）『アンテイアとハブロコメースの物語』（別名『エペソス物語』），ロンゴス（3世紀）『ダプニスとクロエーの物語』，アキレウス・タティオス（300年頃）『レウキッペーとクレイトポーンの物語』．

ミハイル・バフチンは『小説の時空間』（北岡誠司訳，新時代社，1987年）のなかで，これら「ギリシア小説」を一つのジャンルとみなし，特殊な時間構成（線的展開の欠如），偶然性の支配，異境性，主人公たちのアイデンティティの欠如，地上的倫理の不在など，を指摘している．あきらかにバフチンにとっては，「ギリシア小説」は彼の称揚するダイアローグ的小説の一つの具体的なかたちなのであり，この一群の作品のもつ特異な傾向は，文学の革新的な力を示すものとして私たちに提示されている．

(38) Grunebaum, "Greek Form Elements in the Arabian Nights", p. 283*sq*.

(39) Gerhardt, *The Art of Story-Telling*, p. 149, 153.

(40) バグダードものの代表作の一つである悲恋物語[19]「アリー・ビン・バッカールとシャムス・ウン・ナハールとの物語」の主人公についても同様の観察ができる．カリフの寵妃との恋に落ち，引き裂かれたまま死んでいくアリー・ビン・バッカールは，嘆き悲しむこと以外に能力を持たない美青年であり（彼の特徴的な行動は「気絶」することである），そのもどかしさが読者（聴衆）の憐憫を誘う．

(41) Gerhardt, *The Art of Story-Telling*, p. 133. 次に論じるアジーズの物語とならんで，ゲルハルトはこの作を，エジプトものへの移行的作品と位置づけている．

(42) 『千夜一夜』のなかで自殺が実際に試みられるのはきわめて稀である．

(43) 長大な「オマル王の物語」のなかに挿入された枝話「タージル・ムルーク王子の物語」のさらに枝話という位置づけになっている．

(44) パゾリーニの映画『千夜一夜物語』は，この物語集の特性をきわめてみごとに捉えた作品である．この映画の主軸に使われているのが「アリー・シャールとズムッルドとの物語」であり，アリー・シャールは実に頼りない美青年として描かれ，一方のズムッルドを凛々しく美しい聡明なアラブ少女として描いている．この物語を外枠に据えて，いくつかの印象的な物語がオムニバス的に挿入されているのだが，「アジーズとアジーザの話」もパゾリーニの趣味に合うとみえて，美青年の愚かな惑溺ぶりに見

える生の深淵が存分にたどられている.
(45) 平凡社東洋文庫,第8巻,154頁.
(46) 第254夜,平凡社東洋文庫,第7巻,252頁.
(47)「かれらのひとりは剣をふるって,その肩をひと突きしました.切先はピカッと光りながら首筋を貫いて外に現われ,男はどっと倒れて絶命しました」(同書同頁).
(48) 平凡社東洋文庫版では,[149]「アフマド・アッダナフとハサン・シャウマーンと女ペテン師ザイナブおよびその母の物語」と[150]「エジプト人アリー・アッザイバクの物語」の二編に分けている.
(49) Peter D. Molan, "Sindbad the Sailor, A Commentary on the Ethics of Violence", *Journal of American Oriental Society* 98, 1978, pp. 237-247. ゲルハルトによるシンドバードの物語構造の分析を発展させた論考. Cf. Gerhardt, The *Art of Story-Telling*, pp. 253-257.
(50) ただしモランが説明しているように,この「犯罪」が海の彼方の異教の地,すなわちイスラーム法の及ばない異世界で展開されているということが口実として利用されているかもしれない.
(51) [156]「商人マスルールと彼が見た夢の物語」では,主人公マスルールは,人妻とねんごろになるために相手に策を求めて以下のように言う.「さてどうしたものか,とんといい思案が浮かびませんが,奥様こそ〔…〕.とりわけ奥様は,男などとてもかなわぬような策をお立てになれる,この上ない知恵者でございますもの」(平凡社東洋文庫,第16巻,209頁).男性の無知と女性の狡知を強く意識し,読者にも同意を求める台詞である.
(52) ファティマ・メルニーシー『ハーレムの少女ファティマ』ラトクリフ川政祥子訳,未來社,1998年.
(53) [155]「バグダードの漁師ハリーファの物語」.
(54) 平凡社東洋文庫,第11巻,333頁.
(55) 平凡社東洋文庫,第16巻,31頁.
(56) 平凡社東洋文庫,第15巻,242頁.
(57) この娘は「お兄様は人間,私たち魔神より一等すぐれておいでです」(241頁)とも語っている.
(58) 平凡社東洋文庫,第2巻,213頁.
(59) 同上,269頁.
(60) 英訳,*The Adventures of Antar*, translated by H.T. Norris, Warminstar, Wilts (England): Aris &Phillips ltd., 1980.
(61) わずかだが邦訳がある.ハマザーニ「ハマザーニ作『マカーマート』より——バグダードのマカーマ/獅子のマカーマ」杉田英明訳・解説,『へるめす』第54号,1995年,39-45頁.
(62) ハリーリーのマカーマートについては翻訳が刊行されている.アル・ハリーリー『マカーマート——中世アラブの語り物』1・2,堀内勝訳,東洋文庫,平凡社,2008・2009年.
(63)『カター・サリット・サーガラ——愚者物語』岩本裕訳,筑摩世界文学大系9『インド アラビア ペルシア集』筑摩書房,1974年.
(64) アイソポス『イソップ寓話集』山本光雄訳,岩波文庫,1978年,26頁.
(65)『完訳グリム童話集』岩波文庫,第1巻,130頁,132頁.

(66) イネア・ブシュナク編『アラブの民話』久保儀明訳，青土社，1995年.

(67) 『千夜一夜』には数多く報われない善行が描かれるが，とりわけ典型的であると思われるのは，[161]「染物屋アブー・キールと床屋アブー・シールの物語」および[167]「アブド・アッラーフ・ブヌ・ファーディルと兄弟たちの物語」である．これらの物語では，ぐうたらで邪悪な兄（たち）に誠意のかぎりをつくす善良な弟が，無残にもあっけなく殺されてしまう．物語の結末では王や魔神が兄たちを成敗するものの，善意の人間が報われたとはとても言いがたい．

(68) 簡略なかたちとしては，たとえば「こうしてヌールッ・ディーン・アリーはこのカリフさまの側近にあって栄華のその日その日を楽しみつつ，死がその身に追いつくときにまで及んだのであります」（圏点強調引用者．以下注72まで同様）．そのあとにしばしば，全能のアッラーを讃える言葉が続く．

(69) ガラン写本の内容を知るためにはハッダウィによる英訳が参考になる（Haddawy, *The Arabian Nights*）．

(70) 「大王と若者とは安穏に都で暮らすことになりました．さてかの漁夫のことですが，これは，当時ならぶもののない富豪となり，その娘たちも，死が訪れるその日まで，それぞれ王妃として暮らしましたとさ」（平凡社東洋文庫，第１巻）．

(71) 「せむしの物語」の終わりはガラン写本では，ハッダウィの英訳によると and they continued to enjoy each other's company until they were overtaken by death, the destroyer of delights と，定型句化したごく簡略な表現をそのまま用いているが，カルカッタ第二版ではやや表現が増え，若干の強調が感じられる．「こうしてこの人びとは喜びと楽しみのその日その日を送り迎えつつ，なべての歓楽を破壊するもの，すべての交友を別離さすものがその人たちのところにも訪れてくる時にまで及んだのでした」（平凡社東洋文庫，第２巻，273頁）．

(72) カルカッタ第二版の「シンドバードの物語」の末尾には，以下の記述がみえる．「こうしてこの人たちは，いや増す楽しさと喜び楽と嬉しさのうちに互いにむつびあい，いとしがりあいつつ，歓楽を破砕し，友愛の絆を断ち，宮殿を荒廃せしめ，墓穴をにぎわしめるもの，すなわち死の杯《さかずき》が彼らのところにめぐり来るときにまで及んだのでありました．されば永遠に資することなく，生きておわしますお方を褒め称えたてまつりましょう！」（第566夜，平凡社東洋文庫，第12巻，157頁）．ちなみに“Ａテクスト”ではこの締めくくりはなく，陸のシンドバードが海のシンドバードの永き幸せを祈る台詞のなかで「死が訪れる日まで」という言葉が現われるのみである（Galland, *Les Mille et une nuits*, Garnier, 1960, vol. 1, p. 229および平凡社東洋文庫，第12巻に添えられたラングレーによる“Ａテキスト”の訳を参照）．

(73) 井筒俊彦はこれを「創造不断」ということばで表現している．井筒俊彦「創造不断――東洋的意識の原型」『コスモスとアンチコスモス』岩波書店，1989年所収．

(74) 以下『クルアーン』からの引用は，『日亜対訳・注解　聖クルアーン』日本ムスリム協会，1982年による．

(75) ほぼ同様の記述がほかにも見られる（２章117，36章81-82）．

(76) また「創造をなし，それからそれを繰り返し，天と地からあなたがたを扶養するのは誰か」（27章64）という記述にも創造の繰り返しが言及されている．

(77) 塩尻和子「コーランにみる「世界の創造」」，月本昭男編『創世神話の研究』リトン，1996年，195頁．

(78) 平凡社東洋文庫，第13巻，288頁．

(79) 神が創造を不断におこない，創造の力を行使し続けている，という主張は，このほかにも，たとえば，[160]「インドの王ジュライアードと大臣シャンマースの物語」のなかの［160k］「盲人と両足の萎えた男の話」に含まれる王子と大臣シャンマースとの問答のなかでも示されている．すなわち王子の発言のなかで，神は「水でもって生命を創り，食べ物によって体力を生み出され，医師の治療によって病人を快癒させる」お方として示されている．ここで用いられている現在形も，神の「創造不断」を主張していると言える．王子と大臣の問答はこのあと，神による無から有の創造や，人間の意志や責任と神の全能とを接合する「獲得」理論など，まさにイスラーム神学論争史を写しとったような体裁を呈する．

(80) 井筒俊彦『イスラーム文化――その根底にあるもの』岩波文庫，1991年，78頁．

(81) 同上，75頁．

(82) 井筒俊彦『イスラーム思想史』中公文庫，1991年，11-25頁，および井筒『イスラーム文化』78-79頁．

(83) イスラーム神学研究者ルイ・ガルデとM.アナワティは，アリストテレス的自然哲学に反するこうした非連続的世界観を基礎として形成されるアシュアリー派の原子論や因果律否定論――本章でこれから概観する――が，経験に発するものではなく，『クルアーン』の記述を正当化しようとするいわば辻褄合わせとみているが，本書はこれには反対の立場をとる．Cf. Louis Gardet & M. –M. Anawati, *Introduction à la théologie musulmane, Essai de théologie comparée*, J. Vrin, 1970.

(84) 生年873/4- 没年935/6．現存するアシュアリーの著作は５点のみで，それらのなかにもアシュアリー独自の思想や理論を明確に提示した議論はほとんどない．したがってアシュアリーの神学思想については後世の紹介などを論拠にしたあいまいな概説が多くなる．直接にあたることのできる文献が少ないせいか，アシュアリーをめぐる専門研究書は世界的にもきわめて少なく，フランス人ジマレによるもの（Daniel Gimaret, *La doctrine d'al-Ash'arī*, Les éditions du Cerf, 1990）以外にはほとんど存在していないようである．ジマレの研究は重厚な大著によるものであるが，塩尻和子の批判するように，偏った見方に立っていることも否めない（塩尻和子「Daniel Gimaret, *La doctrine d'al-Ash'arī*」〔書評〕『オリエント』（日本オリエント学会）第39巻２号，1996年，116-122頁）．今後，アシュアリーおよびアシュアリー派について，より活発な研究が展開されることが望まれる．

(85) 塩尻和子「アシュアリー神学の位置づけ」『宗教と倫理』第２号，2002年，23-36頁；Shiojiri Kazuko, "Cosmology of al-Ash'arī: Introduction of Atomistic Ontology into Sunnite Kalām",『哲学・思想論集』（筑波大学哲学・思想学系）第28号，2003年，17-28頁；Shiojiri Kazuko, "Cosmology of Bāqillānī: Development of Atomistic Ontology in Sunnite Theology",『哲学・思想論集』（筑波大学哲学・思想学系）第29号，2004年，23-30頁；塩尻和子「イスラーム神学にみる原子論的宇宙論――アシュアリーからジュワイニーまで」『宗教哲学研究』（京都宗教哲学会）第２号，2005年，17-32頁．なお，これらの論文の再録を含む以下の著作も参照のこと．塩尻和子『イスラームの人間観・世界観――宗教思想の深淵へ』筑波大学出版会，2008年．

(86) 日本でこれまで公刊されてきたイスラーム神学をめぐる研究論文・著作の多くは，一般読者にとってのわずらわしさを考えてか，詳細な出典を明示せず，長年の研鑽の総論として概括的な議論に向かう傾向がある．とくに井筒の諸著作にこの傾向が顕著であり，黒田の非常に刺激的な著作『イスラームの構造』も同様のスタイルをとって

いる．そのために興味深い論考に接してせっかく触発された読者が，可能な範囲で自分で原典や研究書に当たって思索を深めることができない．この点，引用や出典提示を厳密におこなう塩尻の研究は，学問的な堅実さを立証するばかりでなく，他の研究者への貢献という面でも，きわめて貴重なものである．本研究は塩尻の一連の著作に多く助けられている．記して感謝したい．

(87) 『クルアーン』にならぶ，イスラームの教典．預言者ムハンマドの言行を記したもの．

(88) アブー・フザイル（752?-840）が最初の導入をおこない，ジュッバーイー（?-915）がそれを継承したとされる．ジュッバーイーの弟子であったアシュアリーはさらにこれを受け継いで，独自の展開を付け加えたと考えられる．

(89) 以下におけるイスラーム神学・哲学の紹介にあたって，有効と思われる場合は，適宜，英語での術語を付して理解の助けとする．

(90) Majid Fakhry, *Islamic Occasionalism and its critique by Averroës and Aquinas*, London : George Allen & Unwin Ltd., 1958, p. 33.

(91) 塩尻「イスラーム神学にみる原子論的宇宙論」22頁に引用．アシュアリー『イスラム教徒の言説集』による．ナッザームの説を紹介するかたちで主張されたもの．

(92) アシュアリーの「不断の創造」（continuous creation, repeating creation, constant creation）の説は，けっして彼の独創ではなく，先人たちの理論を延長することによって構築されたものである．原子が持続的に存在しえるのは，神によって「存続」という偶有が原子に与えられたからにほかならないとするアブー・フザイルの説や，その甥であるナッザームの「隠匿理論」（神は一挙にあらゆる事物を創造してしまったが，事物は，それぞれにふさわしい時がくるまで隠されていて，その「時」を迎えて初めてある変化を受けて存在するようになる，とする説）が，基盤となったとされている．

(93) Gimaret, *La doctrine d'al-Ash'arī*, p. 66*sq*.

(94) 事物が存続しているように私たちに思われるのは，神が，事物に対して「存続」という性質（ただし，それ自身は一瞬しか持続できない性質）をたえず新たに与え続けているからにほかならない．イブン・フラーク（?-1015）は，アシュアリーの見解を解説して「事物がつねに存在しているのは，瞬間から瞬間へと与えられる〔神の〕持続の更新によるのである」と述べている（塩尻「イスラーム神学にみる原子論的宇宙論」23頁に引用）．

(95) 平凡社東洋文庫，第17巻，215頁．

(96) 前嶋訳では「大陸」となっている．バートンは world としている．

(97) 平凡社東洋文庫，第11巻，179頁．

(98) アシュアリー学派の発展のなかでもただちにこうした議論がおこり，軌道修正が加えられてきた．また，西洋でのアシュアリー研究の第一人者であるフランス人ジマレのアシュアリー解釈が，人間の能動的な役割を重視する方向に傾いているのは，そうした後世の修正的な立場に多く影響された偏向的な解釈であることを塩尻（塩尻「Daniel Gimaret」;「アシュアリー神学の位置づけ」）は批判的に指摘している．

(99) とくにバーキッラーニー（940頃?-1013）によって完成され，ジュワイニー（1028-1085）によってさらに精緻化がされたとされる．しかし現存する数少ない彼らの著作のなかからこの過程を跡付けることはきわめて困難であり，そうした事情が，研究の精密な発展を妨げていると思われる．そのなかでも塩尻和子（Shiojiri, "Cosmology

of Bāqillānī", p. 24および塩尻「イスラーム神学にみる原子論的宇宙論」26頁） は，現存するバーキッラーニーの著作のなかで明確に「不断の創造」説を主張していると思われる唯一の箇所を『神学入門』から引用している．「諸偶有は存続することができない．それらは諸原子のなかに現れるが，次の瞬間にはその存在を無効にされる」．

(100) ファフリーはとくに，マールブランシュの偶因論を取り上げている．

(101) Cf. Fakhry, *ibid.*, chap. 2. また中村廣治郎『イスラムの宗教思想』（岩波書店，2002年），とくに第三章「ガザーリーの神学思想と哲学」を参照した．

(102) 『千夜一夜』における空間移動は，魔神や猛禽類によるものか，場そのものがいわばワープするように移動するものである．有名な「空飛ぶじゅうたん」はガランが付け加えた物語「アフメド王子と妖精パリ・バヌーの物語」のなかに出てくるのみで，『千夜一夜』の物語にみられないばかりでなく，アラブ世界ではまったく現われることのないモチーフであるという（小林一枝『「アラビアンナイト」の国の美術史――イスラーム美術入門』八坂書房，2004年を参照）．

(103) Fakhry, *Islamic Occasionalism*, p. 62.

(104) ガザーリーが否定しようとするのは，現実レベルでの因果関係ではなく，「因果論」が前提とする因果の連関の必然性というテーゼである（オリバー・リーマン『イスラム哲学への扉』筑摩書房，1988年，116頁）．

(105) ガザーリー『哲学者の矛盾』からの議論の要約――Fakhry, *Islamic Occasionalism*, p. 63*sq*.

(106) Fakhry, *Islamic Occasionalism*, p. 69. 中村『イスラムの宗教思想』174-176頁．

(107) Cf. Walter J. Ong, *Orality and literacy, the technologizing of the word*, Methuen, 1982（邦訳，W. J. オング『声の文化と文字の文化』桜井直文・林正寛・糟谷啓介訳，藤原書店，1991年）．

(108) 井筒『イスラーム文化』63頁．

(109) 『千夜一夜』がスーフィーズムにある程度の親近関係をもっていたことについては，「荷担ぎやの物語」を典型として，遊行僧・托鉢僧などと訳される「カランダル qalandar」がしばしば中心的登場人物として現われることにもみてとれる．カランダルは，スーフィー教団に属する修業者（デルヴィーシュ，ダルウィーシュ）のうちでも，諸国を托鉢して遍歴する者たちで，『千夜一夜』の記述にもあるとおり，頭髪とひげを剃り落とし奇妙な服装を身にまとっている．とりわけペルシア・トルコではしばしば寓意文学の重要な登場人物とされた．11世紀のホラサーンでの出現が確認されており，とくに13世紀になるとイスラーム世界の全域にこうした放浪の乞食僧が出現したという．

(110) 井筒『イスラーム哲学の原像』参照．

(111) 井筒「創造不断」142頁．

(112) 『岩波イスラーム辞典』（岩波書店，2002年），「存在一性論」の項（東長靖執筆）参照．

(113) 井筒による説明では，たとえば「花がある（存在する）」は「花は白い」と同様，「花」という本質（＝モノ）がたまたま得ている属性である，とする考え方――井筒『イスラーム哲学の原像』144頁．ただしアヴィセンナは，神の意志によっていったん存在し始めた事物は（すなわちいったん「流出」が始まった後の被造物世界は），永遠に，「自体的に」，自然的法則に則って存在すると考え，アシュアリー派とは異なる立場に立つ（リーマン『イスラム哲学への扉』第一章「神は世界をいかに創ったか」

を参照).

(114) S. H. ナスル『イスラームの哲学者たち』黒田壽郎・柏木英彦訳，岩波書店，1975年，25頁.

(115) 10世紀のファーラービーに始まるとされる．イブン・スィーナーはこれを受け継いで発展させた.

(116) 『岩波イスラーム辞典』，「イブン・スィーナー」の項（小林春夫執筆）参照.

(117) 井筒はデリダを読み込んだ上で，ユダヤ思想との関係からデリダの思想の特質を読み解こうとしている．だが井筒の記述にはすでに，彼が熟知しているイスラーム思想と斬新な哲学者として登場したデリダの本質的な発想との近似性が感じとられているように思われる．井筒俊彦「デリダのなかの「ユダヤ人」」，「「書く」――デリダのエクリチュール論に因んで」『意味の深みへ――東洋哲学の水位』岩波書店，1985年所収.

(118) ミハイル・バフチンの思想を，「他者論」的な主体像，いいかえれば「間主体的」な主体像の構築という点から論じたものとして，以下を参照されたい．青柳悦子「ディスクールの思想家バフチンによる他者論――フランス（ポスト）構造主義の文脈との関連」，阿部軍治編『バフチンを読む』NHK ブックス，1997年所収．本章で『千夜一夜』とイスラーム哲学を通じて抽出しようとしているのは，まさにバフチンが提起するような「対話的」で「間主体的」な人間像である.

(119) 井筒『イスラーム哲学の原像』115頁.

(120) 同書，150頁.

(121) 黒田壽郎『イスラームの構造』103頁以下.

(122) キリスト教の場合，生活（社会的現実）と切り離したかたちで「宗教」が成立しえたのは，政治共同体としてのローマ帝国社会がすでに確固として存在し，そのなかでのカウンター・ムーヴメントとして，キリスト教が出現したという経緯が指摘できる．もともとキリスト教は政治的・社会的な責任を負う共同体原理として生じてきたのではなく，もっぱら個人の内面のみの救済を目的としていた．政治（社会運営）と宗教を切り離すという「政教分離」の発想は，人間の内面的な精神活動のみを極端に重視する特殊な宗教であるキリスト教だからこそ可能なあり方である.

(123) 塩尻はこの点を以下のように解説している．「そもそもクルアーンには人間を霊と肉に分離する思想はみられない．人間はものを食べ，市場を歩く身体的な存在であると同時に，思考力や判断力という知性をもった総合的な存在であると考えられている．人間に備わっている霊的な次元としての精神性も，肉的な次元としての動物性も，ともに神が創造したものであり，神の配剤なのである．肉的な次元を卑しいものとして分離することはむしろ神の意志に背くものになる」（塩尻和子『イスラームの倫理――アブドゥル・ジャッバール研究』未來社，2001年，13頁).

(124) 『聖クルアーン』７頁の注29を参照.

(125) シンドバードのテクスト中にも現われているのを先にみた表現（本書431頁参照).

(126) ７章11-15，15章26-34，38章72-77.

(127) 井筒『イスラーム文化』137-138頁.

(128) エピソードの共有もみられる．ラブレーには，パニュルジュが人喰いトルコ人に捕まり，串刺しにして炙られ喰われそうになりながらも命からがら脱出してきたという，シンドバード第三航海と近似したエピソードがみられる（この挿話がイスラーム世界に関係づけられていることからも，また終始，受動的な立場に登場人物が置かれてい

ることからも，ホメロスの伝統よりは，イスラーム世界の物語伝統を引き継いでいるのではないかと察せられる）．

一方『ドン・キホーテ』においては，作者セルバンテス自身がトルコとの戦争に参加し，捕虜となってアルジェリアで５年間の奴隷生活を送った経験の反映もあってか北アフリカアラブ＝イスラーム世界との接触がエピソード化されている（前編後半に登場するモーロ人の娘ソライダを“捕虜”がアルジェの父親のもとから脱出させる話や，続編のスペイン生まれのモーロ人キリスト教徒の美女アナ・フェリスをめぐる騒動）．『千夜一夜』と共通するエピソードもみられる．

(129) 19世紀のヨーロッパにおいて，「虚無」を重要視する仏教がいかに嫌悪されてきたかについては，工藤庸子『ヨーロッパ文明批判序説』東京大学出版会，2003年，第Ⅲ部１「知の領域としてのオリエント」を参照のこと．

(130) 井筒「創造不断」138頁．

(131) 西尾哲夫『アラブ・イスラム社会の異人論』世界思想社，2006年，参照．

終章

(1) *Spectres de Marx, L'État de la dette, le travail du deuil et la nouvelle Internationale,* Galilée, 1993, p. 64（邦訳，『マルクスの亡霊たち――負債状況＝国家，喪の作業，新しいインターナショナル』増田一夫訳，藤原書店，2007年，86頁）．

(2) Nicholas Royle, *Jacques Derrida,* Routledge, 2003, p. 24（邦訳，ニコラス・ロイル『ジャック・デリダ』田崎英明訳，青土社，2006年，53頁）．Royle, “What is Deconstruction”, in Royle ed., *Deconstructions : A User's Guide,* Bastingstoke & New York : Palgrave, 2000, p. 11 で提示した定義の引用．

(3) *Passions,* p. 91（邦訳，96頁）．

(4) *Ibid.*

(5) 彼らは自分のことについて物語る場合ですら，その極度な虚構性ゆえにほとんど自分について語ってはいないという印象を与える．まさに「自分について語ることなしに自分について語る」（*Passions,* p. 91．邦訳，95頁）ような語り手としてあることも指摘しておきたい．

(6) Cf. *Donner la mort,* p. 113（邦訳，166頁）．

(7) “This strange institution”, p. 69.

(8) 斎藤慶典『なぜ「脱－構築」は正義なのか』NHK 出版，2006年，47頁，参照．

(9) 高橋哲哉の解説を参照．「テクストが他者の署名を呼び求めるという本質的に開かれた構造をもっているからこそ，読者は責任のうちにおかれる」（高橋哲哉『デリダ――脱構築』講談社，1988年，167頁）．

(10) *Passions,* p. 39（邦訳，35頁）．

(11) Cf.「私は準備なしでいなければならない，あるいは準備なしでいる準備ができていなくてはならない．ありとあらゆる他者の予期されぬ到来にたいして」（“Hospitality, Justice and Responsability”, p. 70．邦訳，107頁）．

(12) Cf. *Donner la mort,* p. 126（邦訳，187頁）．

(13) M. ナースはデリダのこうした著作発表のしかたには，「臨場感 occasionality」，つまり彼の思考が提示された現場のシチュエーションをテクストに投影する効果があることを指摘している（Naas, “Introduction : for example”, in *Jacques Derrida* II, pp. 333-334）．本書では，こうした臨場感よりも，口頭言語にあらわにされる言語そ

のものの「偶因性 occasionality」が文字テクストに導入されることを重視したい.

(14) Cf. *Schibboleth*, p. 9（邦訳書ではこの部分は訳出されていない）; *Spectres de Marx*, p. 10.

(15) パットン，スミス編『デリダ，脱構築を語る』19頁.

(16) Cf. *Ulysse Gramophone*, p. 47（邦訳，50-51頁）.

(17) たとえば『源氏物語』の「草子地」の問題を参照．高橋亨はつとに，口誦性と書記性の重層化のなかに「かな物語」文学の本質をみている．高橋亨『源氏物語の詩学——かな物語の生成と心的遠近法』名古屋大学出版会，2007年を参照.

(18) *La Voix et le phénomène*, pp. 106-108（邦訳，180-182頁）.

(19) Cf. “This strange institution”, pp. 46-47.

著者紹介

青柳悦子（あおやぎ えつこ）

1958年，東京都に生まれる。筑波大学文芸・言語研究科博士課程修了。1991−93年，フランス社会科学高等研究院に留学。
現在，筑波大学大学院人文社会科学研究科教授。専攻，文学理論。
主な著書：『現代文学理論――テクスト・読み・世界』（新曜社，1996年，共著），『バフチンを読む』（日本放送出版協会，1997年，共著），『文学理論のプラクティス――物語・アイデンティティ・越境』（新曜社，2001年，共著）。
主な訳書：ジュネット『物語の詩学』（1985年，水声社，共訳），『ミモロジック』（1991年，水声社，共訳），ヤゲーロ『言葉の国のアリス――あなたにもわかる言語学』（1997年，夏目書房，渋沢・クローデル賞特別賞）。

新曜社

デリダで読む『千夜一夜』
文学と範例性

初版第1刷発行　2009年5月29日©

著　者　青柳悦子
発行者　塩浦　暲
発行所　株式会社　新曜社
〒101-0051 東京都千代田区神田神保町2-10
電　話(03)3264-4973・FAX(03)3239-2958
e-mail　info@shin-yo-sha.co.jp
URL　http://www.shin-yo-sha.co.jp/

印刷　星野精版印刷　Printed in Japan
製本　イマヰ製本所
ISBN978-4-7885-1159-0 C1090